BASTEI LÜBBE

WOLFGANG SCHÄUBLE

Die Biographie von Ulrich Reitz

MIT FARBFOTOS
VON LAURENCE CHAPERON

BASTEI LÜBBE

BASTEI-LÜBBE-TASCHENBUCH
Band 61421

Lizenzausgabe im Bastei-Verlag Gustav H. Lübbe GmbH Co.,
Bergisch Gladbach
Redaktionelle Bearbeitung: Heike Rosbach, Nürnberg
Printed in Germany, Juni 1998
Einbandgestaltung: DYADEsign Atelier für Werbung, Düsseldorf
Titelfoto und Abbildungen im Tafelteil: Laurence Chaperon,
Agentur LASA, Bonn
Satz: Dörlemann Satz, Lemförde
Druck und Bindung: Clausen & Bosse, Leck
ISBN 3-404-61421-6

Für Katrin,
Christina, Alexander und Timm

INHALT

VORWORT

Am 23. November 1994, einem Mittwochabend, bin ich mit Wolfgang Schäuble in seinem Büro verabredet. Weihnachten steht vor der Tür und damit die Zeit politischer Lethargie. Für diese nachrichtenarme Zeit vereinbare ich vorsorglich ein FOCUS-Interview mit dem Fraktionsvorsitzenden der Union.

Bei dieser Gelegenheit erfährt Schäuble, daß ich ein Buch über ihn schreiben werde. Keine klassische Biographie, die sich chronologisch an den Karrierestationen des Sujets entlanghangelt, sondern eine Bestandsaufnahme des Politikers und Menschen Wolfgang Schäuble, seiner Macht und seiner Visionen. Der Führungsfigur in der Union, vor der viele seiner Parteifreunde höchsten Respekt haben, und die dennoch nur wenige Freunde hat. Seines eigenwilligen Stils, des Umgangs mit anderen, seiner Wünsche und Hoffnungen, seiner Fehler und Mißerfolge. Wie er seine Macht sichert und Mehrheiten organisiert. Was ihn mit Helmut Kohl verbindet, und was ihn von ihm trennt. Des öffentlichen Schäuble im Plenum des Bundestages und in den für ihn so kennzeichnenden Auftritten im Wohnzimmerwahlkampf. Des inoffiziellen Schäuble mit seinen ausgeklügelten Strippenziehereien. Des Mannes, den früher die Rechten in seiner eigenen Fraktion für links erklärten und den heute die Linken für rechts halten – was auch viel über den Unsinn solcher politischen Schubladen aussagt.

Wolfgang Schäuble verzieht zunächst keine Miene, schaut mir ernst in die Augen, schweigt sekundenlang. Dann schlägt er die Hände vor das errötende Gesicht. Er faßt sich schnell wieder, kehrt zurück zu seiner typisch ironischen Distanz. »Die Leute sollen meine Bücher lesen. Das reicht.«

Wolfgang Schäuble mag so etwas nicht, er will nichts von sich preisgeben. Der Mann ist mehr als verschlossen. Und er ist beherrscht: Er sagt nichts, was er nicht sagen will. Nur wenig überläßt der Schachspieler dem Zufall, alles hat seinen Sinn. Diskret war er schon immer – und berechnend auch. Das ist der Schlüssel zum Geheimnis seiner Macht. Das macht ein Buch über ihn zur Spurensuche.

Der Anführer der größten Fraktion im Bundestag gilt seit mehreren Jahren als Thronfolger Helmut Kohls. Noch niemand vor ihm hat es fertig gebracht, so lange in dieser exponierten Position zu überleben. Die anderen, die sich selbst überschätzten, hat das Machtgebirge aus dem Kanzleramt erdrückt. Schäubles einzigartige Stellung im Politgetriebe resultiert aus seiner Intelligenz, seiner Arbeitswut und einer unnachahmlichen Mischung aus Diskretion und gezielter Indiskretion. Ein Profi eben.

Solche Leute stehen nicht zur Verfügung für stundenlange Interviews nach dem Motto, so ist mein Leben. Doch es gab Situationen, da hat er sich geöffnet. Zum Beispiel an jenem heißen Sommertag im Juli 1995, als ich mit der Fotografin Laurence Chaperon die Schäubles zu Hause in Gegenbach besuchte und Zeuge eines schonungslosen Gesprächs über seine Behinderung wurde.

Manches habe ich mit Schäuble diskutiert, das meiste nicht. Das ist nicht sein Buch; es ist keine autorisierte Biographie. Das Manuskript wurde gedruckt, ohne daß er es gesehen hätte.

Mein Dank gehört meinem Kollegen Stefan Reker, der unerbittlich redigierte, und meiner Sekretärin Sandra Koenen, die das Manuskript in lesbare Form brachte. Und meiner Frau und meinen Kindern. Sie zahlten den höchsten Preis.

Bonn, im Januar 1996 *Ulrich Reitz*

DER KANDIDAT

KANZLER IM WARTESTAND

Auf die Frage, ob er Kanzler werden will, hält Wolfgang Schäuble inzwischen ein ganzes Arsenal von Antworten bereit. Eine lautet: »Helmut Kohl weiß, ich will seinen Stuhl nicht.« Das sagt, wie die vielen anderen Varianten, gar nichts aus über die Ambitionen des Badeners. Natürlich begehrt er nicht den Stuhl Helmut Kohls – solange der darauf sitzt!

Das unterscheidet Wolfgang Schäuble von anderen, die gerne Bundeskanzler (oder Parteivorsitzender) werden wollten, von Kurt Biedenkopf, Lothar Späth, Heiner Geißler oder Volker Rühe: Die lechzten so sehr nach dem Spitzenamt in Bonn, daß sie ihren sehnlichsten Wunsch nicht mehr für sich behalten wollten und ihre Ambitionen öffentlich oder halböffentlich verkündeten. So hatte Helmut Kohl stets leichtes Spiel, seine Möchtegernnachfolger wegzubeißen. Sie hatten sich durch ihre von Ehrgeiz getriebene Ungeschicklichkeit schon selbst als Kohl-Konkurrenten disqualifiziert.

Eines verzeiht der mächtigste Mann der CDU niemals: Illoyalität. Schäuble ist loyal. So kommt es zu der einzigartigen Situation, daß Schäuble inzwischen schon mindestens fünf Jahre lang Kohls Ersatzmann Nummer eins ist.

Drastisch, damit es auch noch der letzte Zweifler begreifen möge, hat Schäuble das Vertrauensverhältnis zu seinem Förderer beschrieben: »Helmut Kohl weiß, daß ich ihn nicht bescheiße.« Wenn er der Überzeugung sei, daß Kohl »es als Kanzler nicht mehr bringt, dann werde ich ihm das persönlich sagen«. Wolfgang Schäuble will kein Hinterstubenrevoluzzer sein wie Heiner Geißler und die anderen.

Niemand in Bonn ist so mißtrauisch wie Helmut Kohl. Das liegt an seiner politischen Biographie. Er weiß aus eigener Erfahrung, wie man

Amtsinhaber ausschaltet. 1969 brachte es der junge Kohl fertig, den rheinland-pfälzischen Ministerpräsidenten Peter Altmeier aus dem Amt zu drängen, 1973 verdrängte er Rainer Barzel als CDU-Parteivorsitzenden. 1980 schaffte es der CSU-Vorsitzende Franz Josef Strauß, eine zweite Kanzlerkandidatur Kohls zu verhindern. 1989 schließlich, wenige Monate vor der Maueröffnung, versuchten einige CDU-Präsidiumsmitglieder den Putsch. »Die hätten mich fragen sollen«, höhnte Kohl nach dem kläglichen Scheitern dieses Aufstandsversuches. Kohl ist der Meister der Entmachtung, da macht ihm keiner etwas vor.

Sein Mißtrauen ist Kohls Frühwarnsystem. Bei Schäuble schlägt es nicht an, auch wenn führende Unions- oder Koalitionspolitiker Kohl bisweilen verstohlen unter vier Augen vor angeblichen Putschgelüsten Schäubles warnen. »Laßt mir den Wolfgang in Ruhe«, läßt er Denunzianten abblitzen.

Wenn Schäuble und Kohl streiten, geht es zwischen den beiden zur Sache, vor allem deswegen, weil Schäuble Kohl mit seiner Hartnäckigkeit auf die Nerven geht – und das schon seit Jahren. Solche Auseinandersetzungen können, wie beim Streit um die Zwangsanleihe für Besserverdiener oder die Einführung einer Maut auf deutschen Straßen, Formen annehmen, die Zeugen den Atem rauben.

»Wer einen Bremer Parteitag will, kann ihn haben«, hat der Kanzler einmal in kleiner Runde, auf Schäuble gemünzt, warnend gesagt. Auf dem Bremer Parteitag ließ Kohl sich 1989 den Sturz des nicht wieder nominierten Heiner Geißler als Generalsekretär absegnen. Sein Möchtegernnachfolger Lothar Späth flog aus dem Parteipräsidium. Kohls Warnung war jedoch mehr eine Machtdemonstration als eine ernstgemeinte Drohung. An Schäubles grundsätzlicher Loyalität hat Kohl nie gezweifelt. Sonst hätte er ihn nicht selbst zu seinem Nachfolger auserkoren und dies auch noch öffentlich verkündet.

Kohls Ritterschlag

Kurz nach dem Attentat ist es zum erstenmal soweit. Im Frühjahr 1991 macht Kohl den amtierenden Innenminister erstmals öffentlich zu seinem Kronprinzen. Am Rand einer Wahlkampfreise durch Rheinland-Pfalz sagt Kohl nach einem Korrespondentenbericht der *Süddeutschen Zeitung* zu Parteifreunden, Schäuble sei der einzige Unionspolitiker, den er sich als Nachfolger im Kanzleramt vorstellen könne. »Es läuft alles auf Schäuble zu, ich sehe keinen anderen.« Zu dem CDU-Landesvorsitzenden Hans-Otto Wilhelm sagt Kohl, Schäuble bewege sich schon wieder »erstaunlich behende« in seinem Rollstuhl. Mit seiner Behinderung habe er sich so weit abgefunden, daß er darüber schon wieder scherzen könne.

Als es daraufhin in der Koalition, vor allem wieder bei der CSU, Unruhe gibt, läßt Kohl sich davon nicht beirren. Im Gegenteil: Der Kanzler wiederholt, was er über Schäuble gesagt hat. Er habe »nie ein Hehl daraus gemacht«, daß Schäuble »einer der denkbaren Nachfolger für mich ist, wenn sich diese Frage einmal stellt«. Davon fühlt Schäuble sich überfordert. Und so relativiert er Kohls Ritterschlag: »Was er zu meiner Person gesagt hat, hat damit zu tun, daß er sich geärgert hat, wie in einigen Gazetten und in manchen Gängen darüber geredet worden ist, ob der Innenminister – an den Rollstuhl gebunden – in der Lage sei, seine Aufgaben zu bewältigen oder nicht.« Eineinhalb Jahre später, im September 1992 zu Schäubles fünfzigstem Geburtstag, bescheinigt Kohl ihm ein weiteres Mal die Kanzlerreife. Kohl hat schon früh Schäuble zu seinem in der Verfassung nicht vorgesehenen Kronprinzen ernannt – und dies bisher niemals widerrufen.

Daß in den Zeitungsarchiven dennoch Berichte zu finden sind, die von angeblichen Zweifeln Kohls an Schäuble künden, ändert daran nichts. Wenn die beiden Führungsfiguren der Union unterschiedlicher Meinung sind, läßt Kohl seine Helfer ausschwärmen, die Korrespondenten mit Kritik an Schäuble »impfen«. Weil Journalisten stets an schlechten Nachrichten interessiert sind und es nichts Schöneres gibt, als über Zwistigkeiten des politischen Personals untereinander zu berichten, werden solche Einflüsterungen zumeist dankbar aufgenommen und entsprechend verwertet. Auf diese Weise hat Kohl immer dafür gesorgt, daß Schäuble im Bild der Öffentlichkeit nicht allzu mächtig wurde. Solche Spielchen gehören zum Bonner Geschäft, und Schäuble ist in dieser Hinsicht auch nicht gerade ein Unschuldsengel. Mit Illoyalität haben solche Rituale jedoch nichts zu tun.

Im Machtsystem Kohls hat Schäuble eine einzigartige Stellung. Der Badener ist der einzige Spitzenpolitiker der Union, über den der Pfälzer rückhaltlos sagt: »Der ist mein Freund.«

Schäuble ist der einzige von Kohls Weggefährten, den der Parteivorsitzende bei jeder sich bietenden Gelegenheit lobt. »Der hat die charakterlichen Voraussetzungen für jedes Führungsamt.« Oder: »Er ist ein erstklassiger Mann. Er ist ein Mann mit einer großartigen Zukunft – im übrigen mein persönlicher Freund.« Als Fraktionschef versehe er einen »Mordsjob«. Der Kanzler hebt Schäubles berufliches und menschliches Ethos hervor: »Opportunismus ist ihm vollkommen fremd«, oder: »Er nimmt sich selbst in die Pflicht.« Schäubles Rollstuhl – aus der Sicht mancher Unionspolitiker ein Handicap des möglichen Kanzlerkandidaten – wertet Marketingprofi Kohl nicht mehr als Hemmnis. Zweiflern, die auf den Rollstuhl zeigen, begegnet der Kanzler mit Hinweisen auf die dem Fraktionsvorsitzenden nach dem Attentat zugewachsene Ausstrahlung: »Der hat in den Hörsälen die meisten Zuhörer. Die schweigen, wenn er spricht.«

Freunde putschen nicht. Wenn Wolfgang Schäuble Bundeskanzler wird, dann nicht gegen, sondern nur mit Hilfe Helmut Kohls.

Deswegen ist es auch gar nicht entscheidend, ob Schäuble die Kanzlerschaft anstrebt oder nicht. Sagt Helmut Kohl zu ihm: »Wolfgang, du mußt es machen«, kann Schäuble nicht nein sagen. Dann wäre Kohl bei der nächsten Wahl verloren. Wer wählt schon einen amtsmüden Kandidaten. Schäuble wird sich in die Pflicht nehmen lassen. Helmut Kohl, der Menschenkenner, weiß das.

Wäre es nach dem Willen von Helmut Kohls Ehefrau Hannelore gegangen, der Kanzlerkandidat der Union hätte schon 1994 Wolfgang Schäuble geheißen. Hannelore Kohl lag ihrem Mann in den Ohren, er solle das Spitzenamt endlich abgeben, er müsse sich als Kanzler der Einheit doch nicht mehr die Strapazen eines Wahlkampfes und der anschließenden aufreibenden Regierungstätigkeit zumuten. »Das hast du doch nicht mehr nötig. Es kann auch nur noch schlechter werden.« Kohl brachte es tatsächlich nur auf eine hauchdünne Mehrheit, Ehefrau Hannelore behielt recht.

Doch in diesen Fragen hört Helmut Kohl ebensowenig auf seine

Frau wie Wolfgang Schäuble auf die seine. Sonst wäre Kohl längst schon nicht mehr Kanzler und Schäuble seit Jahren Rechtsanwalt in Offenburg.

Schäuble bestreitet, daß es zwischen ihm und Kohl eine »Absprache« gibt über die politische Erbfolge. Der schlitzohrige Badener hat recht – allerdings nur, wenn man es mit der deutschen Sprache ganz pingelig nimmt.

Im Laufe des Jahres 1993 hat Helmut Kohl bei mehreren Gesprächspartnern verbreitet, er sei fest entschlossen, in der Mitte der nächsten Legislaturperiode sein Amt in die Hand Schäubles zu legen. Dies hat er Landespolitikern in Rheinland-Pfalz ebenso erzählt wie Wirtschaftsführern. Sogar Kirchenleute behelligte er mit seiner Sehnsucht nach dem Ruhestand. Dem Freiburger Erzbischof Oskar Saier vertraute er an, 1996 werde er das Kanzleramt verlassen. Sein Nachfolger werde »dann jemand von hier, ganz in ihrer Nähe, sein«. Schäuble wohnt fünfzig Kilometer von Freiburg entfernt in Gengenbach.

Kohl hat 1993 nichts dagegen, wenn sich so etwas herumspricht. Denn der Kanzler steckt gerade einmal wieder im demoskopischen Stimmungstief, kaum jemand glaubt noch an die Neuauflage seiner Kanzlerschaft im Herbst kommenden Jahres. Selbst in den eigenen Reihen wächst die Unsicherheit. Kohls Ankündigung, zwei Jahre nach der Wahl abzutreten, ist nicht zweckfrei. Sie zielt auf den Gnadeneffekt in der Bevölkerung und der eigenen Partei: »Na ja, wenn er in zwei Jahren geht, dann können wir ihn noch mal wählen.«

Anders meint Kohl es ein Jahr später, kurz vor der Bundestagswahl. Der Kanzler macht Wahlkampf in einem Nest im früheren Grenzbereich – in Mödlareuth. Im Privatfernsehsender SAT 1 findet eine Diskussion mit dem Kanzler statt. Der frühere *Bild*-Chefredakteur Hans-Hermann Tiedje überrumpelt Kohl mit der Frage nach dem Ende seiner Kanzlerschaft. Der Kanzler ist so verdutzt, daß er spontan seinen bis dahin verborgenen Wunsch verrät, bei der nächsten Bundestagswahl 1998 nicht mehr anzutreten. Die nach 1994 beginnende Legislaturperiode sei »mit Sicherheit die letzte« Amtszeit, antwortet er. Wann er abtreten will, läßt Kohl jedoch offen.

Schäuble ruft bei Kohl an und drängt ihn, klarzustellen, daß er die volle Amtszeit bis 1998 Kanzler bleiben will. Der Fraktionsvorsitzende denkt dabei auch an sich. Wenn offenbleibt, wann Kohl abtritt, dann werden Schäubles Gegner sofort nach der Wahl über ihn herfallen, um ihn so früh wie möglich zu demontieren.

Schäuble kennt die eiserne Kandidatenregel: Wer zu früh springt, springt zu kurz. Der Kanzler befolgt den Rat und erklärt in Interviews, »ich trete an, um meine Arbeit eine volle Legislaturperiode fortzusetzen«. Damit verkleinert er den Schaden ein wenig, den er sich selbst mit seinen unbedachten Äußerungen zugefügt hat.

Obwohl ihm diese ungeschickte Ankündigung viel Kritik einbringt – Schäuble beschwert sich ebenso bei Kohl wie der Vorsitzende der CSU, Theo Waigel (»Rückzüge kündigt man nicht an!«) –, wiederholt Kohl sie wenige Tage vor der Bundestagswahl in der Bonner Bundespressekonferenz. Mit solchen Fragen, das weiß Kohl, spielt man nicht. Und so bleibt er bei seinem Wort, obwohl es die Union, wie Kritiker meinen, mindestens zwei Prozent der Stimmen bei der Bundestagswahl gekostet hat. Kohl hat sich verkalkuliert. Wer wählt schließlich einen Übergangskanzler?

Doch bei dem Satz, er stehe nicht mehr zur Verfügung, nuschelt er in der Bundespressekonferenz das »nicht« so, daß etliche Journalisten es nicht verstehen. Es entsteht erhebliche Verwirrung – und die Korrespondenten rufen hinterher bei Kohls Sprechern Eduard Ackermann und Andreas Fritzenkötter an. Doch dann passiert, was nie passieren darf: Die beiden geben unterschiedliche Auskünfte. Fritzenkötter verbreitet, Kohl habe sein Nein zurückgenommen, Ackermann erzählt, selbstverständlich stehe Kohl zu seinem Wort. Das macht die Verwirrung komplett. Einige Zeitungen berichten aus derselben Pressekonferenz, Kohl habe gesagt, er trete ab, andere melden, er trete an. Und das so kurz vor der Wahl!

Kohl ist empört. Die Schuld an der von ihm selbst und seinen Sprechern ausgelösten Verwirrung gibt er der Presse. Die Zeitungsberichte seien »irreführend, frei erfunden und entbehren jeder Grundlage«. Sonntags läßt der Kanzler eine Erklärung verbreiten, die die Version von Mödlareuth bestätigt. Er beabsichtige »auf keinen Fall, über 1998 hinaus erneut für das Amt des Bundeskanzlers zu kandidieren. Dabei bleibt es.« Sein loyaler Sprecher Fritzenkötter, der es nur gut gemeint hat, bekommt unangenehm zu spüren, was es heißt, den Chef nach eigenem Gusto zu interpretieren.

Was niemand weiß: Noch vor der Wahl spricht Kohl mit Schäuble persönlich über die Nachfolge – und erzählt ihm, wie er sich den Wechsel im Kanzleramt vorstellt. Kohl offenbart dem Freund sein Drehbuch für den Kanzlerwechsel. Er wolle, sagt Kohl entschlossen, 1998 nicht mehr antreten. Die Bundestagsfraktion solle Schäuble als Kanzlerkandidaten der Union nominieren. »Dann gehen wir gemeinsam in den Wahlkampf. Ich als gehender Kanzler und du als zukünftiger Kanzler!« Schäuble läßt Kohls Idee im Raum stehen. Er findet, es sei zu früh, um schon so konkret über den Kanzlerwechsel zu sprechen, schließlich ist nicht einmal die Bundestagswahl 1994 gewonnen. Im übrigen nimmt er Kohl nicht beim Wort. Der Fraktionsvorsitzende weiß um Kohls Gedankenspielerei, 1996 sein Amt aufzugeben. Will der Kanzler seinen Kronprinzen auf diese Weise vorbereiten, daß es nun doch noch zwei Jahre länger dauert, bis er zum Zuge kommt?

Doch Kohl meint es ernster, als Schäuble denkt. Nach der Wahl wiederholt der Kanzler seine Ankündigung dem Fraktionsvorsitzenden gegenüber – und zwar am Rande eines Koalitionsgespräches im allerkleinsten Kreis. Wieder hört Schäuble zu, nickt sogar zu Kohls Worten, sagt aber nichts.

Im streng juristischen Sinn, da hat Schäuble recht, gibt es zwischen ihm und Kohl über die Erbfolge im Kanzleramt tatsächlich keine »Absprache«. Aber Kohl hat dem Fraktionsvorsitzenden gegenüber seinen Willen verkündet, und sein designierter Nachfolger hat bei dieser Gelegenheit nicht widersprochen. Das sind die Fakten.

»Der wird nie Kanzler!«

Nach der Bundestagswahl fordern etliche Unionspolitiker Helmut Kohl auf, 1998 noch einmal anzutreten. Der Gedanke an ein Ende der Ära Kohl flößt ihnen Furcht ein. Edmund Stoibers Staatsminister Erwin Huber eröffnet den Reigen. Überhaupt ist bei dieser Diskussion die CSU stark vertreten. Die Christsozialen überbieten sich gegenseitig mit positiven Kohl-Adressen.

Dabei treiben Ministerpräsident Edmund Stoiber andere Motive um als den Parteivorsitzenden Waigel. Der CSU-Vormann denkt an die Wahl 1998, sein Konkurrent, der Regierungschef in München, an die Zeit danach. Stoiber rechnet sich Chancen für das Jahr 2000 aus, selbst Kanzlerkandidat der Union zu werden. Wird die Nachfolge vorher entschieden, davon geht der gewiefte Taktiker der Macht aus, hat er keine Chance. Seine Schlußfolgerung: Kohl muß noch einmal ran!

Daß ausgerechnet die Christsozialen ihn so verehren, freut Kohl ganz besonders. Er denkt in geschichtlichen Dimensionen – und hat die haßerfüllten Tiraden des Franz Josef Strauß nicht vergessen. Der CSU-Anführer hielt sich immer für den besseren Kandidaten. 1976 holte Strauß zum Totalverriß aus: »Herr Kohl, den ich nur im Wissen, den ich trotz meines Wissens um seine Unzulänglichkeit, um des Friedens willen als Kanzlerkandidat unterstützt habe, wird nie Kanzler werden. Er ist total unfähig, ihm fehlen die charakterlichen, die geistigen und die politischen Voraussetzungen. Ihm fehlt alles dafür.«

Neunzehn Jahre später verkündet Strauß-Nachfolger Waigel voller Anerkennung, ja Stolz: »Wir haben einen Kanzler, der mehr Freude hat an seinem Amt als je zuvor.«

Selbst Heiner Geißler, der ihn 1989 entmachten wollte, wünscht sich jetzt, Kohl solle noch einmal antreten. Heinz Eggert, zu diesem Zeitpunkt noch Stellvertreter des CDU-Vorsitzenden, hofft das auch: »Kohl sollte weitermachen.« Anfang 1993 hat Eggert von Kohl noch Machtverzicht gefordert. Er möge das Amt des CDU-Vorsitzenden abgeben.

Kohl freut sich und kann es kaum fassen. »Fünfzehn Jahre lang haben sie gerufen, der muß weg. Und nun rufen zum Teil dieselben: Der muß bleiben«, sagt der Kanzler zu seiner Ministermannschaft in einer Kabinettssitzung. Auch gegenüber den Journalisten, mit deren Mehrzahl Kohl seit Jahren im Clinch liegt, triumphiert Kohl nun: »Wenn Sie zwölf Jahre lang darüber nachdachten, wann ich gehe …, und jetzt denken Sie darüber nach, wie ich die nächsten zwölf Jahre bleibe, genieße ich das. Verstehen Sie? Jetzt gönnen Sie mir doch mit Fünfundsechzig diese Lebensfreude. Und Sie glauben gar nicht, wie mich das motiviert in meiner eigenen Partei, wo doch so viele ... morgens über ein Jahrzehnt hindurch aufstanden und darüber nachdachten, was können wir heute dem Helmut Kohl Gutes tun.« Der Kanzler, in seinen ersten Jahren im Amt geschmäht und verspottet wie kaum ein zweiter, wird nun, schreibt die WELT, »zum Gefangenen seiner eigenen Integrationskraft«.

Kein Wunder, daß die Spekulationen blühen. Tritt Kohl 1998 doch wieder an? Entscheidet er damit, daß Schäuble doch noch warten muß?

Kohl kalkuliert eiskalt seine Chancen. Das war auch der Grund, warum er 1994 vor der Wahl ankündigte, beim nächsten Mal nicht mehr zur Verfügung zu stehen. Er ahnte: »Die können mein Gesicht nicht mehr sehen.« Kohl, der Instinktpolitiker, hatte recht.

Denn schließlich ist noch nie ein Kanzlerkandidat mit so viel Vorschußlorbeeren in eine Auseinandersetzung um die Bundestagswahl gegangen wie Helmut Kohl 1994. Bis auf seine taktischen Ungeschicklichkeiten, die eigene Zukunft betreffend, macht Kohl in diesem Wahlkampf keinen Fehler. *Der Spiegel*, der ihn von dem Moment an stürzen will, seit dem er im Kanzleramt sitzt, schreibt ehrfürchtig über die »Machtmaschine« Kohl. Konkurrent FOCUS beschreibt den im doppelten Sinne raumgreifenden Mann als »Bürger-King«. Kontrahent Rudolf Scharping macht einen Fehler nach dem anderen und liefert damit der Union Wahlkampfmunition wie kein Herausforderer Helmut Kohls vor ihm. Zudem wird klar, daß Scharping innerparteilich als Kandidat nicht unumstritten ist. Bis kurz vor dem Wahltag erscheinen in den Medien Berichte über Querelen innerhalb der SPD um deren Vorsitzenden. Rückenwind für Kohl kommt zudem aus der Wirtschaft. Rechtzeitig im Wahljahr ist die Konjunktur angesprungen, es gibt positive Nachrichten vom Arbeitsmarkt. Helmut Kohl, obwohl inzwischen zwölf Jahre Bundeskanzler und einundzwanzig Jahre Parteichef, ist der einzige wirklich unangefochtene Parteivorsitzende.

Das ist die Kulisse für absolute Mehrheiten. Besser, sollte man meinen, kann es gar nicht kommen. Und dennoch reicht es am Ende für die Regierungskoalition nur zu einer äußerst knappen Mehrheit. 1983 holte Kohl mehr als achtundvierzig Prozent. Beim vergangenen Mal mußte er sich mit kargen zweiundvierzig Prozent zufriedengeben.

Das hat den Kanzler in seiner Einschätzung bestärkt, es beim nächsten Mal nicht mehr schaffen zu können.

Umfragen, die Kohl entgegen eigener Beteuerungen akribisch zur Kenntnis nimmt, verstärken seinen Eindruck. Im Sommer 1995 ermittelt Emnid nur neununddreißig Prozent Zustimmung für eine erneute Kanzlerkandidatur Kohls. Mehr als die Hälfte der Befragten, fünfundfünfzig Prozent, wünscht sich einen anderen Unionspolitiker. Selbst unter den CDU-Sympathisanten hofft jeder dritte, Kohl möge 1998 nicht noch einmal ins Rennen gehen. Vor allem die Jüngeren bis neunundzwanzig Jahre, die politisch bewußt noch keinen anderen Kanzler erlebt haben als Kohl, verlangen nach einer unionsinternen Alternative. Selbst bei den über Sechzigjährigen teilen diesen Wunsch immer noch fünfzig Prozent der Befragten.

Sehr genau hat Kohl registriert, daß die Bevölkerung zwar Rudolf Scharping – Oskar Lafontaine wird erst später zum SPD-Vormann gewählt – im direkten Vergleich mit ihm keine Chance gibt, wohl aber dem Scharping-Konkurrenten Gerhard Schröder aus Niedersachsen.

Parteifreunde, die sich mit ihm über die vielfachen Rufe freuen, es 1998 noch einmal zu versuchen, bremst Kohl. In kleiner Runde warnt er davor, »daraus eilige Schlüsse zu ziehen«. »Man muß auch an das Ende denken«, erzählt er jenen, die sich von ihm nicht trennen wollen. Am Ende seiner Amtszeit wolle er nicht dastehen wie ein gealterter Ehemann, der sich von seiner Frau sagen lassen müsse: »Früher warst du besser.« Schäuble beschäftigt natürlich die Frage der Kanzlerkandidatur 1998. Kohls ihm gegenüber geäußerte Idee, die Funktionen von Kanzler und Kanzlerkandidatur zu teilen, hält er für eine Verlegenheitslösung. »Es ist unvorstellbar, mit einem Kanzler Kohl und einem Kandidaten Schäuble in die Wahl zu gehen. Das geht nicht«, hat er engen Parteifreunden anvertraut.

Schäuble hat recht: In einem gemeinsamen Wahlkampf mit dem Kanzler Kohl um den Einzug ins Kanzleramt stünde Schäuble da wie der Lehrling des Amtsinhabers. Wie sollte ein Kandidat Schäuble sein Programm der Erneuerung glaubwürdig vertreten, wenn mit Kohl ein Kanzler dafür wirbt, der schon sechzehn Jahre amtiert, so lange wie (außer Bismarck!) kein zweiter Regierungschef in Deutschland. Mit

Helmut Kohl an der Seite als konzeptioneller Opponent Kohls in die Wahlauseinandersetzung zu gehen, wäre abenteuerlich. Die größte Chance, aus diesem Wahlkampf als Sieger hervorzugehen, hätte die SPD. Davon ist Schäuble fest überzeugt. »Der Versuch eines fliegenden Wechsels 1998 wäre das Programm, um Scharping an die Macht zu bringen.«

Für Schäuble gäbe es nur einen überzeugenden Weg, 1998 Kanzler zu werden. Er müßte Kohl schon vorher ablösen.

Der Weg an die Macht im Kanzleramt würde in diesem Fall über das »Modell Kiesinger« führen. Der ließ sich 1966 vom Parlament zum Kanzler wählen, nachdem sein glücklos agierender Vorgänger Ludwig Erhard seinen Rücktritt erklärt hatte.

Die Mehrheit in der Union ist nach wie vor davon überzeugt, daß es bei dem knappen Vorsprung im Bundestag von nominell vier Stimmen viel zu riskant ist, noch in der laufenden Legislaturperiode den Versuch zu machen, Kohl durch Schäuble zu ersetzen. Selbst Kohl wurde im Herbst 1994 nur mit einer Stimme mehr zum Kanzler gewählt, als er benötigte. Es war, wie im Fall des ersten Bundeskanzlers Konrad Adenauer, seine eigene Stimme, die den Ausschlag gab.

Die Risiken sind in der Tat auf den ersten Blick hoch. In der eigenen Fraktion ist Schäuble nicht ausgesprochen beliebt, sondern geachtet und respektiert. Werden die Abgeordneten der Union, die 1998 nicht wieder in den Bundestag zurückkehren, ihre größere Unabhängigkeit nutzen, um Schäuble einen Denkzettel zu verpassen? Werden alle Abgeordneten der CSU für Schäuble stimmen? Die Vorbehalte gegen den Badener sind bei der bayerischen CDU-Schwester am größten. Bleibt die FDP. Wie werden Gegner Schäubles beim Koalitionspartner, wie (Ex-Justizministerin) Sabine Leutheusser-Schnarrenberger, auf dessen Kanzlerkandidatur reagieren?

Trotz der Bedenken spielt dieses Szenario in den Köpfen führender Koalitionspolitiker eine Rolle. Sie teilen die ursprüngliche Einschätzung Kohls, daß er 1998 kaum noch eine Chance auf die Macht haben werde.

Die angesichts der Schwäche der FDP ausgegebene Parole von CDU-Politikern, die Union müsse versuchen, mit Kohl eine absolute Mehrheit zu erzielen, halten sie für eine taktische Finesse ohne jeden realen Hintergrund. In der Tat richtet sich das Gerede einer möglichen Alleinregierung der Union vor allem nach innen. So soll den durch die schwarz-grüne Diskussion verunsicherten Parteimitgliedern und -sympathisanten eine Perspektive vermittelt werden, wie es sich auch ohne die schwachbrüstige FDP und die ungeliebten Grünen als Partner regieren ließe.

Befürworter einer zweiten Kanzlerwahl in dieser Legislaturperiode machen zu diesem Zeitpunkt intern eine andere Rechnung auf. Die FDP-Abgeordneten würden auf jeden Fall Schäuble wählen. Vor die Wahl gestellt, in die Opposition zu gehen oder ihren Ministerposten zu behalten, werde die Ex-Justizministerin wohl kaum dem CDU-Kandidaten ihre Stimme verweigern. So geht es jedem Amtsträger in allen drei Koalitionsparteien, der mit der Stimme für Schäuble gleichzeitig sich selbst wiederwählt. Wer keine Pfründe zu verwalten hat, würde sich mit einem Nein bei der Kanzlerwahl um jede Chance auf einen Platz in der ersten Reihe bringen.

Selbst in der SPD-Führung wächst die Überzeugung, die Koalition werde am Ende doch eine zweite Kanzlerwahl anstreben. Davon ist jedenfalls Gerhard Schröder fest überzeugt. »Kohl wäre schön blöd, wenn der noch mal in den Ring gehen würde. Der tritt nicht mehr an«, urteilt der niedersächsische Ministerpräsident. »Die werden den Wechsel versuchen.«

Auch Kohl hat das Experiment schon einmal durchgespielt. Ihn schreckt inzwischen, versichern engste Parteifreunde und Berater, nicht einmal mehr die Möglichkeit, daß Schäuble im ersten Wahlgang durchfallen könnte.

Im Fall eines Kanzlerrücktritts, so verlangt es die Verfassung, schlägt der Bundespräsident dem Parlament einen Nachfolger vor. Wird der im ersten Wahlgang nicht mit der nötigen Kanzlermehrheit gewählt, findet ein zweiter Wahlgang statt. Fällt auch dann der Kandidat durch, werden die Parlamentarier ein drittes Mal zur Wahlurne gerufen. Langt es immer noch nicht zur Mehrheit, kommt die große Stunde des Bundespräsidenten. Roman Herzog steht dann vor der Wahl, einen Minderheitskanzler zu ernennen oder das Parlament aufzulösen und Neuwahlen auszuschreiben.

Wie Herzog in so einer historisch einmaligen Situation entscheiden würde, ist seinem ganz privaten Urteil überlassen. Er hat sich jedenfalls für einen solchen Fall vorsorglich ein Entscheidungsraster zurechtgelegt: Wenn er überzeugt ist, daß eine Neuwahl zu keinem anderen Ergebnis führen würde als zu den jetzigen Mehrheitsverhältnissen, würde er den Minderheitskanzler ernennen.

Herzog hält große Stücke auf Schäuble, wie er Parteifreunden anvertraut. Der Bundespräsident charakterisiert den Fraktionsvorsitzenden der Union als »tollen Mann«. Er sei schon immer davon überzeugt gewesen, daß der nächste Kanzlerkandidat der Union Schäuble heiße.

Abtreten, wenn es am schönsten ist

Helmut Kohl weiß noch nicht mit letzter Sicherheit, ob er wieder antreten soll oder nicht. Einstweilen schiebt er diese Frage von sich weg. Gespräche darüber mit Parteifreunden blockt er ab. Er hat noch keine Lösung und will sich die Diskussion auch nicht aufzwingen lassen.

Jedenfalls ist es immer Kohls Wunsch gewesen, selbst den Zeitpunkt zu bestimmen, an dem er das Kanzleramt verläßt. Das wäre eine Premiere. Er wäre der erste Bundeskanzler, dem das gelingt.

Konrad Adenauer hatte den Zeitpunkt für seinen Absprung verpaßt. 1959, vier Jahre vor dem Ende seiner Amtszeit, machte er sich mit der Ankündigung lächerlich, das Amt des Bundeskanzlers gegen das des Bundespräsidenten einzutauschen. Nachdem er sich über die allzu engen verfassungsmäßigen Grenzen der angestrebten Aufgabe klar geworden war, trat er den Rückzug an. Zwei Jahre später, als er bei der Bundestagswahl 1961 die absolute Mehrheit der Union verloren hatte, zwang ihn die FDP, sein eigenes politisches Ende zu besiegeln. Adenauer durfte nur noch zwei Jahre lang Kanzler bleiben. Die Jahre danach nutzte er, um seinen ungeliebten Nachfolger Erhard madig zu machen. Da war Adenauer wenig souverän: »Den mache ich kaputt.«

Das alles hat der junge Kohl genau beobachtet. Norbert Blüm, Helmut Kohls letzter Ressortchef aus der ersten Ministermannschaft, kennt seinen langjährigen Weggefährten. Kohl habe aus Adenauers Schicksal gelernt. »Der weiß: Ein schöner Abgang ziert die Übung.«

Helmut Kohl, das gehört mit zu seinem Kalkül, will nicht als Verlierer in den Ruhestand gehen, sondern als Sieger. Deswegen hat er schon einmal, nämlich kurz nach der Wiedervereinigung, ernsthaft daran gedacht, sein Amt abzugeben. Und deswegen hat er es Ende 1993, als er im Stimmungstief war und viele Parteifreunde mit seinem Rücktritt rechneten, bleiben lassen – obwohl er zeitweilig tatsächlich schwankte.

Dies teilte ausgerechnet Schäuble der Öffentlichkeit mit. Dafür wählte er sich ein Millionenpublikum. Der *Bild*-Zeitung antwortete er im Dezember 1993 auf die Frage, ob er sich vorstellen könne, daß Kohl 1994 sagt, mir reicht's: »Da ich Helmut Kohl sehr gut kenne, weiß ich, daß er seine persönliche Befindlichkeit hinter der Verantwortung für das Ganze zurückstellt.« Schöner hat noch niemand dem Bundeskanzler Amtsmüdigkeit bescheinigt!

Heute wägt Kohl, der ohnehin kein ausgewiesen entscheidungsfreudiger Politiker ist, die Vor- und Nachteile eines vorzeitigen Amtsverzichts ab. Er will nicht mehr antreten. Doch wer weiß, was noch passiert – wie es mit Europa weitergeht oder mit Wolfgang Schäuble.

Der Kanzler der Einheit hat sich ein letztes Ziel gesteckt: die Unumkehrbarkeit der europäischen Einigung. Die aber dauert, wenn sie überhaupt zu erreichen ist, länger als bis zum Frühjahr 1997. Denn mit der Maastricht-Folgekonferenz ist es nicht getan. Danach steht die schwierige Ratifizierung der Ergebnisse in Deutschland an. Das zieht sich mindestens bis zum März 1998 hin. So ist es längst in Kohls Kalender vermerkt.

Außerdem muß bis zum Frühjahr 1998 entschieden werden, wer der Europäischen Wirtschafts- und Währungsunion beitreten darf. Die Vorbehalte der Deutschen gegen den Verlust der identitätsstiftenden D-Mark wachsen.

Der Parteitag der CDU in Karlsruhe beschloß im Herbst 1995 auf Initiative des Kohl-Rivalen Kurt Biedenkopf, die Stabilitätskriterien für die Euro-Währung müßten nicht nur zum Stichtag 1. Januar 1999 erfüllt werden, sondern »dauerhaft«. Damit attestierte er dem Kanzler, seinerzeit in Maastricht schlecht verhandelt zu haben. Diese Parteitagsepisode ist nur ein Vorgeschmack auf machtbedrohende Euro-Diskussionen.

Schäuble befürchtet, die SPD könne daraus im Bundestagswahlkampf 1998 Kapital schlagen. Vorbehalte in der eigenen Parteirechten ignoriert der Fraktionsvorsitzende.

Auch die unsichere Europa-Perspektive läßt Kohl zögern, sich auf einen Rückzug festzulegen. Ein vertrauter Kabinettskollege vergleicht die zeitweise Unentschiedenheit des Kanzlers mit der Qualität der Wettervorhersage durch folgende Bauernregel: »Wenn der Hahn kräht auf dem Mist, ändert sich das Wetter – oder es bleibt, wie es ist.«

Spätestens Ende 1997 wird Schäuble Kohl unter vier Augen bitten, Farbe zu bekennen.

Alles offenhalten

Was will Wolfgang Schäuble?

Der Fraktionsvorsitzende will Kanzler werden können – nicht in dem Sinn, daß er am offenen Fenster sitzt und darauf wartet, daß ihn Helmut Kohls Ruf ereilt. Aber er paßt genau auf, daß er sich in keiner öffentlichen Äußerung die Option auf das Kanzleramt verbaut. Sätze wie »Ich will, daß dieser Kelch an mir vorübergeht«, klingen klar und sagen dennoch nichts aus. Was ist, um im schiefen Bild zu bleiben, wenn der Kelch doch vorbeikommt? Selbst auf klare Fragen antwortet Schäuble unklar.

»Soll der Nachfolger von Helmut Kohl als Unions-Kanzlerkandidat 1998 wieder Helmut Kohl heißen?«

Schäuble: »Darüber werden wir rechtzeitig vorher entscheiden. Helmut Kohl erfährt im Inland und Ausland große Zustimmung. Mit ihm haben wir den optimal starken Bundeskanzler. Also erübrigt sich doch aus heutiger Sicht jedes Nachdenken über einen Wechsel.«

Das erzählt er *Bild am Sonntag* Ende Juli 1995. Kurz vorher hat

FOCUS ihn mit der Einschätzung zitiert, 1998 solle Kohl wieder antreten, weil er »wie kein zweiter« in der Lage sei, für die Union das Beste herauszuholen. Das hat Schäuble unbedacht gesagt, und weil es ihm zu endgültig klingt, ergreift er gleich die nächste sich bietende Gelegenheit, um die Zukunft wieder offen zu gestalten.

Bei den zahlreichen Fragen nach seiner Kanzlerfähigkeit kommt Wolfgang Schäuble in der Öffentlichkeit eine Antwort bestimmt nie über die Lippen, die er Freunden längst gegeben hat: »Ich würde nie sagen, ich kann es nicht.«

KOHLS PREMIER

Wolfgang Schäuble hat sein politisches Schicksal mit dem Helmut Kohls verbunden. Seit mehr als zwanzig Jahren arbeitet der Badener schon für den Pfälzer. Anfangs ist Schäuble der nützliche Helfer auf dem langen Weg Kohls zur zäh angestrebten Kanzlerschaft, heute ist er aus dem »Machtsystem Kohl« nicht mehr wegzudenken.

Zum Vasall hat Schäuble sich dabei nie machen lassen. Daß er unabhängig geblieben ist und den Vereinnahmungsversuchen Kohls widerstanden hat, daß er trotz aller Nähe die Distanz zum Menschenfänger Kohl gewahrt hat, erklärt, warum ihre Beziehung so lange hält. Die beiden duzen sich erst seit der Osterpause 1992. Im Abspeckurlaub in Bad Hofgastein bietet der Kanzler seinem Fraktionschef das Du an. Kohl hat ein feines Gespür für die verdeckten Rangkämpfe hinter der Nummer eins. Deswegen duzt er sich seit diesem Urlaub nicht nur mit Schäuble, sondern auch mit dem CSU-Vorsitzenden Theo Waigel.

Kohl hat Schäubles steile Karriere möglich gemacht, Schäuble hat mit dafür gesorgt, daß Kohl so lange Kanzler bleiben konnte.

Daß aus politischen Partnern auch noch langjährige Freunde werden, ist für Bonner Verhältnisse einmalig. Kohl ist nie Schäubles Vorbild gewesen, obwohl der Badener den Pfälzer für seine Leistung bewundert hat. Spätestens seit dem Attentat auf Schäuble gilt das auch umgekehrt.

Wer von wem abhängiger ist, läßt sich nicht mehr sagen. Hätte Deutschland sich für das politische System der fünften französischen Republik entschieden, wäre Kohl der Präsident und Schäuble sein Premier.

Erste Annäherung

»Ich war bereits Ende der sechziger Jahre ein glühender Verehrer von ihm«, erzählt Schäuble. Als Vorsitzender der Jungen Union in Südbaden macht er Stimmung für den Pfälzer, macht sich dafür stark, daß dieser Rainer Barzel ablösen und Parteivorsitzender der CDU werden kann. »Ich habe 1971 für Kohl gekämpft. Das war typisch Junge Union. Kohl war der Neue, er stand für etwas Neues, das uns voranbringt.« Helmut Kohl steht an der Spitze der Reformer in der CDU, seinen rheinland-pfälzischen Landesverband hat er schon erfolgreich modernisiert. Schäuble unterstützt Kohl ausdrücklich auch deswegen, weil er ostpolitisch für einen Neuanfang steht. Der spätere Chef-Deutschlandpolitiker hat erkannt, daß die Union sich in der Ostpolitik mit ihrer kompromißlosen Gegnerschaft zur Entspannungspolitik Willy Brandts und Walter Scheels in eine Sackgasse manövriert hat.

Dieses politische Grundmuster Schäubles taucht zwei Jahre später bei der Wahl des Fraktionsvorsitzenden wieder auf. Als Nachfolger Barzels stellen sich Gerhard Schröder, Karl Carstens und Richard von Weizsäcker zur Wahl. Schäuble entscheidet sich für Weizsäcker. »Den fand ich damals natürlich toll.« In der fraktionsinternen Abstimmung über die Ostverträge ist Weizsäcker einer von denen, die gegen die Mehrheitslinie votieren und für die Zustimmung der Union zur Ostpolitik der SPD / FDP-Regierung plädieren. (Die beiden anderen sind Norbert Blüm und Karl-Heinz Hornhues.)

1971 hat Schäuble noch auf das falsche Pferd gesetzt. Barzel kann sich noch einmal gegen Kohl behaupten und bleibt Parteichef. Im Rückblick ist es interessant, mit welchem Konzept Kohl sich als neuer Parteiführer anpries. Er setzte sich für die generelle Trennung von Parteivorsitz und Kanzlerschaft ein, um der Partei gegenüber der Regierung ein größeres Eigengewicht zu geben. 1982 Kanzler geworden, verfolgt er seither rachsüchtig jeden aus der Partei, der die Ämtertrennung fordert.

Schäuble ist Delegierter auf dem Saarbrücker Parteitag 1971, meldet sich allerdings in der Diskussion um den Parteivorsitz nicht zu Wort.

Eineinhalb Jahre später, Rainer Barzel scheitert 1972 beim Versuch, Brandt mit Hilfe eines konstruktiven Mißtrauensvotums zu stürzen, wird Helmut Kohl auf dem Bonner Parteitag zum neuen CDU-Vorsitzenden gewählt. Für Schäuble ist ebenso klar wie für Kohl, daß der Pfälzer nächster Kanzlerkandidat der Union ist.

Was die beiden für selbstverständlich halten, zweifelt der CSU-Vorsitzende Franz Josef Strauß jedoch an. Er schätzt den Pfälzer falsch ein, hält ihn politisch für ein Leichtgewicht. Als die beiden Parteivorstände von CDU und CSU 1975 in der bayerischen Landesvertretung zusammenkommen, um für die Bundestagswahl 1976 einen Kandidaten zu nominieren, enthält das Abschlußkommuniqué einen für Kohl peinlichen Vorbehalt: »Die CDU hat Helmut Kohl als Kandidaten für das Amt des Bundeskanzlers vorgeschlagen. Die CSU hat davon Kenntnis genommen, daß die CDU als größere Partei den Anspruch erhebt, den Kanzlerkandidaten zu stellen. Die CSU hält an ihrer Bewertung fest, daß ihr Vorsitzender der geeignete Kandidat ist. Die CSU wird im Interesse der gemeinsamen Sache aber ebenso wie die CDU nur Helmut Kohl als Kanzlerkandidaten unterstützen.«

Sogleich stellt sich die Frage, wer dieses Dokument des Schwesternstreits der Presse erläutern soll. Karl Carstens winkt ab: »Ich kann das nicht präsentieren.« Er beruft sich dabei auf seine Rolle als Fraktionsvorsitzender von CDU und CSU, der im übrigen gar nicht zuständig sei. Strauß, der Initiator des Streits, kneift ebenfalls und ruft mürrisch: »Ich will nicht vor die Presse.« Helmut Kohl selbst lehnt es ab, die Journalisten zu unterrichten: »Mit so einem miesen Kommuniqué gehe ich nicht vor die Presse.« Die unangenehme Angelegenheit bleibt an dem einzigen in der Runde hängen, dem eine solche Veranstaltung nicht mehr schaden kann: dem Ehrenvorsitzenden der CDU und früheren Bundeskanzler Kurt Georg Kiesinger.

Kohl erreicht bei der Bundestagswahl 48,6 Prozent und damit beinahe die absolute Mehrheit. Doch Helmut Schmidt reicht es mit Hilfe der FDP noch einmal zur Kanzlerschaft. Kohl entscheidet sich trotz der verlorenen Wahl, den sicheren Posten des rheinland-pfälzischen Ministerpräsidenten abzugeben und mit der ungemütlichen Oppositionsbank in Bonn zu vertauschen.

Die Gruppe 76

Der Bonner Bundestag ist für den Pfälzer ungewohntes Terrain. Er kennt die Fallstricke noch nicht, kann Hilfe gut gebrauchen.

Wolfgang Schäuble hat im Bonner Parlament schon vier Jahre lang Erfahrung sammeln können. Jetzt ist er mit dabei, als Philipp Jenninger die Gruppe 76 organisiert – eine kleine Truppe von Abgeordneten, die sich mit Kohl verbunden fühlen und bereit sind, für ihn alles zu tun. Mit dabei sind Anton Pfeifer, Elmar Pieroth, Dieter Schulte, Olaf von Wrangel und Volker Rühe.

Ihr Engagement für den richtigen Mann hat sich für sie bezahlt gemacht. Kohl ist der Herr der Seilschaften. Illoyalität bestraft er gnadenlos, Loyalität wird belohnt. Pfeifer holt Kohl als Staatsminister ins Kanzleramt. Jenninger macht Kohl zuerst zum Ersten Parlamentarischen Geschäftsführer, nach der Wende 1982 zum Kanzleramtsminister und nach dem Rücktritt des Parlamentspräsidenten Rainer Barzel wegen seiner Verstrickung in die Parteispendenaffäre zu dessen Nachfolger. Als Jenninger 1988 wegen einer als Relativierung des Nationalsozialismus mißinterpretierten Rede zurücktreten muß, fällt er weich. Kohl installiert seinen alten Freund »Don Philippo« als Botschafter in Wien, bevor er zum Ende seiner politischen Karriere auf seinen Lieblingsplatz als Emissär beim Vatikan wechseln darf. Über den Parlamentarischen Staatssekretär im Verkehrsministerium Dieter Schulte hält Kohl lange schützend seine Hand, als ihn dessen Chef Günther Krause wegen Illoyalität hinauswerfen will. Volker Rühe darf Verteidigungsminister werden. Den ambitionierten Hamburger ernennt Kohl zu dessen fünfzigstem Geburtstag sogar zu Schäubles Kronprinzenpartner, was der Kanzler allerdings später bereut.

Die Gruppe 76 trifft sich in unregelmäßigen Abständen, meistens dann, wenn ihr Schutzobjekt einmal wieder unter Beschuß steht. Sie sprechen eine Rollenverteilung für Fraktionssitzungen ab und versuchen so, Diskussionen in ihrem und Kohls Sinn zu bestimmen, ohne daß auf den ersten Blick deutlich würde, wer die Mehrheiten für Kohl in der Union organisiert. Mit diesem Spiel über die Bande schirmen sie Kohl von Kritik ab. Gleichzeitig organisieren sie eine intensive Öffentlichkeitsarbeit zugunsten des Fraktionsvorsitzenden.

Im Januar 1978 kommt für Kohls Kampftruppe die erste wirkliche Bewährungsprobe. Der von Kohl hinausgeworfene CDU-Generalsekretär Kurt Biedenkopf rächt sich an seinem früheren Chef mit dem Vorschlag, Partei- und Fraktionsvorsitz zu trennen, wie Kohl das ja schließlich selbst wenige Jahre zuvor ins Spiel brachte. Biedenkopf hält sich für den besseren Parteivorsitzenden, er will Kohl entmachten. Kohls Truppe zettelt in der Union eine Diskussion an über Biedenkopfs Vorstoß und sorgt dafür, daß sich die gesamte Fraktion von dem Professor distanziert.

Sie funktionieren Biedenkopfs Akt der Illoyalität um zu einer Solidaritätsdemonstration für Helmut Kohl. Ihr Hauptargument: Gerade in Oppositionszeiten gehörten beide Ämter zusammen. Als Kanzler wird Helmut Kohl behaupten, gerade in Regierungszeiten seien beide Ämter, das des Kanzlers und das des Parteivorsitzenden, nicht zu trennen.

Aus Mainz hat Kohl seinen Büroleiter Horst Teltschik mit nach Bonn gebracht. Der schreibt ihm auch die Reden. Kaum nach Bonn gewechselt, gibt Kohl Teltschik einen Auftrag: »Sie müssen sich mal umgucken unter den Fraktionsleuten, wer schreiben kann und wer in der Sache Bescheid weiß. Da gibt es den jungen Schäuble, der könnte uns unterstützen.«

1979 ist klar geworden, daß der Kanzlerkandidat der Union für die im Herbst des folgenden Jahres stattfindende Bundestagswahl nicht Helmut Kohl heißen wird. Strauß hat ihn unmöglich gemacht, aber auch in der CDU hat Kohl Feinde. Doch Kohl will zumindest eines erreichen: Verhindern, daß dieser Strauß, der gerade versucht, seine Karriere zu zerstören, jetzt noch an ihm vorbeizieht. So schlägt er den niedersächsischen Ministerpräsidenten Ernst Albrecht als CDU-Kandidaten vor. Albrecht wird am 28. Mai 1979 von der CDU-Führung nominiert. Die CSU benennt Franz Josef Strauß.

Vor der fälligen Kampfabstimmung in der Unionsfraktion spielen sich bewegende Szenen ab. Viele haben für die Entscheidung des Parteivorsitzenden überhaupt kein Verständnis. Selbst Kohl-Freund Walter Wallmann spricht sich im Parteivorstand pathetisch für Strauß aus: »Man darf die Einheit der Union nicht gefährden.« Sogar Alois Mertes geht Kohl von der Fahne. Dabei hat der CDU-Vormann den Staatssekretär im Auswärtigen Amt aufgefangen, als ihn die sozialliberale Regierung ausschalten wollte. Sie hatte ihn im Verdacht, Details aus den brisanten ostpolitischen Verhandlungen zwischen Bonn und Moskau an die Union verraten zu haben. Als Mertes im AA unhaltbar wurde, versorgte Kohl ihn mit dem Posten des rheinland-pfälzischen Repräsentanten in Bonn. Jetzt sagt er zu Kohl, den Tränen nahe: »Herr Kohl, ich habe die ganze Nacht gebetet. Ich fürchte, die Einheit der Union geht kaputt. Ich muß für Franz Josef Strauß stimmen.«

Zu den wenigen, die fest zu Albrecht und damit an Kohls Seite stehen, gehören die Mitglieder der Gruppe 76. Für Kohl gehen sie in die Niederlage. Strauß gewinnt in der Fraktion am 2. Juli 1979 mit hundertfünfunddreißig gegen hundertzwei Stimmen. Engsten Mitarbeitern vertraut Kohl an, wie er die Chancen von Strauß bewerte. Der werde nicht einmal das Ergebnis Rainer Barzels (44,9 Prozent 1972) einfahren, womit er recht behalten sollte.

Der Schatten-Fraktionschef

In dieser Zeit heißt Kohls engster Vertrauter Philipp Jenninger. Zusammen fahren sie im Frühjahr zum Abspecken nach Schruns, später nach Bad Hofgastein. Doch Schäuble gerät immer stärker ins Blickfeld Kohls. 1981 schlägt Jenninger Kohl vor, Schäuble zum Parlamentarischen Geschäftsführer zu machen. »In diesem Job kam ich ihm relativ schnell nahe«, erzählt Schäuble heute.

Kohl zieht ihn bei der Ausarbeitung seiner Parteitagsrede im selben Jahr zu Rate. Schäuble kritisiert, der wirtschafts- und finanzpolitische

Teil sei »langweilig wie immer«. Das trifft Redenschreiber Teltschik. Bei diesem drögen Thema, wehrt der sich, sei das eben anders nicht machbar. In der darauffolgenden Nacht schreibt Schäuble den wirtschaftspolitischen Teil der Rede Kohls neu. Die Folge: Zum erstenmal berichtet die *Frankfurter Allgemeine Zeitung* in ihrem Wirtschaftsteil über eine Parteitagsrede Kohls. Der hat das genau registriert. Später wird er auf das wirtschafts- und finanzpolitische Urteil Schäubles mehr hören als auf das anderer CDU-Politiker, die sich für Experten halten.

Im September 1982 besorgt die FDP durch einen Partnertausch die Wende. Bevor sich die neuen Partner von Union und FDP treffen, um die Leitlinien des künftigen Regierungsbündnisses festzulegen, markiert die Union ihre Marschrichtung. Gerhard Stoltenberg hat die Aufgabe, den zentralen finanz- und wirtschaftspolitischen Teil auszuarbeiten. Volles Vertrauen hat Helmut Kohl nicht zu dem Schleswig-Holsteiner. Er will, daß der junge Schäuble dem erfahrenen Stoltenberg auf die Finger guckt. Für den Geschäftsführer ist das eine unangenehme Situation. Kohl ruft schließlich Stoltenberg an und öffnet Schäuble die Tür: »Das beste ist, ich schicke dir den Schäuble rüber und ihr macht das zusammen.« Stoltenberg schluckt, schweigt und wird förmlich: »Wenn du meinst, Helmut ...« Nach dem Gespräch mit dem Jung-Geschäftsführer notiert Stoltenberg akkurat, wie das seine Art ist, mit grünem Kugelschreiber das Ergebnis in seinem Ringbuch.

Am selben Tag sitzen abends die führenden Vertreter der neuen Koalition zu ihrem ersten Koalitionsgespräch zusammen: Hans-Dietrich Genscher und Wolfgang Mischnick für die FDP, Friedrich Zimmermann und Franz Josef Strauß für die CSU, Helmut Kohl und Philipp Jenninger für die CDU. Zwischendurch ruft Kohl bei Schäuble an und bittet ihn um Hilfe. Dann muß Schäuble den Raum wieder verlassen. Doch schon am zweiten Tag sagt der Kanzler zu seinem Vertrauten: »Bleib da!« So kommt es, daß Schäuble, obwohl protokollarisch untergeordnet, gleich zu Beginn der Regierung Kohl aufgewertet wird. Kohl hat ihn, das ist auch den anderen Teilnehmern klar, zu seinem Ersatzmann gemacht. Von nun an gehört Schäuble zu Kohls Team.

Die Gruppe 76 berät, wer Vorsitzender der Regierungsfraktion werden soll. Schäuble schlägt Jenninger vor, der als Erster Parlamentarischer Geschäftsführer quasi der geborene Fraktionsvorsitzende gewesen wäre. Doch der will nicht. Nach den Jahren in der Fraktion sieht »Don Philippo« seine Chance gekommen, in die Administration einzusteigen. So nimmt Kohl ihn mit ins Kanzleramt. In der Gruppe wird überlegt, ob nicht Schäuble Fraktionschef werden soll. Doch das verhindert Alfred Dregger.

Der hat kurz vor der Bundestagswahl die Landtagswahl in Hessen verloren, die er unter normalen Umständen für sich entschieden hätte. So aber wird er das erste Opfer der Polemik des gestürzten Bundeskanzlers Helmut Schmidt wegen des angeblichen »Verrats« der FDP an der SPD. Dregger hat 1979 schon mit der Kanzlerkandidatur geliebäugelt. Nun will er Fraktionsvorsitzender werden und sich nicht von Kohl auf den repräsentativen Posten des Bundestagspräsidenten wegloben lassen. Kohl mag Dregger nicht, der ist ihm zu konservativ. Doch verhindert hat der Kanzler Dregger dennoch nicht. Das Opfer der Wende mußte versorgt werden.

Doch wenn es um Fraktionsdinge geht, ist von nun an nicht Dregger, sondern Schäuble Kohls Ansprechpartner. Dem verlangt Kohls Spiel über Bande an Dregger vorbei gegenüber dem Fraktionsvorsitzenden viel diplomatisches Geschick ab.

Aber Schäuble hat Glück. Der Pfälzer und der Badener sind sich schnell in dem Urteil einig, daß Dregger ohnehin keine Vorstellung davon hat, wie die größte Regierungsfraktion zu führen ist.

Dregger war in seinen Glanzzeiten stets ein streitbarer und guter Redner. Doch dies sind die Kennzeichen eines Oppositionsführers. Von dem Chef der Regierungsfraktion werden andere Qualitäten verlangt. Dregger hat sich stets damit gebrüstet, über Jahre hinweg Helmut Kohl in der Fraktion die Mehrheiten besorgt zu haben. Richtig ist, daß die Fraktion in dieser Zeit Kohl nicht in den Rücken gefallen ist. Doch dafür hat nicht Dregger gesorgt, sondern Kohls Vertrauter Wolfgang Schäuble. »Den Laden zusammenzuhalten, das ist dem nicht auf den Leib geschrieben«, sagt Schäuble zu Kohl. In der emotionalisierten Diskussion um den NATO-Doppelbeschluß sorgt Schäuble dafür, daß die Abgeordneten der Union »stehen«, ebenso wie bei den unpopulären Sparmaßnahmen, die die Regierung unmittelbar nach Amtsantritt beschließt.

Schäuble und Kohl rechnen Dregger freilich die Loyalität zum Bundeskanzler hoch an. Gegenüber Vertrauten macht Dregger bisweilen kein Hehl daraus, daß er sich für den besseren Kanzler hält. Anlässe, sich über die Regierung im allgemeinen und Kohl im besonderen aufzuregen, gibt es in den ersten Jahren der christlich-liberalen Koalition schließlich genug.

Natürlich entgeht dem Fraktionsvorsitzenden nicht, was für ein Spiel der Kanzler mit dem Ersten Parlamentarischen Geschäftsführer treibt. Er reagiert mißtrauisch, und Schäuble hat es nicht leicht, mit Dregger eine vertrauensvolle Zusammenarbeit zu organisieren, schließlich wird dieser von den beiden oft genug regelrecht ausgekurvt. Schon damals hat Schäuble sich gesagt: »Als Fraktionschef würde ich mir das nicht bieten lassen.«

Eins verkneift Schäuble sich: am Stuhl des Fraktionsvorsitzenden zu sägen. Der Badener verhält sich in dieser Hinsicht loyal. Dies wiederum schätzt Kohl, der Diadochenkämpfe nicht mag, weil sie sein ausgeprägtes Harmoniebedürfnis stören.

Als Schäuble Jahre später selbst dieses Amt innehat, zieht er aus seinem eigenen Verhalten die Konsequenzen und verpflichtet seine Geschäftsführer auf Loyalität ihm gegenüber. Spiele über Bande zwischen Kohl und dem Ersten Parlamentarischen Jürgen Rüttgers läßt Schäuble nicht zu. Zum einen unterhält er selbst den engsten Draht zum Kanzler, und zum zweiten hat er schon zuviel Erfahrung, als daß Kohl ihn, wie einst Dregger, ausmanövrieren könnte.

Schäubles Einfluß ist beträchtlich. Selbstbewußt, oft genug naßforsch, nutzt er seine Macht. Vor allem die Konservativen in der Fraktion, die aus der Zeit der Opposition übriggeblieben sind und anfangs noch großen Einfluß haben, bringt Kohls Parlamentarischer Geschäftsführer gegen sich auf. Schäuble paßt deren Linie in der Ost- und Deutschlandpolitik nicht – und auch gesellschaftspolitisch hat der Badener liberalere Vorstellungen.

Für den gesamten Bereich der Außenpolitik ist zu dieser Zeit als stellvertretender Fraktionsvorsitzender Werner Marx zuständig, ein rhetorisch versierter und bekenntnisfreudiger Antikommunist. Schäuble will, wie er Parteifreunden gegenüber ankündigt, den »staatsmännischen Hardliner« durch einen »reformerischen Youngster« ersetzen. Schäubles Favorit für die Aufgabe von Marx ist ein Altbekannter aus der Gruppe 76: Volker Rühe.

Es wird für Schäuble ein hartes Stück Arbeit, Werner Marx zu entmachten. Schäuble schafft es schließlich, indem er ihn auf den Posten des Ausschußvorsitzenden für Auswärtige Angelegenheiten weglobt. Die Konservativen in der Fraktion, die in der Parlamentarischen Gesellschaft regelmäßig zusammenhocken, sind entsetzt über diesen »Emporkömmling von Kohls Gnaden«. Kraftausdrücke fallen, wenn die Rede auf den jugendlichen Geschäftsführer kommt. »Kohls Henker« ist noch einer der harmloseren Titel, mit denen Schäuble in diesem Kreis bedacht wird.

Rühe jedenfalls nutzt den Vizeposten in der Fraktion geschickt dazu, sich neben Dregger, dem Sicherheitspolitiker aus Leidenschaft, eine eigenständige Stellung zu schaffen. Nach Dreggers Abgang ist er quasi automatisch der Außenpolitiker Nummer eins der Union.

Schäuble ist auch verantwortlich für eine zweite wichtige Personalentscheidung. Bei den Landesgruppenvorsitzenden fragt Schäuble, wen er zu seinem Nachfolger als »einfacher« Fraktionsgeschäftsführer machen könne. Da meldet sich Willi Rawe zu Wort, der Chef der nordrhein-westfälischen Parlamentarier, ein einflußreicher Strippenzieher. Rawe schlägt Schäuble Rudolf Seiters vor: »Nimm den Rudi. Mit dem wirst du keine Probleme haben.«

Schäuble befolgt Rawes Rat und setzt Seiters bei Dregger durch. Das erfordert viel Überzeugungsarbeit. Denn Dregger lehnt Seiters, der schon einmal unter Carstens Fraktionsgeschäftsführer war, ab. Später hat sich das Verhältnis Dreggers zu Seiters gebessert. Nach Schäubles Weggang ins Kanzleramt macht Dregger – auch auf Wunsch Kohls – Seiters zum Nachfolger Schäubles. Schäuble hat seine Entscheidung für Seiters nie bereut. »Dafür bin ich dem Rawe ewig dankbar.«

Kohls Amtschef

Kohl kann Schäuble nur deswegen als seinen Ansprechpartner und Vertrauensmann in der Fraktion entbehren, weil inzwischen Seiters in diese Rolle hineingewachsen ist. Unter Alfred Dregger wird nun Seiters zum eigentlichen Fraktionsvorsitzenden.

Unter Jenningers Führung fällt das Kanzleramt als Koordinierungsstelle der Regierung weitgehend aus. Jenninger ist der einzige frühere Fraktionsgeschäftsführer, der in dieser Hinsicht für Kohl ein Ausfall bleibt. Jenningers Nachfolger Schäuble, Rudolf Seiters und Friedrich Bohl sind von anderem Kaliber. Ihnen gelingt es, durch zähe Moderatorentätigkeit hinter den Kulissen für Kohl die Abläufe innerhalb der Regierung so reibungslos zu gestalten, wie die schwierigen Partner dies gestatten.

Über seine Verstrickung in die Parteispendenaffäre stürzt der Bundestagspräsident Rainer Barzel. Die Landesgruppenvorsitzenden, im Fraktionsjargon Teppichhändler genannt, weil sie für ihre Mitglieder mit den anderen Gebietsfürsten die Verteilung der Ämter bis hin zum Obmann im Sportausschuß auskungeln, beraten die Barzel-Nachfolge. Johannes Gerster, der burschikose Rheinland-Pfälzer, schlägt Jenninger vor. Kohl fragt in die Runde: »Ist das eure Meinung?« – »Wenn Sie ihn hergeben können, wäre das das Beste«, bekommt er zur Antwort.

Als die Sache so beschlossen wird, ist aus dem Hintergrund ein Seufzen zu hören. Auf diese Weise macht Wolfgang Schäuble auf sich aufmerksam. Ihm ist klar, daß die Jenninger-Nachfolge im Kanzleramt auf ihn zuläuft. Kohl-Vertraute erzählen, Schäuble habe sich schon lange vorher durch ebenso kompetente wie gezielte Kritik an der Amtsführung Jenningers für diese Position ins Gespräch gebracht.

Was zeigt, daß selbst Ausnahmetalente wie Schäuble nicht zufällig Karriere machen. Gezieltes, aber diskretes »Mobbing«, dann im richtigen Moment »Hier« rufen, das ist Schäubles Rezept. Damit ist er so erfolgreich, daß Zeitungskommentatoren immer wieder erstaunt fragen, wie es nur komme, daß, wenn Kohl einen Feuerwehrmann sucht, stets Schäuble zur Stelle sei. »Er scheint die Gabe zu haben, stets dann bereitzustehen, wenn ein Lückenbüßer gesucht wird, oder wenn es darum geht, Situationen zu schaffen, die seiner Karriere förderlich sind«, schreibt die *Süddeutsche Zeitung* über den Kanzleramtsminister.

Im Vier-Augen-Gespräch stellt Schäuble Kohl Bedingungen. Der Kanzleramtsminister müsse zugleich Amtschef und Koordinator der Koalition sein. Diese Aufgabe hat bis dahin ein beamteter Staatssekretär inne: Waldemar Schreckenberger. Der hat einmal allen Ernstes zu Schäuble gesagt, er sei stolz darauf, nie Abgeordneter gewesen zu sein. Doch auch der Vorgänger Alfred Dreggers als Fraktionsvorsitzender, Karl Carstens, ist der Meinung, den Regierungskoordinator solle ein Spitzenbeamter mimen und kein Parlamentarier. Später hat Carstens jedoch zu Schäuble gesagt, dessen Amtsführung habe ihn überzeugt. »Sie waren ein Glücksfall.«

Der Kanzleramtsminister nach diesem Schnittmuster ist im Vergleich der europäischen Demokratien einzigartig. Nirgendwo gibt es einen derartigen Schattenkanzler, der so viel Macht hätte.

Schäuble wird schnell Kohls wichtigster Mann – als Scharnier zwischen ihm und der Fraktion und als Koordinator der Koalition. Entsprechende Aufgaben, die er bis dahin selbst als Erster Parlamentarischer Geschäftsführer innehatte, nimmt Schäuble wie selbstverständlich mit ins Kanzleramt. So kommt es, daß keiner der Nachfolger Schäubles als Fraktionsgeschäftsführer so viel Macht und Spielraum hat wie Schäuble. Das wird zu einem Markenzeichen des Badeners: Die (zumeist informelle) Macht, die er sich ergattern kann, gibt er nicht mehr ab.

Die Mitarbeiter des Kanzleramtes, die Schäuble anfangs mißtrauisch begegnen, weil der Fraktionsmanager als »harter Hund« bekannt ist, fassen schnell Vertrauen in diesen kooperativen und effektiven Arbeiter. Schäuble läßt sie mitentscheiden und motiviert sie, indem er ein Stück seiner Macht delegiert, ohne sie jedoch jemals vollständig aus der Hand zu geben. Gelegentlich betraut er verschiedene Abteilungsleiter mit denselben Aufträgen. Niemand kann sich je darauf verlassen, »Schäubles Mann« zu sein. Doch Schäuble baut durch seinen zumeist kooperativen Stil das Mißtrauen ab, das Kohl in seiner Anfangszeit noch gegenüber dem Kanzleramt hegt.

Zwischen Schreckenberger und Jenninger gab es ständig Eifersüchteleien, die die Machtzentrale lähmten. Mit Schäubles Einzug ins

Kanzleramt ist das nun vorbei. Innerhalb kürzester Zeit führt Kohls Spitzenmanager das Amt aus den negativen Schlagzeilen heraus. Weil dort politische Vorgänge auf unerklärliche Weise verschwanden, hatte sich bei der Journaille die Bezeichnung »Bermuda-Dreieck« für Kohls Amt eingebürgert. Mit Schäubles Amtsantritt gehören solche Schlagzeilen der Vergangenheit an.

Kanzleramtsminister zu sein, das ist ein ausgesprochener Vertrauensposten. Er entscheidet, welche Vorlagen der Regierungschef zu welchem Zeitpunkt auf den Tisch bekommt. Der Kanzleramtsminister ist der politische Ausputzer des Kanzlers, er muß für seinen Chef den Kopf hinhalten, wenn etwas schiefgeht. Zudem hat er die heikle Aufgabe der Oberaufsicht über die Geheimdienste. Schäuble hat die Geheimniskrämer, besonders die vom Bundesnachrichtendienst in Pullach, nie sonderlich geschätzt – eine Beurteilung, die sich mit der Helmut Kohls deckt und die sich in Schäubles kurzer Zeit als Innenminister auch nicht ändert.

Der Kanzleramtsminister Schäuble arbeitet eng und vertrauensvoll mit den Parlamentarischen Geschäftsführern von CDU, CSU und FDP zusammen. Einmal in der Woche, zumeist dienstags morgens um acht Uhr, frühstückt er mit Rudolf Seiters, Torsten Wolfgramm von der FDP und Wolfgang Bötsch, dem CSU-Geschäftsführer. Daraus ist eine Freundschaft mit Seiters entstanden. Mit Seiters, berichtet Schäuble, »gab es eine unheimlich enge Zusammenarbeit«.

Die Konstruktion eines Kanzleramtsministers als zentrale Figur, quasi als Spinne im Netz der Regierung, führte Willy Brandt ein. Sein Kanzleramtschef hieß Horst Ehmke. Den hat Schäuble nicht gemocht. »Der war zu fünfundneunzig Prozent damit beschäftigt, die Probleme zu lösen, die er selber schuf«, spottet Schäuble. Ehmke sei mit einer »Hoppla-jetzt-komm-ich-Attitüde« dahergekommen. Dieses Auftreten verträgt sich jedoch nicht mit dem Amt. Schäuble versieht seine Arbeit nach einem anderen Motto: »Wer die Strippen zieht, darf nicht auf der Bühne stehen.«

Schäuble ist längst nicht so oft mit Helmut Kohls Entourage unterwegs wie andere. Wenn Kohl zu Schäubles Nachfolger sagt, »Seiters, heute abend im Bungalow«, steht der Gewehr bei Fuß. Schäuble hält Abstand. Er macht sich unter Hinweis auf wichtige Akten oder unumstößliche Termine frei von Kohls fürsorglicher Belagerung. Auf diese Weise bewahrt er sich ein großes Stück Unabhängigkeit.

Kohl hat Schäuble stets mit Respekt behandelt. »Er hat mich nie angeschrien.« Mit anderen aus seiner Umgebung geht der Kanzler burschikoser um. Die läßt er dann seine schlechte Laune spüren. Am nächsten Tag ist für Kohl meistens alles vergessen. Die Opfer seiner Launen tragen oft genug länger daran.

Schäuble hat früh erkannt, daß Kohl die fatale Neigung hat, Vertraute zu »verbrennen«, indem er sie zu eng an sich bindet, sie geradezu vereinnahmt. Das läßt Schäuble nicht zu. Das Verhältnis zwischen Kohl und Schäuble oszilliert in dieser Zeit zwischen Vertrautheit und Distanz.

Seine Aufgaben erledigt Schäuble so, wie er es für richtig hält. Sein Arbeitsprinzip im Verhältnis zu Kohl lautet: »Ich mache es so, wie es für ihn das Beste ist – auch wenn er es nicht weiß.« Diese Unabhängigkeit haben die Nachfolger Schäubles nicht mehr. Über den jetzigen Amtsinhaber Friedrich Bohl, ein stets freundliches, loyales Arbeitstier, sagt ein Kabinettsmitglied, ein langjähriger Wegbegleiter Schäubles: »Der tut, was Kohl sagt, Schäuble tut, was Kohl nutzt.« Schäuble selbst nennt den lautlosen, loyalen und überaus effizienten Bohl einen »Schatz«.

Der Amnestie-Flop

Wer nichts macht, macht auch nichts verkehrt. Schäuble macht viel – und er macht Fehler. Das einzuräumen, fällt dem Perfektionisten schwer. Schäuble ist nicht der Manager der Macht ohne Fehler, als den ihn seine Helfer den Medien zu vermitteln versuchen. Der von der Opposition zum »Skandal« aufgebauschte Flop um das Kohlekraftwerk Buschhaus gehört noch zu den kleineren Niederlagen. Immerhin muß, weil die Union und ihr Geschäftsführer Schäuble nicht aufgepaßt haben, der Bundestag aus der Sommerpause zu einer Sondersitzung zurückgeholt werden, damit das umstrittene Kraftwerk doch noch ans Netz gehen kann.

Doch was im Frühling 1984 passiert, ist von ernsterer Bedeutung. Am 3. Mai 1984 einigt sich die Führung der Koalition auf das »Gesetz zur Regelung steuerlicher Zweifelsfragen bei der Parteienfinanzierung«. Was so harmlos daherkommt, sorgt in Bonn für ein mittleres politisches Beben. Die Koalition will Parteispender, die sich der Steuerhinterziehung schuldig gemacht haben, amnestieren. Helmut Kohl: »Die Steuern müssen sie nachzahlen, aber die Kriminalisierung soll nicht stattfinden.« Soll das etwa die vielbeschworene geistig-moralische Erneuerung sein, fragen nicht nur linke Kritiker. Die Empörung über diesen Versuch, zweitausend Steuersünder von der Strafverfolgung zu befreien, reicht bis weit hinein ins bürgerliche Lager.

Parteispendenaffäre und Amnestierungsversuch sind in ihrer Bedeutung für die politische Kultur in Deutschland kaum hoch genug einzuschätzen. Sie markieren den Beginn des Phänomens, das in den kommenden Jahren die Schlagzeilen beherrscht und den Ruf der gesamten Politik ruiniert: Politikverdrossenheit. Diese Affäre ist der Startschuß für all die anderen großen und kleinen Skandale, die nur deswegen dazu werden können, weil die Mehrheit der Bürger den Politikern ganz generell alles zutraut, seitdem die den Versuch gemacht haben, eine für sie profitable Steuerhinterziehung zu legalisieren. Übertroffen in ihrer negativen Wirkung auf die politische Kultur in Deutschland wird sie wohl nur von der Barschel-Affäre, die sich allerdings Jahre später als Barschel-Engholm-Affäre entpuppte. Seit diesen Skandalen traut die Bevölkerung der Politik fast alles zu.

Den Text des Amnestiegesetzes hat maßgeblich Schäuble aufgesetzt. Er ist derjenige, der in der Fraktion, die damit überrumpelt wird, für die Mehrheit sorgt und in der Öffentlichkeit für dieses umstrittene Vorhaben geradesteht. Mit Heiner Geißler gemeinsam erläutert er der Presse den Entwurf.

Schäuble hält noch heute den damaligen Versuch für richtig. Schließlich sei es doch kaum zu verantworten gewesen, daß die Spender im Zwielicht standen und die Profiteure dies nicht änderten. Doch Schäuble räumt immerhin ein, das Ausmaß des Widerstandes in der Öffentlichkeit unterschätzt zu haben.

Irgendwie muß Schäuble geahnt haben, daß er mit der Amnestie scheitern würde. Anfangs setzt er sich für eine wesentlich weniger spektakuläre Lösung ein. Er will kein eigenes Gesetz, glaubt, daß unauffällige Retuschen am geltenden Recht ausreichen, um steuerhinterziehende Parteispender von Strafe freizustellen.

Widerspruch kommt aus München. Franz Josef Strauß hält den Plan für eine der üblichen Wursteleien der Kohl-Administration und fordert, mit offenem Visier in die Schlacht zu gehen. Zu Schäuble sagt er: »Ihr braucht eine Amnestie.« Nach mehreren langen Sitzungen in der Koalition wird das Gesetzesvorhaben schließlich beschlossen.

Klaus Kinkel ist zu dieser Zeit parteiloser Staatssekretär im Justizministerium. Mit dem effizienten Spitzenbeamten, der zu Recht als der eigentliche Kopf des Ministeriums gilt, arbeitet Schäuble eng zusammen. Auch privat verstehen sich die beiden gut, spielen, wenn es die Zeit erlaubt, Tennis miteinander (meistens verliert Schäuble). In der Frage der Amnestierung von Steuersündern beweist Kinkel das feinere Gespür. Kinkel zu Schäuble: »Ich beschwöre Sie, machen Sie es nicht. Das geht mit Ihnen heim.«

Schäuble ist sich durchaus der Möglichkeit des Scheiterns bewußt. Intern äußert er seine Sorgen: »Wehe, wenn es nicht hält.« Öffentlich jedoch wirbt Schäuble für den Plan der Koalition: »Wir müssen das machen, sonst verlieren wir das Vertrauen der Wirtschaft.« Es geht natürlich nicht um die vielen Kleinspender, den »kleinen Handwerksmeister«, wie Kohl glauben machen will, sondern um die industriellen Spender, die zumeist über sogenannte »staatsbürgerliche Vereinigungen« Millionen am Finanzamt vorbei in die Parteikassen geschleust haben, um die Politiker in ihrem Sinne zu beeinflussen. Kaum anzunehmen, daß es den Wirtschaftsführern eine staatsbürgerliche Pflicht ohne Hintergedanken bedeutet, Parteien mit viel Geld zu fördern. Sie wären keine Unternehmer, hofften sie nicht, das investierte Kapital werde sich irgendwann rentieren.

Als das Amnestie-Gesetz eingebracht wird, laufen bereits Ermittlungsverfahren gegen die Schatzmeister der Parteien, Walther Leisler Kiep und Otto Graf Lambsdorff, und weitere Politiker der Koalition. Der Vorwurf der Staatsanwaltschaft lautet Beihilfe zur Steuerhinterziehung. Lambsdorff wirft sie außerdem Bestechlichkeit vor. Wenn mit der Amnestie die Spender straffrei gestellt würden, wären auch die Politiker nicht mehr zu belangen.

Den entscheidenden Fehler begeht Hans-Dietrich Genscher. Der hat bereits die Zustimmung seiner FDP-Fraktion für die Amnestie in der Tasche, da beruft der Parteivorsitzende der Freidemokraten einen Sonderparteitag ein, um sich das kritisierte Projekt von der Basis absegnen zu lassen. Doch schon vorher verweigern liberale Landesparteitage der Spitze die Gefolgschaft. Genscher droht mit Rücktritt, doch es nutzt nichts. Für Anfang Juni ist der Sonderparteitag angesetzt. Kurz vorher zieht die Koalition ihr Gesetzesvorhaben aus dem Verkehr. Genscher tritt als Parteichef zurück.

Als das Bonner Landgericht die Klage zuläßt, verabschiedet sich auch Wirtschaftsminister Lambsdorff von seinem Posten. Er wird schließlich wegen Steuerhinterziehung zu hundertachtzigtausend Mark Strafe verurteilt, vom Vorwurf der Bestechlichkeit jedoch freigesprochen.

Die Affäre bleibt im wesentlichen an der FDP »kleben«. Was die Union anbelangt, so wird Schäuble als der Schuldige ausgemacht. Es ist seine erste große Niederlage. Helmut Kohl ist dankbar, daß er in der Situation diesen Blitzableiter hat.

Die Staatsanwaltschaft ermittelt auch gegen Helmut Kohl. Der hat – so notierte es jedenfalls der Flick-Buchhalter Rudolf Diehl – als Oppositionspolitiker zwischen 1974 und 1980 von Flick fünfhundertfünfzigtausend Mark erhalten und als Spende an die CDU weitergeleitet. Kohl fühlt sich durch die Anschuldigungen und Vorverurteilungen gedemütigt. Am meisten macht ihm zu schaffen, daß er sich gegen die Anwürfe nicht zur Wehr setzen kann. Man würde dem Kanzler sonst vorwerfen, die Unabhängigkeit der Justiz in Frage zu stellen. Dabei steht für Kohl fest, wie die Sache gelaufen ist. Der Staatsanwalt Bereslaw Schmitz werde wohl vom SPD-geführten Düsseldorfer Justizministerium angewiesen worden sein, zu ermitteln. Kohl und Schäuble stufen intern die Ermittlungen als politisches Verfahren ein. »Es war jedenfalls die Strategie der Opposition, die Regierung mit zweitrangigen Affären zu beschäftigen«, erläutert Schäuble heute. Kohl ist äußerst verbittert. Er wertet diesen Fall im Rückblick als »meine größte Demütigung«. Daß ausgerechnet ihm, der peinlich darauf achtet, jede Rechnung im italienischen Restaurant aus der Privatkasse zu zahlen, nun quasi Betrug unterstellt wird, hat ihn tief verletzt. Kohl hat Johannes Rau auf die seltsame Praxis seines Düsseldorfer Justizministers angesprochen, die Bonner Staatsanwaltschaft anzuweisen, gegen den Kanzler weiter zu ermitteln, obwohl diese selbst es nicht mehr für nötig hielt. Rau hat überrascht getan und dem Kanzler allen Ernstes versichert, davon nichts gewußt zu haben.

Diese Erfahrung jedenfalls läßt Kohl zum tiefen Gegner Raus werden. Sie ist wohl auch der persönliche Grund Kohls dafür, später dem nordrhein-westfälischen Regierungschef seinen Lebenstraum zu versagen, Bundespräsident zu werden.

Kohl ist bisweilen depressiv und trägt sich mit dem Gedanken, als Kanzler zurückzutreten. »Muß ich mir das eigentlich noch zumuten«, fragt er sich – und das nicht nur einmal. Schäuble richtet ihn in dieser Zeit auf. »Er gab ihm, gemeinsam mit dem damaligen Justitiar der Fraktion, Paul Mikat, die entscheidenden Hinweise zu seiner Verteidigung«, berichtet ein ehemaliger Mitarbeiter Kohls.

Schäuble ist auch heute noch davon überzeugt, daß Kohl vor dem rheinland-pfälzischen Untersuchungsausschuß nicht gelogen hat. Dort wird der Kanzler nach seiner Verbindung zur Staatsbürgerlichen Vereinigung Koblenz gefragt und antwortet, daran habe er »keine Erinnerung«.

Kohls Generalsekretär Heiner Geißler entschuldigt Kohls Erinnerungslücken damit, der Kanzler habe einen »Blackout« gehabt. Daß Geißler damit seinem Parteivorsitzenden »ans rettende Ufer« half, wie *Spiegel*-Redakteur Wolfram Bickerich in seiner Analyse der Ära Kohl schreibt, hält Schäuble für eine Legende. »Diese Erklärung Geißlers war ein Flop. Sie stellte Kohl als jemanden dar, der nicht mehr zurechnungsfähig wäre, als einen Idioten.«

Das interne Gejammere Kohls und seine Gedankenspiele mit einem Rücktritt nimmt Schäuble nicht ernst. »Kohl ist keiner, der den Bettel hinschmeißt.« Allerdings hätte der Kanzler, davon ist Schäuble überzeugt, im Fall einer Anklageerhebung zurücktreten müssen.

Der Schaden, den dic Parteispendenaffäre mitsamt den gescheiterten Amnestieplänen unmittelbar und demoskopisch meßbar für die Regierung stiftet, hält sich erstaunlicherweise in Grenzen. Äußerlich ruhig hat Kohl sie ausgesessen ebenso wie die Wörner-Kießling-Affäre um den wegen angeblicher Homosexualität vom Verteidigungsminister vorzeitig in den Ruhestand geschickten General Günther Kießling noch im selben Jahr.

In der Parteispendenaffäre demonstrierte die SPD-Opposition Beißhemmung. Ihr kam gelegen, daß ihr eigener Schatzmeister Alfred Nau starb, bevor Praktiken spendensammelnder Sozialdemokraten ans Licht gelangten. Ihre politische Unschuld hatten die Sozialdemokraten längst verloren. Schließlich hatte auch die damalige sozialliberale Koalition – wie die Union auf Wunsch der FDP – eine Amnestie für parteispendende Steuersünder erwogen, ihre Pläne aber 1981 fallenlassen.

Zwergenaufstand

1988/89 verschlechtert sich das Verhältnis zwischen Helmut Kohl und seinem Generalsekretär Heiner Geißler zusehends. Der selbstbewußte langjährige Weggefährte vermißt an Kohl alles, was einen Kanzler zum Regierungschef macht: inhaltliche und rhetorische Überzeugungskraft, Visionen, die Fähigkeit, für die Union neue Wähler zu gewinnen. »Der kann es nicht«, urteilt Geißler barsch.

Mit den Jahren hat Geißler sich immer weiter ins parteipolitisch linke Lager abgesetzt, läßt sich von Franz Josef Strauß, dem Raufbold, in unnötige Richtungsstreitereien verwickeln und klärt jeden Journalisten, der das hören will, über die Eigenständigkeit und Unabhängigkeit des »geschäftsführenden Parteivorsitzenden« auf. Wenn aber in der CDU der Generalsekretär die Geschäfte führt, was macht dann eigentlich der Parteivorsitzende?

Was niemand weiß: Kohl erwägt schon bei seinem Amtsantritt als Kanzler im Herbst 1982, bei nächster Gelegenheit Geißler das einflußreiche Parteiamt wegzunehmen. Weil er jedoch glaubt, der versierte Stratege und begnadete Polemiker werde ihm noch nützlich sein, unterläßt Kohl die Ablösung.

Ende 1988, Anfang 1989 schmiedet Geißler konkrete Putschpläne. Auf der Suche nach einem Kanzlerkandidaten stößt er nach einiger Überlegung auf den populären baden-württembergischen Ministerpräsidenten Lothar Späth, dem er die nötige Brutalität zutraut. Zu den Mitverschwörern zählen Ernst Albrecht, der Kohl noch gram ist, weil der es nicht fertigbrachte, ihn 1979 gegen Strauß als Kanzlerkandidaten und 1983 gegen Weizsäcker als Präsidentschaftsanwärter durchgesetzt zu haben. Geißlers Kandidatin für den Parteivorsitz heißt Rita Süssmuth. Norbert Blüm schwankt, ob er sich an der Verschwörung beteiligen soll, läßt es jedoch nach einiger Zeit bleiben. So kommt es, daß er noch viele Jahre danach Minister sein darf.

Jedenfalls ist Geißler selbstbewußt genug anzunehmen, daß seine Verankerung in der Partei stärker als die Kohls wäre – ein folgenschwerer Irrtum. Schon früh spottet Kohl intern über Geißlers Machtanspruch. »Wir haben hier nicht das Modell der KPdSU, wo der Generalsekretär der Vorsitzende ist.«

Geißler sucht Verbündete. So versucht er auch, Schäuble, Kohls engsten Mitarbeiter, als Frondeur zu gewinnen. Er klagt (ausgerechnet gegenüber dem Kanzleramtsminister!) über die Fehlleistungen der Regierung, ihr schlechtes Erscheinungsbild und Kohls Schwäche.

Schäuble erteilt Geißler eine herbe Abfuhr. »Wenn es einmal eine Situation gibt, in der es mit Kohl nicht mehr weitergeht, werde ich ihm das selber sagen, aber nicht hinter seinem Rücken gegen ihn agieren.«

Schäuble erinnert Geißler daran, daß er als Generalsekretär immerhin auf Vorschlag des Bundesvorsitzenden gewählt sei. Da könne er nicht gegen ihn intrigieren und agitieren. Dieses Verhalten sei mit seinem Amt nicht zu vereinbaren.

Schäuble hat seine Kontakte – und er besorgt in der folgenden Zeit für Kohl Informationen über das, was die Truppe um Geißler gerade ausheckt.

Heute bestreitet Späth, daß er die Absicht gehabt habe, gegen Kohl als Kanzlerkandidat anzutreten. Eine Erklärung, die Späths Mitverschwörer für mutig halten. Als Süssmuth, Späth, Geißler und andere Kohl-Kritiker kurz vor dem Bremer Parteitag zusammensitzen, da greift Späth zum Telefon. Nach mehreren Versuchen erreicht er den

Vorsitzenden der nordwürttembergischen CDU, den heutigen Verkehrsminister Matthias Wissmann. Dem erzählt Späth, man überlege gerade verschiedene Modelle zur Entmachtung Kohls. Nach der ersten Variante werde er Parteivorsitzender. Zur Generalsekretärin werde er dann die Biedenkopf-Vertraute Christa Thoben vorschlagen (die heute ihr Geld als Staatssekretärin in dem von Klaus Töpfer geführten Bauministerium verdient). Wenn hingegen Rita Süssmuth Kohl als Parteivorsitzende folgen sollte, wolle man ihn, Wissmann, zum Generalsekretär machen. Doch der Gehegte lehnt dankend ab. Er halte solche Gedankenspiele nicht für sinnvoll, läßt er Späth abblitzen. Die Episode zeigt jedenfalls, daß die Version der Verschwörer, ein Putsch sei nie geplant gewesen, eine Legende ist.

Doch die Aufständler trauen sich gegenseitig nicht über den Weg. Späth, der die Landtagswahl in Baden-Württemberg mit einem harten Oppositionskurs gegen die Bonner Regierung gewonnen hat, läßt sich zum Reservekanzler hochschreiben. Das wiederum düpiert Albrecht, der eigene Ambitionen hat. Blüm wiederum lehnt Albrecht ab. Auch Süssmuth taktiert, sie informiert ausgerechnet Bernhard Vogel, einen der engeren Vertrauten Kohls, über die Überlegungen, den Oggersheimer abzulösen. Daß der sein Wissen nicht für sich behält, ist für ihn selbstverständlich. Über ein Treffen der vier Revoluzzer Geißler, Albrecht, Süssmuth und Späth im Bonner Gästehaus der baden-württembergischen Landesvertretung Ostern 1989 ist Kohl informiert, noch bevor der letzte Verschwörer davon wieder heimgekehrt ist.

Einer jedenfalls hat von der Bedrängnis Kohls profitiert – und ein Opfer hat der Aufstand gegen ihn dennoch abverlangt.

Als Entlastungsoffensive bildet Kohl im Frühjahr 1989 sein Bundeskabinett um. In dieser verzwickten Situation stärkt der CSU-Vorsitzende Theo Waigel dem unter Druck geratenen CDU-Kollegen den Rücken, wechselt trotz großer Bedenken von München nach Bonn und übernimmt das wichtigste Ressort: das Finanzministerium. Hätte Waigel sich geweigert, Kohl wäre gestürzt.

Amtsvorsteher Gerhard Stoltenberg, früher einmal der Kronprinz Kohls, muß nun weichen. Doch der ehemalige Kieler Ministerpräsident will sich nicht abschieben lassen. Er beharrt im Gegenteil auf einem

Platz in der ersten Reihe. Kohl fürchtet, der immer noch einflußreiche Stoltenberg werde in das Lager seiner Widersacher wechseln, wenn er ihm diesen Wunsch nicht erfüllt. Doch das einzige Ministerium, das Kohl dem Langen aus dem Norden anbieten kann, ist die Hardthöhe. Den Posten des Verteidigungsministers versieht allerdings ausgerechnet der absolut loyale Rechtsprofessor Rupert Scholz. Jetzt wird ihm seine Loyalität zum CDU-Vorsitzenden zum Verhängnis. Kohl entscheidet sich für das, aus seiner Sicht, kleinere Übel und entläßt Scholz, der sich in sein Schicksal fügt. Kohl wähnt sich mit dem Rücken an der Wand. Er will im Hinblick auf die Frondeure um Späth nicht riskieren, daß ihm eine zweite Front, angeführt von Stoltenberg, in den Rücken fällt. So wird Scholz zum mittelbaren Bauernopfer Kohls.

Öffentlich hat Schäuble sich zu den Vorgängen innerhalb der CDU nie geäußert. Intern jedoch gibt er Kohl die Empfehlung, Geißler zu stürzen. Das sagt er auch anderen Vertrauten. »Der Mann ist illoyal. Er will Kohl stürzen. Der gehört rausgeschmissen. Anders geht es nicht.«

Kohl entschließt sich zur Offensive. Er will Späth in dessen eigener Heimat stellen. Deshalb fährt er zunächst zum Parteitag der südbadischen CDU. Es ist für Kohl ein wichtiger Test, wie weit die Basis auf seiner Seite steht.

An einem Freitag Ende April beginnt der Parteikonvent. Samstags morgens kommen die Delegierten um neun Uhr verkatert und müde zum Parteitag. Der erste Redner heißt Wolfgang Schäuble. Den kennt man aus Bonn nur als Strippenzieher, taktisch versierten Verhandler. Als Parteitagsredner ist er ein weitgehend unbeschriebenes Blatt. Im Bundestag liest Schäuble seine Reden meistens ab. Als herausragender Rhetoriker gilt er nicht.

An diesem Samstag morgen liefert Schäuble jedoch eine brillante Vorstellung. Eine Stunde lang redet er frei – und entfaltet eine Überzeugungskraft, die ihm niemand zugetraut hat. Dabei ist Schäuble sich seiner Rolle bewußt. Um zehn Uhr kommt Helmut Kohl, da muß der Saal präpariert sein. Er spielt den Part des »Aufwärmers« und handhabt die ungewohnte Rolle so überzeugend, daß Kohl nur noch abzusahnen braucht. Für Kohl ist das ein wichtiger Etappensieg. Daß die Delegierten ihm ausgerechnet in Lothar Späths »Musterländle«

einen so frenetischen Applaus spenden, wirkt auf den Pfälzer wie ein Adrenalinschub.

Daß es so gut laufen würde, hat Schäuble nicht erwartet. Noch ganz angetan von seiner eigenen herausragenden Rolle bei dieser gelungenen Solidaritätsinszenierung für Kohl und gegen Späth, erzählt er engen Vertrauten, welchen Stellenwert er seinem Dienst an Kohl gibt: »Da habe ich ihm das Leben gerettet.«

Am 20. August 1989 meldet *Bild am Sonntag* in einer groß aufgemachten Story, Kohl habe sich entschlossen, Geißler nicht abzulösen. Diese Geschichte ist der Versuch Geißlers, Fakten zu schaffen.

Als einziger CDU-Spitzenpolitiker ist Wolfgang Schäuble darüber informiert, daß Kohl sich anders entschieden hat. Nur einen Tag später bestellt Kohl seinen Generalsekretär ins Kanzleramt und eröffnet ihm, daß er ihn auf dem Bremer Parteitag ablösen werde. Geißler bittet Kohl, diesen Schritt noch einmal zu überdenken, doch der Parteivorsitzende bleibt hart. Es ist ein Alleingang Kohls. Das Parteipräsidium hat er nicht unterrichtet. Er will die CDU-Führung, deren Loyalität er sich nicht mehr sicher sein kann, vor vollendete Tatsachen stellen.

Kohls Entscheidung kommt sogar für Geißler überraschend. Der hat nicht damit gerechnet, daß Kohl diese Härte aufbringen würde. Dies ist um so erstaunlicher, als Geißler vorgewarnt ist. Die ersten Bedenken an der Loyalität Geißlers beschleichen Kohl nach dessen »Blackout«-Zitat. Schäuble bestärkt Kohl in seinem Verdacht. Im Herbst 1988 schreibt Kohl dann Geißler einen Brief. Darin drohte er – immerhin ein Jahr vor dem tatsächlichen Bruch – Geißler die Entlassung an. Der Brief, hier zum erstenmal abgedruckt, ist das Dokument einer gescheiterten Beziehung. Er trägt das Datum vom 7. November 1988:

»Lieber Heiner,

ich habe am vergangenen Wochenende noch einmal sehr eingehend über unser Gespräch vom Donnerstag nachgedacht. Das Ergebnis ist für mich ebenso unerfreulich wie ernüchternd. Offensichtlich stimmen wir in immer weniger Grundfragen der Politik überein. Ich habe zudem die Überzeugung gewinnen müssen, daß Du ganz bewußt Deine Position in der Öffentlichkeit als Position der Partei festschreiben möchtest und dies ohne jede Rücksicht auf die Autorität des Parteivorsitzenden. Deine Erklärung in der *Zeit*, daß Du wieder für das Amt des Generalsekretärs kandidieren wirst, hat, wie ich in der Zwischenzeit feststellen mußte, große Aufmerksamkeit gefunden. Ich werde verständlicherweise von Journalisten bereits auf dieses Thema angesprochen, habe es allerdings bisher vermieden, dazu eine Aussage zu machen. Ich bin sicher, daß Dir bei Deiner Erklärung bewußt war, daß man zum Amt des Generalsekretärs nicht kandidieren kann, sondern daß der Parteivorsitzende dem Parteitag seinen Kandidaten vorschlägt. Deine Äußerung kann ich dementsprechend nur so verstehen, daß Du mich jetzt schon bewußt auf Deine Person festlegen willst. Dieses Verfahren finde ich ebenso unmöglich wie unerträglich. Ich will Dir aus diesem Grund in aller Form mitteilen, daß, wenn sich unsere Beziehungen und die Arbeitsgrundlagen nicht von Grund auf in den nächsten Monaten verändern, ich nicht die Absicht habe, Dich wiederum für das Amt des Generalsekretärs der Christlich Demokratischen Union Deutschlands auf dem nächsten Parteitag vorzuschlagen.«

Doch Männerfreund Geißler kann es einfach nicht glauben – und ignoriert die Drohung. Kurze Zeit später, im Frühjahr 1989, unmittelbar nach Kohls österlicher Abspeckkur, begibt Geißler sich ins Kanzleramt, um den Parteitag im Herbst mit Kohl vorzubereiten. Erstaunt fragt Kohl seinen amtierenden Generalsekretär, was er denn noch mit der Vorbereitung dieses Konvents zu tun habe. Schließlich werde er ihn nicht mehr für dieses Amt vorschlagen. Aber Geißler will es einfach nicht wahrhaben. Am 21. August 1989 teilt Kohl Geißler dann in einem kurzen Vier-Augen-Gespräch offiziell mit, daß er ihn nicht wieder für das Amt der Nummer zwei in der CDU nominieren wird. Mit Geißlers Sturz widerlegt der Parteivorsitzende zugleich die Kritik seines allzu selbstsicheren Generalsekretärs, Kohl sei führungsschwach.

Sofort ruft Geißler die Bundespressekonferenz zusammen, um seine bevorstehende Ablösung durch Kohl selbst zu kommentieren. Er beherzigt dabei die alte Soldatenregel nicht, nach der man vor einer Beschwerde eine Nacht darüber schlafen soll. Doch der vielfach als Stratege gerühmte Geißler hat den Nebeneffekt dieser Veranstaltung nicht einkalkuliert. Damit liefert er allen, auch den Kohl-Kritikern, den Grund, warum dem Vorsitzenden nichts anderes übrigblieb, als ihm den Stuhl vor die Tür zu stellen.

Schäuble hat für Geißlers entlarvenden Auftritt wenig Verständnis. »Wenn man dabei ist, Kohl zu stürzen, dann darf man nicht jammern, wenn es schiefgegangen ist.« Zum Nachfolger Geißlers macht Kohl überraschend Volker Rühe.

Der Bremer Parteitag im Herbst desselben Jahres wird zum Triumph für Kohl. Späth wird aus dem Präsidium abgewählt, Rühe ohne Murren zu Kohls neuem »General« erkoren. Was als Revolution beginnt, endet als Zwergenaufstand.

Letztendlich war es mehr oder weniger ein Alleingang Geißlers. Der anderen konnte er sich nie gewiß sein. Das Mißtrauen Späths gegen die sogenannten Mitverschwörer ging so weit, daß er annahm, sie hätten selbst Kohl unterrichtet.

Geißler ist bis heute davon überzeugt, daß er im Recht war. »Nicht ich habe geputscht, Kohl hat geputscht.« So stuft er die eigene Entmachtung ein. Schäuble fällt Parteifreunden gegenüber ein vernichtendes Urteil über Geißler und Co. Die Annahme, man könne 1989, ein Jahr vor der Bundestagswahl, den Kanzler stürzen, sei »amateurhaft und albern« gewesen. »Dies hätte die Partei in eine Wahlniederlage getrieben.«

Der Aufstand hat noch ein Nachspiel. Ende August 1989 erklären Blüm, Späth und Süssmuth öffentlich, nicht mehr im Parteipräsidium mitarbeiten zu wollen, wenn nicht für die Kohl-Stellvertreter klare Kompetenzen festgelegt würden. Es ist der Versuch, den angeblichen Alleinvertretungsanspruch Kohls abzumildern und den Parteivorsitzenden politisch einzumauern. Doch Kohl hat gar nichts dagegen. So werden also Zuständigkeiten geschaffen. Die gefundene Lösung bewegt sich hart am Rande der Lächerlichkeit. Chefverschwörer Geißler ist fortan zuständig für Kontakte zur katholischen Kirche und Sportverbände, Süssmuth darf sich um die Frauenpolitik, Kulturangelegenheiten und die Bundeswehrsoldaten im Namen des Präsidiums kümmern. Kohls Macht wird durch diesen für die Betroffenen erniedrigenden Beschluß nicht, wie beabsichtigt, kleiner, sondern eher größer.

Der Stellenwert dieses höchsten CDU-Gremiums für die Willensbildung der Partei ist gleich Null. Das Präsidium ist ein Torso. Daran hat die Verteilung irgendwelcher Zuständigkeiten nichts geändert. Hier wird nichts entschieden, was den von Kanzler Kohl verantworteten Regierungsbetrieb stören könnte. Auch der Umbau des Präsidiums – Kohl hat mittlerweile vier Stellvertreter, die allerdings als solche nicht wahrzunehmen sind – hat das politische Gewicht nicht vergrößert. So besitzt, wenn es um reale Macht geht, Schäuble erheblich mehr Einfluß als die gesamte Parteiführung minus Kohl zusammengenommen. Dabei gehört er dem Präsidium als gewählter Vertreter gar nicht an. Sein Status als Fraktionschef legitimiert ihn jedoch, an den Sitzungen teilzunehmen.

Der von seinen Freunden bewundernd und seinen Feinden kritisch gemeinte Satz, »Helmut Kohl ist die CDU«, stimmt so apodiktisch nicht. Wenn jedoch irgend jemand neben Kohl Macht ausübt, dann hat das nichts damit zu tun, ob er etwa im Präsidium sitzt oder nicht. Solange Kohl Kanzler ist, kann man das CDU-Präsidium ebensogut abschaffen.

KOPF ODER BAUCH

Helmut Kohl gewinnt dem Leben stets die lustvollen Seiten ab. Während seine Minister in Zeitungsinterviews berichten, wie gesundheitsbewußt sie sich ernähren, nimmt Kohl in dieser Hinsicht auf seinen Körper keinerlei Rücksicht. Über große Schlachtplatten fällt Kohl her wie ein Räuberhauptmann. Die Mengen, die er gierig in sich hineinstopfen kann, sind atemberaubend. Geht Kohl essen, dann sagt er Wirten selbst in feinen italienischen Restaurants, sie sollten ihm mal eine ordentliche Portion kochen. Mit Nouvelle cuisine hat Kohl nichts im Sinn. Er will satt werden. Kohl ist rund – na und? Dieser Mann ist tatsächlich die pure Lebensfreude, die er ausstrahlt. Er lebt nach dem Motto: »Wer viel arbeitet, der soll auch tüchtig feiern.« Das hat er durchgehalten, auch in Situationen, wo es ihm oder der Partei schlecht ging.

Schäuble ist darin das Gegenbild von Kohl. Er ist die Verkörperung des Idealbildes, das Max Weber von einem verantwortungsvollen Politiker hat: Politik als Beruf. In seine Ordnungswelt passen keine bacchantischen Gelage à la Kohl. Er ist kein Typ zum Feiern. Kohl dominiert jede Feier, Schäuble zieht sich zu Gesprächen unter vier oder sechs Augen zurück. Kohl, der lebenslustige Katholik, verzeiht zwar keine Illoyalität, aber sachliche Fehler. Schäuble, der protestantische Pflichtmensch, vergißt sachliche Fehler nicht.

Die Härte Schäubles geht Kohl ab. Was die Politik anbelangt, so ist Kohl wesentlich weicher und anpassungsfähiger als Schäuble. Der verfolgt seine Ideen zäh. Als pragmatischer Manager ist er der Meister des Kompromisses, doch stets überlegt er hinterher, wie er bei nächster Gelegenheit die Wirklichkeit ein Stück mehr seinen Ideen anpassen kann.

Gegenüber Kohl wendet Schäuble oft genug sein »Helmut-denk-noch-mal-nach-Signal« an. Wenn er anderer Meinung ist als der Kanzler, dann leitet er seine Kritik stets so konstruktiv ein, daß Kohl selbst noch einen Rückzug finden kann. Schäuble verpackt in interner Runde seine kritischen Anmerkungen so, daß Kohl sie als unverbindliche Vorschläge zu weiterem Nachdenken werten kann. Dies ermöglicht den gesichtswahrenden Rückzug auf leisen Sohlen. Das räumt jedenfalls mit einem weiteren Fehlurteil über Kohl auf, er sei ein Sturkopf. Tatsächlich ist Kohl äußerst beweglich. Er hat zu kaum einer Sachfrage wirklich eine feste Meinung. Das gilt selbst für zentrale Probleme. So war ihm die Pflegeversicherung tatsächlich ein Herzensanliegen, doch nach welchem Modell sie eingeführt werden sollte, war ihm gleichgültig. Kohl wollte nur die Einigung. »Entscheidend ist, daß etwas hinten herauskommt.«

Häufig weicht Kohl dem drängelnden Schäuble aus. »Das müssen wir doch nicht heute entscheiden«, versucht er dann, Zeit zu gewinnen. Doch Schäuble ist auch Kohl gegenüber hartnäckig bis an die Grenze der Höflichkeit. »Der gibt nie auf«, berichtet ein Teilnehmer der Koalitionsrunden, mit deren Hilfe Kohl und Schäuble die Macht verwalten. »Schäuble bringt immer wieder seine Einwände vor.«

Zwar ist auch für Schäuble ein Wert an sich, daß Entscheidungen fallen. Doch Kohl agiert dabei noch ergebnisoffener als der Badener. Kohl versteht sich auch nicht als Richtlinienkanzler, sondern als Moderator. Über diejenigen, die von ihm bisweilen fordern, er möge doch mit der Faust auf den Tisch hauen, hat er stets gelächelt. Von seiner Richtlinienkompetenz hat Kohl nur sehr selten Gebrauch gemacht. Schäuble ist anders. Der läßt es nicht dabei bewenden, die unterschiedlichen Positionen auszutarieren, um den Kompromiß in der Mitte zu definieren. Er treibt Entscheidungen, an denen ihm gelegen ist, stets in die Richtung, in die er will.

Schäuble ist ungeduldig. Er will immer schnelle Entscheidungen. Daß in der Koalition oder in den Verhandlungen mit der SPD häufig so viel Zeit vergeht, bringt den Fraktionsvorsitzenden der Union innerlich zur Weißglut. Er wird unruhig und ist dann übel gelaunt. Mit den Jahren ist er in dieser Beziehung abgebrühter geworden. Und dennoch ist dieser Charakterzug an ihm haften geblieben. Ein ranghoher Koalitionspolitiker formuliert es so: »Wo Schäuble schnelle Ergebnisse will, wartet Kohl, bis sich die Woge ausläuft.«

Kohls Welt ist heil. Der Kanzler steht für drei Zentner Sicherheit. Körperlich nun schon über Jahre hinweg stabil und wohlgenährt, vermittelt Kohl eine bodenständige Botschaft: »Seht her, ich bin einer von euch!« Ältere Menschen rufen ihm manchmal zu: »Ich bete für Sie!« Dann ist er ganz ergriffen. Kohl steht für Ruhe und Unbeweglichkeit. Blüm sagt über Kohl, der sei im aufgeregten Bonn »das Gegenteil eines Flatterhahnes«.

Das amerikanische Nachrichtenmagazin *Time* hat schon 1987 Kohls Regierungsstil treffend beschrieben: »Kohl nimmt der Politik ihre Dramatik und ignoriert ihre ideologische Dimension. Er macht die Ausübung von Macht zu etwas Banalem.« Schäuble ist dagegen die eingebaute Unruhe der Koalition. Oft genug argumentiert er ideologisch, was seinen Reden eine größere Dramatik verleiht als denen Kohls.

Wo Kohl die Landschaften blühen läßt, prangert Schäuble die Verkrustungen der Gesellschaft an. Das Drängende an Schäuble, seine manchmal allzu unorthodoxen Ideen, diese Eigenschaften wecken bei manchen in der eigenen Fraktion auch Vorbehalte gegen ihn: Wie weit ist Schäuble bereit zu gehen, wo ist seine Grenze? Ruhe empfinden viele auch als Sicherheit. Unruhe bedeutet für sie Unsicherheit.

Schäuble, sagt der alte Tübinger Politikwissenschaftler Theodor Eschenburg, der Doyen seines Fachs, »ist geradezu von einer maßlosen Aktivität«.

Stets drängt der Dynamiker aus Gengenbach nach vorn. Er will bewegen, die Gesellschaft verändern. Er ist ein konservativ-liberaler Revolutionär. Dabei tritt er nicht mit dem Anspruch an, die Welt ordnen zu wollen wie Legosteine auf dem Spielbrett – eine Versuchung, der andere Intellektuelle erliegen. Kurt Biedenkopf, der kleinwüchsige Professor, der sich gern als Vordenker feiern läßt, ist so jemand. Schäuble verfährt nach der einfachen Devise: Die Zukunft ist anders. Daraus resultiert die Differenz zwischen dem Macher und dem Denker Schäuble. Der Badener ist stark, wenn es um politische Konzeptionen geht, der Pfälzer ist es nicht.

Schäuble, das bedeutet den Anspruch auf Leadership. Er will die Dinge steuern und beeinflussen, auf jeden Fall nach vorne bringen. Kohl ist zufriedener mit sich und seiner Umwelt, geht folglich auch gelassener mit sich und anderen um. In unruhigen Zeiten ist er der Ruhepol. Schäuble war derjenige von beiden, der sich dafür stark machte, noch vor der Bundestagswahl ein Mammutprogramm zu absolvieren und Bahn-, Post- und Gesundheitsreform durchzuziehen. Diese Koalition steht für Bewegung, nicht für Stillstand, lautet sein Ziel.

Kohl ist ein Harmoniemensch, Schäuble geht keinem Streit aus dem Weg. Geistreiche Dispute bedeuten für ihn einen Lustgewinn. Kohl läßt die Dinge öfter treiben oder ganz ruhen, weil er Streit fürchtet. Schäuble sind unerledigte Aufgaben ein Greuel. Er will sie vom Tisch kriegen – und sich dabei durchsetzen. Intellektuelle Tabus kennt er nicht.

Kohl schreckt vor unangenehmen Aufgaben zurück. So überließ er es Schäuble, dem aus Ostdeutschland stammenden Forschungsminister Paul Krüger nach der Bundestagswahl 1994 mitzuteilen, daß er nicht länger Minister sein könne. Es wäre die klassische Aufgabe des Kabinettschefs gewesen, seinem Minister diese Botschaft zu überbringen. Doch Kohl war die Sache peinlich, weil Krüger fest davon ausging, daß er im Amt bleiben könnte. Ein entsprechendes Signal hatte

Kohl ihm gegeben. Kohl gab Schäuble den Auftrag, weil er ein schlechtes Gewissen hatte. Den Ostdeutschen traf der Anruf des Fraktionsvorsitzenden wie ein Schlag aus heiterem Himmel. Er hatte nichts geahnt.

Schäuble ärgert, daß Kohl Entscheidungen liegen läßt und irgendwann diese Dinge auf seinem Schreibtisch landen. Bei den schwierigen Solidarpaktverhandlungen 1993 platzt Schäuble der Kragen, weil es nicht vorangeht: »Jetzt soll der Waigel mal ran.« Am Ende, berichtet ein Abgeordneter, »ist die Sache dann doch wieder bei dem Fraktionsvorsitzenden gelandet«.

Zukunftsthemen für die Union besetzen, das ist eines seiner Hauptanliegen. Daß Schäuble sich dabei gelegentlich vergaloppiert (was ihm schwerfällt zuzugeben), nimmt er mürrisch in Kauf. Bisweilen sieht Kohl sich gezwungen, seinen Hochgeschwindigkeitsdenker zu bremsen. Als Schäuble über die Sicherheit der Renten in ein paar Jahrzehnten nachzudenken beginnt, stoppt Kohl ihn sogar vor versammelter Fraktion. Die Rentendiskussion sei »völlig überflüssig«.

Schäuble verkörpert ein einmaliges Experiment: die Erneuerung der Regierung im Amt. Er ist in der Koalition der verkörperte Widerspruch gegen die Macht der Gewohnheit. Der Badener ist nicht nur Ergänzung Kohls, er ist auch sein Gegenbild. Wie baut man sich als Alternative zu einem amtierenden Bundeskanzler auf, ohne die Gesetze der Loyalität zu verletzen, die Kohls absolute Toleranzgrenze markieren? Schäuble führt es seit Jahren vor.

Schäuble ist niemand, der dem Zeitgeist huldigt. Dabei hält er es mit dem Existenzphilosophen Sören Kierkegaard: Wer dem Zeitgeist hinterherläuft, ist bald Witwer.

Schäuble ist im Verhältnis zu Kohl von eigenständiger Loyalität geprägt. Des Kanzlers Sklave ist er nie gewesen. Alfred Dregger war Kohls Knecht, Schäuble ist sein Gegenüber. Der Badener ist einer der letzten, von dem Kohl noch Widerspruch erträgt. In der ersten Fraktionssitzung nach der Osterpause begrüßt Schäuble im Frühjahr 1995 Kohl, der zuvor seinen fünfundsechzigsten Geburtstag feierte und soeben seinen Fastenurlaub in Österreich beendet hat, mit den Worten: »Ich begrüße unsere Geburtstagskinder – und das, was von Helmut

Kohl übriggeblieben ist.« So eine Frotzelei vor mehr als dreihundert anwesenden Abgeordneten hätte sich niemand anderer als Schäuble erlauben dürfen.

Wirklich Humor hat Kohl allerdings nur in sehr begrenztem Umfang. Denn dazu gehört, sich selbst auf die Schippe zu nehmen. Da ist Schäuble anders. Der Rollstuhlfahrer verabschiedet sich schon mal von seinem Gesprächspartner mit den Worten: »Ich gehe jetzt spazieren.« Dann hat er seine stille Freude, wenn sein Gegenüber verdutzt guckt.

Mit den Jahren und den Siegen gefällt sich Kohl in der Rolle des Staatsmannes. Immer weniger schaltet er sich in innenpolitische Diskussionen ein. Wenn seine Minister funktionieren, läßt er sie »laufen«. Davon profitieren Matthias Wissmann, Horst Seehofer und Jürgen Rüttgers. Auf seinen Regierungskoordinator »Fritz« Bohl kann er sich absolut verlassen. Der sagt kein kritisches Wort mehr gegen Kohl, wenn er die Tür zu dessen Büro hinter sich geschlossen hat. Den Rest macht Wolfgang Schäuble. Eine Arbeitsteilung, die imagebildend wirkt: Kohl steht für das Präsidiale, Schäuble für das Profil.

Einer von Kohls Lieblingssprüchen gegen seine Kritiker lautet: Die Hunde bellen, die Karawane zieht weiter. Hinter Kohls unerschütterlichem Optimismus verbirgt sich zugleich eine Verachtung der Hunde: Laß sie bellen! Die Grenze zur Arroganz ist dabei fließend. Kohls Arroganz speist sich aus seinen Siegen, Schäubles Arroganz aus seiner Intelligenz. Kohl selbst hat dies, diplomatisch verhüllt, Schäuble einmal gesagt. Der Pfälzer bescheinigte dem Badener Stehvermögen, blitzschnelle Reaktion sowie die Fähigkeit zu messerscharfer Analyse, »die nicht immer alle ertragen können«.

Jahrelang stand Kohl im Ansehen der Öffentlichkeit schlechter da als seine Partei. Der Kanzlermalus machte ihn zum Minusmann. Heute gilt er als Siegertyp: der Marathon-Mann. Das hat auch einiges mit dem hohen Ansehen Kohls im Ausland zu tun. Amerikas Präsident Bill Clinton bescheinigt dem deutschen Kanzler nicht nur »außergewöhnliche Führungsstärke«. Er adelt ihn sogar zu »einem der bedeutendsten Staatsmänner unserer Zeit«. Sein Ansehen im Ausland hat Kohl sich über die Jahre hinweg erarbeitet. Was für Kohl der Vorteil des Amtes ist, bedeutet für Schäuble eine Hypothek. Die Außenpolitik ist, trotz mehrerer Auslandsreisen, Schäubles offene Flanke.

In der Union, aber auch in der Bevölkerung, genießt Kohl wegen seines europäischen Engagements hohe Anerkennung. Daß Kohl ein Europäer ist, daran zweifelt niemand. Schäuble gegenüber ist die Skepsis größer, vor allem seit er sich so massiv für den Nationalstaat einsetzte. Kohl kennt die Vorbehalte in der eigenen Truppe – und versucht sie zu zerstreuen: »Der Wolfgang Schäuble ist ein überzeugter Europäer«, bescheinigt ihm Kohl, um sprachlich unbeholfen, aber gutwillig hinzusetzen: »Das ist sozusagen bei ihm in der Muttermilch schon drin.«

Kohl ist dennoch laut Umfrage-Hitlisten in der Öffentlichkeit nicht so beliebt wie Schäuble. Für die beiden gilt: Schäuble ist in der Fraktion nicht beliebt, aber er ist in der Öffentlichkeit der populärste Unionspolitiker. Bei Kohl ist es genau anders herum.

Kohl und seine Partei – diese Beziehung ist eine Symbiose. Peter Boenisch hat über den CDU-Vorsitzenden gesagt, der sei kein Parteiführer, sondern ein »Parteifühler«. Kohl hat mit einem legendären Netz von Beziehungen und Abhängigkeiten die CDU durchdrungen. Schäuble ist in der CDU längst nicht so verwurzelt. Geachtet ist er gleichwohl. Bei Vorstandswahlen holt er Spitzenergebnisse. Die Partei ist Kohls Rückhalt. Diese Stellung müßte Schäuble sich erst noch erkämpfen.

Kohl hat sich durchgeboxt. Niederlagen, ja, sogar Demütigungen hat er weggesteckt. Er ist ein Steher. Heute zieht keiner seine Macht in Zweifel. Schäuble ist von vergleichbarer innerer Kraft. Die große Niederlage, die ihn innerlich stark gemacht hat, ist der Rollstuhl. Wer ein solches Schicksal meistert, den kann kaum eine Krise aus der Bahn werfen.

Den Badener und den Pfälzer verbindet ein gänzlich unverkrampftes Verhältnis zur Macht. Kanzler zu sein, das macht Kohl richtig Spaß. Er selbst hat einmal gesagt, er sei Politiker »aus Leidenschaft«. Mit Schäuble ist es kaum anders. Für den ist Politik eine Droge. Ein langjähriger Wegbegleiter formuliert es so: »Irgendwann hat der den ersten Joint geraucht, und dann ist er süchtig geworden.«

Über jene, die ihn für einen Provinzler halten, spottet Kohl. »Ich bin halt ein lustiger Pfälzer, und deshalb halten mich alle für einen Kleinbürger.« Ein Kleinbürgerimage versuchen seine Gegner auch Schäuble anzuheften. Doch ihm werden nicht landsmannschaftliche Eigenheiten vorgehalten wie Kohl, sondern sein angeblich kleinbürgerliches Weltbild: dumpfer Nationalismus, Wahrer von Recht und Ordnung, Verteidiger von Sekundärtugenden gegen die hedonistisch angestrebte Freiheit und grenzenlose Selbstverwirklichung. Kohl geht souverän damit um, Schäuble ist da nicht ganz so lässig. Werden Vorwürfe in der Sache mit seinem Rollstuhldasein verbunden, reagiert er äußerst gereizt. Allerdings: Schäuble ist eben auch verletzbarer als der kraftstrotzende Kohl.

Kohl und Schäuble, das ist eine fast ideale Verbindung von animalischem Instinkt und kühler, sachlicher Intelligenz. Das Duo ist eine Einheit: Kopf und Bauch.

Gemeinsam sind sie stark. Schäuble ist für Kohl unverzichtbar. Kurz vor der Bundestagswahl, im Sommer 1994, da hat Kohl Schäuble gesagt, was der Badener für ihn bedeutet: »Wenn es zwischen uns mal nicht mehr stimmt, dann gehe ich. Auf den Tag.«

DER ROLLSTUHLFAHRER

Wenn Wolfgang Schäuble mit seiner Frau oder den Kindern essen geht, dann fahren sie mit dem Wagen die Serpentinen hinauf aufs Geroldseck, zwanzig Kilometer von Gengenbach entfernt in Richtung Lahr, von wo aus man einen eindrucksvollen Blick über die Täler hat. Oben auf der Anhöhe kehren sie ein im Restaurant »Löwen«, speisen bei schönem Wetter auf der Terrasse. Die Luft ist gut, das Essen badisch.

Schäuble blickt den Berg hinunter: »Hier will ich mit dem Rad mal rauffahren.« Zweihundert Höhenmeter sind es, hat er ausgerechnet, um in nüchterne Zahlen zu fassen, was für ihn eine Strapaze wie für kaum jemanden sonst bedeutet. »Wenn du das schaffst«, spornt ihn seine Frau Ingeborg an, »dann stehe ich mit einem Lorbeerkranz hier oben.«

Nach dem Attentat hatte sich Schäuble schon innerlich von der Vorstellung verabschiedet, jemals wieder Sport treiben zu können. Dabei war dies in den Zeiten, da er noch laufen konnte, ein so wichtiges Ventil gewesen. Kilometerweit joggen und stundenlang Tennis spielen, um abzuschalten, Aggressionen abzubauen, seelisch aufzutanken.

Dann, im Spätherbst 1993, ordert er dieses seltsame Gestell, das ein Rollstuhl mit drei Rädern ist und ein »Tretlager« hat für die Arme. Geradezu verstohlen und unter dem Siegel strikter Verschwiegenheit erzählt er Vertrauten von seinen Plänen. »Ich werde Fahrrad fahren. Das wird mir ein Stück weit größere Unabhängigkeit geben.« Die können es gar nicht glauben.

Im Frühjahr 1994 trainiert er zum erstenmal mit dem Prachtstück – eine Schinderei. Kaum reicht die Kraft in den Armen, kaum die Luft, die die durch das Attentat verkleinerte Lunge hergibt. Doch Schäuble setzt seinen ganzen Ehrgeiz wieder in den Sport, rackert und quält sich, und bringt es heute schon auf bis zu vier Stunden am Stück. Am Wochenende fährt er regelmäßig durch die Felder, fünfzehn bis vierzig Kilometer, je nach Form und Zeit. Elf bis zwölf Kilometer legt er pro Stunde zurück, abhängig vom Wind und der Geländebeschaffenheit. In einem Sommer schafft er schon mehr als tausend Kilometer auf dem Vehikel. »Ab und zu«, erzählt er in einer Mischung aus Selbstironie und Lebenslust, »mach ich mal Pause – Kirschen klauen.« Was die neue Freizeitbeschäftigung für ihn bedeutet, formuliert er so: »Radfahren, das ist für mich Schinderei mit entspannender Wirkung.«

Das ist reichlich untertrieben. Die Rückkehr zum Sport, die hinzugewonnene Mobilität und Unabhängigkeit, das bedeutet eine enorme Selbstbestätigung. Daß er, der vom dritten Brustwirbel an abwärts, rund fünfzehn Zentimeter unterhalb des Kinns, seinen Körper nicht mehr spürt, sich diese Selbstbestätigung ausgerechnet auf körperliche Art zu verschaffen vermag, ist ein gewaltiger Fortschritt.

NOCH EINE GRENZÜBERSCHREITUNG

Das hat die Kämpfernatur dem Körper dann doch noch abgerungen: Gegen sich selbst hat er gefightet und gewonnen. Es ist eine weitere Grenzüberschreitung – und wieder ein bißchen mehr Annäherung an die Normalität, die Schäuble so sehr anstrebt. Stolz spannt er die gewachsenen Oberarmmuskeln. »Schauen Sie mal, ich habe da ordentlich zugelegt.«

In den Jahren nach den zwei Schüssen, die sein Rückenmark irreparabel schädigten und seinen rechten Kiefer zertrümmerten, feiert Wolfgang Schäuble lauter kleine Siege. Und er tut es öffentlich. Es ist ein einzigartiges politisches Experiment, einmalig in der Nachkriegsgeschichte. Da wird ein Spitzenpolitiker von einem Psychopathen zusammengeschossen, kann froh sein, daß er überhaupt noch lebt, landet schwerstbehindert im Rollstuhl und transportiert dann jeden seiner Fortschritte geradezu demonstrativ nach außen. Zu einem Publikum, das die Besserungsberichte aus der Patientenperspektive abwechselnd erschauern und bewundern lassen.

Von Beginn an, kaum daß er wieder richtig sprechen kann, befriedigt Schäuble die voyeuristischen Bedürfnisse der Öffentlichkeit.

Er weiß, daß er keine Alternative hat, will er in die Politik zurückkehren. Das Geschäft ist eben unerbittlich, alles andere würde ihm als Vertuschungsversuch ausgelegt. Schäuble, der Dynamiker, wartet nicht, bis getuschelt wird, er geht selbst an die Öffentlichkeit.

Und er tut es in einer kalten, mechanistischen Sprache, referiert über seinen körperlichen und seelischen Zustand, als ob er dabei neben sich stünde. Konfrontiert mit Behinderten, schauen viele gar nicht oder nur verstohlen hin. Schäuble konfrontiert sie dagegen mit der Zoomperspektive: schweres Schicksal in Nahaufnahme.

Es ist der 22. November, sechs Wochen nach dem Anschlag. In einem Nebengebäude der Rehabilitationsklinik in Karlsbad-Langensteinbach bei Karlsruhe findet eine denkwürdige Pressekonferenz statt. Im leuchtend blauen Trainingsanzug rollt pünktlich um 11.30 Uhr der Verletzte in den Raum. Gelassen, als säße er nicht im Rollstuhl in einer Klinik, vierhundertfünfzig Kilometer von Bonn entfernt, sondern in seinem Ministersessel, beantwortet er die Journalistenfragen. Es werde noch eine zahnärztliche Nacharbeit geben, »wo ja das eine Geschoß seine Wirkung im Kieferbereich entfaltet hat«. Aber er könne schon wieder »normale Kost« zu sich nehmen. »Die Organe sind alle gesund, wie ich gehört habe.« Schäuble selbst hat den Pressetermin arrangiert, bevor von Mitpatienten oder dem Klinikpersonal gemachte Fotos Illustrierten zugespielt werden können. Er gibt noch keine klare Auskunft über die Dauer seiner Lähmung, aber er sagt schon vorbeugend: »Sicher ist aber auch, daß ich so leben kann.« Das verbindet er mit der Ankündigung, nach Bonn ins Innenministerium zurückzukehren. Die Veranstaltung verfehlt ihre Wirkung nicht. »Welche Kraft, welcher Mut«, schlagzeilt die *Bild*-Zeitung.

Eine Woche später wird er noch konkreter: »Zum Glück ist, vom Kiefer abgesehen, mein Kopf intakt geblieben. Der Kiefer hält gut, ich kann schon weitgehend sprechen. Die Wunde an der Wirbelsäule ist völlig verheilt. Ich bin auch, was die Fachleute drehstabil nennen, kann mich schon selber vom Rücken auf den Bauch und vom Bauch auf den Rücken drehen«, erzählt er den Bonner *Spiegel*-Korrespondenten Dirk

Koch und Klaus Wirtgen, denen er auch sein Buch über den Einigungsvertrag diktiert. Nur achtzehn Tage nach den Schüssen auf ihn beginnt die Arbeit daran. Schäuble kann anfangs kaum aufrecht sitzen, trocknet sich mit einem Tuch die nässende Wunde an der rechten Wange, das Sprechen fällt ihm schwer, bisweilen ist es nur ein Röcheln.

MERCEDES UND GEIGE

Schäuble vermarktet in der Folgezeit geradezu seine körperlichen Erfolge, und er tut es mit fast perfektem Timing. Als sie in der Fraktion wieder einmal tuscheln, ob er denn seinem Job gewachsen wäre, da konfrontiert er die Kollegen mit einem riesengroßen Foto in der *Bild*-Zeitung, das ihn am Steuer seines neuen Privatwagens zeigt, einem silberfarbigen Mercedes-Cabrio. Eigens für ihn angefertigt und mehr als sechzigtausend Mark teuer.

Einem Magazinreporter erzählt er, wieder mit dem Geigespielen angefangen zu haben. Eine beachtliche Leistung, benötigt Schäuble doch ansonsten mindestens einen Arm, um sich festzuhalten, weil er bis jetzt außer mit den Armen seinen Körper nicht in der Balance halten kann. Zum Geigen aber braucht man zwei Arme.

Mit geradezu rücksichtsloser Offenheit gegen sich selbst erzählt er einer Illustrierten, daß ihn, als er sich seiner Verletzung bewußt wurde und nicht mehr weiterleben wollte, seine Tochter ins Leben zurückholte. Vater Schäuble zu Tochter Christine: »Als ich spürte, daß ich gelähmt bin, wollte ich nicht mehr aufwachen.« Tochter Christine aufgebracht zum Vater: »Papa, weißt du nicht, ganz Deutschland betet für dich.« Außerdem brauche ihn die Familie.

Dieses Gespräch mit der ältesten Tochter, die Augenzeugin des Anschlags war, »hat ausgereicht, um mir Zweifel zu nehmen, ob ich mit dieser Behinderung leben kann«. Das erzählt er Reportern von der *Bunten*, deren Fotograf ihn im Trainingsanzug im Rollstuhl, mit breitem weißem Pflaster auf der Wange, im Krankenzimmer ablichten darf. In der nächsten Ausgabe erscheinen drei Seiten Fotos von einem Schwerverletzten.

Immer sind diese Fotos Einbrüche in die Intimsphäre. Jedes Bild ist eine Indiskretion. Die Bilder, das ungenierte Reden über seinen körperlichen Zustand – Schäuble weiß, er hat keine andere Wahl. »Wenn Sie sich für die Behinderung genieren, ist es eh verloren. Wenn man nicht unbefangen bleibt, dann kann man nicht etwas machen, das mit Öffentlichkeit zu tun hat.«

So ist das nun einmal – wenn man denn in der Lage ist, so kühl zu kalkulieren wie Schäuble und die Konsequenzen dann auch noch durchzustehen, und das über Jahre hinweg.

Schäuble weiß genau um die suggestive Wirkung solcher Selbstinszenierungen, zu denen er sich gezwungen fühlt, weil sonst die Medien schreiben, er schaffe es ja doch nicht, Bundesinnenminister zu sein, später Fraktionsvorsitzender, dann Kanzler. Und er weiß, daß die Medien nur senden oder schreiben, was die eigenen Kollegen in der Fraktion mehr oder weniger laut denken. Diese körperliche Selbstentblößung, die zugleich eine seelische ist, ist der Preis für das politische Spitzenamt.

»Wenn einer so wie ich mit einer Behinderung fertig wird, entsteht leicht das Bild eines übernatürlich willensstarken, harten Menschen.« Schäuble behauptet von sich, dieser Eindruck täusche, redet seine enorme Willenskraft auf Normalmaß herunter. »Man hat einen gewissen Überlebenstrieb. Ich sehe das nicht heroisch.« Aber andere sehen es so – und Schäuble weiß, daß es ihm auch nutzt. So wird man zum Faszinosum.

Von hier aus ist es nicht weit bis zu der Behauptung, die seine Gegner als Vorwurf erheben: Daß er den Rollstuhl nutzt, um sich in Szene zu setzen. Mit Mitleid auf Sympathie- oder Stimmenfang? Schäuble kann sich gegen solche Anwürfe kaum wehren. »Aber natürlich hat jetzt ein Stück meiner Popularität mit der Behinderung zu tun.« Diesbezüglich sind seine Auftritte immer eine Gratwanderung.

Nach dem Anschlag auf ihn beschließt die baden-württembergische CDU, einen Landesparteitag abzusagen und statt dessen eine Großkundgebung mit Helmut Kohl und dem damaligen Ministerpräsidenten Lothar Späth in Schäubles Wahlkreis abzuhalten. Schäuble fährt hin, spricht ein paar Worte, es ist der erste umjubelte Auftritt in der Öffentlichkeit. Und es ist Wahlkampf.

Vorher hat er schon wieder an einer Kabinettssitzung in Bonn teilgenommen. Die Reihenfolge hat er sich genau überlegt. Er will dem Vorwurf aus dem Weg gehen, den Mitleidseffekt kühl zu kalkulieren. So kommt er nicht direkt aus dem Krankenhaus zur Kundgebung, sondern als schon wieder handelnder Minister aus Bonn. Für ihn ist es Therapie, seine Gegner sehen darin einen Schachzug, dem sie wehr- und hilflos gegenüberstehen.

Sein Wahlkreisgegner, der umweltpolitische SPD-Fraktionssprecher Harald B. Schäfer, der später in Baden-Württemberg Umweltminister wird, bietet ihm an, auf öffentliche Kundgebungen zu verzichten – aus Fairneß. Schäuble lehnt ab – und weiß, daß für den Konkurrenten die Lage dadurch nicht eben einfacher wird. Wahlkampf führen gegen ein Attentatsopfer, das darüber hinaus auch noch so beliebt ist in seinem Wahlkreis wie Schäuble? Ein Gegner, der nicht präsent ist, ein Phantom ist für einen Herausforderer ein unangenehmes Objekt der Auseinandersetzung. Es ist keine beneidenswerte Situation für den Sozialdemokraten. Schäuble holt neunundfünfzig Prozent, da bleibt für Schäfer nur noch der Rückgriff auf den Listenplatz.

Dann stehen Tarifverhandlungen für den öffentlichen Dienst an. Monika Wulf-Mathies, die ÖTV-Vorsitzende, ruft bei Schäuble im Innenministerium an. »Wie wollen wir das machen?« Er sitze ja schließlich im Rollstuhl. Ganz normal, wie immer, lautet seine Antwort. Die Gewerkschaftsvorsitzende befindet sich plötzlich in derselben Lage wie Schäubles Wahlkreisgegner. Diesem verletzten, gebrechlichen Mann, der dazu alle Sympathien auf seiner Seite hat, einen Kampf bis aufs Messer liefern?

Autorität im Flüsterton

Der Solidarität kann sich der Schwächere stets sicher sein. Entsprechend selbstbewußt geht Schäuble in die Tarifverhandlungen für den öffentlichen Dienst. Was wollen die mir schon abschlagen? Die Pressekonferenz, auf der die beiden Verhandlungsführer das Ergebnis verkünden, absolviert die Gewerkschaftschefin im Sitzen. Wolfgang Schäuble kann ja auch nicht aufstehen.

In der Unionsfraktion mit ihren zweihundertvierundneunzig Mitgliedern herrscht stets erheblicher Lärm, wenn einer von ihnen zu allen redet. Helmut Kohl bildet da eine Ausnahme – und Wolfgang Schäuble. Wenn der spricht, herrscht Ruhe. Wo andere sich mit Lautstärke Respekt verschaffen, tut der Fraktionsvorsitzende das Gegenteil, er senkt die Stimme. Dann müssen die anderen auch leiser werden, sonst können sie ihn nicht mehr verstehen, was für sie peinliche Folgen haben kann, weil er sie bei Nachfragen bloßstellt. »Muß ich denn alles zweimal sagen?« Er kann nicht mehr so laut sprechen wie früher und hat erkannt, daß dies eben auch als Disziplinierungsmittel taugt.

Ganz ähnlich ist es im Bundestag. Auch hier spricht er notgedrungen leiser als früher. So kommt es, daß keiner so leicht mit Zwischenrufen zu traktieren ist wie der Fraktionsvorsitzende der Union. Zumal Schäuble stets ohne Manuskript zum Rednerpult rollt, weil für ihn das freie Sprechen zur guten parlamentarischen Sitte gehört. Nach einer Unterbrechung den Faden wiederzufinden, ist für ihn viel schwieriger als für Redner, die nur den Finger auf den letzten vorgelesenen Satz legen müssen. Das stört einerseits – bedeutet aber auch eine Chance. Wenn sich der häufig so Unterbrochene hilfesuchend an den amtierenden Bundestagpräsidenten wendet – »Könnten Sie bitte für Ruhe sorgen« –, dann hat er die Sympathien auf seiner Seite.

Einmal hat den impulsiven, rothaarigen Parlamentsgeschäftsführer der SPD, Peter Struck, die Geduld verlassen. Als Schäuble wieder mal mit seiner leisen Stimme, die Worte sorgsam abwägend, eine Gemeinheit nach der anderen gegen die größte Opposition zischt, ruft er dazwischen: »Ach Sie, mit dem Tremolo in der Stimme!« Schäuble, der empfindlicher ist, als es den Anschein hat, ist getroffen, beschwert sich anschließend bei seinem Lieblingssozi, dem Fraktionsvorsitzenden der SPD, Hans-Ulrich Klose, über den unbeherrschten und verletzenden Zwischenruf.

Die Folge ist klar: Die SPD-Opposition entwickelt eine Beißhemmung, eine Befangenheit im Umgang mit dem begnadeten Polemiker von der Regierungsfraktion, die manche bis heute nicht abgelegt haben. »Ich könnte nicht unverkrampft auf ihn keilen«, bekennt Klose. »Ich war nicht in der Lage, Schäuble zu unterstellen, er sei ein Schuft.« Genau dies trägt jedoch dazu bei, daß sich die Anhängerschaft des SPD-Fraktionsvormannes und Schäuble-Konkurrenten in der eigenen Truppe stetig reduziert.

»Ich bin nicht der Edelbehinderte. Ich zelebriere das nicht«, sagt Schäuble über seinen Umgang mit dem Rollstuhl. Behinderte haben ihm seinen Status als Prominenter vorgehalten und bestritten, daß er ihnen mit seinem Leben ein Beispiel geben könne. Doch Schäuble will kein Werbeträger für die Sache der Behinderten sein. Und dennoch haben ihn die Vorhaltungen getroffen. »Ich bin zwar ein Privilegierter, aber dafür zahle ich einen Preis: den hohen Grad öffentlicher Neugier.«

Doch die Grenze zwischen Erleiden und Nutzen ist fließend. »Wenn ich schon den Nachteil habe, dann will ich auch die Vorteile davon haben«, hat Schäuble einmal einem engen Vertrauten erzählt. Der hält das, mit einigem Recht, für außerordentlich professionell. Warum auch sollte sich Schäuble quasi doppelt bestrafen – die Behinderung erleiden und dann auch noch als Folge davon einen reduzierten politischen Stellenwert ertragen?

SCHWACHER TROST MIT ROOSEVELT

Helmut Kohl hat das von Anfang an ebenso gesehen. In einer Anwandlung robuster Mitmenschlichkeit hat der Parteifreund dem Attentatsopfer ans Krankenbett eine Biographie des amerikanischen Präsidenten Franklin Delano Roosevelt mitgebracht. Zum Trost gewissermaßen. Die Botschaft ist klar: Wenn ein Rollstuhlfahrer sogar Präsident dieser vitalen, kraftstrotzenden amerikanischen Nation werden kann, warum sollte das in Deutschland sechzig Jahre später unmöglich sein? Helmut Kohl hat, um den Nutzwert des Werkes zu steigern, die wichtigsten Passagen auch gleich markiert, erzählt Schäuble.

Roosevelts Leben im Rollstuhl habe, erläutert Kohl dem Schwerverletzten, durchaus Vorteile gebracht. Es zwang ihn, so steht es in der Biographie, »zu gelassenem Denken in längerfristigen Perspektiven«, gab ihm eine »unangreifbare Entschuldigung, dort nicht zu erscheinen, wo er es politisch für inopportun hielt«; und schließlich: »Sein tapferer Kampf brachte ihm eine Welle von Mitleid und Sympathie ein.« Im nachhinein wirken die Passagen wie eine Prophezeiung, denn Schäuble ergeht es genau wie Roosevelt.

Kohl hat Schäuble mit seinem Mitbringsel nur verhaltene Freude bereitet. Schäuble: »Der hatte Kinderlähmung, das ist etwas anderes.« Roosevelt war lange Jahre behindert, bevor er ohne Rollstuhl nicht mehr zurechtkam. Roosevelt konnte sich auf seine fortschreitende Behinderung einstellen. In dieser Hinsicht hatte es der US-Präsident leichter als Schäuble, der mit einem Schlag aus der Normalität gerissen wird. Außerdem wußte Roosevelt schließlich bis kurz vor seinem Tod die Lähmung vor der Öffentlichkeit weitgehend zu verbergen. Vom amerikanischen Präsidenten werden in der Roosevelt-Bibliothek hundertfünfundzwanzigtausend Fotos aufbewahrt. Ganze zwei zeigen ihn im Rollstuhl, auf den er an seinem Lebensende angewiesen war. Bei Schäuble ist es umgekehrt. Es gibt kaum ein Foto, das den Rollstuhl ausblendet. Roosevelt wollte und konnte seine körperliche Schwäche verbergen, Schäuble bleibt nichts anderes übrig, als sie zu zeigen. Ein Kämpfer wie er zieht aus dem Zwang allerdings Konsequenzen: Er zeigt sie so, daß aus der Schwäche eine Stärke wird.

Seine Ausstrahlung geht auf seine existentielle Sondersituation zurück. Ohne den Rollstuhl wäre die durchschlagende Wirkung Schäubles auf Sympathisanten wie Gegner kaum zu erklären. Es gibt aber auch Momente, da wird ihm die ständige Indiskretion, mit der er lebt, zuviel. Dann bricht es aus ihm heraus. »Mein Rollstuhl, das bin ich, das geht keinen etwas an.« Es sind vergebliche Fluchtversuche aus seiner Normalität.

Diese Normalität hat ihm demütigende Erfahrungen nicht erspart.

Am 13. September 1991, knapp ein Jahr nach dem Attentat von Oppenau, reist Schäuble nach Prag. Der deutsche Innenminister, zu diesem Zeitpunkt schon längst von Helmut Kohl zu seinem Kronprinzen ernannt, besucht den tschechischen Dichterpräsidenten Vaclav Havel auf der Prager Burg. Doch die hat noch keinen Aufzug, und Havel residiert im dritten Stock. Es hilft nichts, Sicherheitsbeamte müssen ihn die Treppen hinauftragen. Oben angekommen, entfährt ihm ein Seufzer: »Dies ist nicht mein Terrain.«

Heute redet er solche Erfahrungen herunter. »Ich habe mich schon viele Treppen hinauftragen lassen. Am schlimmsten ist es im Berliner Olympiastadion. Da gibt es keinen Aufzug. Das ist nur schlecht für die Polizisten, die mich tragen müssen. Aber nicht für mich.«

Eine Zeitlang nach dem Attentat wähnt sich Schäuble in Sitzungswochen beinahe jeden Tag am politischen Abgrund. Im neuen Bonner Plenarsaal führt eine steile Rampe die Sitzreihen entlang hinunter zu seinem Platz in der ersten Reihe. Fährt Schäuble über die Rampe, muß er den Rollstuhl abbremsen, »sonst sitze ich beim Struck auf dem Schoß«. Bremst er jedoch zu stark ab, »kippt der Rollstuhl nach hinten um«. Auf der Pressetribüne des Bundestages stehen stets Fotografen, die Kameras abschußbereit. Fernsehkameras laufen ständig mit. Dieses Foto vom Sturz des Rollstuhlfahrers Schäuble »würde ich für den Rest meiner Tage nicht mehr los«.

Inzwischen hat Schäuble gelernt, mit der Gefahr umzugehen, er hat es regelrecht geübt. »Ich habe keine Angst mehr herauszukippen.« Demnächst, kündigt er an, »will ich versuchen, da alleine heraufzufahren«.

Nichts haßt er mehr, als geschoben zu werden. Denn dann wird seine Abhängigkeit, seine Hilfsbedürftigkeit augenscheinlich. Wer Schäubles Rollstuhl auch nur anfaßt, muß mit harschen Reaktionen rechnen.

New York, Guggenheim-Museum, März 1994. Hierhin macht Polittourist Schäuble am freien Samstag mit seiner Frau einen Ausflug. Man hat sich im Eingangsbereich versammelt, dort, von wo aus man eine tunnelartige Perspektive auf die sich in Schneckenwindungen hinaufziehende, treppenlose Ausstellungsfläche gewinnt. Die kleine Gruppe, außer den Eheleuten Schäuble zwei Journalisten, zwei Bodyguards und eine Dolmetscherin, läßt sich von einer Mitarbeiterin des Museums die aktuelle Ausstellung erläutern.

Plötzlich setzt Schäuble sich in Bewegung, rollt auf den Aufgang zu. Die Neigung, die man überwinden muß, um die erste Ausstellungsebene zu erreichen, ist beträchtlich. Ein Journalist und ein Bodyguard erkennen, daß Schäuble es kaum schaffen kann. Und dennoch versucht er es ehrgeizig, bittet niemanden um Hilfe, rollt los. Schäuble setzt alle Kraft ein, die er hat, läuft rot an, doch der Rollstuhl wird immer langsamer, bleibt schließlich auf der Hälfte der Distanz stehen. Die Situation ist bedrohlich für Schäuble, weil er jetzt unkontrolliert zurückrollen könnte. In diesem Moment greifen zwei Hände, links der Bodyguard, rechts ein Journalist, nach den Rollstuhlgriffen, schieben das Gefährt, dabei wie normal neben Schäuble hergehend, behutsam hinauf. Oben lassen sie ihn los, er rollt weiter, als ob nichts gewesen wäre, verliert nicht ein einziges Wort darüber.

Im Berliner Reichstag führt eine Rampe zum Rednerpult, die Schäuble alleine nicht hinaufkommt. Dort wird er unauffällig hochgeschoben, es geht alles sehr schnell. Das wird, wie Abgeordnete beobachtet haben, von einem seiner Parlamentarischen Geschäftsführer per Wink organisiert.

Unmittelbar vor Sitzungen der Unionsfraktion, dienstags nachmittags um fünfzehn Uhr, bildet sich vor dem Sitzungssaal im ersten Stock des alten Abgeordneten-Hochhauses stets ein Pulk aus Parlamentariern und Journalisten. Sie stehen vor der Tür, im Windfang, und innen im Eingangsbereich. Die Führung der Union sitzt auf einer langen Bank, direkt rechts neben dem Eingang. Wer auf seinen Platz will, muß durch den Pulk.

Schäuble kommt deswegen manchmal ein paar Minuten später, wenn sich der erste Trubel schon gelegt hat. Doch häufig genug biegt er um die Ecke und vor der Tür hat sich eine Menschentraube gebildet. Die sprengen dann auseinander, weil sich im Flüsterton die Nachricht weiterverbreitet hat: »Achtung, der Schäuble.« Dann bilden sie ein Spalier, diese dichtgedrängt stehenden Männer und Frauen, durch die der sitzende Fraktionschef dann hindurch muß, um zu dem eigens für ihn umgebauten, erhöhten Sitzplatz in der ersten Reihe zu gelangen. Weil oft so viele Kollegen ihm den Weg versperren, fehlt ihm der Anlauf, um die Rampe hinaufzukommen. Dann muß wieder eine diskrete Hand helfend eingreifen.

Viele meinen es auch nur gut. In Bonn hat sich mittlerweile herumgesprochen, daß man dem CDU-Mann nicht ermunternd auf die Schulter klopft. Das wissen aber nicht die Normalbürger. Ist Schäuble in einer Stadt unterwegs, dann kommt es schon vor, daß sich eine Menschentraube um ihn herum bildet, die Menschen sich zu ihm hinunterbeugen und ihn von oben herab mit schlechtem Atem ansprechen. Einige, die besonders mitfühlend sein wollen, fassen ihn dann kumpelhaft an. Das ist für ihn schon schlimm genug, weil er keine Möglichkeit hat, sich dem zu entziehen. Schlimmer aber ist es, wenn ihm dann auch noch jemand auf die Schulter haut: »Weiter so, Herr Schäuble!« Und gar nicht weiß, daß er ihn auf diese Weise aus dem Rollstuhl aufs Straßenpflaster befördern kann.

Zu den in Bonn so beliebten Stehempfängen – in der Linken ein Glas Wein, in der Rechten ein fettiges Würstchen – geht Schäuble nicht, das will er sich und den anderen nicht mehr zumuten. »Meine Kommunikationsmöglichkeiten sind geringer als die anderer Leute.«

Schäuble kommt weniger unter Menschen, was allerdings auch den Vorteil hat, daß er selbst bestimmt, mit wem er reden will. Außerdem hat er mehr effektive Zeit zum Arbeiten als andere. Und schließlich: Klönen war noch nie Schäubles Stärke. In der Disziplin Small talk ist Schäuble ungefähr so gut wie Helmut Kohl beim Eisschnellauf.

Verbitterter geworden?

Über Urteile wie die des sozialdemokratischen Kollegen Struck regt Schäuble sich auf. »Wolfgang Schäuble war immer konservativ bis reaktionär. Da hat er sich nicht geändert. Aber er ist durch das Attentat verbitterter geworden.« Die Verbindung zwischen Politik und Behinderung, die Struck, aber auch Rudolf Scharping oder früher Hans-Jochen Vogel herstellen, empfindet er als unfair. Da wird sein Rollstuhldasein zum Objekt der politischen Auseinandersetzung. Schäuble ist jemand, der gerne austeilt, aber er wählt einen Weg, der es dem Angegriffenen erlaubt, sich zu wehren. Gegen den Vorwurf der Behinderung kann man sich nicht zur Wehr setzen.

Wer vom dritten Brustwirbel an abwärts gelähmt und zusätzlich Fraktionsvorsitzender der Union in Bonn ist, der kann es sich nicht mehr leisten, einen draufzumachen oder zu rauchen, bis man vor lauter Qualm die Hand vor den Augen nicht mehr sieht. Das und der erzwungene Verzicht auf Sex verstärken bei ihm seine Anlage zur Rationalität, zur gedanklichen und sprachlichen Tabu- und Rücksichtslosigkeit. Die bekommen seine Gesprächspartner bisweilen zu spüren. Zynisch konnte er immer schon sein, aber ein Zyniker im Rollstuhl wirkt eben härter als einer, der aufrecht steht und geht.

Schäuble ist hochintelligent – und er hat wenig Zeit. Die Folge ist zwangsläufig: Ungeduld. Ungeduldig war Schäuble immer schon, auch herrisch. »Er muß eine ungeheure Härte entwickeln, um mit seinem Schicksal fertig zu werden. Da wird man auch unduldsamer gegen andere«, urteilt Hermann Otto Solms, sein Pendant als Fraktionschef von der FDP.

Seinem damaligen Parlamentsgeschäftsführer Jürgen Rüttgers hat er nach einer seiner derberen Bemerkungen einem Kollegen gegenüber gesagt: »Ich meine das doch nicht ernst.« Rüttgers erwiderte, »aber die verstehen das nicht«. Es ist nicht einfach, mit Schäubles Denkgeschwindigkeit Schritt zu halten. Das gilt um so mehr für seine Sottisen. Schäuble weiß das selbst: »Ich bin durch den Rollstuhl kein besserer Mensch geworden«, räumt er selbstironisch ein – um dann, ganz der Alte, wieder zuzulangen: »Ich bin auch nicht wegen des Rollstuhls unfreundlich, sondern weil der andere das verdient hat.«

Die einen behaupten, Schäuble sei härter, die anderen, er sei verständnisvoller und duldsamer geworden. Beide Seiten haben recht.

Es ist eine Frage des Abstands zu ihm. Steht Schäuble zeitlich arg unter Druck, oder will er unbedingt sofort ein bestimmtes Ergebnis in einer Sachfrage erreichen, dann fühlt er sich durch diejenigen geradezu körperlich belästigt, welche ihm in die Parade fahren, ihn nicht verstehen oder durch unpassende Bemerkungen oder Argumente die Zeit stehlen. Schäuble läuft wie ein Kraftwerk auf Hochtouren, angespannt, konzentriert, alle Sinne wach und aufs Ziel gerichtet. Wenn dann jemand nicht so agiert, wie er es erwartet, reagiert Schäuble sauer. Es wundert ihn auch nicht, wenn die Betroffenen hinterher verbreiten, er sei härter geworden.

Wer ihn antrifft, wenn er ruhiger ist, oder wer ihn in interessante Gespräche zu verwickeln vermag, der macht ganz andere Erfahrungen. Manche Fraktionskollegen, die nie damit rechneten, erzählen, sie hätten von Schäubles strengem Sekretariat zwanzig Minuten zugebilligt bekommen und seien dann doch erst nach mehr als einer Stunde gegangen.

Verständnisvoller und toleranter

Schäuble hat mehr Muße als früher, und er kann besser zuhören. Er ist auch verständnisvoller geworden. Vor allem hat er mehr Verständnis für die Nöte und Sorgen anderer. Am Montag, dem 2. Januar 1995, klingelt morgens um neun Uhr bei Eduard Ackermann das Telefon. Am Apparat ist Wolfgang Schäuble. »Ich wollte nur mal hören, wie es Ihnen geht.« Es ist für den ehemaligen Kanzlerberater der erste Tag als Rentner. Beinahe zwanzig Jahre hat er dem Fraktionsvorsitzenden und späteren Bundeskanzler Helmut Kohl gedient, im Kanzleramt jeden Morgen um 8.15 Uhr den Lagevortrag gehalten. Von zu Hause aus hat er noch am 1. Januar, dem ersten Tag im Ruhestand, Kohl die Presselandschaft erläutert. So ein Mann geht nicht leichten Herzens in Pension. Wolfgang Schäuble kann sich in die gemischten Gefühle Ackermanns hineinversetzen. Er ist der einzige Politiker, der an diesem Tag anruft, um ihm viel Glück zu wünschen.

Lothar de Maizière, der ihn aus den Verhandlungen über die deutsche Einheit und vom Kabinettstisch her gut kennt, hat zu Schäuble gesagt, »das mit der Unfreundlichkeit oder der Kälte ist alles Quatsch. Du bist viel sanfter geworden.« Denselben Eindruck hat nicht nur Nordrhein-Westfalens Ministerpräsident Johannes Rau von der SPD, sondern auch der Sozialdemokrat Hans-Ulrich Klose gewonnen. »Er ist offener, toleranter geworden, kann besser zuhören.«

Helmut Kohl, der damals nach einem Besuch am Krankenbett Schäubles seine Tränen kaum verbergen konnte, erteilt Schäuble ganz bewußt auch nach dem Attentat den politischen und menschlichen Ritterschlag. »Er hat die charakterlichen Voraussetzungen für jedes politische Führungsamt. Er hat ein schlimmes Schicksal erlitten und gerade darin seinen Charakter bewiesen.« Man müsse, fährt Kohl fort, nur hören, wie er über seinen Attentäter rede.

Keine Angst vor Attentätern

Am Abend des 12. Oktober 1990 setzt sich der siebenunddreißigjährige Dieter Kaufmann in den Bus, fährt von Appenweier nach Oppenau, begibt sich in die Wahlkampfveranstaltung in der »Brauerei Bruder«, nach deren Ende er den Redner Wolfgang Schäuble mit zwei Schüssen aus einer Smith & Wesson niederstreckt. Der Verrückte will Helmut Kohl ermorden, aber Schäubles Wahlveranstaltung liegt näher. Es ist ein Zufall.

Kaufmanns Opfer wenige Tage nach dem Attentat über den Täter: »Ich habe eigentlich wenig emotionale Reaktion gegenüber dem Attentäter, den ich persönlich nicht kenne. Ich kenne seinen Vater, der einige Jahre Bürgermeister in einer Gemeinde meines Wahlkreises war. Zwischen seinem Sohn und mir sehe ich keine rationale Verbindung, deshalb habe ich auch keine emotionale Verbindung zu ihm.«

Rachegefühle hegt er bis heute nicht. Manchmal nennt er das Attentat ganz undramatisch »ein Unglück«. Andere werden beim Autofahren getötet, Spitzenpolitiker müssen damit rechnen, von Verrückten umgebracht zu werden. So hat er schon immer geredet, nicht nur nach, sondern auch vor dem Attentat.

Am 3. Oktober 1990, dem Tag der Wiedervereinigung, feiern die Eheleute Schäuble mit Rupert Scholz – er ist heute stellvertretender Vorsitzender der Unionsfraktion – und dessen Ehefrau beim Berliner Edelitaliener »Grand Slam« das historische Ereignis. Irgendwann landet an diesem Abend das Gespräch bei der gefährdeten Situation von Spitzenpolitikern. Schäuble lakonisch zu Scholz: »Weißt du, da muß man wohl mit rechnen.« Neun Tage später schlägt Dieter Kaufmann zu.

Angst vor einem neuerlichen Attentat hat Schäuble nicht, anders als etwa Oskar Lafontaine, der saarländische Ministerpräsident und SPD-Parteivorsitzende, dem eine verrückte Frau, Adelheid Streidel, auf einer Wahlkampfveranstaltung in den Hals stach. Schäuble: »Er hat andere Probleme als ich. Er war ja länger bei Bewußtsein und hat die Todesnähe gespürt und kann das alles sehr genau erzählen. Er hat diese starke psychische Belastung, mit der er offenbar noch zu kämpfen hat. Beispielsweise hat er immer, wenn er in einen Saal mit vielen Menschen geht, sehr viel Angst. Die habe ich überhaupt nicht, nichts dergleichen.« Er würde sogar wieder in der »Brauerei Bruder« in Oppenau Wahlkampf machen. Kugelsichere Westen lehnt er auch jetzt rundheraus ab.

MIKROCHIP STATT RÜCKENMARK

Dabei wäre Schäuble beinahe ein zweites Mal das Opfer eines Irren geworden. Als er in der Freiburger Klinik auf der Intensivstation liegt, gelingt es einem Verwirrten, an den Sicherheitskontrollen vorbei fast bis zu Schäuble vorzudringen. Erst die Beamten, die vor der Intensivstation postiert sind, können den Mann stoppen. Er hat ein Messer dabei.

Immer wieder in den vergangenen fünf Jahren gab es Meldungen über medizinische Fortschritte für querschnittgelähmte Menschen. Eine der jüngsten lautet, daß amerikanische Wissenschaftler an der Entwicklung eines Mikrochips arbeiten, der die Funktionen des Rükkenmarks ersetzen kann. Würde Schäuble sich einen solchen Chip einsetzen lassen?

Er reagiert beinahe unwirsch. »Nein. Man kann auch einen Roboter züchten, der laufen kann. Aber was hat der davon? Nichts.« Schon jetzt könne er sich ja einzelne Gliedmaßen verkabeln lassen, die dann auf Knopfdruck funktionierten. So etwas komme überhaupt nicht in Frage.

Seine Frau Ingeborg widerspricht ihm. »Das sehe ich anders.« Wenn es so etwas gäbe, »dann könntest du wieder stehen. Das wäre auch wichtig für deine inneren Organe.« Darauf er: »Ich kann auch mit Hilfe meiner Krankengymnastin stehen. Die hält mir dann die Knie fest.« So wie Schäuble spricht niemand, der noch Hoffnung hat, wieder auf die Beine kommen zu können.

Anfangs war das anders. Da hat er noch eine vage Hoffnung gehabt. Zwei Jahre lang, sagt er zu dieser Zeit, hätte er die Erfahrung im Rollstuhl schon machen mögen – wenn dann Schluß gewesen wäre. »Das hätte sich gelohnt. Weil man Erfahrungen mit sich und anderen macht, von denen man sonst nichts gewußt hätte.« Das zeitlich begrenzte Experiment im Rollstuhl – daraus wird nichts. Heute sagt Schäuble, für einen Nichtbehinderten kaum nachvollziehbar: »Ich behaupte sogar, im Kern nicht sehr viel unglücklicher zu sein als zuvor.«

Früher hat er berichtet, Otto Graf Lambsdorff, der nach einer Kriegsverletzung ein Holzbein hat, habe ihm einmal erzählt, er träume sich stets unbehindert. So ergehe es auch ihm. Dabei ist es bis heute geblieben. »Wenn ich von mir träume, dann kann ich laufen.«

Im Grunde tut Schäuble, vom Fahrradfahren einmal abgesehen, nur das Nötigste, um seine Situation als Schwerbehinderter zu verbessern. »Du machst zu wenig«, wirft ihm seine Frau öfter vor. Das räumt er ein. Vor allem arbeitet er zu wenig daran, seine Selbständigkeit zu vergrößern.

Das ist eine Folge seiner Bequemlichkeit – er selbst sagt: Faulheit. Denn darin ist er privilegiert: Es gibt immer einen, der sich um ihn kümmert. Schäuble ist nie allein. Wenn er in Bonn arbeitet, gibt es die Krankengymnastin und seine beiden Sekretärinnen Helga Heyden und Elke Hartmann, die, verständnisvoll und einfühlsam, mehr tun, als nur, ihn zu managen. Daheim in Gengenbach ist es seine Frau, die ihn versorgt.

Ein Jüngerer als er, der ein vergleichbares körperliches Schicksal erleidet wie Schäuble, lerne noch, weitgehend alleine zurechtzukommen. Dazu gehöre zum Beispiel, flach auf dem Boden zu liegen, den Rollstuhl zu erreichen und sich selbständig wieder hineinsetzen zu können. Wer das kann, dem kann es auch nicht zum Verhängnis werden, wenn er aus dem Rollstuhl kippt.

Schäuble trainiert solche Situationen erst gar nicht. Es ist nicht nur der Zeitmangel, der ihn daran hindert. Schäuble will überhaupt nicht gänzlich unabhängig sein, er will umhegt werden. »Einer, der fünfundzwanzig Jahre alt ist und so verletzt wurde wie ich, der will alleine leben. Ich will nicht alleine leben.«

Doch dahinter verbirgt sich noch mehr: Die Angst des Erfolgsmenschen, Erfahrungen des Scheiterns zu machen. Es reicht ihm, es dahin gebracht zu haben, was er jetzt kann: alleine aufstehen, duschen, ins Büro fahren, arbeiten. Einen Sechzehn-Stunden-Spitzenjob in der Politik hinlegen, jeden Tag bis spät in die Nacht hinein. Kaum jemand ist nach stundenlangen Verhandlungen und seinem Terminmarathon noch so präsent wie er. Auslandsreisen nach Paris, London, Washington und Moskau sind auch kein Hindernis mehr für ihn. Das hat er ausprobiert. Für das, was man braucht, um Fraktionschef zu sein oder auch Bundeskanzler, reicht das völlig aus. Dieser Beweis ist längst erbracht.

Warum sollte er sich da körperlich neue Strapazen mit ungewissen Erfolgsaussichten zumuten? Denn, bekennt Wolfgang Schäuble: »Ich habe schon vor Hunden Angst. Ich bin feige.«

DER ANFÜHRER

In den ersten Jahren der Kanzlerschaft Helmut Kohls war die Macht dort zu finden, wo Helmut Kohl saß: im Kanzleramt. Das hat sich inzwischen geändert. Die Bundestagsfraktion ist heute das operative Machtzentrum der Union. Im November 1991 ist Wolfgang Schäuble angetreten, der Unionsfraktion im Bonner Machtgetriebe eine eigenständige Rolle zu erkämpfen. Er hat es geschafft.

Helmut Kohl hat es zugelassen. Das hat viel damit zu tun, wie Schäuble dem Machtgebirge aus der Pfalz das Teilen schmackhaft machte: als Entlastungstherapie. Kohl brauche sich wirklich nicht »um jeden Scheiß zu kümmern«, verkündete er burschikos. Für den »Scheiß«, schlug Schäuble vor, solle er zuständig werden. Wo andere sich – taktisch ungeschickt – auch öffentlich über Kompetenzzuwachs freuen, stellt Schäuble ihn als Opfergang dar. Das erinnert an den Gast, der seinem Gastgeber auf die Frage »Darf es noch etwas Kaviar sein?« seufzend antwortet: »Wenn es denn sein muß!«

Schleichend hat die Unionsfraktion ihren Anteil am Regieren vergrößert. Wichtige Gesetzesvorhaben werden in der Fraktion vorbereitet und von ihrem Vorsitzenden durchgesetzt. Das neue Asylrecht, der Solidarpakt, der Kompromiß über die Pflegeversicherung und die neue Familienförderung kamen so zustande.

Schleichend hat sich auch das Rollenverständnis des Wolfgang Schäuble verändert. Als Parlamentarischer Geschäftsführer und dann als Kanzleramtsminister war er beinahe ausschließlich der Problemlöser und Krisenmanager – Helmut Kohls Trouble shooter. Inzwischen ist ein neuer Zug an ihm hervorgetreten: der des Vordenkers und Chefideologen der Union. Schäuble besetzt die Themen, die die Union zur modernen Volkspartei machen sollen: vom Umbau des Sozialstaates über die Einigung Europas bis hin zur neuen außenpolitischen Rolle Deutschlands nach dem Ende der Blockkonfrontation. Das erklärt die in dieser Hinsicht schwache Rolle des Konrad-Adenauer-Hauses. Zu Kurt Biedenkopfs und Heiner Geißlers Zeiten war die Parteizentrale der Think tank der CDU. Heute ist es, dank Schäuble, die Fraktion.

Schleichend geändert hat sich Schäubles Stil. Als junger Bundestagsabgeordneter prügelte er die Sozialdemokraten wie Henry Maske den Sandsack. Die Funktionen, die er später für Kohl übernahm, zwangen ihn zur Konzilianz. Da umarmte er seine Gegner, handelte nach der Devise: »Die Hand, die du nicht abhacken kannst, mußt du schütteln.« Austoben konnte er sich nur nach innen. Da war er, erinnert sich ein Schäuble-Opfer, »Kohls Vollstrecker«. Als Fraktionschef muß er nicht mehr so viele Rücksichten auf die Opposition nehmen. Keiner aus der Union ist in der Lage, die Opposition mit solch einer Häme zu überziehen und so verachtend zu kritisieren wie Schäuble. Von dieser Fähigkeit macht er jetzt ausnehmend Gebrauch.

Damit schadet Schäuble nicht nur den anderen, er nutzt auch sich selbst. Weil er mit den Sozialdemokraten zu weich umging, hatte der Fraktionsvorsitzende Helmut Kohl Ende der siebziger Jahre in den eigenen Reihen viele Feinde. »Man kommt nicht im Schlafwagen zur Macht«, hielt der konservative Abgeordnete Jürgen Todenhöfer ihm 1978 vor – und sprach aus, was die meisten dachten. Schäuble agiert anders als damals Kohl: als Sozifresser. In den eigenen Reihen trägt ihm das viel Beifall ein. Schäuble verschafft sich so einen Kredit, auf den er zurückgreifen kann, wenn es einmal nicht so gut läuft.

In der Fraktion agiert der Badener wechselweise als Zuchtmeister und als Integrator – wie es die Situation gerade erfordert. Der Dompteur verschafft der Regierung die nötigen Mehrheiten bei Abstimmungen im Bundestag, der Integrator sorgt dafür, daß sich niemand ausgegrenzt fühlen muß, selbst wenn er sich am politischen Rand der Union bewegt. Dieser Zug an Schäuble ist neu – und hat wiederum eine machtstrategische Ursache: Wer mit einer solch knappen Mehrheit regiert wie die Koalition, der ist auf jede Stimme angewiesen und kann es sich nicht leisten, einzelne zu vergraulen. Als Integrator punktet Schäuble zugleich auf das eigene Konto. Zu den Selbstverständlichkeiten in der Union gehört bislang die Feststellung, daß Helmut Kohl als einziger in der Lage sei, die Union zusammenzuhalten. Zielstrebig entwickelt Schäuble sich auch in dieser Hinsicht zur Alternative – wenngleich ihm die umarmende Herzlichkeit abgeht, die Kohl zu vermitteln vermag.

Jedenfalls ist die Unionsfraktion unter der Führung Schäubles zum eigenständigen Machtfaktor geworden. Sein Vorgänger Alfred Dregger stand Helmut Kohl in der Rolle des Divisionskommandeurs zur Seite: Er wartete auf die Befehle und setzte sie in der Truppe gehorsam und loyal um. Schäuble dagegen ist Kohls Gegenüber, der es sich leisten kann, eigenständige Positionen zu beziehen. Manchmal kassiert er dann Niederlagen oder erntet Kopfschütteln im Kanzleramt. Doch das steckt er inzwischen weg. Diesen souveränen Standpunkt kann er sich leisten, weil Kohl ihn zum Regieren braucht.

Wäre es jedoch nach Dregger gegangen, der alte Herr würde wahrscheinlich heute noch die Fraktion führen. Ihn zu stürzen, war ein hartes Stück Arbeit.

DREGGERS STURZ

Sechs Jahre nachdem Alfred Dregger 1982 den Vorsitz der größten Parlamentsfraktion übernommen hat, sind viele Abgeordnete seinen Führungsstil leid – sofern man überhaupt von Führung sprechen kann. Dregger kümmere sich, so lautet die verbreitete Kritik, nur noch um die Dinge, die ihn persönlich interessieren: die großen strategischen Fragen der Außen- und Sicherheitspolitik, das deutsch-amerikanische Verhältnis und die politischen Schlußfolgerungen, die aus der Reichweite von Raketen gezogen werden sollten.

1988 dümpelt die Union demoskopisch bei weit unter vierzig Prozent vor sich hin. Ein Jahr vor der Einheit steckt die Regierung im Umfragetief. Sie macht einen abgearbeiteten Eindruck, von Schwung und Erneuerungswillen ist sechs Jahre nach der Wende von 1982 nicht mehr viel zu spüren. Immer mehr Abgeordnete sind sich in Diagnose und Therapie einig: »Die Zeit ist reif für eine Erneuerung.«

Die Stimmung verdichtet sich im Kreis der intern mächtigen »Teppichhändler«, der Vorsitzenden der Landesgruppen der Union, die sich regelmäßig treffen. Willi Rawe aus Nordrhein-Westfalen, Hans-Peter Repnik aus Baden-Württemberg und Johannes Gerster aus Rheinland-Pfalz sind diejenigen unter ihnen, die die Ablösung Dreggers massiv betreiben. Die drei sind sich einig: »Schäuble soll unser Erneuerer sein.« Dabei tut Gerster sich besonders schwer. Er fühlt sich Dregger menschlich und politisch eng verbunden. Doch auch er beklagt, daß die Fraktion unter Dreggers Nichtführung zum bloßen Vollzugsorgan der Regierung heruntergewirtschaftet worden sei.

Vor allem unter ambitionierten jungen Abgeordneten, die wie Bernd Schmidbauer oder Otto Hauser erst 1983 in den Bundestag gewählt wurden, ist die Säuernis verbreitet. Sie haben sich eine wichtigere Rolle erhofft, wollen nicht bloß »Stimmvieh« für Koalitionsbeschlüsse sein, auf die sie keinen Einfluß haben.

Hans-Peter Repnik ist Schäubles engster Weggefährte. Anfang der siebziger Jahre lernten die beiden sich bei der Jungen Union kennen und schätzen. Repnik ist Vorsitzender in Südbaden, Schäuble sein Stellvertreter. 1994, bei der Bildung der neuen Fraktion, macht Schäuble Repnik zu einem seiner Stellvertreter. Repnik steht treu und loyal zu Schäuble. Er sagt, was Schäuble denkt.

Ende der achtziger Jahre, als die Stimmung in der Fraktion immer schlechter wird, pflegen die beiden einen engen Draht. Der Abgeordnete und der Kanzleramtsminister analysieren die schlechte Stimmung in der Union und kommen zum selben Ergebnis: Verantwortlich ist Alfred Dregger. Dreimal in der Woche joggen Repnik und Schäuble morgens früh um sechs Uhr am Rhein entlang. Repnik verrät nicht, was sie dabei besprochen haben. Eines jedoch gibt er schmunzelnd zu: »Natürlich wurde da nicht nur gejoggt.«

Repnik ist der Kopf der Fronde gegen Alfred Dregger. Schäuble ist informiert. Auch Helmut Kohl, der seine Drähte überall hat, entgeht die wachsende Anti-Dregger-Stimmung nicht. Er wird von den Frondeuren ins Vertrauen gezogen. Der Kanzler unternimmt nichts, um den Fraktionsvorsitzenden zu stabilisieren. Das wiederum interpretieren die Aufständischen als Ermunterung.

Am Buß- und Bettag 1988 versammeln sich Gerster, Rawe und Repnik im Bundestagsbüro Alfred Dreggers. Sie unterbreiten ihrem Vorsitzenden einen aus ihrer Sicht honorigen Vorschlag. Er solle seinen Platz an der Spitze der Unionsfraktion räumen – um im Gegenzug Bundestagspräsident zu werden. Doch der alte Haudegen will dieses Spiel nicht mitspielen: »Ich lasse mich nicht abschieben.«

Kurz vor Weihnachten kommt es zum Showdown. Die Landesgruppenvorsitzenden sind mit Dregger zum Abendessen im Bonner Presseclub in der Heinrich-Brüning-Straße verabredet. Dregger ahnt, was auf ihn zukommt. Bis zweiundzwanzig Uhr verhindert er filibusternd eine Diskussion über seine Person. Dann ergreift Johannes Gerster das Wort – ausgerechnet er, der von allen die engste Bindung zu dem Hessen empfindet. Ausdrücklich legt er Dregger nahe, den Fraktionsvorsitz niederzulegen. Dregger reagiert eiskalt: »Meine Herren, das ist für mich kein Thema.« Kühl verweist er seine Gegner auf die Geschäftsordnung der Fraktion: »Wenn Sie mich loswerden wollen, müssen Sie mich abwählen.« Damit hat der alte Fuchs den wunden Punkt erwischt. Dregger offen abzuwählen, das käme einem Eklat gleich. Die Frondeure wissen, daß es nur einen Weg für Wolfgang Schäuble an die Spitze der Unionsfraktion gibt: Dregger muß das Handtuch werfen. Dann geht der Amtsinhaber, seinen Sieg auskostend, zur Tagesordnung über, als wäre nichts gewesen. »Und jetzt gehen wir zum gemütlichen Teil des Abends über.«

Doch damit ist die Angelegenheit noch nicht erledigt. Die ungeduldigen Dregger-Gegner geben keine Ruhe. Kurz nach dem Essen im Presseclub erscheint in der WELT ein Interview mit dem Chef-Außenpolitiker der Fraktion, Volker Rühe. Offen kritisiert der bullige Hamburger Dreggers Führungsstil.

Rühes Vorpreschen ist ein unkluger Schachzug – gibt es doch Dregger Gelegenheit, in der Fraktion offensiv das Thema anzusprechen. Dregger packt Rühe beim Mannesmut: »Ich würde erwarten, daß diese Leute, die gegen mich sind, den Mut haben, dies in der Fraktion zu erklären und nicht über die Zeitung.«

Dregger verschweigt das Treffen mit den Landesgruppenvorsitzenden und deren Aufforderung, vom Amt des Fraktionsvorsitzenden zurückzutreten. Souverän überspielt er die Kritik. Da steht in der

Fraktionssitzung Repnik auf: »Herr Dregger, diese Leute gab es, die dieses Thema mit Ihnen besprochen haben.« In diesem Moment hätte man in der Fraktion eine Stecknadel fallen hören können.

Dregger steht in diesem kritischen Moment nicht allein. Sein engster Vertrauter noch aus Zeiten, in denen Dregger in Hessen Oppositionsführer war, der Medienpolitiker und heutige Intendant der Deutschen Welle, Dieter Weirich, wirft sich für den Bedrängten in die Schlacht. Dregger habe sich große Verdienste um die Fraktion erworben. Was gebe es denn Wichtigeres, als einem Bundeskanzler zum Erfolg zu verhelfen, indem man ihm im Parlament die Mehrheiten verschaffe, fragt Weirich in die Runde. So macht er aus den Anti-Dregger-Frondeuren, die sich der schweigenden Mehrheit in der Union sicher sein können, Revoluzzer gegen Helmut Kohl. Damit entscheidet er die Schlacht zugunsten des amtierenden Fraktionsvorsitzenden. Im übrigen hätten, fügt Weirich hinzu, die Landesgruppenvorsitzenden überhaupt kein Mandat, um über den Fraktionschef zu befinden – was zweifellos richtig ist, die faktische Macht der »Teppichhändler« aber ignoriert. Schließlich kommt es, wie es kommen muß: Die Sache verläuft im Sande, weil niemand öffentlichen Streit will.

Fast zwei Jahre später, am 13. Oktober 1990, wird der potentielle Dregger-Nachfolger Wolfgang Schäuble in Oppenau das Opfer eines Attentats. Kaum zu sprechen in der Lage, meldet der damalige Innenminister in Interviews bereits seinen Anspruch auf den Fraktionsvorsitz der Union an. Doch das ist nur die eine, öffentliche Seite. Im Innern ist Schäuble von großen Zweifeln geplagt, ob er sich die anstrengende Aufgabe an der Spitze der Union zutrauen soll. Seine Lähmung läßt ihn an sich selbst zweifeln. Resigniert sagt er Freunden, die ihn besuchen: »Das wird ja doch nichts mehr. Nehmt doch den Rudi.«

Damit schlägt Schäuble für die Dregger-Nachfolge den in der Fraktion überaus beliebten früheren Parlamentarischen Geschäftsführer und amtierenden Kanzleramtsminister Rudolf Seiters vor. Schäuble weiß, was das bedeutet: Wäre Seiters gewählt worden, das Amt des Fraktionsvorsitzenden wäre mit hoher Wahrscheinlichkeit auf Jahre hinaus blockiert gewesen. Schließlich ist Seiters nur vier Jahre älter als Schäuble.

Dem Rekonvaleszenten kommt schließlich Dreggers Beharrungsvermögen zugute. Der Hesse klebt an seinem Stuhl, wittert nach dem Attentat seine Chance und erklärt, er wolle sich nach der Bundestagswahl 1994 erneut zum Fraktionsvorsitzenden wählen lassen. Das ruft wiederum die Landesgruppenvorsitzenden auf den Plan. Damit wollen sie sich nicht abfinden. Nicht noch eine weitere Hängepartie, geben sie intern als Parole aus. Sie machen Dregger im Januar 1991 auf einer Sitzung im Reichstag klar, daß es nicht in Frage komme, ihn für zwei weitere Jahre in dieses wichtige Amt zu wählen. Bestenfalls ein Jahr sei man bereit, ihm zuzugestehen. Dann werde man weitersehen. Die Landesgruppenchefs wissen, was sie tun: In einem Jahr wird klar sein, ob Schäuble die Fraktion führen kann. Dregger ist jetzt nur noch ein Auslaufmodell. Entsprechend gering ist in diesem Jahr sein Einfluß. Ende 1992 tritt Dregger ab, Schäuble wird gewählt. Weil Dregger der Rückzug aus der operativen Politik schwerfällt, wird ihm der Abschied mit dem faktisch wertlosen, aber schmückenden Titel eines Ehrenvorsitzenden der Unionsfraktion versüßt.

Dregger findet keinen Abschied von der Politik. 1994 läßt er sich, inzwischen siebzig Jahre alt geworden, noch einmal in den Bundestag wählen.

DOMPTEUR UND INTEGRATOR

Dummheit kann Wolfgang Schäuble nicht ausstehen. Darauf reagiert er herrisch, zynisch, drohend bis verletzend. Seine unbarmherzigen Reaktionen auf Unüberlegtheiten seiner Kollegen haben ihm den Ruf eines harten und kompromißlosen Zuchtmeisters eingetragen. »Bin ich denn hier der einzige, der über eine Armbanduhr verfügt?« Sein Stil hat dazu beigetragen, daß nur eine Minderheit ihm freundschaftlich oder gar verehrend begegnet. Bei den meisten erschöpft sich die emotionale Bindung an Schäuble in einer großen Portion Respekt. Das ist der Preis für Führung.

Wenn er freilich Kollegen schurigelt, macht er keinen Unterschied zwischen Hinterbänklern und Prominenten.

Im Frühjahr 1995 diskutiert die Koalition das Jahressteuergesetz. Dabei geht es auch um die Vermögensbildung in Arbeitnehmerhand. Die FDP lehnt es ab, dieses Herzensanliegen der CDU-Sozialausschüsse im Gesetz zu verankern. Kohl persönlich ist jedoch bei den Sozialausschüßlern im Wort. Die Lage ist wieder einmal vertrackt. Da definiert Schäuble den taktischen Kompromiß: Die Vermögensbildung wird nicht im Jahressteuergesetz aufgenommen, sondern zu einem späteren Zeitpunkt in der Koalition verhandelt. So kommen die Sozialausschüsse zu ihrem Recht, der Kanzler kann sein Gesicht wahren, und die FDP kriegt ebenfalls, was sie will. Das ist zwar keine Lösung des Problems, verschafft der Koalition aber erst einmal Ruhe. Alle haben begriffen, worauf es Schäuble ankommt.

Alle – bis auf einen. Norbert Blüm meldet sich zu Wort, um engagiert für die Vermögensbildung zu plädieren, als wäre die nicht gerade eben durch einen Formalkompromiß zum Nutzen aller vertagt worden. Blüm hatte die Sitzung des Fraktionsvorstandes versäumt, in der Schäuble vor der Fraktionssitzung die Kompromißlinie definierte. Schäuble versucht, Blüm zu bremsen: »Norbert, laß es doch. Das kriegen wir anders hin.« Doch der leidenschaftliche Sozialpolitiker läßt sich nicht bremsen, er hält sein Plädoyer bis zu Ende. Daraufhin raunzt Schäuble den verdutzten Kanzleramtsminister Friedrich Bohl an: »Wenn ihr eure Minister nicht disziplinieren könnt, kann ich euch nicht garantieren, daß ihr die Stimmen zusammenbekommt für das Jahressteuergesetz.« Doch damit nicht genug. Als die Fraktionssitzung zu Ende geht und die Abgeordneten aus der Tür drängen, boxt Schäuble Blüm in die Seite. Halb im Spaß, halb im bitteren Ernst fährt er den Arbeitsminister an: »Norbert, das machst du mir nicht noch einmal.«

Wenn Parlamentarier nicht so wollen wie er, traktiert Schäuble sie mit bissigen Bemerkungen, die häufig einen süffisanten Unterton haben, einen feinen und leisen Sarkasmus, der Schäubles Opfer in der Regel wehrlos macht.

Den 1994 nicht wiedergewählten Wohnungsbaupolitiker Friedrich-Adolf Jahn, der in der Fraktion zu ausschweifenden Referaten neigte, was dem ungeduldigen Schäuble auf die Nerven ging, brachte er mit einigen scharfzüngigen Bemerkungen zur Räson. Wenn Jahn sich danach in der Fraktion zu Wort meldete, leitete er seine Stellungnahme häufig mit der an Schäuble gerichteten Entwarnung ein: »Ich will mich kurz fassen ...«

Zu denjenigen, die Schäubles Geduld strapazierten, zählte auch der konservative Abgeordnete Claus Jäger aus dem Wahlkreis Wangen in Baden-Württemberg. Jäger, der 1994 aus dem Bundestag ausschied, gehörte zur kleinen Riege derjenigen, die von Kollegen als »Lebensschützer« verspottet werden, weil sie kompromißlos für den Schutz des ungeborenen Lebens eintreten. Jäger freilich war an Penetranz kaum zu überbieten, und manch ein Kollege frotzelte, der finde selbst in einer sicherheitspolitischen Debatte noch einen Dreh zum Abtreibungsthema. Einmal wurde es Schäuble zuviel, und er ging auf den wackeren Jäger los: »Nun haben wir nicht nur den Jäger 90, sondern auch noch den Jäger Wangen.« Jeder in der Fraktion verstand den harschen Vorwurf: Die abschreckende Wirkung beider Jäger sei gleich hoch.

Auch mit den ostdeutschen Abgeordneten, die nicht über Schäubles Finesse verfügen und denen man bisweilen das parlamentarische Handwerk noch erklären muß, springt Schäuble burschikos um. So entdecken die ostdeutschen Abgeordneten vor Pfingsten 1994, daß im Haushalt für das folgende Jahr ihre Wünsche nicht erfüllt werden sollen. Sie klagen, nicht genug Geld zu bekommen für die Forschungsförderung und die Subventionierung des Wohnungsbaus in den neuen Bundesländern. Im obersten Führungsgremium der Fraktion, dem Geschäftsführenden Vorstand, macht das der Sprecher der Ostdeutschen, Paul Krüger, zum Thema – und verbindet die Sache mit einer handfesten Drohung. Der Ärger der Kollegen aus den neuen Ländern gehe so weit, daß es fraglich sei, ob sie dem Haushalt 1995 zustimmen würden. Was Krüger hier tut, ist nichts anderes als ein Erpressungsversuch. Der Einspruch des Vermittlungsausschusses gegen den Haushalt kann nur mit Kanzlermehrheit zurückgewiesen werden. Dafür benötigt die Koalition jede Stimme. Bei knappen Mehrheitsverhältnissen können solche Experimente wie das Krügers für die Koalition tödlich enden. Entsprechend reagiert Schäuble. Er kontert, seiner Überlegenheit gewiß, ruhig und eiskalt die Drohung der ostdeutschen Abgeordneten: »Das können die gerne machen. Aber dann wird der FDP-Parteitag in der nächsten Woche schlagartig an Bedeutung verlieren. Dann unterhalten wir uns über ganz andere Dinge.« Auf diese Weise macht Schäuble Krüger klar, daß die Ostdeutschen gerade dabei sind, die Lunte an die Koalition zu legen – und er sagt es auf eine Weise, die keinen Widerspruch duldet. Krüger sagt kein Wort mehr, und die ostdeutschen Parlamentarier stimmen kurz darauf ohne Murren dem Haushalt zu.

Zu den zeitweiligen Opfern Schäubles gehörte CDU-Generalsekretär Peter Hintze, der von Schäuble eine wesentlich höhere Meinung hat als dieser von ihm. Dem bescheinigte Schäuble einmal totales Versagen, weil die Parteizentrale bei der Werbung für die Arbeit der Koalition weitgehend ausfalle. Hintze habe, kritisierte Schäuble im Geschäftsführenden Vorstand, das Konrad-Adenauer-Haus nicht im Griff. Er solle »den Laden endlich zusammenhalten«. Der Totalverriß spielte sich Ende Oktober 1993 ab, zu einem Zeitpunkt, da in der Union Zweifel grassierten, ob der junge Generalsekretär in der Lage sein würde, den Wahlkampf 1994 ordentlich zu organisieren. Nicht nur Schäuble, auch Kohl zweifelte in dieser Zeit an Hintze. Daß Kohl die Wahl, wenn auch hauchdünn, gewann, war dann auch für seinen Generalsekretär von Vorteil.

Im persönlichen Gespräch ist Schäuble konzilianter, nimmt sich bisweilen mehr Zeit, als der Terminkalender eigentlich hergibt, und hat ein offenes Ohr auch für die ganz persönlichen Nöte von Parlamentariern. Da kann es vorkommen, daß er einem Kollegen mit gesundheitlichen Problemen den richtigen Arzt vermittelt.

Doch in der Fraktion, vor diesen zweihundertvierundneunzig Abgeordneten, geht es manchmal nicht ohne eine Machtdemonstration. Daß man sich auf diese Weise Gegner schafft, nimmt Schäuble in Kauf.

Doch es gibt auch den anderen Schäuble, der sich um Randfiguren kümmert und die Verletzten wieder integrieren will – was allerdings auch schiefgehen kann. Nach der Bundestagswahl will Schäuble den Sozialpolitiker Ulf Fink zum Vorsitzenden des Gesundheitsausschusses wählen lassen. Doch selbst in der Konkurrenz um dieses viertrangige Amt unterliegt Fink. Kurz darauf unternimmt Schäuble einen weiteren Versuch, Fink in ein Amt wählen zu lassen. Dieses Mal geht es um den Vorsitz der Enquete-Kommission Demographischer Wandel – ebenfalls kein sonderlich einflußreicher Posten. Doch in der Unionsfraktion ist der frühere Multifunktionär Fink ein Außenseiter. So machen die Parlamentarier den Landesgruppenvorsitzenden, die Fink vorgeschlagen hatten, und Schäuble, der seine Kandidatur unterstützte, einen Strich durch die Rechnung. Sie wählen den Familienpolitiker Walter Link zum Kommissionsvorsitzenden.

Bei Friedbert Pflüger hat Schäuble mehr Glück. Der ist schon wegen seiner Nähe zum früheren Bundespräsidenten Richard von Weizsäcker in der Fraktion nicht sonderlich beliebt. Doch Schäuble gelingt es, ihn wenigstens mit dem Vorsitz im Unterausschuß Menschenrechte des Auswärtigen Ausschusses zu versorgen.

Editha Limbach aus Bonn, die in der Fraktion keine herausragende Rolle spielt, darf auf Schäubles Geheiß in den Ältestenrat. Eine Personalentscheidung mit Signalcharakter: Berlin-Fan Schäuble nimmt auf die empfindsame Bonn-Fraktion in der Union Rücksicht.

Schäubles herrisches Auftreten ist eine Folge seiner Ungeduld. Politik ist, wenn sich etwas bewegt. Stillstand ist dem Fraktionsvorsitzenden ein Greuel. Die Frage, warum er immer alles auf einmal und wenn möglich auch noch sofort anpacken muß, beantwortet er in der Regel so: »Wenn es kein anderer tut, sollen wir es dann liegen lassen?«

SPINNE IM NETZ

Helmut Kohl regiert mit seinem Küchenkabinett, und das seit Jahren. Der kleine Kreis der Vertrauten, den er um sich geschart hat, ist über die lange Zeit seiner Kanzlerschaft hinweg kaum verändert worden. Den engsten Kreis bilden seine Büroleiterin Juliane Weber, die sich mit den Jahren durch Treue, Verläßlichkeit und Effizienz eine beachtliche Machtposition erarbeitet hat, sein Sprecher Andreas Fritzenkötter, der ein eng geknüpftes Netz von Informanten gewinnbringend einzusetzen versteht, sein Staatssekretär Anton Pfeifer, sein Kanzleramtsminister Friedrich Bohl und sein zweiter Sprecher Michael Roik, der frühere Leiter des Vorsitzendenbüros in der Parteizentrale.

Kohls Truppe ist weit mehr als eine Zweckgemeinschaft: Es ist ein Clan, verschwiegen und Kohl treu ergeben.

Wolfgang Schäuble hat keinen Clan, es gibt kein Küchenkabinett des Fraktionsvorsitzenden. Das Denken in persönlichen Seilschaften ist dem Kopfmenschen fremd. In der Politik ist ihm die Sache wichtiger als die Person, mit der er sie verwirklicht. Die Zahl von Getreuen, die seit Jahren mit ihm zusammenarbeiten, ist begrenzt: Helga Heyden, seine Sekretärin, Michael Wettengel, sein Büroleiter, den er aus dem Bundesinnenministerium mit in sein Büro als Fraktionschef nahm, und Anton-Josef Cremer, der für ihn die Wahlkreisarbeit koordiniert.

Mit jeder neuen Funktion, die Schäuble ausübt, kommen andere Leute. Er wäre nicht auf die Idee gekommen, einen der Sprecher aus dem Innenministerium, selbst wenn er mit einigen eng und vertrauensvoll zusammenarbeitete, in die Fraktion mitzunehmen. Für diese Aufgabe holte er sich mit Walter Bajohr, dem früheren Leiter der innenpolitischen Redaktion beim *Rheinischen Merkur*, einen intellektuellen Generalisten. Die Sprecherfunktion verträgt keinen Spezialisten und keinen Beamten. Deswegen entschied Schäuble sich folgerichtig für einen Profi aus dem journalistischen Metier.

Schäubles Zuarbeiter sitzen in der Planungsgruppe – eine Einrichtung, die sein Vorgänger Dregger nicht nötig zu haben glaubte und die von vielen Abgeordneten mißtrauisch beäugt wird. Hier beliefern vier Mitarbeiter, einer für die Außenpolitik, ein weiterer für Wirtschaft und Finanzen, ein dritter für Innen- und Rechtspolitik, angeführt von Helmut Fogt, der früher im Forschungsinstitut der Konrad-Adenauer-Stiftung arbeitete, Schäuble mit Konzepten und schreiben seine Reden. Besonders die Vorsitzenden der Arbeitsgruppen stehen Schäubles Planungsgruppe kritisch gegenüber, weil er sich bei Sachfragen eben nicht allein auf sie verläßt, sondern sich zusätzlichen Sachverstandes bedient. Die Eifersüchteleien entladen sich bisweilen: »Eigentlich sind wir Schäubles Planungsgruppe«, meckern Parlamentarier dann.

Doch so ist nun einmal Schäubles Führungsstil: Er agiert möglichst unabhängig, liefert sich niemandem aus, nicht einmal, wenn es um

Sachinformationen geht. Oft genug vergibt er Arbeitsaufträge doppelt. Das hat er als Bundesinnenminister so gehandhabt, und als Fraktionschef hält er es ebenso. Auf diese Weise verringert er die Gefahr, zu scheitern. Wer für ihn arbeitet, kennt oder ahnt zumindest die doppelte Buchführung, das spornt an.

Die Mitarbeiter der Planungsgruppe hat er inzwischen ausgewechselt. Hans Reckers, der kein Generalist war, sondern ein Finanzfachmann, wechselte auch zu Theo Waigel ins Bundesfinanzministerium, die anderen wurden ausgetauscht. Wer wie Schäuble keine persönlichen Abhängigkeiten schafft, hat die innere Freiheit, ausschließlich die Leistungsfähigkeit zum Maßstab für Personalentscheidungen zu nehmen.

Die Fraktion der dreizehnten Wahlperiode hat zweihundertvierundneunzig Mitglieder. In dieser Größe ist sie längst kein Forum mehr für die Willensbildung der Abgeordneten. Niveauvolle Diskussionen sind in diesem Gremium schon seit langem die Ausnahme. Hier redet kaum jemand Klartext, weil Fraktionssitzungen quasi öffentlich geworden sind. Die allermeisten Abgeordneten sind in der Fraktion nur Befehlsempfänger. Nur in seltenen Ausnahmen ist die Gesamtfraktion noch der Katalysator für Stimmungen. Die erfährt man zumeist nicht mehr in der Sitzung, sondern auf den Wandelgängen der Abgeordnetensilos. Die größte Fraktion ist zu groß geworden, sie ist ein lebendiges Plädoyer für die drastische Verkleinerung des Parlaments.

Der Fraktionsvorstand tagt regelmäßig montags nachmittags, bevor die Gesamtfraktion am Dienstagnachmittag zusammentritt. Auch im Vorstand wird schon lange nicht mehr vertraulich geredet, weil dieses Gremium ebenfalls zu groß ist – fünfzig Parlamentarier kommen hier zusammen: Schäubles Stellvertreter, die Parlamentarischen Geschäftsführer, die Vorsitzenden der Arbeitsgruppen, gewählte Beisitzer, die Vorsitzenden der Landesgruppen und schließlich die Kabinettsmitglieder.

Schäuble steuert die Fraktion über den Geschäftsführenden Vorstand, ein informelles Gremium, in dem sich montags mittags rund fünfzehn Parlamentarier treffen: Schäubles sieben Stellvertreter, die fünf Geschäftsführer, die beiden Justitiare, der Vorsitzende des Vermittlungsausschusses Heribert Blens sowie der Ehrenvorsitzende Alfred Dregger, der allerdings meistens schweigt.

Hier wird Tacheles geredet, wenn es sein muß, auch heftig gestritten. Die Vertraulichkeit wird gewahrt, aus den Sitzungen dringt nur nach draußen, was die Öffentlichkeit erreichen soll. Hier werden die Themen durchdiskutiert, Strategien festgelegt und Arbeitsaufträge in den Abgeordnetenapparat eingespeist. Der Geschäftsführende Vorstand ist Schäubles stärkstes Machtinstrument.

Schäubles engste und wichtigste Zuarbeiter sind seine Stellvertreter Hans-Peter Repnik, Rudolf Seiters und Rupert Scholz. Sie decken die zentralen Themenschwerpunkte ab: Wirtschaft und Finanzen, Außenpolitik, Innenpolitik und Recht.

Schon lange vor der letzten Bundestagswahl schmiedet Schäuble den Plan, die neue Fraktionsführung erheblich zu stärken. Die alte Stellvertreterriege ist ihm zu leistungsschwach. Mit dem absolut loyalen Repnik, zu dem er außerdem die engste persönliche Bindung unterhält, holt er sich einen fleißigen und regierungserfahrenen Vertrauten in seine Nähe. Unmittelbar nach dem Rücktritt von Bundesinnenminister Rudolf Seiters sinnt Schäuble über Möglichkeiten nach, den pfiffigen, erfahrenen und beliebten CDU-Mann aus dem Emsland wieder in eine Führungsfunktion zurückzuholen. »So ein Talent läßt man nicht brachliegen.« So wird der frühere Innenminister bei Schäuble zuständig für Außenpolitik, was die außenpolitischen Platzhirsche stört, Schäuble aber nicht von seinem Schritt abhalten kann. Mit dem Grundgesetzkommentator Rupert Scholz macht er schließlich den profundesten Rechtsexperten der Fraktion zu seinem für die Innenpolitik zuständigen Stellvertreter.

Seiters und Scholz sind im Unterschied zu Repnik keine »Schäuble-Leute«. Beide unterhalten einen engen Draht zum Kanzler, sind häufiger abends bei Kohl in dessen schmucklosem Bungalow im Park des Kanzleramts zu Gast. Schäuble stört das nicht, weil er selbst immer noch die engste Bindung zu Kohl unterhält.

Heiner Geißler darf nach der Bundestagswahl 1994 Stellvertreter Schäubles bleiben. Er wird allerdings mit dem schlechtesten Ergebnis aller Fraktionsvizes wiedergewählt – eine Quittung für seine Extratouren. Den Polemiker von der Südlichen Weinstraße kann der Fraktionsvorsitzende in jede Schlacht schicken. Außerdem hält er es für besser, diesen eigenwilligen Kopf einzubinden. Diese Überlegung entpuppt sich allerdings als Fehlkalkül. Jemand wie Geißler läßt sich nicht auf ständige Linientreue verpflichten.

Mit Blick auf die neue Fraktionsführung ist vielfach geschrieben worden, es handle sich um Schäubles Schattenkabinett. Das ist falsch. Dazu ist der personalpolitische Spielraum des Fraktionsvorsitzenden denn doch zu gering. Außerdem ist die Unionsfraktion nicht die institutionalisierte Gegenregierung. Jedenfalls nicht ständig.

Auf zwei Stellvertreter hätte Schäuble am liebsten verzichtet: auf Paul Krüger und Hannelore Rönsch. Er hatte sich vor der Wahl fest vorgenommen, die Anzahl seiner Stellvertreter von sieben auf höchstens fünf zu verringern. Doch die Kabinettsumbildung nach der Bundestagswahl macht ihm einen Strich durch die Rechnung. Helmut Kohl braucht seinen Forschungsminister Krüger und seine Familienministerin Rönsch nicht mehr. Damit sie nach diesem Schnitt nicht auf ihr bloßes Abgeordnetendasein zurückgeworfen werden, muß Schäuble einspringen und die beiden zu seinen Stellvertretern machen.

Weil es stets weniger Ämter als Anwärter gibt, gelingt es Schäuble nicht, es allen recht zu machen. Ostdeutsche Abgeordnete fühlen sich brüskiert, weil Schäuble ihren Personalvorschlägen nicht folgen will. Vor allem die sächsischen Abgeordneten reagieren sauer. Mit ihren bei der Bundestagswahl errungenen Überhangmandaten haben sie doch erst die Wahl Helmut Kohls zum Bundeskanzler ermöglicht, mosern die Sachsen – und nun werden sie bei der Besetzung der Fraktionsspitze nicht hinreichend berücksichtigt. Sie ergattern kein Ministeramt, müssen sich mit einem zusätzlichen Staatssekretärsposten begnügen. Außerdem sind sie nicht mehr in der Fraktionsspitze vertreten, wo bis zur Bundestagswahl zwei Sachsen saßen. Sachsens Landesgruppenchef Joachim Schmidt sagt öffentlich, was üblicherweise intern bleibt: »Wir sind enttäuscht.« Es sei eine »Brüskierung«, wenn Schäuble den mit den übrigen ostdeutschen Abgeordneten abgesprochenen Vorschlag zurückweise, Michael Luther zum Parlamentarischen Geschäftsführer zu machen.

Eine Beschwerde, die im nachhinein belegt, wie klug es war, die Fraktionsspitze erst zu wählen, nachdem Helmut Kohl als Kanzler bestätigt war. Zwei enttäuschte ostdeutsche Abgeordnete hätten ausgereicht, und die Kanzlerwahl wäre für die Union ein Debakel geworden. Dabei wollte Kohl sich allen Ernstes erst nach der Neubildung seines Bundeskabinetts zum Kanzler wählen lassen – ein unkalkulierbares Risiko. Davon hielt Kohl der CSU-Vorsitzende Theo Waigel ab.

AUFRECHTE RECKEN VON DER CSU

Auf dem langen Flur im ersten Stock des alten Bonner Abgeordneten-Hochhauses gibt es dort, wo eine Tür in den Besprechungsraum F 215 führt, eine Nische. Wer sich hier aufhält, hat einen guten Überblick über das Treiben. Das ist wichtig, denn schräg gegenüber geht es hinein ins Büro des Fraktionsvorsitzenden. Weil der sein Büro nur selten verläßt, herrscht reger Verkehr. Und natürlich ist es besonders interessant zu wissen, wer gerade Wolfgang Schäuble besucht. In der Nische steht ein Stuhl. Auf dem Stuhl sitzt eine Gestalt, die sichtlich um Unauffälligkeit bemüht ist. Der Mann ist kein Bodygard. Er ist ein Aufpasser von der CSU.

Solche und ähnliche Geschichten (wie die, daß der CSU-Landesgruppenvorsitzende Michael Glos, dessen Büro eine Etage tiefer genau unter dem Wolfgang Schäubles liegt, ein Loch in die Decke gebohrt habe) erzählen die CSU-Parlamentarier beim abendlichen Bier.

Der ernste Kern solcher Scherze ist für Schäuble wenig schmeichelhaft. Vielen Christsozialen gilt er als einer, den man besser beobachtet, weil ihm alles zuzutrauen ist – bis hin zum kalten Kanzlersturz durch einen Koalitionswechsel zu den Sozialdemokraten. Schäuble, der auf die Unterstützung der bayerischen Schwesterpartei angewiesen ist, hat es bislang nicht vermocht, deren Vertrauen zu gewinnen.

Bei Helmut Kohl war das nach dem Tod von Franz Josef Strauß, der bis zuletzt den Pfälzer auf dem Kanzlerstuhl für eine Fehlbesetzung hielt, ganz anders. Mit Blick auf die CSU hat ihm Strauß-Nachfolger Theo Waigel sogar eine geschichtsträchtige Rolle zugewiesen – als »der letzte CDU-Spitzenpolitiker, der die historische Rolle der CSU anerkennt«. Die Hochschätzung beruht auf Gegenseitigkeit. Kohl fürchtet Illoyalität, und Waigel ist loyal. »Du hast immer hinter mir gestanden«, hat Kohl den CSU-Vorsitzenden 1994 nach der Europawahl gelobt. Waigel hat Kohl auch nicht vergessen, daß der ihm Unterstützung bei seinen inzwischen gelösten privaten Problemen anbot. Kohl ist für die CSU ein berechenbarer Faktor. Schäuble dagegen ist führenden Christsozialen stets eine Sphinx geblieben.

Immer schon hat die CSU an dem Selbstbildnis gemalt, ein Verein »aufrechter Recken« zu sein, wie deren früherer Generalsekretär, der spätere bayerische Finanzminister Erwin Huber, nicht ohne Selbstironie anmerkt. Prinzipienfest und bekenntnisfreudig nach dem Motto: Da weiß man, was man hat. Natürlich hält die CSU in der Tagespolitik ihrem eigenen Anspruch häufig genug nicht stand – was Wunder in einer Dreiparteienkoalition. Nur haben die Christsozialen es eben jenseits aller tagespolitischen Kompromisse, die sie um der Regierungsfähigkeit willen eingehen, fertiggebracht, ihr kerniges Image zu konservieren.

Hier liegen zum Teil die Probleme der CSU mit Schäuble begründet. Wer sich als aufrechter Recke versteht, hat eben seine Last mit einem Meister des Taktierens und Finassierens, der Winkelzüge und des Über-Bande-Spielens. Mit einem Politiker, der sein Geschäft als Schachspiel begreift: Wer die Züge seiner Gegner am besten vorausdenkt und in sein Spiel einplant, der behält den König. Es ist dieses Spiel, das Schäuble gelernt und über die Jahre hinweg bis zu einsamer Meisterschaft perfektioniert hat: als Geschäftsführer der Fraktion, als Kanzleramtsminister, schließlich als Fraktionsvorsitzender. Schäuble, der ewige Strippenzieher. Soviel technische und taktische Intelligenz ist vielen in der CDU-Schwesterpartei verdächtig. Die CSU wüßte manchmal gerne früher, mit welchem Stück Kordel der Herr der Strippen gerade wieder hantiert.

Erwin Huber kennt Schäuble seit vielen Jahren. Und für den Bayern ist dieser Badener ein »Machbarkeitspolitiker. Dem sind taktische Fragen wichtiger als Grundsätze.« Ein Urteil, das die Mehrheitsmeinung in der CSU wiedergibt. Und das deswegen auch so kritisch gegenüber

Schäuble ausfällt, weil es die eigene Partei zugleich im strahlendsten Licht erscheinen läßt.

Die Kritik macht sich fest an etlichen Einzelpunkten, wie der Behandlung der Ausländerproblematik, der Abtreibungsfrage und der Eigentumsregelung im Zusammenhang mit der deutschen Einheit. So nahm die CSU Schäuble übel, daß der sich im Parlament nicht einmal aufraffen konnte, den eigenen Gesetzentwurf zur Abtreibung zu verteidigen. Ebenso auf die Vorbehalte der CSU stieß Verhandlungsführer Schäuble mit der im Einigungsvertrag getroffenen Festlegung, auf dem Gebiet der neuen Bundesländer vorerst die in der DDR praktizierte Fristenlösung als Abtreibungsrecht weitergelten zu lassen. Denn daran, davon ist die CSU noch heute überzeugt, wäre die Wiedervereinigung mit Sicherheit nicht gescheitert. In der Frage, wie das Eigentum der zwischen 1945 und 1949 in der sowjetischen Besatzungszone Enteigneten zu behandeln wäre, lehnte Schäuble sowohl die Rückgabe wie auch die Entschädigung ab. Er kam damit seinen östlichen Partnern weit entgegen. Für CSU wie FDP war das ein klarer Verstoß gegen die Eigentumsgarantie des Grundgesetzes, weshalb die beiden kleinen Parteien wenigstens die Möglichkeit einer Entschädigung für die von deutschen und russischen Kommunisten Enteigneten durchsetzten.

Diese Erfahrungen verleiteten den damaligen CSU-Landesgruppenvorsitzenden Wolfgang Bötsch dazu, Schäuble 1991 bei dessen Amtsantritt gleich ein kritisches Urteil mit auf den Weg zu geben: Der Badener »ist immer ergebnisorientiert, aber nicht immer zielgerichtet«. Um überhaupt zu Ergebnissen zu kommen, sei Schäuble, so Bötsch jenerzeit, häufig genug bereit, »einen hohen Preis zu zahlen«.

Bekennende Konservative

Schließlich gehört zum Selbstbild der CSU der Konservatismus. Die Christsozialen sind die einzige Partei in Deutschland, deren führende Repräsentanten keine Scheu haben, sich in aller Öffentlichkeit zu ihrer Gesinnung zu bekennen. Die CDU hingegen ist mit den Jahren insgesamt linker geworden, weil der rechte Flügel personell ausgeblutet ist, während der linke Flügel, vor allem in den Ländern, Zulauf erhalten hat. In den siebziger Jahren bestimmte die CDU-Rechte innerhalb der Union die Tonart gegen die Ostpolitik der Regierungen Brandt und Schmidt. Das außenpolitische Terrain wurde von der Union außerordentlich gepflegt – mit Persönlichkeiten wie Alois Mertes, Werner Marx, Freiherr von und zu Guttenberg. Doch nach der Regierungsübernahme 1982 gerieten die Gralshüter des Konservatismus in der Bonner Fraktion sukzessive in die Minderheit, nachdem Helmut Kohl sich entschlossen hatte, in der Deutschlandpolitik die Kontinuität zur sozialliberalen Vorgängerregierung zu pflegen. Nachdem schließlich Jürgen Todenhöfer, Manfred Abelein und Bernhard Friedmann Mitte der achtziger Jahre den Bundestag verlassen hatten, blieb als letzte präsentable Figur der Konservativen Alfred Dregger übrig.

Kaum eine Problematik dokumentiert den Wandel der CDU so deutlich wie der Umgang mit der Abtreibungsfrage. Sofort nach der Regierungsübernahme von SPD und FDP hatte die Union begonnen, die diesbezüglichen liberalen Vorstellungen der neuen Regierung massiv zu bekämpfen. Dies führte sogar zu einer Klage der Unionsfraktion gegen die Fristenlösung vor dem Bundesverfassungsgericht in Karlsruhe. Das war 1976. Knapp zwanzig Jahre später hatte sich die Mehrheitsmeinung gründlich gewandelt. 1995 waren von mehr als dreihundert Unionsabgeordneten nur noch rund dreißig bereit, sich gegen die Fristenlösung als Abtreibungsrecht zu organisieren – nur noch jeder zehnte.

In der Wirtschaftspolitik herrschte in den achtziger Jahren zwischen dem in der Fraktion organisierten Mittelstand und den Sozialausschüssen ein Patt mit leichten Vorteilen für den Wirtschaftsflügel. Zu Beginn der neunziger Jahre haben sich die Mittelständler aus der allgemeinpolitischen Debatte um die Richtung der Union, die einem Mittelstands-Chef wie dem Krefelder Hansheinz Hauser und seinem kongenialen Büroleiter Eberhard Groebel noch eine Herzensangelegenheit gewesen war, praktisch verabschiedet. Wirtschaftsführer machen seitdem kein Hehl mehr aus ihrer Enttäuschung über die Union. Seit dieser Zeit geht das üble Schlagwort von der »Sozialdemokratisierung der Union« oder von den »zwei großen sozialdemokratischen Parteien im Parlament« um.

Schäuble war keinem der Parteiflügel je zuzuordnen, genausowenig wie Helmut Kohl. Der Häresieverdacht der CSU gegen Schäuble, er sei in Wahrheit ein Liberaler – was aus Sicht eines »schwarzen« Bayern schon ein gewaltiger Vorwurf ist –, hat sich dennoch in den Jahren zur Gewißheit verdichtet.

Edmund Stoibers Verdacht kam schon auf, als er als oberster Paladin von Franz Josef Strauß in der Staatskanzlei saß und mit dem Bonner Kanzleramtsminister Schäuble über die Anliegen seines Meisters verhandelte. Als der bayerische Innenminister Stoiber 1988/89 dann mit dem Bundesinnenminister Schäuble um ein neues Ausländerrecht rang, trotzte der Badener dem Bayern eine Version ab, die Stoiber für »zu liberal« hielt. Nach demselben Muster liefen die Asylverhandlungen ab. Stoiber und die CSU wollten mehr durchsetzen, als Schäuble zuließ. Das hat Stoiber, ebenso wie andere führende Vertreter der CSU, bis heute nicht vergessen.

Bereits Franz Josef Strauß schätzte Schäuble nicht, weil der sich schon mal erdreistete, dem großen Vorsitzenden aus München per Interview den einen oder anderen Ratschlag zu erteilen. Im Herbst 1986, Schäuble hatte inzwischen im Kanzleramt den glücklosen Staatssekretär Waldemar Schreckenberger ersetzt, polterte Strauß in Wildbad Kreuth, wo es bei der CSU schon immer besonders kernig herging, unter dem neuen Amtschef Helmut Kohls habe sich »überhaupt nichts geändert, das Mißmanagement spielt sich jetzt nur auf einer etwas angehobenen intellektuellen Ebene ab«. (Immerhin, mag Schäuble gedacht haben.)

Angst vor der großen Koalition

Die CSU weiß nicht, was Schäuble will, und überdies glaubt sie ihm nichts wirklich. Deswegen unterstellt sie dem Manager der Macht, eine große Koalition mit den Sozialdemokraten anzustreben. Vor dieser Elefantenhochzeit hat die CSU, die darin der kleinste Partner wäre, besondere Angst – unterhöhlte ein solches Bündnis doch den Kern ihrer Parteiräson: den bundespolitischen Anspruch. In einer großen

Koalition muß – rein rechnerisch betrachtet – niemand mehr auf die CSU Rücksicht nehmen. Aus diesem Grund sitzen die stärksten Gegner eines solchen Regierungsbündnisses seit jeher in der CSU.

Spätsommer 1992: Die Koalition aus Union und FDP steht wieder einmal, wie so oft in den mittlerweile zehn Jahren seit der Wende, als chaotischer Haufen da. Die eigenen Leute jammern öffentlich über »Konzeptionslosigkeit« und finden es, wie Otto Graf Lambsdorff zynisch anmerkt, geradezu »unglaublich, was uns alles einfällt«. Es geht um die Finanzierung der Einheit, und wieder einmal gibt es Milliardenlöcher. Steuern heraufsetzen oder nicht, und wenn ja, welche, ist die entscheidende Frage dieser Tage.

Da besprechen Schäuble und sein Mitspieler aus den Verhandlungen des Einigungsvertrags, Günther Krause – inzwischen Verkehrsminister und Sprecher der ostdeutschen Abgeordneten in der Unionsfraktion –, einen Zehnpunkteplan zur Förderung der Investitionen in den neuen Bundesländern. Kernpunkt ist die Einführung einer Zwangsanleihe für Besserverdiener. Dieses »Erfurter Programm« ist mit dem Kanzleramt abgestimmt, was Kohls Machtzentrale später unter dem Eindruck der aufbrandenden Empörung bestreitet. Ein taktisches Dementi. Denn am 22. Juli 1992 sitzen Günther Krause und Schäuble mit Helmut Kohl und dessen Abteilungsleiter Wirtschaft, Johannes Ludewig, zusammen. Die vier reden über das Erfurter Programm, also auch dessen Herzstück, die später so umstrittene Zwangsanleihe. Von Kohl und Ludewig kommt kein Widerspruch gegen die Pläne der ostdeutschen Abgeordneten und des Fraktionsvorsitzenden. Krause erzählte danach im kleinen Kreis: »Wir haben die Genehmigung für das Programm von Kohl eingeholt.«

Jedenfalls will Schäuble nicht nur Investitionen im Osten fördern. Er hofft, mit dieser Idee zu Lasten der Wohlhabenderen die Zustimmung der Sozialdemokraten zum Solidarpakt erreichen zu können. Denn ohne die SPD, das weiß Schäuble, geht nur noch wenig. Schließlich haben die Sozis die Mehrheit im Bundesrat. Doch Schäuble und die Ostdeutschen müssen die Idee der Zwangsanleihe schließlich fallenlassen: Sie ist mit CSU und FDP nicht durchsetzbar.

Zur selben Zeit laufen sich die Verhandlungen der Koalition mit der

SPD über ein neues Asylgrundrecht fest. Die Sozialdemokraten tun sich schwer mit der von der Union angepeilten Verfassungsänderung, wollen noch nicht »springen«. Der Verhandlungsführer der Union heißt Wolfgang Schäuble. Ständig kungelt er mit dem Gegenüber von der SPD, seinem Lieblingssozi Hans-Ulrich Klose. Mit dem versteht sich Schäuble prima, weil beide auf derselben Welle funken. Beide wollen das lästige Thema endlich von der politischen Tagesordnung »abräumen«. Beide sind sich einig, daß weitere Untätigkeit nur den Republikanern nutzt, jedenfalls der eigenen Partei schadet. Beide praktizieren denselben politischen Stil: Lautlosigkeit, gepaart mit Effizienz. Schäuble hält Klose für einen der intelligentesten Sozialdemokraten, was er in diesen Tagen jedem erzählt, der nach seinem Verhältnis zum SPD-Fraktionsvorsteher fragt. Sie tauschen sich verständnisvoll aus über die Schwierigkeiten mit den »eigenen« Leuten. Klose erzählt Schäuble, was die SPD-Linke verlangt und wie sie ihm Knüppel zwischen die Beine wirft. Schäuble berichtet von den Problemen mit dem zaudernden Koalitionspartner FDP und der bärbeißigen CSU, die verlangt, was vielleicht richtig wäre, aber nicht kompromißfähig ist.

Vor allem den Christsozialen gefällt es nicht, wenn Klose und Schäuble die Köpfe zusammenstecken. Sie halten dieses schwarz-rote Techtelmechtel für unheilvoll. Die FDP hat ohnehin Angst, bei alledem über den Tisch gezogen zu werden. Sind sich Union und SPD erst einmal einig, braucht man den kleinen Koalitionspartner ja schließlich nicht mehr – ein Alptraum für die Freidemokraten, deren vorrangige Daseinsberechtigung seit Jahren darin besteht, von irgend jemandem zwecks Mehrheitsbildung benötigt zu werden.

Es kommt, wie es kommen muß: Auf einmal irrlichtert die große Koalition durch die Bonner Gerüchteküche. Als Chefköche werden Wolfgang Schäuble und Hans-Ulrich Klose ausgemacht. Plötzlich machen Bedenkenträger hinter Schäubles Kungelkurs ein egoistisches, machttaktisches Motiv aus: Der Mann wolle Kohl stürzen, um selbst Kanzler zu werden; was tatsächlich nur funktionieren kann, wenn die Sozialdemokraten mit im Boot sitzen.

In einer Koalitionsrunde trumpft Otto Graf Lambsdorff auf. Die drohende große Koalition, das ist in diesen Wochen ohnehin ein Lieblingsthema der Liberalen. Sie beschwören die Gefahr herauf, um dem Koalitionspartner so Treueschwüre abzuringen. Ein durchsichtiges Spiel, aber es funktioniert. Lambsdorff wirft Schäuble ungehalten vor, die Koalition mit den Freidemokraten kaputtmachen zu wollen. Jetzt tritt Helmut Kohl auf den Plan. Wenn es um seine Macht geht, wird der Kanzler rebellisch. Kohl stellt Schäuble zur Rede: »Welches Spiel wird hier gespielt?« Schäuble beeilt sich mit der Versicherung, natürlich plane er keine große Koalition. Was soll er in diesem Moment auch anderes sagen? Kohl wischt die Zwangsanleihe (sie heißt inzwischen etwas freundlicher »Investitionsanleihe«) wütend vom Tisch. Einer in der Runde glaubt Schäubles Loyalitätsbeteuerungen nicht. Der CSU-Vorsitzende läßt sich nicht beirren. »Wo viel Rauch ist, da ist auch Feuer«, grummelt Theo Waigel.

Typisch Kohl: Nach dieser denkwürdigen Runde nimmt der Parteivorsitzende, nun wieder ganz Integrator und Staatsmann, Schäuble in der Fraktion vor den angeblich verleumderischen Darstellungen in Schutz, der Fraktionsvorsitzende betreibe eine große Koalition mit sich selbst an der Spitze, mithin den Kanzlersturz. Kohls vorgebliche Stützungsaktion hinterläßt bei den Abgeordneten der Unionsfraktion einen zwiespältigen Eindruck. Wenn der Kanzler persönlich sich schon dermaßen engagiert einläßt, um einen Verdacht zu zerstreuen, dann muß ja wohl auch etwas dran gewesen sein. Die mißtrauischen Reaktionen sind Kohl recht. Seitdem wird Schäuble den latenten Schwarzrot-Verdacht, besonders der CSU, nicht mehr los. Der kleinste Anlaß reicht aus, und schon schlagen in der CSU wieder die Flammen hoch.

Dabei war die Sache mit der Zwangsanleihe seltsam abgelaufen. Das Geburtsrecht für den Vorschlag haben zwar Schäuble und die ostdeutschen Abgeordneten. Doch der Beschluß wird kurze Zeit später bei einer Sitzung des Geschäftsführenden Fraktionsvorstandes in Leipzig bestätigt – und in diesem engsten Führungszirkel ist die CSU vertreten. Vergiftet wird das Klima zwischen CDU, CSU und FDP erst durch die Berichterstattung in den Medien. Dort heißt es, die Zwangsanleihe sei auch mit der SPD zu machen. Diese Einschätzung verdichtet sich dann in der *Frankfurter Allgemeinen* zu der waghalsigen These, Schäuble arbeite auf eine große Koalition hin, was gleichbedeutend mit der Unterstellung ist, der Fraktionsvorsitzende plane den Kanzlersturz. Was die Koalitionäre Waigel und Lambsdorff nicht wissen, als sie kurz danach zu der denkwürdigen Runde im Kanzleramt zusammenkommen: Helmut Kohl hat, wie er es häufiger tut, bereits am Sonntag vorher mit Schäuble telefoniert. Der Kanzler hat Schäuble dabei auf die Vorwürfe angesprochen, einen Koalitionswechsel inszenieren zu wollen. Schon in diesem Telefonat gelingt es Schäuble, Kohls Mißtrauen zu zerstreuen. Kohls Auftritt in der Koalitionsrunde zwei Tage später hat demnach etwas Künstliches, ist nur aus seiner allgemeinen Gereiztheit zu erklären. Schließlich sind in diesen Tagen die Umfragen für den Kanzler so schlecht wie schon lange nicht mehr.

Anfang 1995 berät eine Koalitionsrunde im Kanzleramt über den Haushalt für dasselbe Jahr. Allen ist klar: Die Sozialdemokraten werden den Etat im Bundesrat ablehnen, obwohl sie seine Verabschiedung nicht verhindern, nur verzögern können. Doch sie setzen auf das Prinzip Chaos, blockieren, wo es nur geht, um die von ihnen unterstellte Regierungsunfähigkeit der Koalition zu beweisen. Die nächste Station für den Etat heißt Vermittlungsausschuß. Kohl und Waigel wissen von Bestrebungen im CDU-Teil der Fraktion, den Haushalt so zu ändern, daß er für die Sozialdemokraten zustimmungsfähig wird. Unausgesprochen werden solche Gerüchte mit dem Namen Schäuble in Verbindung gebracht. Schon ist sie wieder da, die Furcht, der trickreiche Fraktionsvorsitzende könnte mit den Sozialdemokraten an den eigenen Leuten vorbei gemeinsame Sache machen. Kohl sieht sich zu einer Klarstellung veranlaßt. Die Regierung sei es, macht der Kanzler energisch deutlich, die den Haushalt bestimme. Das Parlament könne zustimmen oder ablehnen. Aber daß der Etat auf Druck der SPD-Mehrheit im Bundesrat verändert werde, komme nicht in Betracht. Für Kohl ist das weit mehr als eine taktische Frage. Der Kanzler droht, wirft sein ganzes Gewicht in die Waagschale. Mit ihm gebe es keinen anderen Weg. »Solange ich Bundeskanzler bin, gibt es keine Abkehr von diesem Prinzip.« Jeder spürt, da lag etwas in der Luft. Das Mißtrauen bleibt, berechtigt oder unberechtigt, an Schäuble hängen.

Das ist nicht anders, als Schäuble eine Erhöhung der Erbschaftssteuer ins Spiel bringt. Das hat der Fraktionsvorsitzende zwar schon in seinem gut verkauften Buch *Und der Zukunft zugewandt* vorgeschlagen – und niemand hat sich darüber aufgeregt. Dies ist auch nicht besonders verwunderlich, glauben doch die meisten Spitzenpolitiker, keine Zeit mehr zu haben, politische Bücher zu lesen. Sie lassen meist lesen. Details, die vielleicht später einmal wichtig werden können, entgehen ihnen daher. Und so sorgt der Vorschlag, die Erbschaftssteuer heraufzusetzen, erst für Ärger, als Schäuble ihn per Interview verkündet und damit scheinbar zur offiziellen und aktuellen Forderung macht.

CSU und FDP sind sauer, weil der Fraktionsvorsitzende gleich gegen drei Tabus verstoßen hat. Wenn alle Welt vom Sparen redet, darf man keine neue Steuererhöhungen verkünden, weil man so die Stimmung kaputtmacht, den Aufschwung gefährdet, dem Ansehen der Koalition schadet usw. Wer im übrigen an der Erbschaftssteuerschraube dreht, erwischt genau die der Union zugetanen bürgerlichen Schichten, die Aufbaugeneration, die bis kurz nach der Jahrtausendwende dreistellige Milliardenbeträge an die nächste Generation weitergeben wird. Eine schwere Verfehlung in Zeiten, da die Stammwähler bei allen Parteien immer rarer werden.

Schließlich hat das Ganze auch noch eine taktische Variante. Eine Erhöhung der Erbschaftssteuer entspricht jenem nivellierenden Umverteilungsdenken, dem gemeinhin die Sozialdemokraten anhängen. Damit paßt Schäubles Vorschlag genau in jenes Raster, das sich die CSU und Teile der FDP seit langem über den Fraktionsvorsitzenden der Union zurechtgelegt haben: Der will die große Koalition vorbereiten. Schäuble hat schon lange erkannt, daß er im Grunde nichts sagen darf, was das alte Vorurteil stets aufs neue nährt, denn sonst kommt er nicht mehr davon los. Doch auch ein Schäuble verstößt manchmal gegen die eigene Weisheit.

In den Beratungen über das Jahressteuergesetz 1995 wird wieder einmal deutlich, daß die CSU-Führung an der Loyalität Schäubles zweifelt. An diesem von der Koalition gemeinsam beschlossenen Paragraphenwerk lassen sowohl Finanzexperten wie auch die Opposition aus SPD und Grünen kein gutes Haar. Der Totalverriß wird jedoch stets vor der Haustür des Finanzministers abgeladen. Der bekommt Prügel von allen Seiten. Die anderen, die mit soviel geballter Gegenwehr nicht gerechnet haben, gehen in Deckung. Theo Waigel fühlt sich allein gelassen – und sagt das auch, allerdings intern in einer Sitzung des Fraktionsvorstandes. Da beklagt er die mangelnde Unterstützung des CDU-Teils der Fraktion für das Steuergesetz. Der Name Schäuble fällt nicht, aber Waigels Adressat ist klar.

Kurz darauf macht CSU-Landesgruppenchef Michael Glos Waigels hinter verschlossenen Türen geäußerten Rempler gegen die Schwesterpartei öffentlich und beklagt, die CDU lasse es zu, daß alle Kritik auf Waigel abgewälzt werde. Glos' Verhalten gibt Anlaß zu Spekulationen. Öffentlich darüber zu klagen, der Finanzminister fühle sich allein gelassen, bedeutet auf der anderen Seite, zu signalisieren, der Finanzminister sei nicht stark genug, die auf ihn gerichteten Angriffe zu parieren. Schäuble hält das Verhalten des CSU-Landesgruppenchefs für doppelbödig – und er schmunzelt. Für ihn ist das ein weiterer Beleg dafür, daß der ebenso gewiefte wie ambitionierte Glos vor allem auf eigene Rechnung arbeitet.

Michael Glos

Manche Christsoziale und Christdemokraten erinnern sich jetzt daran, daß Glos nicht der unumstrittene Nachfolger Waigels als Vorsteher der CSU-Parlamentarier in Bonn war. Sogar der Bundeskanzler war anfangs skeptisch. »Hoffentlich geht das gut mit dem Glos«, raunte er kurz vor dessen Amtsübernahme. In der CSU wird herumerzählt (die Christsozialen sind wahre Meister im Herumerzählen!), Finanzminister Waigel habe sich so manches Mal über die »Besserwissereien« des Finanzpolitikers Glos geärgert, dessen personenbezogene Loyalität nie besonders stark ausgeprägt war, der sich statt dessen aber als frei gewählter Parlamentarier verstand und sich so im Laufe der Jahre auch eine gehörige Portion Respekt verschafft hat.

Dies wird deutlich, als Glos Anfang 1995 im Bierkeller der bayerischen Landesvertretung seinen fünfzigsten Geburtstag feiert und von Helmut Kohl über Wolfgang Schäuble und Theo Waigel die Spitze der

Union zu seinen Ehren aufmarschiert. Selbst der damalige FDP-Vorsitzende Klaus Kinkel kommt vorbei und bringt auch noch den Fraktionsvorsitzenden Hermann Otto Solms mit. So etwas hat es, bemerkt Kohl mit seinem Sinn für Symbolik, »hier noch nie gegeben«.

Wäre es nach Kohl gegangen, der wichtige Stuhl des CSU-Landesgruppenchefs hätte schon 1991 neu besetzt werden müssen. Denn damals bot er Amtsinhaber Wolfgang Bötsch das Entwicklungshilfeministerium an. Doch der lehnte mit der Begründung ab, er könne in seinem jetzigen Amt für die CSU mehr tun als in einem Ministerium. Kohls Kommentar: »Dann sind Sie in der Mitte der Wahlperiode dran.« So kommt es auch. Zwei Jahre später, im Januar 1993, offeriert Kohl dem kernigen, bodenständigen und verläßlichen Franken das Postministerium. Der willigt ein. Bötsch, kantig und humorvoll, aber nicht eben ein Charismatiker, kennt seine Grenzen. Er weiß, daß es für ihn die letzte Chance ist, Minister zu werden. Waigel wäre es wohl am liebsten gewesen, Bötsch auf dem Stuhl des Landesgruppenvorsitzenden zu halten, doch läßt er ihn ziehen.

Bötsch-Nachfolger Glos gehört auf dem Bonner Parkett zu jenen Führungsfiguren, denen man besser genau zuhört. Sein Humor ist hintergründig, die eigentliche Botschaft verbirgt sich zwischen den Zeilen. Die Angriffslust ist ausgeprägt. Dabei verschont er nicht einmal die Leute aus dem eigenen Lager. Das Lieblingsobjekt seiner Spottlust hat er in Rita Süssmuth gefunden. Die hält er für eine ausgebuffte Machtpolitikerin, weshalb ihm ihr moralischer Anspruch oft genug Sottisen wert ist. Wenn ihn der Hafer sticht, was öfter vorkommt, verspottet er die Parlamentspräsidentin als »oberste Politikansagerin« – was besonders perfide ist, decouvriert dieser Spruch doch schonungslos die tatsächliche Machtlosigkeit dieses protokollarisch immerhin an zweiter Stelle der Staatshierarchie angesiedelten Amtes. Auch die Mitglieder der jungen Gruppe und deren Vorsitzenden Gottfried Hermann Gröhe nimmt er ständig aufs Korn. Die stellt er unter steten Schwarz-grün-Verdacht – was die Betroffenen allerdings wenig beeindruckt. Denn Glos ist ein mächtiger Feind, doch sie haben einen noch mächtigeren Verbündeten, der ihnen den Rücken freihält: Wolfgang Schäuble.

Michael Glos, den Müllermeister aus dem unterfränkischen Prichsenstadt, hat es, man glaubt es kaum, früher einmal zu den Liberalen hingezogen. Die Christsozialen waren ihm zu klerikal. Die Säkularisierung der CSU ermöglichte dem Selbständigen schließlich doch den Eintritt.

In Bonn zählt Glos zu der seltenen Sorte von Berufspolitikern, die sich ihre Unabhängigkeit bewahrt haben. Mit seinen ironischen Anmerkungen und überraschenden, auf jeden Fall aber respektlosen Sprüchen hält er Abstand, verwahrt er sich gegen Vereinnahmungen. In solch einer Führungsposition Abstand zu Edmund Stoiber und Theo Waigel gleichermaßen zu halten ist keine leichte Sache.

In der CSU stärkt er seine Position durch Frotzeleien über Wolfgang Schäuble. So kleidet der Fraktionsvorsitzende seit Jahren seine ansonsten oft hart und kompromißlos wirkenden Thesen in die versöhnliche Formel »ein Stück weit«. Etwa so: Die FDP »ist ein Stück weit in der Krise«. In Wahrheit herrscht dann jedoch Untergangsstimmung bei den Liberalen wie auf der Titanic während des Sinkens. Glos geht diese rhetorische Wattewendung Schäubles ebenso seit Jahren auf die Nerven. Deswegen hat er sich daran gemacht, den Fraktionschef zu erziehen. Seitdem plagt er Schäuble, indem er nun seinerseits so oft wie möglich die Verbindlichkeitsformel »ein Stück weit« verwendet. Geholfen hat es allerdings noch nicht.

Genausowenig hat es der CSU Landesgruppenvorsitzende geschafft, Schäuble die tastend-gestelzte Formulierung auszutreiben, mit der dieser zuweilen seine eigenen Lösungsvorschläge vorträgt. »Für diese Lösung würde ich werben wollen« – oft von Schäuble verwendet, beinahe so häufig von Glos im kleinen Kreis karikiert. Das gilt auch für die schulterzuckende und haarsträubend zungenbrecherische Art, mit der sich Schäuble mit unangenehmen Umständen abfindet. »S' ischt wie's ischt.« Im Grunde seiner schwarzen Seele ist Glos wohl doch eine Spielernatur, allerdings eine mit Grundsätzen.

Schwarz-grüne Irrlichter

Nach der Bundestagswahl 1994 verwirrt Schäuble, den die CSU ja unter permanenten Rot-schwarz-Verdacht gestellt hat, die Christsozialen mit einer anderen Farbenlehre.

Der Niedergang der FDP zwingt die Union, sich andere Bündnisoptionen zu erschließen, haben schon vor der Bundestagswahl junge CDU-Politiker aus den Bundesländern analysiert – und sind dabei auf die Möglichkeit Schwarz-grün gestoßen. Unmittelbar nach der Wahl nimmt Heiner Geißler den Ball auf. Wenn die FDP schwindsüchtig werde, müsse die Union alles auf die grüne Karte setzen. Schäuble teilt die Analyse, aber er redet nicht darüber. Er empfindet es sogar als außerordentlich schädlich, daß Geißler öffentlich für schwarz-grüne Koalitionen streitet. Schäuble redet nicht, er handelt.

Mit dem listenreichen Argument, auf diese Weise die rot-grüne Opposition spalten zu können, bringt er die Union dazu, die grüne Spitzenpolitikerin Antje Vollmer zur Bundestags-Vizepräsidentin zu wählen.

Mindestens ebenso wichtig: Schäuble setzt durch, daß mit Manfred Such zum erstenmal ein grüner Abgeordneter Mitglied der Parlamentarischen Kontrollkommission (PKK) zur Überwachung der Geheimdienste werden kann. Daß Such den Bundesnachrichtendienst nicht kontrollieren, sondern gleich abschaffen will, stört Schäuble nicht. Erwünschter Nebeneffekt: Die Grünen, einst zum Schmuddelkind gestempelt, werden hoffähig. Gezielt betreibt Schäuble diese »Normalisierung«.

Doch der Fraktionschef begnügt sich damit nicht. Er beauftragt Heiner Geißler und den langjährigen Vertrauten Hans-Peter Repnik kurz darauf mit der Ausarbeitung einer ökologischen Steuerreform. Beide, Geißler wie Repnik, sind Verfechter schwarz-grüner Koalitionen.

Doch jetzt wird es der CSU zu bunt. Schäubles Ökosteuerreform trage die CSU nicht mit, wettert Edmund Stoiber im Landesvorstand. Sie komme »auf Gedeih und Verderb« nicht in Frage. Die Strategie des Fraktionsvorsitzenden, den Grünen ehemalige bürgerliche Wähler abspenstig zu machen, indem die Union deren Themen besetzt, nennt der Ministerpräsident gar »zerstörerisch«. Theo Waigel denkt nicht anders. Er ist dagegen, eine neue Steuer einzuführen, weil die Bevölkerung dafür angesichts der ohnehin erdrückenden Steuerlast kein Verständnis aufbringen werde. Schäuble-Sympathisanten können hingegen auf Umfragen verweisen, die zu belegen scheinen, daß die Steuerzahler doch noch zu stärkeren Opfern bereit sind, wenn es um die Rettung der Umwelt geht.

Waigel schaltet den CDU-Vorsitzenden ein. Ihm ringt er am Telefon das Versprechen ab, solange Helmut Kohl Kanzler sei, werde es eine schwarz-grüne Koalition nicht geben. Kohl sagt dem CSU-Vorsitzenden außerdem zu, die Ökosteuerpläne erst einmal zu stoppen. So geschieht es auch. Schäuble muß einsehen, daß er zu weit gegangen ist.

Doch er wird nicht aufgeben. Denn die Ökosteuer hat für den Fraktionsvorsitzenden der Union weit mehr als nur finanzpolitische Bedeutung. Er ist überzeugt, daß sich an dieser Frage exemplarisch die Zukunftsfähigkeit der Union mitentscheidet. Sie ist sein Tribut an den grüner gewordenen Zeitgeist. Daß seine Pläne der Union mindestens zusätzliche Wähler bringen, möglicherweise sogar die Option auf eine schwarz-grüne Koalition eröffnen, hat Schäuble dabei einkalkuliert. Um so mehr schüttelt er den Kopf über die CSU, die diese angebliche strategische Option nicht unterstützen will.

Spätestens jetzt ist Schäuble klar, daß er den im Verhältnis zur CSU eingetretenen Schaden erst einmal reparieren muß. Und so bittet er den CSU-Vorsitzenden um einen Gesprächstermin – fernab der Bonner Hektik. Waigel lädt den CDU/CSU-Vormann nach Seeg ein: ins Haus seiner zweiten Frau, der früheren Weltklasse-Skiläuferin Irene Epple. Eine besondere Geste. Zwei Stunden lang sprechen sich die beiden aus. Waigel macht dabei aus seiner Verärgerung über das eigenmächtige Treiben des Badeners in der Steuerfrage kein Hehl – wobei der Kritisierte darauf verweisen kann, daß Waigels Parlamentarischer Staatssekretär Kurt Faltlhauser und der CSU-Finanzfachmann Gerhard Friedrich an den Ökosteuerplänen mitgewerkelt hätten. Waigel stellt dennoch klar: Solche Gesetze werden im Finanzministerium gemacht und nicht von der Unionsfraktion. Waigel, der empfindlich über seine Zuständigkeiten wacht, steckt gegenüber Schäubles Anspruch, als Fraktionschef überall mitreden zu können, seinen Claim ab. Schäuble ist klug genug, jedenfalls bei dieser Gelegenheit dem Finanzminister nicht zu widersprechen.

Und noch etwas erreicht der CSU-Vorsitzende. Energisch macht er seinem Gegenüber klar, daß mit der CSU eine schwarz-grüne Koalition nicht in Frage komme. Schäuble kann zwar darauf verweisen, daß er solch ein Bündnis im Gegensatz zu seinem Kollegen Heiner Geißler nie gefordert hat, doch das reicht Waigel nicht. Und so setzt er bei Schäuble durch, daß sich in Bonn eine Strategierunde von Spitzenpolitikern der Christdemokraten und Christsozialen trifft. Waigel will erreichen, daß die Ablehnung schwarz-grüner Koalitionen Konsens wird in der CDU. Tatsächlich steht eine solche einmütige Erklärung am Ende des Treffens am 18. Juli 1995 im Bonner Kanzleramt. Wie weit sie trägt, ist offen. Jedenfalls herrscht erst einmal – rechtzeitig vor der Bonner Sommerpause – Ruhe in der Union.

Stoibers Ambitionen

Am 10. April 1995 berichtet die *Bild*-Zeitung in ihrer Münchner Lokalausgabe von der China-Reise des bayerischen Ministerpräsidenten. Unter der Überschrift »Stoiber – von Peking über Shanghai nach Bonn?« ist zum erstenmal von bundespolitischen Ambitionen des bayerischen Ministerpräsidenten die Rede. Kurz darauf heißt es in einem Leitartikel in der *Frankfurter Allgemeinen Zeitung*, den ihr gut informierter Bonner Büroleiter Claus Gennrich verfaßt hat, möglicherweise werde die CSU den Anspruch anmelden, 1998 den Kanzlerkandidaten zu stellen, entweder mit Theo Waigel oder Edmund Stoiber. Stoiber selbst nährt die Gerüchte. Er weiß, in der eigenen Partei und natürlich in der CDU wird man über ihn sagen, er sei nördlich der Mainlinie nicht als Kanzlerkandidat vermittelbar. Mit dieser These hatten Teile der CDU 1980 schon die Kanzlerkandidatur von Franz Josef Strauß belastet. Dem damaligen Strauß-Adlatus Stoiber ist das in frischer Erinnerung. Also erzählt Stoiber von seinen gelungenen Wahlkampfauftritten im Westen und Norden der Republik, berichtet, wie ihn die Menschen auf den Straßen und Plätzen gefeiert hätten.

Natürlich sind Stoibers lancierte Ambitionen zugleich ein Mißtrauensvotum gegen einen möglichen Kanzlerkandidaten Schäuble. Ende Mai 1995 zitiert FOCUS den bayerischen Ministerpräsidenten unwidersprochen mit einem harschen Urteil über den denkbaren Kandidaten Schäuble: »Der bringt es nicht.« Schäubles Sympathisanten wiederum sind bemüht, Stoibers Pfeile auf Waigel abzulenken. Stoiber, streuen Schäubles Leute aus, gehe es in Wahrheit nicht um die Kanzlerkandidatur, sondern ihm reiche der Parteivorsitz der CSU. Den wolle er sich von Waigel holen. »Der nutzt alles aus, was Waigel ärgert.« In der Tat hält Stoiber den von Waigel öffentlich ausgesprochenen Verzicht der CSU auf eine Kanzlerkandidatur »für die nächsten fünfzig Jahre« für einen strategischen Fehler. Stoiber fürchtet, daß die CSU von der großen Schwesterpartei nicht mehr so recht ernst genommen werden könnte, verzichtet sie von vornherein darauf, wieder einmal den gemeinsamen Kanzlerkandidaten stellen zu können. Auch hat Stoiber seine Ambitionen, CSU-Parteichef zu werden, keineswegs beerdigt.

Jedenfalls gerät Schäuble auf diese Weise in den Machtkampf der Rivalen Stoiber und Waigel. Spielt Stoiber mit bundespolitischen Ambitionen, um den Konkurrenten Waigel zu ärgern, schadet er zugleich Schäuble. Schaltet Waigel Kohl gegen Schäuble ein, um auch nach Bayern seinen Einfluß in Bonn zu demonstrieren, ist wiederum Schäuble dabei der Verlierer. Eine ganze Weile läßt dieser sich das gefallen. Doch die Opferrolle entspricht ganz und gar nicht seinem kämpferischen Naturell. Und so schlägt er einige Wochen später, nachdem sich der erste Rauch verzogen hat, öffentlich zurück – kurz und schmerzhaft, wie es seine Art ist. »In manchen schwierigen Zeiten war mein Verhältnis zu Waigel und Stoiber zu jedem besser als deren beides gelegentlich untereinander.« Eine gestelzte Fernsehformulierung mit klarer Botschaft. Schäuble hat damit das taktische Geplänkel um die Kanzlerkandidatur und seine Person als Schattenboxen der bayerischen Rivalen zu seinen Lasten entlarvt.

Einer profitiert jedenfalls davon: Helmut Kohl. Er erscheint jetzt mehr denn je als die einzige Klammer zwischen CDU und CSU. Um ihn, dessen Schwächen noch bis wenige Monate vor der Bundestagswahl in der eigenen Partei und Fraktion hinter vorgehaltener Hand von den einen resigniert, von den anderen lustvoll ausgebreitet wurden, scharen sich nun die Zweifler von ehedem. Theo Waigel sagt dies auch offen. Er ist einer der ersten nach der Bundestagswahl von 1994, der Kohl bittet, 1998 noch einmal als Kanzlerkandidat anzutreten, und ihn damit zum Wortbruch auffordert.

Bei Schäuble ist das anders. Der Fraktionsvorsitzende hat die Christsozialen nämlich zur »bayerischen Regionalpartei« heruntergestutzt. Etwas Schlimmeres hätte ihm aus CSU-Sicht gar nicht einfallen können. Nach der Wiedervereinigung Deutschlands, die die Bedeutung der CSU zumindest zahlenmäßig reduzierte, weil sie ihrerseits auf eine Ausdehnung verzichtete, wachen die Christsozialen um so argwöhnischer über ihren bundespolitischen Anspruch. Wenn sie sich, das wissen die CSU-Leute, auf den Status einer Bayernpartei herunterreden lassen, sind sie auch am Bonner Koalitionstisch nichts mehr wert. Rückwirkungen auf ihre Stärke in Bayern wären unvermeidlich.

Führende Persönlichkeiten der CSU sind überzeugt, daß sowohl der frühere CDU-Generalsekretär Heiner Geißler als auch Wolfgang Schäuble »die CSU nur als Betriebsunfall der Nachkriegsgeschichte betrachten«. Helmut Kohl, das haben die Christsozialen nicht vergessen, hat ihnen 1976 – nach dem Beschluß von Kreuth, die Fraktionsgemeinschaft der Union in Bonn aufzukündigen – für den Fall einer Ausdehnung über Bayern hinaus mit dem »Einmarsch« gedroht. Helmut Kohls damaliger Vertrauter, der heutige Bundespräsident Roman Herzog, durfte für seinen Chef, den CDU-Vorsitzenden, sogar schon generalstabsmäßig Pläne für die Ausdehnung der CDU nach Bayern machen. Doch Kohls damalige Drohung begreifen die CSU-Leute als Notwehr des CDU-Vorsitzenden gegen die Muskelprotzereien des CSU-Chefs Strauß. Geißler und Schäuble unterstellen viele hingegen die strategische Absicht, ohne Not und bei nächster Gelegenheit die CSU zum Landesverband der CDU degradieren zu wollen. Schäuble hat zwar später seine Äußerung von der CSU als »bayerischer Regionalpartei« korrigiert, doch bei der CSU ist ein Unbehagen geblieben. Auch daher erklärt sich die große Sympathie, die der CSU-Vorsitzende Waigel für den CDU-Vorsitzenden Kohl hegt. In diesem Zusammenhang hat Waigel über den obersten Christdemokraten gesagt, der sei »der letzte CDU-Spitzenpolitiker, der die historische Rolle der CSU anerkennt«.

Angst um die Macht

Die Debatte nimmt bisweilen irrationale Züge an – was nur zeigt, wie groß inzwischen die Sorge der CSU geworden ist, ihrer »historischen Rolle« verlustig zu gehen. So erzählen führende Repräsentanten der bayerischen Staatspartei, wenn man sich daheim nach dem Tod von Franz Josef Strauß 1988 nicht so schnell und einvernehmlich auf die Nachfolge mit der Doppelspitze Stoiber/Waigel geeinigt hätte, die CDU hätte sich ermuntert gefühlt, »bei uns einzumarschieren«. Belege für diese gewagte These gibt es nicht.

Zu der Zeit, als Alfred Dregger noch Fraktionsvorsitzender der Union war, galt es als üblich, daß sich der Fraktionschef mit dem CSU-Landesgruppenvorsitzenden bei Reden im Bundestag abzuwechseln hatte. Dies untermauerte die starke Stellung des Bonner CSU-Vormannes im Gefüge der Gesamtfraktion. Schließlich ist der Landesgruppenchef zugleich Erster Stellvertreter des Fraktionsvorsitzenden. Alfred Dregger hielt sich stets an die informelle Abmachung.

Bei Schäuble sei dies, beklagen sich CSU-Persönlichkeiten, anders. Der zog den Landesgruppenvorsitzenden Wolfgang Bötsch bisweilen über den Tisch, ließ ihn in der ersten Runde der Bundestagsdebatte reden, um dann anschließend selbst auf den Fraktionsvorsitzenden der Sozialdemokraten zu antworten, was der Franke trotz seines Temperaments dann nicht mehr verhindern konnte. Bötsch-Nachfolger Michael Glos redet ab und zu als zweiter nach dem Fraktionsvorsitzenden – und wundert sich dann, daß er in den Medien kaum noch ein Echo findet.

Manch führendem CSU-Mann ist überdies aufgefallen, daß Schäuble schon zweimal bei CSU-Parteitagen gewesen sei und dort auch habe reden dürfen. Dieses Privileg haben eigentlich nur die beiden Parteivorsitzenden. Als Gastredner auf CDU-Parteitagen heimst Theo Waigel regelmäßig Rekordbeifall ein – wie umgekehrt Helmut Kohl, wenn er zu den CSU-Delegierten spricht. Doch hat man noch nie erlebt, daß der CSU-Landesgruppenvorsitzende auf einem Parteitag der Christdemokraten hätte reden dürfen – was naheliegt, wenn die CSU den Fraktionsvorsitzenden von der CDU vortragen läßt. Und dennoch: Wer so aufrechnet, der muß schon große Angst um die eigene Bedeutung haben.

Schäuble und die CSU – nicht gerade eine verhängnisvolle Affäre, aber ein schwieriges Verhältnis. Das hat auch viel mit den handelnden Persönlichkeiten zu tun.

Waigel und Schäuble

Schäuble und Waigel gehören in die gleiche politische Gewichtsklasse. Hier der Chef einer Partei mit Tradition und Einfluß, zugleich der mächtigste Minister im Kabinett Kohl (denn der Bundesminister der Finanzen hat als einziger ein Vetorecht in allen finanzwirksamen Fragen), dort der Vorsitzende der Gesamtfraktion. Beide haben ein Mandat über die gesamte Bandbreite der Themen – jeder von ihnen ist einem Ressortminister überlegen.

Beide haben sich hochgearbeitet. Schäuble stammt wie Waigel aus eher kleinbürgerlichen Verhältnissen, Schäuble wuchs im kleinstädtischen Milieu auf, Waigel auf dem Dorf, in Oberrohr, einer Fünfhundert-Seelen-Gemeinde in Mittelschwaben. Dort bewirtschaftete seine Familie einen kleinen Hof. Davon wird man nicht reich. Waigel mußte noch bis zu seinem achtundzwanzigsten Lebensjahr dem Vater auf dem Feld helfen. Wer so etwas erlebt hat, bleibt ein uneitler, bescheidener Mensch – und hat eine soziale Ader. In der Nähe von Oberrohr gibt es eine Behindertenanstalt. Waigel erzählt ab und zu davon und begründet mit seinen Jugenderinnerungen sein ausgeprägtes Verständnis für behinderte Menschen – auch für Wolfgang Schäuble. Sätze wie, Rollstuhlfahrer Schäuble könne nicht Kanzler werden, wird man von Waigel nicht hören.

In der Bonner Politikerszenerie ist Waigel ein Solitär. Jede Art von Gehabe und Wichtigtuerei ist diesem Mann zuwider, der seine Bodenhaftung auch nach Jahren in führenden politischen Positionen nicht verloren hat. Waigel ist nicht durchdrungen vom Gefühl der eigenen Unersetzlichkeit. Er hat, obwohl einer der am meisten kritisierten Minister in Kohls Kabinett, seinen Humor behalten. Er ist ein begnadeter Anekdotenerzähler. Seine Geschichten sind typisch für ihn: Sie handeln von Menschlich-Allzumenschlichem, entreißen der sogenannten großen Politik die Aura des Unnahbaren. Niemand vermag so anschaulich wie Waigel über den kolossalen Anblick zu berichten, den Rußlands Boris Jelzin und Helmut Kohl boten, als sie gemeinsam saunierten (allerdings eine vielleicht nicht ganz jugendfreie Geschichte). Waigel bekennt sich, ganz und gar untypisch für das geschäftige und kalt professionelle Bonn, zu seinem christlichen Glauben. Sein Naturell und sein Glauben bewahren ihn davor, abzuheben. Gern zitiert er den Grabspruch eines Dorfpfarrers aus seiner Gemeinde: »Ich leb, weiß net, wie lang, ich sterb, und weiß net wann, ich fahr, ich weiß net, wohin, mich wundert, daß ich fröhlich bin.«

Wie der CDU-Mann Schäuble ist der CSU-Vormann Waigel peinlich darauf bedacht, daß niemand in seinem Revier wildert. Empfindsam sichern beide ihre Macht ab. Waigel duldet, reiner Selbsterhaltungstrieb, niemanden neben sich, weshalb er auch Wert auf protokollarischen Abstand zu seinem Kabinetts- und Parteikollegen Horst Seehofer legt, den so mancher in der Union forsch an Waigel vorbei schon als den neuen Star der CSU einstuft. Einerseits läßt der Finanzminister den Kollegen aus dem Gesundheitsressort in seinem Ministerbüro schon mal lange warten, was der als Machtdemonstration versteht, andererseits fördert er Seehofers Karriere.

Je mehr Helmut Kohl sich aus dem operativen politischen Tagesgeschäft zurückgezogen hat, desto mehr ist Wolfgang Schäuble in diese Rolle geschlüpft. Kein Wunder, daß er mit der Zeit angefangen hat, sich auch als Ersatzkanzler zu begreifen. Er hat seine Rolle verinnerlicht und verhält sich auch so. Das wiederum ärgert den CSU-Vorsitzenden, ist doch ein »Kronprinz« in der Verfassung nicht vorgesehen.

Überhaupt, die Kohlsche Erbfolge. Es hat Waigel erheblich gewurmt, daß Kohl Schäuble zu dessen fünfzigstem Geburtstag offiziell Kanzlerfähigkeit attestierte und ihn damit als seinen Erben einsetzte – und dies, ohne es mit dem Vormann der Schwesterpartei abgesprochen zu haben. Schon mit diesem Vorgehen hat Kohl Schäuble keinen Gefallen getan. Darüber, daß Kohl Schäuble für alles Mögliche die Eignung zusprach, auch für Waigels Job, empörte sich der CSU-Vorsitzende schon zuvor im kleinen Kreis. Im April 1991 äußerte sich Waigel erstmals öffentlich in dieser Frage. Vor der Landesversammlung der Jungen Union in München rügte Waigel den Kanzler. Dieser erweise »einem großartigen und mutigen Mann wie Schäuble« keinen Dienst, wenn er ihn öffentlich als nächsten Bundeskanzler empfehle. Im übrigen sei es schon merkwürdig, merkte Waigel schlitzohrig an, wenn ein Amtsinhaber die Diskussion über sein politisches Erbe selbst eröffne. »Das machen normalerweise früh genug andere.« Kohls Alleingang beantwortete Waigel mit einer handfesten Drohung: Die Frage des Kanzlers werde in der Union »nur im Einvernehmen mit der CSU« entschieden. An dieser Erkenntnis komme auch der CDU-Vorsitzende nicht vorbei. Damit hat Waigel sowohl Kohl als auch Schäuble die Grenzen ihrer Macht aufgezeigt.

Schäuble, Finanzfachmann von Hause aus, läßt sich auch heute die Finanzpolitik nicht verbieten. Mit etlichen Vorschlägen hat er die CSU im allgemeinen und den Bundesfinanzminister im besonderen gegen sich aufgebracht. Doch die herzliche Abneigung Waigels gegenüber dem »Finanzexperten« Schäuble beruht auf Gegenseitigkeit. Schon lange ist Schäuble mit der Leistung des Finanzministers unzufrieden – und läßt dies Parteifreunde auch wissen. Waigel, so Schäubles Kritik, verlasse sich viel zu sehr auf die Beamten seines Hauses. Und Staatsdiener seien eben noch nie durch besondere Kreativität aufgefallen. Waigel gestalte nicht, er verwalte. Damit denkt Schäuble, der seine Vorbehalte jedoch nur halböffentlich äußert, ähnlich wie die SPD-Opposition. Die verspottet den obersten Finanzer der Republik wegen der exorbitanten Staatsverschuldung als »Herrn der Löcher«. Schäuble, der Reformer – Waigel, der Bremser. So definiert Schäuble das Verhältnis zwischen sich und dem CSU-Vorsitzenden. Im übrigen sind viele aus der CDU den Eindruck nie losgeworden, Waigel neige ohnehin wesentlich stärker zum Außenamt als zum Finanzministerium. Natürlich ist Waigel die interne Kritik des Fraktionsvorsitzenden nicht entgangen.

Das hat Folgen: Inzwischen macht Waigel sich öffentlich für eine weitere Kanzlerkandidatur Helmut Kohls stark.

Stoiber contra Waigel

Das wiederum hält der bayerische Ministerpräsident für ungeschickt. Die CSU, findet Edmund Stoiber, dürfe nicht von vornherein den Anspruch auf den deutschen Spitzenjob preisgeben, wolle sie in Bonn wirklich mitreden. Waigel will nicht, daß Schäuble 1998 Kanzlerkandidat wird. Deswegen sagt er, Kohl solle noch ein weiteres Mal antreten. Auch Stoiber findet, der nächste Kanzleraspirant der Union sollte nicht Wolfgang Schäuble heißen. Das sagt er im kleinen Kreis auch ganz unverblümt. Aber Stoiber sagt nicht, Kohl solle es machen, sondern läßt statt dessen andere sagen und schreiben, er selbst solle antreten. Auf diese Weise wird die Kronprinzenriege Kohls um einen CSU-Mann erweitert. Der heißt jedoch nicht Waigel (obwohl der CSU-Vorsitzende quasi einen »natürlichen« Anspruch hätte, wenn er dieses Amt denn anstrebte), sondern Stoiber, von dem vorher nie die Rede war. Auf diese Weise wird Stoiber zum Konkurrenten Schäubles und auch Waigels. Den blonden Bayern ob seiner Ambitionen zu belächeln, hieße, ihn zu unterschätzen. Stoiber hat einen ausgeprägten Ehrgeiz. Und mit dem sächsischen Ministerpräsidenten Kurt Biedenkopf, einem alten Rivalen Kohls, verbindet ihn die Vorstellung, daß jeder einzelne von diesen beiden ohnehin besser ist als alle anderen zusammengenommen.

Dabei ist Stoiber in der CSU alles andere als unumstritten. Auf seinem steilen Weg nach oben hat der Mann politische Leichen hinterlassen. Machtmensch, der er ist, schreckte er auch nicht davor zurück, selbst Gefolgsleute auszubremsen oder kaltzustellen, wenn ihm dies zur Sicherung seiner eigenen Position unerläßlich erschien. Die politischen Freunde von ehedem sind jedoch nicht in den Ruhestand gegangen. Ihre Existenz bedeutet für Stoiber ein Risiko.

Peter Gauweiler, der konservative Intellektuelle, von ähnlichem Ehrgeiz und Selbstbewußtsein wie Stoiber, leistete dem Anwärter auf den Stuhl des bayerischen Ministerpräsidenten in dessen Machtkampf mit dem Bonner Finanzminister parteiintern wertvolle Dienste. Doch während des Münchner Oberbürgermeister-Wahlkampfs ließ Stoiber den Spitzenkandidaten Gauweiler fallen, weil der sich in eine Affäre im Zusammenhang mit seiner Münchner Anwaltskanzlei verstrickt hatte. Ein solcher Spitzenpolitiker war für Stoiber untragbar geworden, denn nach dem affärenbedingten Abgang des glücklosen Ministerpräsidenten Max Streibl tat er alles, um sein Image als bayerischer Saubermann zu polieren.

Zu denjenigen, die noch eine Rechnung mit Stoiber offen haben, gehört der Strauß-Clan. Sie verübeln es dem langjährigen Strauß-Adlatus, daß ausgerechnet er die Weste des Verstorbenen posthum befleckte, um sich selbst in günstiges Licht zu stellen. Ungefragt teilte er auf einer Pressekonferenz mit, daß er auf das Geld als Testamentsvollstrecker der Friedrich-Baur-Stiftung verzichte, welches Strauß und Streibl als Zubrot zu ihrem Salär als Ministerpräsidenten gern genommen hatten. Es handelte sich um jährlich immerhin rund dreihunderttausend Mark. Das, schrieb die *Zeit* über Stoibers Demonstration höherer Moral, »wird im Milieu der Fundamentalisten nicht vergessen, vom *Bayernkurier* bis zur Familie Strauß«.

Schäuble und Stoiber haben einiges gemeinsam. Beide sind in ihrer Lebensführung Asketen. Stoiber pflegt ganz bewußt und kalkuliert das Image des Sparsamen, der in Wolfratshausen vor den Türen Münchens eine Doppelhaushälfte bewohnt und bayerischem Pomp und Prunk aus dem Weg geht, wo er kann. Beide, Schäuble und Stoiber, trinken Alkohol nur in Maßen, was für Politiker nicht unbedingt typisch ist. Stoiber raucht zudem nicht. Der Bayer erzählt über sich, er komme mit fünf bis fünfeinhalb Stunden Schlaf »spielend aus«. Beide sind viele Jahre lang verheiratet – mit ihrer jeweils ersten Frau. Affären gibt es nicht.

Beide sind hochintelligent, taktisch versiert und reaktionsschnell –

und haben in langen Sitzungen eine große Kondition. Ihr Arbeitsstil ist hoch effizient. Sie schwadronieren nicht, sondern denken und reden exakt. Beide sind Verstandesmenschen. »Ich kann alles rational begründen«, behauptet Stoiber über sich. Das erklärt die Furchtlosigkeit, mit der der Bayer selbst unpopuläre Entscheidungen trifft. Wenn der aufgeklärte Staatsbürger, den Stoiber vor Augen hat, nachvollziehen kann, warum ihm weh getan wird, sind die Schmerzen eben nur halb so groß.

Das Parlieren liegt beiden nicht, Stoiber und Schäuble sind keine Small talker, sondern ausgesprochen anstrengende Gesprächspartner. Ihr Gegenüber muß ständig auf der Hut sein, beide verlangen von ihren Dialogpartnern ständige Präsenz. Ist die nicht vorhanden, reagieren sie sauer. Stoiber zieht zwar mit großem Erfolg durch die bayerischen Bierzelte, aber zu Hause ist er hier eigentlich nicht. Die Leute hören ihm zu, mehr jedoch aus Respekt vor soviel Wissen, Fleiß, Opferbereitschaft und staatsloyaler Gesinnung als mit Sympathie. Das gilt auch für Schäuble. Ein Menschenfänger ist er ebensowenig wie Stoiber. Der Bayer kalkuliert stets vor dem Publikum seine Wirkung, kann von jetzt auf gleich umschalten vom Hochdeutschen ins Bayerische und tut es auch. Schäuble stellt seinen rhetorischen Stil gleichfalls auf das Publikum ab. Selbstredend kann so ein Mensch wie Stoiber der Münchner Bussi-Schickeria nichts abgewinnen, sie ist für ihn kulturelles Ausland. »Das paßt nicht zu mir.«

Sabine Leutheusser-Schnarrenberger fällt beiden auf die Nerven. Schäuble wie Stoiber halten die streitbare FDP-Frau schlicht für dumm. Ansonsten unterhält Edmund Stoiber, was sehr viel mit der absoluten CSU-Mehrheit in Bayern zu tun hat, ein wesentlich gespannteres Verhältnis zur FDP als Wolfgang Schäuble, der in Bonn am Koalitionstisch mit den Liberalen auskommen muß. Burkhard Hirsch, den Stoiber wegen seines Wissens schätzt (und ihm gerade deswegen verübelt, daß er aus seiner Kompetenz ausgerechnet radikalliberale Konsequenzen zieht), titulierte den Bayern einmal als »Extremist im öffentlichen Dienst«.

Bei der Bewältigung großer Aktenberge empfinden beide geradezu einen Lustgewinn. Schäuble und Stoiber sind ehrgeizige Workaholics.

Bei den Christsozialen kursiert über Stoiber das Bonmot: In der Abwägung zwischen dünnen Nackten und dicken Akten werde er sich stets für das Papier entscheiden.

Schäuble und Stoiber sind rastlose Gesellen – sie sind Gegenbilder zu dem augenscheinlich so gemütvollen Normalbürger Helmut Kohl. Beide teilen eine ausgeprägte Abneigung gegenüber dem »Weiter so«. Sie sind Dynamiker und wollen ihre eigene Kraft und Energie auf die Gesellschaft übertragen. Sie sind unglücklich, wenn es nichts zu tun gibt. Deswegen suchen sich beide ständig neue Aufgaben und Herausforderungen. Ihr Credo: Stillstand ist Rückschritt. Für ihre Parteien sind Stoiber und Schäuble damit außerordentlich wertvoll. Sie bewahren die Konservativen vor dem Image, bloß zum Konservieren fähig zu sein. Und so entspricht es seiner ureigenen Überzeugung, wenn Stoiber formuliert, »die Konservativen marschieren an der Spitze des Fortschritts«. Das findet seine Entsprechung in Schäubles Feststellung, die eigentlichen Strukturkonservativen von heute seien nicht bei den Schwarzen zu finden, sondern bei den Roten (was ehrliche und intelligente Rote wie der frühere Fraktionschef Hans-Ulrich Klose auch freimütig einräumen).

Weder Schäuble noch Stoiber sind aalglatte Aufsteiger. Ihre Karriere haben sie sich erkämpft – beide hinterließen »Leichen« am Wegesrand.

Auf die Frage, ob er schon jetzt Kanzler werden könne, sagt der derzeitige Forschungsminister Jürgen Rüttgers, das sei unmöglich. »Denn mir fehlen die Narben im Gesicht.« Mit anderen Worten: Ohne Schläge, auch Rückschläge einzustecken, kommt niemand an die Spitze. Schäuble hat seine »Narben«, Stoiber wartet noch darauf.

Es gibt eine Möglichkeit, die Vorbehalte der CSU gegen einen denkbaren Kanzler Schäuble zu zerstreuen. Wenn Roman Herzog seine Ankündigung wahr macht und 1999 abtritt, könnte ein CSU-Mann sein Nachfolger werden. Kaum jemand wäre für diese Aufgabe so geeignet wie Theo Waigel.

SCHWARZ-GRÜNE PHANTASIEN

18. Oktober 1984, der Bundestag debattiert eine Regierungserklärung des Bundeskanzlers. Der grüne Bundestagsabgeordnete Jürgen Reents, ein früherer Kommunist, nennt Helmut Kohl im Zusammenhang mit der Parteispendenaffäre einen von dem Großindustriellen Friedrich Karl Flick Freigekauften. Es kommt zu Tumulten, Reents wird schließlich aus dem Plenum geworfen. Christa Nickels von den Grünen beantragt, im Bundestag sogleich über den Rauswurf zu diskutieren. Mehrfach ermahnt der amtierende Bundestagspräsident Richard Stücklen von der CSU die Grüne, das Rednerpult zu verlassen. Doch Nickels ignoriert trotzig die Ermahnungen des CSU-Politikers. Da ruft der grüne Abgeordnete Schwenninger dem Präsidenten zu: »Autoritärer Pauker.« Seine Kollegin Gottwald setzt noch eins drauf: »Nein, nein, nicht Pauker – autoritäres Schwein!«

Daraufhin unterbricht Stücklen, sichtlich konsterniert über soviel Frechheit der Grünen, die Sitzung. Doch an Ruhe im Plenum ist jetzt nicht mehr zu denken. Da schallt ein auf Stücklen gemünzter Ruf durch den Plenarsaal: »Mit Verlaub, Herr Präsident, Sie sind ein Arschloch!«

So unrühmlich verschaffte sich ein Enfant terrible namens Joseph Fischer, genannt Joschka, vor mehr als zehn Jahren bundesweite Publicity. Die Grünen waren geradc in den Bundestag eingezogen – und brachten nicht nur frischen Wind, sondern auch losere Sitten mit ins feine Bonn. Im Hohen Haus rollten sie Transparente aus (»Der Wald stirbt«), brachten Blumentöpfe mit, die sie auf den Bänken abstellten. Das Parlament wurde, je nach Bedarf, von den Spontis zur Bühne umfunktioniert: Politik als Happening. Als Helmut Kohl zum Bundeskanzler gewählt war, überreichte ihm die Grüne Marie-Luise Beck-Oberdorf einen Tannenzweig mit den Worten: »Denken Sie an das Waldsterben!«

Voller Abscheu hat der altgediente Saaldiener des Parlaments Karl Heinz Schmitt aufgeschrieben, wie die erste Fraktionssitzung der Grünen ablief: »Unsere Bemühungen, die Personen, die dort nichts zu suchen hatten und keine Fraktionsmitglieder waren, aus dem Saal zu bitten, waren von Anfang an zum Scheitern verurteilt. Da saß eine Mutter und nährte ohne Scheu ihr Kind. Andere saßen auf dem Fußboden und strickten. Einige lagen vor dem Vorstandstisch und markierten die Schlafenden. Wir gaben es schnell auf, in dieses Durcheinander eine gewisse Ordnung zu bringen, und verließen den Saal fluchtartig.« Grüne Fraktionssitzungen waren in dieser Pionierzeit in Bonn öffentlich. Respektlosigkeit grassierte: Oft genug, berichtet Schmitt, habe er Grüne den Bundesadler als Aas- oder Pleitegeier verspotten hören.

Oh, Gott, Strauchdiebe!

Den Christdemokraten bescherte diese chaotische Truppe um Spontifex Maximus Joschka Fischer einen Kulturschock. Der konservative CDU-Außenpolitiker Alois Mertes brachte die ganze Verachtung der C-Fraktion für die neuen Parlamentskollegen auf den Punkt: »Oh, Gott, was ist das für eine Ansammlung von Strauchdieben! Haben die kein Wasser zum Waschen?« Die Grünen waren für die Christdemokraten eine Veranstaltung von einem anderen Stern: langhaarige Sandalenträger, schmuddelig, laut und eine Gefahr für die Demokratie.

Zehn Jahre später sitzt Joschka Fischer wieder im Bundestag – nach links nur einen Meter vom Fraktionsvorsitzenden der Union getrennt und direkt gegenüber dem Rednerpult in der parlamentarischen »Pole position«. Mittlerweile hat dieser Mann keine Probleme mehr mit dem Bekenntnis, das Handwerkszeug als hinreißender Debattierer und geschickter Strippenzieher seinerzeit von Wolfgang Schäuble erlernt zu haben. Von den damaligen Parlamentarischen Geschäftsführern, erzählt Fischer heute, sei Schäuble bei weitem der beste gewesen – reaktionsschnell, kreativ, wenn nötig verletzend, ein Profi eben. Und so habe er als parlamentarischer Neuling dem Unionsmann und niemand anderem auf die Finger geschaut. »Ich habe mir die alle angeschaut und gesehen: Der Schäuble war der Cleverste. Da habe ich mich an dem orientiert.«

Doch dabei bleibt es nicht. Auch in der Zeit danach arbeiten der Schwarze und der Grüne zusammen – jenseits der hohen ideologischen Barrieren, die sie voneinander trennen. »Wir haben schon damals so manches heiße Ding durchgezogen«, schmunzelt Fischer. Das habe nur eben niemand gemerkt. Deswegen sei die Überraschung über den Schäuble/Fischer-Deal bei der Besetzung des Bundestagspräsidiums mit der Grünen Antje Vollmer so groß gewesen. Schon damals, berichtet Fischer, sei zwischen ihm und Schäuble klar gewesen: »Ich kann mich auf ihn verlassen, und er wußte, daß er sich auf mich verlassen kann.«

Schäuble hat Fischers Werdegang beobachtet, weiß noch genau, wie die Grünen nach der Bundestagswahl 1983 bei ihm angerufen haben und um Einführung in das Leben als Abgeordnete baten. In Schäubles Büro versammelten sich daraufhin die Parlamentsgeschäftsführer der etablierten Parteien: Torsten Wolfgramm von der FDP, Wolfgang Bötsch von der CSU. Otto Schily, ein etablierter Anwalt mit souveränem Auftreten, übernahm die Einführung – und setzte die Parteifreunde vor den politischen Gegnern herab. »Wir werden ja mit diesen Kollegen nicht zusammenarbeiten«, verkündet Schily den verdutzten Geschäftsführern von der Konkurrenz. »Sie werden künftig hier zusammenarbeiten.« Schily zeigt in die grüne Runde. »So«, beurteilte Schäuble später, als die Grünen wieder gegangen waren, den Auftritt Schilys, »schafft man sich Feinde.«

Jedenfalls hat Schäuble bemerkt, »daß der Fischer von denen der Hellste war«. Der sei »ein wirklicher Realo«. Fischer habe erkannt, daß die Grünen nur dann zur dauerhaften politischen Kraft werden, wenn sie sich an einer Regierung beteiligen können. Doch dies werde den vielen gesinnungsethisch denkenden Basisgrünen noch die allermeisten Probleme bereiten. Für so etabliert, wie Fischer redet, hält Schäuble die Grünen nicht. »Vielleicht geht es denen in zehn Jahren so dreckig wie der FDP heute. Wer weiß das schon.«

Beinahe fürsorglich hat Fischers Lehrmeister von der Union an dem Grünschnabel von ehedem die Neigung ausgemacht, sich selbst zu überschätzen. Was allerdings für Schäuble kein Wunder ist, »wenn man beachtet, was der aus dem chaotischen Haufen gemacht hat und wie er dem seinen Stempel aufgedrückt hat«.

Vor zehn Jahren erlaubte die fundamentalistische Ausrichtung der

Grünen im Bundestag Zweckbündnisse von Fall zu Fall mit den Schwarzen bestenfalls als geheime Kommandosache. Das hat sich geändert, weil die Grünen sich sehr verbürgerlicht haben und die Union sich programmatisch auf die Grünen zubewegt hat. Der Wandel der Grünen wird schon an Äußerlichkeiten deutlich.

Fischers Haare sind kurz und grau geworden, der Kugelbauch zeugt von Lebensfreude. Die Turnschuhe hat er ausgetauscht gegen italienische Treter, die Jeans sind edel, Sakko und Krawatte lustvoll erfüllte Pflicht. Wenn es die gesellschaftliche Konvention gebietet, zwängt Joschka sich sogar in einen Smoking. Im Bundestag ist er der am meisten gefürchtete Zwischenrufer. Freilich müssen weder Rita Süssmuth noch der Bundestags-Vizepräsident von der CSU, Johnny Klein, befürchten, von Fischer mit einem herzhaften »Arschloch« bedacht zu werden. Solche Marotten hat er sich abgewöhnt.

Wenn er vom Rednerpult aus spricht, hört Helmut Kohl zu. Keinem anderen Oppositionspolitiker widmet der Kanzler so viel Aufmerksamkeit. Fischer ist der eigentliche Oppositionsführer. Rudolf Scharping von der SPD wirkt gegen dieses quirlige Schau- und Rednertalent wie ein dröger Bürokrat. »Der Fischer«, sagt Helmut Kohl voller Anerkennung, »versteht was von PR.« Bisweilen leidet der Kanzler sogar mit Scharping, wenn der Grüne wieder einmal den Vormann der Roten in den Hintergrund schauspielert. Dem Pfälzer ist es vor Jahren mit seinem Gegenspieler Franz Josef Strauß kaum anders ergangen als dem Westerwälder heute.

Fischer, vor zehn Jahren die Verkörperung des Anti-Establishments, agiert heute nach dem Motto: »Bist du erst mal etabliert, lebt es sich ganz ungeniert.« Die Grünen sind nicht mehr eine Bewegung, die so auftritt, als habe sie sich in den Bundestag verirrt, sie sind eine beinahe normale Partei geworden. Noch vor zehn Jahren war für die Grünen Hierarchie Ausdruck spätbourgeoiser Kleingeisterei. Prominenz galt per se als dekadent. Heute leisten sie sich mit dem ungekrönten Talkshow-König Fischer sogar einen leibhaftigen Fraktionsvorsitzenden, den sie auch nicht mehr dem Druck aussetzen, nach zwei Jahren von seinem Amt wegrotieren zu müssen.

Die Zeiten haben sich geändert, und ein Jahrzehnt hat ausgereicht, um aus den Grünen die dritte politische Kraft in Deutschland zu machen. Sie strotzen vor Kraft und Selbstbewußtsein, während der FDP eine Serie von Wahlniederlagen die Existenzkrise beschert hat. Immer mehr CDU-Politiker schauen sich nach einem Ersatz für die FDP um – in den Bundesländern, aber auch auf nationaler Ebene. Der grüne Realo-Flügel – nach jahrelangen internen Kämpfen hat er inzwischen die Mehrheit in der Fraktion – definiert sich als Ersatz für die an Schwindsucht leidenden Liberalen. Das erleichtert manchen in der CDU die Partnersuche. Schwarz-grün beflügelt die politische Phantasie; kein führender CDU-Mann schließt ein entsprechendes Bündnis noch ernsthaft aus – allen Beteuerungen von Koalitionstreue zu den Freidemokraten zum Trotz. Beinahe scharenweise entdecken Christdemokraten auf einmal Gemeinsamkeiten mit den Grünen, angefangen von der wertkonservativen Ausrichtung bis hin zum Subsidiaritätsprinzip.

Sie sind etabliert!

CDU-Vordenker Kurt Biedenkopf, der als erster Christdemokrat schon vor Jahren den Grünen eine wichtige Funktion in der Politik zusprach, weil sie die richtigen Fragen stellten, geht mittlerweile noch weiter. Die Grünen, erzählte er der *Zeit*, »sind sehr viel leidenschaftlichere Vertreter des Subsidiaritätsprinzips als die Christlich Demokratische Union, zu deren ideologischem Bestand das eigentlich gehören sollte«. Kühl steckt der Querdenker die Schnittmengen mit den Grünen ab. So sei die Rückkehr zu einer »wertgebundenen Marktwirtschaft« überhaupt nur möglich, wenn die kleinen Lebenskreise erneuert würden. Familienpolitik, Sanierung und Umbau der Sozialsysteme seien nur durch die Überwindung des bürokratischen Zentralismus erreichbar. »Das ist aber nicht nur ein Wunsch weiter Teile in der CDU, sondern auch der Grünen, im Unterschied zu den Sozialdemokraten, die damit viel größere Probleme haben.«

Doch die schwarz-grüne Diskussion bedeutet weit mehr, als die Schlußfolgerung einiger Strategen aus dem Niedergang der FDP zu ziehen oder erstaunt Gemeinsamkeiten mit dem härtesten Gegner von einst zu markieren. Sie zeugt von einem gewandelten Lebensgefühl. Grün vor zehn Jahren, das stand für ungezähmtes Aufmurren gegen das Gewaltmonopol des Staates, wilde Proteste gegen die »Militarisierung der Gesellschaft«, RAF-Sympathisantentum, Technikverteufelung und eine trotzige, von romantischen Sehnsüchten gespeiste Verweigerungsattitüde. Grüne waren die Spottobjekte der Bürgerlichen: Wer sich grün anstreicht, den fressen die Ziegen. Dieser Spruch Otto von Bismarcks machte in der Union die Runde. Heute ist Grün die Farbe der Moderne. Wer wollte nicht Menschen, Tiere und Pflanzen gegen gewissenlose Umwelt-Imperialisten schützen? Die Bürgerlichen haben umgedacht: Wer sich nicht grün anstreicht, wird zum Opfer der Wähler. Mit den Themen der Grünen allein, hat Generalsekretär Peter Hintze angemerkt, kann die Union wohl kaum Wahlen gewinnen; versäumt sie es aber, sich ein klares und glaubwürdiges Umweltprofil zuzulegen, »dann wird sie Wahlen verlieren«. Heute kann es sogar vorkommen, daß ein leibhaftiger Generalsekretär der CSU zum Boykott gegen einen Ölmulti wie Shell aufruft, weil der durch die Versenkung eines Öllagers im Atlantik Millionen für eine teurere Entsorgung an Land sparen will. Da tanken die Bürger dann zu Millionen das Umweltgift Benzin bei Aral und fühlen sich ökologisch wohl dabei. BrentSpar ist überall. Die Grünen, spotten danach CDU-Politiker, werden Mühe haben, mit einem derart aktivistischen Umweltbürger noch Schritt zu halten!

Während die SPD noch mit sich hadert, weil die Sozialdemokraten immer weniger und die Grünen immer mehr Zuspruch erfahren, hat eine wachsende Zahl von Politikern in der Union die Chance begriffen. Sie forcieren die Themen der Grünen, propagieren grüne Lösungen, jedoch mit schwarzen Mitteln, und schwingen sich so in den Augen der Öffentlichkeit auf den Zug der Moderne. Grün ist »in«, Schwarz soll es mit Hilfe der grünen Themen werden. In einem jedenfalls sind Schwarze und Grüne sich einig: Rot ist die Farbe des Stillstands. »Die SPD«, analysiert Antje Vollmer, die über ihre fundamentalistischen Wurzeln längst hinausgewachsen ist, »ist die eigentliche strukturkonservative Kraft in Deutschland.« Die interessantere Partei sei die CDU.

Die Bestandsaufnahme Vollmers deckt sich mit der Argumentation Schäubles. So weit ist es schon gekommen.

Grün zu wählen ist chic. Die grünen Sympathisanten von einst waren Rebellen. Erwachsen geworden, glatt rasiert und wohlsituiert, verlangen sie vom Staat, ihnen die Unversehrtheit ihrer schmucken Karossen zu garantieren. Wohlhabende Eltern aus der Aufbaugeneration wählen CDU, ihre Kinder oft genug grün.

Die Klientel der Grünen wandelt sich allmählich. Immer noch ist der Arbeitslosenanteil unter den Grün-Wählern am höchsten, haben sie eine feste Bank bei Studenten und Sozialhilfeempfängern. Doch es wächst die Zahl der Besserverdiener dieser Gesellschaft, die dennoch die antikapitalistischen Grünen wählen. In den großen Städten gewinnen die Grünen in den Villenvierteln an Boden, wenn auch nicht sicher ist, wie stabil dieser Trend ist. Keine andere Partei erlebt einen so starken Austausch der Wählerschaft über ihre Stammklientel hinaus.

Ausschlaggebend für den Wechsel aus dem bürgerlichen ins grüne Lager ist häufig das Lebensgefühl. Grün zu wählen, beruhigt das schlechte Gewissen über die eigene Lebensführung und erzeugt beim Wähler ein Wohlgefühl: Schwarz leben, Grün wählen. Die Schwäche der SPD, grüne Sympathisanten an sich zu binden, tut ein übriges. Das hat die Grünen zur Zehn-Prozent-Partei gemacht. Schließlich: Wer am 16. Oktober 1994 zum erstenmal zur Wahl ging, der war mit zwei Konstanten in der deutschen Innenpolitik aufgewachsen: mit Helmut Kohl und den Grünen. Der Kanzler ist schwarz, das Lebensgefühl ökologisch. Für diese Generation ist Schwarz-grün kein Teufelswerk mehr.

Links von den Grünen im Bundestag gibt es Konkurrenz: die kommunistische PDS. Sie treibt die Grünen in die Mitte. Das kommt den Realos in der Fraktion gerade recht. Wer die Macht will, muß koalitionsfähig sein und sich deswegen häuten. Die Grünen im Bonner Parlament sind dabei, ihre Extreme abzustreifen. Nur die grünen Parteitage haben das noch nicht begriffen. Die sind hoffnungslos von gestern. Die Abschaffung der Bundeswehr und der Austritt aus der NATO sind nur auf grünen Parteiversammlungen mehrheitsfähig, nicht aber in der Grünen-Parlamentsfraktion. Dort finden sich sogar

Abgeordnete, die dafür eintreten, den Völkermord in Bosnien mit Waffengewalt zu unterbinden. Dafür macht sich selbst Fischer stark, wofür er sich prompt auf dem Parteitag der Grünen Anfang Dezember 1995 eine herbe Abstimmungsniederlage einfuhr.

Das ist der Stoff, von dem Zyniker träumen. Vor Jahren provozierte der CDU-Generalsekretär Heiner Geißler friedensbewegte Demonstrierer, viele von ihnen Sympathisanten der Grünen, mit dem polemischen Spruch, der Pazifismus in Deutschland habe Auschwitz erst möglich gemacht. Inzwischen argumentieren Grüne mit Blick auf den real existierenden Faschismus des Serbenführers Karadžič im Kern auf derselben Linie.

Der Sog in die Mitte hat Folgen: In der linken Mitte ist es eng geworden. Den Preis bezahlt nicht nur die FDP, Opfer der Grünen wird auch die SPD. Sie hat es längst aufgeben müssen, die Grünen mit dem Ziel zu bekämpfen, sie zu eliminieren. Das ist nur einmal einem Sozialdemokraten gelungen: Oskar Lafontaine im Saarland bei der Landtagswahl 1984. Der SPD-Mann besetzte nicht nur als erster Sozialdemokrat konsequent die grünen Themen Atom- und NATO-Ausstieg, er bewies zudem mit einer Personalentscheidung ein feines Gespür für Macht. Mit Jo Leinen, dem vormaligen Sprecher des Bundesverbandes Bürgerinitiativen Umweltschutz, holte er sich einen grünen Sozialdemokraten in die Ministermannschaft. Dagegen fiel den Grünen nichts mehr ein. Doch dieser Trick zog nur einmal: Fünf Jahre später schafften die Grünen dann auch den Einzug in den saarländischen Landtag.

Es hat für die SPD etwas Tragisches, wenn heute ein Spitzenpolitiker wie Gerhard Schröder aus Niedersachsen über die Grünen urteilt: »Die sind etabliert.« Schröder steht für eine rot-grüne Koalition, die er selbst praktizierte. Doch längst können sich Sozialdemokraten dieser Kohl-Ablösungsperspektive nicht mehr sicher sein. Die schwarz-grüne Debatte, das hat Schröder erkannt, ist für die Sozialdemokraten äußerst gefährlich. Die Gefahr besteht darin, daß die SPD den »Monopolanspruch« auf ein Bündnis mit den Grünen verliert. Wenn das geschieht, gibt es keine eindeutige Ablösungsperspektive mehr gegen Helmut Kohl. Die wichtigste Voraussetzung für einen Regierungswechsel, das Wendegefühl eines Neuanfangs, entfällt dann.

Was den Sozialdemokraten widerfahren kann, hat die Entwicklung im bevölkerungsreichsten Bundesland gezeigt. In Nordrhein-Westfalen haben sich nach der Kommunalwahl 1994 neben achtzig rot-grünen Koalitionen auf kommunaler Ebene sechzehn schwarz-grüne Bündnisse etabliert. Es sind Gemeinschaften, die aus der Not geboren werden. Dort, wo Sozialdemokraten schon jahrzehntelang regieren, ist Schwarz-grün die einzige Möglichkeit, diese Betonsozialisten abzulösen. Deswegen ist es nur konsequent, wenn der Generalsekretär der nordrhein-westfälischen CDU, Herbert Reul, beharrlich auf ein schwarz-grünes Bündnis hinarbeitet – zumal die Freidemokraten die Dummheit besaßen, gegen den Rat der Bonner Parteifreunde vor der Landtagswahl 1994 auf eine Koalitionsaussage zugunsten der Union zu verzichten. Die Folge war absehbar: Die FDP flog aus dem Düsseldorfer Parlament.

Der erste Coup

Aus dem Bonner Parlament sind die Grünen nicht mehr wegzudenken. Die Exoten von ehedem sind normal geworden. Daran hat Wolfgang Schäuble entscheidend mitgewirkt. Während andere wie Biedenkopf noch über schwarz-grüne Gemeinsamkeiten theoretisierten, handelte der Bonner Fraktionsvorsitzende.

Am 26. Oktober 1994 bespricht das CDU-Präsidium in einer außerordentlichen Sitzung die Folgen der Bundestagswahl. Diskutiert wird auch eine Forderung der Grünen: Sie reklamieren den Anspruch auf einen Sitz im Bundestagspräsidium. Es ist die Einforderung von Normalität. Die Grünen wollen nicht länger die Parias des Parlaments sein. Als drittstärkste Kraft im Bundestagspräsidium vertreten zu sein sei nur legitim, argumentieren die einstigen Ökopaxe.

Im Parteipräsidium vertritt Schäuble die Meinung, es könne den Christdemokraten nur schaden, wenn sie den Grünen verweigerten, was ihnen zustehe. Dafür werde die Öffentlichkeit kein Verständnis haben. Der Fraktionsvorsitzende geht noch einen Schritt weiter: Eine Ausgrenzung der Grünen koste die CDU Optionen für die Zukunft. Was damit gemeint sein soll, läßt Schäuble ganz bewußt im Unbestimmten. Klaus Töpfer und Heiner Geißler stellen sich an die Seite Schäubles. Beide sind Befürworter schwarz-grüner Koalitionen. Und beide sehen diese Personalentscheidung als Präzedenzfall. Jeder Fraktion im Parlament, so Schäuble, solle ein Sitz im Bundestagspräsidium zugestanden werden. Helmut Kohl stimmt schließlich zu. Niemand widerspricht.

Kurz danach lädt Schäuble die Führung der Grünen – an der Spitze Joschka Fischer – zu einem Gespräch ein, erläutert ihnen den Beschluß des CDU-Präsidiums, ihren Anspruch zu unterstützen, im Bundestagspräsidium vertreten zu sein. Kohl wiederum sorgt als Doppelpartner Schäubles dafür, daß sich Freidemokraten und Christsoziale nicht querstellen. Als schon alles klar ist, unterrichtet Schäuble den Geschäftsführenden Fraktionsvorstand von der neuen Entwicklung. Niemand meldet Bedenken an, auch nicht die Vertreter der CSU, die heute am liebsten von ihrer damaligen Entscheidung nichts mehr wissen möchten. Doch selbst die Christsozialen wählen hernach im Bundestag Antje Vollmer zur ersten grünen Bundestags-Vizepräsidentin mit.

Edmund Stoiber, erregt über die dadurch angefachte schwarz-grüne Koalitionsdebatte, stuft die Wahl der Grünen danach zu einem »formalen Vorgang« herab. Dabei weiß auch er, daß wesentlich mehr passiert ist. Die Wahl Vollmers bedeutet nicht weniger als das Ende eines Tabus. Die Rühr-mich-nicht-ans von den Grünen bekommen ausgerechnet von der Union das Gütesiegel der Unbedenklichkeit, mehr noch, der demokratischen Normalität aufgedrückt. Von diesem Tag an ist es kaum noch möglich, die Grünen in Wahlkämpfen mit Untergangsparolen zu bekämpfen. Wenn Michael Glos, der Vorsitzende der CSU-Landesgruppe im Bundestag, die Grünen als »frühere Steinewerfer« zu diffamieren versucht, wer nimmt ihn da noch ernst?

Natürlich schäumt die SPD. Der Parlamentarische Geschäftsführer Peter Struck beschimpft die Grünen wüst: Aus Geilheit zur Macht seien sie mittlerweile zu allem bereit. Sie seien »politisch unkalkulierbar geworden« und suchten »offenbar Macht- und Regierungsbeteiligung um jeden Preis«. Eine Stellungnahme, die mehr von tiefer Frustration verrät, als von Angriffswillen kündet.

Dabei hat sich die SPD die Niederlage selbst zuzuschreiben. Bevor sie sich mit Hilfe der Union zur Vizepräsidentin wählen ließ, hat Antje Vollmer mit dem damaligen SPD-Vorsitzenden Rudolf Scharping gesprochen und ihn aufgefordert, aus dem SPD-Kontingent den Grünen einen Sitz im Bundestagspräsidium zur Verfügung zu stellen. Scharping lehnt ab, was Joschka Fischer ausdrücklich kritisiert. »Ich hätte mir gewünscht, daß das Angebot von der SPD gekommen wäre. Dann hätte die Opposition Geschlossenheit demonstrieren können.«

Scharping hätte diese Niederlage der SPD leicht abwenden können, doch er hält stur an seiner Entscheidung fest, es mit zwei SPD-Kandidaten zu versuchen, obwohl für Nummer zwei, Antje Fuchs, absehbar keine Mehrheit im Bundestag vorhanden ist. Halsstarrigkeit statt geschmeidiges Taktieren: Es ist dasselbe Muster, nach dem Scharping die SPD in die absehbare Niederlage bei der Wahl des Bundespräsidenten laufen ließ. Schäuble hat Scharping den Braten vor der Nase weggerissen – ein taktisches Bubenstück des Christdemokraten.

Sofort nach dem gelungenen Coup ist Fischer, ebenso wie Schäuble, Kohl oder Generalsekretär Peter Hintze, viel daran gelegen, die Vollmer-Entscheidung herunterzuspielen. In beiden Parteien reißt diese Wahl Gräben auf. Sofort stellt die Parteilinke Fischer unter Kungelverdacht. Schwarz-grüne Spielchen – diese Erfahrung ist auch für die meisten Grünen neu und gewöhnungsbedürftig.

Schäuble erreicht mit der Wahl Vollmers gleich mehrere taktische und strategische Ziele. »Wie ein Filetstück«, freut sich Hintze, habe Schäuble den attraktiven Posten vor der Nase der Grünen hin- und hergeschwenkt. Die schnappen schließlich zu, weil man solch ein unmoralisches Angebot kaum ablehnen kann.

Dabei gibt Antje Vollmer wenig auf die Insignien der Macht. Mit dem Dienstwagen ist sie nur unterwegs, wenn es gar nicht anders geht. Im Regierungsviertel bewegt sie sich fast nur zu Fuß. Oft genug ist sie alleine unterwegs. Bodygards lehnt die couragierte Grüne ab, obwohl sie spätestens seit ihrem Engagement für die Freilassung von RAF-Terroristen viele Feinde hat.

Weiterhin ist es Schäuble gelungen, das Oppositionslager zu spalten, mehr noch: Die Sozialdemokraten reagieren gereizt, entsetzt, manche gar persönlich beleidigt auf die Grünen. Prompt wachsen bei der SPD die Zweifel, ob sie sich der Grünen so sicher sein können, wie sie stets glaubten. Nicht ohne Arroganz haben weite Teile der SPD die Grünen nur als unartige und kurzzeitig irregeleitete Kinder der Sozialdemokratie angesehen. Das rächt sich jetzt. Daher die verletzte Eitelkeit. Schließlich sendet Schäuble ein Signal an die SPD aus: Seht her, es geht auch ohne euch. Wo die SPD sich als Kungelpartner verweigert, zum Beispiel bei der Verteilung der Ausschußvorsitze, kann die Union fortan auf die Grünen zurückgreifen, wenn das auch in deren Interesse liegt. Klaus Töpfer, der frühere Umweltminister, stärkt Schäuble den Rücken: »Damit haben wir gezeigt: Man kann mit den Grünen irgendwie zusammenarbeiten. Das ist doch gut, auch wenn es nicht schon morgen für andere Fragen nutzbar ist.« So kann man den politischen Gegner, in diesem Fall die SPD, verunsichern, ihn sich vielleicht sogar, wie Schäuble sagen würde, »ein Stück weit« gefügiger machen. Dieses Spiel hat Schäuble oft genug mit den Freien Demokraten gespielt, indem er ihnen provokativ Gemeinsamkeiten mit der SPD vorführte und sie damit in die Koalitionsdisziplin zwang.

Der zweite Coup

Doch damit nicht genug. Per Interview läßt Schäuble wissen, daß seine Fraktion nichts mehr dagegen einzuwenden habe, wenn die Grünen Mitglieder in jene wichtigen Gremien entsenden, die Geheimes behandeln: in den G-10-Ausschuß zur Fernmeldeüberwachung und die Parlamentarische Kontrollkommission (PKK) zur Überwachung der Geheimdienste. Dies verlangten die Grünen seit Jahren. Doch SPD und Union waren sich einig, stuften sie als unsichere Kantonisten ein und verweigerten ihnen den Zutritt zu diesen sicherheitsrelevanten Gremien. Wieder ist Schäuble einen Schritt schneller als die SPD, die als der wahrscheinlichere Bündnispartner der Grünen eigentlich deren geborener Anwalt für erweiterte Rechte im Parlament hätte sein können.

Schäubles Begründung kommt ganz lapidar und harmlos daher. Die Grünen seien für ihn eine normale demokratische Oppositionspartei wie die Sozialdemokraten auch. Doch es gibt einen gravierenden

Unterschied. Bei der SPD ist noch nie ernsthaft darüber diskutiert worden, die Geheimdienste aufzulösen. Dagegen sind die Dienste für die Grünen seit jeher Ausdruck einer undemokratischen Praxis eines deutschen »Überwachungsstaates«. Dabei überschätzen die Grünen die Bedeutung und Leistungsfähigkeit der Geheimdienste ganz erheblich. Wenn etwa der BND so wichtig wäre, wie die Grünen annehmen, wie können es sich dann Bundeskanzler wie Helmut Schmidt und Helmut Kohl leisten, deren Erkenntnisse ganz einfach zu ignorieren? Auch das Kölner Bundesamt für Verfassungsschutz schreibt zumeist »Erkenntnisse« auf, die auch dem halbwegs aufmerksamen Zeitungsleser nicht entgehen.

Das Paradoxe tritt ein: Mit Manfred Such schicken die Grünen einen Mann in die Kontrollkommission, der mit der erklärten Absicht agiert, die Geheimdienste abzuschaffen. Da kontrolliert ein Mann den BND, der ihn auflösen will. Das hat es in Deutschland noch nicht gegeben. Um so erstaunlicher, daß Such im Bundestag mit breiter Mehrheit in dieses Amt gewählt wird. Nur ein einziger Unionspolitiker mäkelt an Schäubles Coup herum: Edmund Stoiber. Eine Partei, ärgert sich der bayerische Ministerpräsident, die die Nachrichtendienste abschaffen wolle, sei kein geeigneter Kontrolleur derselben. »Ich hätte es für richtig gehalten, sie nicht in dieses Gremium aufzunehmen. So wird der Bock zum Gärtner gemacht.«

Schäuble versucht, den Vorgängen ihre Dramatik zu nehmen. »Es hat eine Normalisierung im Verhältnis zweier Parteien zueinander stattgefunden. Nicht mehr, aber auch nicht weniger.« Nach der Entscheidung der Wähler vom 16. Oktober 1994 gebe es keinen Grund mehr, die Grünen auszugrenzen, »zumal sie mittlerweile zu einer normalen demokratischen Partei mutiert sind, die sich – anders noch als 1983 – ausdrücklich an die Spielregeln der parlamentarischen Demokratie halten will«. Zum Standardrepertoire der politischen Klasse in Bonn gehört die Feststellung, daß alle demokratischen Parteien untereinander koalitionsfähig sein müßten. Wenn die Grünen also zu einer ganz normalen politischen Kraft geworden sind, was spricht dann grundsätzlich gegen eine Koalition von Schwarzen und Grünen? Eben nichts.

Das bestreiten im übrigen weder Helmut Kohl noch Wolfgang Schäuble. Kohl sagt, wenn man die Programme der beiden Parteien nebeneinanderlege, dann zeige sich, daß eine Koalition jetzt nicht möglich sei. Für Kohl ist klar, daß die Grünen im Kern eine andere Republik anstreben. Nichtsdestotrotz will auch der Kanzler nichts ausschließen: Was in zehn Jahren sei, fügt Kohl stets hinzu, das wisse er nicht. Schäuble äußert sich kaum anders. Ein Bündnis mit den Grünen komme für die Union nicht in Frage, »jedenfalls für einen absehbaren Zeitraum«. Und dann: »Was in zehn Jahren ist, wissen wir nicht. Also lassen wir das Spekulieren.«

Zwar haben CDU und CSU auf Drängen der Christsozialen beschlossen, die Koalitionsdebatte zu beenden. Doch die CSU hat Kohl und Schäuble nicht dazu bewegen können, ein schwarz-grünes Bündnis für alle Fälle auszuschließen. Die CDU-Führung weiß genau um die Möglichkeit, 1999 bei der Landtagswahl im Saarland Oskar Lafontaine mit Hilfe der Grünen ablösen zu können. Diese strategische Chance wird nicht verbaut, da kann die CSU jammern, wie sie will.

Gemeinhin zählt Schäuble, um seine Gegnerschaft zu den Grünen zu untermauern, eine Reihe von Unvereinbarkeiten mit den politischen Zielen der Union auf. Doch wäre das Programm einer Partei entscheidend, es hätte nie eine sozialliberale Koalition geben dürfen. Ebenso ausgeschlossen müßte eine große Koalition sein. Beide Male, 1966 wie 1969, standen Programmfragen im Hintergrund. Ausschlaggebend war stets die Machtfrage. Eine Ampelkoalition, die es in Bremen und Brandenburg schon gab, hätte nach der reinen Programmatik ebenfalls niemals stattfinden dürfen. Die Gretchenfrage lautet anders: Würde die Union in die Opposition gehen, wenn sie die Möglichkeit hätte, mit Hilfe der Grünen an der Macht zu bleiben? Oder würde sie unter allen Umständen eine große Koalition einem schwarz-grünen Bündnis vorziehen? Für Geißler ist die Antwort klar: »Heute schon ist nicht mehr zu begründen, warum die CDU eher mit der SPD als mit den Grünen koalieren sollte.« Der Ex-General der CDU hält sich an eine Weisheit Oscar Wildes: »Versuchungen sollte man nachgeben. Wer weiß, ob sie wiederkommen.«

Sperrfeuer

Dennoch mutet die Diskussion theoretisch an. So besteht die Union nicht nur aus der CDU. Der Umstand, daß sich junge Fraktionsvorsitzende in den westlichen Bundesländern, Christian Wulff in Niedersachsen, Ole von Beust in Hamburg, Günther H. Oettinger in Baden-Württemberg, Peter Müller im Saarland und Generalsekretär Herbert Reul in Nordrhein-Westfalen, schwarz-grüne Bündnisse herbeiwünschen, ist auf den ersten Blick zwar bemerkenswert, tatsächlich jedoch nur von eingeschränkter Bedeutung. Einzig im Saarland steht der CDU-Landesverband relativ geschlossen hinter der schwarz-grünen Marschrichtung. In Baden-Württemberg hat Oettinger dafür ebensowenig eine Mehrheit wie Herbert Reul in Nordrhein-Westfalen.

In Baden-Württemberg ließ Ministerpräsident Erwin Teufel die »Sondierungsgespräche« mit den Grünen nach der Landtagswahl 1992 platzen, weil er mit diesem Partner ganz persönlich nicht »konnte« – und weil von der christdemokratischen Basis scharfe Proteste kamen. Schäuble hatte gegen die schwarz-grünen Gespräche in seinem Heimatlandesverband nichts einzuwenden. Er wertete sie als willkommene Möglichkeit, die Bündnisoptionen der Union auszudehnen, um den wahrscheinlicheren Partner, die Sozialdemokraten, damit unter Druck zu setzen. Der Initiator der schwarz-grünen Gespräche in Baden-Württemberg war Hans-Peter Repnik, ein Vertrauter Schäubles, der heute als sein Stellvertreter für die Finanz- und Wirtschaftspolitik zuständig ist. Repnik ermunterte Teufel: »Erwin, riskier's.« Repnik hatte dabei nicht nur Baden-Württemberg im Blick. Er wußte, wenn es zu einem Ergebnis kommt, würde dies als bundespolitisches Signal gewertet. Ausgerechnet das Musterländle sollte das Pilotprojekt für Schwarz-grün werden. Repnik holte sich für seine Linie noch vor der ersten Sitzung des baden-württembergischen CDU-Präsidiums bei den Mitgliedern des südbadischen Bezirksverbandes Rückendeckung für seinen Kurs – auch bei Wolfgang Schäuble. Der ermunterte seinen Parteifreund ausdrücklich zu dem schwarz-grünen Experiment. Doch schon in der Präsidiumssitzung wurde deutlich, daß die Unterschiede zwischen den möglichen Partnern zu groß waren, als daß dies die konservative CDU in Baden-Württemberg hätte verkraften können. So warnte der damalige Innenminister und heutige CDU-Bundestagsabgeordnete Dietmar Schlee in der Sitzung der CDU-Führung: »Mir zerreißt's die Partei, wenn wir das machen.«

An den schwarz-grünen Aversionen in der CDU ändert es wenig, wenn Heiner Geißler in Bonn medienwirksam von der grünen Antje Vollmer sein Buch *Gefährlicher Sieg* präsentieren läßt, in dem er das herannahende Ende der Liberalen beschreibt und vehement für ein Bündnis mit den Grünen wirbt. Insbesondere in der CDU ist das Argument weit verbreitet, Schwarze und Grüne einten ihre wertkonservativen Wurzeln – nur: Was bedeutet das konkret? Die Grünen sind für den wertkonservativen Schutz der Wälder und gegen den wertkonservativen Schutz des ungeborenen Lebens. Oder, wie Richard von Weizsäckers einstiger Redenschreiber, der Publizist und Professor Ludger Kühnhardt, analysiert: »Sind die Grünen für die wertkonservative Förderung von intakten Familien als wichtigstem Ort der Vermittlung von Liebe, Geborgenheit, Wertbewußtsein und Persönlichkeitsförderung, oder sind sie die Partei eines saturierten Öko-Hedonismus, der sich in seiner Selbstbezogenheit gefällt und zugleich als alternativer Lebensstil kulturell zukunftsfähig geworden ist?« Wertkonservative Stärkung der inneren Sicherheit zum Schutz der Freiheitsrechte der Bürger oder Verharmlosung organisierter Kriminalität und Erhebung des informationellen Selbstbestimmungsrechts der Bürger zum Fetisch? Wertkonservativ ist zur schwarz-grünen Modeformel geworden. Was darunter zu verstehen ist, diese definitorische Mühe steht beiden Parteien noch bevor.

Die härtesten Gegner der neuen Bündnisoption sitzen in Bayern. Von Stoiber über Waigel bis Huber drohen die CSU-Spitzen sogar mit der Aufkündigung der Fraktionsgemeinschaft mit der CDU, sollte die den schwarz-grünen Flirt in eine Ehe überleiten wollen. Kreuth 1976 läßt grüßen. Bei Grün sieht Stoiber rot: »Wer Schwarz-grün will, verrät die Grundlagen der Union.« Anders als Schäuble oder auch Kohl ist Stoiber nicht einmal bereit, Koalitionen mit der Fischer-Partei auf unterer Ebene zu tolerieren. »Jedes Bündnis mit den Grünen in Städten oder gar auf Landesebene nützt nur den Grünen bei ihrer Imagekampagne, da es ihre Radikalität verschleiert. Dadurch würden sie bundesweit salonfähig.«

Parteichef Theo Waigel steht dem mit seiner Kritik in nichts nach. Für jene jungen CDU-Politiker, die öffentlich über die Möglichkeit eines schwarz-grünen Bündnisses diskutieren und dabei von Gespräch zu Gespräch auf immer mehr Gemeinsamkeiten stoßen, hat Waigel nur Verachtung übrig. Sie sind für ihn schlicht »naive Illusionisten«. Viele große Worte.

Inzwischen hat die CDU gelernt, mit der Drohung »Kreuth« umzugehen: Sie nimmt sie nicht ernst. Schließlich sind die Christsozialen auch 1976 nicht »gesprungen«. Dabei hatte der Abgeordnete Siegfried Zoglmann die eigene Truppe doch so gedrängt. Jetzt müßten endlich Taten folgen, forderte der dreiundsechzigjährige CSU-Mann. Mit der Ausdehnung der CSU sei es wie in der Liebe. Da könne man ja auch nicht nach dem Vorspiel sagen: »So, in einem halben Jahr machen wir weiter. Da muß man sofort ran.«

Auch die jüngere CSU-Garde hat mit den Grünen offensichtlich wenig im Sinn. Strauß-Tochter Monika Hohlmeier warnt: »Schwarz-grün wäre ein Rechtsradikalen-Förderprogramm.« Im Bundestag sieht die Sache ganz anders aus. Da deckt sich vielfach das Lebensgefühl von Schwarzen und Grünen, während Jungsozialisten ausgeschlossen bleiben. Grüne wie Wolfgang Schmitt, Cem Özdemir, Oswald Metzger tragen Anzug und Krawatte, argumentieren im Parlament ebenso engagiert wie gebildet. Wenn Metzger über so ein kompliziertes Thema wie die mittelfristige Finanzplanung in freier Rede vorträgt, dann kann er des Beifalls auch von Unionsabgeordneten gewiß sein. Matthias Berninger, der mit dreiundzwanzig Jahren als jüngstes Mitglied in den Bundestag einzieht, gibt jungen CDU-Abgeordneten Tips, wo man in London den Designer-Anzug am günstigsten erwerben kann. Mit solchen Kollegen haben Jungpolitiker der CDU viel mehr gemein als mit den Altvorderen Alfred Dregger, Gerhard Stoltenberg oder Christian Schwarz-Schilling aus der eigenen Fraktion. Längst gibt es die schwarz-grüne Pizza-Connection. Regelmäßig trifft man sich zum lockeren Plausch beim Bonner Nobelitaliener.

Aus der Fraktionsführung hat noch niemand ein Veto eingelegt, selbstverständlich auch nicht der Fraktionsvorsitzende. Stoibers Mahnung kommt um Jahre zu spät: Dieser Zug ist in der Union längst abgefahren, mögen Schäuble und Kohl auch so oft, wie die CSU dies verlangt, beteuern, an eine Koalition mit den Grünen sei nicht gedacht. Das ist, wenn die Entwicklung so weitergeht, lediglich eine Frage der Zeit.

Im September 1989, auf ihrem Parteitag in Bremen, stellte die CDU die Grünen noch mit Antidemokraten auf eine Stufe. Damals beschloß der Parteitag: »Die CDU lehnt jede Vereinbarung über eine politische Zusammenarbeit und jede Koalition mit links- und rechtsradikalen Parteien wie zum Beispiel den Kommunisten, den Grünen / Alternative Liste, den Republikanern, den Nationaldemokraten und der Deutschen Volksunion ab.« Drei Jahre später fällt der Parteitag der CDU in Düsseldorf einen neuen Beschluß. »Die CDU lehnt jede Vereinbarung über eine politische Zusammenarbeit und jede Koalition mit links- und rechtsradikalen Parteien ab, wie zum Beispiel mit der PDS, DVU, den Republikanern oder ähnlichen Gruppierungen.« Die CDU-Jugend setzte durch, daß in der Radikalenklausel die Grünen nicht mehr genannt werden. Und während Edmund Stoiber in bezug auf die Grünen noch den Teufel an die Wand malt, urteilt Heiner Geißler kühl: Die Grünen seien heute »nicht mehr als linksradikal zu bezeichnen«. Noch vor Jahren prügelte der Generalsekretär Geißler mit Lust auf die »Melonenpartei« (außen grün, innen rot) ein.

Und dennoch: Joschka Fischer ist nicht die Grünen. Ebensowenig wie die CDU unter der Parteiführung von Helmut Kohl eine Einmann-Veranstaltung ist, sind es die Grünen unter Fischer. Der kokettiert sogar damit, noch nie eine Parteitagsabstimmung gewonnen zu haben. Sein Schowtalent und die Mediendominanz verdecken die tiefgreifenden Richtungsunterschiede bei den Grünen. So kommt für Jürgen Trittin, der gemeinsam mit Krista Sager Vorstandssprecher der Partei ist, eine Koalition mit der CDU einer Horrorvision gleich. »Die Geißler-Süssmuth-CDU ist ein Phantom der Vergangenheit, ihre Zukunft liegt«, so die harsche Polemik des linken Grünen, »zwischen Carl Schmitt [dieser Spitzenjurist verschaffte Hitlers Regime eine legale Fassade] und Jürgen Rüttgers«. Die Zukunft der CDU nach Kohl sieht Trittin in einer

»rechtspopulistischen Massenpartei der oberen Zweidrittel«. Die Trittins bei den Grünen sind, jedenfalls in der Partei, immer noch in der Mehrheit. Schließlich vermag kaum jemand die Gefahr eines fundamentalistischen Rückschlags auszuschließen.

Durch ständige Provokationen hat die Radikalökologin Jutta Ditfurth, die immerhin vier Jahre lang Parteivorsitzende war, sich selbst aus der Partei herausgedrückt. Von ihren Provokationen läßt sie nicht ab. Heute nennt sie ihre Partei von ehedem eine Ansammlung von wildgewordenen, satten Mittelständlern, die ihre Pfründe verteidigten. »Grün ist nicht mehr grundsätzlich gegen Krieg, erlaubt verlängerte Laufzeiten von Atomkraftwerken, versteht unter Ökologie statt veränderter Produktion bloß noch getrennte Müllsammlung, Ablaßlogik und Vergiftungserlaubnis für Reiche (zum Beispiel Ökosteuer), ist für PVC-Produktion in Hessen, für die Daimler-Teststrecke und eine Pipeline durchs Wattenmeer, entscheidet für die Autobahnen in Hessen und Thüringen usw.« Jutta Ditfurth hat die Grünen verlassen, doch ihr Denken ist bei den Grünen an der Basis nach wie vor anzutreffen. Es gibt sie noch: diejenigen, die eine Opposition in jedem Fall einer Regierungsbeteiligung vorziehen.

In ihrer Mehrheit haben die Grünen jedoch die Option auf eine rot-grüne Koalition im Kopf. Nach der Landtagswahl im Mai 1995 hätte ein schwarz-grünes Regierungsbündnis Johannes Rau ablösen können. Doch darüber wurde keine Minute lang gesprochen, weil die Grünen, in Nordrhein-Westfalen ohnehin mehrheitlich linker als anderswo, sich sofort in die Arme der Sozialdemokraten warfen.

Dies hatte ein Vorspiel: Als sich ein knappes Jahr zuvor nach der Kommunalwahl in Nordrhein-Westfalen schwarz-grüne Koalitionen formierten, versuchte der spätere Verhandlungsführer der Ökopartei bei den Koalitionsgesprächen mit der SPD, Michael Vesper, massiv Bündnisse mit den Christdemokraten zu hintertreiben. Führende CDU-Politiker erzählen, Vesper habe Grünen sogar gedroht, sie würden bei der nächsten Wahl keinen Platz mehr auf der grünen Liste bekommen. Rot-grün in Düsseldorf: Diese Koalition in dem bevölkerungsreichsten Bundesland verdüstert die schwarz-grüne Perspektive, die für die Mehrheit in der Union nach wie vor nur eine Illusion ist.

Die Lager haben sich damit wieder verfestigt: hier die Bürgerlichen, da die Linken. Ein Partnertausch ist so in weitere Ferne gerückt. Zu dieser Einschätzung trägt der Ausgang der Oberbürgermeisterwahl in Frankfurt bei. Joschka Fischer und Rudolf Scharping treten gemeinsam im Wahlkampf um die Macht in der Bankmetropole auf – und dennoch verliert der Kandidat der SPD, Andreas von Schoeler. Statt dessen gewinnt die CDU-Frau, Petra Roth, was Kohl und Schäuble freudig als Beweis ansehen, daß die Union alleine gegen Rot-grün zu siegen vermag.

Ein Wettbewerb um Wähler

Ende 1994 gibt Helmut Kohl seiner Partei in einer Sitzung des Parteipräsidiums eine historische Mitschuld am Erfolg der Grünen. Es sei ein Fehler gewesen, räumt der Parteivorsitzende ein, mit Herbert Gruhl den ersten grünen Christdemokraten aus der Partei zu ekeln. Gruhl wollte schon Mitte der siebziger Jahre die CDU auf das Ökothema einschwören. Sein Buch *Ein Planet wird geplündert* war ein Verkaufsschlager, doch seine eigene Partei nahm Gruhls Ideen nicht ernst und verspottete den Exoten. Der trat schließlich aus und wurde Mitbegründer der Grünen. Dies war eine Schlüsselerfahrung der Union. Sie verpaßte damit in den siebziger Jahren die Chance, die Versöhnung von Umwelt und Marktwirtschaft zu betreiben und damit eines der wichtigsten Zukunftsthemen zu besetzen. Es dauerte zwanzig Jahre, bis die Union in ihrem Parteiprogramm die Verpflichtung auf die soziale Marktwirtschaft um die ökologische Komponente ergänzte.

Diese Erfahrung hat Wolfgang Schäuble verinnerlicht. Deswegen will er für die Union das Hauptthema der Grünen besetzen: den Umweltschutz. Doch damit nicht genug. Die Grünen haben jahrelang Kapital aus der Technikfeindlichkeit geschlagen, weil sie der SPD, vor allem aber dem bürgerlichen Lager eine naive Technikgläubigkeit anzudichten vermochten, was angesichts der umweltpolitischen Pioniertaten der Regierung Kohl und ihres damaligen CSU-Innenministers Friedrich Zimmermann schon reichlich unverfroren ist. Immerhin setzte dieser als Betonkopf verrufene »Polizeiminister« von der CSU gegen die wütenden Proteste der Industrie den Abgaskatalysator und die Entgiftung der industriellen Großanlagen durch.

Und dennoch hat es die Bundesregierung vor zehn Jahren versäumt, diesen Beschlüssen einen zugkräftigen ideellen Überbau beizugeben: die Bewahrung der Schöpfung – ein zutiefst konservatives Ziel. Schäuble will heute die CDU zu der Partei machen, die den technischen Fortschritt in den Dienst der Schöpfung stellt. Das ist der dritte Weg zur Versöhnung von Umwelt und Marktwirtschaft neben zügellosem Wachstum auf der einen und der Technikverweigerung, die die Grünen mit ihrem ideologisch überhöhten Reduktionismus betreiben, auf der anderen Seite. So käme die Umwelt zu ihrem Recht, und trotzdem muß darunter nicht der industrielle Standort Deutschland in der internationalen Konkurrenz leiden.

Schäubles Vorgehen hat taktische und strategische Gründe. Ein Teil der Wähler der Ökopartei, analysiert er, entstammt dem bürgerlichen Lager. Ihr umweltpolitisches Engagement habe sie zu Wählern der Grünen werden lassen. Die anderen Ziele, für die die Grünen sich engagieren, von der leistungsfeindlichen Nivellierung der Schullandschaft bis hin zur außenpolitischen Isolierung Deutschlands, werden nicht wahrgenommen. Es ist eine Klientel, die kaum je SPD wählen würde, weil sie die Sozialdemokraten als strukturkonservativ einstuft. Diese Wähler, vor allem junge, die meisten von ihnen Frauen, will Schäuble für die Union gewinnen. Er hat sich vorgenommen, »in einen Wettbewerb um die Wähler der Grünen einzutreten«. Deswegen forciert Schäuble ökologische Themen. Sein erstes Ziel ist also nicht, die CDU auf eine Koalition mit den Grünen vorzubereiten.

Freilich werden durch die Ökologisierung der Union die Hürden zwischen Schwarzen und Grünen abgebaut, wodurch zugleich eine spätere Koalition tendenziell wahrscheinlicher wird. Aber das ist ein Nebeneffekt, den der Machtpolitiker Schäuble allerdings einkalkuliert. Schäubles langjähriger (erfolgloser) Wahlkreisgegner, der spätere baden-württembergische Umweltminister Harald B. Schäfer von der SPD, attestiert in einer Mischung aus Bewunderung und Verachtung Schäuble ein »erotisches Verhältnis zur Macht«. Wenn ein Bündnis mit den Grünen der CDU dazu verhelfe, ihre Macht zu verlängern, werde Schäuble nicht zögern, glaubt Schäfer.

Die ergänzende Ökologisierung der Union und ihre Verpflichtung auf einen klar definierten und glaubhaft praktizierten Wertkonservatismus, in dem auch die Menschenrechtspolitik eine bedeutende Rolle spielen müßte, birgt eine dritte strategische Möglichkeit, die Grünen langfristig unter die Fünf-Prozent-Marke zu drücken. Denn Schäuble hält die Ökopartei für weit überschätzt. Er schließt es nicht aus, daß die SPD sich wieder einmal der Vierzig-Prozent-Marke nähert. Dies werde dann, ahnt der Stratege, zu Lasten der Grünen gehen.

Während in der Schwesterpartei CSU bis hinein in die Führung lange Zeit der Eindruck vorherrschte, der Union liefen rechte Wähler in Scharen davon, wenn sie Themen wie die Ökologie besetze (trotz der positiven Erfahrungen mit dem Ökopionier Zimmermann), ist Schäuble ganz anderer Meinung: »Man muß diese Themen spielen.« Und so gibt der Fraktionsvorsitzende die wertkonservative Parole aus: »Wir müssen mit unkonventionellen Ideen neue Wege beschreiten, wollen wir die Schöpfung auf Dauer bewahren.«

Den Grünen spricht Schäuble das Monopol auf den Themenbereich Umweltschutz ab, mehr noch, er greift sie offensiv auf ihrem ureigenen Feld an. Immerhin habe Joschka Fischer als Umweltminister in Hessen weder eine funktionierende Abfallbeseitigung schaffen noch den Müllexport abstellen können. Es erhöhe auch nicht gerade die Glaubwürdigkeit der Grünen, wenn sie massiv für erneuerbare Energiequellen wie Windkraft einträten, es dann aber ablehnten, Windkrafträder zu bauen, weil darin ab und zu ein Vogel zu Tode komme. Schäubles Taktik: grüne Themen besetzen und dabei die Grünen selbst bekämpfen, indem man die praktikableren und glaubwürdigeren Mittel zum Ziel nennt. »Das interne Rennen hat erst begonnen, das Ende ist offen.«

Das Steuersystem umbauen

Schäubles Forderung läuft auf einen gravierenden Umbau des Steuersystems hinaus. Weil es sowohl ökonomisch wie ökologisch sinnvoller ist, die Arbeit zu verbilligen, will der Fraktionsvorsitzende die Lohnnebenkosten senken, im Gegenzug aber den Energieverbrauch verteuern. »Damit könnte man den verschwenderischen Umgang mit Material und Energie begrenzen.« Auch die grenzenlose Mobilität der Bürger, die die Union in den vergangenen Jahren wie eine Ikone behandelte (freie Fahrt für freie Bürger), ist für Schäuble längst kein Tabu mehr. Es gelte als selbstverständlich, für acht Tage in die Karibik zu fliegen, wobei der Flugpreis »in keinem vernünftigen Verhältnis zur Knappheit und zu den ökologischen Kosten von Mobilität steht«. Auch das Autofahren will Schäuble neu bewerten und unter den Gesichtspunkt der globalen Energieknappheit stellen. »Der Preis für Mobilität, die unter ökologischen Gesichtspunkten heute ein Luxusgut sein sollte, muß deren ökologischen Kosten entsprechen.«

Was das bedeutet, hat das Umweltbundesamt schon einmal auf den Punkt gebracht. Wären ökologische Kriterien ausschlaggebend, so müßte das Benzin pro Liter fünf Mark kosten. Jeder Politiker, der dies fordert, könnte sich auch gleich von der Bonner Rheinbrücke stürzen. So weit geht deswegen auch Schäuble nicht. Hehre Ziele sind die eine Seite, das harte Koalitionsgeschäft ist die andere. Die Besteuerung des Flugbenzins ließ sich die Union Ende der achtziger Jahre von Franz Josef Strauß ausreden. Schäubles Vorstoß, zur Ersatzfinanzierung des Kohlepfennigs, den das Bundesverfassungsgericht als grundgesetzwidrig verworfen hatte, eine Steuer auf den Kohlendioxid-Ausstoß zu erheben, wimmelten in der Koalition CSU und FDP ab. Es dürfe keine neue Steuer geben, die Koalition müsse sich an das Versprechen halten, das Helmut Kohl persönlich den Wählern vor dem 16. Oktober 1994 gegeben habe. Schäubles Argument, der einzelne Bürger müsse nicht mehr zahlen als vorher auch, zog nicht. Schließlich war auch der quälende Streit um die Sommersmog-Verordnung Mitte 1995 nicht gerade dazu angetan, der Union ein ökologisches Profil zu verpassen. Beschlossen wurden so viele Ausnahmen vom allgemeinen Fahrverbot, daß dies nur eine Minderheit trifft – vorausgesetzt, der hoch angesetzte Grenzwert für die Ozonbelastung wird überhaupt erreicht.

Wie schwierig es ist, die Schwarzen auf Grün zu trimmen, weiß Schäuble selbst. »Die Einführung ökologischer Elemente in das Steuersystem ähnelt mehr dem Felsen des Sisyphos als dem Stein der Weisen.« Dennoch kein Grund, zu verzagen. Der zähe CDU-Mann tröstet sich über die Lasten hinweg: Sisyphos wähnte sich auf dem richtigen Weg und hatte immer etwas zu tun. Wohl deswegen war er, davon jedenfalls ist Schäuble überzeugt, ein glücklicher Mensch.

HEITMANN ODER DER PRÄSIDENTEN-FLOP

Am 25. November 1993 geschieht, was SPD-Generalsekretär Günter Verheugen euphorisch die größte Niederlage in der Amtszeit Helmut Kohls nennt: Ihm kommt sein Kandidat für die Weizsäcker-Nachfolge im Amt des Bundespräsidenten abhanden. Nach monatelangem Kampf gegen die linke Kritik in und außerhalb der Union wirft Sachsens CDU-Justizminister Steffen Heitmann das Handtuch. Es ist ein politischer Tod durch Selbstaufgabe.

Zwei Tage vorher ist Heitmann im Bonner Korrespondentenbüro des Nachrichtenmagazins FOCUS zu Gast. Zwei Stunden diskutieren die Redakteure mit dem Sachsen. Ein Tonband läuft mit. Am kommenden Montag soll in FOCUS ein Interview mit dem Präsidentschaftskandidaten erscheinen. Am Ende des Gesprächs bitte ich Heitmann zu einem kurzen Vier-Augen-Gespräch in mein Büro. Ich frage ihn, ob er an seiner Kandidatur in jedem Falle festhalten werde, denn sein Rücktritt lag in der Luft, und ich wollte verhindern, daß FOCUS am folgenden Montag womöglich einen inzwischen zurückgetretenen Präsidentschaftskandidaten als Interviewpartner präsentiert. Heitmann bleibt auch auf Nachfrage in diesem vertraulichen Gespräch bei seiner Darstellung, er werde weitermachen.

In diesem Moment hat der Mann gelogen. Denn zwei Tage vorher, am Totensonntag, hat sich Heitmann abends in der Dresdner Kreuzkirche unter den schwermütigen Klängen des *Deutschen Requiems* von Johannes Brahms entschlossen, sich und seiner Familie die Belastung einer Kandidatur für das höchste Staatsamt nicht länger zuzumuten. Immerhin ist Heitmann noch so zeitig zurückgetreten, daß FOCUS der

Flop erspart bleibt, das Kandidaten-Interview mit einem Nicht-mehr-Kandidaten zu drucken.

Richard Schröder, Schäubles Kandidat

Steffen Heitmann ist nicht von vornherein Wolfgang Schäubles Kandidat, er ist der Mann Helmut Kohls. Der Architekt der deutschen Einheit hat sich längst auf einen anderen festgelegt. Ginge es nach ihm, würde der Theologe Richard Schröder Bundespräsident. Schröder ist Sozialdemokrat – und kein unbedeutender. Er hat die Volkskammerfraktion der SPD geführt und den politischen Doppelpartner für Lothar de Maizière abgegeben, den DDR-Regierungschef von der CDU – doch nur so lange, bis er im internen Machtkampf gegen den Partei-»Freund« Wolfgang Thierse unterlag.

Schröder ist ein liebenswerter Chaot, der, jedenfalls solange er Politiker ist, stets einen gehetzten Eindruck hinterläßt. Die unscheinbare Krawatte auf Halbmast, das Hemd meistens aus der Hose hängend. Der Schreibtisch ist nie aufgeräumt, ständig steht der Mann unter zeitlichem Druck, den er sich häufig selbst schafft. Aber jenseits solcher Äußerlichkeiten ist Schröder ein verläßlicher, integrer, hochgebildeter Sozialdemokrat. Schäuble hat ihn auf einer Podiumsdiskussion der Evangelischen Akademie Bad Boll im Frühjahr 1990 schätzengelernt. Seitdem hat er ihn auf seiner Rechnung.

Eventuelle Krisensituationen denkt Schäuble stets voraus. Und so ahnt er schon Ende 1992, Anfang 1993, daß die Nachfolge des Bundespräsidenten Richard von Weizsäcker für die Union eine »ganz, ganz schwere Frage« werden würde. Die Union hat keinen Kandidaten. Im Frühjahr 1993 spricht Schäuble Helmut Kohl auf das Problem an. Doch der will davon noch nichts wissen – schließlich findet die Wahl ja erst in mehr als einem Jahr statt. Schäuble läßt sich jedoch nicht abwimmeln und bringt Richard Schröder für den Spitzenjob in der Villa Hammerschmidt ins Gespräch. Kohl hört aufmerksam zu, er sagt nicht ja und nicht nein, findet den Vorschlag nur interessant. Doch er vermag so recht nichts anzufangen mit diesem Sozialdemokraten. Mit dem hat er noch nie unter vier Augen gesprochen, weiß nicht, wo er ihn politisch und charakterlich einordnen soll. Also schiebt er das Thema erst einmal von sich weg. Später versucht Schäuble es erneut, aber Kohl läßt ihn abblitzen.

Dabei hätte der Kanzler, jedenfalls zu diesem Zeitpunkt mehr als ein Jahr vor dem Wahlakt im Berliner Reichstag, nichts dagegen einzuwenden, einen Sozialdemokraten mit diesem Amt zu betrauen. Nur hat er jemand anderen im Sinn als Richard Schröder. Im Beisein von Willy Brandt und Hans-Jürgen Wischnewski macht Kohl dem nordrhein-westfälischen Ministerpräsidenten Johannes Rau Hoffnung. Der sieht es geradezu als Krönungsakt an, seine langjährige politische Laufbahn im repräsentativen Präsidentenamt zu beenden. Mehrfach, erzählt Rau, habe ihm Kohl den Job angeboten – »und zwar ganz eindeutig«. Der Kanzler bestreitet dies später. Wer Kohl kennt, der weiß jedoch, daß er keine festen Zusagen macht, von denen er nicht definitiv annimmt, daß er sie auch einhalten kann. Die Neubesetzung für das höchste Staatsamt ist jedoch eine Koalitionsfrage, Kohl kann sie gar nicht alleine entscheiden.

Und dennoch: Kohl hat Rau in einer Weise Hoffnung gemacht, die jemand, der sich nichts sehnlicher erträumt als das Bundespräsidentenamt, als feste Zusage werten muß. Kohl sagt im Kreis der Spitzensozis, er könne sich durchaus vorstellen, daß für das Amt des Bundespräsidenten wieder einmal ein Sozialdemokrat in Frage komme. Dies sei für ihn auch eine Frage der Gerechtigkeit, schließlich habe in den mehr als vierzig Jahren westdeutscher Geschichte nur ein einziger SPD-Mann – Gustav Heinemann – eine Amtszeit lang auf dem Präsidentenstuhl gesessen. Eine solche Zusage, wenn auch in allgemeiner Form, in diesem Kreis in Kenntnis der Ambitionen Johannes Raus abgegeben: Dies müssen die Sozialdemokraten quasi als persönliches Versprechen an den Wuppertaler Spitzensozi verstehen.

Über einen möglichen SPD-Kandidaten hat Kohl damals jedenfalls mit dem CSU-Vorsitzenden Theo Waigel und mit FDP-Parteichef Otto Graf Lambsdorff gesprochen. Die Antwort der beiden ist eindeutig: kommt überhaupt nicht in Frage. Die Vorsitzenden der beiden kleinen Parteien argumentieren machttaktisch: Ein knappes halbes Jahr vor der Bundestagswahl 1994 das höchste Staatsamt quasi ohne Not an einen Sozialdemokraten zu vergeben, müsse von den Wählern als Signal für eine bevorstehende große Koalition interpretiert werden. Dies könne die Koalition den erhofften Wahlsieg kosten. Das leuchtet dem Machtpolitiker Kohl sofort ein, zumal er nach seinem Verständnis ja auch nicht bei »Bruder Johannes« im Wort ist, den die Zeitung *Die Woche* wegen seiner politischen Konturenlosigkeit als »fröhlichen Pilstrinker« verspottete.

Kohl legt die Option auf einen sozialdemokratischen Präsidentschaftskandidaten ad acta. Damit hat sich für ihn zugleich Richard Schröder erledigt. Schäubles Bemühungen, für den ostdeutschen Sozialdemokraten Truppen zu sammeln, haben zwar Erfolg – jedenfalls zieht er den amtierenden Präsidenten Richard von Weizsäcker auf seine Seite –, kommen aber zu spät.

Schäubles Versuch, den Sozialdemokraten das Desaster der Union mit Heitmann in die Schuhe zu schieben, ist zwar, aus der parteipolitischen Perspektive der CDU betrachtet, nachvollziehbar. Doch seine Version, die Sozialdemokraten hätten mit der voreiligen Nominierung Johannes Raus einen aussichtsreichen Versuch zerschlagen, sich zwischen Union und SPD in aller Stille auf einen gemeinsamen Kandidaten zu verständigen, sind eine Legende. Denn Kohl hat sich zu diesem Zeitpunkt längst auf einen Christdemokraten festgelegt. Spielraum, mit der SPD zu verhandeln, sieht er, anders als Schäuble, nicht mehr. Die Tragödie nimmt ihren Lauf.

Biedenkopfs Tip: der Anti-Weizsäcker

Sachsens Ministerpräsident Kurt Biedenkopf ist der erste, der Helmut Kohl auf Steffen Heitmann aufmerksam macht. Das sei ein höchst interessanter Politiker, den solle der Kanzler im Auge behalten. Bei einem Besuch im Gefängnis Bautzen kurze Zeit später lernt Kohl Heitmann kennen und schätzen. Der Kanzler ist angetan vom Selbstbewußtsein dieses sächsischen Bildungsbürgers, der zwar in der DDR kein Revolutionär, aber auch kein Angepaßter war. Gleich bei ihrer ersten Begegnung hat Heitmann die Chuzpe, dem Kanzler aus dem Westen in justizpolitischen Sachfragen zu widersprechen und auf seinem Standpunkt zu beharren. So viel Eigenständigkeit imponiert dem Kanzler, der ansonsten meist Anpasser gewohnt ist.

Heitmann erzählt Kohl vom Leben in der DDR – und wird dabei ganz persönlich. Sein Schwiegersohn sei inhaftiert worden, weil er an der Universität regimekritische Flugblätter verteilt habe. Anschließend habe er sich mit seiner Tochter in den Westen abgesetzt. Er, Heitmann, habe an der Hochzeit der beiden im Westen nicht teilnehmen dürfen. Die DDR habe ihm die Ausreisegenehmigung verweigert. Kohl, den menschliche Schicksale viel mehr bewegen als die große Politik, ist beeindruckt.

Kurze Zeit später lädt er den Sachsen gemeinsam mit dessen Frau nach Ludwigshafen in sein Privathaus ein. Für Heitmann ist es der Kandidatentest – und er besteht ihn in den Augen Kohls glänzend. An Heitmanns konservativen Ansichten stößt Kohl sich nicht, im Gegenteil. Er findet, daß diese politischen Einstellungen Heitmann im Osten sogar zugute gehalten würden. Und so macht Kohl den Mann, der erst 1990 in die CDU eingetreten ist, zu seinem ganz persönlichen Kandidaten – im Alleingang. Die Ironie der Sache: Heitmanns Entdecker Kurt Biedenkopf hatte sich schon früh auf Johannes Rau festgelegt. Doch wenn sich der Bundeskanzler schon einen Kandidaten aus Sachsen für das höchste Staatsamt ausgeguckt hat, dann will »König Kurt« sich wenigstens an die Spitze der Bewegung setzen – und schlägt Heitmann namens der Sachsen-CDU offiziell vor. Spätere Interpretationen, Biedenkopf habe Kohls Niederlage mit dem bundesweit nicht zu vermittelnden Heitmann vorausgesehen und sich die daraus folgende Schwächung des Kanzlers gewünscht, um dann selbst in Bonn zum Zuge zu kommen, sind reine Spekulation.

Doch schon die »Brautschau« Heitmanns auf dem Berliner CDU-Parteitag im Herbst 1993 gerät Kohl zur peinlichen Veranstaltung. Die Kameraleute stehen Spalier, als der körperlich mächtige Helmut Kohl den schmächtigen Sachsen in den Saal schiebt. In friderizianischen Uniformen ist eine Kapelle aufmarschiert, die den *Petersburger Marsch* intoniert. Das Ganze wirkt wie eine preußische Karikatur. Nachdem

Heitmann an einem Tisch im Palais am Funkturm Platz genommen hat, spielen die »Lustigen Preußen« den Traditionsmarsch *Preußens Gloria*. Der verschüchterte Kandidat aus dem Osten schaut aus der Wäsche wie jemand, der nicht von dieser Welt ist. Verkrampft sieht er aus – ein Lächeln, wie ins Gesicht gemeißelt. Heinz Eggert, Heitmanns Kabinettskollege, animiert diesen zu allem Überfluß auch noch, in die Rolle eines Walter Scheel zu schlüpfen: »Jetzt singen wir mal: *Hoch auf dem gelben Wagen*.« Heitmann weiß nicht, wie ihm geschieht. Er ist niemand, der Massen für sich begeistern kann, kein Freund des Fernsehens, kein Small talker – kein einladendes Lächeln hier, kein joviales Schulterklopfen da. Der Sachse ist eher von nüchternem Naturell. Massenveranstaltungen zieht er einen geruhsamen Abend in der gut bestückten heimischen Bibliothek bei einer guten Zigarre vor. Ein Mann der Salons, nicht der Marktplätze oder oberflächlicher Talkshows.

Heitmann hat bis dahin nicht gelernt, wie man sich in einer Mediendemokratie inszeniert, wenn man Bundespräsident werden will. Unbedarft, politisch geradezu naiv, redet er daher, wie es ihm gerade in den Sinn kommt. Daß jedes seiner Worte von einer ohnehin mehrheitlich skeptisch gesinnten, weil linken Presse, auf die Goldwaage gelegt wird, bemerkt der einzige Justizminister in den neuen Ländern, der aus dem Osten stammt, viel zu spät.

Hinzu kommt ein fundamentales Mißverständnis: Heitmann will sich ganz bewußt von Richard von Weizsäcker absetzen. Den stuft der bekennende Konservative als linken Zeitgeistritter ein, als angepaßten Populisten. So kommt es, daß er gleich in seinen ersten Interviews reihenweise Tabus bricht und die Moralisten der »Political correctness« gegen sich aufbringt – mit seinen provokativen Thesen zur Frauenfrage (Stärkung der Mutterrolle), zur deutschen Vergangenheitsbewältigung (Auschwitz soll keine Berufungsgrundlage für eine deutsche Sonderrolle sein) und zur Ausländerproblematik (dezidiert anti-multikulturell). Doch in seinem Bestreben, eigene Akzente zu setzen, überzieht Heitmann. Es geht eben nicht um die Kandidatur für den stellvertretenden CDU-Vorsitz, sondern um das höchste Staatsamt.

Die Kampagne läuft an

Am 6. September stellt der *Spiegel* Heitmann als »strammen Konservativen« in die Ecke: »Rechter Mann, rechte Zeit«. Jemand, der die demokratischen Errungenschaften der westdeutschen Revolte von 1968 in Frage stellt, ja sogar bekämpft. Eine Woche später legen die kampagnengeschulten *Spiegel*-Leute nach. »Steffen Heitmann – Kohls Grüßonkel für den deutschen Spießer«. Am 18. September erscheint ein Interview Heitmanns in der *Süddeutschen Zeitung*, das allen Kritikern reichlich Munition liefert. Beinahe trotzig räumt Heitmann beiseite, was linke Moralisierer als »korrekt« verordnen. »Mich schreckt der Begriff nicht, mich schreckt nur sein Mißbrauch«, so urteilt der CDU-Mann über die Nation. Die Idee eines europäischen Bundesstaates, Helmut Kohls Lebensziel und immerhin Bestandteil der CDU-Programmatik, räumt er mit einem Federstrich ab. »Vom europäischen Bundesstaat reden ja nur noch wenige. Vielmehr redet man jetzt vom europäischen Bund selbständig bleibender Nationen. Europa kann man nicht von oben verordnen. Da müssen die Menschen mitgehen.« Heitmann tritt mit dem erklärten Anspruch an, die Tabus zu beenden, die die Linke aufgestellt hat. Und dazu gehört das Thema Ausländer, dazu gehört das Thema Vergangenheit Deutschlands; dazu gehört das Thema Frauen. »Ich glaube, daß man diese Debatten auch aufbrechen muß, selbst auf die Gefahr hin, daß man in bestimmte Ecken gestellt wird, in denen man sich gar nicht wohl fühlt.« Der *Stern* nennt Heitmann daraufhin eine »Zumutung«.

Es wird immer deutlicher, daß Kohl Heitmann nicht halten kann. Etliche Kritiker aus den eigenen Reihen treten auf den Plan, an ihrer Spitze Rita Süssmuth, Heiner Geißler und Friedbert Pflüger. Der Koalitionspartner von der FDP erklärt jetzt beinahe jeden Tag, Heitmann nicht mitwählen zu wollen.

Da gibt Wolfgang Schäuble der *Hannoverschen Allgemeinen Zeitung* ein Interview. Das macht Furore – und ruft sofort den Kanzler auf den Plan. Falls die SPD doch noch einen Mann aus dem Osten als Bundespräsident wolle, könne man immer noch darüber reden. Damit degradiert Schäuble Kohls Kandidaten zur bloßen Verhandlungsmasse. Sein anschließend abgegebenes Bekenntnis zu dem Sachsen wirkt allzu pflichtgemäß, als daß es ernst genommen werden könnte. Kohl nötigt Schäuble in einem der üblichen sonntäglichen Telefonate, seine »mißverständlichen« Äußerungen klarzustellen. »Wolfgang, das kannst du nicht stehen lassen.« Über die Deutsche Presseagentur verkündet der Fraktionsvorsitzende daraufhin artig: »Ich bin keineswegs von Heitmann abgerückt.«

Doch es steht fest, daß Schäuble bereit war, Heitmann fallenzulassen, wenn die Sozialdemokraten ihrerseits Rau überredet hätten, zugunsten des Ost-Kandidaten Richard Schröder auf seine Ambitionen zu verzichten. Führende Genossen finden diesen Gedanken apart, kämen sie auf diese Weise doch noch mit Hilfe der Union zu einem sozialdemokratischen Bundespräsidenten. Doch hinter vorgehaltener Hand räumen sie ein, daß es unmöglich sei, Rau zum Rückzug zu bewegen. Zu sehr sei der Wuppertaler auf die Villa Hammerschmidt fixiert. Schäuble jedenfalls hat früher als Kohl bemerkt, daß Heitmann eine Fehlbesetzung war. Kohl wiederum wußte, daß ein sozialdemokratischer Kandidat in der Koalition nicht durchsetzbar war.

Sofort ranken sich in der Unionsfraktion Spekulationen um das Vorgehen Schäubles. Ein Zufall, eine Panne? Das will dem Vormann in den eigenen Reihen niemand abnehmen. Schließlich steht Kohl demoskopisch zu dieser Zeit, nur eineinhalb Jahre vor der Bundestagswahl, wieder einmal schlecht da. Der Streit um Heitmann zieht den Kanzler noch weiter in den Keller. Schäuble sei, so lautet die Spekulation in der Unionsfraktion, auf Distanz zu Heitmann gegangen, um sich von Kohl abzusetzen. »Quatsch«, sagt Schäuble dazu. Doch es mag sein, daß er etwas zu lange seiner Idee anhing, den ostdeutschen SPD-Mann Schröder mit der Weizsäcker-Nachfolge zu betrauen – zumal ja auch Kohl anfangs für einen gemeinsamen Kandidaten mit der SPD zu haben war, nur mußte es eben ein Ostdeutscher sein. Heute räumt Schäuble ein, Kohl habe wohl »schärfer als ich« die Konsequenzen gesehen, die die Wahl eines Sozialdemokraten möglicherweise für die Bundestagswahl gehabt hätte. »Vielleicht wäre das wirklich falsch gewesen.«

Dennoch war auch Heitmann der falsche Mann. Ihn aufgestellt zu haben, bedeutete für Kohl eine ebenso herbe Niederlage, wie ihn dann nicht durchgesetzt zu haben. In der Unionsfraktion wurde Kohl die Verantwortung für das Heitmann-Desaster voll angekreidet. Da hätten sie sich in den Wahlkreisen gegen den Widerstand der Bevölkerung für den Sachsen eingesetzt und stünden nun im Regen, schimpften die Bundestagsabgeordneten. »Für Heitmanns Scheitern sind die verantwortlich, die entgegen aller Vernunft und allem Rat diese Kandidatur in Gang gesetzt haben, von der sie wußten, daß sie nicht mehrheitsfähig war«, urteilt Heiner Geißler barsch. In einer Fraktionssitzung am 23. November 1993 nennt der konservative Abgeordnete Gerhard Reddemann es einen Fehler, in diese feindliche Medienlandschaft hinein einen unbekannten Kandidaten zu präsentieren – und scheut nicht davor zurück, Kohl direkt anzugehen: »Diesen Fehler haben Sie zu verantworten.« Auch Schäuble sagt, es seien »eine Reihe von Fehlern gemacht worden«. Günther Krause, der Sprecher der ostdeutschen Abgeordneten, spießt den fundamentalen Irrtum Kohls auf. Die Ossis seien immer dagegen gewesen, unbedingt einen Ostdeutschen aufzustellen. »Es mußte der Beste sein.« Auf diesen Gedanken ist Kohl nie gekommen, in dessen machtpolitischem Denken die Besetzung von Positionen nach regionalem Proporz eine herausragende Rolle spielt. Heitmann ist des Kanzlers Quoten-Ossi, sein Scheitern wirkt zugleich wie ein Fanal gegen die Quoten-Idee.

Herzog ist das As im Ärmel

So wachsen mit dem Heitmann-Desaster die Zweifel an Kohl. »Kohl hat die Nase verlassen«, urteilt Michael Glos von der CSU im allerkleinsten Kreis. In der Tat hat die einsame Heitmann-Entscheidung bei vielen in der eigenen Fraktion Zweifel an der Allmacht des Kanzlers und Parteivorsitzenden geweckt. Viele haben vergessen, daß Kohl bislang noch nie Glück mit einem Präsidentschaftskandidaten hatte. Karl Carstens hat an seinem Lebensende erzählt, Kohl sei bereit gewesen, ihn unter dem Eindruck der Nazi-Vorwürfe Helmut Schmidts und anderer Sozialdemokraten als Kandidaten fallenzulassen. Kohl hat dies erwartungsgemäß dementiert. Auch Richard von Weizsäcker war als Präsidentschaftskandidat nicht gerade Kohls Erfindung. Immerhin hat er später als Präsident die Vorbehalte des Kanzlers gegen ihn eindrucksvoll bestätigt. Die erste Ausnahme von der Regel scheint Roman Herzog zu bilden. Er fällt Helmut Kohl trotz seiner Eigenständigkeit nicht in den Rücken, funkt in den meisten Fragen auf der Wellenlänge des Kanzlers.

Schäuble hat Parteifreunden erzählt, daß die Union immer noch ein As im Ärmel haben würde, falls das waghalsige Projekt Heitmann schiefgehe. Das As im Ärmel hat schließlich gezogen, heute heißt der Bundespräsident Roman Herzog. Die Kandidatur des Verfassungsgerichtspräsidenten wird zu einem Zeitpunkt beschlossen, da weder er selbst noch Steffen Heitmann ahnt, einmal für das höchste Staatsamt kandidieren zu müssen.

Im Büro des Landesgruppenvorsitzenden Michael Glos macht sich eine kleine Riege führender Christsozialer schon im Frühjahr 1993 Gedanken über die Weizsäcker-Nachfolge. Schnell steht der Name des Bundesverfassungsgerichtspräsidenten im Raum. Rasch ist man sich einig. Roman Herzog, der gebürtige Bayer, das ist der richtige Mann – und ehrgeizig sei der auch, so daß er sich der Herausforderung kaum entziehen werde. Der Parteivorsitzende Theo Waigel macht Herzog zu seinem Kandidaten und hat keine Mühe, ihn nach dem Rückzug Heitmanns nicht nur bei der CDU, sondern auch bei der FDP durchzusetzen. Die Liberalen lassen in einer Kampfabstimmung vor dem entscheidenden dritten Wahlgang ihre Anti-Heitmann-Kandidatin Hildegard Hamm-Brücher fallen. Sie wußte, daß sie für ihre eigene Partei nichts anderes war als eine bloße Zählkandidatin, und machte sich dennoch eitel Hoffnungen auf das Spitzenamt.

Ein Kandidat, der eigentliche Favorit, konnte gar nicht erst antreten. Er war verhindert. Schon früh hatten Kohl und Schäuble Lothar de Maizière ausgeguckt – allerdings nicht für das höchste Staatsamt, sondern für die Aufgabe des Bundestagspräsidenten. Wäre er nicht über den Vorwurf gestolpert, mit der Stasi kooperiert zu haben, Kohl hätte es nicht mehr für nötig befunden, für das Amt des Bundespräsidenten auf einen ostdeutschen Kandidaten zurückzugreifen. Sabine

Bergmann-Pohl, die letzte DDR-Volkskammerpräsidentin, kam als Bundestagspräsidentin nicht in Frage. Sie galt als zu schwach. Das Bundesverfassungsgericht schließlich konnte für einen Ostdeutschen nicht zur Verfügung stehen, da es keinen unbelasteten und zugleich hinreichend qualifizierten Richter gab. Das Kanzleramt an einen Ostdeutschen abzugeben, »da war der Amtsinhaber gegen«, hat Kohl gesagt. Also blieb dem Kanzler, der einem Ostdeutschen ein repräsentatives Staatsamt zuschanzen wollte, nur der Job der Nummer eins: Bundespräsident.

Vielleicht bestand Kohls Kardinalfehler darin, daß er die Bedeutung des Präsidentenamtes unterschätzt hat. Im kleinen Kreis hat er einmal gesagt, wie er die Aufgabe in der Villa Hammerschmidt einschätzt: »Das kann doch jeder, schaut sie Euch doch alle an.«

DER KOALITIONÄR

LAST STATT LUST

Eines Tages fragte ein Parteifreund Wolfgang Schäuble, was wäre, wenn die FDP verschwinden würde. Der Fraktionsvorsitzende der Union antwortete völlig unbeteiligt: »Tja, wenn die weg sind, à la bonne heure.« Die FDP, diesen ewigen Koalitionspartner, empfindet Schäuble eher als Last denn als Lust. Falls es so etwas gibt wie organisierten Liberalismus – der Fraktionsvorsitzende der Union vermag hinter das Geheimnis nicht vorzustoßen, was das eigentlich ist. »Solange ich politisch denken kann, war ich CDU-Mann.« Die Liberalen sind für den Konservativen keine Programm-, sondern bloße Funktionspartei. Eine intellektuelle Herausforderung sind die Liberalen für ihn nicht. Und wenn sie eines Tages einfach nicht mehr da sein sollten – ein Schaden für das Staatswesen wäre es aus der Sicht des CDU-Mannes nicht.

Schäuble nimmt die Macht, wie sie kommt. Bei Helmut Kohl ist das anders. Der lehnt aus tiefer innerer Überzeugung nicht nur große Koalitionen ab, sondern auch absolute Mehrheiten. Kein Wunder, daß die Freidemokraten den Kanzler als Lebensversicherung für die eigene Existenz betrachten. Bei Schäuble käme kaum ein Liberaler auf die Idee, er würde auch nur einen Finger rühren, um sie am Leben zu erhalten. Die Zukunft der FDP »ist dem Schäuble völlig egal«, hat Hermann Otto Solms Freunden anvertraut. Der Mann muß es wissen. Er ist Schäubles politischer Doppelpartner in der christlich-liberalen Koalition.

Kohl hielte selbst nach einer Scheidung noch platonisch zur Jugendliebe FDP. Schäuble ist politisch polygam. Im Herbst 1982 hat Helmut Kohl die FDP gerettet. Der CSU-Vorsteher und langjährige Kohl-Rivale Franz Josef Strauß wollte die Liberalen nach der Wende durch umgehende Neuwahlen erledigen. Kohl gab Hans-Dietrich Genscher sein Wort, der FDP über die Fünf-Prozent-Hürde zu helfen. Er hat es gehalten. Die möglicherweise erreichbare absolute Mehrheit für die Union war dem CDU-Parteivorsitzenden suspekt. Jahrelang hat er als Kanzler gut davon gelebt, CSU und FDP gegeneinander auszuspielen. Hätte es die FDP-Minister am Kabinettstisch nicht gegeben, Kohl wäre Strauß und der CSU schutzlos ausgeliefert gewesen. Ein Kanzler, der mit knapper Mehrheit allein regiert, ist für die unterschiedlichen, in der CDU stark ausgeprägten Flügel leicht erpreßbar.

Im nachhinein trauert Kohl nicht einmal der doch so knapp entgangenen Chance nach, schon 1976 Bundeskanzler einer Alleinregierung der Union zu werden. Auf 48,6 Prozent, das zweitbeste CDU-Ergebnis der Nachkriegszeit, brachte Kohl es damals. Und dennoch reichte es nicht zur Kanzlerschaft. Kurz darauf ging Kohl mit dem früheren CDU-Generalsekretär Bruno Heck an der Bonner Konrad-Adenauer-Allee entlang spazieren. Heck trauerte: So knapp gescheitert, wie schade. Doch Kohl entgegnete dem verdutzten Spitzenfunktionär, er habe noch ein viel zu glattes Gesicht, um in Bonn schon Regierungschef zu werden. »Wenn ich es damals geschafft hätte, wäre ich spätestens ein Jahr später weg vom Fenster gewesen«, sagt Kohl heute. CDU und CSU auszubalancieren ist eben viel schwerer, als ein Spiel mit drei Partnern zu organisieren.

Kohl und seine Helfer, an der Spitze Schäuble, haben den Regierungsstil perfektioniert, den diese Konstellation verlangt. Entschieden wird nicht im Bundeskabinett, sondern in der Koalitionsrunde der drei Parteien. Der wöchentliche Treff der Minister ist zu einer notariellen Veranstaltung verkommen. Gesetzesvorlagen haben nur eine Chance, verabschiedet zu werden, wenn sie vorab zwischen den Ressorts abgestimmt wurden. Streitfälle werden in den allerseltensten Fällen im Kabinett entschieden, sondern, wenn ein Kompromiß auf Fachebene nicht mehr möglich ist, in Koalitionsrunden.

Das stärkt die Macht der Parteien. Sie wirken im System Kohl nicht mehr nur bei der Willensbildung mit, wie es das Grundgesetz beschreibt, sondern an der Entscheidungsfindung der Regierung. Die Koalitionsparteien sind Teil der Regierung geworden.

Bei den Koalitionsrunden haben Kohl und Co. ein System feiner

Abstufungen kreiert. Der kleinste Kreis der Macht, Kohls Kernregiment, besteht aus dem Kanzler, dem Kanzleramtsminister Friedrich Bohl, seinem absolut loyalen Paladin, und Schäuble. Den nächst größeren Kreis bilden die Partei- und Fraktionsvorsitzenden, die oft durch die Generalsekretäre der Parteien oder die Parlamentarischen Geschäftsführer der Fraktionen ergänzt werden. In diesen Kreis werden je nach Thema die Fachminister hinzugebeten. Die Koalitionsrunden segnen politisch ab, was zwischen den Fraktionen auf der Fachebene oder den Ministerien inhaltlich längst vereinbart wurde. Inzwischen ist das System der Koalitionsrunden hierarchisch organisiert bis hinunter auf die Ebene der Fachsprecher der Fraktionen.

Von klassischer Gewaltenteilung zwischen dem Parlament und der Regierung kann bei diesem System nicht mehr die Rede sein. Kohl ist zwar nicht der erste Kanzler, der die Koalitionsrunde zu seinem eigentlichen Machtinstrument ausgebaut hat. Doch niemand vor ihm hat dieses System so perfektioniert wie der Pfälzer.

Es handelt sich um einen Machtapparat, der dem Naturell des CDU-Vormanns entspricht. Andere Spitzenpolitiker denken in Konzepten und versuchen, ihre Ideen rational in Politik umzusetzen. Ein solcher Typus ist nicht nur Schäuble, sondern auch der sächsische Ministerpräsident Kurt Biedenkopf. Kohl denkt nicht in Konzepten. Er hat auch nur wenige Ziele: Daß es den Menschen gut geht, daß Frieden herrscht, daß Deutschland und Europa zusammenwachsen mögen. Der große Rest ist Technik, Aufgabe der Tüftler im Tagesgeschäft. Deswegen legt Kohl sich zumeist erst am Ende des Entscheidungsprozesses fest. Vorher läßt er die Dinge treiben, wartet ab, in welche Richtung sie sich entwikkeln. Er greift nur ein, wenn er fürchtet, die Debatte könnte zu viele Wähler verschrecken. Den Ehrgeiz, überzeugende Konzepte kraftvoll und führungsstark in praktische Politik umzusetzen, um den Menschen dabei einsehbare Opfer zuzumuten, hat Kohl nicht mehr. Lange Jahre des Regierens haben ihn überzeugt, daß die Deutschen, satt wie sie sind, zu wirklichen Opfern nicht mehr bereit sind. Am Ende des langwierigen und hakeligen Entscheidungsprozesses, den nicht nur viele Beteiligte, sondern auch das Volk verdrießlich finden, hält er den Finger in den Wind und setzt sich an die Spitze der Bewegung.

So gewinnt er zwar keine Schönheitspreise, erspart sich aber politische Niederlagen, die von unerbittlichen Medien stets zu persönlichen Desastern erklärt werden. Kohl war im Grunde nur wenige Male Richtlinienkanzler. Die meiste Zeit beschränkte er sich auf das Moderieren und Austarieren der unterschiedlichen Standpunkte und Interessen in der Koalition. Kohl analysiert inzwischen sich selbst ironisch – und damit gnadenlos: »Unsere Politik ist zwar nicht elegant, aber sehr erfolgreich.« Diese komplizierten Entscheidungsprozesse in der Koalition, die für Außenstehende kaum noch durchschaubar sind, haben dazu geführt, daß das Profil fehlt. Unionspolitik ist für viele nicht mehr unverwechselbar, sondern beliebig.

Die Liberalen schätzen Kohl mehr als Schäuble, weil er ihnen inhaltlich näher steht. Der CDU-Vorsitzende wird von den Freidemokraten als weitaus liberaler wahrgenommen als der Fraktionschef. Als Liberal-Konservativer ist Kohl ein Freund der FDP, für den Konservativen Schäuble sind die Liberalen Gegner wie SPD und Grüne.

Für Kohl war die FDP immer ein konstitutiver Faktor seiner Macht. Entsprechend hat er die Freien Demokraten stets behandelt. Die CDU hat jahrelang unter der Bevorzugung des Koalitionspartners gelitten. Der CDU-Vorsitzende hat sich vor dreißig Jahren dafür entschieden zu glauben, daß er selbst nur in einer kleinen Koalition mit den Liberalen seine Macht dauerhaft entfalten kann. Kohls Urteil ist aus eigenem Erleben gespeist: Adenauers absolute Mehrheit hat er politisch bewußter miterlebt als der damalige Pennäler Schäuble, die große Koalition hat Kohl mitdurchlitten. Da studierte der Badener noch in Freiburg Jura.

Schäuble ist von anderem Naturell. Tendenziell ist ihm jeder Partner, mit dem er regiert, gleich viel wert. Ob (notfalls) SPD, FDP oder die Grünen – Hauptsache, CDU und CSU haben das Sagen. Das ist der Standpunkt eines Jongleurs: Dem ist egal, ob seine Bälle grün oder blau-gelb sind – Hauptsache, sie fallen nicht zu Boden.

Die Freidemokraten wissen, daß Schäuble so denkt. Und so beobachten sie seine Schachzüge mißtrauisch, immer bereit, ihm unlautere Absichten zu unterstellen. Ob Klaus Kinkel oder Wolfgang Gerhardt, das macht in dieser Hinsicht keinen Unterschied. Die engste Bindung unterhielt in seiner Zeit als Fraktionschef noch Solms mit Schäuble. Die beiden haben sich aufeinander verlassen. Freunde wurden sie nicht. Auch das unterscheidet Schäuble von Kohl: Der Pfälzer war mit seinem politischen Doppelpartner Hans-Dietrich Genscher – zumindest am Anfang – befreundet, als die beiden 1982 die Wende vollzogen und danach zehn Jahre lang als Kanzler und Vize am Kabinettstisch saßen.

HERMANN OTTO SOLMS

Der Hesse Hermann Otto Solms ist Republikaner durch und durch. Deswegen hat er seinen Titel als Prinz zu Solms Hohensolms-Lich abgelegt wie einen alten Mantel – ein Relikt aus vordemokratischer Zeit.

Der Fraktionsvorsitzende der Freidemokraten ist kein flammender Redner. Wenn im Bundestag die Reihe an ihm ist, dann leeren sich regelmäßig die Stühle auf der Journalistentribüne. In dieser Hinsicht ist Solms Teil des Problems der FDP, die zwar mit Jürgen Möllemann über einen Darsteller vom Format eines Joschka Fischer verfügt, sich unter dem Eindruck von dessen Eskapaden und Illoyalitäten aber für eine seriösere und weniger spektakuläre Führung entschieden hat.

Solms ist einer von jenen, die ihre Bühne hinter die Kulissen verlegt haben. Dort, in den Hinterzimmern der Macht, spielt er seine Stärke aus.

Anfangs, als er gerade den Fraktionsvorsitz bei den Freien Demokraten übernommen hatte, saß der schmächtige Solms wie ein Schuljunge neben dem mächtigen Helmut Kohl in den Koalitionsrunden. Da hatte der Kanzler mit seinem gewinnenden Charme ein leichtes Spiel mit diesem führenden Vertreter des Koalitionspartners, hatte ihn regelmäßig umarmt und anschließend verschluckt wie die Schlange das Kaninchen. Wenn es zwischen Union und FDP nicht mehr weiterging, erteilte der CDU-Kanzler dem FDP-Vormann gönnerhaft die Ehre, es zu richten. »Herr Solms, wenn Sie das machen, werden wir Ihnen das nie vergessen«, hörte der Oberliberale oft genug von Kohl. Dann tat er, was der Kanzler sagte, machte sich auf den Weg und brachte die eigene Truppe auf Kohl-Kurs.

Irgendwann, niemand aus dem erlesenen Kreis der Teilnehmer an den Koalitionsrunden vermag diese Zäsur mit einem Datum zu verbinden, kam Solms die Duldsamkeit abhanden. Mit den Jahren ist er härter geworden. Hinter dem gewinnenden Lächeln unter dem schwarzen Schnauzbart verbirgt sich ein harter Wille und ein inzwischen gänzlich unverkrampftes Verhältnis zur Macht. Früher, da wickelte der Kanzler Solms ein, indem er ihm einen warmen Händedruck versprach. Heute fragt Solms kalt: »Was kann ich mir dafür kaufen?« Die Liebesheirat wurde zur Zweckehe. Die Analyse ist eindeutig: Die Kosten einer Trennung übersteigen den Nutzen erheblich. So bleibt man eben zusammen.

Siege und Niederlagen analysiert Solms beinahe unbeteiligt – so nüchtern wie ein Tennisfan die Tabelle der Fußball-Bundesliga. Zu Schäuble sagt er dann schulterzuckend: »Wir waren einig, Sie waren uneinig. Deswegen haben wir gewonnen.« Es geht aber auch umgekehrt: »Sie waren einig, wir waren uneinig. Deshalb haben Sie gewonnen.« Vom Realisten sind es oft nur wenige Grade bis zum Zyniker.

Gerne wird Solms von seinen Feinden, von denen die meisten, wie so häufig in der FDP, in den eigenen Reihen sitzen, als blasser Kompromißler beschrieben. Sein Äußeres und sein Naturell nähren das Vorurteil – untersetzt, grauer Anzug mit Weste: ein zurückhaltender Herr, ein Gentleman mit Manieren. Laute Töne, gar Gefühlsausbrüche würde er sich nicht erlauben. Sein Innerstes nach außen zu tragen ist nicht sein Stil. So ist ihm auch die Gabe der mitreißenden Rede versagt geblieben. Selbst Parteifreunde, die Solms schätzen, haben ihn als unscheinbaren Apparatschik eingestuft. Auch der amtierende junge FDP-Generalsekretär Guido Westerwelle, der gerne einen naßforschen Auftritt inszeniert und das für Profil hält, irrte sich in Solms. Nachdem er einige Male an Koalitionsrunden teilnehmen durfte, weil zu diesem Kreis gehört, wer den Parteititel Generalsekretär trägt, mußte er sein Urteil revidieren. »Der wirft«, erzählt Westerwelle erstaunt über die ungeahnten Fähigkeiten des Parteifreundes, »dem Kohl die größten Grobheiten an den Kopf.«

Immer, wenn Kohl in der Koalitionsrunde erscheint und sich übellaunig präsentiert, richtet sich dieser oft nur gespielte Zorn gegen den Koalitionspartner. »Wir müssen mal über die Koalition reden«, droht der mächtige Kanzler dann. So geschehen im Spätsommer 1995, als die

Liberalen die Union mit ihrer abweichenden Haltung in der Diätenfrage, bei Ökosteuern und beim Schürmann-Bau wieder einmal auf die Nerven fielen.

Solms läßt sich von den barschen Tönen des grummelnden Kanzlers nicht einschüchtern. »Herr Bundeskanzler, was wollen Sie eigentlich? Wir vertreten hier Positionen, für die wir schon immer eingetreten sind. Und davon weichen wir auch nicht ab. Sie brauchen hier gar keine schlechte Laune zu verbreiten.«

Immer, wenn es brenzlig wird zwischen Union und FDP, stecken Solms und Schäuble die Köpfe zusammen. Sie schätzen am jeweils anderen die taktische Klugheit und die Verläßlichkeit. Sie gehen offen miteinander um, in ihren Vier-Augen-Gesprächen sind Rankünen die Ausnahme. Die beiden Krisenmanager kennen sich schon zu lange, als daß einer dem anderen noch etwas vormachen könnte. Oft genug sind sie sich auch noch in der Sache einig.

Solms gehört nicht gerade zum linken Flügel der FDP, er war früh bereit, die Blockadeposition der Freien Demokraten beim Asylrecht fallenzulassen, und ist oftmals auch willens, der Union bei der inneren Sicherheit entgegenzukommen, wofür die Einführung und Verlängerung der umstrittenen Kronzeugenregelung nur ein Beispiel ist. Solms sind jene FDP-Politiker suspekt, die um des vermeintlichen parteilichen Profils willen einen Koalitionskrach inszenieren. Sein unprätentiöses Auftreten macht Solms für Schäuble zum idealen Partner. Zwischen diesen beiden stimmt die Chemie.

Solms schätzt an Schäuble eine Gabe, die ihm selbst ebenfalls gegeben ist: den eigenen Standpunkt auch aus der Perspektive des Verhandlungspartners beurteilen zu können, um dann den gangbaren Weg zu definieren. Schäuble und Solms sind (meistens) redliche Makler. Was die Verläßlichkeit Schäubles anbelangt, stellt Solms dem CDU-Kollegen ein gutes Zeugnis aus, wenn auch nicht ohne Vorbehalt. Schäuble sei »verläßlich im Rahmen dessen, was er bewirken kann«. Das allerdings trifft auch auf Solms zu und umschreibt die Banalität, daß gegenseitige Absprachen nur so weit reichen wie die Macht des jeweiligen Partners.

Beider Grenze sind die Mehrheitsverhältnisse ihrer Fraktion sowie der Kanzler und der Finanzminister. Solms muß überdies ein lästiges Parteipräsidium einkalkulieren. Von solchen Unwägbarkeiten ist Schäuble verschont, weil das CDU-Führungspersonal in dem von Kohl geführten Präsidium zu einer Ansammlung von Frühstücksdirektoren wird. In ihren Ressorts oder daheim in ihren Ländern mögen die Präsidiumsmitglieder der CDU etwas zu sagen haben – sobald sie den Tagungsraum im ersten Stock des Konrad-Adenauer-Hauses in Bonn betreten, werden sie zur Staffage.

Das FDP-Präsidium hingegen ist zur Kontrollinstanz der Koalition geworden. Hier wird jede Detailfrage daraufhin geprüft, ob sie mit dem Liberalismus für vereinbar erklärt werden kann. Solms, der als FDP-Schatzmeister diesem Gremium angehört, muß sich hier eine Mehrheit für die Schritte holen, die er für vernünftig hält und die in seiner Fraktion durchsetzbar sind. Daß Koalitionsbeschlüsse vorher und nachher in diversen Gremien hin- und hergewogen werden, ist ein weiterer Grund für die Schwerfälligkeit des Bonner Politikbetriebs. Oft genug hat Solms sich darüber hinweggesetzt – Hauptsache: Wir haben darüber geredet. Allerdings, es kostete Nerven und Zeit.

Solms wirkt bescheiden. Dabei entwickelt der FDP-Mann einen ausgeprägten Ehrgeiz. Doch anders als Schäuble ist Solms ständig bemüht, seine Ambitionen zu tarnen. Er sei schon ehrgeizig, hat der Hesse einmal seiner Frau erzählt, »aber ich bin nicht so eitel, es zu zeigen«. Oft genug stößt Solms intern Themen an und überläßt die Ausführung und den anschließenden öffentlichen Ruhm dann anderen. Wer so agiert, zahlt in der Mediendemokratie, die über Ansehen und Bedeutung nach der Erwähnung im Fernsehen entscheidet, einen hohen Preis: Er findet nicht statt. Kaum jemand kennt ihn, seine Rolle wird stets unterschätzt. Wer sich für diesen Stil entscheidet, ist leidensfähiger als andere.

Schäubles Ehrgeiz ist die Ambitioniertheit des Intellektuellen. Er richtet sich, anders als etwa bei Politikern vom Typus Möllemann, nicht sogleich auf Ämter. »Natürlich würde Schäuble gerne Bundeskanzler«, lautet die Einschätzung von Solms, die er Vertrauten im kleinen Kreis erzählt hat. »Aber wenn er es nicht wird, kann er immer noch gut schlafen.« Auf jeden Fall sei der CDU-Mann kein Putschist.

Solms gehört auch nicht zu der Mehrheit in der FDP, die Schäuble unterstellt, er wolle die Liberalen aus der Koalition ekeln, um ein neues Bündnis mit den Sozialdemokraten einzugehen. Dafür hält er Schäuble einfach für zu klug. Dieser Weg zur Kanzlerschaft halte genauem Nachdenken nicht stand. »Schäuble wäre vom ersten Moment an Übergangskanzler.« Bei der nächsten Wahl würde die SPD, nachdem sie die Gelegenheit nutzen konnte, Regierungsfähigkeit zu demonstrieren, an der Union vorbeiziehen und ihrerseits den Regierungschef stellen. Das deckt sich mit der Diagnose Kohls und erklärt, warum die bürgerliche Koalition zusammenhält.

Und dennoch, Solms hat Zweifel. Der FDP-Mann hat entdeckt, daß Schäuble Alternativen zur amtierenden Machtkonstellation austesten möchte. Ein Beispiel ist die von dem CDU-Mann kurz nach der Bundestagswahl 1994 geschickt aufgegriffene und für seine Zwecke instrumentalisierte schwarz-grüne Debatte, nachdem die Grüne Antje Vollmer mit den Stimmen der Union zur Bundestags-Vizepräsidentin gewählt worden war.

Die schwarz-grüne Taktik Schäubles entblößt aus der Sicht seines koalitionären Verhandlungspartners eine eklatante Schwäche: Schäuble analysiert Entwicklungen, rechnet sie hoch und zieht dann daraus seine Rückschlüsse auf die Tagespolitik. Der eine Fehler: »Man kann nicht schon heute mit einer Entwicklung Politik machen, die vielleicht erst in zehn Jahren eintritt, wenn überhaupt.« Der andere Fehler: Hat Schäuble einmal ein Ziel definiert, hält er meistens daran fest, oft genug stur, manchmal sogar penetrant. Das trägt ihm Niederlagen ein, die ihm Andersdenkende beibringen, wenn sie dazu mächtig genug sind.

Im März 1995 diskutierte im Kanzleramt eine Koalitionsrunde die Ersatzfinanzierung für den Kohlepfennig. Den hatte das Bundesverfassungsgericht für verfassungswidrig erklärt.

Schäuble möchte die Finanzierungslücke zum Strukturwandel nutzen und eine Ökosteuer einführen. Die FDP ist strikt dagegen: »Man kann keine Ökosteuer zur Finanzierung einer ökologisch falschen Energie beschließen.« Das ist auch aus der Sicht Schäubles ein Schönheitsfehler. Doch der Unionsvorsitzende denkt weiter. Er will die schlechten Subventionen für die alte Energie Kohle in gute Subventionen für erneuerbare Energien verwandeln. Und er will Energie verteuern und die Arbeitskosten senken. Alles in allem ein Teil des Projekts »Zukunftspartei CDU«.

Als man in der Koalitionsrunde beisammensitzt und sich nicht einigen kann, wird Solms von einem aufgeregten Referenten eine Agenturmeldung hereingereicht. Sie enthält die Kurzfassung eines Interviews, das der CDU/CSU-Fraktionsvorsitzende der Illustrierten *Stern* gegeben hat. Die Redakteure fragten den Unionsvormann nach seiner Fitneß und bekamen von Schäuble zur Antwort, natürlich fühle er sich »fit zur Kanzlerschaft« – und nicht nur das. Schäuble, zitiert der empörte Solms in der Runde, könne sich durchaus vorstellen, auf den liberalen Koalitionspartner einmal nicht mehr angewiesen zu sein. Kohl reagiert verdutzt, wie die übrigen Anwesenden auch. »Was wird hier gespielt?«

Schäuble versucht zu beschwichtigen. Es handele sich ja nur um die mißverständliche redaktionelle Kurzfassung des Interviews. Er werde die Langversion beschaffen, und dann würden alle erkennen, daß dies alles nicht so dramatisch sei, wie es sich, von Solms vorgetragen, anhöre. Schäuble rollt aus dem Saal und kehrt kurz darauf mit dem vollständigen Interview zurück. Er verliest die entsprechenden Passagen.

Damit ist für ihn die Sache erledigt – nicht aber für Solms. »Das ist ja noch schlimmer«, setzt der FDP-Fraktionschef nach. »Wir können auch zwischen den Zeilen lesen.« Die Freidemokraten verstehen Schäubles Kanzler-Koketterie, kombiniert mit der kompromißlos gegen die FDP gerichteten Haltung in der Kohlepfennig-Diskussion, als Versuch, den kleinen Koalitionspartner als willenloses Anhängsel der Union darzustellen und auf diese Weise zu schwächen. Die FDP solle – unmittelbar vor den Landtagswahlen in Nordrhein-Westfalen, Berlin und Bremen – als überflüssig vorgeführt werden. Die nervösen Freidemokraten werten den Fall als Vorbereitung einer großen Koalition.

An diesem Punkt versteht auch Helmut Kohl keinen Spaß mehr. Sofort schlägt er sich auf die Seite der FDP. Die Ökosteuer als Ersatzfinanzierung ist damit vom Tisch, die Niederlage Schäubles perfekt.

Die Liberalen freuen sich, den findigen Badener beim Übertaktieren erwischt zu haben. Schäuble reagiert wie so oft, wenn er sich ertappt fühlt: die ganze Sache sei nur ein Mißverständnis.

Am Rande des Streits ist es zu einem weiteren, von Rechthaberei geprägten Gerangel zwischen Schäuble und Solms gekommen. Als Solms in der Koalition gefragt wird, was denn im Haushalt gekürzt werden könne, um die Milliarden für die Kohle aufzubringen, verweist er auf ein Projekt der Kunstliebhaberin Rita Süssmuth. Die will für vierhunderttausend Mark ein Kunstwerk von Joseph Beuys erwerben: einen Tisch, an dem eine Kugel befestigt ist. Schäubles giftiger Kommentar: »Diskutieren wir jetzt schon auf diesem Niveau?« Doch Solms läßt sich nicht abwimmeln. Wenn jeder von Theo Waigels zweitausend Beamten einen Sparvorschlag dieser Größenordnung machen würde, »wäre unser Problem gelöst«. Nach kurzem Nachdenken kann Schäuble über den liberalen Fraktionsführer triumphieren. »Irrtum, Herr Kollege, dann hätten Sie nur achthundert Millionen, aber wir brauchen 7,5 Milliarden.« Solms hatte sich um eine teure Null verrechnet.

Jedenfalls ist damit die Finanzierung des milliardenschweren Kohlepfennigs durch eine Energiesteuer von der Agenda gestrichen. Kohl hat die Idee fallengelassen, um die Koalition zu retten. Als Sündenbock steht Schäuble da, der dieses Ende mit seinen ambitiösen Äußerungen zur Unzeit heraufbeschworen hat. Ein Beispiel für die Art, wie Kohl Politik macht.

Nur wenige Wochen vorher war Kohl noch ratlos gewesen, wie er das Dilemma würde auflösen können. Denn die Freidemokraten zeigten sich bockbeinig. »Die Energiesteuer kommt für uns weiterhin nicht in Frage. Das ist der Weg nach Absurdistan«, erklärte der selbsternannte marktwirtschaftliche Gralshüter Otto Graf Lambsdorff ein ums andere Mal. Der Zustand der Koalition sei »wie 1966«, mahnte der Kanzler.

Damals wollte die CDU/CSU die Tabaksteuer um zweihundert Millionen Mark erhöhen, um ein Haushaltsloch zu stopfen. Die FDP forderte Einsparungen, drohte mit dem Bruch des Regierungsbündnisses. Schließlich stimmten die Liberalen einem moderaten Abkassieren zu. Darauf titelte am nächsten Morgen die *Bild*-Zeitung: »FDP fiel wieder um.« Nach einer Krisensitzung der Freien Demokraten verließen die FDP-Minister um Erich Mende und Walter Scheel die Koalition. Die Folge: Das kleine Nachkriegsbündnis wurde ersetzt durch die große Koalition aus Union und SPD, Ludwig Erhard verlor die Kanzlerschaft an Kurt Georg Kiesinger. Schon drei Jahre später regierte der SPD-Vorsitzende Willy Brandt die Republik.

Genau diese Gefahr hat Kohl fünfundzwanzig Jahre später vor Augen. Der Historiker hat ein Gespür für Situationen, die sich wiederholen könnten: »Die Koalition steuert auf einen Urknall zu.« Diesmal setzt sich am Ende die FDP durch.

Doch die gesamte Unionsfraktion stimmt dem Kompromiß – keine Energiesteuer zur Kohlefinanzierung, statt dessen Stopfen des Kohlelochs über den Bundeshaushalt durch Sparen – mit der geballten Faust in der Tasche zu. Und grimmig schleudert Kohl der FDP hinterher, was alle dachten: »So eine Veranstaltung kann sich die FDP nur einmal erlauben.«

Die Rache am Koalitionspartner folgt auf dem Fuße. Keine zwei Monate nach dem Krach im Regierungsbündnis wählt Nordrhein-Westfalen einen neuen Landtag. Die Freien Demokraten machen eine Koalitionsaussage zugunsten der SPD des inhaltlich profillosen, aber in seinen integrativen Fähigkeiten unübertroffenen sozialdemokratischen Ministerpräsidenten Johannes Rau. In Bonn versteht niemand diese Taktik. Schäuble drängt Solms und Kinkel, die Parteifreunde im bevölkerungsreichsten Bundesland davon abzubringen – vergeblich. Es kommt, wie es kommen muß, und die FDP wird nicht wieder in den Landtag gewählt. Dies entfacht in der Union eine Diskussion über die Verzichtbarkeit des liberalen Koalitionspartners.

Schäuble ist jetzt der erste, der eine für die Freidemokraten beängstigende neue Melodie intoniert: Die Union habe die Kraft zur absoluten Mehrheit. Natürlich ist dabei viel Taktik im Spiel – und doch ist kaum eine Debatte für die Liberalen so gefährlich wie der Hinweis an den Wähler, daß eine Stimme für die FDP womöglich eine verschenkte Stimme sei, weil die Partei an der Fünf-Prozent-Hürde zu scheitern drohe. Kohl, ohnehin noch sauer auf den bockigen Partner, folgt sofort der Argumentation seines Fraktionsvorsitzenden.

Noch Monate nach dem ertrotzten Erfolg in der Kohlepolitik muß die FDP beim großen Koalitionspartner um die Gnade eines politischen Erfolges betteln – bei der Gesundheitsreform, im Ausländerrecht, bei der inneren Sicherheit. Nach der Erfahrung mit dem Kohlepfennig stellt die Union sich jedoch stur, läßt die FDP zappeln, verwehrt ihr einen Erfolg und drückt sie so systematisch bei Meinungsumfragen unter die Fünf-Prozent-Klausel – und hievt sich, jedenfalls bei dieser demoskopischen Luftbuchung, über die nie für möglich gehaltene Hürde der absoluten Mehrheit an Mandaten. Kohl und Schäuble intonieren den Refrain: Man begegnet sich immer zweimal im Leben!

Schäuble beginnt, eiskalt zu kalkulieren. »Ohne eine FDP im Bundestag sind die arithmetischen Voraussetzungen für die absolute Mehrheit der Union günstig.« Anfangs spottet Solms noch und antwortet, nach einer möglichen absoluten Mehrheit gefragt: »Wer glaubt denn hier noch an den Weihnachtsmann.« Doch als im Herbst 1995 die Umfrageergebnisse eindeutig sind, verstummt der Fraktionsführer der Liberalen.

Solms hadert schon lange mit der eigenen Partei. Vor allem findet er, daß die FDP nicht die richtigen Posten im Kabinett besetzt. Im kleinen Kreis urteilt er barsch: »Kinkel bringt es nicht. Von Rexrodt ist man enttäuscht. Die Schnarre [Ex-Justizministerin Sabine Leutheusser-Schnarrenberger] schadet uns nur. Wir haben die falschen Ministerien.« Das erzählt Solms so vielen, daß es irgendwann auch dem Kanzler zu Ohren kommt. Der zuckt nur die Schultern. Die falschen Ministerien? »Dann haben sie halt Pech gehabt!«

Wolfgang Schäuble hat für die Freidemokraten viel von einer Spielernatur. Liberale erzählen, Solms habe Schäuble nachhaltig dessen Inkonsequenz in der Diskussion um die Einführung einer Pflegeversicherung übelgenommen. Im kleinen Kreis habe der Unionsvormann stets den Eindruck erweckt, in der Sache auf der Seite des Koalitionspartners zu stehen und das konkurrierende Modell von Bundesarbeitsminister Norbert Blüm abzulehnen. Doch dann habe er so gut wie nichts unternommen, um für seinen Standpunkt in der eigenen Fraktion und Regierung eine Mehrheit zu besorgen. Schäuble dagegen macht geltend, früh erkannt zu haben, daß sich am Ende eben Blüm und nicht die andere Seite durchsetzen werde. Jedenfalls stand am Schluß der quälenden Diskussion die FDP blamiert da. Sie galt als Umfaller. Die Alternative wäre – die harmlosere Variante – der Rücktritt des langjährigen Arbeitsministers und Kohl-Vertrauten Blüm gewesen oder – die dramatische Version – das Ende der Regierungskoalition.

Seit den Wahlerfolgen der Grünen nach der Wiedervereinigung ist grünes Denken, vor allem aber grünes Reden, chic geworden. Seitdem versuchen SPD, Union und FDP, sich ein grünes Image zu geben. Für die Koalitionsfraktionen haben sich Schäuble und Solms vorgenommen, dabei die treibenden Kräfte zu sein. Was die beiden eint, ist ihr taktisches Verhältnis zur Ökologie.

Ihnen geht es nicht um die Bewahrung der Schöpfung, das ist bestenfalls ein willkommener Nebeneffekt. Schäuble hat parteitaktische Ziele im Sinn, er will mit Hilfe grüner Themen der Union das Etikett der Modernität aufkleben. Solms will dasselbe, weil sich die angepeilten Zielgruppen von Grünen und Freidemokraten überschneiden. Solms hält Ökosteuern für ein Vehikel, um ein ganz anderes Ziel durchzusetzen: die Senkung der direkten Steuern im Verhältnis zu den indirekten Steuern. Diese hintergründigen Zielvorstellungen werden mit politisch korrekter Beschwörung der »Zukunft unserer Kinder« in einer »ökologisch-sozialen Marktwirtschaft« herausgeputzt.

Im Urteil von Solms ist Schäuble mit den Jahren härter, unduldsamer und rastloser geworden. Doch anders als Schäubles Feinde bei den Sozialdemokraten, die diese Gemütsänderung auf den Rollstuhl zurückführen und damit den CDU-Mann verletzen wollen, hat Schäuble-Kenner Solms nur die Zwänge des Amtes im Sinn. Die neue Härte bringe die Aufgabe eines Fraktionsvorsitzenden nun einmal mit sich. Es komme eben darauf an, Mehrheiten zu organisieren. Und das ist schließlich in einer Koalition so unterschiedlicher Partner die schwierigste Aufgabe. Ein harter Job für harte Männer eben.

KLAUS KINKEL

Ein anderer, dem Härte, Durchsetzungsfähigkeit und Fortune abgehen, zog die Konsequenzen und tauschte den Platz in der ersten Reihe ein gegen das zweite Glied. Gegen seinen eigentlichen Willen hievte die FDP Klaus Kinkel auf den Stuhl des Parteivorsitzenden, nachdem er schon Außenminister werden mußte, weil der FDP Zweifel an ihrer Wahl, Irmgard Schwaetzer, gekommen waren. Anführer einer illoyalen Chaotentruppe, Vorsteher eines Ministeriums, das dem alten Chef nachtrauert, Stellvertreter eines Kanzlers, für den es keinen Ersatz gibt – das hätte auch andere Naturen überfordert. Für Kinkel war es erst recht zu viel. Unter allen möglichen Losen zog Klaus Kinkel die größtmögliche Niete.

Dieser Schwabe ist ein loyaler Mensch. Loyal zur Partei, obwohl er alles andere als ein Parteimann ist. Loyal zu einem Regierungsamt, das er sich nicht ausgesucht hat. Loyal zu einem Kanzler, der den Außenminister nie aus seinem Schatten entläßt.

Klaus Kinkel ist ein ehrlicher Mensch. Ehrlich in einer Partei, in der der Ehrliche der Dumme ist. Ehrlich in einer Koalition, die nicht den belohnt, der gerade Wege geht; in der jener am weitesten kommt, der das verdeckte Spiel mit mehreren Bällen am virtuosesten beherrscht. Ehrlich zu Journalisten, die so viel Ehrlichkeit nicht kennen und sie deshalb sogleich für Schwäche halten.

Seine Parteifreunde, sein Kanzler und die Medien haben ihn mit vernichtendem Lob bedacht: Dieser Mann ist ein ganz ausgezeichneter Beamter. Dabei: Wer weiß schon, ob Jürgen Möllemann je ein guter Lehrer war? Kinkel jedenfalls war ein guter Beamter. Immerhin – aber zu wenig, um in der ersten Liga mitspielen zu können. Sie alle haben Kinkel einmal hochgehoben, kurz gewogen – für zu leicht empfunden und fallenlassen. Vorgänger Otto Graf Lambsdorff, jetzt Ehrenvorsitzender, durfte noch ungestraft nachtreten. Kinkels Entscheidung, auf den FDP-Vorsitz zu verzichten, »war korrekt. Ich glaube, sie ist auch hilfreich, und sie wird von uns allen respektiert.« Wer solche Parteifreunde hat, dem braucht vor seinen Feinden nicht mehr bange zu sein.

Klaus Kinkel ist rastlos. Und er ist ein Poltergeist. So jemand bringt es nicht einmal fertig, ruhig auf seinem Stuhl sitzen zu bleiben. Wenn es im Kanzleramt zwischen den Koalitionspartnern hoch herging, ist die Ruhe regelmäßig aus ihm gewichen. Dann ist er aufgesprungen und im Zimmer umhergelaufen wie von einer Tarantel gestochen. Anfangs haben sie sich erschrocken vor diesem Springteufel, dann hat es sie belustigt, am Ende haben sie sich auf seine Kosten still und heimlich amüsiert. So bleibt Autorität auf der Strecke.

Klaus Kinkel ist ein schwäbischer Sturkopf. Er bekennt sich auch dazu, was ihn sympathisch macht. Aber was passiert mit so jemandem, wenn er von Meistern des taktischen Kompromisses umstellt wird? Wenn er sich lutherisch hinstellt und nicht anders kann, alle anderen aber schon anders gekonnt haben? In solch einem Umfeld weist Sturheit den direkten Weg in die Niederlage.

Klaus Kinkel war oft genug der Spielpartner Schäubles. In der Zeit vor dem Attentat fand ihre Rivalität regelmäßig ein Ventil beim Tennis. Schon auf dem Aschenplatz haben die beiden das Grundmuster ihrer Beziehung vorgespielt: Der eine gönnte dem anderen nichts. Unerbittlich haben sie aufeinander eingedroschen. Das war kein Spiel, sondern bitterer Ernst.

Solms hat die Beziehung zwischen Kinkel und Schäuble treffend charakterisiert. Den beiden hat er gesagt: »Ihr seid wie zwei Kerle, die darum kämpfen, wer Klassenprimus ist.« Als dann Kinkel und Solms wieder unter sich waren, da hat der damalige FDP-Vorsitzende den Eindruck des Fraktionschefs sogar bestätigt: »Da ist was dran!« Und so haben die beiden gerangelt und sich wechselweise gegen den jeweils anderen durchgesetzt.

1990 hegt Schäuble eine gänzlich andere Vorstellung von der deutschen Einheit als der damalige Justiz-Staatssekretär Kinkel. Schnell soll es gehen, perfekt muß es nicht sein. Deswegen will der Unionsvormann das DDR-Recht weitergelten lassen. Westdeutsches Recht soll für eine Übergangszeit die Ausnahme bleiben. Schneller zur inneren Einheit mit weniger Frustrationen, lautet Schäubles Devise. »Die Menschen nicht überfordern.«

Kinkel will es genau umgekehrt. Wenn schon Einheit, dann auch richtig. Die DDR sei schließlich der Bundesrepublik beigetreten und habe damit auch ihr Rechtssystem hinter sich gelassen. Kinkel setzt sich durch. Schäuble muß den Einigungsvertrag nach der Vorlage aushandeln, die er für falsch, ja, sogar verhängnisvoll hält.

Kinkel und Lambsdorff drücken gegen den Willen Schäubles und der Ost-CDU auch in der Eigentumspolitik die Grundlinie durch: Rückgabe vor Entschädigung. Schäuble warnt voraussehend vor den Folgen. Das werde die Deutschen nicht zusammenführen, sondern trennen. Doch erneut kann er sich nicht durchsetzen. Allerdings wird später der Grundsatz durch ein Gesetz zum Vorrang für Investitionen in den neuen Bundesländern wieder aufgeweicht – ein nachträglicher Triumph für den Vorsitzenden der Unionsfraktion.

Den kann er für sich auch in der Debatte um das Wahlrecht für den ersten wiedervereinigten Bundestag verbuchen. Kinkel votiert für eine einheitliche Fünf-Prozent-Klausel. Die Freien Demokraten hoffen, auf diese Weise die Splitterparteien in der DDR erledigen zu können. Schäuble tritt für eine nach Ost und West getrennte Sperrklausel ein – und muß sich abermals dem Koalitionspartner fügen. Schäuble warnt die FDP und auch Kohl, es gebe erhebliche verfassungsrechtliche Bedenken gegen die einheitliche Sperrklausel. Doch die Freien Demokraten beharren auf ihrer Position. Schäuble findet kurz darauf in Karlsruhe Genugtuung: Das Bundesverfassungsgericht kippt die gesamtdeutsche Sperrklausel.

In den schwierigen Verhandlungen über ein neues Asylrecht kommt es erneut zum Streit der beiden Juristen. Schäuble wähnt sich beinahe an seinem Ziel, mit einer Grundgesetzänderung den Asylbewerberzustrom einzudämmen. Doch Kinkel hat ihm mit seinen Einsprüchen den Erfolg erschwert. Schäuble hat wiederum geglaubt, daß Kinkel sich nicht aus eigener Überzeugung gegen die Asylrechtsänderung stemme, sondern aus Feigheit vor den Parteifreunden. »Der hat sich halt net getraut«, zitiert hernach der *Spiegel* Schäuble.

Spätestens seit dem Streit um die Entsendung von AWACS-Aufklärungsflugzeugen 1993 über Rest-Jugoslawien – die FDP-Fraktion verklagte die eigene Regierung vor dem Bundesverfassungsgericht – hält Schäuble seinen juristischen Widerpart Kinkel für einen außerordentlich mäßigen Politiker.

Als »Affentheater« verspottet Schäuble diese skurrile Vorführung des Regierungsbündnisses. Nach dem Rückzug Hans-Dietrich Genschers aus dem Außenamt hätte Kinkel die Chance zu einer neuen Kursbestimmung liberaler Außenpolitik gehabt. Doch er hat sich lange Zeit nicht aus der Umklammerung des jetzigen FDP-Ehrenvorsitzenden lösen können. Genscher hat Kinkels Bruch mit dem Genscherismus verpatzt. Dazu war er noch stark genug. Später machte dann ein galliger Kommentar Theo Waigels in der CSU die Runde: »Man müßte den drei FDP-Ehrenvorsitzenden den Titel entziehen.« Das freilich ist ungerecht. Der dritte, der frühere Bundespräsident Walter Scheel, genießt seine Luxuspension als einziger Staatsdiener, dem bis zu seinem Lebensende eine Rente in Höhe von hundert Prozent seiner Amtsbezüge zusteht, und mischt sich in die Tagespolitik nicht mehr ein.

Das hat Genscher nicht fertiggebracht. Jahrelang hatte Genscher behauptet, das Grundgesetz verbiete den Einsatz der Bundeswehr außerhalb der Grenzen des NATO-Bündnisgebietes. »Eine Scheininterpretation«, urteilte der Bonner Staatsrechtler Josef Isensee zu Recht. Helmut Schmidt hat diese Deutung ebenso übernommen wie Helmut Kohl. Beide Kanzler handelten aus politischer Opportunität: Das geteilte Deutschland ließ Bundeswehreinsätze »out of area« nicht zu.

Kinkel ist klar, daß es sich um eine verfassungsrechtliche Notlüge handelte. Das von ihm geführte Justizministerium hat in einer Studie nachgewiesen, daß das Grundgesetz sehr wohl solche Bundeswehreinsätze abdeckt. Doch Kinkel hat die Existenz dieser Studie aus dem eigenen Haus stets geleugnet. Schäuble war überzeugt, daß Kinkel seinen Sachverstand der Parteiräson, wie sie von Genscher geprägt worden war, unterordnete. Er vermißte an Kinkel die Fähigkeit zu entschlossener Führung.

Kinkel setzt im Frühjahr 1993 die ganze Autorität eines Kandidaten für die Parteiführung ein, um im FDP-Präsidium einen Beschluß durchzusetzen, der ihm selbst gefährlich die Hände bindet. So beschließen die Parteioberen auf Kinkels Initiative hin, daß »im Fall eines Weltsicherheitsratsbeschlusses zur militärischen Sicherung der Flugverbotszone über Bosnien-Herzegowina ein Verbleiben deutscher Besatzungsteile in den AWACS-Maschinen aus verfassungsrechtlichen Gründen nicht möglich ist«. Der Verhandlungsspielraum für den Parteivorsitzenden ist damit definiert: Kinkel kann sich keinen Millimeter mehr auf die Union zubewegen, ohne sich selbst bloßzustellen. Genscher, heißt es jetzt in der FDP-Fraktion, hätte einen solchen Beschluß nie fällen lassen. Der alte Fuchs hätte sich eine Fluchttür geschaffen. Kinkel hingegen mauerte sich ein. Er kann es niemandem recht machen: Handelt er so, wie Genscher es will, wird er als Marionette verspottet. Emanzipiert er sich vom Stil Genschers, hält man ihm dessen Raffinesse als Beispiel vor. Kinkel hat nicht die Kraft, sich diesem Dilemma energisch zu entziehen.

So kommt es zu etlichen verkrampften Versuchen, die zwischen Bellizisten und Pazifisten hin- und hergerissenen Sozialdemokraten für eine Grundgesetzänderung zu gewinnen. Dabei ist Schäuble am Ende sogar zu einer Lösung bereit, die der Opposition erlaubt hätte, über derartige Einsätze im Parlament mitzuentscheiden. Das hätte der Bundesregierung nach Einschätzung von Rechtsexperten aus Schäubles eigener Fraktion außenpolitisch die Hände gebunden.

Zu Kinkels Kardinalfehler wird, daß er die Entschlossenheit des Bundeskanzlers unterschätzt, die deutschen Piloten nicht aus den AWACS-Maschinen der NATO zu holen, nur weil die Freien Demokraten das wollen. Kohl pokert außerordentlich hoch: »Deutschland ist wichtiger als eine Koalition«, sagt der Kanzler zu Kinkel.

Der Außenminister, konfrontiert mit Kohlscher Härte, denkt jetzt an verbrannte Erde: »Ich klebe nicht an meinem Amt.« Der Amtsinhaber überlegt, ob er sich durch Flucht aus dem Amt der Bürde entledigen kann. So kommt es zu dem letzten Versuch, die Sozialdemokraten zu einer Verfassungsänderung zu bewegen, die die Freien Demokraten aus ihren »Kalamitäten« (Otto Graf Lambsdorff) befreien soll.

Kohl telefoniert mit dem SPD-Vorsitzenden Björn Engholm. Der aber verweist den Kanzler an seinen Fraktionsvorsitzenden Hans-Ulrich Klose. Kohl gibt die Angelegenheit in Schäubles Hand. Der ruft Klose an. Doch der SPD-Fraktionsvormann nennt dem Unionskollegen Schäuble Engholms Adresse. Vor der Bundestagswahl, erfährt Schäuble, sind die Sozialdemokraten zu einer Grundgesetzänderung nicht bereit. Die SPD ist praktisch führungslos.

Das bringt die FDP in die Bredouille. Deshalb klagen die Freidemokraten in Karlsruhe absurderweise gegen die eigene Regierung.

Zuvor diskutieren die liberalen Hasardeure sogar ein noch folgenschwereres Szenario durch: den Ausstieg aus dem Kabinett Kohl. Im kaltblütigen Abwägen von Pro und Contra argumentieren manche, ein solcher Schritt müsse eineinhalb Jahre vor Neuwahlen nicht schädlich sein. Ohnehin stehe die FDP im Moment reichlich schlecht da. Schließlich hätten die Kompromisse der Großparteien bei der Gesundheitsreform, der Asylrechtsänderung und dem Solidarpakt die Entbehrlichkeit der Pünktchenpartei belegt. Ob die FDP angesichts dessen nicht besser beraten wäre, sich in der Opposition zu regenerieren? Kinkel und Solms setzen schließlich doch noch den koalitionsdienlichen Kurs durch. Viel Eigennutz ist dabei im Spiel. Einen solchen Schritt in die Opposition kann nur der tun, der stark genug ist. Die FDP ist jedoch in der Existenzkrise.

Die Diskussion um Ausstieg und Neuwahl sollte die FDP schneller einholen, als sie sich träumen ließ. Im November 1995 inszenierte Helmut Kohl persönlich die Debatte. Eine Woche später stieg Schäuble ein. Während in der FDP-Führung Kohls Drohung als taktischer Versuch gewertet wurde, den Koalitionspartner einzuschüchtern und gefügig zu machen, wurde Schäuble anders interpretiert. Dem Fraktionsvorsitzenden wurde sogleich nachgesagt, er wolle der großen Koalition den Boden bereiten. Es war der alte Reflex der FDP.

Daß es 1993 zu der absurden Klage kam, lag freilich nicht ursächlich an der FDP. Jedenfalls springt der Parlamentarische Geschäftsführer der Union, Jürgen Rüttgers, den bedrängten Liberalen bei. »Wir haben gar keine andere Möglichkeit, als diesen Weg zu gehen, weil wir andernfalls die Blockade der SPD nicht durchbrechen könnten.« Schließlich wollen die Sozialdemokraten eine Verfassungsänderung nicht mitmachen, wie sie Union und FDP betreiben. Erlauben wollen die Sozialdemokraten nur Blauhelmeinsätze unter Verantwortung der UNO. Die Koalition aber will Kampfeinsätze zur Friedenssicherung zulassen. Da es im Bundestag keine Zweidrittelmehrheit für eine der beiden Positionen gibt, soll das Karlsruher Gericht helfen.

Eine schönfärberische Version, die den Schwarzen Peter von der

Regierungsbank in die Reihen der Opposition schieben soll. Denn die FDP wäre nicht gezwungen gewesen zu klagen. Wenn die FDP nicht in Karlsruhe gegen einen deutschen AWACS-Einsatz zu Felde gezogen wäre, die SPD-Opposition hätte dazu kaum eine Alternative gehabt. Sonst hätte sie ihre Glaubwürdigkeit aufs Spiel gesetzt. »Unser Gang nach Karlsruhe ist für die SPD doch eine Erlösung«, gibt Kinkels Staatsminister Helmut Schäfer zu.

Eine Erklärung, warum die FDP der SPD aus einer Zwickmühle hilft und sich selbst in eine hineinmanövriert, hat er allerdings nicht anzubieten. Die liefert Kinkel im kleinen Kreis von Parteifreunden. »Meine Position ist doch, daß ich Dinge vertreten muß, die ich falsch finde.«

Am Ende entscheidet das Bundesverfassungsgericht, wie die Union erwartet hat, und entlarvt damit zugleich eine große Legende der deutschen Außenpolitik. Damit setzen die Richter zugleich einen Schlußpunkt unter die Ära Genscher. Sie treffen eine Entscheidung, die der freidemokratische FDP-Außenminister Kinkel hätte treffen können. Dann jedenfalls hätten Schäuble und Co. den Oberliberalen ernstgenommen. Diese Chance hat Kinkel verpaßt.

WOLFGANG GERHARDT

Weil so gut wie jeder sein Ende herbeisehnte, hörte Otto Graf Lambsdorff auf, Parteivorsitzender der FDP zu sein. Die Liberalen empfanden den Abgang des herrischen Grafen im Juni 1993 als Erlösung – ohne es bis heute fertiggebracht zu haben, jemanden zu finden, der ihn ersetzen könnte. Seitdem geht es mit den Liberalen bergab. In Bonn wird nur noch in Schattenrissen sichtbar, wofür die Liberalen thematisch stehen. In etlichen Bundesländern haben die Wähler die Diadochenkämpfe und Richtungsstreitigkeiten mit einem Rauswurf der FDP aus den jeweiligen Landtagen quittiert.

Der Göttinger Politikwissenschaftler Franz Walter hat schon die Grabrede formuliert und sagt, was viele bedauernd denken: »Im Grunde ist sie gar keine Partei mehr, sondern nur noch ein Bonner Wasserkopf ohne Unterbau, ohne Anhang, ohne Strukturen, ohne

Gerüst. Sie hat keine Köpfe, keine vorzeigbaren Stars; sie hat keinen Stil, keine Kultur, kein Flair, keine Aura.« Eine Partei, die sich an Leistungsträger und Dynamiker wendet, sich personell aber vom Mittelmaß repräsentieren läßt, »von biederen Beamten und mausgrauen Mittelstandsfunktionären«. Die FDP, vierzig Jahre lang Mehrheitsbeschaffer für Christ- und Sozialdemokraten und liberales Korrektiv von allzusehr auf sozialen Ausgleich bedachten Großparteien, ist heute mega-out.

Klaus Kinkel war als Parteichef ein Flop. Deswegen haben die Freidemokraten ihn ausgetauscht gegen Wolfgang Gerhardt – einen Hessen, über den man bei dieser Gelegenheit lernen konnte, daß er schon jahrelang stellvertretender FDP-Vorsitzender gewesen war. Gemerkt hatte das kaum jemand – weder innerhalb noch außerhalb der Partei.

Dessen in der Kampfabstimmung über den Parteivorsitz Mitte 1995 unterlegener Konkurrent Jürgen Möllemann hatte den grundsoliden, aber weitgehend profillosen Gerhardt schon lange abgestempelt als den »schnarchenden Löwen von Wiesbaden«. Joschka Fischer, der Gerhardt aus hessischen Zeiten seit Jahren kennt, ist ähnlich unbarmherzig: »Gerhardt ist das, was man im Hessischen einen Schnarchsack nennt.« In der Tat, über diesen Mann gibt es weder Anekdoten noch Affären zu erzählen. Seine Rhetorik ist ordentlich, aber mitzureißen vermag er nicht. Visionen hat er keine. Menschen für sich zu begeistern ist nicht seine Stärke. Die eigenen Leute folgen ihm, weil er gewählt ist und weil ihnen – vorerst – keine andere Alternative einfällt. (Manche halten die ausgeschiedene Justizministerin Sabine Leutheusser-Schnarrenberger dafür.)

»Gerhardts Kurs ist das entschiedene Sowohl-als-auch«, so hat FOCUS die (Schlangen-)Linie des Parteivorstehers beschrieben. Den Zuzug von Ausländern begrenzen, gleichzeitig aber Bekenntnis zur politisch korrekten Modeidee einer »multikulturellen Gesellschaft« ablegen, Politik machen für die Elite, wohl auch für die allerorten geschmähten Besserverdiener, aber nicht laut darüber reden und soziale Verantwortung auf die Fahnen schreiben. Damit kann man als Vorsitzender einer Partei, die unter verstärkter Beobachtung der Öffentlichkeit steht, nicht reüssieren.

Gerhardt ist von seinem ganzen Naturell her kein politischer Exhibitionist, niemand vom Typ Krachschläger. So betreibt er auch in der Koalition und in ihren Zirkeln Politik: »Es nützt nichts, wenn ich den Koalitionspartner vors Knie trete.« Gerhardt, der den unspektakulären Auftritt bevorzugt, will als kalkulierbarer Partner gelten.

Wolfgang Schäuble nimmt seine wechselnden Gesprächspartner bei der FDP, wie sie kommen. So auch Wolfgang Gerhardt. »Ein verläßlicher Mensch«, urteilt der Badener über den Hessen. Allerdings auch niemand, dem Schäuble zutraut, die FDP aus dem Sumpf zu ziehen: Gerhardt ist nicht Münchhausen.

In Koalitionsrunden, dort, wo Partei- und Fraktionschefs Ersatzkabinett spielen, agiert Gerhardt selbstbewußt, auch gegenüber dem anscheinend übermächtigen Helmut Kohl. Unterwürfig ist der Liberale nicht, allerdings auch nicht sonderlich kämpferisch. Wichtigtuerische Eitelkeit ist ihm fremd.

Ende 1995 kam Gerhardts erste große Bewährungsprobe. Dabei ist er durchgefallen. Entsetzt hat sich die Union abgewendet. Seitdem denken ihre führenden Köpfe ernstlich darüber nach, wie sie reagieren, wenn der Koalition die knappe Mehrheit abhanden kommt. Und der Bundespräsident überlegt, wie er reagiert, wenn er vor die Entscheidung gestellt wird: wegen der Schwindsucht der Liberalen den Bundestag auflösen oder den Kanzler einer Minderheitsregierung ernennen. So weit war es kurz vor Weihnachten 1995 schon gekommen. Eine schöne Bescherung.

Gerhardt war ursprünglich dagegen, die Mitglieder seiner Partei über das Abhören von Wohnungen als Mittel der Verbrechensbekämpfung abstimmen zu lassen. Das Instrument des Mitgliederentscheids solle künftigen Fragen vorbehalten bleiben und nicht dazu dienen, Parteitagsentscheidungen nachträglich zu korrigieren. Und den sogenannten Lauschangriff hatte schon einmal ein FDP-Parteitag abgelehnt.

Auf dem Mainzer Parteitag im Sommer 1995 war es der linksliberalen Justizministerin gelungen, sich als Jeanne d'Arc gegen eine angeblich drohende Unterwanderung der Partei durch Rechtsradikale in Szene zu setzen. Am Jahresende, inzwischen als Ministerin zurückgetreten, sollte sie noch schärfer gegen eine »Haiderisierung« der FDP polemisieren. Sie ließ sich von jenen als Märtyrerin feiern, von denen wohl die allermeisten nie auf die Idee kämen, FDP zu wählen. Diejenigen aus Politik und Medien, die Leutheusser-Schnarrenberger wegen ihrer angeblichen Standfestigkeit applaudierten, sind nur allzu häufig identisch mit jenen, die das Ende der FDP herbeisehnen. Denn sie wissen: direkt ist Helmut Kohl als Kanzler nicht zu stürzen. Der einzige Weg scheint zu sein, der FDP den Garaus zu machen. Darum geht es den Lobpreisern der vormaligen Bundesjustizministerin. Das Wohl der Sabine Leutheusser-Schnarrenberger ist ihnen ebenso gleichgültig wie ein Beschluß über den sogenannten Lauschangriff. Dieses polizeiliche Instrument ist zwar, vor allem wegen seiner fraglichen Wirksamkeit gegen Verbrecher, zu Recht umstritten. Keineswegs aber würde seine Einführung den Anfang vom Ende der Demokratie markieren, wie Polemiker mit gespielter Empörung verbreiten.

Jedenfalls gelang es Leutheusser-Schnarrenberger, mit ihrem effektvollen Abgang den von Gerhardt angestrebten Neuanfang zu vereiteln. Der Parteivorsitzende wurde das Opfer seiner eigenen Zögerlichkeit. Er brachte es nicht fertig, mit überzeugenden Argumenten und klarer Sprache die illiberalen und intoleranten Ideologen aus der eigenen Partei in die Schranken zu weisen.

Schon bei der Besetzung des Justizministerpostens mit dem renommierten Kieler Rechtsprofessor Edzard Schmidt-Jortzig offenbarten Gerhardt und Co. ihre Mutlosigkeit. Anstatt die Gelegenheit zu ergreifen und sich von dem für die FDP in den vergangenen Jahren verhängnisvollen linksliberalen Kurs zu verabschieden und mit dem früheren Richter Jörg van Essen einen klugen sowie rhetorisch starken Rechtsliberalen zum Minister zu machen, entschieden sie sich für einen justizpolitischen Mal-so-mal-so-Politiker. Gerhardt scheute vor der Konfrontation mit dem versprengten Häuflein der Linksliberalen zurück – und verpaßte damit die Chance zu einem Umschwung der FDP.

Zuvor schon hatte er eine Kostprobe seines fehlenden polithandwerklichen Geschicks gegeben. Im Vorfeld des absehbaren Rücktritts der Justizministerin überlegte Gerhardt, bei dieser Gelegenheit ein weiteres Kabinettsmitglied auszutauschen. Er wollte, worüber er hinterher zu allem Überfluß auch noch öffentlich redete, Wirtschaftsminister Günter Rexrodt durch den Fraktionsvorsitzenden Hermann Otto Solms ersetzen und dann selbst den Vorsitz der FDP-Fraktion übernehmen. Über diesen Plan sprach Gerhardt nicht nur mit führenden Politikern der Union, sondern auch mit Präsidiumsmitgliedern der eigenen Partei. So kam es, wie es kommen mußte: Der angebliche Geheimplan sickerte durch, bevor Gerhardt mit dem Hauptbetroffenen, dem Wirtschaftsminister, geredet hatte. Der sperrte sich und entwickelte ungeahnte Steherqualitäten. Gerhardts Idee hatte einen weiteren Schönheitsfehler. Sein Freund Solms wollte gar nicht ins Kabinett. Gerhardt machte eine Rechnung mit zwei Unbekannten auf, er pokerte hoch – und verlor.

Ein derart düpierter Parteivorsitzender ist in Bonn nur noch die Hälfte wert. Gegen Helmut Kohl ist schon aus geringeren Anlässen ein Aufstand in der eigenen Partei inszeniert worden. Indessen hat Gerhardt auch noch seinen Ruf aufs Spiel gesetzt, ebenso freundlich wie anständig zu sein. In Anspielung auf den umstrittenen Wahlkampfslogan der FDP gegen die Steuerpolitik der eigenen Regierung – »Steuerland ist abgebrannt« – konnte die *Süddeutsche Zeitung* über Gerhardts mißlungenen Coup die bittere Schlagzeile setzen: »Anstandsland ist abgebrannt«.

Im Geschäftsführenden Fraktionsvorstand der Union hat Wolfgang Schäuble danach die Lage Gerhardts und der FDP analysiert. Deren Kardinalproblem sei die fehlende Repräsentanz in den Bundesländern; sie stecke in ihrer tiefsten Krise; die FDP habe wenig Zeit, sich noch einmal zu erholen. Ein diplomatisch verpacktes Todesurteil, das um so brisanter wird, als andere führende Unionspolitiker wie Helmut Kohl und Edmund Stoiber ebenso denken. Am weitesten geht dabei der bayerische Ministerpräsident. Stoiber kann einem Ende der Bonner Koalition sogar noch gute Seiten abgewinnen. »Das wäre die Chance für eine gründliche Renovierung der CDU.« Wenn er sich da mal nicht täuscht.

DER SOZIFRESSER

Mit keinem Sozialdemokraten verbindet Wolfgang Schäuble eine so enge Beziehung wie mit Hans-Ulrich Klose, dem jetzigen Vizepräsidenten des Deutschen Bundestags und früheren Fraktionsvorsitzenden der SPD. Und dennoch: Für eine Freundschaft hat es trotz der dienstlichen und privaten Vertraulichkeiten, die die beiden immerhin über einige Jahre hinweg austauschten, nie gereicht. Gegenseitiges Vertrauen, Respekt, Anerkennung sind im Bonner Intrigenpfuhl nicht wenig. Doch dabei ist es geblieben. Mehr war nicht zu haben. Klose glaubt zu wissen, warum: »Man spürt, der mag keine Sozialdemokraten.«

RUDOLF SCHARPING

Parteifreunde in der eigenen Fraktion haben Schäuble vor und auch noch nach der Bundestagswahl unterstellt, er wolle sich mit dem SPD-Fraktionsvorsitzenden Rudolf Scharping hinter dem Rücken Helmut Kohls auf eine große Koalition verständigen. Einmal abgesehen davon, daß Schäuble kein Putschist ist, zu einer solchen Konspiration ausgerechnet mit Rudolf Scharping wäre Schäuble gewiß nicht in der Lage. Denn den Kollegen von der SPD mag Schäuble nicht – er nimmt ihn hin. Parteifreunde des CDU-Mannes erzählen, was er ihnen, befragt nach seinem Verhältnis zu Scharping, anvertraute: »Mir fehlt nichts, wenn ich den Scharping nicht sehe.« Rudolf Scharping ist für Schäuble ein notwendiges Übel.

Das gilt umgekehrt genauso. Scharping ist kein Mann, der schnell Vertrauen zu anderen Menschen faßt. Er wähnt sich in der eigenen

Partei – allerdings zu Recht – von Feinden umstellt. Er ist auch keiner, der auf andere unbefangen zugehen könnte. Sein Auftreten ist gestelzt, was die einen als völlig unangemessene Arroganz begreifen, gemessen an der bisherigen weitgehenden Erfolglosigkeit, die andere als Unsicherheit werten. Gespräche mit ihm verlaufen spröde. Scharping ist kein Entertainer, er ist weder witzig noch geistreich. Auf viele Parteifreunde wirkt er kühl und berechnend, seine immer gleichen Gesten wirken einstudiert, manches erscheint abgeguckt vom großen Vorbild Willy Brandt. Doch der war ein Kommunikator, der andere für sich einnehmen konnte, Scharping ist es nicht.

Dabei ist der Westerwälder solide und fleißig. In Aktenberge wühlt er sich hinein, speichert Zahlen und Zusammenhänge. In Bundestagsdebatten fehlen ihm jegliche Ausstrahlung und Originalität, was mit der Zeit dazu geführt hat, daß ihm der Fraktionschef der Grünen, Joschka Fischer, die Rolle als eigentlicher Oppositionsführer streitig machen kann. Scharping leidet unter Fischer, ein Rezept gegen diesen begnadeten Debattierer hat er noch nicht gefunden. Ihn als Pausenclown lächerlich machen zu wollen, reicht nicht aus, weil Fischer oft genug in der Sache auch noch Interesse weckt. Immerhin vermag der Redner Scharping stets durch Detailkenntnis zu bestechen.

Schäuble und Scharping reden nur deswegen miteinander, weil ein Fraktionsvorsitzender der Union nicht umhin kommt, mit seinem Pendant von der SPD zu verhandeln, zumal wenn die sozialdemokratischen Länder im Bundesrat in der Mehrheit sind. Scharping und Schäuble, das ist ein kühles Zweckbündnis von Fall zu Fall. Man ruft sich von Büro zu Büro an, die Vorzimmerdamen stellen durch, ein diplomatischer Vorlauf ist dabei nicht mehr nötig. Das ist aber auch alles. Natürlich reden die beiden »über Dinge jenseits von Angebot und Nachfrage«, was jedoch zumindest für Schäuble eine pure Selbstverständlichkeit ist. Ohne vor offiziellen Verhandlungen im größeren Gesprächskreis zunächst unter vier Augen auszuloten, wie weit der jeweils andere gehen kann, funktioniert es eben nicht.

In solchen Vier-Augen-Gesprächen hat Schäuble Scharping als undiplomatischen Schacherer kennengelernt. Der SPD-Mann ist kein

Meister des Floretts, er bevorzugt den Säbel. Kurz vor der Bundestagswahl mußte der Bundestag einen neuen Wehrbeauftragten wählen. Dabei ist es Tradition, daß dieser personifizierte Kummerkasten der Bundeswehr mit großer Mehrheit gewählt wird, damit er des breiten politischen Vertrauens sicher sein kann und das Amt nicht in die parteipolitischen Auseinandersetzungen gezogen wird. Die Union hatte für diesen Posten die bis dahin weitgehend unbekannte CDU-Abgeordnete Claire Marienfeld ausgeguckt.

Als Schäuble mit seinem Pendant von der SPD über diese Personalentscheidung spricht, wundert er sich, daß der SPD-Vorsteher sich nicht für die Qualitäten der Dame interessiert. Scharping hat nur eines im Auge: die Kompensation für eine Zustimmung der Sozialdemokraten im Bundestag. »Was bekomme ich dafür?« Ein undiplomatischer, oberflächlicher Stil, der dem ausgebufften Verhandler Schäuble fernliegt. Und so läßt er Scharping kühl abfahren: »Eine gute Wehrbeauftragte.« Später im Verlauf dieses Gesprächs sagt Schäuble Scharping zu, er habe nichts dagegen, wenn irgendwann einmal ein Sozialdemokrat Wehrbeauftragter werde. Diese vage Zusage garniert Schäuble allerdings mit der bissigen Anmerkung, wenn Scharping vor der Bundestagswahl mit ihm die Besetzung eines Postens in der Zukunft aushandeln wolle, so unterstelle er immerhin, »daß sie auch nach der nächsten Wahl nicht die Mehrheit haben«. Das sitzt – und so kommt es ja dann auch.

Scharpings Art der Geschäftemacherei ist Schäuble inzwischen gewohnt. Bezeichnenderweise verlief schon die erste Begegnung der beiden so, wie es sich später noch häufiger abspielen sollte. Gerade Ministerpräsident von Rheinland-Pfalz geworden, trifft Scharping sich mit dem Bundesinnenminister Wolfgang Schäuble in Bonn. Der CDU-Mann sitzt nach dem Attentat vom Spätherbst 1990 erst wenige Wochen wieder hinter dem Schreibtisch seines Ministeriums. Scharpings Maß der Betroffenheit und Rührung hält sich in engen Grenzen, er legt ihm die Hand auf die Schulter, wie er es bei vielen tut: eine notwendige Geste. Schäubles Frage nach den ersten Erfahrungen Scharpings als relativ junger Regierungschef beantwortet der SPD-Mann floskelhaft. Ohne Umschweife kommt Scharping zur Sache. Es geht um die Zukunft der Deutschen Welle. Mitarbeiter Schäubles erzählen, wie sich das Gespräch abspielte. Der SPD-Mann knapp: »Sie kennen meinen Standpunkt, ich kenne Ihren. Wir [die sozialdemokratisch regierten Länder; der Autor] machen die Sache mit, wenn Sie mir eine Einheit des Bundesgrenzschutzes nach Rheinland-Pfalz geben.«

Einen Moment lang ist Schäuble irritiert. Es geht dem SPD-Mann nicht um die Sache, sondern nur um die Gegenleistung. Gibst du mir Äpfel, gebe ich dir Birnen – wobei Schäuble weniger Anstoß nimmt an dem politischen Deal. Solche Geschäfte hat er in seinem politischen Leben schon oft genug gemacht. Was ihn frappiert, ist die Stillosigkeit, die fehlende intellektuelle Eleganz seines Gegenübers. In Bonn wird bisweilen geschachert wie auf einem orientalischen Basar. Aber auch hier einigt man sich schließlich erst am Ende eines mehr oder weniger geistreichen Disputs über die Vorzüge und Nachteile der angebotenen Ware auf deren Preis – und nicht schon, wie langweilig, gleich am Anfang.

Im öffentlichen Schlagabtausch gönnen sich Scharping und Schäuble kein Pardon. Im Herbst 1993 streiten Koalition und Opposition einmal mehr über den Einsatz der Bundeswehr außerhalb des NATO-Gebietes. Es ist der 8. September, ein Mittwoch. Der Bundestag debattiert den Haushalt. Hinter dem Mikrophon am Rednerpult sitzt Wolfgang Schäuble – und holt aus zu einer kalkulierten Provokation. Der Fraktionsvorsitzende der Union breitet vor aller Öffentlichkeit den Inhalt eines vertraulichen Gesprächs zwischen Scharping und dem Bundeskanzler aus. Für den SPD-Vormann eine äußerst peinliche Angelegenheit. Indiskretin Schäuble mit Unschuldsmiene: »In dem Gespräch mit dem Bundeskanzler – es tut mir leid, ich hoffe, nichts Vertrauliches zu verraten – haben Sie gesagt, Sie würden seine Position unterstützen. Deswegen ist dort auch gesagt worden, die Fraktionsvorsitzenden sollten weiter darüber reden, und Klose werde Ihre Position vertreten.« Klose jedoch ist für den weitgehenden Einsatz der Bundeswehr.

Sofort interveniert Scharping, um zu retten, was zu retten ist: »Sie haben mir die interessante Erfahrung verschafft, daß man über ein Vier-Augen-Gespräch öffentlich berichten kann und daß man dann auch noch Falsches berichtet, schlicht Falsches.« Die SPD ist entsetzt – und Schäuble hat seinen Ruf als Sozifresser eindrucksvoll bestätigt. Peter Struck, Parlamentarischer Geschäftsführer der Sozialdemokraten im Bundestag, bringt auf den Punkt, was viele Genossen denken, und nennt Schäuble einen »Mann für bösartige Demagogie und Polemik«, der mit seinem Verhalten die Regeln des normalen Miteinanders verletzt habe. Offenbar zeichne sich hier eine neue Arbeitsteilung ab, wettert Struck: »Kohl als Staatsmann und Schäuble als Wadenbeißer und Dreckschmeißer.«

Kühl hat Schäuble einen Richtungsstreit in der SPD für seine parteipolitischen Ziele ausgenutzt. Von seinem Lieblingssozi Hans-Ulrich Klose hat Schäuble erfahren, daß der Fraktionsvorsitzende sich von seinem damaligen Parteichef Scharping in der Bundeswehrfrage als Minenhund mißbraucht sieht. Denn Klose wirbt dafür, daß die SPD Aktionen der Bundeswehr unter UN-Kommando ohne Einschränkung zustimmt, also auch einem militärischen Engagement. Am 27. August 1993 tagt die internationale Kommission der SPD – und verwirft Kloses Vorschläge, wie nicht anders zu erwarten. Da ruft Schäuble an und berichtet dem verdutzten Kollegen von einer Absprache zwischen Scharping und Kohl. Die beiden Parteivorsitzenden hätten sich auf eine Verfassungsänderung über den Einsatz der Bundeswehr »out of area« geeinigt. Nun sollten Schäuble und Klose mit den Experten der beiden Fraktionen eine entsprechende Formulierung ausarbeiten. Schäuble drängt, fragt nach einem Termin.

Am Tag darauf erkundigt sich Klose bei Scharping nach der Absprache. Der bestätigt sie und verweist dabei, wie der *Spiegel* berichtet, lediglich darauf, er habe gegenüber Kohl auf die »Willensbildung in der Partei« verwiesen – ein kleiner Vorbehalt. Und dennoch muß Klose folgern, Scharping habe sich auf die Linie der Union zubewegt. Klose prescht öffentlich vor. Doch kurz darauf spürt Scharping, daß eine Einigung mit der Regierung in der eigenen Partei nicht mehrheitsfähig ist. Er geht auf Distanz zu Klose. Der fühlt sich, wohl zu Recht, mißbraucht und hinters Licht geführt.

Schäubles Indiskretion im Bundestag macht den Vorgang öffentlich und beschert dem Parteivorsitzenden der SPD eine ordentliche Blamage. Scharping hat sich bei Kohl über Schäuble beschwert. Der Kanzler nimmt es als Pflichtübung des sozialdemokratischen Kollegen.

Ein Jahr später stellt Scharping erneut seine Wankelmütigkeit bei dem für die SPD schwierigen Bundeswehrthema unter Beweis. Eine deutsche Beteiligung an einem Abzug der UN-Blauhelme aus Jugoslawien sei »unzweifelhaft eine Bündnisverpflichtung, wenn die NATO einen entsprechenden UN-Auftrag erhält«. Auch für einen Einsatz deutscher Tornado-Kampfflugzeuge signalisiert Scharping damit das Einverständnis der SPD. Doch er hat die Rechnung ohne Oskar Lafontaine gemacht. Der saarländische Ministerpräsident durchkreuzt das Kalkül des damaligen Parteivorsitzenden, der Regierung entgegenzukommen, um auf diese Weise die Regierungsfähigkeit der SPD zu demonstrieren. Lafontaine: »Ein Kampfeinsatz deutscher Tornados würde von den Serben als Provokation empfunden und die kriegerischen Auseinandersetzungen ausweiten.« Über die *Bild*-Zeitung belehrt Lafontaine Scharping über die »Grundsätze der sozialdemokratischen Außenpolitik«. Und die sehen einen Tornado-Einsatz über dem früheren Jugoslawien eben nicht vor. »Unsere Grundsätze zur Außenpolitik sind von einem Parteitag beschlossen worden. Eine Änderung der Grundsätze kann nur ein Parteitag beschließen.« Es kommt, wie es kommen muß: Der SPD-Vorstand, angeführt von Scharping, bekräftigt das Nein der Partei zu den Tornado-Einsätzen. Aus dem pragmatischen SPD-Vorsteher von einst, resigniert das *Handelsblatt*, sei ein Jahr nach Amtsantritt ein »dogmatischer Beschlussi geworden, dem SPD-Parteitagspapiere derzeit sogar mehr wert zu sein scheinen als die eigene Überzeugung«.

Doch Scharping hat es schwer. »Schwerer als ich«, sagt Schäuble verständnisvoll. Mit Gerhard Schröder sitzt dem SPD-Vormann ein gefährlicher Rivale im Nacken, der keine Gelegenheit ausläßt, sich als den besseren von beiden darzustellen. In Steuerfragen lassen sich die SPD-Ministerpräsidenten nicht von ihm vereinnahmen, und die Fraktion ist demotiviert. Nach der Bundestagswahl bereitet die Koalition der SPD eine Abstimmungsniederlage nach der anderen. Nach zwölf Jahren an der Macht agieren die Koalitionäre ein Jahr lang so diszipliniert wie am ersten Tag, während die Opposition unter Scharpings

Führung von Niederlage zu Niederlage eilt. Da kommt es schon einmal vor, daß sich Sozialdemokraten vor namentlichen Abstimmungen reihenweise krank melden, ihr Vorsitzender dennoch auf der Abstimmung beharrt und damit sehenden Auges in Niederlagen läuft. Dann hadern die eigenen Leute abends an der Bundestagsbar mit ihrem Schicksal.

Wenn sich zur fehlenden Ausstrahlung auch noch handwerkliche Schwächen gesellen, dann ist die Ablösung der Regierung weit. Keine beglückende Aussicht nach mehr als zwölf Jahren in der Opposition. Schäubles Mitleid für die Genossen hält sich in engen Grenzen. Natürlich werde auch die Union die eine oder andere Abstimmung verlieren. »Aber das haut uns nicht um.« Eine beschönigende Sicht – angesichts der politischen Beben, die Abstimmungsniederlagen im Spätherbst 1995 dann in der Koalition auslösen. Aber zu diesem Zeitpunkt ist Scharping auch nicht mehr Parteivorsitzender.

Scharping und Schäuble sind sich auch deshalb nicht grün, weil sich der eine auf Kosten des anderen profiliert. Um den in der Anfangszeit nur müde anlaufenden Bundestagswahlkampf auf Touren zu bringen, schlägt Schäuble vor, die Verfassung so zu ändern, daß ein Einsatz der Bundeswehr im Inneren möglich wird. Ein brisanter Vorstoß aus heiterem Himmel. Schäuble will eine gesellschaftliche Debatte provozieren nach dem Vorbild des erbitterten Streits über die Notstandsgesetze 1967/68. Schäuble läßt offen, was er mit der Armee im Inneren anstellen will, spricht von unbeherrschbaren Situationen, fabuliert von Terrorismus und unkontrollierbaren Demonstrationen. Eingeweihte wissen: Der Fraktionsvorsitzende meint es nicht ernst. Er will provozieren.

Auf einer Sitzung der Fraktionsvorsitzenden aus Bund und Ländern macht Schäuble aus seinen taktischen Motiven kein Hehl. Die großen Parteien, erzählt er den Kollegen aus den Ländern, seien immer weniger voneinander zu unterscheiden. Das komme daher, daß ihre Argumentationen in vielen Fragen für Außenstehende beinahe identisch seien. Schäuble zieht aus dem politischen Kuddelmuddel in der Mitte die Schlußfolgerung, die Polarisierung mit dem Gegner zu suchen. »Wir brauchen Krach!« In diesem Zusammenhang schlägt er als Reizthema den Einsatz der Bundeswehr im Inneren vor. Innere Sicherheit ist eines der herausragenden Themen. Doch längst verbinden viele Bürger den Wunsch nach persönlicher Sicherheit nicht mehr mit dem Kürzel CDU. Schäubles Vorschlag ist radikal genug, um verlorenes Terrain zurückzugewinnen, glauben die Motivforscher in seiner eigenen Fraktion. Doch außer Johannes Gerster, dem innenpolitischen Fraktionssprecher, stellt sich kein weiterer hinter den Scheinvorstoß. Unbefangen bricht Schäuble Tabus – ganz im Zeichen der von ihm beschworenen deutschen »Normalität« fünfzig Jahre nach dem Ende des Zweiten Weltkrieges. Irgendwann fällt ihm dann eine Begründung ein, die nachvollziehbar klingt, allerdings weit hergeholt ist. So erinnert er an die unübersichtliche Sicherheitslage beim Bonner Weltwirtschaftsgipfel. Damals, 1985, gab es Gerüchte über terroristische Bedrohungen aus der Luft. Wer hätte, wäre es soweit gekommen, einschreiten können? Die Polizei hätte nicht gekonnt, die Bundeswehr nicht gedurft. Oder wenn bei Hochwasserkatastrophen die Zahl der Polizisten nicht ausreicht, um gleichzeitig die Bürger vor Plünderungen zu schützen und Katastrophenhilfe zu leisten? Das klingt alles ganz vernünftig, nur dann auch wieder so unwahrscheinlich, daß man dafür den Verfassungskonsens nicht bedrohen müßte – wenn, ja, wenn nicht gerade Wahlkampf wäre. Vor Vertrauten gibt Schäuble seine Lust am Zündeln schließlich selbst zu. »Ich bin über die Wirkung des Themas ganz zufrieden.« Manchmal verkündet er in diesem Zusammenhang seine Variante des Hornberger Schießens: »Ich hab' schon als kleiner Bub gern Steine in den Hornberger Schloßweiher geworfen und versonnen zugeschaut, welche Kreise das zieht ...«

Schäubles Idee ist ein gezielter Tabubruch in Wahlkampfzeiten – mehr nicht. Bundesinnenminister Manfred Kanther schweigt, was er immer tut, wenn er mit den Vorschlägen von Parteifreunden nicht einverstanden ist. Die Experten im Bundesinnenministerium schütteln die Köpfe und nennen intern Schäubles Schnapsidee »idiotisch«. Doch niemand aus den eigenen Reihen fährt ihm in die Parade, alle halten dicht.

Damit ist das Feld frei für die SPD: Und Scharping geht Schäuble voll auf den Leim, läßt sich dazu verleiten, mit großem Kaliber auf den

Phantomvorschlag zu schießen. Scharping unterstellt Schäuble in Anspielung auf das diktatorische Regime des spanischen Generals Franco ein »Spiel mit francistischen Ideen«. Es zeige, daß Schäuble das Grundgesetz nur insoweit ernst nehme, wie es mit seinen parteipolitischen Interessen übereinstimme. Schäuble, der ehemalige Verfassungsminister, spiele mit dem Verfassungsbruch. Helmut Kohl, spitzt Scharping noch weiter zu, sei »für den wabernden Weltgeist zuständig, Wolfgang Schäuble für die nationalistische Front«. Scharping benutzt Spekulationen, Kohl wolle sich in der Mitte der Legislaturperiode ablösen lassen, als Wahlkampfwaffe. Er wolle »nicht von Wolfgang Schäuble regiert werden«. Dessen Politik sei nicht mehr konservativ, sondern reaktionär. »Dieses Land braucht eine neue Politik, die nicht alte Hierarchien wiederaufstellt, sondern Kräfte freisetzt.« Scharping spielt auf Schäubles Schicksal an: »Dieser Mann treibt mit seiner verhärteten Art die Union in eine nationalistische rechte Ecke. Er zerstört damit die Union als Volkspartei.«

Scharping fällt auf das Kalkül Schäubles herein – und überzieht in seiner Kritik. Doch der Fraktionsvorsitzende der Union kann nicht davon profitieren, vermag doch kaum jemand einzusehen, weshalb die Bundeswehr außer bei Schlechtwetterkatastrophen im Inland eingesetzt werden müßte. Sein Vorschlag ist exotisch und nicht durchdacht – er führt zu Kopfschütteln auch im eigenen Lager. Deswegen taugt die Idee auch nicht, die eigenen Anhänger zu mobilisieren. Gemessen an Schäubles Ziel entpuppt sich sein Scheinvorstoß als Schuß in den Ofen. Schäuble hat es selbst eingesehen, weshalb er diese Idee weder in der heißen Wahlkampfphase noch nach gewonnener Bundestagswahl jemals wieder auch nur erwähnt hat.

Schäuble spricht häufig mit Scharping. Viel häufiger als mit dessen Vorgänger Hans-Ulrich Klose. Das ist es ja gerade: Mit Klose brauchte Schäuble oft genug nicht ausdrücklich Absprachen zu treffen, mit dem verstand er sich auch ohne viele Worte.

Anders als mit Klose ist Schäuble mit Scharping sogar essen gegangen; die beiden wurden einmal, es war kurz vor der parlamentarischen Sommerpause 1995, in der »Traube« mitten in der Bonner City, am Fuß des Bonner Stadthauses, gesichtet. Mit Klose verkehrte

Schäuble viel diskreter als mit Scharping, denn der Hanseat stand bei der eigenen Truppe unter Dauerverdacht, sich von Schäuble über den Tisch ziehen zu lassen. »Die Sozis haben gedacht, der begeht Parteiverrat.« Deswegen aß Schäuble nicht mit Klose, hat aber keine Scheu, sich in der Öffentlichkeit beim vertraulichen Plausch mit Scharping zu zeigen. »Kein Mensch kommt auf die Idee, daß der Scharping sich von mir einsacken läßt oder ich mich von ihm.« Die beiden sind sich eben menschlich herzlich unsympathisch. Auf eine Vorhersage läßt Schäuble, der ansonsten über die »Innereien« der Beziehung zu Scharping Diskretion wahrt, sich immerhin ein: »Mein Verhältnis zu Scharping wird niemals so sein, wie es zu Klose war.«

HANS-ULRICH KLOSE

Wolfgang Schäuble und Hans-Ulrich Klose treten ihren Job als Fraktionschef beinahe zeitgleich an, der Hamburger eine Woche früher als der Badener. Beide sind in einer Ausnahmesituation. Bei Schäuble ist es der Rollstuhl, der neben Vorbehalten einzelner Unionsparlamentarier gegen diesen »harten Hund« die Frage provoziert: Schafft der das? Klose tritt mit dem Manko an, kein Mann der Fraktion zu sein, sondern ein elitärer Außenseiter. Klose ist niemand, der schulterklopfend Kumpel sucht, Truppen bildet und Seilschaften knüpft. Er ist ein Intellektueller, jemand, der das Wohl des Gemeinwesens über die Parteiräson stellt. In seiner ganzen Art wirkt Klose kontemplativ, in seinem Arbeitszimmer kommen sich Besucher vor wie im Auge des Taifuns. Wenige Meter weit tobt die Schlacht, doch bei Klose im Büro herrscht konzentrierte Ruhe. Es duftet nach Pfeifentabak und Früchtetee.

Klose tritt sein Amt als Vormann aller SPD-Abgeordneten mit einer großen persönlichen Hypothek an: Sein Wille zur Macht ist, gemessen an dem, was die Genossen von ihm erwarten, hinter anderen Eigenschaften zurückgeblieben. Der eigenen Mannschaft ist schnell klar, daß Klose ein Attribut fehlt, um in Bonn zu bestehen: Er ist kein Kämpfer. »Das Schreiben von Papieren oder der rhetorische Schlagabtausch befriedigt mich nicht«, hat der Hanseat über sich gesagt. Wo andere sich rauflustig ins Schlachtgetümmel werfen, zieht Klose den intellektuellen Disput vor. Aber dafür ist das Regierungsviertel nicht der richtige Ort. Die Art der Auseinandersetzung, die Klose am liebsten wäre, braucht Ruhe, Zeit und souveräne Darsteller. Dafür geht es im politischen Bonn zu flatterhaft, machtversessen und eitel zu.

Politisch sozialisiert wurde Klose in der Hamburger Bürgerschaft. Er ist ein Gewächs der Exekutive, ein Mann der Tat. Das wiederum verbindet ihn mit seinem politischen Doppelpartner aus der Union. Klose formuliert sein Credo deckungsgleich mit dem Schäubles: »Bei Politik muß etwas herauskommen.« Daher erklären sich Kloses Grenzüberschreitungen. Die von weltfremdem Idealismus gespeisten sozialdemokratischen Dogmen in der Innen- und der Außenpolitik hat Klose als erster über den Haufen geworfen. Weil »wir dabei waren, das Asylrecht durch schiere Masse kaputtzumachen«, hat er sich mit Schäuble schon sehr früh, viel früher, als es die eigenen Genossen ahnen, auf eine Grundgesetzänderung verständigt. Schäuble und Klose verbindet ihr Staatsbewußtsein. Beide wollen, daß im Land Stabilität herrscht. Schäuble konnte sich auf Kloses Wort verlassen, der wiederum auf Schäubles Zusage, die Sozialdemokraten in ihrem notwendigen Anpassungsprozeß nicht zu überfordern. Voller Anerkennung sagt Klose heute noch über Schäuble: »Der hat mich nie übers Ohr gehauen.«

In der Außenpolitik scheiterte »Bellizist« Klose am Pazifisten Lafontaine und an der Schwäche Scharpings. Wenn sich die Regierungskoalition zu der Zeit, als er noch Fraktionsvorsitzender der SPD war, auf einen Vorschlag für die Beteiligung der Bundeswehr an internationalen Militäraktionen geeinigt hätte, Klose wäre der Kraftprobe nicht aus dem Weg gegangen, einen solchen Vorschlag in der eigenen Fraktion zur Wahl zu stellen. Doch die FDP blockierte eine Lösung, ja zog sogar gegen die eigene Regierung nach Karlsruhe. So aber blieb es bei der Unvereinbarkeit der Standpunkte. Am Ende entschied das Bundesverfassungsgericht den Streit – zugunsten weitgehender Einsatzmöglichkeiten, wie von der Union stets reklamiert. Die Karlsruher Richter widerlegten damit nicht nur die jahrelange Fehlinterpretation durch die Genscher-FDP, sondern eben auch die der Sozialdemokraten. Eine

Niederlage vor Gericht, die die SPD durch einen rechtzeitigen Kompromiß mit der Koalition noch in einen politischen Teilsieg hätte umwandeln können.

Heute stört es Klose nicht mehr, von eigenen Genossen als »Bellizist« diffamiert zu werden. Was ihn hingegen stört, »ist die offenkundige Neigung der SPD, meiner Partei, sich aus dem Kontext des Bündnisses und der kooperativen Sicherheit zu entfernen«. In anderem Kontext rechnet Klose mit der Programmgläubigkeit und dem weit abgehobenen Idealismus ab. »Da zählt nicht, was die Leute sagen, sondern was in unseren Beschlüssen steht. Die heilige sozialdemokratische Glaubenskongregation ist allemal wichtiger als das Volk.«

In ihrem Urteil über die SPD sind Schäuble und Klose sich einig. Mittlerweile sind die Sozialdemokraten zur strukturkonservativen Partei geworden, nicht mehr in der Lage, neue Problemstellungen unvoreingenommen zu diskutieren. Statt dessen richten sie Tabus auf, um »Bewährtes« nicht in Frage stellen zu müssen. Klose hat sich im *Spiegel* darüber beschwert. Die SPD bewege sich bereits seit vielen Jahren in den Kategorien der »Political correctness«. »Wer schon vor der Einheit für die Wiedervereinigung plädierte, mußte sich deutsch-national nennen lassen. Wer die Steuerbelastung der Unternehmen für zu hoch hält, betreibt Unternehmenspolitik. Wer von Leistung redet, muß sofort von Mitbestimmung sprechen – sonst ist er ein verkappter Liberaler. Wer Ausländerkriminalität als Problem benennt, gerät gar in die Nähe der Reps.« Wer mit solchen Scheuklappen diskutiert, von dem ist jedenfalls nicht zu erwarten, daß er kreativ in der vordersten Linie der Fortschrittsfront operiert.

Für die »Verkrustung« der SPD macht Schäuble eine Reihe von Gründen verantwortlich. Die Veränderung der ökonomischen und damit der sozialen Lebenswelt mache der Traditionspartei SPD zu schaffen. Wie viele klassische Arbeiter gebe es denn überhaupt noch? Im übrigen sei die SPD inzwischen zur Lehrerpartei plus Frauenquote mutiert. Der politische Nachwuchs sei praktisch nicht mehr existent, die Jusos bewegten sich mehr außerhalb als innerhalb der Partei. Heute heiße der Nachwuchs schon Rudolf Scharping. Die Bindekräfte innerhalb der SPD nähmen ab. »Mit noch so viel Papier kann man in einer Großorganisation wie der SPD keine Sozialisation schaffen.« Mit der FDP teile die SPD das Schicksal einer immer stärkeren Abkapselung der realitätsblinden Funktionäre im Mittelbau der Partei von der bodenständigen Basis. Vom Sozialismus habe sie sich auch nach dessen Untergang noch nicht getrennt. Der stehe nach wie vor im Grundsatzprogramm der Sozialdemokraten. Deswegen ist für Schäuble »nicht die PDS die Partei des demokratischen Sozialismus, sondern die SPD!« Kein Wunder, daß die Wiedervereinigung die SPD auf dem falschen Fuß erwischt habe.

Hinzu kamen demotivierende Niederlagen. So rechnet die SPD nach der Wiedervereinigung mit einem Wahlsieg mit Hilfe des traditionell »roten« Ostens. Eine ähnliche Autosuggestion folgt im Frühjahr 1994, zehn Monate vor der Bundestagswahl: Oskar Lafontaine sagt zu Schäuble: »Ihr werdet sehen, jetzt schaffen wir's!« Danach redet die SPD sich ein, sie werde die Europawahl gewinnen – und verliert. Allen Ernstes glaubt sie, in der Bundesversammlung mehr als fünfzig Stimmen aus dem Koalitionslager für ihren Präsidentschaftskandidaten Johannes Rau abzweigen zu können. Parlamentsgeschäftsführer Peter Struck erzählt das Journalisten, die schreiben das in ihren Zeitungen. Genossen lesen es und glauben daran. Entsprechend demotivierend wirkt die unvermeidbare Niederlage Raus dann auf die Gesamtpartei, zumal sich Scharping auch noch als schlechter Verlierer zu erkennen gibt und sogleich wenig staatsmännisch am neuen Präsidenten Roman Herzog herummäkelt. Dadurch macht er die Niederlage auch zu seiner eigenen. Münchhausen andersherum: So zieht man sich selbst in den Strudel.

Wer so viel Schmach hinnehmen muß, der wird in seiner Grundhaltung beinahe zwangsläufig immer defätistischer. Wer aber keinen Optimismus ausstrahlt, dem nimmt man auch nicht ab, Garant für die eigene Zukunft sein zu können. Gemessen daran fällt Helmut Kohls Wahlsieg dann doch noch sehr knapp aus.

Über Klose hat Schäuble sich stets positiv geäußert – auch im Bundestag. Da hat er den Sozialdemokraten aus Hamburg sogar gegen dessen Genossen ausgespielt, was Klose bei den eigenen Leuten enorm geschadet hat. Und dennoch: Der SPD-Mann hält Schäubles Lob nicht für vergiftet, fühlt sich von dem gewieften Taktiker an der Spitze der Unionsfraktion nicht ausgenutzt. Natürlich sei Schäuble jemand, der stets abwäge und dabei zu dem Ergebnis komme: »Was nützlich ist, ist legitim.« Doch das Lob für Klose habe Schäuble nicht taktisch verstanden: »Das hat er ernst gemeint.« Herta Däubler-Gmelin, die von Klose im Rennen um den Fraktionsvorsitz der SPD geschlagen wurde, konnte sein positives Urteil über Schäuble nie nachvollziehen. »Für die blieb er ein Schuft.«

HANS-JOCHEN VOGEL

Ende Juni 1994 im Berliner Reichstag: Hans-Jochen Vogel hält nach zweiundzwanzig Jahren politischer Arbeit im Parlament seine Abschiedsrede. Für die Bundestagswahl hat sich der Ehrenvorsitzende seiner Fraktion nicht mehr aufstellen lassen. Jahrelang haben sie sich geärgert über diesen Pedanten und Aktenfetischisten, der Freund und Feind mit seinen Nickeligkeiten und seiner rechthaberischen Attitüde auf die Nerven ging. Doch nun, in dieser Stunde, rücken die Parlamentarier zusammen, entwickeln ein Gefühl für die Würde des Augenblicks. Vogel nimmt Abschied: »Mir bleibt übrig, mich bei denen zu entschuldigen, die ich in diesem Hause im Laufe der Jahre gekränkt habe …«

Mit anerkennendem Beifall für diese souveräne Geste quittieren die Abgeordneten Vogels kollektive Entschuldigung. Einer applaudiert nicht, weil er in diesem Moment gar nicht auf seinem Platz in der ersten Reihe seiner Fraktion sitzt. Wolfgang Schäuble hat den Reichstag verlassen, bevor Vogel zu seiner letzten Bundestagsrede anhebt. Aus Protest verweigert der Fraktionsvorsitzende der Union dem Kollegen von der SPD den Abschied. Am bitteren Ende der Beziehung dieser beiden steht ein unversöhnliches Wort Schäubles über Vogel: »Den tu' ich mir nicht mehr an.« Dabei schätzt er Hans-Jochen Vogel durchaus. Auch heute noch lobt er dessen Fachwissen und die denkerische Präzision des Sozialdemokraten. Schäuble bescheinigt Vogel intellektuelle Tiefe. »Er war ungewöhnlich stark.« Den früheren SPD-Partei-,

-Fraktionsvorsitzenden und dritten SPD-Kanzlerkandidaten, den Helmut Kohl verschliß, nennt Schäuble nicht nur »ungewöhnlich fleißig«, sondern auch noch »hochgebildet«.

Als Vogel Fraktionsvorsitzender der SPD ist, sitzt Schäuble ein paar Türen von Helmut Kohl entfernt als Minister im Kanzleramt, später als Behördenchef im Bundesinnenministerium. Schäuble stört es, daß zwischen Vogel und Helmut Kohl nichts geht. Das Verhältnis der beiden ist eisig. Mit Vogel und Kohl prallen zwei Lebensstile unversöhnlich aufeinander. Hier der Denker, Arbeiter und Puritaner Vogel, der Politik als eine Abfolge von Aktennotizen zu verstehen scheint, ein Sozi durch und durch, zudem hart und nachtragend, intellektuelle Fehler oder Ungenauigkeiten nicht verzeihend. Dort Helmut Kohl, der Instinktmensch, der oft genug sagt: »Das machen wir jetzt so«, ohne es begründen zu können. Wo Vogel seine feste Meinung hat, für die es eine diskussionsfeste Ansammlung guter Gründe gibt, da laviert Kohl, recherchiert die Mehrheitsverhältnisse, läßt sich von allen Seiten beraten, findet zu einer Meinung und verwirft sie dann wieder, zögert und zaudert, um sie dann schließlich doch noch durchzuziehen. Einer wie Kohl verkämpft sich nicht, weil er am Ende beinahe in jedem Fall auf der Seite der Gewinner stehen will. Vogel tritt auf mit lutherischer Strenge: Hier stehe ich, ich kann nicht anders. Über Kohl haben wohlmeinende Spötter angemerkt, der habe Luther vom Kopf auf die Füße gestellt: Hier stehe ich, ich kann auch anders!

Unterschiedliche Politikstile hin oder her – Schäuble drängt Kohl, auf Vogel zuzugehen, das verkorkste Verhältnis zu begradigen. Schäuble weiß, warum Kohl keine Wahl bleibt, als über seinen Schatten zu springen: »Ein Kanzler muß mit dem Oppositionsführer gut auskommen, sonst schadet es dem Kanzler.« In der Tat bessert sich in der Folgezeit dank der Vermittlertätigkeit Schäubles das Klima zwischen Kohl und Vogel.

Im Frühjahr und Sommer 1990 verhandelt Schäuble zwischen Bonn und Ost-Berlin, zwischen Koalition und SPD, zwischen Bund und Ländern den Einigungsvertrag. Lothar de Maizière, der letzte Ministerpräsident der DDR, ist ein schwieriger Verhandlungspartner, weil er von der DDR in die Einheit hinüberretten will, was zu retten ist. Doch mindestens ebenso schwierig fällt Schäuble das notwendige Gespräch mit dem Bonner Oppositionsführer Hans-Jochen Vogel. Die stundenlangen Verhandlungen mit dem zähen Spitzensozi kosten Schäuble unendlich viel Nerven.

Ein ums andere Mal weint Schäuble sich bei Kohl über diesen bockbeinigen Vogel aus. Doch Kohl ist von Mitleid weit entfernt. Schadenfroh und mit ausgeprägtem Sinn für zynische Situationskomik lacht er seinen Innenminister aus. Da hat mir, so empfindet Kohl es, der Schäuble immer wieder den Vogel ans Herz gelegt, hat gesagt: Helmut, der ist doch gar nicht so schlimm – und muß nun selbst unter diesem Vogel leiden wie ein Hund. Geschieht ihm recht, dem Wolfgang! Der hat sich mächtig aufgeregt: Weniger über Vogel als vielmehr über Kohl.

Vogel hat sich stets mit einer Aura der Unnahbarkeit umgeben. Er praktizierte Hierarchie, wo andere im Team dachten, verlangte seinen Gesprächspartnern viel Verständnis ab für seinen ausgeprägten Sinn für die »Kleiderordnung«. Nur selten hat man Vogel hemdsärmelig erlebt. Und dennoch ist auch er in der Lage zu menschlichen Gesten. Als Schäuble schon relativ kurze Zeit nach dem Attentat ins Innenministerium zurückkehrt, dauert es nicht lange, und Vogel besucht ihn dort. Die beiden reden eine Stunde ganz informell; draußen erfährt niemand davon. In der ersten Bundestagssitzung, an der Schäuble nach dem Attentat teilnimmt, leitet der Oppositionsführer seine Antwort auf eine Regierungserklärung Helmut Kohls mit den Worten ein, wie gut es sei, daß Schäuble wieder im Bundestag sitze. Wer Vogel kennt, der weiß, das bedeutet mehr als die gebotene Nettigkeit an die Adresse des politischen Gegners.

Auch in politischen Fragen war Vogel fair genug, die Leistung Schäubles anzuerkennen. Ein Beispiel dafür ist die Berlin-Entscheidung. Für Vogel, den früheren Regierenden Bürgermeister von Berlin, stand außer Frage, daß er sich nach dem Fall der Mauer für den Umzug von Regierung und Parlament aus Bonn nach Berlin einsetzen würde. Das war eine der wenigen Fragen, die ihn mit Schäuble verband. Und so registrierte Vogel aufmerksam, wie Schäuble in der CDU, die mehrheitlich für Bonn war, Zug um die Zug die Stimmung zugunsten der alten Reichshauptstadt umdrehte.

Im April 1991 veranstaltet die baden-württembergische CDU einen Landesparteitag. Thema ist der Berlin-Umzug. Vehement plädieren die beiden starken Männer der Partei, Erwin Teufel und sein Vorgänger im Amt des Regierungschefs, Lothar Späth, für das Verbleiben von Administration, Bundestag und Bundesrat am Rhein. Die Mehrheit gegen Berlin scheint gesichert, da rollt Wolfgang Schäuble ans Mikrophon. Er ist der letzte Redner. Und er bringt es fertig, mit einer eindringlichen, wie fast immer frei vorgetragenen Rede die Stimmung umzudrehen. Am Ende votiert der Parteitag gegen die eigene Führung mit eindrucksvoller Zweidrittelmehrheit für Berlin. Zwei Monate später sollte Schäuble annähernd dasselbe Kunststück im Bonner Bundestag glükken. Jedenfalls begibt sich Vogel am Tag nach dem baden-württembergischen Parteikonvent in Schäubles Büro, um sich bei dem Innenminister für sein Berlin-Engagement zu bedanken. Vogel weiß, daß die Entscheidung der baden-württembergischen CDU pro Berlin den ersten großen Durchbruch bedeutet. Immerhin geht am Bonner Regierungssitz zu diesem Zeitpunkt die Mehrheit noch davon aus, daß am Ende Bonn die Nase vorn haben würde.

Vogel und Schäuble verbindet beileibe keine Freundschaft, aber man kommt auf dienstlicher Ebene recht ordentlich miteinander aus. Doch dann zerbricht die Beziehung. Schäuble selbst macht den Bruch am Streit um die Besetzung eines Richterpostens am Bundesverfassungsgericht fest. Im Bundestagswahljahr 1994 intervenieren Nordrhein-Westfalens Ministerpräsident Johannes Rau und Hans-Jochen Vogel bei Kohl und Schäuble: Sie werben dafür, den freigewordenen Richterposten in Karlsruhe mit dem langjährigen Deutschlandpolitiker und früheren Kirchentagspräsidenten Jürgen Schmude zu besetzen. Kohl hat Bedenken gegen Schmude, vor allem, weil er nicht sicher ist, ob Stasi- oder SED-Akten nicht noch unangenehme Wahrheiten über eine seinerzeit vermutete ostpolitische Verstrickung Schmudes zutage fördern würden. Schäuble zerstreut Kohls Bedenken, setzt den SPD-Mann beim Kanzler durch. Die Angelegenheit gilt für Kohl und Schäuble als erledigt. Da klingelt an einem Sonntagabend daheim bei Schäuble in Gengenbach das Telefon. Am Apparat: Hans-Ulrich Klose, der Kollege Fraktionschef von der SPD. Er eröffnet seinem völlig verdutzten

Gesprächspartner, die sozialdemokratische Bundestagsfraktion beabsichtige, nicht Schmude, sondern Herta Däubler-Gmelin, die oberste Rechtspolitikerin der Fraktion, als Richterin zu nominieren. Schäuble ist fassungslos: »Ich glaube, ihr seid wahnsinnig.« Er kündigt Klose an, daß Däubler-Gmelin, die Vertraute Hans-Jochen Vogels, nie und nimmer eine Chance haben werde, im Richterwahlausschuß gewählt zu werden. »Die Union wird niemals jemanden wählen, ohne gefragt zu werden. Wenn wir das jetzt so machen, dann ist das gesamte Verfahren kaputt – und wenn es sich um den Papst handeln würde.« Die SPD-Fraktion beschließt dennoch, offiziell Däubler-Gmelin an das Verfassungsgericht zu entsenden, und verstößt damit gegen das traditionelle Konsensprinzip bei der Besetzung der obersten Richterposten.

Doch Schäuble bleibt knochenhart. Natürlich hat er auch etwas gegen die Kandidatin einzuwenden, die wegen ihrer bissigen Art von den Genossen den Spitznamen »Schwertgosch« verpaßt bekam. Aber der Hauptgrund für seinen hinhaltenden Widerstand ist der Wortbruch der SPD. Schäuble ist eben ein Politiker, auf dessen Zusagen sich auch der politische Gegner verlassen kann. Umgekehrt erwartet er diese Verläßlichkeit jedoch genauso von seinem Kontrahenten. Schließlich will er sich von der SPD auch nicht vorführen lassen wie der Tanzbär der Opposition. Die Sozialdemokraten wiederum erkennen nicht, daß Schäuble um nichts in der Welt bereit sein wird, nachzugeben. Sie verrennen sich in die Vorstellung, Däubler-Gmelin werde sich am Ende durchsetzen, Schäuble einknicken.

Hinter den Kulissen finden Werbungsgespräche statt. Die Sozialdemokraten wollen den Bundespräsidenten und den Bundeskanzler gegen den Fraktionsvorsitzenden der Union in Stellung bringen. Und die SPD hat Erfolg. Richard von Weizsäcker setzt sich bei Schäuble für die SPD-Politikerin ein – und beißt auf Granit. Eines Tages ruft der Parteivorsitzende Rudolf Scharping bei Schäuble an. Helmut Kohl habe ihn an den Fraktionsvorsitzenden verwiesen. Im Klartext: Auch der Bundeskanzler war bereit, den Sozialdemokraten ihren Personalwunsch zu erfüllen. Als Scharping Schäubles Widerstand spürt, droht er dem Unionsvormann: Die SPD werde den neuen Generalbundesanwalt nicht mitwählen, ziehe die Union nicht bei Däubler-Gmelin mit.

Doch der CDU-Mann läßt sich nicht beeindrucken. Wolfgang Schäuble gegen den Rest der Welt. Scharping bescheidet er knapp: »Überlegen Sie sich etwas anderes.«

Schäubles Unerbittlichkeit ruft Hans-Jochen Vogel auf den Plan, der sich als Mentor Däubler-Gmelins versteht. Und Vogel langt kräftig zu, sagt über Schäuble: »Dieser Mann ist unter dem Eindruck seiner Behinderung sehr hart geworden, manche meinen sogar böse. Ich erkenne ihn manchmal nicht wieder.« Wolfgang Schäuble hatte schon immer ein dickes Fell. Seit weit mehr als zwanzig Jahren sitzt er im Bonner Parlament. Dieser Mann ist nicht mehr leicht zu erschüttern. Er teilt gerne aus, und er kann gut einstecken. Eines jedoch verletzt den CDU-Mann zutiefst: die Verquickung des Rollstuhls, seines persönlichen Schicksals, mit seinem politischen Wirken. Schäuble reagiert betroffen, wirft Vogel vor, damit Vorurteile gegen Behinderte zum Instrument der politischen Auseinandersetzung gemacht zu haben. Damit seien er und seine Familie schwer verletzt worden.

Bereits zuvor hat Schäuble Vogel beschuldigt, der habe aus seinem Buch *Und der Zukunft zugewandt* falsch zitiert und ihm unterstellt, er wolle der Nation eine transzendentale Dimension beimessen, möglicherweise sogar als Alternative zur Religion. Schäuble fühlt sich als Nationalist diffamiert und wirft Vogel Verleumdung vor. »Hoffnung und Zuversicht als Grundnotwendigkeiten menschlicher Existenz«, hat Schäuble in seinem Buch geschrieben, »können sich also aus zwei Elementen speisen: aus der religiösen Zuversicht und aus der Geborgenheit, dem Aufgehobensein in der Gemeinschaft, der Gemeinschaft der Familie, der Gemeinschaft des Dorfes, des Vereins, auch der Nation.« Der Mensch, rechtfertigt sich Schäuble später in einer Pressekonferenz, sei an sich eben auf die Zukunft ausgerichtet, und wenn die Religion keine Hoffnung mehr biete, dann müsse dies wenigstens die Gemeinschaft leisten. »Das weist doch nicht ins Jenseits.«

Das tut es nicht, aber Schäubles Buch läßt durchaus den Schluß zu, daß er der Nation eine ersatzreligiöse Funktion zuweist. Also bleibt Vogel inhaltlich bei seinen Vorwürfen an die Adresse Schäubles und nimmt auch von seinem persönlichen Angriff auf den Fraktionsvorsitzenden der Union nur wenig zurück: »Daß Sie«, schreibt Vogel in einem offenen Brief an Schäuble, »zu betonter Härte neigen, zeigt übrigens auch die Wortwahl Ihres offenen Briefes, in dem Sie gegen mich zweimal grundlos den Vorwurf der Verleumdung, also den Vorwurf strafbarer Handlungen, erheben.«

Schröder – ein Mann für die Kamera

Mit den drei Fraktionsvorsitzenden der SPD, die seine Verhandlungspartner waren, hat Schäuble nur bedingt Glück gehabt. Mit Vogel ging es eine Zeitlang gut, bevor das Klima zwischen beiden eiskalt wurde. Klose war zwar der Partner nach Schäubles Geschmack, doch den setzte die eigene Fraktion schachmatt. Zu Scharping wird sich eine persönlich geprägte Beziehung nie entwickeln. Und die Alternativen?

Gerhard Schröder hat eine hohe Meinung vom Fraktionsvorsitzenden der Union und bescheinigt Schäuble sogar öffentlich, der sei einer der »profiliertesten Köpfe« der Union und habe sehr wohl Kanzlerformat. Die Anerkennung beruht nicht auf Gegenseitigkeit. Letztendlich ist Schäuble von Schröder enttäuscht. Sein Eindruck: viele Worte, große Show, wenig Substanz. Bei den Asylverhandlungen hat Schäuble Schröder eingehender studieren können, in Davos hat er mit ihm auf dem Podium des Weltwirtschaftsforums diskutiert. Wenig Substanz hat er bei beiden Gelegenheiten wahrgenommen, dafür aber viel Außendarstellung. Im Vergleich zu Schröder schätzt Schäuble Scharping als den erheblich Substantielleren ein. In der Rolle als Bonner SPD-Fraktionschef würde Schröder sich kaum durchsetzen können. Vertrauten hat Schäuble erzählt, was Schröder dort seiner Meinung nach anrichten werde: »Das würde ein Desaster!«

Mag sein, aber von wem läßt sich diese frustrierte Fraktion überhaupt noch so führen, wie Schäuble die Parlamentarier der Union steuert? Eine Fraktion, die weitaus länger als zehn Jahre die Oppositionsbank drückt, läßt sich nicht vergleichen mit Parlamentariern, die in der ersten Reihe sitzen.

Schröder hat, was Scharping gerne hätte: Ausstrahlung. Der Niedersachse besitzt, was amerikanische Psychologen emotionale Intelligenz nennen. Er ist kommunikativ, aufgeschlossen und meistens freundlich. Wo Scharping verkniffen wirkt, setzt Schröder sein Siegerlächeln auf. Über Aufstieg oder Fall entscheidet jedoch nicht die Höhe des Intelligenzquotienten (IQ), sondern die des emotionalen Quotienten (EQ). Scharping mag, jedenfalls nach dem Urteil Schäubles, beim IQ vorne liegen. Beim EQ hat er jedoch das Nachsehen. Das hat sich ein lachender Dritter zunutze gemacht.

OSKAR LAFONTAINE

Im November 1995 hat Oskar Lafontaine die kurze Regentschaft Rudolf Scharpings handstreichartig beendet. Mit einer einzigen Rede gelang es dem Saarländer, sich den Delegierten des Mannheimer Parteitages als Hoffnungsträger der SPD zu verkaufen. Sang- und klanglos wählten sie den glücklosen Westerwälder ab. Lafontaines Streich kommt als Mantel- und Degenaktion daher. Sie sieht spontan aus, und so stellt sie der Putschist auch selbst dar. Dabei ist die Idee, Scharping abzulösen, in Lafontaines Kopf lange vorher herangereift. Drei Wochen vor dem Parteikonvent berichtet FOCUS, Lafontaine plane die Ablösung Scharpings. Der Saarländer hatte es ganz einfach satt zuzusehen, wie Scharping die SPD ins Verderben führte. Zum Zeitpunkt des Parteitags lagen die Sozialdemokraten demoskopisch bei gerade mal achtundzwanzig Prozent.

Zwei Jahre lang erduldete Lafontaine den Parteivorsitzenden Scharping loyal – und dies, obwohl er sich von ihm in der Frage der Kanzlerkandidatur für die Bundestagswahl 1994 überfahren fühlte. Lafontaine hatte sich Hoffnungen gemacht, nach 1990 ein zweites Mal gegen Helmut Kohl anzutreten, und deswegen Scharping als Anwärter auf den Parteivorsitz gegen Schröder unterstützt. Daß der frisch Gewählte dann durchziehen und er selbst das Nachsehen haben würde, damit hatte Lafontaine nicht gerechnet. Die Ablösung Scharpings bedeutet für den Saarländer auch eine späte Genugtuung. Daß in der Partei der Ruf nach einem Mitgliederentscheid über den neuen Parteichef Lafontaine gar nicht erst laut wurde, dokumentiert nur die Frustration der Sozialdemokraten über ihren kurzzeitigen Vorsitzenden mit dem – verletzungsbedingt – gestelzten Gang.

Über Oskar Lafontaine hat Schäuble sich ein Bild gemacht. »Der ist ein reiner Spieler«, sagt der Fraktionsvorsitzende. Damit wird Schäuble dem Saarländer nicht gerecht. Schließlich hat Lafontaine sich zäh nach oben gearbeitet, bevor die Schwäche seines Vorgängers im Amt des saarländischen Ministerpräsidenten, Werner Zeyer, den Machtwechsel ermöglichte. Länger als zehn Jahre hat er sich bisher als Regierungschef gehalten, was selbst so prominente CDU-Emissäre wie Klaus Töpfer nicht verhindern konnten. Industrielle Umstrukturierung und hohe Arbeitslosigkeit an der Saar haben der Popularität des Ministerpräsidenten kaum Abbruch getan – sie wurden im Gegenteil als sein Erfolg gewertet. Oskar nennen ihn die meisten. Für die Saarländer ist er einer der ihren: trotziger Kämpfer gegen die »im Reich«, wie ältere Saarländer immer noch den Rest der Bundesrepublik nennen.

Inzwischen verkörpert Lafontaine, wie außer ihm nur Johannes Rau, die Seele seiner Partei. Scharfzüngig befriedigt er dabei vor allem die der SPD innewohnenden idealistischen Sehnsüchte nach einer besseren Welt – ohne Waffen und Atomkraftwerke.

Kaum jemand in der SPD besitzt die rhetorischen Fähigkeiten Lafontaines. Der Mann ist ein Volkstribun – je nach Erfordernis und Stimmung verletzend, dann aufbrausend, auch nachdenklich-philosophisch. Stets redet er frei. Seinen Hang zur Polemik hat ihm in der eigenen Partei das Urteil eingetragen, er sei der geeignete Kanzlerkandidat, aber ein ungeeigneter Kanzler.

In der Regierungspraxis agiert Lafontaine ebenso pragmatisch wie Schröder. Der Unterschied zwischen beiden liegt in der Einstellung zu den Mitmenschen. Lafontaines soziale Kompetenz ist nicht sonderlich ausgeprägt, anders gesagt: Der Mann ist arrogant.

Immerhin ist Oskar Lafontaine der einzige Politiker, der Wolfgang Schäuble an den Rand des Rücktritts brachte.

Instinktiv hatte der Regierungschef von der Saar erkannt, daß die deutsche Einheit dem in der eigenen Partei bedrängten Kohl doch noch einmal einen Wahlsieg bescheren könnte. Deswegen versuchte er, die Wiedervereinigung hinauszuzögern – mit der Forderung nach Abschaffung des Übersiedlerverfahrens, mit der Verweigerung seiner Unterschrift unter den ersten Staatsvertrag, mit der Ablehnung einer schnellen Einheit über den Weg des Grundgesetzartikels 23, mit seinen ständigen Warnungen vor den Kosten der Einheit.

Nach der Maueröffnung zogen die DDR-Bewohner nach Westdeutschland – bis zu den März-Wahlen fünfzehntausend Menschen pro Woche. Lafontaine forderte als erster, das Übersiedlerverfahren abzuschaffen. Damit traf er auf eine weitverbreitete Stimmung, denn für viele Menschen im Westen war die Einheit mehr eine soziale als nationale Frage. Auf diese Sozialneidreflexe zielte Lafontaine – und brachte in Windeseile die Mehrheit der CDU-Führung hinter sich. Die Ministerpräsidenten Walter Wallmann und, mehr noch, Ernst Albrecht aus Niedersachsen schwenkten aus Angst vor einer Niederlage bei den unmittelbar bevorstehenden Landtagswahlen auf Lafontaines populistischen Kurs ein. Schäuble hat selbst beschrieben, daß er zeitweise im CDU-Präsidium für seine Position keine Mehrheit mehr hatte. Da er sich jedoch zugleich bei den DDR-Bewohnern im Wort sah, die Freizügigkeit nicht einzuschränken, wäre ihm nur noch der Rücktritt geblieben, wenn die Regierungskoalition anders entschieden und das Verfahren abgeschafft hätte.

Dazu kam es schließlich auch, allerdings nicht so, wie Lafontaine sich das gedacht hatte. Die Abschaffung des Übersiedlerverfahrens wurde zeitlich an die Währungsunion gekoppelt – ein folgerichtiger Kompromiß. In der entscheidenden Koalitionssitzung markierte Schäuble selbst diesen Weg. Lafontaine wertete den Beschluß als Umfaller und warf Kohl den »ersten Betrug des Bundeskanzlers an der Bevölkerung der DDR« vor. Schäuble schalt ihn daraufhin ebensowenig diplomatisch einen »Lügner und Demagogen«.

Am 28. April 1990 stach Adelheid Streidel Lafontaine bei einer Veranstaltung in Köln-Mülheim nieder. In der Zeit danach hat er mehrfach daran gedacht, die Kanzlerkandidatur für die SPD wieder abzugeben. Dabei spielte auch eine Rolle, daß ihm wichtige Sozialdemokraten, an der Spitze Willy Brandt, ihre Unterstützung entzogen. Seine Erfahrung ließ ihn jedenfalls nach der Bundestagswahl das Angebot ausschlagen, den Parteivorsitz der SPD zu übernehmen. Für diese Art

Verzagtheit hatte Attentatsopfer Schäuble keinerlei Verständnis. »Wenn einer antritt, um Kanzler zu werden, ist es natürlich schwierig, wenn er dann nach der Wahl sagt: Ich kann jetzt nicht mehr. Was wäre denn gewesen, wenn er die Wahl gewonnen hätte?« Schäuble hatte sich selbst eben anders entschieden – gegen den Rückzug und für die Offensive.

Inzwischen hat der Badener bei verschiedenen Gelegenheiten zugegeben, daß Lafontaine mit seinen Einschätzungen zur deutschen Einheit nicht ganz falsch lag – etwa in bezug auf die Schätzung der Kosten. Aber der CDU-Mann bleibt bei der These, daß es zum eingeschlagenen Weg keine Alternative gab. Anderes läßt sich nicht beweisen.

Schäuble und Lafontaine gelten als kompromißlose Gegner. Die meisten haben vergessen, daß Lafontaine Schäuble sogar schon öffentlich eine große Koalition angetragen hat. Bei aller gegenseitigen Kritik: Schäuble und Lafontaine zielen in erster Linie auf die Macht. Persönliche Animositäten sind für sie damit zweitrangig. Die Polemik, mit der sie sich wechselseitig überziehen, zeugt eben auch von großem gegenseitigem Respekt.

Nur weil Lafontaine antimilitaristisch und ökologisch denkt, ist er noch lange kein ausgewiesener Linker, wie die Union glauben machen will. Schließlich war er der erste prominente Sozialdemokrat, der eine Änderung des Asylrechts befürwortete. Und er war der erste, der sich mit den strukturkonservativen Gewerkschaften anlegte und ihr Ziel der Arbeitszeitverkürzung bei vollem Lohnausgleich bekämpfte, als Helmut Kohl die Parole vom Standort Deutschland noch gar nicht erfunden hatte.

Lafontaine dribbelt auf dem politischen Spielfeld als Libero. Er ist ein Solist, vielleicht auch ein Egozentriker. Auf jeden Fall agiert er wendig und dabei lautstark, sein ausgeprägter Hang zur Demagogie verdeckt seinen Pragmatismus im politischen Handeln. Ein reiner Spieler, als den Schäuble ihn charakterisiert, ist Lafontaine nicht.

Am Ende ist es wahrscheinlich doch so, wie Hans-Ulrich Klose sagt: Es gibt einfach keine Sozialdemokraten nach dem Geschmack Wolfgang Schäubles. Er mag sie eben alle nicht.

AN DER FRONT

Wolfgang Schäuble kriegen die Sozialdemokraten nicht in den Griff. Am einen Tag verhandelt er mit ihnen – freundlich, konziliant, ruhig, absolut verläßlich, vertrauenswürdig. Am nächsten Tag behandelt er sie mit Herablassung, ja Verachtung, macht sie lächerlich, reizt sie bis an die Grenze der Erträglichkeit. »Dreckschleuder« nennen sie ihn dann.

Der 18. Oktober 1991 ist so ein Tag. Im Parlament geht es um die extremistischen Angriffe auf Ausländer. Natürlich sagt er, was erwartet wird: »All dies ist eine Schande für unser Land.« Für dieses selbstverständliche Bekenntnis gibt es noch Beifall aus den Reihen der Opposition. Doch damit ist es wenig später vorbei. Denn Schäuble liefert das ab, was der *Spiegel* als ein »böses Kunstwerk demagogischer Aufheizung« anklagt, und versetzt die SPD von Minute zu Minute mehr in Rage.

Schäuble bettet seine Rede über die ausländerfeindliche Hetze ein in die laufenden Verhandlungen über die Neuregelung des im Grundgesetz verankerten Asylrechts. Es fallen Sätze, die auf die ohnehin wegen der zehrenden Diskussion um die Verfassungsänderung in den eigenen Reihen gereizten und empfindlichen Sozialdemokraten wirken müssen wie Stiche. Es ist eine kalkulierte Provokation Schäubles:

»Wieso eigentlich wollen wir von unseren Mitbürgern verlangen, daß sie ertragen und verstehen sollen, daß Hunderttausende von Asylbewerbern mit erheblichen finanziellen Belastungen für die Steuerzahler für Jahre untergebracht und versorgt werden sollen, obwohl von vornherein klar ist, daß die allermeisten nicht als politisch verfolgt anerkannt werden können und daß sie nach jahrelangen Verfahren am Ende unser Land dennoch nicht verlassen?«

In der Sache gibt Schäuble nur den bekannten Standpunkt der Union wieder. Ihre Fallhöhe, die Dramaturgie, erhält die Rede aus den Umständen der gesamten Parlamentsdebatte. Beabsichtigt ist ein Signal aller Parteien gegen die ausländerfeindlichen Krawalle. Diesen Konsens unterläuft Schäuble ganz bewußt.

Natürlich gefällt das den Hardlinern in der Union. Die sind ohnehin verstimmt über Schäubles Taktiererei mit den Sozialdemokraten beim Asylrecht. Nun serviert ihnen derselbe Schäuble, den sie schon mal als »Meister des taktischen Kompromisses« abqualifizieren, wonach sich ihr Gemüt so gesehnt hat.

Die Sozialdemokraten sitzen in ihren Bänken und können es nicht fassen. Es sind nicht nur die Worte Schäubles, auch die Art seines Vortrags läßt sie erschaudern. Die entscheidenden Passagen intoniert der Fraktionsvorsitzende der Union beinahe im Flüsterton. Wenn er leise redet, erhöht sich die Aufmerksamkeit seiner Zuhörer. Das weiß der Fraktionsvorsitzende. Diesen Effekt spielt er jetzt kühl aus. Hinterher bringt ein entsetzter Sozialdemokrat die Wirkung dieser Rede auf den beleidigenden Punkt: »Das Grauen kam auf leisen Felgen.«

Rudolf Scharping hält Wolfgang Schäuble schlicht für gefährlich. Er nennt ihn im kleinen Kreis »das offene Messer hinter dem Rücken Kohls«. Dieses Bild von der Arbeitsteilung zwischen dem staatstragenden Vorsitzenden und dem Polemisierer Schäuble hat sich bei der SPD festgesetzt: hier der präsidiale Staatsmann, dort der demagogische Schmutzfink. Schäuble läßt solche Kritik gleichgültig. »Ich weiß ja, woher das kommt.«

Helmut Kohl heimst auf Wahlveranstaltungen den größten Applaus mit einem Themenkomplex ein, den einer seiner Wahlkampfmanager »Gema« nennt: Gesellschaft mit menschlichem Antlitz. Es geht wieder aufwärts, uns geht es gut, wenn ich daran denke, wie schlecht es unseren Vätern noch gegangen ist, usw. Bei öffentlichen Auftritten des Schattenkanzlers Schäuble ist es anders. Der holt sich den Beifall auf Kosten des politischen Gegners. Ein positives Wir-Gefühl vermag Schäuble bei den Parteisympathisanten, die die Zeit aufbringen, solche Veranstaltungen zu besuchen, nicht zu vermitteln. Innerparteiliche Solidarität erreicht Schäuble durch Pflege des Feindbildes. Und das gibt nun einmal die SPD ab.

Dabei bedient er sich einer harten, kompromißlosen Sprache. Kostproben:

»Scharping lügt und spaltet.« – »Landesregierungen wie die in Hessen machen den Bundesstaat kaputt.« – »Die SPD verweigert die Friedensfähigkeit.«

Die Regierung in Sachsen-Anhalt – »ein Komplott zu Lasten der Demokratie«. Die dortige SPD betreibe »Kollaboration mit den Kommunisten«. Mit der historischen Anspielung stellt er die PDS mit den Nazis auf eine Stufe, den Magdeburger Ministerpräsidenten Reinhard Höppner mit dem französischen Marschall Pétain.

Auf Wahlkampfveranstaltungen langt Schäuble zu wie kaum ein zweiter. Da hängt er den Sozialdemokraten – entweder gleich der ganzen Partei oder einzelnen Führungsfiguren – der Reihe nach »Verlogenheit«, eine »Wahlkampflüge«, die Vertiefung der »Spaltung Deutschlands« und »Feigheit« an. Er hat auch kein Problem damit, Sozialdemokraten auf das Niveau von Hausbesetzern in der Hamburger Hafenstraße und chaotischen Steinewerfern zu rücken.

Meistens sind seine Angriffe rhetorisch kunstvoll gesponnen und dramaturgisch geschickt aufgebaut. Schäuble ist ein Meister der Polemik.

Da erzählt er von Demonstranten, die nicht zu fassen sind, weil sie stets vermummt losziehen. Wenn dann doch einmal der eine oder andere festgenommen wird, erzähle der dem Richter, der andere habe den Stein geworfen, so daß dem Gericht nichts anderes übrigbleibe, als »diese Brüder, diese Gauner« wieder nach Hause zu schicken. Dann der unerwartete Schwenk auf den politischen Gegner, die bissige Pointe: »Manche halten eben zusammen wie Pech und Schwefel – wie Wienand, Vogel, Rau und Bahr.« Die vier hätten ein Schweigekartell gebildet, weigerten sich, die mögliche Spionagetätigkeit des früheren SPD-Fraktionsgeschäftsführers Karl Wienand aufzuklären. So stellt man führende Genossen auf eine Stufe mit vermummten Chaoten. Wer sonst außer Schäuble ist zu solchen kunstvoll inszenierten Bösartigkeiten fähig?

Der Rollstuhl, Schäubles demonstrative Gebrechlichkeit, verleiht seinen mit ernstem Timbre in der Stimme vorgetragenen Angriffen eine zusätzliche Härte. Der Rollstuhl verschafft dem Wahlkämpfer Schäuble ohnehin schon einen außerordentlichen Respekt seitens des Publikums. Stehend war Schäuble als Redner von gehobenem Mittelmaß, nur selten lief er zur Hochform auf. Doch im Rollstuhl wird er für seine Zuhörer zum Phänomen. Die lokalen CDU-Größen, die diesen ganz besonderen Gast bei Parteiveranstaltungen zu begrüßen haben, ringen zumeist mit den Worten. Erweisen »vielleicht dem nächsten Bundeskanzler« ihre Reverenz oder auch beinahe schlicht »ganz einfach dem Menschen, der für uns alle Großes geleistet hat«. Wo Schäuble auftritt, wird es oft gleich ganz feierlich.

Dann legt er los und spult die Bilanz der Regierung herunter. Postreform, Bahnreform, Haushalt, Gentechnikgesetz, Besserstellung der Familien, Finanzierung der Einheit, Forschungsförderung, Tarifabschlüsse, Jahressteuergesetz usw. Namen, Daten und Zahlen rauschen an den Zuhörern nur so vorbei. Manche Sätze haben Thomas-Mann-Format. Schäuble in dieser Phase seiner Rede zuzuhören ist anstrengend. Das Publikum vergißt den Applaus. »Tut mir leid, daß ich Sie mit so vielen Zahlen belaste«, sagt der Redner allen Ernstes und erntet verständnisvolle Blicke, um sie gleich darauf burschikos in die Pflicht zu nehmen: »Aber es ist ja auch noch früh am Abend.«

Natürlich haben hinterher die allermeisten vergessen, was ihnen Schäuble da eigentlich erzählt hat. »Na und?« sagt der Redner nach solchen Veranstaltungen. Das ist auch gar nicht entscheidend. Indem er sein Publikum überfordert, nötigt er es zur Bewunderung: Was der alles weiß! Niemand vermag einen Saal so mit Autorität zu füllen wie Wolfgang Schäuble.

Erst nach einer guten Viertelstunde beginnt Schäuble, seine Pointen zu setzen. Dann ist das Publikum froh, endlich klatschen zu dürfen. Um so reichhaltiger fällt der Beifall aus. Mühelos steigt Schäuble dann, je länger er vorträgt, desto tiefer intellektuell hinab. Am Ende dominiert der Stammtisch. Das Thema lautet dann Innere Sicherheit. Schäubles Tenor ist in Variationen stets der gleiche: »Der Rechtsstaat darf nicht verkommen.« Den in Frankreich verhafteten Top-Terroristen Carlos hätten die Deutschen nicht fangen dürfen, »weil sie dabei zu viele Gesetze gebrochen hätten«. Die Franzosen hatten zwei Tage später Anklage erhoben, »bei uns hätte seine Akte noch kein Geschäftszeichen«. Die umstrittene Polizeitaktik der Deeskalation übersetzt Schäuble polemisch mit: »Zuschauen, wie das Recht gebrochen wird.« Am meisten Beifall erntet Schäuble, wenn er die Polizei in Schutz nimmt und dann das tiefe Bedürfnis seiner Zuhörer nach Recht und Ordnung befriedigt:

»Manchmal habe ich das Gefühl, die Polizei darf nicht einmal schräg gucken, schon gibt es einen Untersuchungsausschuß.« So etwas finden die Leute witzig, da freuen sie sich, daß sie hergekommen sind. Wenn sie schon den Feierabend opfern, dann wollen sie wenigstens unterhalten werden.

Daß der Verhandlungskünstler und Moderator Schäuble in Bonn ganz anders agiert und mit den Sozialdemokraten in kleiner Runde, wenn es sein muß, so liebenswürdig umgeht, daß ihm die eigenen Leute unkeusche Absichten unterstellen, weiß hier niemand.

Schäuble ist für die Sozialdemokraten einfach nicht zu fassen. Deswegen reagieren sie inzwischen geradezu allergisch auf den CDU-Mann.

Am Tag nach dem Attentat richtete SPD-Fraktionsgeschäftsführer Peter Struck an das Anschlagsopfer Schäuble aufmunternde Zeilen. Er wünschte dem Kollegen rasche Genesung und verband dies mit dem Hinweis: »... weil unser Land Sie braucht.« Struck heute: »Diesen Satz würde ich jetzt nicht mehr schreiben. Unser Land braucht ihn nicht.«

DER KONSERVATIVE

Wer in der Schublade steckt, hat nur wenig Bewegungsspielraum. Und so wehrt sich Wolfgang Schäuble vehement gegen Versuche, ihn politisch einzurastern. »Wer mich für konservativ hält, der hat nicht alle Tassen im Schrank.«

Man faßt sich an den Kopf: Schäuble, etwa ein verkappter Linker? Oder trifft auf ihn zu, was für Helmut Kohl gilt: Dort, wo ich bin, ist die Mitte? Sollte es sich bei dem Fraktionsvorsitzenden der Union gar um einen unerkannten Liberalen handeln?

Was ist das für einer, den Rudolf Scharping unter dem Applaus der Genossen in die »nationalistische rechte Ecke« bugsiert und den die CSU unter den Verdacht schwarz-grüner Träumereien stellt? Manche fallen bei dem Versuch, ihrem Sujet gerecht zu werden, ins Metaphorische, vergleichen ihn mit einer Zwiebel: Kaum hat man eine Schicht abgetrennt, wird auch schon die nächste sichtbar.

Schäuble ist kaum zu fassen. Als Taktiker, dazu als einer, der neben Helmut Kohl Politik gestalten muß, hält Schäuble sich alle Optionen offen. Der Kompromiß ist sein Metier. Grundsatzerklärungen vorweg erschweren da nur das Geschäft. Zum Pragmatiker gehört es, ideologische Spuren zu verwischen, damit sie bei der nächsten Verhandlungsrunde nicht zur Hypothek werden. Wenn es um Machterhaltung geht, trifft Schäuble Entscheidungen auch gegen seine eigene Überzeugung. Die Einführung der Pflegeversicherung nach dem Modell Blüm gehört dazu.

Doch Wolfgang Schäuble agiert nicht im Unverbindlichen. Ihn als bloßen Manager der Macht zu beschreiben hieße, ihn zu verkennen. Er hat ein klares Weltbild: Natürlich ist er ein Konservativer, was denn sonst?

Dabei ist Schäuble kein Restaurator. Ihn drängt es nicht zurück, sondern nach vorne. Manche nennen ihn deswegen in Anlehnung an die Denkschule der zwanziger und dreißiger Jahre einen »konservativen Revolutionär«. Das ist ein oberflächliches, unhistorisches Etikett. Die konservativen Revolutionäre waren in letzter Konsequenz bereit zum Führertum. Carl Schmitt, den die »neue Rechte« aus der Versenkung holte, rechtfertigte intellektuell Hitlers Regime.

Schäubles Denken ist nicht illiberal, aber anti-liberal. Familie statt Feminismus. Gemeinschaft statt Gesellschaft. Starker Staat, der sein Gewaltmonopol kraftvoll zum Schutz der Bürger einsetzt, statt Nachtwächterstaat, der vor der Gewalt zurückweicht und lieber »deeskaliert«. Klare politische Führung, anstatt sie durch Volksbefragungen zu ersetzen. Mühe und Arbeit im Dienst des Ganzen statt risikolose Selbstverwirklichung in der »Vollkasko-Gesellschaft«. Vaterlandsliebe statt Verfassungspatriotismus. Die Gemeinschaft, wie Schäuble sie denkt, entfaltet sich organisch: Familie als Keimzelle des Staates, dann das Umliegende, die Heimat – und über allem die Nation, die mehr ist als ein Zweckverband von Individuen, nämlich »Schutz und Schicksalsgemeinschaft«.

Die intellektuelle Standortbestimmung weist ihm auch in der Union einen klaren Platz zu. Der Geißler-Süssmuth-Flügel der CDU steht ihm fern. Für sozialpolitische Fragen vermag er innere Anteilnahme, gar Wärme nicht aufzubringen. Deswegen bescheinigen ihm diejenigen, die als Sozialpolitik das staatliche Verteilen von Geld oder das Bewahren von Besitzständen verstehen, »soziale Kälte«. Die von manchen auf dem linken CDU-Flügel gepflegte und bei passenden Gelegenheiten zur Schau gestellte Betroffenheit nötigt ihm nur beißenden Spott ab. Schäuble käme nie auf die Idee, sich in eine Lichterkette einzureihen. Lieber ändert er das Asylrecht. Die Vorstellung, der linke Flügel könnte die CDU dominieren, ist ihm ein Greuel. »Wenn Geißler und Co. den Ton angäben, würde die Union zur Dreißig-Prozent-Partei.« Kein Wunder, daß der CSU-Vorsitzende Theo Waigel Schäuble dann lobt, er stehe »auf dem richtigen Flügel«.

Den Bürgerlichen unterscheidet gemeinhin vom Konservativen (und vom Linken), daß er über seine Ansichten und deren ethische

Fundierung nicht öffentlich redet. Die bürgerliche Attitüde ist friedlich-privatistisch. Bürgerliche scheuen die Auseinandersetzung, den Streit der Ideologien. Schäuble dagegen hat gesagt und für jedermann zugänglich aufgeschrieben, was er denkt. Damit ist er einer der ganz wenigen, die auf der bürgerlichen Rechten Farbe bekennen. Das war nicht immer so. Als Parlamentarischer Geschäftsführer und dann als Kanzleramtsminister hat er sich in dieser Hinsicht eingeengter gefühlt. Als Fraktionsvorsitzender mit eigener Macht ausstaffiert, agiert er freier. Dabei scheut er auch nicht den Grundwiderspruch, daß er heute Zustände umkrempeln will, für deren Herbeiführung er mitverantwortlich zeichnet.

EIN NATIONALIST

Was am 14. September 1993 auf dem CDU-Parteitag in Berlin so geschäftsmäßig als »Bericht des Fraktionsvorsitzenden im Deutschen Bundestag, Dr. Wolfgang Schäuble« daherkommt, ist weit mehr als die bei dieser Gelegenheit übliche Aufzählung der Heldentaten der Bonner Abgeordneten und ihres Anführers. Hier tritt einer wortgewaltig aus dem Schatten des Machers und meldet selbstbewußt programmatischen Führungsanspruch an. Die tausend Delegierten verstehen die Zeitenwende in ihrer Partei: Zuerst wieder einmal der wolkig-gemütliche Kohl im unverbindlichen Plauderton, dann der ernste, fordernde, wegweisende Propagandist einer neuen CDU. Schäuble macht sich auf diesem Parteitag für alle sichtbar zur Alternative Helmut Kohls. Der Beifall ist riesig. Der Gefeierte schaut wie verschämt nach unten und nimmt die Ovationen mit dieser für ihn typischen Geste hin: Der neue Spitzenmann, soll die Körpersprache signalisieren, stellt sich ganz in den Dienst der Partei.

»Kassandra wählt man nicht«, lautet Helmut Kohls Wahlspruch. Und so läßt er die Welt heil sein, die Landschaften blühen, Konjunktur und Stimmung bergauf gehen. Schäubles Welt ist labil, »sein« Staatsbürger stets bedroht. Kohl predigt den Wein, Schäuble das Wasser. »In einer solchen Zeit innerer und äußerer Gefährdungen müssen wir uns

Training in Gengenbach

Arbeitsplatz Reichstag (links)
und Bundestag (oben)

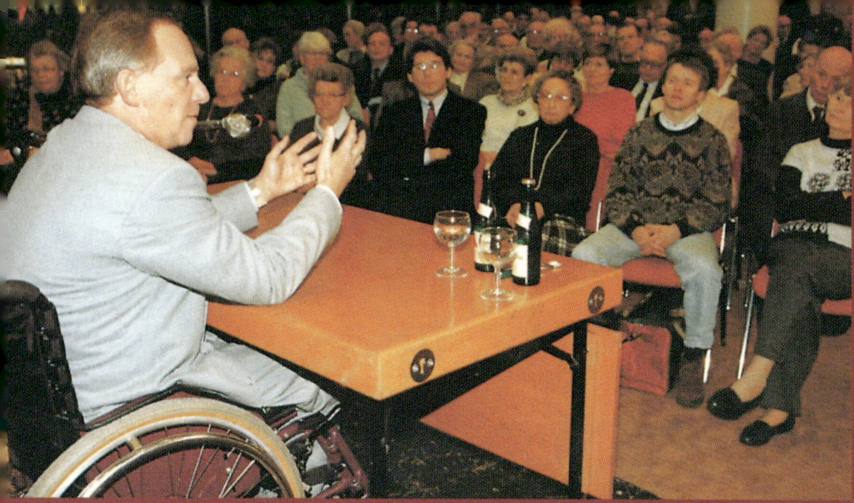

(Oben) Wahlkampf in Darmstadt
(Unten) In der Unionsfraktion

(Rechts) Auf dem Capitol Hill, Washington

Im heimischen
Garten

Im Büro

In Helmut Kohls Arbeitszimmer

Unterwegs in New York

(Oben) Der Schachspieler
(Unten) Streitgespräch mit Hans-Peter Schwarz (rechts)

Der Ehemann

Der Familienvater

der Grundlagen unserer staatlichen Gemeinschaft neu versichern. Wir müssen unser Land auf die Herausforderungen der Zukunft vorbereiten.« Schäuble verordnet den »steinigen, den mühsamen« Weg, kündigt »Einschränkungen« an und »Verzicht«, verlangt als Tribut an die Wiedervereinigung den Abschied der westdeutschen Wohlstandsbürger von »unseren liebgewordenen Besitzständen«.

So viel freudlose Entbehrung läßt sich nur ertragen, wenn die Deutschen, die mehr als vierzig Jahre lang vergeblich nach ihrer Identität gesucht haben, endlich begreifen, wer sie sind: »Wir Deutschen müssen lernen, an einem Strang zu ziehen, uns als gemeinsame Nation zu empfinden.« Schäuble nimmt an diesem Tag zum erstenmal öffentlich Worte in den Mund, die kein anderer führender Unionspolitiker ausspricht. Und er tut es nicht wie selbstverständlich, als ob dies deutscher Normalität entspräche, sondern er entscheidet sich für das Pathos. Es ist der Gegenentwurf zum multikulturellen, hedonistischen Selbstverwirklichungsbürger: Schäuble will »den Menschen wieder bewußt machen, wozu wir unseren Staat brauchen, sie daran erinnern, was unsere nationale Gemeinschaft trägt, und daß es auf das staatsbürgerliche Engagement jedes einzelnen ankommt, wenn wir diese Gemeinschaft lebensfähig erhalten wollen.« Schäuble trägt langsam vor, intoniert präzise die Höhepunkte und gibt damit der Rede eine Wirkung, die über die bloßen Worte weit hinausreicht. »Für mich ist die zentrale Frage, ob dieser Staat von uns allen noch als eine Schutz- und Schicksalsgemeinschaft verstanden wird.« Hinterher sind manche nachdenklich, einige aber auch erschrocken.

Hier in Berlin nimmt Schäuble eine preußische Anleihe, um die vorgetragene nationale Leidenschaft historisch zu fundieren. »Friedrich der Große wollte der erste Diener seines Staates sein; in der Demokratie sollten wir alle nicht nur Herr, sondern Diener zugleich sein.« Was zwischen den Zeilen steht, ist klar: Deutschland als Nation läßt sich nicht auf die zwölf Jahre zwischen 1933 und 1945 begrenzen. Die Zeit davor birgt ein Reservoir, auf das zurückzugreifen sich lohnt. Für die christdemokratische Zuhörerschaft sind das selten gehörte Töne.

Ein Jahr später wiederholt Schäuble sie in seinem Buch *Und der*

Zukunft zugewandt. Helmut Kohl stellt es vor – und sieht sich genötigt, seinen Kronprinzen vor dem Nationalismusvorwurf in Schutz zu nehmen: »Blühender Unsinn.« Heiner Geißler setzt sich von seinem Fraktionsvorsitzenden ab: Das Nationalgefühl als »völkisch-kollektive Emotion ist zu irrational, um solidarische Verantwortung begründen zu können«. Die moderne Gesellschaft sei nicht angewiesen auf Liebe zum Volk, sondern Liebe zum nächsten. Geißler empfindet Schäubles Thesen als Provokation.

Genauso wie die organisierte Linke. Angesichts der ausländerfeindlichen Krawalle fragt Peter Glotz, der Vielschreiber von der SPD, ob Schäuble die Geister, die er da rufe, auch wieder loswerden könne. Eine Kritik, die ebenso aus den eigenen Reihen an Schäuble geübt wird. So mancher in der Union fragt ungläubig, ob es denn möglich sei, den Deutschen Nationalbewußtsein zu verordnen. Viele empfinden Schäubles pathetische Predigten als künstlich: Wir haben die Nation vierzig Jahre lang nicht vermißt, wozu jetzt, nach der Einheit, Nationalgefühl oder gar Großmachtgefühl entwickeln? Jedenfalls gerät Schäuble mit seinen prononcierten Reden in der CDU allmählich an den Rand, zumal auch die Opposition die Chance nicht ausläßt, im Wahlkampf Schäuble zu ihrem Feindbild zu stilisieren.

Selbstredend gehen bei solchen Tönen Liberale auf Distanz. Mit Hans D. Barbier eröffnet in der *Frankfurter Allgemeinen Zeitung* einer der Intelligentesten die Gegenfront. »Es mag sein, daß Leute wie Wolfgang Schäuble ein Projekt der nationalen Sinngebung nicht als Vehikel ins Neue Deutschland, sondern wirklich nur befristet nutzen wollen, um die öffentlichen Haushalte zu sanieren, ohne dabei auf den unüberwindlichen Widerstand der ausgebeuteten Bürger zu stoßen – nach dem Motto: Wo die Belastung aberwitzig wird, da muß eine der Vernunft entzogene Begründung für die nächste Drehung an der Steuerschraube her. Etatsanierung im Geiste des Nationalen anstatt im Geiste der einsehbaren ökonomischen Vernunft bedeutet letztlich den Abschied von den Spielregeln der liberalen Gesellschaft.« Das trifft Schäuble dort, wo es weh tut. Warum den fälligen Sozialabbau nicht mit ökonomischer Vernunft begründen anstatt mit wolkigen Nationalstaatstheorien, die nur wenige nachvollziehen können? Nationalbewußtsein läßt sich jenen, die es nicht haben, jedenfalls auch nicht verordnen wie eine Medizin gegen zu hohes Fieber.

Als Beleg für die Schwierigkeiten der Deutschen im Umgang mit sich selbst führt Schäuble die Diskussion um den Verfassungspatriotismus an. Schäuble bezweifelt mit Blick auf die Interpretation des Begriffs durch den Soziologen Jürgen Habermas, ob »eine Verfassungsordnung allein ausreichen kann, nicht nur im Verstand, sondern auch in den Herzen der Menschen genügend Gemeinsamkeit zu gründen«. Da mag er sogar recht haben – wie auch mit seinem Hinweis auf eine irreführende Interpretation Dolf Sternbergers, der als erster von Verfassungspatriotismus sprach, durch Jürgen Habermas. Sternberger sah keinen Widerspruch zwischen dem Bekenntnis zur geschriebenen Verfassung und der Vaterlandsliebe. Im Gegenteil: »Der Begriff des Vaterlands erfüllt sich erst in seiner freien Verfassung – nicht bloß in seiner geschriebenen, sondern in der lebenden Verfassung, in der wir alle uns als Bürger dieses Landes befinden, an der wir täglich teilnehmen und weiterbilden. Das Vaterland ruft jeden Tag, denn jeden Tag müssen und wollen wir darin leben, miteinander leben. Das ist der lebendige Begriff des Vaterlands und nicht der tödliche.« Soweit Sternberger. Herkunft und Heimat, Tradition und Geschichte und eben die täglich gelebte Verfassung lassen Menschen zu patriotischen Staatsbürgern werden. Sternberger kommt, anders als Schäuble, bei alledem freilich ohne eine schwülstige Rhetorik aus, die zu Mißverständnissen einlädt.

Die Tonlage, die Schäuble wählt, fällt auf ihn zurück. Die Überhöhung des Nationalen, die er mitschwingen läßt, empfinden viele als Provokation. Zu ihnen gehört Ignatz Bubis, ein besonnener Mensch, der als Vorsitzender des Zentralrates der Juden weit davon entfernt ist, die Deutschen anderer Glaubensrichtungen kollektiv unter Faschismusverdacht zu stellen. Er äußert sogar Verständnis für den Wunsch vieler Deutscher nach einem Schlußstrich unter die Vergangenheit. Bei vielen entspringe dieser Wunsch »aus der Scham über die Greueltaten der Vergangenheit. Nicht jeder, der den Schlußstrich ziehen will, ist schon ein Nationalist.« Gegen Schäuble hegt Bubis Vorbehalte, da läßt er sich sogar zu einer für ihn untypischen Polemik hinreißen: »Ich weiß nicht, ob Schäuble erschrickt, wenn nach einem Fußballspiel die Reichskriegsflagge geschwenkt wird, als ob ein Krieg gewonnen wurde. Ich erschrecke dabei.«

Schäuble hat viel zu tun, sich aus der nationalistischen Ecke, in die ihn nach seinen Reden nicht nur die Linke, sondern auch die »neue Rechte« umarmend manövriert, wieder herauszuwinden.

Unmittelbar nach der Bundestagswahl beginnt er mit der Kurskorrektur. Er weiß: Ein Fraktionsvorsitzender, der so festgelegt werden kann, büßt seine Integrationsfähigkeit ein. Das jedoch wäre das Schlimmste, was ihm passieren könnte. Denn wer als Fraktionsvorsitzender nicht alle Flügel einbinden kann, verliert die Macht.

Am 25. November redet Schäuble vor dem Eichholzer Forum der Konrad-Adenauer-Stiftung über die »Intellektuelle und die nationale Frage«. Er nutzt diese erste Gelegenheit zur Frontbegradigung. Er beruft sich dabei ausgerechnet auf den sozialdemokratischen Bundeskanzler Helmut Schmidt, der darauf hingewiesen hatte, man dürfe »den Begriff der Nation um Gottes willen nicht ein zweites Mal der extremen Rechten überlassen«. Das klingt zunächst, als hätte Schäuble in dem SPD-Mann einen unverdächtigen Kronzeugen für seine pathetischen Thesen gefunden. Tatsächlich nutzt der CDU-Mann den Rekurs auf Schmidt jedoch, um seinen eigenen Reden die Ernsthaftigkeit zu nehmen. Schäubles nun harmlose Botschaft: Es geht ihm in erster Linie überhaupt nicht um die Nation, sondern darum, den Einzug der Republikaner ins Parlament zu verhindern. Das hochtrabende Gerede von der Nation als »Schutz- und Schicksalsgemeinschaft« wird so zum Wahlkampfmittel verkleinert.

Und noch in einem weiteren wichtigen Punkt geht Schäuble auf Distanz zu sich selbst. Nicht mehr die Deutschen sind nun eine »Schutz- und Schicksalsgemeinschaft«, sondern die Europäer! Schäuble, der vermeintliche Nationalist, tut, als wäre nichts gewesen – und entpuppt sich urplötzlich als lupenreiner Europäer.

Nur drei Tage später erscheint ein groß aufgemachtes Interview mit Schäuble in der *Süddeutschen Zeitung*. Sofort in der ersten Antwort dämpft Schäuble die nationalpathetische Rhetorik aus der Zeit vor der Bundestagswahl – ohne danach gefragt worden zu sein. »Schicksalsgemeinschaft? Viele halten das Wort für zu bedeutungsschwer. Sagen wir also: Wir sind eine Verantwortungsgemeinschaft.«

Als würde die rhetorische Korrektur nicht ausreichen, schiebt Schäuble eine inhaltliche gleich hinterher. »Wenn die Menschen nur eine universelle Identität hätten, würden die Menschen sich heimatlos und entwurzelt fühlen. In Europa sind wir in einer Übergangssituation. Um ein europäisches Bewußtsein zu schaffen, brauchen wir das Nationale als Transmissionsriemen.« So wird, wie die *Süddeutsche Zeitung* bemerkt, das Nationale zum Mittel für den europäischen Zweck und damit zur vorübergehenden Erscheinung – zu einem geschichtlichen Phänomen, das seine Zukunft hinter sich hat. Schäuble: »Ich behaupte ja nicht, daß die Nation das Endziel der Geschichte ist. Die Nation ist eine bestimmte historische Übergangssituation.«

Aus dem Elefanten ist wieder eine Maus geworden.

Nach der Bundestagswahl antwortet der damalige SPD-Vorsitzende Rudolf Scharping auf die Frage, ob er Schäuble für einen Nationalisten halte: »Schäuble ist ein Taktiker, vor allen Dingen ein Taktiker. Ihm kommen doch Fragen wie die Rückbesinnung auf die Nation nicht in den Sinn, weil er diese Fragen für wichtig hielte, sondern, weil er Angst um die Mehrheit der Union hat.«

Ausnahmsweise ist Hans-Ulrich Klose, Scharpings Vorgänger als SPD-Fraktionschef, einig mit dem Westerwälder. Klose erklärt Schäuble zum »taktischen Nationalisten«. Der Vormann der Unionsfraktion habe sein schwülstiges Gerede in dem Moment eingestellt, als er erkannt habe, daß dies Zweifel an seiner politischen Zurechnungsfähigkeit nährte. Schäuble sei viel zu intelligent, als daß er es mit solchen Thesen wie der Nation als »Schutz- und Schicksalsgemeinschaft« wirklich ernst meinen könne.

Das ist wahr und falsch zugleich. Schäuble ist der Meinung, »daß der Laden auseinanderfliegt«, wenn es nicht mehr gelingt, den einzelnen von seinen Pflichten gegenüber der Gemeinschaft zu überzeugen. Früher gründete sich die Hoffnung der Menschen auf die Religion. Heute spiele die Religion jedoch kaum noch eine Rolle. Was also gibt den Menschen Hoffnung? Schäubles Antwort: die Familie, die Freunde, die Heimat und eben auch der nationale Zusammenhalt.

Die Gefahr, mißverstanden zu werden, stuft Schäuble mittlerweile höher ein als den möglichen Nutzen durch ein ständiges Thematisieren der nationalen Identität. Diesmal hat der Meister des taktischen Kompromisses einen mit sich selbst geschlossen.

DIE NEUE RECHTE

In seinem Büro bei der WELT in Berlin sitzt Rainer Zitelmann und hat nicht mehr genug zu tun, seitdem Teile der Redaktion erfolgreich dagegen aufbegehrten, daß ein bekennender Rechter wie er schreiben dürfe. So kommt er auf die Idee, aus seiner Gesinnung mehr zu machen als nur ein paar Zeitungsartikel. Von da an inszeniert er Kampagnen und schreibt Bücher. Auf diese Weise bringt er nach der Zäsur der deutschen Einheit rechtes Gedankengut unters Volk.

Anfangs ist Wolfgang Schäuble für Zitelmann und seine Anhänger ein Hoffnungsträger. Vor allem nach der Lektüre des Buches *Und der Zukunft zugewandt* ist Zitelmann begeistert und sieht in Schäuble einen Bruder im Geiste.

Denn das ist es, was er will: Nicht mehr nur einen intellektuellen Disput führen, sondern den Marsch durch die Institutionen antreten, wie es mehr als zwanzig Jahre zuvor die Linke erfolgreich exerzierte. Zitelmann und die Seinen wollen mehr als öffentliche Aufmerksamkeit: Sie wollen Macht.

Vorerst freilich ist ihr Versuch, nach dem Abgang des glücklosen FDP-Vorsitzenden Klaus Kinkel die Freidemokraten in eine Nationalliberale Partei zurückzuverwandeln, gescheitert.

Inzwischen hat Zitelmann in bezug auf Schäuble alle Hoffnung fahren lassen. Kaum, daß sein Buch veröffentlicht war, erzählte Schäuble ausgerechnet dem *Spiegel*, Friedbert Pflüger habe ihm geschrieben, er könne alle seine Thesen mittragen. Das ist Zitelmann dann doch zu viel. Schäuble beruft sich ausgerechnet auf Pflüger, einen derjenigen, die die Union auf Linkskurs trimmen wollen? »Von da an war er für uns erledigt«, erzählt Zitelmann. »Bei Schäuble ist das Rechte, Nationale nur Mache. Bei Gauweiler, Heitmann oder Spranger kommt es aus dem Herzen«, urteilt der junge Rechte desillusioniert.

Wer bei Peter Glotz nachliest, kann auf die Idee kommen, die Machtergreifung durch die »neue Rechte« stehe unmittelbar bevor. Schon hat der eloquente und pfiffige SPD-Kulturmann dort, wo sich einige Versprengte tummeln, regelrechte Denkschulen ausgemacht: Einen »tragischen Nationalkonservativismus«, einen »deutschen Nationalimperialismus«, einen »nationalromantischen Bellizismus« und eine »mitteleuropäische Macht- und Geopolitik«. Man müsse sie intellektuell zurückschlagen. »Tabuisieren, ächten, verschweigen kann nicht mehr gelingen.« Auf diese Weise gibt es für Glotz immer etwas zu schreiben.

Tatsächlich existiert »die« neue Rechte überhaupt nicht. Der Historiker Hans-Ulrich Wehler, alles andere als ein Rechter, verspottet sie als »buntes Völkchen«, das sich »arrogant« preise als »das erste Meinungslager im wiedervereinigten Deutschland« (Karlheinz Weissmann). Eine Ansammlung von »Jungkonservativen«, dazu Mitarbeiter von Rechtsaußen-Zeitschriften wie die *Junge Freiheit*, »irrlichternde« Figuren wie Botho Strauß (»Anschwellender Bocksgesang«). Diese sogenannte junge Rechte ist zersplittert. Für eine Bewegung mit der Integrationskraft etwa der Grünen auf der Linken reicht es nicht. In der FDP werden sie an den Rand gedrückt, mit eigenen Gründungen (Bund freier Bürger) sind sie gescheitert.

Die junge Rechte ist harmlos. Die Linke macht sie, um ein Feindbild zu haben, gefährlicher, als sie tatsächlich ist. Die hysterische Reaktion ist nichts anderes als linker Alarmismus.

Allerdings haben die unkonventionellen Konservativen dennoch für Unruhe gesorgt – bei der FDP, ebenso aber bei der Union. Zum 8. Mai 1995, dem fünfzigsten Jahrestag des Kriegsendes, starteten sie ihren Aufruf »Wider das Vergessen«, in dem sie sich gegen die einseitige Deutung der Kapitulation am 8. Mai 1945 als »Tag der Befreiung« wendeten und in Erinnerung riefen, daß dieser Tag auch den »Beginn von Vertreibungsterror und neuer Unterdrückung im Osten« bedeute. Geplant war eine Veranstaltung in Berlin – und als Hauptredner war der Ehrenvorsitzende der Unionsfraktion, Alfred Dregger, gewonnen worden. Der alte Haudegen war schon immer Gegner der vom damaligen Bundespräsidenten Richard von Weizsäcker bereits zum vierzigsten Jahrestag 1985 ausgegebenen Sprachregelung vom 8. Mai als Tag der Befreiung.

Nun hatte die Union ein Problem. Denn einen Tag nach der Abweichlerveranstaltung sollte der 8. Mai offiziell begangen werden. Helmut Kohl und Wolfgang Schäuble trieb die Sorge um, daß die Schlagzeilen in aller Welt von der sektiererischen Gegenveranstaltung geprägt werden könnten. Der CSU-Vorsitzende Theo Waigel war besorgt, weil am 7. Mai auch der CSU-Konkurrent Manfred Brunner vom Bund freier Bürger mit auf dem Podium diskutieren sollte. Die Teilnahme Dreggers würde, fürchtete der Christsoziale, den kleinen CSU-Rivalen aufwerten. Man dürfe Brunner »keine Plattform« geben, forderte Waigel von Dregger. Also hieß es, Dregger von seinem Vorhaben wieder abzubringen. Doch das war leichter gesagt als getan.

Kohl bittet Schäuble, mit Dregger zu reden. Der Pfälzer mag den Hessen nicht. Kohl hat nicht vergessen, daß Dregger Ende der siebziger und Anfang der achtziger Jahre Ambitionen auf den Chefsessel im Kanzleramt hatte. Obendrein hält er ihn für einen unverbesserlichen Rechten. Außerdem mag der Kanzler keinen Streit über diese heikle Frage, weil er um den Ruf Deutschlands im Ausland fürchtet. Die ganze Sache ist Kohl unangenehm. Schließlich ist Kohls erster Versuch, Dregger in einer Sitzung des CDU-Vorstandes von seinem Vorhaben abzubringen, gescheitert. Soll doch der Fraktionsvorsitzende, Kohls bester Ausputzer, mit seinem Vorgänger reden.

Doch Dregger stellt sich stur, selbst Schäuble kann den alten Mann nicht erweichen. Die Warnung des Badeners an den Hessen, er begebe sich mit seiner Teilnahme in ein »schlechtes Umfeld«, fruchtet nicht, ebensowenig wie die Warnung vor einem Aufschaukeln von Rechts- und Linksradikal wie in der Weimarer Republik. Dregger hat inzwischen eine Flut von Briefen Vertriebener und Kriegsveteranen bekommen, die ihn ermuntern, die Gegenveranstaltung mit seiner Anwesenheit zu krönen.

In Interviews verteidigt Schäuble den Aufruf zum 8. Mai, den Zitelmann inszeniert hat. »Das Elend der Nazibarbarei ist durch nichts zu relativieren, und es ist mit nichts aufzurechnen. Es geht darum, daß wir jetzt nicht den Menschen vorschreiben können, die damals ihre Söhne,

Väter, Ehemänner verloren haben, was sie mit diesem Datum für Gefühle zu verbinden haben.«

Demonstrativ stellt Schäuble sich an die Seite Dreggers, um ihm eine Brücke zu schlagen, die Zitelmann-Veranstaltung abzusagen. Angriffe auf den Ehrenvorsitzenden wehrt Schäuble ab. »Jemand, der wie er bis in die letzten Tage hinein als Soldat versucht hat, Menschen zu helfen, zu schützen, Menschen, die vertrieben worden sind, das Überleben zu sichern, warum soll ein Mann wie Alfred Dregger nicht auch diese seine Gefühle der Trauer ausdrücken? Das ist doch erlaubt und notwendig.«

Doch Dregger bleibt kompromißlos. Da greift Schäuble zum letzten Argument. Er weiß, wie er seinen Vorgänger herumkriegen kann. Dregger hat eine schwache Seite: seine Loyalität zur Partei und seinen Patriotismus. Schäuble trifft den richtigen Ton. Eindringlich führt er Dregger vor Augen, daß er mit seiner Teilnahme an der Gegenveranstaltung nicht nur dem Ansehen der CDU, sondern auch dem Deutschlands schade. Dregger gibt schließlich klein bei und sagt ab.

Um sein Gesicht zu wahren, inszeniert er eine Intrige gegen die Veranstalter, indem er ihnen vorwirft, sich nicht an die Absprachen mit ihm gehalten zu haben. Das liefert ihm den Vorwand für die Absage. Wahrheitswidrig bestreitet der stolze Dregger später, daß er auf Druck Kohls, Schäubles und Waigels gehandelt hat.

Für die Initiatoren bedeutet Dreggers Absage eine herbe Niederlage. Bitter enttäuscht sagen sie die Veranstaltung, zu der zweitausend Menschen erwartet worden waren, ab.

Der Umgang mit dem Nationalsozialismus markiert die Trennlinie zwischen Schäuble und der neuen Rechten. Zwar wehrt der CDU-Vormann sich sehr früh schon gegen die Instrumentalisierung der Geschichte für aktuelle politische Entscheidungen. So widerspricht er in der Debatte um den Einsatz der Bundeswehr außerhalb des NATO-Gebietes dem Verteidigungsminister. Volker Rühe vertritt nach einem entsprechenden Urteil des Bundesverfassungsgerichts, das die Einsätze erlaubt, die Position, deutsche Soldaten dürften nicht dort zum Zuge kommen, wo die Wehrmacht einmal war. Inzwischen hat Rühe seine Haltung geändert.

Schäuble hält nichts davon, Auschwitz gegen die Tagespolitik in Stellung zu bringen. Doch er weigert sich, zu »bewältigen«, was nicht zu bewältigen ist. Nie würde er von »Schuldmetaphysik« sprechen, wie Weissmann es getan hat, oder von »Bewältigungsexzessen« wie Zitelmann. Die Thesen Ernst Noltes, der dazu aufruft, die Behauptung derjenigen ernst zu nehmen, welche die Judenvernichtung leugnen, weist Schäuble ebenso zurück. »Relativierer und Historisierer sind allenthalben am Werk, und in ihrem Windschatten segeln die Negierer. Weder ihnen noch den anderen, die die Nazibarbarei im politischen Meinungskampf instrumentalisieren gegen alles, was in ihren Augen rechts oder auch nur konservativ ist, darf die Debatte um unsere Vergangenheit überlassen werden.«

Zum Credo der kleinen, aber lautstarken Gruppe um Zitelmann gehört der Zweifel an der Westbindung Deutschlands, der als »Totalwestintegration« auf die Schippe genommen und mit dunklen Anspielungen auf »Mitteleuropa« in Frage gestellt wird. Schäuble geht diesen Sonderweg nicht mit: Die Westintegration, darauf weist der Fraktionsvorsitzende stets hin, sei Teil der deutschen Staatsräson. Daran werde sich nichts ändern.

Die neue Rechte bezieht ihr Feindbild aus der Revolte Ende der sechziger Jahre. Wolfgang Schäuble ist kein Achtundsechziger, nicht einmal einer von der schwarzen Sorte. Warnfried Dettling, der enge Mitarbeiter Heiner Geißlers zu dessen Zeit als CDU-Generalsekretär, definiert sich als schwarzer Achtundsechziger. Er erinnert sich: »Schäuble war übrigens damals, 1968, dabei, aber er gehörte, da hat er recht, nicht eigentlich dazu. Als der Ring Christlich Demokratischer Studenten (RCDS) damals in der Alten Burse in Freiburg nach dem Tode Benno Ohnesorgs über die außerparlamentarische Opposition, über die eigene Theorie und Strategie, über neue Wege der Reform zwischen der Neuen Linken und der alt gewordenen CDU diskutierte, da pflegte der fünfundzwanzigjährige Rechtsreferendar Wolfgang Schäuble zumeist wissend und eindrucksvoll zu schweigen, die Pfeife fest im Griff und seine politische Karriere fest im Blick.«

Schäuble ist ein Anti-Achtundsechziger. In seinem Buch *Und der Zukunft zugewandt* bemüht er sich zwar, die Kritik an den Achtundsechzigern zu dämpfen, doch sie ist unverkennbar. So lastet er die »kulturrevolutionären Umbrüche der sechziger Jahre« ausdrücklich nicht, »obwohl das heute sehr populär ist«, den Achtundsechzigern an, um dann jedoch die negativen Folgen dieses Umbruchs zu beschreiben.

In einem Aufsatz zwei Jahre zuvor gab sich Schäuble nicht so diplomatisch. Da listete er auf, was »auch eine Folge der großen Zäsur« (von 1968) war: Zukunftsverweigerung, Anspruchsmentalität, Werteverfall, Verlust an Autorität, Streben nach umfassender Gleichheit statt Bildung von Eliten. Das liest sich bei Zitelmann auch nicht anders, weil es ganz einfach die konservative Kritik an den Achtundsechzigern zusammenfaßt.

Schäuble macht sich Sorgen über die Kinderarmut. Er fragt sich, »was denn die Ursache sein muß, wenn ein Volk nicht mehr so viele Kinder haben mag, wie notwendig wären, um das Verhältnis der Generationen einigermaßen stabil zu halten?« Womit der Autor mit der ausgeprägten Neigung zur Provokation bei der Emanzipation angelangt wäre. Die habe durch die »massenhafte Verfügbarkeit von Empfängnisverhütungsmitteln« ihren eigentlichen Schub erhalten. Sexualität bedeutete nicht mehr zugleich Fortpflanzung, gleichberechtigte Teilnahme am Berufsleben wurde möglich. Es folgt ein kunstvoll geschichtetes Satzgebirge, das mit der Feststellung endet: »Selbstverwirklichung unter weitgehender voluntaristischer Ausschaltung der bis dahin als Fessel empfundenen biologisch-generativen Determination: Das beschreibt die eine Seite der Emanzipationsmedaille. Zunehmende Auflösung der Familienstrukturen und eine sich verstärkende Singularisierung der Gesellschaft steht auf der anderen Seite.« Sätze wie diese treiben nicht nur Feministinnen die Zornesröte ins Gesicht. Die Frau soll an der Ego-Gesellschaft schuld sein, weil sie sich nimmt, was Männer schon lange haben?

Schäubles Feststellungen an dieser Stelle sind polemisch, weil er es an jeglicher Differenzierung fehlen läßt. Fehlende Kindergartenplätze, zu wenige Teilzeitarbeitsplätze, zu geringe Einkommen sind eben auch an Kinderlosigkeit schuld.

So setzt denn auch Bundespräsident Roman Herzog andere Akzente. Noch immer müßten sich viele Frauen zwischen Kindern und

Karriere entscheiden, und viele junge Leute befürchteten, sich eine kindgerechte Wohnung nicht leisten zu können. Wenn dann irgendwann alle Umstände stimmten, sei es für die Verwirklichung eines Kinderwunsches viel zu spät.

Familien mit Kindern haben es nicht nur schwerer, sie werden von den anderen sogar ausgebeutet. Frauen, die sich dafür entscheiden, ihre Kinder aufzuziehen, verringern das Familieneinkommen und schmälern ihre Rentenansprüche. Ihre Kinder werden dagegen eines Tages die Renten der Kinderlosen aufbringen. Der Generationenvertrag will es so.

Die Kinder, schreibt FAZ-Autor Konrad Adam, »müssen nicht nur für ihre eigenen Eltern aufkommen, sondern auch für eine unbekannte, aber ständig wachsende Menge von Leuten, die den Witz des Systems verstanden haben und da ernten, wo sie nicht gesät haben«. Der Drang nach Selbstverwirklichung ist eben nur die eine Seite, die falsche Weichenstellung durch den Sozialstaat die andere.

Immerhin hat Schäuble als erster vorgeschlagen, die Rentenversicherung so zu reformieren, daß Kinder in die Berechnung einbezogen werden. Der richtige Vorschlag war jedoch politisch erledigt, als die damalige Familienministerin Hannelore Rönsch sich Schäubles Idee zu eigen machte, sie jedoch als »Strafsteuer für Kinderlose« verkaufen ließ.

Wenn Schäuble über die Folgen des Umbruchs von 1968 spricht, so fällt die Relativierung auf. 1968 sei »auch« verantwortlich für falsch verstandene Selbstverwirklichung, Anspruchsmentalität gegenüber dem Staat usw. Auch. Was denn sonst noch?

DIE WENDE 1982

Wolfgang Schäuble gehört zu den Propagandisten der geistig-moralischen Wende, auch noch im nachhinein. Eine »Wende zur Zuversicht« sei das gewesen, die Gemeinschaft, Familie und Vaterland gestärkt habe. »Wir haben das Land damals aus einer Stimmung der allgemeinen Mutlosigkeit und Resignation herausgeführt.«

Das ist die eine, lichtvolle Deutung. Dagegen steht eine andere: die Wende als Legende.

Hans-Peter Schwarz, der Adenauer-Biograph und Kenner der CDU, moniert vor allem die Zaghaftigkeit der amtierenden Regierung von Beginn an. Das Wort von der geistig-moralischen Wende ist für ihn nur eine Sprechblase. Helmut Kohl habe nie ein Bild von der soziologischen Formation seiner Wunschgesellschaft gehabt. Ronald Reagan, der amerikanische republikanische Präsident der achtziger Jahre, und Margaret Thatcher, die britische Premierministerin zu dieser Zeit, seien im Gegensatz zu Kohl entschlossene Reformer mit klaren gesellschaftspolitischen Vorstellungen gewesen.

Johannes Gross, der im übrigen Helmut Kohl einen »großen Kanzler« nennt, hat recht, wenn er über die »Wende« urteilt, mit der sei es der Regierung Kohl ergangen wie mit Erhards »formierter Gesellschaft«, mit Kennedys »New frontier« oder des US-Präsidenten George Bush »New world order«: »Es wurde nichts daraus.« Gross scharfsinnig: »Kohl selbst hat unabsichtlich die Wende durch die oft wiederholte Feststellung dementiert, daß seine Person die Mitte sei, er die politische Mitte darstelle. Wer aber in der Mitte steht, mag sich wenden, wie er will, und tritt auf der Stelle.«

Was hat sich eigentlich geändert in diesen Jahren? Konrad Adam von der FAZ zieht ein schonungsloses Fazit: »Das Bruttosozialprodukt ist größer geworden, die Währung härter, der Verkehr dichter, das soziale Netz fester; zugleich sind die Menschen älter geworden, die Familien kleiner, die Gemeinschaften schwächer, die Wälder kahler.«

Im Herbst 1982 trat die Regierung Kohl mit dem Versprechen an, vor allem die Stellung der Familien in der Gesellschaft zu verbessern. Das sei eines der wichtigsten gesellschaftspolitischen Ziele der neuen Koalition. Die Bestandsaufnahme weist das Gegenteil aus: Noch nie gab es so viele Scheidungen. Nicht einmal jede dritte Ehe hält die volle Distanz. Noch nie gab es so viele alleinerziehende Mütter. Immer mehr von ihnen sind auf Sozialhilfe angewiesen. Es gibt immer weniger Kinder, vor allem im Osten ist die Geburtenrate dramatisch zurückgegangen – als Folge des zusammengebrochenen hochgradig unproduktiven Arbeitsmarktes, der die vorhandene Arbeit so verteilte, daß

Vollbeschäftigung dabei herauskam. Damit mußte es nach der Abschaffung des Arbeitsmarktbiotops DDR zu Ende gehen. Doch die Folgen sind prekär: Viele Frauen lassen sich aus Angst vor Arbeitslosigkeit sterilisieren.

Die Abtreibungsrate stagniert in Gesamtdeutschland auf hohem Niveau. Immer noch, so wird geschätzt, endet jede dritte Schwangerschaft mit Abtreibung. Mehr als dreizehn Jahre nach der Amtsübernahme der Wendekoalition ist es dahin gekommen, daß die Familie nicht mehr als der Normalfall bezeichnet werden kann, im Gegenteil: Die Familie ist gesellschaftlich auf dem Rückzug, und ein Wandel ist nicht in Sicht.

Ein mächtiges Kartell von Sozialpolitikern verhindert ungeachtet explodierender Kosten den Umbau des Sozialstaats. Der Vorwurf von der Vollkasko-Mentalität ist ja richtig, auch Helmut Kohls Polemik vom »Freizeitpark« Deutschland beschreibt eine Teilwahrheit. Doch wie groß ist der Anteil, den die Regierung selbst an dieser mentalen Fehlentwicklung trägt? Man muß nicht einmal so weit gehen wie Konrad Adam, der behauptet, die Regierung habe die Menschen in die Kasko-Mentalität geradezu hineingetrieben.

Am Anfang stand eine Verheißung: Leistung muß sich wieder lohnen. Die Steuerlast wurde gesenkt, wirtschaftliche Kräfte wurden freigesetzt. Der wirtschaftliche Aufschwung zog an. Plötzlich galt es wieder als chic, Geld zu verdienen und es auch zu zeigen. Doch wo Geld die Welt regiert, muß man sich nicht wundern, wenn der Materialismus zur beherrschenden Einstellung wird. Wer hinterher den Werteverfall beklagt, vergießt Krokodilstränen. Mehr noch: Wer nach diesem Jahrzehnt der Werteverdrängung durch Geldverdienen plötzlich die Menschen wieder zur Werteerziehung ermuntern will, setzt sich dem Verdacht der materiellen Rückwende aus. Wo immer weniger Arbeit zu verteilen ist, beginnt die Flucht in die Werte.

Schließlich die elenden Entscheidungsprozesse: Wie hoch ist der Eigenanteil der Koalition an dem Phänomen der Politikverdrossenheit, das sie selber so lautstark beklagt? Hans-Peter Schwarz packt das Grausen, wenn er die Koalition betrachtet. Im Grunde, sagt er, habe die Regierung Kohl nur zehn gute Monate zustande gebracht – die unmittelbar vor der Wiedervereinigung. Kohls historische Leistung bestehe darin, die Gefahr gebannt zu haben, daß Deutschland in einer neutralistischen Zwischenlage landete. Auch wiedervereinigt konnte Deutschland NATO-Mitglied bleiben. Und die übrige Zeit der Regierung Kohl? »Der Rest war Wurstelei.«

Richtlinienkompetenz hat Kohl im großen und ganzen nur in der Zeit zwischen dem Herbst 1982 und der Neuwahl im März darauf erkennen lassen und in der Zeit kurz vor der Einheit. Er läßt Konflikte in der Koalition am liebsten gären, bis der Entscheidungsdruck alle Seiten zum Einlenken zwingt. Kohl selbst will am Schluß nur »die Enden zusammenbinden« und setzt so gut wie nie inhaltliche Wegweiser in der Debatte. Das einzige, was er seiner Koalition stets vorgibt, sind Terminpläne. »Aussitzen« nannten das Kohls Kritiker in den achtziger Jahren verächtlich. Er hat diese Methode zu seinem Markenzeichen gemacht, das er 1995 ungeniert sogar dem SPD-Widersacher Scharping zur Nachahmung empfiehlt.

Dieser Konsensstil hat auch Vorteile. Kohl verkörpert tatsächlich Maß und Mitte, erratische Ausschläge sind von diesem Mann nicht zu erwarten. Er vermittelt Sicherheit, wo andere schlingern. Das ist gerade in Zeiten der allgemeinen Verunsicherung und der noch nicht abgeschlossenen Orientierungssuche viel wert. Daß die Welt Deutschland nach der Wiedervereinigung weitgehend ohne Vorbehalte begegnete, ist ganz besonders Kohl zu verdanken.

Die innenpolitische Kehrseite ist der Mangel an Führung und Profil – Zustände, die von zwei Umständen verdeckt werden. Kohl regiert schon so lange, daß Phantasie und Erinnerung, wie es auch anders gehen könnte, verdorrt sind. Die Sozialdemokraten stellen sich nicht als kraftvolle Opposition zur Regierung dar. Die Notwendigkeit für eine erneute Wende sieht noch niemand ein.

Das sind nicht die Zeiten von Aufbruch und Veränderung. So treibt der Tanker dahin, dümpelt durch Wellenberge von Kleinkram. Ein Ende dessen, was Konrad Adam den »tiefsitzenden Immobilismus des politischen Kartells« nennt, ist nicht in Sicht.

Jahrelang war Wolfgang Schäuble der Hamster im Rädchen von Kohls Macht. Jahrelang hat er mitverwaltet und mitgewurstelt. Mit der

Zeit ist die Ungeduld in ihm gewachsen. Den Zustand der Zufriedenheit hat er als Fraktionsvorsitzender abgelegt wie einen alten Mantel.

Er, der so lange Teil des politischen Systems Kohls war und ist, will es nun, gleichsam von innen heraus, überwinden. Das ist ein einmaliges Experiment. Ein ehrgeizigeres Ziel gibt es nicht. Immer wieder kassiert er Rückschläge. Ob es am Ende gelingt, steht in den Sternen.

DER ABTREIBUNGSSTREIT

Zwanzig Jahre lang hat Wolfgang Schäuble ihnen beim Kämpfen zugesehen, hat die Mein-Bauch-gehört-mir-Fraktion im Parlament erduldet und diejenigen, die von ihnen als »Lebensschützer« verächtlich gemacht wurden. Im Kanzlerbüro hat er mit Helmut Kohl über Lösungen nachgedacht und daheim in Gengenbach mit seinen beiden ältesten Kindern hin und her diskutiert.

Am Ende steht die ernüchternde, illusionslose Einsicht in die engen Grenzen politischen Handelns: Das Problem, das Leben von Kindern im Mutterleib zu schützen, ist für die Politik unlösbar. Eine Bankrotterklärung ohne realistische Alternative. Wer abtreiben will, kümmert sich nicht um Beschlüsse von Politikern – und noch jedes Gesetz läßt Frauen und Männer, Ärzte und Juristen eine Ausnahmeregelung finden. Indikations- oder Fristenlösung, Beratung oder Strafandrohung: Jede dritte Schwangerschaft endet durch Abbruch. Definitiv. Was in der offiziellen Statistik nicht mehr steht, heißt Dunkelziffer. Kondome können mittlerweile tabufrei im Supermarkt erworben werden, wo sie säuberlich nach Farbe und Geschmack in den Regalen neben anderen Kontrazeptiva einsortiert sind. Verhütung ist einfach, und dennoch ist Abtreibung nach wie vor ein Mittel der Familienplanung. Verantwortungslos und grausam, aber wahr.

Ein Referent in der Unionsfraktion hat intern eine interessante Rechnung aufgemacht: Wenn es in den vergangenen zwanzig Jahren pro Jahr zweihundertfünfzigtausend Abtreibungen gegeben hat und wenn man nur von jeweils vier Betroffenen ausgeht (Frau, Mann, Arzt, Krankenschwester, in Wahrheit sind es mehr), dann gibt es in Deutschland inzwischen rund zwanzig Millionen Verstrickte. Bei kaum einem so intimen Thema gibt es so viele persönlich Betroffene. Jeder vierte in Deutschland hat konkrete Erfahrungen mit dem peinlichen Abtreibungsthema gesammelt. Das erklärt, warum die meisten offensichtlich nur eines wollen: einen Schlußstrich unter die quälende Diskussion. So viel Betroffenheit, hat der Mainzer Bischof Karl Lehmann resignierend erkannt, erzeugt eine Schweigespirale. Was soll die Kirche da machen, der die steuermuffeligen Mitglieder ohnehin in Scharen davonlaufen?

Was soll die Politik noch ausrichten? Sie kann bestenfalls moderieren. Oder einen rechtlichen Rahmen für eine Praxis schaffen, die sowieso ihren ganz eigenen Gesetzen folgt. Zwanzig Jahre Streit mit immer wieder denselben Argumenten oder Scheinargumenten, Heuchelei und Scheinheiligkeit gebietet am Schluß nur eins: Ende der Debatte, so weit das überhaupt möglich ist. Da liegt das Verdienst des pragmatischen Wolfgang Schäuble, ein weiterer Erfolg für den Meister des taktischen Kompromisses.

Schäuble, der Moderator: Die starke Gruppe der Lebensschützer in der eigenen Fraktion beruhigt der Vorsitzende, indem er ihnen den Spielraum läßt, den sie für sich reklamieren. Schäuble weiß, sie werden mit keinem Gesetz zufrieden sein, für das es eine Mehrheit im Parlament gibt. Also läßt er sie laufen, erwartet von ihnen im Gegenzug aber, daß sie ihren Protest nicht gegen die Union richten, sondern ausschließlich in der Sache argumentieren. Das ist ein ebenso kluges wie faires Angebot. Am Ende setzt Schäuble sogar durch, daß über jeden Gesetzentwurf in namentlicher Abstimmung votiert wird und die Initiative der Lebensschützer im Parlament vor dem Kompromiß der Mehrheit behandelt wird. Das erlaubt den Abgeordneten, Farbe zu bekennen – und dient zugleich als wichtiges Ventil für aufgestaute Frustrationen darüber, daß ausgerechnet die C-Fraktion einer Fristenlösung zur breiten Mehrheit im Bundestag verhilft.

Am Ende versammeln sich hundertdrei Abgeordnete hinter dem von einer Parlamentariergruppe um den nordrhein-westfälischen Abgeordneten Hubert Wilhelm Hüppe ausgearbeiteten Gesetzentwurf. Das ist im Kalkül Schäubles ein wichtiges Signal nach außen: Seht her, in der Union finden immer noch auch die ihren Platz, die die Abtreibungspraxis in Deutschland für einen Skandal halten. So werden im taktischen Kalkül selbst die Lebensschützer noch zu Verbündeten des Fraktionsvorsitzenden.

Die CSU, die in Gestalt der bayerischen Staatsregierung zweimal vor dem Bundesverfassungsgericht in Karlsruhe gegen das Abtreibungsrecht klagte, bindet Schäuble geschickt ein. Zwei von drei Mitgliedern der Verhandlungsdelegation der Union in den fraktionsübergreifenden Gesprächen mit den Sozial- und Freien Demokraten haben das christsoziale Parteibuch: Maria Eichhorn, die familienpolitische Sprecherin, und Gerhard Scheu, der Justitiar der Fraktion. Sie zeichnen am Ende für den sogenannten Allparteienkompromiß (an dem Grüne und Kommunisten nicht teilnehmen) mitverantwortlich. Das legt die CSU politisch an die Leine. Ihr bleibt nur noch symbolischer Protest: Im Bundesrat stimmt die bayerische Staatsregierung unter Führung des Ministerpräsidenten Edmund Stoiber gegen jenen Entwurf, der pikanterweise auch die Unterschrift des Parteivorsitzenden Theo Waigel trägt. Doch den entscheidenden Schritt wagen die Bayern nicht mehr: Sie verzichten auf eine Klage in Karlsruhe gegen die nun verabschiedete Fristenlösung, die sie zwanzig Jahre lang verhindern wollten.

Schäuble bringt die Union in eine Diskussion zurück, aus der sie sich schon verabschiedet hatte. Schließlich kommt dieses neue und wichtige Gesetz eben nicht gegen die Stimmen der Unionsmehrheit zustande, sondern mit ihr. Der Eklat bleibt aus: Es gibt im Parlament keine Mehrheit gegen die Union. Die SPD kann sich nicht darauf berufen, mit der FDP eine sozialliberale Lösung zuwege gebracht zu haben. Der Koalition bleibt das Schisma erspart, das vielleicht einen Präzedenzfall für die Aufkündigung des Regierungsbündnisses bei Einzelfragen abgegeben hätte. Das neue Abtreibungsrecht ist eben jenseits einer Gewissensentscheidung der Abgeordneten auch eine Koalitionsfrage. Nach außen hin verhindert Schäubles Taktik, daß der Riß im Zweckverbund von Christ- und Freidemokraten sichtbar wird.

Diese Camouflage hat Schäuble mit viel Übersicht organisiert. Im Frühjahr 1994 tritt ein, was niemand mehr erwartet hat: Die Koalition bekommt für ihren Gesetzentwurf einer Fristenlösung mit Beratungspflicht, die sich eng am Urteil des Bundesverfassungsgerichts orientiert, eine Mehrheit – hauchdünn, aber immerhin. Ein Zufall, den Union und FDP der Schusseligkeit der sozialdemokratischen Fraktionsführung verdanken.

Hans-Ulrich Klose, der Fraktionsvorsitzende, und Peter Struck, sein Parlamentarischer Geschäftsführer, bringen es nicht fertig, im Parlament eine Mehrheit gegen den Koalitionsentwurf zu organisieren, weil etliche SPD-Abgeordnete bei der Abstimmung schlicht nicht anwesend sind, was nur vom desolaten Zustand der SPD-Fraktion zeugt. Dabei wäre es ein leichtes gewesen, der Regierung eine Niederlage beizubringen, denn die Lebensschützer in der Union lehnen das Gesetz der Koalition ab, das Regierungsbündnis hat eigentlich keine Mehrheit mehr. Eigentlich – wenn nicht die SPD aus der erwarteten Niederlage nicht doch noch einen geschenkten Sieg gemacht hätte.

Doch der Abstimmungserfolg wird zum Pyrrhussieg: Im Vermittlungsausschuß von Bundestag und Bundesrat, wo die Sozialdemokraten in der Mehrheit sind, kippt das Gesetz. Das lastet Schäuble der großen Minderheit der Hardliner in der eigenen Fraktion an. Hätte sie, da ist sich der Fraktionsvorsitzende sicher, für den Koalitionsentwurf gestimmt und ihm damit zu einer satten Mehrheit verholfen, die Sozialdemokraten hätten davor zurückgescheut, den Vermittlungsausschuß anzurufen. So aber mußte die SPD die Chance wittern, angesichts der Zerstrittenheit der Union in der nächsten Runde doch noch ihre eigenen Vorstellungen durchsetzen zu können. Jedenfalls, damit war die Chance vertan, das Abtreibungsthema noch vor der Bundestagswahl im Herbst 1994 abzuhaken. Wiedervorlage danach.

Schäubles Notlagenindikation

Die Koalition klammert in den zähen Verhandlungen über ein Regierungsprogramm die Abtreibungsfrage aus. Später bietet Wolfgang Schäuble seinem FDP-Kollegen Hermann Otto Solms an, den Koalitionsentwurf noch einmal gemeinsam in die Beratung einzubringen. Doch der Freidemokrat lehnt ab: Er weiß, daß es in der eigenen Fraktion inzwischen keine Mehrheit für den Gesetzentwurf gibt, den die Freidemokraten noch wenige Monate zuvor mit ausgehandelt haben. Die meisten FDP-Abgeordneten pochen jetzt auf einen Neuanlauf, um mit einigen versprengten CDU-Abgeordneten und den Sozialdemokraten gemeinsame Sache zu machen. Da entscheidet Schäuble sich für einen kuriosen Weg: Die Union bringt das Koalitionsgesetz als CDU/CSU-Entwurf ein.

Ein kluger Schachzug. Die Union ist im Grunde, das weiß der Fraktionsvorsitzende genau, nicht mehr einigungsfähig. Zwischen einer Position, die Rita Süssmuth vertritt, und der Gruppe um Hubert Hüppe liegen Welten. Eine neuerliche Diskussion hätte, da ist Schäuble sich sicher, die Union gespalten. »Das ist der Versuch, die Fraktion in der Abtreibungsfrage überhaupt noch einigermaßen zusammenzuhalten«, beschreibt der baden-württembergische Abgeordnete Volker Kauder Schäubles politische Notlagenindikation. Der findet in der Fraktion aber nur eine knappe Mehrheit für sein Vorgehen. Die Kritik ist deutlich. »Ich sehe nicht ein, daß wir von vornherein auf eine klare Linie verzichten«, mäkelt der CDU-Mann Georg Brunnhuber, ein Landsmann Schäubles. »Wischiwaschi-Politik setzt die CDU in ein schlechtes Licht.« Ein herber Vorwurf, den andere teilen. Dahinter verbirgt sich wieder einmal der alte Verdacht: Schäuble ist der taktische Erfolg wichtiger als das parteipolitische Profil der CDU.

Doch was soll's, Mehrheit ist Mehrheit und Schäuble hat sich durchgesetzt. Damit bleibt die Union in den Konsensgesprächen mit den anderen jedenfalls im Rennen, und die Gegner dieser Linie bekommen als Ausgleich eine Plattform, sich und ihr Anliegen darzustellen. Die Familienministerin Claudia Nolte ermuntert Schäuble in einer Fraktionssitzung ausdrücklich, bei ihrer ablehnenden Meinung zu bleiben. Eine Gewissensentscheidung sei eben wichtiger als die Kabinettsdisziplin.

Eine politische Entscheidung zur Gewissensfrage zu erheben geht in der parlamentarischen Praxis stets mit dem unausgesprochenen Eingeständnis einher, daß eine Mehrheit auf herkömmlichem Weg nicht zustande zu bringen ist. Wo der Fraktionszwang versagt, bekommt die Gewissensentscheidung ihre Chance. Denn sie ist mit der Freigabe der Abstimmung im Plenum verbunden. Endlich darf der Parlamentarier sein, was er laut Grundgesetz eigentlich bei jeder Abstimmung zu sein hätte: nur seinem Gewissen verpflichtet. Wenn Fraktionsführungen, die die Mehrheiten zu organisieren haben, irgendeine Frage zur Gewissensentscheidung erklären, dann hat das für sie den angenehmen Nebeneffekt, offene Abstimmungsniederlagen zu vermeiden. Des weiteren fällt auch nicht mehr auf, wie zerstritten eine Fraktion in dieser »Gewissensfrage« wirklich ist. Die Union als Ganzes hat keine Meinung mehr zur Abtreibungsproblematik, sie ist in Flügel zerfallen. Damit dies nicht ins Auge fällt, gibt es die hilfreiche Gewissensfrage.

Doch läßt sich für die Tötung ungeborenen Lebens das Gewissen überhaupt in Anspruch nehmen? Wie weit reicht das Recht des einzelnen, über Leben und Tod zu entscheiden?

Gewissen ist nach Sokrates die innere Stimme, die davor warnt, etwas Schlechtes zu tun. Haben wir Böses begangen oder stehen wir im Begriff, dies zu tun, meldet sich unser Gewissen, um dies zu verhindern. Daher ist es für Sokrates ausgeschlossen, das Gewissen als Legitimation heranzuziehen, um Leben töten zu können. Günter Rohrmoser, der Philosoph, der die pointierte Darstellung liebt, bringt es auf den Punkt: »Eine Gewissenssanktionierung von Tötungshandlungen an unschuldigen Menschen, die niemanden bedrohen, ist die Vernichtung dessen, was wir unter Gewissen verstehen.«

Die Sache hat für Schäuble einen äußerst wichtigen Nebeneffekt. Wäre die Union als Fraktion einen eigenen Weg gegangen und dabei höchstwahrscheinlich einem 218-Bündnis von SPD, FDP und Grünen unterlegen, hätte sie am Ende wiederum vor das Bundesverfassungsgericht ziehen müssen, um ein sozialliberales Abtreibungsrecht zu bekämpfen. Das jedenfalls hätte die Glaubwürdigkeit geboten. Damit wäre jedoch, das war Schäubles größte Sorge, die Abtreibungsstory zur unendlichen Geschichte geworden – wobei sich in der Praxis ja doch nichts geändert hätte.

Dabei hat Schäubles diese für ihn schlechteste aller Möglichkeiten durchaus kalkuliert. Kurz nach der Bundestagswahl spricht er vertraulich Karlsruher Richter auf die Möglichkeit einer neuerlichen Verfassungsklage an. Deren Antwort ist für den Fraktionsvorsitzenden ernüchternd. Die Richter würden diese Klage zunächst einmal auf Eis legen und sich erst dann wieder mit ihr beschäftigen, wenn einige Richter im Ruhestand wären, die an dem Urteil vom 28. Mai 1993 mitwirkten. Dies hätte mit Sicherheit, erfährt Schäuble von den Juristen, die Chance der Union verringert, sich durchzusetzen.

Das weiß auch die führende Verfechterin für ein »liberaleres« Abtreibungsrecht in der Union, Rita Süssmuth. Die Bundestagspräsidentin schätzt die Richter ebenso ein wie der Fraktionsvorsitzende – eine seltene Übereinstimmung dieser beiden Spitzenpolitiker. »Wer glaubt, das Bundesverfassungsgericht werde eine Rückkehr zum Indikationenmodell fordern, der täuscht sich.« Die Verfassungsrichter würden sich kaum gegen eine Mehrheit in Gesellschaft und Parlament auflehnen. Bei einer neuerlichen Klage würde Karlsruhe wohl eher, kalkuliert Süssmuth, die sozialen Hilfen und den Rechtsanspruch auf einen Kindergartenplatz verbindlich vorschreiben – wie das Gericht es beim steuerlichen Existenzminimum ja schon einmal getan hat. Das könnte dann – lästiger Nebeneffekt, der für manchen Zwist in der Koalition sorgen würde – teuer werden.

Schon deswegen wollte Schäuble sich nicht in eine Situation manövrieren lassen, die eine Klage unausweichlich machte. Die aber wäre entstanden, hätte sich die Unionsfraktion in der Abwägung zwischen Taktik und Profil für letzteres entschieden.

Kungeln mit Kirchenfürsten

Schließlich wähnt Schäuble führende Repräsentanten der katholischen Kirche auf seiner Seite. Mehrere Bischöfe haben ihm erzählt, daß für den Schutz des Lebens letztendlich mehr erreicht werde, wenn der inzwischen zwanzigjährige Streit der Ideologien zu Ende gebracht werde. Freilich schlägt der Versuch fehl, für die schließlich verabschiedete Fristenlösung mit Beratungspflicht das Plazet des Vorsitzenden der Deutschen Bischofskonferenz, Karl Lehmann, zu erhalten.

Der Kirchenfürst, ein besonnener Mann, der allerhand damit zu tun hat, den innerkirchlichen Streit um die Abtreibungsproblematik zu moderieren, spricht am Rande einer Veranstaltung den Mainzer CDU-

Spitzenmann Johannes Gerster auf den in Bonn kurz bevorstehenden Durchbruch in Sachen Paragraph 218 an. Der arrangiert daraufhin ein informelles Gespräch zwischen dem Bischof und zwei Verhandlungsführern der Union: Maria Eichhorn, der familienpolitischen Sprecherin der Fraktion, und Reinhard Göhner, dem Justitiar der Fraktion; ein Sechs-Augen-Gespräch – eine knappe Stunde lang. Am Ende wollen die beiden Unionsleute wissen, ob er mit den angestrebten Kompromissen einverstanden sei. Die beiden wollen das Plazet der katholischen Kirche, um dieses Gütesiegel dann gegen die Einwände der Kritiker in den eigenen Reihen hochhalten zu können. Doch der Bischof ahnt die Falle. Er sei nicht dazu da, Einzelfragen abzusegnen, läßt er die beiden Verhandler der Union abblitzen.

Die fragen ihn schließlich, ob er noch mit dem Fraktionsvorsitzenden reden wolle. Am Samstag darauf findet das Gespräch der beiden statt. Lehmann ruft Schäuble daheim in Gengenbach an, die beiden telefonieren zehn Minuten. Dabei bleibt es bei der kargen Information über Inhalte und Abläufe. Schäuble bestätigt dem Bischof die unmittelbar bevorstehende Einigung mit den Frei- und Sozialdemokraten. Schon morgen, am Sonntagabend, erfährt der Kirchenmann, werde die abschließende Sitzung stattfinden. Noch in derselben Woche, nämlich am Dienstag darauf, werde die Unionsfraktion das neue Abtreibungsrecht beschließen, dann werde die erste Lesung im Parlament erfolgen. Später äußert sich Lehmann empört darüber, mit welcher Geschwindigkeit eine so wichtige Entscheidung übers Knie gebrochen wurde. Er hätte sich eine längere Beratungszeit gewünscht – mehr noch: Es sei kein gutes Zeichen von Demokratie, wenn ein solches Gesetz durchgepeitscht werde. Eine Unterstützung durch den Kirchenführer läßt sich daraus wahrlich nicht ableiten.

Doch Schäuble hat seine Gründe für die große Eile. Er will das Thema unbedingt vor der Sommerpause erledigen, damit die fraktionsübergreifende Einigung nicht im Bonner Sommerloch von irgendwelchen Heißspornen wieder zerredet wird. In der Koalitionsführung plädiert Schäuble als einziger für den waghalsigen Versuch, das komplizierte Thema vor der Sommerpause abzuhaken.

In einem wichtigen Punkt allerdings hat Bischof Lehmann Schäuble einen Wink gegeben. Das Urteil des Bundesverfassungsgerichts markiere für ihn die Grenze des Tolerierbaren. Schäubles Schlußfolgerung: Die Kirche wird nicht aus der Schwangerschaftskonfliktberatung aussteigen, was ein Eklat und für die C-Parteien eine besonders große Niederlage wäre, wenn das verabschiedete Gesetz auf Karlsruher Linie liegt. Die Verfassungsrichter haben eine Fristenlösung unter der Bedingung zugelassen, daß vor der Abtreibung eine Beratung zugunsten des eigenständigen Lebensrechtes des ungeborenen Kindes stattfindet. Deswegen sorgt Schäuble in enger Abstimmung mit seinen Verhandlungsführern dafür, daß im neuen Abtreibungsrecht ein entsprechendes Beratungsziel festgeschrieben wird. Die Notwendigkeit, sich strikt an dem Karlsruher Urteil zu orientieren, hat dazu geführt, daß Schäuble mit Gerhard Scheu und Reinhard Göhner die beiden Justitiare der Fraktion in die Verhandlungskommission schickt. Sie sind seine Verfassungswächter.

Sie liefern am Ende ein Gesetz ab, das in diesem einen wichtigen Punkt den Beifall der katholischen Kirche findet und ihr eine Brücke baut, innerhalb des staatlich diktierten Beratungssystems zu bleiben. Kritiker wie der Philosoph Robert Spaemann haben der Kirche deswegen schon vor Jahren vorgeworfen, sich zum Komplizen einer libertinistischen Abtreibungspraxis zu machen. Schließlich ist der Beratungsschein die Voraussetzung für die Abtreibung – und auch die kirchlichen Berater können der Schwangeren diese Lizenz nicht verweigern, wenn sie sich hat beraten lassen. Damit unterwirft sich die Kirche den staatlichen Regeln und entscheidet sich gegen ihre eigene Grundüberzeugung. Dagegen steht jedoch die Möglichkeit, überhaupt noch Einfluß auf die werdende Mutter nehmen zu können, sich für ihr Kind zu entscheiden. »Wer weiß, wie viele Kinder dadurch schon gerettet wurden«, sagt der Pragmatiker Lehmann.

Seinen Protest gibt der Kirchenführer allerdings öffentlich zu Protokoll. So hat die Mehrheit aus SPD, Union und FDP die sogenannte embryopathische Indikation abgeschafft, die die Abtreibung möglicherweise behinderter Föten bis zur zweiundzwanzigsten Schwangerschaftswoche erlaubte. Dies hatten Behindertenverbände ebenso gefordert wie die katholische Kirche – um ein Signal zu geben, daß behindertes Leben nicht minder schützenswert sei als nicht-behindertes. Die Unionsführung wirbt unter Hinweis auf die Forderung der Kirchen für die Unterstützung dieses Mehrheitsentwurfes.

Die Bischöfe empfinden dies als Unverfrorenheit. Denn die embryopathische Indikation wurde nicht ersatzlos abgeschafft, sondern sie geht in der medizinischen Indikation auf. Unter Hinweis auf eine seelische Notlage kann eine werdende Mutter ihr behindertes Kind nun sogar bis kurz vor der Geburt abtreiben lassen.

Deswegen fragt bei der Verabschiedung des neuen Rechts im Bundestag der CDU-Mann Hüppe, wenn die Abtreibung in diesen Fällen bis zwei Stunden vor der Geburt möglich wäre, »was ist denn zwei Stunden nach der Geburt?« Der strikte Abtreibungsgegner hat den Mut, im Plenum die Parlamentarier mit äußerst unangenehmen medizinischen Fakten zu konfrontieren. Ein in der zweiundzwanzigsten Woche mit der Methode, durch Hormonspritzen vorzeitige Wehen auszulösen, abgetriebenes Kind kommt häufig lebensfähig zur Welt. »Deswegen gehen Ärzte dazu über, das Kind bereits im Mutterleib durch die Curettage-Methode zu töten, bei der dem lebenden Kind ohne Schmerzmittelabgabe die Glieder abgetrennt werden, damit man sicher ist, das dieses Kind hinterher tot ist.« Noch nie hat im Bundestag jemand so konkret die brutale Wahrheit einer Abtreibung beschrieben – ein gezielter Tabubruch des engagierten Lebensschützers. Dafür handelt Hüppe sich von der PDS-Abgeordneten Dagmar Enkelmann den Zwischenruf ein: »Widerlich!« Die PDS-Frau läßt allerdings offen, ob sie die Abtreibungspraxis widerlich findet oder den Umstand, daß Hüppe offen darüber spricht. Jedenfalls beschrieb Hüppe damit im Bundestag genau die Nöte, die die katholische Kirche mit dieser Fristenlösung hat.

Spaemann fürchtet wie die katholische Kirche eine weitere Entwertung behinderten Lebens. Schon heute schlagen immer mehr Gynäkologen den Frauen einen Test vor, um festzustellen, ob das Kind behindert ist – eine Untersuchung, die im Grunde nur den einen Sinn hat, ein Kind in diesem Falle abzutreiben. Spaemann bringt die fatale Schlußfolgerung für die Behinderten auf den Punkt: »Sie werden Menschen sein, denen jeder andere begegnet mit der Haltung: Ach je, du hast

Pech gehabt, dich hat man am Leben gelassen. Und wir haben jetzt die Last. Die Versuchung steht dann vor der Tür hinzuzufügen: Nun ja, wir können es ja nachholen.«

Nicht nur behindertes, auch das Leben alter Menschen wähnen strikte Abtreibungsgegner in Gefahr, wenn die Tötung von ungeborenem Leben quasi freigegeben wird. Bischof Lehmann warnt: »Wer sich einen frühen Zugriff auf das menschliche Leben leistet, der weiß vielleicht gar nicht, was er da für eine Lawine lostritt, am Ende auch gegen sich selbst.« Andernorts ist man schon weiter. In einer Sitzung der baden-württembergischen CDU-Landesgruppe kursieren Zahlen, die die frühere Familienministerin Ursula Lehr, eine Expertin für Altersforschung, über die Euthanasiepraxis in den Niederlanden nennt. Danach sterben dreißig Prozent der Menschen, die älter als achtzig Jahre sind, in den Niederlanden eines unnatürlichen Todes – mehr als die Hälfte von ihnen ohne eigene Einwilligung.

Die Union resigniert

Ein parlamentarischer Erfolg, urteilt die *Frankfurter Allgemeine Zeitung* über das neue Abtreibungsrecht, »kann eine politische Niederlage sein«. Schließlich hat die Union nun eine Fristenlösung mit verabschiedet, für die SPD und FDP gegen ihren Widerstand zwanzig Jahre lang gekämpft haben. Die erste, im Frühjahr 1974 beschlossene Fristenlösung brachte auf Antrag der Union das Bundesverfassungsgericht zu Fall. Den zweiten Anlauf, diesmal im Jahr 1992, zwei Jahre nach der deutschen Einheit, stoppten auf Antrag der Union wiederum die Bundesrichter. Damals war es Wolfgang Schäuble, der in der Union die Entscheidung erzwang, tatsächlich zu klagen, obwohl auch Parlamentarier der Union für die sozialliberale Lösung gestimmt hatten. Helmut Kohl lehnte es ursprünglich ab, gegen diese im Bundestag mit Mehrheit beschlossene Regelung vor das Verfassungsgericht zu gehen. Er wollte einfach Ruhe haben.

Nach der Bundestagsentscheidung hatte sich der Fraktionsvorsitzende nur eine knappe Bedenkzeit erbeten: Ich schlafe noch eine

Nacht darüber. Am nächsten Morgen stand sein Entschluß fest. Er wollte die Entscheidung von den obersten Richtern überprüfen lassen. Dies war für ihn eine Frage der Glaubwürdigkeit der Union – ein Signal nach außen und in die Fraktion hinein. So war es nur konsequent, daß Schäuble sich als Erstunterzeichner der Klage an die Spitze der Bewegung setzte. Als CDU-Generalsekretär Peter Hintze davon hörte, bestürmte er den Fraktionschef: »Ich denke, wir klagen nicht. Kohl will das nicht.« Doch solche Hinweise beeindrucken Schäuble herzlich wenig. So beschied er den verdutzten Hintze, der Kohl treu ergeben ist, selbstbewußt: »Sie werden sehen, wenn ich es will, dauert es nicht lange, und Kohl will es auch.«

Tatsächlich gehörte der Kanzler dann zu denjenigen, die die Klage der Unionsfraktion noch mitunterzeichneten. Kanzler paradox: Helmut Kohl unterschreibt als Regierungschef staatsmännisch die Fristenlösung, gegen die er dann als Parteipolitiker vor dem Bundesverfassungsgericht zu Felde zieht.

Die Verfassungsrichter entschieden, eine Fristenlösung mit Beratungspflicht sei zwar rechtswidrig, könne aber straffrei bleiben. Konsequenterweise wurde die Krankenkassenfinanzierung von Abtreibungen aufgehoben. Doch die Parlamentarier finden eine Ersatzlösung, nach der Bedürftige die Abtreibung nach wie vor bezahlt bekommen.

Schäuble verteidigt die Fristenlösung mit dem Hinweis, die Union habe Schlimmeres verhindert. Verhandlungsführer Gerhard Scheu beruft sich dabei gar auf die päpstliche Enzyklika *Evangelium vitae*, die Abgeordneten erlaubt, einer schlechten Abtreibungsgesetzgebung ihren Segen zu geben, wenn dadurch eine noch schlechtere verhindert werde. Dagegen stellt die *Frankfurter Allgemeine Zeitung* die Analyse, das wenige, was die Union noch gegen Sozial- und Freidemokraten habe erreichen können, gehe nicht auf ihre eigene Durchsetzungsfähigkeit zurück, sondern auf das Urteil des Bundesverfassungsgerichts, das dem Gesetzgeber in Wahrheit keine andere Wahl ließ. So kommt es, daß als politischer Erfolg gefeiert werden kann, was an sich doch nur eine Banalität ist: daß Parlamentarier im Grunde nichts anderes getan haben, als ein Verfassungsgerichtsurteil in die Sprache eines Gesetzes zu übersetzen.

Mit einem haben die prinzipienfesten Kommentatoren von der FAZ jedenfalls recht: »In ethischen Fragen reicht die Überzeugungskraft der Unionswortführer heutzutage nicht weit.« Und das, so möchte man hinzufügen, mittlerweile dreizehn Jahre nach der Einleitung einer geistig-moralischen Wende in Deutschland.

Die Union ist in der Abtreibungsfrage seltsame Wege gegangen: Zweimal verhindert sie unter Mithilfe des Bundesverfassungsgerichts die Einführung der Fristenlösung, um ihr, in einer nur wenig gemilderten Form, dann doch zuzustimmen. 1988 beschließt in Wiesbaden ein CDU-Parteitag nach stundenlanger Diskussion, zur Bewußtseinsbildung über den Unrechtscharakter von Abtreibungen solle es eine Aufklärungsaktion geben – so aufwendig wie die millionenschwere Anti-Aids-Kampagne. Damit begründet die Union, warum sie von nun an nicht mehr daran glauben will, daß Strafrecht Unrechtsbewußtsein schafft. Fünf Jahre später fordern CDU-Parlamentarier, die Vergewaltigung in der Ehe unter einen eigenen Strafrechtsparagraphen zu stellen. Begründung: Nur so könne das Bewußtsein geschaffen werden, daß Vergewaltigung in der Ehe ebenso verwerflich ist wie außerhalb der Ehe.

Aus der Aufklärungskampagne in Sachen Abtreibung ist sechs Jahre nach dem Parteitagsbeschluß immer noch nichts geworden. Fünfzig Millionen wären dafür nötig, weiß Rita Süssmuth, die vor Jahren die Aids-Aufklärungskampagne anschob. Aufklärung, wie die Bundesregierung sie ganz offensichtlich meint, sieht anders aus. Im Frühjahr 1995 wirft die Bundeszentrale für gesundheitliche Aufklärung die Broschüre *Starke Mädchen* auf den Markt. Darin wird nicht nur Homosexualität als ebenso normal wie Heterosexualität dargestellt, auch beim Thema Abtreibung kommt die Broschüre, die von Ministerialen des Bundesgesundheitsministers Horst Seehofer von der CSU abgesegnet worden ist, zu ganz eigenen Ergebnissen. Dort ist nicht nur davon die Rede, eine Schwangerschaft zu »unterbrechen« (als ob sie nach dem Abbruch weitergehe), sondern Abtreibung wird als Entscheidung dargestellt, »daß du jetzt kein Kind haben möchtest, daß ein Abbruch in deiner Lage die beste Lösung ist«. Damit wird praktisch behauptet, es gäbe eine Wahlfreiheit zwischen Abtreibung und

Schwangerschaft – ein Widerspruch zu dem von den Karlsruher Richtern den Föten zugebilligten eigenen Lebensrecht. Nach Protesten muß Seehofer, peinlich berührt, die Broschüre aus dem Verkehr ziehen.

Die Union fällt, dies ist auch ein Ergebnis von zwanzigjährigem erfolglosem Ringen, als Kampfgemeinschaft für einen besseren Lebensschutz inzwischen aus. Schäuble wäre es am liebsten gewesen, im Einigungsvertrag mit der DDR die Indikationslösung festzuschreiben. Er hat stets behauptet, dies sei am Widerstand des letzten DDR-Ministerpräsidenten Lothar de Maizière gescheitert. Andere Kundige wie der renommierte Bonner Staatsrechtler Josef Isensee bestreiten dies. An der zeitlich begrenzten Fortgeltung der Fristenlösung auf dem Territorium der früheren DDR wäre der Einigungsvertrag wohl kaum gescheitert. Schäuble habe nur nicht genug Druck machen wollen.

Dazu gab es jedoch auch, genau besehen, nur wenig Grund. Schließlich hat es pro Kopf der Bevölkerung in der DDR ebenso viele Abtreibungen gegeben wie in Westdeutschland. Fristenlösung hier, Indikationslösung dort – Unterschied in der Praxis gleich Null. Schäubles Schlußfolgerung: Das Abtreibungsproblem ist eben politisch nicht zu lösen. Mit Gesetzen kann man eine Gesellschaft nicht ändern, wenn sie dazu nicht bereit ist.

Derweil nimmt der Wert menschlichen Lebens weiter ab. Transplantationschirurgen, so wird berichtet, sprechen, wenn die Sonne scheint und es schön warm ist, schon mal von »Motorradwetter«. Dann gibt es viele Unfälle, viele Tote – und viele Organe. Ein Hauch von schöner neuer Welt.

DER MONOKULTI

MULTIKULTI – NEIN DANKE

Wortmüll ist Wolfgang Schäuble verhaßt. Für hohle Sprüche, die lediglich gescheit klingen, hat der Badener nur Spott übrig. Aussprüche von Sabine Leutheusser-Schnarrenberger von der FDP registriert der CDU-Mann häufig mit schmerzverzerrtem Gesicht. Etwa als sie ihr multikulturelles Credo formulierte und dabei hochtrabend für die »Wandlung des ethnisch-völkisch orientierten Nationalstaats zur offenen Bürgergesellschaft« plädierte. Schlagworte, nichts als Phrasen. Juristen vom Schlage Schäubles tun sich schwer mit sprachlichen Wolkenschiebereien. »Wahrscheinlich bin ich einfach zu dumm, das zu verstehen.«

Konservativen treibt schon die Vokabel »multikulturell« die Zornesröte ins Gesicht, vor allem dann, wenn sie auch noch von Unionspolitikern wie Heiner Geißler und Rita Süssmuth propagiert und als Antithese zum »Nationalstaat Bismarckscher Prägung« eingeführt wird. Multikulti ja, Nation nein danke! So werden Geißlers und Süssmuths Thesen verstanden, und so sollen sie auch verstanden werden. Der Dichter Botho Strauß hat es in seinem brillanten Essay »Anschwellender Bocksgesang« auf den Punkt gebracht: »Intellektuelle sind freundlich zum Fremden, nicht um des Fremden willen, sondern weil sie grimmig sind gegen das Unsere und alles begrüßen, was es zerstört.« Dieser Selbsthaß löst bei den Konservativen die von Geißler und Co. erwünschten Pawlowschen Reflexe aus. Der Mensch, schreibt etwa der Sozialphilosoph Günter Rohrmoser, »ist geprägt durch seine Kultur und damit auch bestimmt durch die Zugehörigkeit zu einer Nation«. Hinter dem Leitbild des Multikulturellen diagnostiziert der streitbare Philosophieprofessor einen »geschichts- und nationslosen, abstrakten liberalen Universalismus«.

Ende Mai 1995 verteilt Sachsens Ministerpräsident Kurt Biedenkopf eine Analyse zur Lage der Union an die Präsidiumsmitglieder der CDU. Darin rechnet Biedenkopf, sonst häufiger an der Seite Geißlers und Süssmuths zu finden, mit der Idee des Multikulturellen ungeschminkt ab. »Unserer Kultur« weist der Neu-Sachse eine »identitätsstiftende Bedeutung für das Ganze der Nation« zu. Die kulturelle Substanz Sachsens und die Identifikation der Menschen mit ihr hätten dazu beigetragen, daß die Bürger die einigungsbedingten Umbrüche der Jahre nach 1990 »ohne wirkliche Identitätsverluste« überstanden hätten. Deswegen begnügt sich Biedenkopf nicht einmal mit der unfreundlichen Bemerkung, die multikulturelle Gesellschaft sei utopisch. Er legt noch zu: Dieses Leitbild sei sogar »geeignet, die kulturelle Substanz der deutschen Nation in Frage zu stellen, so, wie die Nation vor der Zeit des Nationalstaates in der deutschen Geschichte verstanden wurde«. Ihre Verfechter haben die multikulturelle Gesellschaft als den Königsweg der Ausländerintegration verstanden. Für den Professor von der CDU ist das Gegenteil wahr. Sie sei eben gerade »kein Weg zur inneren Befriedung möglicher Nationalitätenkonflikte«, sondern gefährde »genau die geistigen Kräfte, die zum Zusammenhalt des Landes beitragen können und von denen die Integration ausländischer Zuwanderer ausgehen kann«.

Schon die Multikulti-Diskussion hält Rohrmoser für bedenklich bis gefährlich. »Wer die Deutschen nur als Menschen ohne Herkunft und Identität anspricht und eine entsprechende Politik betreibt, der darf sich nicht wundern, wenn die verdrängte und negierte Realität der Existenz in diesem Fall des deutschen Volkes sich in einem aufkeimenden Nationalismus bemerkbar macht.« Anders gesagt: Wer Multikulti propagiert, betreibt das Geschäft der Rechtsradikalen, weil er ihnen ein Feindbild liefert. Rohrmoser zugespitzt: »Eher wird es einen Bürgerkrieg geben, als daß die multikulturelle Gesellschaft von den Deutschen akzeptiert würde.«

In der Tat hat der frühere Republikaner-Chef Franz Schönhuber in seinen Versammlungen über Jahre hinweg seine Anhänger mit dem Feindbild Geißler mobilisieren können. »Geißler ist unser bester Wahlhelfer«, rief Schönhuber unter dem Gejohle seiner Sympathisanten in die Säle. Kann man sich nicht doch gegen Applaus von der falschen Seite wehren?

Geißler hat den Streit mit Schönhuber noch geschürt und dabei übersehen, daß derjenige, der sendungsbewußt und oberlehrerhaft den Deutschen die angebliche Ausländerfeindlichkeit austreiben will, bei manchen das Gegenteil erreicht. Gut gemeint ist eben oft genug das Gegenteil von gut. »Niedriger hängen«, lautete deswegen ein Rat, den Schäuble seinem Stellvertreter Geißler mehrfach gab – vergeblich.

»Viele in der Union kultivieren Anti-Immigrationsdenken und Fremdenabwehr«, schreibt Geißler. Schäuble bestreitet das entschieden. »Wir leben doch in Deutschland – jedenfalls bis vor kurzem und hoffentlich bald wieder – mit unseren ausländischen Mitbürgern sehr gut zusammen. Meine Kinder haben in der Grundschule alle zwischen fünfundzwanzig und dreißig Prozent türkische Mitschüler gehabt, und wenn sie Freunde hatten, die Türken waren, dann sind sie genauso zu denen nach Hause gegangen und die sind zu uns gekommen. Oder ich habe jahrelang in meinem Tennisklub mit einem jungen Türken gemeinsam Doppel gespielt. Da haben manche gesagt, das fänden sie doch bemerkenswert, daß ich als Bundestagsabgeordneter mit einem Türken spiele. Also, das sind doch die größten Dummköpfe, die mir je über den Weg gelaufen sind. Nur: Man kann die Menschen nicht überfordern, und nicht alle sind so weit, wie wir sie haben möchten.«

Das ist ein wichtiger Unterschied zwischen Geißler und Schäuble: Der eine paßt die Wirklichkeit seinen Wunschvorstellungen an, der andere seine Wunschvorstellungen der Wirklichkeit.

Dabei entpuppt sich die multikulturelle Gesellschaft in der Geißlerschen Version genau betrachtet als Propagandacoup, als ein Trick des gelernten Polemikers, um Streit in den eigenen Reihen anzuzetteln. Streit ist für den in der Union nahezu einflußlos gewordenen Geißler längst zur Ersatzhandlung, zum Selbstzweck geworden. Als ein frisch gewählter Regierungschef den damaligen CDU-Generalsekretär fragte, wie er sich denn Profil erwerben könne, antwortete Geißler nach eigenem Bekunden: »Du mußt Streit anfangen, und zwar wegen einer wichtigen Sache mit dem politischen Gegner. Wenn dies im Moment nicht möglich ist, mußt du Streit beginnen wegen einer wichtigen

Sache im eigenen Lager. Schlecht ist, wegen einer weniger wichtigen Sache zu streiten und mit den eigenen Leuten, aber am miserabelsten ist es, gar nicht zu streiten und nichts zu tun.« Die multikulturelle Gesellschaft ist, jedenfalls so, wie Geißler sie versteht, eine Worthülse – allerdings eine von hohem Streitwert.

»Die multikulturelle Gesellschaft«, so lautet Geißlers Definition, »ist das Gegenteil vom homogenen Nationalstaat, vom völkischen Nationalismus«, und: »Die Idee der multikulturellen Gesellschaft ist der Gegenentwurf zum Konzept Deutschland den Deutschen.« Geißlers Sätze sind wie Gewehrkugeln. Diejenigen, die seinen Vorstellungen nicht folgen mögen, rückt der Fraktionsvize damit rabulistisch in die faschistische Ecke. Wer will sich schon vorhalten lassen, ein völkischer Nationalist zu sein? Dann schon lieber Multikulti.

Deutschland den Deutschen?

In Deutschland leben sieben Millionen Ausländer. Jeder zweite hat hier seine neue Heimat gefunden, wohnt seit mehr als zehn Jahren in der Bundesrepublik. Die allermeisten fühlen sich in Deutschland wohl. Mehr als achtzig Prozent der hier lebenden Türken wollen ihren Lebensabend in Deutschland verbringen, ermittelte das Essener Zentrum für Türkeistudien. Deutschland den Deutschen?

Wenn die multikulturelle Gesellschaft der Gegenentwurf zum völkischen Nationalismus ist, dann muß man sie ebensowenig ernst nehmen, wie man den Nationalismus intellektuell ernst nehmen muß. Denn den »homogenen Nationalstaat«, den Geißler lustvoll zum Gegenbild aufbaut, hat es in Wahrheit nie gegeben. Auch mit der deutschen »Blutsgemeinschaft«, von der Sabine Leutheusser-Schnarrenberger oder Rita Süssmuth sich effektvoll absetzen, war es nie soweit her.

Gefragt nach der sogenannten deutschen Blutsgemeinschaft, zitiert Helmut Kohl genüßlich seinen Lieblingsschriftsteller Carl Zuckmayer. Der läßt im »Teufels General« den Harras mit dem Rassenwahn der Nazis aufräumen – und zwar am Beispiel des Rheinländers Hartmann. Dem rät er, sich seine Ahnenreihe vorzustellen:

»Da war ein römischer Feldhauptmann, ein schwarzer Kerl, braun wie 'ne reife Olive, der hat einem blonden Mädchen Latein beigebracht. Und dann kam ein jüdischer Gewürzhändler in die Familie, das war ein ernster Mensch, der ist noch vor der Heirat Christ geworden und hat die katholische Haustradition begründet. Und dann kam ein griechischer Arzt dazu, oder ein keltischer Legionär, ein Graubündner Landsknecht, ein schwedischer Reiter, ein Soldat Napoleons, ein desertierter Kosak, ein Schwarzwälder Flözer, ein wandernder Müllerbursch aus dem Elsaß, ein dicker Schiffer aus Holland, ein Magyar, ein Pandur, ein Offizier aus Wien, ein französischer Schauspieler, ein böhmischer Musikant – das alles hat am Rhein gelebt, gerauft, gesoffen und gesungen und Kinder gezeugt – und – und der Goethe, der kam aus demselben Topf, und der Beethoven, und der Gutenberg, und der Mathias Grünewald, und – ach was, schau im Lexikon nach. Es waren die Besten, mein Lieber! Die Besten der Welt! Und warum? Weil sich die Völker dort vermischt haben. Vermischt – wie die Wasser aus Quellen und Bächen und Flüssen, damit sie zu einem großen, lebendigen Strom zusammenrinnen. Vom Rhein – das heißt: vom Abendland. Das ist natürlicher Adel. Das ist Rasse.«

Vom »reinen Blut« zu reden, findet Schäuble, ist »dummes Zeug«. Einwanderung nach Deutschland gab es immer schon. Wenn ein paar Wirrköpfe in Deutschland von der Fiktion einer völkischen Einheit schwadronieren, dann muß man sie nicht mit einer Gegentheorie beehren, so, als sei ihr Geschwafel ernst zu nehmen. Es sei denn, man ist auf der Suche nach Profil. Schlag nach bei Heiner Geißler: »Du mußt Streit anfangen.«

Wolfgang Schäuble, der Spötter, fragt hinterlistig: »Was die wohl meinen, wenn die sagen: multikulturell? Meinen die, man soll nett sein zu Ausländern, was auch meine Meinung ist, und meinen die, daß Ausländer genauso wertvolle Menschen sind wie wir, was ich auch meine?«

Geißler listet drei Kriterien für die multikulturelle Gesellschaft auf, die er erfinderisch auch »Gleichberechtigungsgesellschaft« nennt.

1. Deutsche leben mit Ausländern gleichberechtigt zusammen, ohne sie assimilieren »oder germanisieren« zu wollen.

2. Die Ausländer erkennen die deutsche Verfassung an und sprechen deutsch.

3. Wer diese beiden Kriterien erfüllt, kann »schnell und leicht deutscher Staatsbürger werden«.

Schäuble hat gelesen, was Geißler aufschrieb. Sein Befund: »Damit hat er nur die geltende Rechtslage beschrieben.« Was der stellvertretende Vorsitzende der Unionsfraktion als »Gesellschaft der Zukunft« ausgibt, ist ein Bluff. An der Frage, ob ein Ausländer zehn, acht oder sechs Jahre in Deutschland gelebt haben muß, um Deutscher werden zu können, entscheidet sich nicht, ob das Land multikulturell ist oder nicht.

Der Klarheit halber hat Geißler sich längst verabschiedet von der, wie er es nennt, »dogmatischen Vorstellung des Multikulturellen«, wonach »ein Moslem aus Bottrop auf dem Weg des Familiennachzugs dort einen Harem aufmachen könnte«. Geißlers Multikultur ist, genau besehen, weit weniger spektakulär, als sie daherkommt.

Und auch Rita Süssmuth hat erkannt, daß ein »Miteinander der Kulturen« nur gelingen kann, »wenn es bei Anerkennung der Unterschiede einen Grundkonsens über die Geltung universell anerkannter Werte und Normen, der unveräußerlichen Menschen- und Bürgerrechte gibt«. Dazu zählt Geißlers Gesinnungsfreundin den Schutz des Lebens, die Achtung der Menschenwürde, »Freiheitsrechte, Toleranz, Gewaltlosigkeit«. Ohne übereinstimmende verbindliche Grundwerte »kann das Miteinander der Kulturen nicht gelingen«.

Über die Multikulturalisten hat der streitbare Schriftsteller und Literatur-Nobelpreisträger Saul Bellow gleich kübelweise Hohn ausgekippt. Es gehe diesen Leuten ja wohl um Gerechtigkeit und eine Form von Universalismus, erzählt er im FOCUS-Interview. »Aber diese Leute verstehen nicht mal ihre eigene Kultur. Sie können weder richtig lesen noch schreiben, sie kennen weder die eigene Sprache noch die Geschichte ihres eigenen Landes, geschweige denn die großen Philosophen oder die Geschichte der westlichen Zivilisation. Aber sie sind bereit, Schamanen zu feiern, deren Sprache sie nie verstehen werden und deren Heilmittel sie niemals einnehmen würden.« Ein hartes Urteil, elitär und arrogant, doch es ist etwas Wahres daran: Die selbstleugnerische Attitüde, die so manche Vertreter der Multikulti-Mode an den Tag legen, legt Bellow schonungslos offen.

Multikultur bedeutet auch für Rita Süssmuth nicht das, was das Schlagwort vorspiegelt, nämlich die Gleichrangigkeit von deutscher Kultur und verschiedenen ausländischen Kulturen. Ausländer müssen sich auch nach dem Verständnis Süssmuths anpassen: »Außerdem ist ein jeder verpflichtet, die Werte und Normen des Landes, in dem er lebt, zu achten, die Gesetze und Regeln des Miteinander einzuhalten.« Vielweiberei will Süssmuth nicht dulden, ebensowenig wie Geißlers Koranschulen.

Da ist Schäuble, von den selbsternannten Tugendwächtern der Political correctness von links gerne unter Nationalismusverdacht gestellt, großzügiger. »Ich habe nichts gegen Koranschulen, solange sichergestellt ist, daß dort Religion und nicht Politik oder gar Radikalismus betrieben wird.« Die Frage, warum deutsche Politik es fördern sollte, türkische Kinder, die hier geboren und aufgewachsen sind, türkisch zu erziehen und damit ihre Integration zu erschweren, stellt Schäuble nicht. Dies mutet um so erstaunlicher an, als er, ebenso wie die beiden anderen Bundesinnenminister, die die Union mit Friedrich Zimmermann von der CSU und Rudolf Seiters von der CDU stellte, stets von dem Grundsatz ausging: Die Einbürgerung steht am Ende des Integrationsprozesses. Daraus ergibt sich zwingend, daß eine rasche Einbürgerung nur über eine schnelle Integration zu erreichen ist. Ein Pflegen der kulturellen Vorstellungen des Herkunftslandes verlangsamt jedoch die Integration und verlängert damit den Zeitraum zwischen Zuzug und Einbürgerung.

Jahrelang haben sie sich in der Union bis hin zur persönlichen Beleidigung über die multikulturelle Gesellschaft verkämpft. Hätten die ausländerpolitischen Lordsiegelbewahrer von der CSU Geißler und die anderen gezwungen, zu erläutern, was sich hinter dem Schlagwort verbergen soll, anstatt blind rhetorisch draufzuschlagen, die Diskussion wäre im Handumdrehen erledigt gewesen. Doch zur Wahrheit gehört auch, daß Stoiber und Co. daran kein großes Interesse hatten. Geißlers und Süssmuths Multikultur gab ein prächtiges Feindbild her, gegen das sich die eigene Anhängerschaft in Treue fest mobilisieren ließ. Besonnene Stimmen wie die Schäubles, diesen Grundsatzstreit nicht so hoch zu hängen, gingen unter.

»Vor dem Hintergrund der Gefahr, daß Ausländerfeindlichkeit auch gezüchtet werden kann, halte ich diese Debatte für höchst leichtfertig.«

UNDOGMATISCH IN DER PRAXIS

In der alltäglichen Politik verhält sich Schäuble, der dem Nationalstaat eine herausragende, ja quasi ersatzreligiöse Rolle bei der Identitätsstiftung für die angeblich orientierungslos gewordenen Deutschen zuspricht, weniger grundsatztreu. Gerät in der Tagespolitik der angeblich so prinzipientreue Schäuble mit dem Macher und Koalitionsmanager Schäuble über Kreuz, behält der Pragmatiker die Oberhand.

»Deutscher Staatsangehöriger zu werden heißt, sich zu dieser Schicksalsgemeinschaft zu bekennen, aus der man nicht nach Belieben ein- und austreten können soll.« Dieser Satz stammt nicht von Schäuble, sondern vom CDU-Innenpolitiker Erwin Marschewski, der damit im Bundestag begründete, warum die Union gegen die doppelte Staatsbürgerschaft sei. Auch Schäuble ist grundsätzlich dagegen, Ausländern zwei Pässe zu geben. Doch er ist bereit, diesen Grundsatz aufzugeben, wenn es dem Koalitionsfrieden dient.

Der Bündnispartner FDP verlangt, mehr doppelte Staatsbürgerschaften zuzulassen. Insgeheim verbinden die Freidemokraten damit die Hoffnung, das Problem des Ausländerwahlrechts gleich mit zu erledigen. Der damalige FDP-Vorsitzende Klaus Kinkel warnte schon einmal davor, daß es bürgerkriegsähnliche Zustände in Deutschland geben werde, dürften Ausländer aus Ländern der Europäischen Union in Deutschland wählen, nicht aber Türken, auch wenn sie seit Jahrzehnten hier lebten. Diese Prognose hat sich als Irrtum erwiesen. Die Freidemokraten konnten sich gegen die Union nicht durchsetzen. Seitdem fordern sie massiv, lange hier lebenden Ausländern und deren Kindern den deutschen als zweiten Paß auszuhändigen. Damit würden Ausländer zu Deutschen. Das Wahlrecht bekämen sie mit dem Paß.

Schäuble weiß, daß die praktische Ausländerpolitik den gehegten

Grundsatz, daß die Einbürgerung den Schlußpunkt eines langjährigen Integrationsprozesses bilde, auf wichtigen Feldern außer Kraft gesetzt hat. Ohnehin lassen es die Gesetze zu, daß Ausländer Deutsche werden und trotzdem ihren Paß behalten, wenn nämlich ihr Herkunftsland die Entlassung aus der Staatsbürgerschaft verweigert. Im übrigen gestatten Ausländerbehörden augenzwinkernd die doppelte Staatsbürgerschaft. In Berlin wird von Ausländern, die einen deutschen Paß wollen, nur verlangt, daß sie die Erlaubnis ihres Heimatstaates vorlegen, die ursprüngliche Staatsangehörigkeit abzulegen. Ob diese Ausländer dann tatsächlich ihre alte Staatsangehörigkeit abgeben, überprüft niemand. Insider aus der Bundesregierung berichten von der Praxis türkischer Diplomaten in Deutschland, Türken mit deutschem Paß nach der Ausbürgerung wiederum türkische Ausweise auszustellen.

Aber es geht auch anders. Alina Astafei war 1995 weltbeste Hochspringerin. Sie startete für den USC Mainz. Die gebürtige Rumänin lebt erst seit Oktober 1993 in der rheinland-pfälzischen Landeshauptstadt. Im Februar 1995 stimmte das Bonner Innenministerium einer »Einbürgerung unter Hinnahme einer vorübergehenden doppelten Staatsangehörigkeit« zu. Tags darauf teilte das Mainzer Innenministerium mit, die Verleihung der Urkunde sei nur noch eine Frage von Stunden. Geringe Aufenthaltszeiten und mangelnde Deutschkenntnisse seien offenbar kein Hindernis für die Einbürgerung, »wenn sich Vereine, Verbände und Einbürgerungsbehörden einen sportlichen Erfolg versprechen«, mäkelte die SPD. Seit 1987 sind hundert ausländische Sportler bevorzugt eingebürgert worden – durchschnittlich dreizehn pro Jahr. Der *Frankfurter Allgemeinen Zeitung* war diese Praxis bei Alina Astafei eine lakonische Schlagzeile wert: »Wer höher springt, wird schneller Deutsche.«

Und so gibt es nach regierungsoffiziellen Angaben in Deutschland mehr als 1,5 Millionen Menschen mit deutschem und ausländischem Paß. Schäuble erinnert daran, daß schon heute bei fünfundzwanzig Prozent aller Einbürgerungen die doppelte Staatsbürgerschaft hingenommen werde. Doch der CDU-Spitzenmann kritisiert das nicht, er schlägt im Gegenteil vor, noch großzügiger als bisher zu verfahren.

Für ihn ist es keinen Dogmenstreit wert, ob Ausländerkinder mit der Geburt einen deutschen Paß erhalten oder erst achtzehn Jahre später.

Bauernschlau bringt er es fertig, neben der im politischen Alltagsgeschäft praktizierten Wendigkeit rhetorisch Prinzipientreue an den Tag zu legen. »Gerade, weil wir so großzügig sind, besteht kein Bedarf, in dieser Frage zu grundsätzlich anderen Regelungen zu kommen.« Welch eine Logik: Das Prinzip ist längst nichts mehr wert, aber gerade deswegen schadet es nicht, dabei zu bleiben, wenn sich auf diese Weise aufgeregte Gemüter beschwichtigen lassen.

Konservative Kritiker des geschmeidigen Schäuble-Kurses, wie der Staatsrechtslehrer Rupert Scholz, einer der Stellvertreter des Fraktionsvorsitzenden, verweisen auf negative Auswirkungen der Diskussion um die doppelte Staatsbürgerschaft. Kritiklos werde das Argument der Opposition übernommen, die gebetsmühlenartig versichert, der zweite deutsche Paß sei ein Beitrag zur Integration. Scholz fragt, ob die bequeme Doppelstaater-Lösung den Eingewanderten und ihren Kindern nicht gerade die Entscheidung für oder wider die Integration erlasse und damit eher ein Beitrag zur Desintegration sei. Dies um so mehr, als das türkische Parlament Anfang Juni 1995 beschloß, daß Türken, die sich in Deutschland einbürgern lassen wollen, in ihrem Heimatland nicht mehr den Verlust ihrer Rechte zu gewärtigen haben. Sie können in der Türkei ohne besondere Erlaubnis einen Wohnsitz haben, reisen und arbeiten und verlieren nicht ihren mobilen und immobilen Besitz an den Staat. Auch in Erbschaftsangelegenheiten haben sie keine Nachteile mehr zu befürchten. Damit ist jedoch jegliche Grundlage für eine Politik der zwei Pässe entfallen. Türken haben keinen ernst zu nehmenden Grund, eine Einbürgerung abzulehnen.

Welche Auswirkung hat der Paß überhaupt auf die Integration? Im Spätsommer 1994 tobte in Frankreich ein erbitterter Streit. Mohammedanischen Mädchen sollte verboten werden, in französischen Schulen mit Kopftuch zu erscheinen. Dabei handelt es sich bei den Kindern um Franzosen. Denn nach dem in Frankreich geltenden Ius soli bekommt jeder den französischen Paß, der dort geboren ist. In Deutschland gilt dagegen das Abstammungsrecht. Politiker von SPD, FDP und Grünen fordern, dieses in Deutschland grundsätzlich praktizierte Ius sanguinis nach französischem Vorbild um weitere Elemente des Ius soli zu ergänzen. Der Kopftuchstreit in Frankreich zeigt, daß damit für die Integration nichts gewonnen wäre.

Der Streit um Abstammungs- und Geburtsrecht hat jedoch noch einen weiteren wichtigen Aspekt. Die Abkehr vom reinen Abstammungsrecht wird häufig in Verbindung gebracht mit einem gewandelten Begriff von Nation. Verfechter des Ius soli bekennen sich zum Verfassungspatriotismus, das heißt, sie entfernen sich vom Gedanken einer Nation als Herkunftsgemeinschaft. Für radikale Verfassungspatrioten wird die Nation von denen gebildet, die sich zur Verfassung bekennen, unabhängig von ihrer Herkunft.

Schäuble lehnt diesen Gedanken strikt ab. Die Vorstellung, Nation als etwas anzusehen, was mit beinahe jeder neuen Generation anders aussieht, hält er für geschichtslos und »aufgesetzt«. Den Gedanken freilich, daß das einigende Band der Nation nicht nur die Abstammung, sondern auch der Wertekonsens in einem Staatswesen ist, teilt Schäuble. Doch das bloße Bekenntnis zur Verfassung reicht für ihn nicht aus, um diese Übereinstimmung zu erzielen. Erst gemeinsame Sprache, Geschichte und Kultur machen für ihn ein Staatswesen zur Nation. Schäuble erzählt eines seiner Lieblingsbeispiele: In ihrer Sportberichterstattung widmet die Lokalzeitung in der Grenzstadt Kehl an jedem Montag den Ergebnissen der Fußball-Bundesliga im entfernten München, Hamburg oder Frankfurt weitaus mehr Raum als dem Geschehen im nur einen Kilometer entfernten Straßburg. »Entscheidend ist eben das Zusammengehörigkeitsgefühl.«

Daß weit mehr als nur das Bekenntnis zur Verfassung Nation ausmacht, ist für Schäuble eine Selbstverständlichkeit. Ginge den Deutschen beispielsweise das Verständnis für die gemeinsame Geschichte ab, wie sollte sich dann ein Verantwortungsgefühl für die Naziverganngenheit entwickeln? Nation, das ist für Schäuble eben auch »Verantwortungsgemeinschaft«.

In der politischen und gesellschaftlichen Praxis ist der Grundsatzstreit um die Staatsbürgerschaft so gut wie entschieden – zugunsten einer Politik der zwei Pässe. Wer sich allerdings allein davon eine weitere Verbesserung des Verhältnisses zwischen Deutschen und Ausländern verspricht, erliegt einer Illusion. Das Staatsangehörigkeitsrecht ist als Hebel der Integrationspolitik kaum tauglich. Toleranz hängt nicht vom Paß ab.

Es gibt kaum ein politisches Feld, auf dem es für Schäuble um »Glaubensfragen« geht. Gerade seine Vorstellungen über die Integration der in Deutschland lebenden Ausländer weisen ihn als Pragmatiker aus und belegen die Absurdität des von seinen politischen Gegnern gepflegten Bildes eines reaktionären, rigorosen Nationalstaatlers. Schäuble ist eben kein Monokulti. Er hat nichts gegen doppelte Staatsbürgerschaften. Ins Bild paßt, daß Schäuble auch nicht dafür zu haben ist, die Kriminalität von Ausländern hochzureden, die bei denjenigen, die sich nur kurzzeitig in Deutschland aufhalten, erheblich über der Kriminalitätsrate der Deutschen liegt. Denn dies würde, nach seiner Überzeugung, den länger hier lebenden Ausländern schaden. Die höhere Anfälligkeit für Kriminalität unter Ausländern, die erst seit kurzem in Deutschland sind, begründet der CDU-Mann verständnisvoll mit ihrer »entwurzelten Situation«. »Das sind keine schlechteren Menschen, sondern sie leben unter ungünstigeren sozialen Verhältnissen.« Schäubles Position ist differenziert, aus der Sicht härter gesonnener Rechts- und Innenpolitiker seiner eigenen Fraktion hingegen blauäugig. Allerdings ist er auch nicht dafür zu haben, die Rubrik Ausländerkriminalität aus der amtlichen Kriminalitätsstatistik zu streichen, wie dies Sabine Leutheusser-Schnarrenberger, aber auch Politiker aus der CDU fordern.

Anders als Bundesinnenminister Manfred Kanther oder sein Stellvertreter im Fraktionsvorsitz, Rupert Scholz, hat Schäuble nichts gegen eine großzügige Altfallregelung für abgelehnte Asylbewerber, die aus den verschiedensten Gründen nicht in ihre Heimat zurückgeschickt werden. Einen Ausländer, der sich mehrere Jahre lang, wenn auch illegal, in Deutschland aufgehalten hat, könne man nicht so mir nichts, dir nichts abschieben. Kanther und Scholz lehnen indes eine Altfallregelung mit guten Gründen ab, weil sie diejenigen belohne, die sich mit Hilfe anwaltlicher Tricks einen langjährigen Aufenthalt in Deutschland quasi erschlichen hätten. Schäuble stört auch nicht, daß er mit einer Altfallregelung voll auf der Linie der SPD liegt – im Gegenteil, schafft dies doch Verhandlungsspielraum in anderen Fragen.

EINWANDERUNGSLAND DEUTSCHLAND

Von ähnlich oberflächlicher Qualität wie der Multikulti-Streit und die Auseinandersetzung um den Königsweg der Ausländerintegration ist das Gezerre um ein Einwanderungsgesetz. Gerhard Schröder von der SPD will es, Kurt Biedenkopf aus Sachsen fordert es ebenso wie die Ausländerbeauftragte Cornelia Schmalz-Jacobsen, und für Heiner Geißler führt sogar »letztlich kein Weg daran vorbei«: Deutschland soll sich endlich als Einwanderungsland definieren und ein Einwanderungsgesetz beschließen.

Doch Helmut Kohl, Edmund Stoiber und Manfred Kanther halten das jahrzehntealte Dogma hoch: Deutschland ist kein Einwanderungsland. Die Bundesrepublik hat noch nie eine gezielte Einwanderungspolitik betrieben. Selbst die Anwerbung ausländischer Arbeitnehmer bis zum Anwerbestopp 1973 hat damit nichts zu tun. Alle Bundesregierungen gingen von der Fiktion eines begrenzten Aufenthalts der »Gastarbeiter« in Deutschland aus.

Die Diskussion um ein Einwanderungsgesetz mit Quote begann, erinnert sich Schäuble, als »faule Ausrede« für die Grundgesetzänderung des Artikels 16. Wenn schon diese Verfassungsänderung sein müsse, dann könne im Gegenzug eine Einwanderungsquote beschlossen werden. So dachten weite Teile der FDP, der Sozialdemokraten, der Grünen, aber auch mancher in der Union, vornehmlich in der CDU. Zehn Jahre lang hatten sie dieses »heilige Grundrecht« verteidigt und dabei behauptet, dies sei ausländerfreundlich. Da konnten sie es doch nicht ohne Gegenleistung preisgeben.

Abschottungspolitik?

Das Einwanderungsgesetz ist als Idee geboren aus schlechtem Gewissen. Wer wie Heiner Geißler eine aktive Einwanderungspolitik propagiert, der kann sich eben in der Öffentlichkeit politisch höchst korrekt als jemand darstellen, der den Abschied von einer »von Fremdenabwehr geprägten Abschottungspolitik« verkündet.

Dabei hat kein Land in Europa so viele Bürgerkriegsflüchtlinge aus dem früheren Jugoslawien aufgenommen wie Deutschland. Nach wie vor kommen Jahr für Jahr weit mehr als sechshunderttausend Aussiedler und Ausländer nach Deutschland. Fremdenabwehr? Abschottungspolitik? Wer so spricht wie Geißler, der redet den guten Willen eines Großteils der Bevölkerung klein.

Die Ausländerpolitik, wie sie von Schäuble und der Mehrheit der Union vertreten wird, zielt auf die Integration der rechtmäßig in Deutschland lebenden Ausländer und ihrer Angehörigen sowie der anerkannten Flüchtlinge. Zum anderen begrenzt sie den Zuzug von Ausländern aus Staaten außerhalb der Europäischen Union. Das sind zwei Seiten derselben Medaille: Integration kann nur gelingen, wenn der weitere Zuzug von Ausländern begrenzt bleibt.

Wer diesen Zusammenhang aufkündigt, gefährdet die Zustimmung der Mehrheit der deutschen Bevölkerung zur Ausländerintegration. Es gibt eben eine Grenze der Aufnahmebereitschaft, die man, so Schäuble, »jedenfalls besser nicht testen sollte«. Als 1992 mehr als vierhunderttausend Asylbewerber nach Deutschland kamen, da schien diese Grenze überschritten. Es bedurfte der Vervierfachung der Asylbewerberzahlen binnen zwei Jahren, um eine Änderung des Grundgesetzes mit dem Ziel, den offenkundigen Mißbrauch des Rechts von politisch Verfolgten auf Asyl in Deutschland einzudämmen, im Bundestag mehrheitsfähig werden zu lassen.

Die Forderung nach einem Einwanderungsgesetz ist in den Augen Schäubles ebensowenig durchdacht wie die nach Einführung einer multikulturellen Gesellschaft. Für diese Einschätzung hat der frühere Innenminister gute Gründe.

Noch auf Jahre hinaus wäre in einem Einwanderungsgesetz die Quote gleich Null. In Deutschland gibt es eine eingefahrene Systematik für den Zuzug von Ausländern und Aussiedlern. Zwar sind Aussiedler als Deutsche keine klassischen Einwanderer, aber dennoch muß ihre Zahl eingerechnet werden. Denn der Staat unternimmt von der Unterbringung über die Sprachschulung bis hin zur günstigen Kreditvergabe große Anstrengungen zu ihrer Integration. 1994 zogen 222 591 Aussiedler nach Deutschland um. Auch in den nächsten Jahren werden rund zweihunderttausend Aussiedler, die allermeisten aus der früheren Sowjetunion, in den Westen übersiedeln. Praktisch ist ihr Zuzug schon quotiert, müssen sie doch inzwischen ihren Zuwanderungsantrag von ihrem Wohnort aus stellen. Das ermöglicht den deutschen Behörden, den Zuzug zu regulieren. Eineinhalb Millionen Menschen, schätzt die Bundesregierung, sitzen auf gepackten Koffern. Die Hoffnung, sie durch verstärkte Aufbauhilfen zu bewegen, in den Nachfolgerepubliken der Sowjetunion zu bleiben, dürften sich angesichts der politisch unsicheren Lage dort als Illusion erweisen.

Ausländern, die ein Aufenthaltsrecht in Deutschland besitzen oder die bereits eingebürgert sind, wird unter Bezug auf den in Grundgesetzartikel 6 gebotenen Schutz von Ehe und Familie der Nachzug ihrer Ehegatten und minderjährigen Kinder gestattet. In den vergangenen Jahren machten pro Jahr rund zweihunderttausend Ausländer von dieser Möglichkeit Gebrauch. Von den knapp sieben Millionen in Deutschland lebenden Ausländern werden in den nächsten Jahren viele der zweiten Generation ihre Angehörigen nach Deutschland holen. Niemand will diese Möglichkeit, über die Ende der achtziger Jahre in der Koalition vor allem zwischen CSU und FDP noch heftig gerungen wurde, heute abschaffen.

Aus der Einwanderungsdiskussion läßt sich die Freizügigkeit innerhalb der Europäischen Union nicht ausklammern. Schon heute leben mehr als anderthalb Millionen EU-Ausländer in Deutschland. Wie viele noch kommen, läßt sich nicht abschätzen. Fest steht allerdings, daß sie aufgrund der Niederlassungsfreiheit in Europa im Vergleich zu anderen Ausländern einen vorrangigen Zugang zum deutschen Arbeitsmarkt haben.

Deutschland wird außerhalb des Asylverfahrens auch künftig Kriegs- und Bürgerkriegsflüchtlinge aufnehmen. Wie viele der mehr als sechshunderttausend Flüchtlinge in Deutschland bleiben werden, ist offen.

Als wichtige Umstrukturierungshilfe für die osteuropäischen Volkswirtschaften können in Deutschland im Jahr hunderttausend Werkvertragsarbeitnehmer beschäftigt werden. Das führt schon jetzt zu politischem Streit. Für die CDU/CSU-Mittelständler, so klagt ihr Chef

Hansjürgen Doss, tickt hier eine »politische Zeitbombe«. Weil Polen billiger arbeiten als Deutsche, »nehmen sie den Deutschen Arbeitsplätze weg. So produziert man Fremdenfeindlichkeit.« Doch aus guten außenpolitischen Gründen hält die Bundesregierung an der Möglichkeit fest, Werkvertragsarbeitnehmer zu beschäftigen.

Auch nach dem Inkrafttreten des Asylkompromisses im Sommer 1993 werden noch rund hunderttausend Asylbewerber im Jahr nach Deutschland kommen. Als politisch verfolgt werden – nach dem Durchlaufen der Gerichtsverfahren – rund fünfzehn Prozent anerkannt. Weitere fünfunddreißig bis vierzig Prozent können dennoch nicht abgeschoben werden, entweder weil es die Zustände in ihrem Land nicht zulassen, oder weil die Herkunftsländer sie nicht zurücknehmen können oder wollen.

Die Zahl der Ausländer, die illegal nach Deutschland kommen, nie einen Asylantrag stellen, sondern statt dessen gleich untertauchen und zumeist mit dunklen Geschäften ihren Lebensunterhalt bestreiten, kann naturgemäß nur geschätzt werden. Die Bundesregierung geht intern davon aus, daß es mindestens hunderttausend Personen im Jahr sind.

Fazit: Zwischen sechshunderttausend und siebenhundertfünfzigtausend »Zuwanderer« kamen und kommen jedes Jahr nach Deutschland. Daran wird sich, das ist schon jetzt absehbar, in den nächsten Jahren nichts ändern. Die Möglichkeiten, per Gesetz den Ausländerzuzug noch weiter zu begrenzen, sind ausgeschöpft.

Vor diesem Hintergrund erweist sich die Debatte um ein Einwanderungsgesetz samt Quoten als Scheingefecht. »Die Klügeren wissen das auch«, sagt Schäuble. Sie sagen es nur nicht. Von Einwanderungsgesetz zu reden klingt ebenso freundlich, oder in den ironischen Worten Schäubles: »Geradezu lichterkettenhaft.«

Schäuble ist zynisch genug, nicht auszuschließen, daß die Koalition irgendwann doch noch ein Einwanderungsgesetz beschließt, wenn taktische Erwägungen dies nahe legen. Frei nach dem Motto: Nutzt nicht, schadet nicht. In der Praxis passierte wenig. Die Quote bliebe für lange Zeit gleich Null. Spielraum für ein Gesetz, das tatsächlich Ausländern jenseits von Familiennachzug, Flüchtlings- und Asylrecht die

Einwanderung nach Deutschland ermöglichen würde, sieht Schäuble erst dann, wenn die Zahl der Zuwanderer, die einen Anspruch auf Aufnahme haben, drastisch zurückgeht. Doch das steht in den Sternen. Der gesetzliche Weg, so weiß Schäuble, wäre dann einfach: Deutschland müßte lediglich den Anwerbestopp für ausländische Arbeitskräfte wieder aufheben.

Die Rentenfalle

Einwanderungsbefürworter wie Kurt Biedenkopf begründen die Notwendigkeit eines forcierten Ausländerzuzugs mit der demographischen Entwicklung in Deutschland. Meinhard Miegel und Stephanie Wahl (*Das Ende des Individualismus*) haben den erschreckenden Befund erstellt, daß die Deutschen sich zu Tode individualisieren. Wenn jeder nur noch an sich, sein Fortkommen und seinen Spaß denkt, gibt es auch keine Kinder mehr, denn die sind nur teuer und stehen der ichbezogenen Selbstverwirklichung im Wege. Die Geburtenrate der Deutschen stagniert auf niedrigem Niveau.

Werden die Renten in Zukunft noch bezahlbar sein? Daran mögen mittlerweile nur noch die wenigsten der Jüngeren glauben. Schon heute empfehlen Banken und Versicherungen, über die gesetzliche Rentenversicherung hinaus private Altersvorsorge zu treffen. Norbert Blüm gehört zu den letzten, die die Sicherheit des Generationenvertrags verkünden. Immerhin ist er tatsächlich von dem überzeugt, was er öffentlich sagt. Er hat gut reden. Wenn die Rentenbeiträge nach dem Jahr 2000 in die Höhe gehen oder die Renten entsprechend sinken, wird er nicht mehr Minister sein.

Das Bundesinstitut für Bevölkerungsforschung hat ausgerechnet, daß im Jahr 2030 nur noch 69,9 Millionen Menschen in Deutschland leben – Ausländer eingerechnet. Dies wäre für ein dichtbesiedeltes Land wie Deutschland noch nicht tragisch, ginge nicht das Absinken der Bevölkerungszahl einher mit einer dramatischen Veränderung der Altersstruktur: Deutschland vergreist. In der Vorausberechnung des Bevölkerungsinstituts heißt es dazu: »Im Jahr 2030 ist über ein Drittel der Bevölkerung sechzig Jahre oder älter (24,4 Millionen), und nur halb so viele Personen sind unter zwanzig Jahre alt (zwölf Millionen). Nicht einmal mehr jeder zweite gehört der Altersgruppe zwanzig bis sechzig Jahre an (33,5 Millionen). Die Zahl älterer Personen liegt um 8,3 Millionen höher als 1989 (plus 51,5 Prozent), die der jüngeren um 5,2 Millionen niedriger (minus 30,4 Prozent) und die der Personen mittleren Alters ist um 12,2 Millionen gefallen (minus 26,7 Prozent).«

Aus diesen Zahlen schließt die Ausländerbeauftragte der Regierung, Cornelia Schmalz-Jacobsen, die »unbedingte Notwendigkeit weiterer Zuwanderung«. Schäuble teilt die Analyse – und verweist damit den zur Schau gestellten Optimismus seines Parteifreundes Blüm über die Sicherheit der Renten ins Reich der Fabel. Der Fraktionsvorsitzende fürchtet nicht nur um die Sicherheit der Renten, sondern er warnt vorausschauend auch vor den gesellschaftlichen Folgen bis hin zur Attraktivität des Wirtschaftsstandortes Deutschland. Schließlich ist eine Gesellschaft, je älter ihre Menschen werden, um so weniger innovationsfreudig und risikobereit.

Und dennoch hält Schäuble es für ein Fehlkalkül zu hoffen, mit einem vermehrten Ausländerzuzug ließe sich das deutsche Rentenproblem lösen. Schließlich seien »die Türken in der zweiten Generation in ihrem regenerativen Verhalten kaum noch zu unterscheiden von den Deutschen«, will sagen: Die Kinder der Ausländer, die nach Deutschland kommen, passen sich sehr schnell der deutschen Lebensweise an und kriegen dann auch nicht mehr Nachwuchs als die Deutschen. Durch Einwanderung ließe sich die Vergreisung der Bevölkerung um bestenfalls eine Generation hinausschieben. Das ist keine ermutigende Perspektive.

Diejenigen, die mit mehr Ausländern die Renten der Deutschen sichern wollen, unterliegen im übrigen einem Rechenfehler. Schon jetzt sind in Deutschland mehr als drei Millionen Menschen arbeitslos. Ausländer sind stärker von Arbeitslosigkeit betroffen als Deutsche. Bundespräsident Roman Herzog warnt für die Zukunft von einer Entkopplung von Konjunkturentwicklung und Arbeitsmarkt und meint damit, daß jeder Wirtschaftsaufschwung mehr und mehr dank modernster Technik herbeigeführt wird und immer weniger Arbeitskräfte dazu nötig sind. Wo also sollten die Arbeitsplätze herkommen, mit denen Ausländer die Renten für ihre eigenen Eltern und die der Deutschen erwirtschaften könnten?

Außer der vagen Hoffnung, mit einer noch weiteren Steigerung der Familienförderung (wer keine Kinder hat, zahlt wesentlich höhere Beiträge in die Rentenversicherung ein) und / oder einem Wertewandel in Richtung Familie werde die Zahl der Geburten ansteigen, hält freilich auch Schäuble kein Rezept gegen den Bevölkerungsknick bereit.

Zynische Interessenpolitik

Einwanderungsprotagonisten verbinden ihre Forderung mit der Behauptung, dies werde die Offenheit und Toleranz Deutschlands gegenüber Ausländern fördern. Schäuble hält diesen idealistischen Ansatz für einen Kinderglauben. »Nach meiner Erfahrung«, erzählt Schäuble aus seiner Zeit als Innenminister, »sind diejenigen, die bereits eingewandert sind, bestrebt, das, was sie erworben haben, abzusichern.« Wer eingewandert ist, lehnt in der Regel die weitere Einwanderung ab. Eine solche Diagnose ist zwar ernüchternd für Philanthropen, dieses Verhalten »entspricht aber der menschlichen Natur«.

In der jahrelangen unfruchtbaren Auseinandersetzung über die Einwanderungspolitik steht der politischen Klasse die eigentliche Diskussion erst noch bevor. Einwanderung bedeutet Auswahl. Wer auswählt, muß Kriterien für Bewerber um die Einwanderung bestimmen. Wer Kriterien bestimmt, muß zunächst seine Interessen definieren. Was sind die deutschen Interessen in bezug auf Einwanderung?

Ein Blick auf die Praxis in den klassischen Einwanderungsländern offenbart das Defizit in der deutschen Diskussion. Wer zum Beispiel in die USA einwandern will, um dort zu arbeiten, hat nur eine Chance, wenn er ein besonders qualifizierter Wissenschaftler, Künstler, Geschäftsmann, Sportler ist oder das Glück hat, einen Beruf auszuüben, für den in den USA keine Arbeitskräfte vorhanden sind. Für 1996 stellte die US-Einwanderungsbehörde fünfundfünfzigtausend Einwanderungsvisa zur Verfügung. Bewerben können sich auch Deutsche, wenn sie mindestens die Fachhochschulreife oder fünf Jahre Berufserfahrung besitzen. Andere haben keine Chance. In Australien und Kanada, beides klassische Einwanderungsländer, sind die Kriterien auch nicht anders. Stets gibt es drei Gruppen bei der Quotierung: Familienangehörige, Flüchtlinge, besonders Qualifizierte.

Der Einwanderungsgedanke, weiß Schäuble, »hat etwas Zynisches«, er ist jedenfalls nicht so menschenfreundlich wie das rhetorische Gewand, in dem er daherkommt. Quotieren nach deutschen Interessen, das würde bedeuten, den jungen, tüchtigen, integrationswilligen Vietnamesen nach Deutschland hereinzulassen und dem fünfzigjährigen Schwarzafrikaner die Tür zu weisen. Rassismus, Chauvinismus oder nur deutsche Interessenpolitik? Die Amerikaner suchen sich bestimmte Ausländer aus, die sie ins Land lassen. Sie versorgen sich nicht nur wie andere Industrieländer in der Dritten Welt mit Rohstoffen, sondern auch noch mit Menschen. Die Grenze zwischen Menschenfreundlichkeit und nationalem Imperialismus ist in diesem Fall fließend. Wäre eine solch konsequente Einwanderungspolitik in Deutschland überhaupt politisch durchsetzbar?

Heiner Geißler stellt die Menschenfreundlichkeit der amerikanischen Ausländerpolitik besonders heraus. Daß Amerika dabei ist, die Grenze zu Mexiko mit technischen Raffinessen beinahe so undurchdringlich zu machen wie seinerzeit die DDR den innerdeutschen Todesstreifen, ignoriert er.

Die Besiedlung Amerikas durch die Weißen begann mit der Ausrottung der Ureinwohner, der Indianer. Die jetzigen Einwohner sichern sich mit allen erdenklichen Mitteln gegen unerwünschte Einwanderung ab. Bei der Einwanderung per Quote haben sie nur ihre Interessen im Auge, nicht die derjenigen Länder, aus denen sie ihre Einwanderer rekrutieren. Sie lassen sich nicht von einem besonders humanitären Motiv leiten, sondern nur von einem besonders egoistischen. Sie nehmen den Entwicklungsländern ihre Eliten weg: Brain drain nennen Entwicklungspolitiker diesen intellektuellen Auszehrungsprozeß durch Auswanderung in den Ländern der Dritten Welt.

Zu der inhumanen Seite der vorgeblich so humanen Einwanderung fällt den Befürwortern dieser Politik nur wenig ein. Heiner Geißler wie

Rita Süssmuth verweisen auf die Überbevölkerung in den Auswanderungsländern. Süssmuth: »Fünfzig Prozent der Erdbevölkerung sind unter fünfundzwanzig Jahre alt. Viele Länder sind da froh, wenn sie ihren jungen Leuten in den entwickelten Staaten eine Perspektive geben können.« Doch diese Chancen bekommt immer nur die Elite: entweder die Klugen oder die Reichen. Ausgerechnet die fehlen dann jedoch beim Aufbau ihrer Heimatländer. Intellektuelle Auszehrung als Ventil für die Überbevölkerung, das entspricht einer seltsamen Logik.

Immerhin fügt Süssmuth hinzu, daß Einwanderungspolitik kein Ersatz für Entwicklungspolitik sein könne. »Wenn ich den Eliten in ihren Ländern eine größere Chance geben will, dann muß ich verstärkt Entwicklungspolitik betreiben.« Doch eben dieser Idealismus liegt gerade den Einwanderungsländern fern. Die holen sich, wen sie brauchen. Ohne Rücksicht auf Verluste.

ERFOLG ALS REZEPT: DER INNENMINISTER

Helmut Kohl machte im April 1989 Wolfgang Schäuble zum Innenminister, um die Innenpolitik als Dauerkonfliktfeld der Koalition zu eliminieren. Doch das war nicht alles. Der Kanzler wollte den bayerischen Haudegen Friedrich Zimmermann loswerden. Das hatte, wie fast immer bei Kohls Personalentscheidungen, mit der Absicherung seiner Macht zu tun. 1989 stand er unter erheblichem Druck seiner Partei. Sein Ansehen war unter den eigenen Anhängern auf einen Tiefpunkt gesunken. Nicht wenige rechneten mit der Ablösung des Kanzlers, viele erwarteten für das darauffolgende Jahr eine Wahlniederlage Kohls. In dieser mißlichen Lage warf Zimmermann dem Kanzler auch noch ganz offen Führungsschwäche vor. In der Ausländerpolitik wünsche er sich von Kohl mehr Chefentscheidungen, und zwar konsequent und schnell, hatte der Innenminister seinen Kanzler attackiert.

Damit stand für Kohl fest: Zimmermann muß weg. Ein weiteres hatte der bedrängte Regierungschef sich vorgenommen. Er wollte zur Stabilisierung den CSU-Vorsitzenden Theo Waigel in seine Mannschaft holen. Auch dies ein Schritt zur Absicherung der Kanzlermacht. Mit dem Wechsel Waigels ins Kabinett machte die CSU zugleich klar, daß die Christsozialen auf der Seite Kohls stünden. Wer jetzt noch versuchen würde, diesen Kanzler abzulösen, der hätte auch die CSU gegen sich.

Kohl wollte Waigel schon 1987 in sein Kabinett holen. Das scheiterte jedoch, weil der Kanzler dem CSU-Mann nicht den richtigen Posten bieten konnte. Das Innen- oder das Verteidigungsministerium wollte der Schwabe nicht übernehmen – und ein klassisches Ressort sollte es für Waigel schon sein.

1989 machte die FDP dem Kanzler die Grenzen seiner Macht klar. Otto Graf Lambsdorff erklärte kurzerhand die FDP-Kabinettsmannschaft für sakrosankt: »Jeder spiele in seinem Sandkasten.« So blieb Kohl nichts anderes übrig, als die Kabinettsumbildung auf die Union zu beschränken. Waigel wurde Finanzminister, da konnte Zimmermann nicht Chef des Innenressorts bleiben. Denn zwei klassische Ressorts für die CSU, das war zuviel. Waigel setzte jedoch bei Kohl durch, daß Zimmermann im Kabinett bleiben durfte. So wurde er Verkehrsminister.

Kohls Schachzug, Waigel ins Kabinett zu holen, verhinderte jedenfalls, daß Wolfgang Schäuble auf seinen damaligen Wunschposten kam. Vom Kanzleramt wäre der ambitionierte Badener am liebsten ins Finanzministerium gewechselt. Zu diesem Amt fühlte sich der Finanzexperte Schäuble ohnehin hingezogen. Zudem ist das Finanzressort das mächtigste Ministerium der Bundesregierung, weil der Chef ein Vetorecht über die Etats aller anderen Ministerien hat.

Beinahe hätte Schäuble 1989 seine Ambitionen gänzlich begraben müssen, den Posten des Regierungskoordinators in Kohls Nähe mit einem Ministersessel zu vertauschen. Als Bundesinnenminister war Schäuble für Kohl zweite Wahl. Zimmermanns Job bot er zunächst seinem Rivalen Heiner Geißler an. Der war ihm als CDU-Generalsekretär zu mächtig geworden. Kohl dachte zwar schon früh daran, ihn zu entlassen, scheute aber lange vor diesem Schritt zurück. Doch Geißler war in erster Linie Parteimann und wollte es auch bleiben. Außerdem hinderte ihn sein Stolz daran, Kohls durchsichtigem Kalkül zu folgen, ihn auf diese Weise parteipolitisch kaltzustellen. Geißler fühlte sich unangreifbar. Damit, daß Kohl ihn tatsächlich hinauswerfen würde, hat er nie gerechnet.

Geißlers Verblendung war Schäubles Chance.

Schäuble benötigte eine gewisse Zeit, um sich an das neue Ministerium zu gewöhnen. So war ihm der Aufwand suspekt, den das Bundeskriminalamt aus der begründeten Furcht vor terroristischen oder anders motivierten Anschlägen um den Personenschutz und auch um seine persönliche Sicherheit veranstaltete. »Wenn wir tausend Leute schützen, machen die eben den tausendundeinsten nieder«, lautete einer seiner Standardsprüche. Konsequent reduzierte er deswegen den Personenschutz. Schäuble glaubte, Anschlägen durch Beobachtung im Vorfeld besser vorbeugen zu können.

Doch die Vorfeldbeobachtung hat weder ihm selbst geholfen noch andere gerettet. Schäubles eigener beamteter Staatssekretär Hans Neusel kam 1990 mit ein paar Bombensplittern und dem Schrecken davon. So viel Glück hatte der Chef der Deutschen Bank, Alfred Herrhausen, nicht, als er am 30. November 1989 das Opfer einer RAF-Bombe wurde.

Schäuble hatte schon immer ein illusionsloses Verhältnis zu seiner eigenen Sicherheit. Daß trotz aller möglichen Vorkehrungen ein perfekter Schutz nicht zu organisieren war, wußte er. Daß durch Schlamperei von Sicherheitskräften weitere Gefährdungen hinzukamen, hat er selbst erlebt.

Staatsakt zur deutschen Wiedervereinigung am 3. Oktober 1990, Berlin: Im Gebäude der Philharmonie sitzt neben dem Kanzleramtsminister Friedrich Bohl ein unscheinbarer Mann. Er hat eine Jutetüte dabei, ein Programmheft und einen Wecker. Plötzlich tritt er ans Mikrophon und erzählt über badischen Wein. Schäuble geht auf zwei Beamte des Bundeskriminalamtes zu und bittet sie, den Mann aus dem Saal zu entfernen. Doch die beiden weigern sich: Dafür seien sie nicht zuständig. Schließlich holt ein Beamter aus dem Pressereferat des Bundesinnenministeriums gemeinsam mit einem Beamten vom Protokoll den Mann, einen wegen Dienstunfähigkeit beurlaubten Verwaltungsrichter aus Hannover, vom Podium. Später kommt der Mann frei, ohne daß seine Personalien vom Bundeskriminalamt festgestellt worden waren.

Zwischen dem Pressereferenten Detlef Dauke und dem leitenden Beamten des Bundeskriminalamts, Krämer, spielt sich folgender Dialog ab:

Dauke: »Wer ist der Mann?«

Krämer: »Welcher Mann?«

Dauke: »Haben Sie denn nicht mitgekriegt, was da eben passiert ist?«

Krämer: »Nein.«

Schäuble hat getobt. Um ein Haar hätte der Vorfall Schäubles obersten Pressereferenten Wighard Härdtl, der für die Organisation des Staatsakts in der Philharmonie verantwortlich war, den Job gekostet.

Seine Skepsis gegenüber den Sicherheitsbehörden hat Schäuble nie abgelegt. Da dachte er kaum anders als sein Vorgänger Friedrich Zimmermann. Von dem ist folgende Weisheit überliefert: »Polizisten und Soldaten darf man sich nie ausliefern.«

Im Innenministerium stützt Schäuble sich auf den beamteten Staatssekretär Hans Neusel. Der ist eine Ausnahmeerscheinung: loyal, verschwiegen, effizient wie kaum ein zweiter, selbstbewußt und schlagfertig. Neusel hilft Schäuble schon, als der noch gar nicht seinen neuen Chefsessel in der Graurheindorfer Straße eingenommen hat. Als die Berufung Schäubles feststeht, gibt er in einer Lagebesprechung die Losung aus: »Etwas Besseres hätte uns nicht passieren können.« Neusel hat Schäuble in den Lagebesprechungen schätzengelernt, die der Kanzleramtsminister koordinierte: »Der kennt den Laden hier.«

Neusel unterhält enge Kontakte zum Chef des Bundeskriminalamtes, Hans-Ludwig Zachert, und zum Präsidenten des Bundesamtes für Verfassungsschutz, Gerhard Boeden. Das Innenministerium ist gar nicht in der Lage, Bundeskriminalamt und Verfassungsschutz zu kontrollieren, wenn die Behörden das nicht wollen. Deswegen ist ein Vertrauensverhältnis wie zwischen Neusel und Zachert sowie Boeden nicht zu ersetzen. Daher ist es unklug, diese Spitzenleute zu maßregeln, wie dies Schäubles Nach-Nachfolger Manfred Kanther mit Zachert praktiziert hat. Jedenfalls profitiert Schäuble von Neusels Beziehungsgeflecht. Der Innenminister kann den empfindlichen Beritt der Sicherheitsdienste getrost seinem Staatssekretär überlassen.

Neusel und Schäuble pflegen ein Vertrauensverhältnis. Der Minister überläßt seinem Staatssekretär sogar die Personalauswahl der Mitarbeiter, die das von dem zwielichtigen DDR-Politiker Peter-Michael Diestel mehr oder weniger geführte Innenministerium in Ost-Berlin aufbauen sollen. Zu denen, die Neusel in die untergehende DDR schickt, zählt der Unterabteilungsleiter Eckart Werthebach. Für den sympathischen Spitzenbeamten hat sich der Aufbau Ost gelohnt. Er wird wenig später Chef des Bundesamtes für Verfassungsschutz, bevor er 1995 als Innenstaatssekretär nach Bonn zurückkehrt.

Als Staatssekretär kann Neusel es sich erlauben, seine Meinung kompromißlos zu vertreten. Schäuble dagegen muß sich für seine Ziele Mehrheiten suchen. Aus diesem Spannungsverhältnis entsteht zwischen Neusel und Schäuble so mancher Streit in der Sache. So setzt Neusel sich dafür ein, im Ausländer- und Asylrecht die kompromißlose Linie Zimmermanns gegenüber der FDP durchzuhalten. Schäubles konzilianten Kurs lehnt Neusel ab. »Lieber gar keine Regelung als einen faulen Kompromiß.« Nach demselben Muster verläuft die Diskussion über die Datenschutzgesetze im Sicherheitsbereich. Neusel hat die Arbeitsfähigkeit der Sicherheitsdienste im Auge, Schäuble den Frieden in der Koalition.

Völlig unterschiedlicher Meinung sind Staatssekretär und Minister anfangs in der Frage des Umgangs mit belastetem DDR-Personal. Schäubles Plan einer Amnestierung von Spionen der »Hauptverwaltung Aufklärung« des DDR-Ministeriums für Staatssicherheit lehnt Neusel vehement ab. Wer andere ans Messer geliefert hat, soll jetzt nicht auch noch mit Straffreiheit belohnt werden. »An den Händen dieser Leute klebt Blut.« Die Grundidee seines Ministers, das Netz der Spione über eine Amnestieregelung aufzuknüpfen, hält Neusel für verfehlt. Dazu habe es zu viele Agenten gegeben. Zu Schäuble sagt Neusel kühl: »Sie müssen das politisch entscheiden.« Das ist seine Art von Distanzierung. Jedenfalls hat Neusel sich von seinem Minister nie »einkaufen« lassen. Er hat seine Unabhängigkeit gewahrt.

27. Juli 1990, 7.35 Uhr: Am Steuer seines silbergrauen BMW rollt Hans Neusel die Autobahnabfahrt Graurheindorf im Bonner Norden hinab, als eine Bombe seine Fahrt jäh beendet. Neusel überlebt den

Anschlag, weil die Bombe nicht vor, sondern hinter der Leitplanke angebracht wurde, und weil er links am Steuer und nicht rechts sitzt. Daß er seinem Chauffeur an diesem Tag freigegeben hat und nicht eitel auf einem Ersatzfahrer besteht, sondern sich selbst ans Steuer setzt, rettete Neusel das Leben. Er deichselt die Situation auf seine unnachahmliche Weise: Er läßt seine Verletzung am Arm behandeln, fährt anschließend nach Hause, teilt seiner Frau nur knapp mit: »Ich muß einen anderen Anzug anziehen. Den Rest erfährst du aus dem Radio«, und verschwindet wieder, um kurz darauf vor der Bundespressekonferenz das Attentat selbst zu erläutern.

Für kurze Zeit steht die Frage im Raum, ob die Terroristen es wirklich auf Neusel und nicht auf den Minister selbst abgesehen haben. Denn Schäuble hat an diesem Morgen dieselbe Autobahnausfahrt ganze drei Minuten vor Neusel passiert. Dann schafft jedoch das sogenannte Bekennerschreiben Klarheit, daß Neusel das Ziel des Anschlags war.

Neusel ist im Innenministerium der einzige, von dem der strenge Schäuble Despektierlichkeiten hinnimmt. Als Schäuble am 8. August 1990 von seinem Feriendomizil auf Sylt zurückkommt, begrüßt ihn Neusel in der morgendlichen Lagebesprechung mit den Worten: »Na, da kommt ja unser Dauerurlauber.« So etwas hätte sich niemand anderer gegenüber Schäuble erlauben können.

Einmal verhandelt Schäuble auf dem Petersberg bei Bonn mit seinem Kollegen aus Großbritannien. Die beiden unterhalten sich mit Hilfe eines Dolmetschers. Ganz offensichtlich gelangweilt sitzt Neusel daneben. Er packt einen Schraubenzieher aus und beginnt, an seiner Brille herumzubasteln, was unangenehme und penetrante Nebengeräusche verursacht. Schäubles mißbilligende Blicke ignoriert Neusel. Nur ab und an schaltet er sich in das Gespräch ein, stellt einige Fragen auf den Punkt – und anders als Schäuble parliert Neusel auf Englisch. Derartige Machtdemonstrationen gegenüber dem Chef hätten andere Staatssekretäre den Job kosten können.

Neusel mußte sich aber auch von Schäuble so manche Frotzelei gefallen lassen. DDR-Innenminister Peter-Michael Diestel flachste den Spionagejäger Neusel einmal an: »Ihre Akte sieht aber auch nicht so gut aus.« Das erzählt Schäuble jenen, die nicht gerade für ihre Verschwiegenheit bekannt sind: den Journalisten.

Schäuble anstelle des kernigen CSU-Mannes Friedrich Zimmermann, das war ein Signal an den freidemokratischen Bündnispartner: Schluß mit den Grundsatzdebatten, die zwar zur jeweiligen Parteiprofilierung beitragen, der Regierung insgesamt aber schaden, weil sich in der Sache nichts bewegt.

Wenige Monate später wurde deutlich, daß Schäubles Art der Innenpolitik von einer breiten Mehrheit im Parlament getragen wurde, über die Grenzen der regierenden Koalition hinaus. Daran, daß die innenpolitischen Antipoden näher zusammenrückten, hatte Schäuble einen großen Anteil, was an dem ganz speziellen Stil des Konsensmanagements liegt.

Personifizierter Vermittlungsausschuß

Grundsatzproblemen nimmt Schäuble die Schärfe, indem er sie in Einzelfragen segmentiert und zur politischen Erledigung portioniert. Mit sicherem Blick markiert er dann den Kompromiß. Am Ende findet sich dann jeder Verhandlungspartner im Ergebnis wieder, kann das Resultat gegenzeichnen und freudig nach außen als seinen Erfolg vertreten. Als Problemlöser ist Schäuble unübertroffen: kreativ, reaktionsschnell, mal freundlich-verbindlich, dann wieder hart, zynisch und unerbittlich, in der einen Minute drohend, kurz darauf den Gegenspieler charmant umgarnend. Deswegen urteilen Parteifreunde über ihn halb spöttisch, halb anerkennend, er wäre vom Typus her der ideale Kanzler einer großen Koalition. Andere sind weniger freundlich und nennen ihn einen personifizierten Vermittlungsausschuß, dabei ignorierend, daß Schäuble seine Endziele stets im Auge behält und taktische Kompromisse oft als Etappensiege ansieht. Doch im Abwägen zwischen der Sache und der Koalitionsräson gibt der Machtmensch Schäuble oft dem Frieden im Koalitionsbündnis den Vorzug.

Als Innenminister schafft er es so, eine Reihe von unerledigten Hausaufgaben aus der Zimmermann-Zeit in Rekordzeit zu bewältigen, von den Datenschutzgesetzen im Sicherheitsbereich, die sich CDU-Innenpolitiker und Experten im Bundesinnenministerium weniger liberal gewünscht hätten, bis hin zum Ausländergesetz.

Zimmermann und sein FDP-Gegenspieler Burkhard Hirsch hatten sich, die Geringschätzung füreinander dabei nicht verbergend, bis zur Bewegungslosigkeit ineinander verbissen. Die FDP-Innenpolitiker spotteten über den »Di-Mi-Do«-Innenminister, der angeblich nur drei Tage in der Woche seinen Dienst in Bonn versehe und die restliche Zeit der Woche in München auf dem Tennisplatz verbringe. Zimmermann wiederum hoffte auf das baldige politische Ende des linksliberalen Tandems Gerhart Baum und Burkhard Hirsch. »Stirbt der Baum, stirbt auch der Hirsch«, verspottete er das »Zwergenduo von der FDP«.

Kaum im Amt, trifft sich Schäuble regelmäßig mit den beiden FDP-Leuten, denen Zimmermann aus dem Weg gegangen war, wo immer er konnte. Bald kursiert im Innenministerium die maliziöse Bemerkung, Schäuble mache an den eigenen Leuten vorbei gemeinsame Sache mit den innenpolitischen Beelzebuben von der FDP.

Gesellenstück Ausländergesetz

Jahrelang hatte die Koalition über eine Novellierung des Ausländergesetzes mehr gestritten als verhandelt. Ein Ergebnis war in weite Ferne gerückt. Die Freidemokraten wollten das Ausländerrecht zum Instrument für eine, wie sie sagten, liberale Zuwanderungspolitik machen, die CSU zielte auf Abschottung. Dazwischen schien nichts mehr zu gehen. Eine ergebnislose Verhandlungsrunde jagte die nächste. Immer wieder drangen Details aus den vertraulichen Gesprächen nach draußen. Jede Veröffentlichung sorgte für neuen Streit, verschärfte das Klima innerhalb der Koalition.

Doch ein halbes Jahr nach seinem Amtsantritt war Schäuble gelungen, was kaum jemand für möglich gehalten hätte: Das neue Ausländerrecht ist unter Dach und Fach. Es ist sein innenpolitisches Gesellenstück. Zuallererst verordnet der Innenminister den innenpolitischen Streithähnen in der Koalition eine Krähpause. Man rede hier vertraulich, und er wolle auch, daß das so bleibe, macht er den Kontrahenten klar. Mit Schäuble verhandelt eine Dreierrunde: Johannes Gerster für die CDU, Hermann Fellner von der CSU (der versierte Anwalt ließ sich nach der Erfahrung mit dem Ausländergesetz aus Frust über den innenpolitischen Einfluß der FDP in der Koalition nicht wieder für den Bundestag aufstellen) und Burkhard Hirsch für die FDP. Journalisten bieten Schäuble Wetten an, die über die Beratungen verhängte Quarantäne werde nicht halten. Die Korrespondenten verloren, woran er sie heute noch manchmal triumphierend erinnert.

Nach etlichen Verhandlungsrunden hat er die Partner endlich soweit. Da droht sein Werk kurz vor Toresschluß am Einspruch des bayerischen Innenministers Edmund Stoiber zu scheitern, dem Oppositionspolitiker wegen seiner angeblichen innenpolitischen Prinzipientreue den wenig schmeichelhaften Beinamen »blondes Fallbeil« gaben. Die CSU kritisiert, Schäuble sei mit seinem Entwurf der FDP viel zu weit entgegengekommen. Gemessen an dem, was Zimmermann zuzugestehen bereit war, trifft dieser Befund zu. Doch am Ende bringt Schäuble es fertig, auch den Widerstand seines Kollegen aus Bayern zu brechen. Der liefert dabei zugleich ein Beispiel für seine taktische Geschmeidigkeit ab. Wie man so etwas macht, hat Stoiber in seiner langjährigen Gesellenzeit als Staatssekretär von Franz Josef Strauß gelernt.

Als Schäuble schon glaubt, den Kompromiß für das neue Ausländerrecht in der Tasche zu haben, läßt ihn Stoiber kernig und öffentlichkeitswirksam per Zeitungsinterview von einem Zehn-Punkte-Katalog wissen. Wenn der nicht von Schäuble auf Punkt und Komma erfüllt werde, so der Bayer, habe das Ausländerrecht keine Chance. Die christsozialen Parteifreunde applaudieren ihrem augenscheinlich so bekenntnisfreudigen und prinzipienfesten Stoiber und wählen ihn aus Anerkennung kurz darauf zum stellvertretenden Parteivorsitzenden der CSU.

Nur wenige Tage danach fährt Stoiber nach Bonn, um bei Schäuble seinen Katalog Punkt für Punkt durchzufechten. Nach dem Treffen in der Bibliothek im zehnten Stock des Bundesinnenministeriums an der Bonner Graurheindorfer Straße verkündet Stoiber einen Sieg der CSU:

Die Christsozialen hätten sich durchgesetzt. Schäuble widerspricht nicht. Stoiber soll sein Gesicht wahren können. Denn tatsächlich ist es anders gekommen: Schäuble hat dem so schneidig auftretenden Polizeiminister aus München seinen Katalog Punkt für Punkt zerpflückt. »Der hat den Stoiber elegant über den Tisch gezogen«, erzählen sich danach die Innenpolitiker der Union. Jedenfalls hat Stoibers Intimfeind Burkhard Hirsch keine Not, dem Verhandlungsergebnis zuzustimmen.

Damals verbreiteten zerknirschte Bonner CSU-Politiker enttäuscht, »der Edi« habe das »verpatzt«. Das Ausländergesetz sei in Wahrheit ein Einwanderungsgesetz. Gemessen an den immerhin rund zweihunderttausend ausländischen Familienangehörigen, die Jahr für Jahr zu ihren in Deutschland lebenden Ehepartnern ziehen, haben sich die Befürchtungen der CSU sogar bewahrheitet.

Schäuble sagte später einmal schlitzohrig, er verstehe die Leute nicht, die so skeptisch über den angeblich so halsstarrigen Stoiber redeten. »Ich komme mit dem gut klar.« Andere CDU-Politiker spotteten, das sei eben typisch für die CSU: »Die legen die Latte so hoch, daß sie hinterher bequem drunter herlaufen können.«

Ganz so einfach ist die Sache nicht gelaufen. Sorgfältig die Bataillone zählend, ist es Schäuble gelungen, die CSU in eine Lage zu manövrieren, die ihr nicht mehr erlaubt, ihr ohnehin nur scheinbar kompromißloses Nein aufrechtzuerhalten. Lange Zeit haben die Christsozialen in der Zangenbewegung zwischen Republikanern und Kirchen (deren Öffentlichkeitsarbeiter halten das neue Ausländergesetz für unchristlich) argumentiert, besser gebe es gar keinen Entwurf als einen faulen Kompromiß. Die FDP hat sich die Kritik der Kirchen zu eigen gemacht: »Wenn wir schon kein liberales Ausländerrecht haben können, dann doch wenigstens ein christliches«, piesackt Burkhard Hirsch die Union. Aus dieser Schlachtordnung kommt Schäuble zu dem Schluß, er müsse die Kirche auf seine Seite ziehen, um den Widerstand der CSU zu brechen. Das schafft er in Gesprächen mit dem Vorsitzenden der Bischofskonferenz, Karl Lehmann, und dem Münchner Friedrich Kardinal Wetter. Mit diesen Pfunden kann Schäuble dann gegenüber Stoiber und dem Parteivorsitzenden Theo Waigel in der Gewißheit wuchern, die Christsozialen würden sich dem positiven

Votum der katholischen Kirche, die in Bayern noch mehr gilt als anderswo, anschließen müssen.

Als andere ihm weissagten, er werde mit dem Ausländergesetz scheitern, hielt Schäuble unbeirrbar, geradezu stur, wie es seine Art ist, an seinem Ziel fest. Schäuble packt nur Probleme an, von denen er glaubt, sie lösen zu können. An Projekten mit unsicheren Erfolgsaussichten definiert er so lange herum, bis sie ihm lösbar erscheinen. Das Tagesgeschäft ist für ihn in allererster Linie Krisenmanagement.

Politik als Kunst des Möglichen – das hat einen Preis. Politische Entscheidungsprozesse stellen sich dar als endloses Muddling through – Durchwühlen – mit Schäuble als Maulwurf an der Spitze. Schönheitspreise kann man so nicht gewinnen, Profil nur schwer. Und in der Tat ist von den inzwischen dreizehn Jahren der Regierungskoalition Helmut Kohls das Bild des Durchwurstelns prägend geblieben – von wenigen, allerdings historisch wichtigen Ausnahmen abgesehen. Konturen verschwimmen, die Mitte ist überall. Oft genug ist die Mitte auch nur mittelmäßig.

DER ASYLKOMPROMISS

Sein Taktieren in der Asylfrage, die mehrfachen Kurs- und Richtungswechsel aus Rücksichtnahme auf die sozialdemokratische Opposition und den zögerlichen Koalitionspartner von der FDP, das hat den Innenminister und danach den Fraktionsvorsitzenden Schäuble in den eigenen Reihen viel Kredit gekostet. Vorbehalte, die manche in der Union, vor allem in der CSU, bis heute gegen Schäuble hegen, gehen auf dessen Verhalten während des zweijährigen Gezerres um eine Änderung des Asyl-Grundgesetzartikels 16 zurück. Und dennoch ist es am Ende vor allem sein Verdienst, daß dieser als »historisch« gefeierte Kompromiß zustande kommt.

Die Forderung der CSU, um den Asylmißbrauch einzudämmen, müsse das Grundgesetz geändert werden, ist beinahe so alt wie die Koalition aus Union und FDP. Im Herbst 1986 bringt der CSU-Vorsitzende Franz Josef Strauß die zuvor parteiintern aufgestellte Forderung in die Bonner Koalitionsrunde ein. Erwartungsgemäß blockt der FDP-Koalitionspartner ab. Denn für die Freidemokraten ist der Artikel 16 (»Politisch Verfolgte genießen Asylrecht«) für die Deutschen eine »Freiheitsstatue, der wir nicht die Fackel aus der Hand nehmen sollten«, wie es Burkhard Hirsch pathetisch ausdrückt. Aber auch in der CDU stößt Strauß nicht auf Gegenliebe. Ernst Albrecht, Niedersachsens Ministerpräsident, winkt ebenso ab wie Walter Wallmann, der Ministerpräsidentenkollege aus Hessen, und Gerhard Stoltenberg, der damals noch als Kronprinz Kohls gehandelt wird.

Rund zwei Jahre später fragt der bayerische Innenminister Edmund Stoiber im Auftrag von Strauß im Kanzleramt nach, wie es denn mit der alten Forderung der CSU stehe, die Verfassung in diesem Punkt zu ändern. Stoibers Gesprächspartner heißt Wolfgang Schäuble, der Kanzleramtsminister. Schäuble blockt ab: Das sei mit FDP und SPD nicht zu machen, die nötige Zweidrittelmehrheit nicht zu haben. Und weil das so sei, soll man über dieses Thema auch gar nicht reden.

Dies gehört bis heute zu den Maximen des Managers der Macht. Wolfgang Schäuble redet über Probleme nicht öffentlich, wenn sie ihm unlösbar erscheinen. Er versteht dies als Beitrag gegen den Verdruß an der Entscheidungsunfähigkeit von Politik. Wer rede, ohne handeln zu können, der verstärke in der Bevölkerung den Ruf nach radikalen Lösungen.

Am Jahresende 1989 haben mehr als hundertzwanzigtausend Ausländer in Deutschland Asyl beantragt. Das ist Nachkriegsrekord. Und dennoch findet eine politische Debatte darüber nur in den Randzirkeln der Politik statt. Maueröffnung und anstehende Wiedervereinigung haben die Ausländerpolitik als Spitzenthema abgelöst. Das ändert sich im Frühsommer 1990. Der Druck kommt jetzt aus den Bundesländern.

Verordnete Funkstille

Ausgerechnet Oskar Lafontaine, jahrelang der Bannerträger der Linken in der SPD, vollzieht die Wende. Plötzlich verkündet er, das Asylrecht habe sich längst zum Einwanderungsrecht verkehrt. Gemeinsam mit dem baden-württembergischen Ministerpräsidenten Lothar Späth von der CDU, mit dem sich der Spitzensozi prima versteht, klüngelt er einen Plan für die Änderung des Grundgesetzes aus. Eine Kommission solle Listen von Nichtverfolgerstaaten aufstellen, in die Asylbewerber sofort zurückgeschickt würden.

Lafontaines Asylwende kommt nicht von ungefähr. Im Frühsommer ziehen plündernde Zigeuner durch das saarländische Städtchen Lebach. Geschäftsleute machen den Laden dicht, Hausbesitzer lassen die Rolladen herunter, die Bürger protestieren. Da trifft sich Lafontaine konspirativ mit Späth. Ihre Lösung lautet, das Asylrecht einzuschränken und gleichzeitig den Aussiedlerzuzug stark zu begrenzen. Die SPD soll mit dem geänderten Grundgesetzartikel 16 eine Kröte schlucken und die Union der Neufassung des Artikels 116 zustimmen, der Deutschstämmigen die Einreise erlaubt.

Die CSU präzisiert im Frühjahr 1990 zum erstenmal ihre Vorstellungen. In einer Bundesratsinitiative fordert Bayern gleich die Abschaffung des staatlich garantierten Asylgrundrechts. Asylbewerber sollen keinen Anspruch haben, bei politischer Verfolgung in Deutschland aufgenommen zu werden, sondern es soll fortan im Ermessen der Regierung liegen, Asyl zu gewähren. Aus dem Asylanspruch, eine Erfindung des SPD-Mannes Carlo Schmid, soll ein Gnadenrecht werden. An dieser Zielvorstellung hält die CSU bis heute fest.

Im Bundesinnenministerium, das inzwischen Schäuble führt, herrscht eine von oben verordnete Funkstille. Hat CSU-Innenminister Friedrich Zimmermann die monatlich steigenden Asylzahlen stets mit der Forderung nach einer Verfassungsänderung kommentiert, so ist unter Schäuble davon nicht mehr die Rede. Beim Thema Asyl sind, anders als bei der deutschen Einheit, über die Schäuble gerade mit Ost-Berlin verhandelt, eben keine Erfolgsmeldungen zu verkünden. Und so lautet die Devise: Schweigen ist Gold.

Zu Beginn seiner Amtszeit als Innenminister hat Schäuble erklärt, was Konsens in der Union war. Ohne eine Grundgesetzänderung lasse sich das Problem des massenhaften Asylmißbrauchs nicht in den Griff bekommen. Der Artikel 16 setze in Kombination mit der Rechtswegegarantie des Artikels 19 Deutschland der unkontrollierten Einwanderung aus. Nicht einmal ein Jahr später will er – aus taktischen Gründen – nichts mehr davon wissen. Auf einer Grundgesetzänderung zu bestehen, hätte ihm kurz vor der Bundestagswahl die Erfolgsbilanz verhagelt. Nun gibt er die neue Parole aus: Der Asylmißbrauch lasse sich auch »mit Maßnahmen unterhalb der Schwelle einer Grundgesetzänderung« eindämmen. Doch dies soll nicht die letzte Volte Schäubles bleiben.

Nach der Bundestagswahl gelingt es, die SPD-geführten Bundesländer an die Linie der Union heranzuführen. Im Dezember 1990 beschließt die Innenministerkonferenz in Dresden eine »grundlegende Änderung« des Asylrechts, um den augenfälligen Mißbrauch abzustellen. Im Verlauf dieses Jahres kommen weit mehr als zweihunderttausend Asylbewerber nach Deutschland, und der Druck auf die Politik wächst. Er kommt vor allem aus den Kommunen, die sich nicht mehr in der Lage sehen, so viele Asylbewerber aufzunehmen. Nach der Innenministerkonferenz kann Bayerns Stoiber zur Verfassungsänderung erklären: »In dieser Frage sehe ich überhaupt mehr Gemeinsamkeiten mit der SPD als mit der FDP.« In der Union wächst die Enttäuschung über den Bundesinnenminister. Der habe es versäumt, lautet die weitverbreitete Kritik im eigenen Lager, sich an die Spitze der parteiübergreifenden Bewegung zu setzen und ihr Rückhalt zu geben.

Doch Schäuble hat seine Gründe. Denn die FDP hatte im Winter 1990 per Koalitionsvereinbarung der Union verboten, über ihren Kopf hinweg gemeinsam mit der SPD das Asylgrundrecht zu ändern: keine wechselnden Mehrheiten bei Verfassungsänderungen. Dieser Bündnisvertrag trägt auch die Unterschrift der CSU, die jetzt von Schäuble verlangt, mit den Sozialdemokraten an der FDP vorbei gemeinsame Sache zu machen. Schäuble gerät unter wachsenden Druck. Der CSU ist ein Dorn im Auge, daß er augenscheinlich bereit ist, die Innenpolitik zur Funktion der Koalitionsräson zu machen. Da verkündet der Bundesinnenminister das Asylplacebo Nummer zwei: die »europäische Lösung«. Das ist nach den »Maßnahmen unterhalb der Schwelle einer Grundgesetzänderung« der nächste taktisch motivierte Kurswechsel.

Europäische Lösung

Über die rechtliche Vereinheitlichung der Zuwanderungspolitik innerhalb der Europäischen Gemeinschaft werde die Grundgesetzänderung kommen, so sicher wie das Amen in der Kirche, verkündet Schäuble – »Ich gehe da jede Wette ein«. Schäuble weiß, daß Deutschlands Nachbarn in der EG nicht bereit sein werden, sich das deutsche Asylrecht zu eigen zu machen. Dies ermittelt die EG-Kommission nach einem Auftrag des Europäischen Rates bei den Mitgliedsländern. Wenn die anderen aber nicht bereit sind, deutsches Recht zu übernehmen, dann, so Schäuble, komme Deutschland nicht daran vorbei, sich den Vorstellungen der anderen anzupassen. Doch Schäuble – und auch Kohls – Hoffnung auf eine europaweit einheitliche Asylpolitik, zentral gesteuert von der EG-Kommission in Brüssel, bleibt ein Wunschtraum. Im Herbst 1991 beschließen die EG-Außenminister, daß die Asylpolitik nicht vergemeinschaftet werde. Kohl unternimmt zwar im Dezember auf dem Gipfel von Maastricht den Versuch, diese Entscheidung zu kippen, kann sich bei den europäischen Regierungschefs aber nicht durchsetzen. Zu unterschiedlich sind in Europa die Vorstellungen, wie mit Asylbewerbern umzugehen sei. Etwas anderes kommt hinzu. Deutschlands Nachbarn hätten, erfuhren die Unterhändler, so lange kein Interesse an einer europäischen Asyllösung, wie Deutschland ohnehin mehr als die Hälfte aller Asylbewerber aufnehme, die nach Europa kommen. Die Hoffnungen, die Europäer würden den Deutschen ihr innenpolitisches Problem mit dem Asylrecht abnehmen, haben sich zerschlagen.

Im Herbst 1991 brennen in Deutschland die Asylbewerberheime. An manchen Tagen werden bis zu achtundsiebzig gewaltsame Übergriffe auf Ausländer gezählt. Skinheads haben sich mit Neonazis verbündet. Die Politik reagiert erst überrascht, dann entsetzt, agiert aber hilflos. In Hoyerswerda, schreibt der linksliberale Publizist Heribert Prantl, sind die Jugendlichen und ihre Eltern Opfer einer katastrophalen Politik der früheren DDR geworden, die sie herausriß aus ihrer privaten Geschichte und »hineingepfercht hat in eine unmenschliche Infrastruktur. Die faschistische Gewalt gegen Ausländer ist ihre letzte Rache an ihrem ehemaligen Staat, der sich so gern antifaschistisch gerierte.«

Die Asyldebatte bleibt verfahren, da versuchen es Union, FDP und SPD noch einmal mit einem Maßnahmenpaket unterhalb einer Grundgesetzänderung. Zu mehr sind SPD und FDP nicht bereit – und Schäuble nimmt, was er bekommen kann. Nun soll es plötzlich möglich werden, Asylverfahren in sechs Wochen zu erledigen. Doch dieser parteienübergreifende Kompromiß ist, kaum verabschiedet, nicht mehr das Papier wert, auf dem er stand. Baden-Württembergs Ministerpräsident Erwin Teufel nennt die angepeilten sechs Wochen »absolut unrealistisch«. Darin ist er sich mit Stoiber einig.

Außerdem hat der Kompromiß einen entscheidenden Webfehler. Er basiert auf der Annahme, der Asylmißbrauch werde sich durch Abschiebungen erledigen lassen. Alle Beteiligten ignorieren ihre eigenen Erfahrungen, daß nur die allerwenigsten der abgelehnten Asylbewerber abgeschoben werden. Die Hälfte von ihnen, räumt Nordrhein-Westfalens Innenminister Herbert Schnoor von der SPD ein, tauche unter. Die andere Hälfte kann aus humanitären oder rechtlichen Gründen nicht des Landes verwiesen werden. Flugs verkündet das rot-grün regierte Niedersachsen, man werde die vereinbarten Sammellager nicht einrichten. Ministerpräsident Gerhard Schröder schreibt im *Spiegel*, was da vereinbart worden sei, habe »mit Rechtsstaatlichkeit nur noch wenig zu tun, aber viel mit Verhöhnung, Rausschmeißen-Wollen«. Das rot-grün regierte Hessen beeilt sich mit der Versicherung, »Massenabschiebungen« werde es mit der Landesregierung nicht geben. Das gleiche erklärt auch die Bonner SPD-Zentrale. Da hat man sich mit großem Tamtam im Kanzleramt geeinigt – und ist sich doch nicht einig. Die europäische Lösung zerschlägt sich ebenso wie jeder Versuch, die Einwanderung über das Asylrecht ohne Grundgesetzänderung zu bremsen. Doch weil SPD und FDP sich mit der Geschwindigkeit einer Schnecke bewegen, vergeht bis zur Verfassungsänderung ein weiteres Jahr. 1992 verdoppelt sich die Zahl der Asylbewerber noch einmal auf mehr als vierhunderttausend Menschen.

Immerhin vertritt Schäuble nun die Forderung der Union, das Asylrecht in der Verfassung zu ändern. Dafür hat er sogar, allerdings halbherzig, einen eigenen Vorschlag eingebracht, der eine Weiterentwicklung der Idee Lafontaines und Späths ist: Den Grenzschützern will er

Listen von Nichtverfolgerstaaten in die Hand geben, damit sie unrechtmäßige Asylbewerber gleich an der deutschen Grenze wieder zurückschicken.

Doch nur einen Monat später läßt Schäuble seinen asylpolitischen Volten eine weitere folgen. Kaum als Fraktionsvorsitzender der Union ins Amt gewählt, nimmt er die Forderung nach sofortiger Änderung des Grundgesetzes vom Tisch und opfert damit eines ihrer innenpolitischen Essentials der Koalitionsdisziplin. Jene vierzig Parlamentarier, die demonstrativ seiner Wahl zum Fraktionschef ferngeblieben waren, fühlen sich im nachhinein bestätigt.

Als Innenminister vertrat Schäuble den Standpunkt, das in den europäischen Abkommen von Schengen und Dublin vereinbarte Verfahren, Asylbewerber zurückzuweisen, wenn sie zuvor in einem Drittland sicher waren, mache eine Grundgesetzänderung nötig. Nun verkündet er, zur Pflege des Koalitionspartners FDP, das glatte Gegenteil.

Dies wiederum beschert Rudolf Seiters, Schäubles Nachfolger als Innenminister, einen glanzvollen Einstieg ins Amt. Im Bundestag korrigiert Seiters bei seiner ersten Rede als Innenminister den neuen Fraktionsvorsitzenden. War Schäuble bereit, dem Koalitionspartner zuliebe die eigene Überzeugung von der Notwendigkeit einer Grundgesetzänderung zurückzustellen, so beendet der in der Fraktion tief verwurzelte und überaus beliebte Seiters die Irritationen der Unionsparlamentarier mit dem Hinweis, auch eine europäische Asyllösung sei ohne Verfassungsänderung nicht zu haben. Derweil steuert Schäuble, kaum im Amt, auf die erste Kraftprobe mit der eigenen Fraktion zu. Es soll nicht die letzte sein.

Showdown in der Schlegelstraße

Das neue Jahr hat gerade begonnen, da entlädt sich bei den Abgeordneten der Unionsfraktion der ganze aufgestaute Ärger über die Asyltaktiererei ihres neuen Vorsitzenden Schäuble. Immer mehr Parlamentarier verlangen die Rückkehr zu einem klaren Kurs. Sie wollen, daß die Union Flagge zeigt. »Man kann in den Wahlkreisen reden, über was man will. Es gibt nur ein entscheidendes Thema: Asyl«, berichten die Abgeordneten. Deswegen sei »nicht die Zeit, um in Bonn taktische Winkelzüge zu veranstalten«. Dem »Durchschnittsbürger« müsse signalisiert werden, daß nicht nur geredet, sondern auch gehandelt werde. Parlamentarier erzählen, sie würden aus ihren Kreisverbänden mit Anträgen bedacht, die die Einführung der Zwangsarbeit für Asylbewerber fordern. Viele nehmen Schäuble übel, daß er noch als Innenminister versprochen habe, im Bundestag bis zum November 1991 abstimmen zu lassen, aber einen Tag nach seiner Wahl zum Fraktionsvorsitzenden die überraschte Mannschaft habe wissen lassen, daß er keine Abstimmung mehr anstrebe.

Vor allem die Baden-Württemberger aus Schäubles eigener Landesgruppe drängen auf eine Bundestagsabstimmung über die Grundgesetzänderung. Sie wollen, verlangt ihr Landesgruppenvorsitzender Otto Hauser, »deutlich machen, wer hier blockiert«, nämlich SPD und FDP. Aus Stuttgart kommt Ministerpräsident Erwin Teufel angeflogen. Schäuble holt seinen Parteifreund vom Flughafen ab, gemeinsam fährt man zur Sitzung der Landesgruppe. In der Landesvertretung in der Schlegelstraße kommt es an diesem Montagabend zum Showdown.

Bei Wein und Bier wird die Auseinandersetzung um die richtige Taktik immer emotionaler. Teufel und Schäuble schreien sich schließlich an. Teufel, schlechte Umfrageergebnisse für die CDU vor Augen, fürchtet eine Niederlage bei der bevorstehenden Landtagswahl am 5. April 1992, insbesondere, daß die Republikaner von dem unerledigten Thema Asyl profitieren. Er verlangt Bonner Rückendeckung für seinen Wahlkampf. Doch wenige Stunden zuvor hat Schäuble die Union im Fraktionsvorstand auf einen anderen Kurs festgelegt. Danach soll vor dem 5. April lediglich das neue Asylgesetz mit den schnelleren Verfahren in den Bundestag eingebracht werden. Über die Grundgesetzänderung soll nicht gesondert abgestimmt, die Verfassung soll erst im Zuge der Ratifizierung des Schengener Abkommens korrigiert werden. Wann, das steht in den Sternen. Schäuble will die Koalition zusammenhalten. Deswegen spielt der Fraktionsvorsteher auf Zeit. Er will der SPD, die Schäuble nach internen Gesprächen mit dem Fraktionsvorsitzenden Hans-Ulrich Klose auf dem Weg zu einer Grundgesetzänderung wähnt, die Tür nicht vor der Nase zuschlagen. Schäuble hat Geduld mit den sozialliberalen Zauderern, den Abgeordneten der Union ist sie inzwischen vergangen. Zu lange schon dauert ihnen das Hin und Her bei SPD und FDP, für das sie sich an der Parteibasis prügeln lassen müssen.

Dementsprechend verläuft an diesem Abend die Schlachtordnung. Anton Pfeifer und Bernd Schmidbauer aus dem Kanzleramt stehen an Schäubles Seite, ebenso die Führungsfiguren Matthias Wissmann und Hans-Peter Repnik. Gegen Schäuble und seine Freunde votiert jedoch die Mehrheit – Abgeordnete aus der dritten Reihe. Georg Brunnhuber klagt, als Kreisvorsitzenden treffe es ihn hart, wenn der Fraktionsvorsitzende in einer wahlentscheidenden Frage nicht mit dem Ministerpräsidenten übereinstimme. In Bonn werde verstanden, was gegen eine Abstimmung spreche, »aber nicht draußen in der Öffentlichkeit«, rüffelt Brunnhuber die Captain-Crew im Raumschiff Bonn. Die Führung möge sich »solidarisch mit der Basis zeigen«.

Udo Ehrbar beklagt den Verlust an Glaubwürdigkeit, der drohe, weil eine versprochene Abstimmung nun doch nicht stattfinden solle. »Die ständige Verschiebung des Themas schadet nur.« In dieselbe Kerbe haut Hans-Joachim Fuchtel. Endlich müsse einmal klar gezeigt werden, »daß die Arbeit in Bonn nicht von der Basis abgekoppelt stattfindet«. Andreas Schockenhoff flüchtet in bittere Ironie: In der Diskussion, wem eine namentliche Abstimmung schade, solle eines auf keinen Fall herauskommen – »daß eine Koalition etwas so Wichtiges ist, daß man auch in Baden-Württemberg nicht ohne sie leben kann«. Dort regiert die CDU bis 1993 mit absoluter Mehrheit.

An diesem Abend zieht Teufel alle Register. Er erzählt von einer Verabredung mit dem Bundeskanzler. Der habe ihm versprochen, alles zu tun, was die Wahlchancen der CDU in Baden-Württemberg verbessere. Dazu gehöre entweder die Verfassungsänderung des Asylrechtsparagraphen 16 oder eine namentliche Abstimmung darüber im Bundestag. Außerdem habe der Kanzler ihm persönlich versprochen, daß noch vor der Landtagswahl eine Pflegeversicherung beschlossen und der Streit um den Abtreibungsparagraphen 218 beendet werde. Auch mit den Steuerdiskussionen solle Schluß sein. Nichts von alledem sei gehalten worden. Deswegen müsse jetzt beim Thema Asyl endlich Klarheit geschaffen werden.

Er habe bisher noch jeden Kompromiß mitgemacht, sagt Teufel, um dann Schäuble ganz persönlich zu attackieren: »Die Zukunft gehört mit Sicherheit nicht den Taktikern.« Das ist eine massive Drohung des Ministerpräsidenten gegen den Fraktionsvorsitzenden. Doch selbst damit gibt sich der aufgebrachte Teufel nicht zufrieden.

Seine Vorwürfe an die Adresse Schäubles gipfeln schließlich in dem empörten Vorwurf: »Du machst mir meine Landtagswahl kaputt.« Schäuble ficht verbissen für seine Linie: »Wir brauchen eine Lösung und keinen öffentlichen Kampf.« Der Streit spitzt sich so zu, daß es am Ende kaum noch um die Sache geht. Teufel oder Schäuble, heißt die Alternative. Zwei Drittel der CDU-Leute schlagen sich an diesem Abend auf die Seite des Ministerpräsidenten und votieren gegen den Fraktionsvorsitzenden aus der eigenen Landesgruppe. Eine herbe innerparteiliche Niederlage für den Badener. Es sind Narben geblieben – zumal Teufel bei der Landtagswahl tatsächlich die absolute Mehrheit einbüßt und mit den Sozialdemokraten eine große Koalition eingehen muß. Den Republikanern gelingt mit ihrem Spitzenthema Asylmißbrauch der Einzug in den Landtag. Schäuble rechtfertigt sich später, die Republikaner hätten um keinen Deut schlechter abgeschnitten, wäre es im Bundestag zur Abstimmung über die Verfassungsänderung gekommen. Hätte, wäre – ein Glaubensstreit, in dem es nur Verlierer gibt.

In der Gesamtfraktion bleibt Schäuble eine Niederlage erspart, weil er den Drängenden ein Stück entgegenkommt und damit die gefährliche Stimmung in der Union auf eine gerade noch beherrschbare Dimension reduziert. Die Fraktion beschließt, das Schengener Abkommen nicht ohne Grundgesetzänderung zu ratifizieren. Das hat Schäuble nicht gewollt. Denn dieser neue Kurs ist eine unverblümte Drohung an die Adresse der SPD. Kippen die Sozialdemokraten nicht um, wird die Union sie für das Scheitern der europäischen Zusammenarbeit verantwortlich machen. Schäuble fürchtet, die SPD werde sich erpreßt fühlen und nun erst recht nicht bereit sein, der Union beim Asylrecht entgegenzukommen. Doch so viel Verständnis für die Seelennöte des politischen Gegners vermögen Schäubles Parteifreunde nicht aufzubringen. Und dennoch: In der entscheidenden Frage setzt sich Schäuble durch. Vor den Landtagswahlen in Baden-Württemberg und Schleswig-Holstein am 5. April 1992 wird die SPD nicht mehr gezwungen, im Bundestag Farbe zu bekennen. Die eigenen Leute sind zwar vergrault, aber Schäuble hat wertvolle Zeit gewonnen, um die Schlüsselfiguren von SPD und FDP, die beiden Fraktionsvorsitzenden Klose und Solms, auf seine Seite zu ziehen. Doch bis zum Durchbruch ist es noch ein weiter Weg.

Noch vor den Landtagswahlen legt Innenminister Seiters seinen Formulierungsvorschlag für eine Grundgesetzänderung vor. Danach soll derjenige kein Asylrecht genießen, welcher aus einem Staat einreist, in dem ihm keine politische Verfolgung oder Abschiebung in einen Verfolgerstaat droht. Die offene Flanke Deutschlands im Süden und Osten Europas soll durch Rücknahmeabkommen geschlossen werden. Der *Spiegel* nennt Seiters Idee, Deutschland quasi mit einem Cordon sanitaire zu umgeben, ein »Schweinchen-Schlau-Spiel«, das allerdings nicht aufgehen werde. Die Magazinmacher aus Hamburg täuschen sich. Was Seiters vorlegte, wird so ein halbes Jahr später von SPD und FDP mitbeschlossen werden.

Ende der Fahnenstange

Ende April vereinbaren Schäuble und Klose, die altbekannten Grabenkämpfe zwischen Union und SPD zu vermeiden. In einer vierstündigen Bundestagsdebatte Anfang Mai wird die Annäherung der Parteien augenfällig. Union und SPD vertreten zwar noch ihre unterschiedlichen Standpunkte, aber die Redner prügeln nicht mehr aufeinander los. Klose lobt Schäuble, Schäuble lobt Klose. Immer mehr Vertreter der Parteien begreifen, daß ihr sinnloser Streit nur den radikalen und extremistischen Kräften von rechts Auftrieb geben kann. Schäuble sagt in der Debatte, das individuelle Asylgrundrecht solle aufrechterhalten werden. Das hört die SPD gerne, weshalb er für diese Passage Beifall auch von der Oppositionsbank einheimst. Dabei ist die Formulierung trickreich bis hinterlistig. Denn nach dem Seiters-Vorschlag bleibt zwar das Asylgrundrecht unangetastet, nur werden die wenigsten Asylbewerber eine Chance haben, es in Anspruch zu nehmen. Bayerns Stoiber fordert, anders als Seiters und Schäuble, eine Abschaffung des individuellen Asylanspruchs. Das hilft den CDU-Vertretern. Schäuble kann gegenüber der SPD für die neue Unionslinie mit dem Argument werben, im Vergleich zu dem, was Stoiber verlange, sei der Seiters-Vorschlag doch moderat. Das zieht. Vor der parlamentarischen Sommerpause vereinbart Schäuble heimlich mit Klose, daß die Sozialdemokraten sich im Herbst nicht länger einer Grundgesetzänderung versperren werden. Die Union verzichtet im Gegenzug darauf, die Sozialdemokraten in der Sommerpause bloßzustellen.

Anfang Juni fällt die FDP um. Otto Graf Lambsdorff hat erkannt, daß sich die Forderung, vor einer Grundgesetzänderung müsse ein europäisches Asylrecht vereinbart werden, nicht mehr aufrechterhalten läßt. Er ist der erste, der das offen sagt. Immerhin liegt zwischen der EG-Entscheidung, die Asylpolitik nicht zu vergemeinschaften, und dem darauf zurückzuführenden Kurswechsel der Freidemokraten mindestens ein halbes Jahr – eine beachtliche Inkubationszeit. Doch so einfach ist die Sache in der FDP nicht. Die gerade ins Amt gewählte Justizministerin Sabine Leutheusser-Schnarrenberger macht Front gegen die neue Beweglichkeit der Liberalen. Ganz entgegen den Erwartungen der Union und wichtiger Teile der FDP, die sich in ihr getäuscht hatten, siedelt sie sich selbst auf dem linksliberalen, dem sogenannten Rechtsstaatsflügel der Partei, an. Erwartungsgemäß läßt Burkhard Hirsch sie nicht alleine. Doch inzwischen haben die Befürworter einer Asylrechtsänderung in der FDP-Fraktion die Mehrheit. Leutheusser-Schnarrenberger, Hirsch, Gerhart Baum und der Berliner Abgeordnete Wolfgang Lüder schlagen nur noch Rückzugsgefechte.

Ende August gibt es die bis dahin schwersten Krawalle in Rostock-Lichtenhagen. Tausendsechshundert Polizisten und Grenzschützer liefern sich mit mehr als tausend rechtsradikalen Gewalttätern stundenlange Straßenschlachten. In der CDU kocht die Stimmung hoch, wie schon am Jahresanfang. Die Christdemokraten sollen Flagge zeigen, fordern immer mehr CDU-Politiker. Geredet worden sei genug, wettert Fraktionsvize Johannes Gerster. »Wer jetzt nicht handelt, macht sich mitschuldig an weiteren Exzessen und Gewaltakten.« Die CDU sei nicht bereit, der SPD noch mehr Zeit zum Beraten, sprich Umfallen, zu geben. Gerster verlangt, der SPD ein Ultimatum zu stellen. Wenn die SPD nicht bis Anfang September springe, müsse die Union im Bundestag über die Grundgesetzänderung abstimmen lassen.

Schäuble will das verhindern. Er weiß von Klose, daß die SPD noch Zeit braucht. Und er hält an seiner Überzeugung fest, die Union dürfe die Sozialdemokraten nicht allzusehr unter Druck setzen, sonst werde die Grundgesetzänderung scheitern. Doch am 10. September ist die Geduld der Abgeordneten mit ihrem Fraktionsvorsitzenden endgültig zu Ende. Sie machen ihm einen Strich durch die Rechnung. Binnen Minuten entscheiden sie gegen das Votum Schäubles, noch vor dem CDU-Parteitag im Oktober müsse im Bundestag über ein neues Asylgrundrecht abgestimmt werden. Der niedersächsische CDU-Abgeordnete »Charly« von Hammerstein beantragt in der Sitzung der Union die namentliche Abstimmung. Es gibt großen Beifall.

Schäuble versucht mit einem Taschenspielertrick, Zeit zu gewinnen. Über die Forderung Hammersteins könne ja abgestimmt werden – aber erst in zwei Wochen, nach weiteren Verhandlungen mit der FDP. Der Fraktionsvorsitzende mahnt einen pfleglichen Umgang mit dem Koalitionspartner an. Das ist den Abgeordneten dann doch zuviel. Monatelang haben sie sich vom kleineren Bündnispartner am Nasenring durch die Arena führen lassen, und nun sollen sie noch weiter warten? Es kommt zu lautstarkem Widerspruch gegen Schäuble. Da schaltet sich Helmut Kohl ein und überfährt den Fraktionsvorsitzenden wie einen Schulbuben: »Jetzt wird abgestimmt.« Kohl, der die Fraktion sechs Jahre führte, bevor er Kanzler wurde, hat mit seinem Feingefühl für die Stimmung der Abgeordneten erkannt, daß der Druck jetzt aus dem Kessel muß. Bei dieser Gelegenheit wird deutlich, daß der Bauchmensch Kohl die Seelenlage der CDU eher verkörpert als der Kopfmensch Schäuble.

Schäubles Abstimmungsniederlage ist zugleich ein Nasenstüber für die von ihm unterstützte, aber nicht mehrheitsfähige Vorstellung, eine Zwangsanleihe für Besserverdienende zur Finanzierung der deutschen Einheit durchbringen zu können. Der Vorschlag ging auf das

Drängen der ostdeutschen CDU-Abgeordneten zurück, lag aber zugleich ganz auf der Wellenlänge der SPD. Bei soviel Rücksicht auf die SPD und Nähe zu deren Konzepten ist es kein Wunder, daß in der Union die Spekulationen umgehen. Auf den Wandelgängen der Fraktion rätseln die Parlamentarier von CDU und CSU über die Motive ihres Fraktionsvorsitzenden. Sollte der etwa einen Putsch gegen Kohl anzetteln wollen, um sich dann mit Hilfe der SPD zum Kanzler wählen zu lassen? Jedenfalls sieht Schäuble keinen anderen Ausweg, die Gerüchte aus der Welt zu schaffen, als vor der versammelten Fraktion ein Loyalitätsbekenntnis zu Kohl abzulegen. »Ich säge nicht am Stuhl von Helmut Kohl, jetzt nicht, früher nicht und auch in Zukunft nicht.« Der SPD-Vorsitzende Björn Engholm reibt noch kräftig Salz in die Wunden der Koalition. Nein, erklärt er, im Falle einer großen Koalition nach der Bundestagswahl sei er nicht bereit, unter Helmut Kohl Vizekanzler zu werden. Das verbindet er mit einem ausdrücklichen Lob für Verteidigungsminister Volker Rühe.

In der turbulenten Fraktionssitzung von Kohl gerüffelt, setzt Schäuble beim nächsten Treffen der Unionsparlamentarier wieder seinen konzilianten Kurs durch. Auf leisen Sohlen schleicht er sich zurück auf den Kurs der Verständigung mit der SPD. Der Bundestag soll, beschließen die Abgeordneten, über eine Entschließung abstimmen, die mehr oder weniger alles und damit auch der SPD die Türe offenläßt. Auf CDU-Parteitagen kommt es vor, daß die Delegierten am einen Tag Helmut Kohl feiern und tags darauf dessen Rivalen Heiner Geißler. Vor solchen Stimmungsschwankungen ist auch die Unionsfraktion in Bonn nicht gefeit. Einmal stimmen sie mit Kohl gegen Schäuble, dann wiederum für Schäuble.

Als wäre die ganze Sache nicht schon verfahren genug, schießt plötzlich wieder die FDP quer. Die Unterhändler von Union und Freidemokraten können sich nicht auf den Text der Entschließung für den Bundestag einigen. Am Sonntag, dem 14. Oktober 1992, ruft Lambsdorff abends Helmut Kohl an und unterrichtet ihn von der heraufziehenden Koalitionskrise. Man verabredet sich für den darauffolgenden Dienstag. Kohl weiß: »Wir müssen zu einem Ergebnis kommen.« Die beiden vereinbaren ein pikantes Detail, das Lambsdorff der FAZ erzählt. Sabine Leutheusser-Schnarrenberger und Rudolf Seiters sollen, obwohl vom Fach her zuständig, an der Koalitionsrunde nicht teilnehmen. Seiters, so die Auffassung der FDP, neige dem CSU-Standpunkt zu, sei also, anders als der beweglichere Schäuble, für ergebnisorientierte Verhandlungen mit der FDP denkbar ungeeignet.

Kanzleramtsminister Friedrich Bohl bittet dennoch die beiden Minister ins Kanzleramt, damit sie zu den Beratungen hinzugezogen werden können, wenn nötig. Schnarrenberger liest im Durchgangsraum zum Kabinettssaal, wo verhandelt wird, zwei Stunden lang die *Süddeutsche Zeitung*. Rudolf Seiters vertreibt sich die Langeweile anders. Der frühere Koordinator der Bundesregierung kennt sich im Kanzleramt bestens aus. Und so trabt er zu Helmut Kohls Vorzimmerdame Juliane Weber, mit der er sich immer bestens verstand, um dort über die neuesten Interna zu tratschen.

Im Kabinettssaal geht es derweil zur Sache. Kohl, der unbedingt ein Ergebnis will, nimmt die Freidemokraten in die Mangel. Der Kanzler malt sogar theatralisch die Gefahr eines »Staatsnotstandes« an die Wand, der zweifellos eintreten werde, wenn man sich jetzt nicht verständige. Es sei zu erwarten, daß im nächsten Jahr siebenhunderttausend Asylbewerber nach Deutschland kämen. Die Wähler würden mit zwölf bis vierzehn Prozent Wählerstimmen für die Republikaner antworten. Kohl droht schließlich den Liberalen mit dem allerschlimmsten: einer großen Koalition. Das verfehlt nicht seine Wirkung. Die Partner werden sich schließlich einig – und drohen sogleich der SPD. Wenn die nicht doch zu einer Verfassungsänderung bereit ist, dann werde man eben mit einem einfachen Gesetz festlegen, was gegen den Asylmißbrauch zu beschließen sei.

Lauter Sieger

So groß ist die Not bei der Koalition, daß sie zum offenen Verfassungsbruch bereit ist. Eiskalt kalkuliert sie darauf, daß die SPD den Schritt duldet und nicht vor dem Bundesverfassungsgericht in Karlsruhe klagt, damit das Thema nur endlich vom Tisch ist.

Schäuble setzt voll auf die SPD. Ein Vabanquespiel. Wenn sich auf dem für den November anberaumten Sonderparteitag Engholm und Klose mit ihrem Kurs nicht durchsetzen, dann werde die Union Schäuble teeren, federn und vierteilen, schreibt die *Süddeutsche Zeitung*. Vermutlich hat sie recht. Aber Schäuble hat Fortune: Die SPD-Delegierten legen ihren Chefunterhändler Klose zwar an die Leine, aber die ist lang. Die Mehrheit auf diesem Bonner SPD-Parteitag spürt, daß die Zeit gekommen ist, das leidige Thema zu erledigen.

Ende November ist es dann soweit. Fest entschlossen, nach zehn Jahren Streit die Asylfrage zu beantworten, trifft sich eine übergroße Koalition aus Union, FDP und SPD in der baden-württembergischen Landesvertretung in Bonn. Die strategischen Linien sind klar. Die Sozialdemokraten sind längst eingeknickt, sie müssen jetzt nur noch ihr Gesicht wahren. Fraktionschef Hans-Ulrich Klose hat in taktischer Millimeterarbeit die Genossen auf den Schwenk vorbereitet. Sein staatspolitisches Leitbild ist identisch mit dem des Unionskollegen Schäuble. Klose teilt nicht die Experimentierlust vieler seiner Genossen. Er ist der Realo der Sozialdemokraten. Die Stabilität der demokratischen Gesellschaft sichern, lautet sein Credo. Klose sieht die integrationswilligen Deutschen durch die Massen der Asylbewerber überfordert. Oft genug hat er Schäuble versichert, die SPD werde am Ende die Verfassungsänderung mitbeschließen. Schäuble verläßt sich voll auf Klose und stellt damit die eigene Fraktion auf eine harte Geduldsprobe. Der Vormann der Union kann diesen Kurs durchhalten, weil Helmut Kohl ihn abdeckt. Björn Engholm, den damaligen SPD-Vorsitzenden, leiten taktische Motive. Er treibt seine Partei in die Asylwende, die er zur Nagelprobe für die Regierungsfähigkeit der Sozialdemokraten macht.

Doch zum faktischen Verhandlungsführer der SPD im Sitzungssaal der Baden-Württemberg-Vertretung in der Bonner Schlegelstraße schwingt sich Gerhard Schröder auf. Niedersachsens Ministerpräsident hat sich vor dieser Elefantenrunde zum Sprachrohr der Linken gemacht. Aber hier am Sitzungstisch ist der frühere Asylanwalt von einer erstaunlichen Beweglichkeit. Zwar trotzt er seinen Gegenspielern, dem CSU-Mann Edmund Stoiber und dem Innenminister Rudolf

Seiters, das eine oder andere Entgegenkommen in Verfahrensfragen ab, doch den grundsätzlichen Kurswechsel seiner Partei stellt auch er nicht in Frage. Bisweilen hält es ihn in diesen stundenlangen Verhandlungen nicht mehr auf seinem Stuhl. Dann springt er theatralisch auf, droht, den Saal zu verlassen, und macht doch unmittelbar darauf weiter. Manche sind amüsiert vom schauspielerischen Talent des machtbewußten Regierungschefs aus Niedersachsen. Am Ende lobt Klose sogar Schröders »konstruktive Rolle«. Der Hannoveraner hat den Mut, seinen grünen Koalitionspartner daheim mit der Unterschrift unter das Kompromißpapier gewaltig zu provozieren. »Ohne es so auszusprechen, wurde ein Grundrecht durch Verfahrensfragen erwürgt«, wetterte der niedersächsische Bundesratsminister Jürgen Trittin, ein grüner Fundamentalist. Rudolf Scharping, der rheinland-pfälzische Ministerpräsident und spätere SPD-Parteivorsitzende, spielt faktisch keine Rolle. »Man hat ihm angemerkt, das war bei den Verhandlungen nicht sein Thema«, erzählt ein Unterhändler.

Schwierig hat es die FDP-Bank. Hermann Otto Solms, der Fraktionsvorsitzende, hat sich längst auf Schäubles Kurs begeben, dicht gefolgt vom freidemokratischen Rechtspolitiker Jörg van Essen. Der sagt (auf einen Einwurf Schröders) sogar in den Verhandlungen, daß er auf der Seite der Union stehe. Doch mit auf der FDP-Bank sitzt Burkhard Hirsch, dem der ganze Kurs nicht paßt. Der Mann ist ein Kaliber. Mehr als zehn Jahre dominierte der frühere Düsseldorfer Innenminister die Innenpolitik der Freidemokraten. Die Union, die sich über Jahre hinweg an dem kenntnisreichen FDP-Mann die Zähne ausbiß, stuft ihn – zu Recht – als sozialliberales Relikt in der Nachwende-FDP ein. Immer wieder legt Hirsch sich mit Innenminister Rudolf Seiters an, der, mit etlichem Papiermaterial aus der Feder der Ministerialen seines Hauses versorgt, detailverliebt verhandelt und dabei als Hardliner auftritt. So kommt es, daß die Freidemokraten gespalten sind. Dabei gibt es für sie keine Alternative zum Kurs der CDU, können sie es doch nicht zulassen, daß Union und SPD sich über die Köpfe der FDP-Unterhändler hinweg verständigen und damit die existenzgefährdende Frage nach einer großen Koalition provozieren.

Der lenkende Moderator heißt Wolfgang Schäuble. Er wird zum

Architekten der asylrechtlichen Verfassungsänderung. Sozial- und Freidemokraten sind erstaunt, wie bisweilen barsch der Fraktionsvorsitzende seinem Nachfolger auf dem Stuhl des Bundesinnenministers über den Mund fährt. »So geht das nicht, Rudi.« Schäuble weiß, am Ende wird sich die Union ohnehin durchsetzen. Er erkämpft für die langjährigen Kompromißverweigerer von SPD und FDP gegen Seiters und Stoiber den Spielraum, ihr Gesicht wahren zu können. Er gesteht eine erleichterte Einbürgerung zu und kommt der SPD mit der Zusage entgegen, die Scharen von Bürgerkriegsflüchtlingen nicht mehr dem Asylverfahren auszusetzen. Einen wichtigen Punkt kann Seiters freilich verbuchen. Er setzt die sogenannte Flughafenregelung durch und schließt damit ein wichtiges Schlupfloch für Asylbewerber, die nicht auf dem Landweg nach Deutschland kommen. Von Doppelspielpartner Klose informiert, weiß Schäuble, was mit Schröder geht und was nicht. So läuft auch das Zusammenspiel mit Solms. Auf diese Weise wird Hirsch ausgebremst. Mit dem CSU-Landesgruppenchef Wolfgang Bötsch versteht sich Schäuble ohnehin gut. Doch der Bonner Statthalter der Christsozialen überläßt Stoiber das Feld. Und von dem weiß Schäuble seit den vertraulichen Gesprächen über ein neues Ausländergesetz, daß er konzilianter ist, als seine bisweilen martialische Rhetorik vorspiegelt. So verhandelt Schäuble zäh, ergebnisorientiert und konditionsstark, über die mehr als fünfzig Stunden in den drei Gesprächsrunden hinweg präsent wie kein zweiter: Am Nikolaustag 1992 wird der Knoten durchgeschlagen.

Schäuble ist der Meister des Kompromisses. Kompromiß ist, wenn alle am Ende als Sieger dastehen: Scharping vergleicht das Ergebnis mit dem SPD-Parteitagsbeschluß und behauptet, die Sozialdemokraten hätten sich »in zahlreichen Punkten« durchgesetzt und den Kompromiß »maßgeblich« geprägt. Die Jungsozialisten sehen das ganz anders. Sie demonstrieren vor der Parteizentrale, dem Erich-Ollenhauer-Haus, und kritisieren die »Kapitulation« der eigenen Partei vor den »Brandstiftern von Rostock und Mölln«, vor einem »dumpfen Ausländerhaß der Stammtische«. In einem allerdings hat der Juso-Vorsitzende Ralf Ludwig recht – mit seiner Bemerkung, das Verhandlungsergebnis sei »Schäuble pur«. Theo Waigel nennt nach einer CSU-

Präsidiumssitzung den Nikolaustagskompromiß einen »Sieg der Vernunft«. Die CSU habe sich »in der Sache« durchgesetzt. FDP-Chef Otto Graf Lambsdorff behauptet, das Resultat liege nahe beim FDP-Parteitagsbeschluß vom Oktober desselben Jahres.

Burkhard Hirsch und die Ausländerbeauftragte der Bundesregierung, Cornelia Schmalz-Jacobsen, lehnen den Kompromiß ab, der »das verfassungsrechtlich verbürgte Asylrecht nur um den Preis seiner Bedeutungslosigkeit« erhalte. Das sagen auch die SPD-Linken. Der Schriftsteller Günter Grass, der schon der deutschen Einheit nichts abgewinnen konnte, verläßt die SPD mit der Begründung, die Sozialdemokraten seien dafür verantwortlich, daß nun die ganze Gesellschaft nach rechts gerückt sei, »und in ihr leider auch die SPD«.

Doch jenes neue Asylrecht, seit Juli 1993 in Kraft, hat gegriffen. Statt vierhunderttausend Asylbewerbern reisten in den Folgejahren nur noch rund hunderttausend Ausländer nach Deutschland ein, um hier einen Asylantrag zu stellen. In seiner gesellschaftlichen Bedeutung kann das geänderte Asylrecht nicht hoch genug veranschlagt werden. Den rechtsradikalen Republikanern wurde ihr wichtigstes Thema genommen. Sie haben sich inzwischen marginalisiert. Der geringere Asylbewerberzustrom bedeutet auch eine Entlastung für die länger in Deutschland lebenden Ausländer, deren Integration dadurch erleichtert wird.

Widerlegt ist die Befürchtung der Linken aus SPD und CDU, Deutschland werde sein Asylproblem auf dem Rücken der osteuropäischen Länder, den sicheren Drittstaaten beziehungsweise Herkunftsländern entsorgen, in die Flüchtlinge zurückgeschickt werden. Den Grund dafür hat die polnische Regierung selbst mitgeteilt: Es kommen weniger.

Das Asylrecht basiert auf Abschreckung, auch wenn dies in der öffentlichen Diskussion weitgehend verschwiegen wird. Weil eine Verhinderungskoalition aus SPD und FDP eine grundlegende Änderung des Asylrechts blockierte, hat das Regierungsbündnis jahrelang versucht, das Asylproblem von innen heraus zu lösen: durch Rechtsverschärfungen die Verfahren zu verkürzen und die Zahl der Abschiebungen zu erhöhen. Dies war ein Irrweg, was ebenfalls viele Jahre verschwiegen wurde. Denn bestenfalls die Hälfte der Flüchtlinge, die nach Deutschland kommen, kann überhaupt abgeschoben werden. Wiederum die Hälfte von ihnen taucht in die Illegalität ab, räumen auch sozialdemokratische Innenminister ein.

Die meisten Asylbewerber reisen nicht nur aus eigenem Antrieb ein, sie werden von Schlepperorganisationen gebracht. Auf diese Weise entsteht ein Problem für die innere Sicherheit in Deutschland. Denn die Kopfprämien – je nach Herkunftsland zwischen drei- und fünftausend Mark – müssen von den Bewerbern erst verdient werden. Auch diesen modernen Menschenhändlern hat das neue Asylrecht das Leben schwerer gemacht. Wie viele Ausländer freilich illegal nach Deutschland einreisen, kann nur geschätzt werden. Diese Zahl schwankt zwischen fünfzigtausend und hunderttausend Menschen.

Am 25. November 1991 wird Schäuble Vorsitzender der Unionsfraktion. Als Nachfolger Schäubles im Innenministerium schlägt der Rechtspolitiker Rupert Scholz dem Kanzler Manfred Kanther vor. »Nehmen Sie den Kanther aus Hessen.« Doch Kohl hat sich längst anders entschieden. Schäubles Arbeit soll der Emsländer Bundestagsabgeordnete Rudolf Seiters übernehmen. Der war schon Schäubles Nachfolger als Parlamentsgeschäftsführer, dann als Kanzleramtsminister. Das erscheint Kohl eine erfolgreiche Stafette zu sein.

Schäuble ist anderer Meinung. Persönlich schätzt er Seiters sehr, doch er spricht ihm die Qualifikation für das Innenministeramt ab. »Das ist nix für den Rudi.« Durch Seiters' schnellen Rücktritt nach der Fahndungspanne von Bad Kleinen, für die er keine Verantwortung trägt, fühlt Schäuble sich in seinem Urteil über den langjährigen Wegbegleiter nur bestätigt. Schäuble spricht Seiters die für das Amt des Innenministers nötige Härte ab. Dessen Rücktritt kommentiert er intern als »Flucht vor der Verantwortung«.

Schon lange glaubt man im Innenministerium den Grund dafür gefunden zu haben, warum Seiters aus dem Amt drängt und den Fall Bad Kleinen nur als günstige Gelegenheit ergriffen hat. Seiters habe unter erheblichem Druck seiner Familie, besonders seiner Frau, gestanden, die mit den für einen Bundesinnenminister harten Sicherheitsmaßnahmen nicht zu Rande gekommen sei.

Das wäre zu verstehen, muß doch die Familie für die gefährdete Sicherheit des Ehegatten und Vaters einen weiteren hohen Preis zahlen – die beinahe lückenlose Überwachung. Irgendwann wird Schutz zur Belagerung.

Das jedenfalls erzählen Beamte aus dem Innenministerium und berufen sich dabei auf Seiters selbst. Er jedoch bestreitet diese Version.

Kanther kommt dann doch noch zum Zuge. Doch auch an dem Hessen hat der Badener keine rechte Freude. Der agiert nach Schäubles Geschmack zu wenig souverän, hält sich zu sehr an den gedruckten Buchstaben im Paragraphenwerk fest, anstatt die Gesetze nach seinen politischen Bedürfnissen zu interpretieren. Schäuble hält Kanther, wie er Vertrauten erzählt hat, für einen »Holzkopf«.

Kanther ist jedenfalls von entwaffnender Direktheit. Bei der Verleihung des Deutschen Filmpreises fragte ein Reporter den Hessen: »Wie kommt der deutsche Innenminister zum Film?« Kanther antwortete wahrheitsgemäß: »Auf zwei Füßen.«

DER DEUTSCHLANDMANAGER

DER ARCHITEKT DER EINHEIT

Spätestens, seitdem er mit Ost-Berlin den Einigungsvertrag aushandelte, gilt Wolfgang Schäuble als der Manager der deutschen Einheit. Das ist untertrieben. Schäuble war weitaus mehr als ein Verwalter. Mit einer wenn auch herausragenden Statistenrolle mochte er sich nicht zufriedengeben. In den letzten Jahren der deutschen Teilung war Schäuble der erste unter den berufenen oder selbsternannten Deutschlandpolitikern der Union.

Die Statistenrolle hat er Kabinettskollegen zugedacht: dem Ministerium für innerdeutsche Fragen; den Einfluß der Ressortchefs, Heinrich Windelen und Dorothee Wilms, im Kabinett Kohl reduziert der Chef-Deutschlandpolitiker des Kanzlers nahezu auf Null. Und nun, wo es wirklich um die Wiedervereinigung geht, wird sich Schäuble, der das deutschlandpolitische Geschäft versteht wie kein zweiter, von niemandem die Butter vom Brot nehmen lassen. Schäuble ist mehr als der Manager der deutschen Einheit: Er ist ihr Architekt.

Daß ihm die Rolle zufällt, empfindet er nur als historisch gerecht. Das hat mit der Interpretation seiner eigenen Deutschlandpolitik in der Zeit der Teilung zu tun. Was Schäubles konservative Kritiker als deutschlandpolitischen Minimalismus herunterreden, als bloße Linderung der Teilungsfolgen ohne Perspektive auf die Wiederherstellung der Einheit, ist aus seiner Sicht die Voraussetzung schlechthin für das Ende der DDR. Beinahe bedauernd stellt er heute fest, seine Leistung, den Einigungsvertrag konzipiert und durchgesetzt zu haben, verstelle den Blick auf die Jahre davor, in denen er die Voraussetzungen dafür geschaffen habe.

Die friedliche Revolution von 1989 bedeutet jedoch mehr als die Fortsetzung der Entspannungspolitik mit anderen Mitteln, sie war vielmehr der radikale Bruch mit ihr. Schäuble reklamiert es als sein historisches Verdienst, in den Jahren als Kanzleramtsminister und damit Chef-Deutschlandpolitiker die Weichen dafür gestellt zu haben. An Selbstbewußtsein hat es ihm noch nie gemangelt.

Schäuble hat wahrscheinlich als erster, noch vor Helmut Kohl, im Herbst 1989 erkannt, daß es mit der DDR zu Ende geht. Er macht sich für eine schnelle Währungsunion stark: »Wenn wir nicht die D-Mark zu den Menschen bringen, kommen die Menschen zur D-Mark.«

Wie er den Einigungsvertrag aushandelte, hat der CDU-Mann selbst in einem Buch beschrieben. Heute sieht er auch die Unzulänglichkeiten des Vertragswerkes. Doch vieles von dem, was in den ersten Jahren danebengeht, haben andere zu verantworten. Der Justiz-Staatssekretär Klaus Kinkel verhindert, daß DDR-Recht im Grundsatz weitergilt. Die Folge: Den Menschen in der früheren DDR bleibt für die Anpassung an ein gänzlich anderes politisches, wirtschaftliches und gesellschaftliches System keine Zeit. Das Planungschaos der ersten Jahre nach der Einheit, die häufig artikulierte tiefe Enttäuschung über die Arroganz der »Aufbauhelfer« aus dem Westen, manche Abzockereien von Westdeutschen, die in »Neufünfland« die schnelle Mark machen, gehen auf diese Weichenstellung zurück. Letztlich stand Schäuble mit seiner Linie, Ostdeutschland mehr Zeit zu geben, in den westdeutschen Staat quasi hineinzuwachsen, unter den Kabinettskollegen allein. Umweltminister Klaus Töpfer wollte nicht, daß im Zuge der Wiedervereinigung die hohen westdeutschen Umweltstandards in Frage gestellt werden. Genauso argumentierte Norbert Blüm für den sozialpolitischen »Besitzstand«.

Schäuble wollte die unweigerlichen Folgen der Einheit für die Ostdeutschen zwar abfedern, doch er hat nie einen Zweifel aufkommen lassen an seinem Ziel, die DDR so schnell wie möglich aufzulösen. Das hat innen- wie außenpolitische Gründe: Der CDU-Mann will, wie Helmut Kohl, die Bereitschaft Moskaus, die DDR aufzugeben, nutzen – und er ahnt, daß die Euphorie der Deutschen in bezug auf die Wiedervereinigung nicht ewig dauern wird.

Helmut Kohl zwingt im Wahlkampf 1990 die Union zu dem Versprechen, es werde keine Steuererhöhungen zur Finanzierung der Einheit geben; diese könne quasi »aus der Portokasse« bezahlt werden. Das ist ein folgenschwerer Irrtum Kohls. Manche in der Union ahnen, es werde ohne Steuererhöhungen nicht gehen – und behalten recht. So aber steht Kohl als »Steuerlügner« da, was ihn in der eigenen Partei und bei den Wählern viel Kredit kostet. Schäuble gehört zu denen, die davor warnen, Steuererhöhungen auszuschließen. Sein Standardspruch lautet: »Man soll niemals nie sagen.« So argumentieren im CDU-Präsidium auch Volker Rühe und Kurt Biedenkopf. Doch sie vermögen die Wahlkampfstrategie Kohls nicht mehr umzukippen. Der Kanzler fürchtet, eine Diskussion um Steuererhöhungen zur Finanzierung der Einheit würde der neidgeprägten Kampagne seines Herausforderers von der SPD, Oskar Lafontaine, in die Hand spielen. Außerdem hat Kohl nie viel von der Behauptung gehalten, die Westdeutschen wären bereit, für die Einheit finanzielle Opfer zu bringen.

Dabei hat in einer Sitzung der Unionsfraktion vor der Bundestagswahl eine Reihe von Abgeordneten, unter ihnen Heiner Geißler und der wirtschaftspolitische Sprecher Matthias Wissmann, gewarnt, Steuererhöhungen auszuschließen. Sie wissen, was Wirtschafts- und Finanzexperten nicht verheimlichten: Die Währungsumstellung würde die Betriebe im Osten ihre Konkurrenzfähigkeit kosten, was hohe Arbeitslosigkeit zur Folge haben würde. Ebenso klar war, daß der Handel mit dem früheren Ostblock zusammenbrechen mußte, denn schließlich existierte das System des Tauschhandels nicht mehr. Entscheidend waren die Weltmarktkonditionen und nicht die Bedingungen auf dem künstlichen Ost-Markt. Schließlich ist es ebenfalls kein Geheimnis gewesen, daß die Sowjetunion weltweit stärker verschuldet war als zu irgendeinem Zeitpunkt vorher und deswegen als kaufkräftiger Abnehmer ausfallen würde. Kohl hat stets das Gegenteil behauptet und damit die Lage schöngeredet.

Schäuble kultiviert im Zusammenhang mit der deutschen Einheit stets ein gemäßigtes Schlußstrich-Denken. Die Sicherheitsexperten aus dem Bundesamt für Verfassungsschutz in Köln und aus dem eigenen Haus hatten dem damaligen Bundesinnenminister erzählt, das Spionagenetz der DDR ließe sich zerreißen, wenn man den Agenten eine Amnestie anböte. Schäuble hat in seinem Buch *Der Vertrag* beschrieben, woran dieser mit dem damaligen Justizminister Klaus

Kinkel gemeinsam unternommene Vorstoß scheitert: daran, daß die SPD und insbesondere ihr Partei- und Fraktionschef Hans-Jochen Vogel von einer »Stasi-Amnestie« sprach und damit die Amnestierung der Agenten politisch unmöglich machte. Doch nicht allein Vogel verhindert die Straffreiheit für Spione, sondern in Schäubles eigener Fraktion sind die Vorbehalte dagegen so groß, daß dieses Projekt von Beginn an aussichtslos ist.

Schäuble argumentiert dabei rechtspositivistisch. Der Innenminister empfindet es nur als folgerichtig, Ost-Agenten der Hauptverwaltung Aufklärung (HVA) straffrei zu stellen, werden doch die West-Spione im Westen ebensowenig verfolgt wie die Ost-Agenten im Osten. Ohne deutsche Teilung hätte es eine Spionage Deutsche gegen Deutsche nicht gegeben. Warum sie dann strafrechtlich verfolgen, wo doch die Voraussetzung für die Straftat entfallen ist – die Spaltung des Landes. Für Schäuble ist die HVA-Amnestie noch mehr, nämlich der Versuch, mit der Bewältigung der Stasi-Vergangenheit zu beginnen. Sie ist der erste Versuchsballon für einen generellen Schlußstrich.

Die SPD bringt das Projekt zu Fall, indem sie die Amnestie in Zusammenhang mit ihren innenpolitischen Lieblingsprojekten setzt. Sie fordert, die wegen Nötigung auf Sitzblockaden Bestraften ebenfalls zu amnestieren. Das jedoch hätte bedeutet, Sitzblockaden im nachhinein als quasi gerechtfertigt hinzustellen. In dieser Optik erscheinen die Sitzblockierer vor dem Raketendepot Mutlangen als die Opfer der Polizisten, die sie wegtrugen. Für die Union bedeutet diese Vorstellung ein Horrorszenario.

Ironischerweise hat später dann das Bundesverfassungsgericht die beiden Forderungen der SPD erfüllt: HVA-Spione, entschied Karlsruhe in einem von Rechtsexperten als ebenso weltfremd wie handwerklich dürftig kritisierten Beschluß, dürften genausowenig bestraft werden wie Sitzblockierer. Mit diesen Urteilen wider das Rechtsempfinden einer schweigenden Mehrheit schadet sich das Bundesverfassungsgericht freilich selbst, denn immer weniger Bürger werden aufgrund solcher fragwürdigen Entscheidungen der roten Roben bereit sein, noch länger die Überparteilichkeit und Unabhängigkeit des obersten deutschen Gerichts anzuerkennen.

Schäubles Versuch scheitert, die Straffreiheit für Ost-Spione als Geste der Versöhnung in den Einigungsvertrag zu schreiben und damit zugleich eine wichtige Forderung seines Verhandlungspartners Lothar de Maizière zu erfüllen. Der behauptet fünf Jahre danach noch, die Bundesregierung habe damals bindend zugesagt, ein Straffreiheitsgesetz zu beschließen. Ohne eine solche Zusage hätte er als Verhandlungsführer der DDR den Einigungsvertrag nicht gegengezeichnet. Schäuble bestreitet dies vehement: Von einer bindenden Zusage sei nie die Rede gewesen. Man habe Ost-Berlin versprochen, darüber nachzudenken, mehr nicht.

Die Amnestie für Spione bleibt nicht Schäubles einziger Versuch, die Vergangenheit per Federstrich zu erledigen. Die Stasi-Akten hätte Schäuble am liebsten weggeschlossen – ein Punkt, in dem er und Kohl einer Meinung sind. Der Kanzler hätte sie sogar persönlich verbrannt, wenn er gekonnt hätte. Beide wissen, welchen Unfrieden das Material noch stiften wird, und beide sind bereit, die systembedingten Straftaten von der Bespitzelung der Nachbarn und politisch Unliebsamer bis hin zur Nötigung zu vergessen. Kohl argumentiert dabei mit der Gnade der westlichen Geburt: Niemand von den im Westen Aufgewachsenen könne wissen, wie er sich als Ostdeutscher verhalten hätte. Wohl richtig, jedoch wollen die im Osten aufgewachsenen Opfer es nicht hinnehmen, daß Westler die Osttäter davonkommen lassen. So werden die Akten nicht vernichtet, sondern gehen an die Gauck-Behörde. Ihre Aufarbeitung führt dazu, angebliche Biedermänner als Brandstifter zu entlarven und so manche hoffnungsvolle Politikerkarriere zu beenden.

Noch 1995 verfolgt Schäuble den Amnestiegedanken weiter – diesmal für die sogenannten leichteren Straftaten. An eine Generalamnestie, die nur folgerichtig wäre, mag sich Schäuble jedoch nicht mehr heranwagen. Zu sehr haben die Angriffe bis hin zu persönlichen Diffamierungen den Befürworter der HVA-Amnestie getroffen. Die Chance dafür, sagt Schäuble, sei vertan. »Die Banane ist gegessen.«

Auch in dieser Frage ist Schäuble geprägt von seinem Pragmatismus. Pragmatiker lösen Probleme, anstatt Zeit auf zehrende Diskussionen über die Vergangenheit zu verwenden. Doch der Christdemokrat verkalkuliert sich. Schäuble und seine Gesinnungsgenossen, zu denen nicht zuletzt der Kanzler selbst zählt, haben den Widerstand der Opfer gegen einen »Schlußstrich« unterschätzt. Dabei gehen die beiden von dem weitverbreiteten Verständnis der strafrechtlichen Aufarbeitung der Verbrechen des SED-Regimes als Sühne aus. Doch die Opfer sehen es, worauf der Rechtsexperte und bekannte Publizist Rudolf Wassermann hinweist, differenzierter. Das Strafrecht gegen die Täter aus der DDR anzuwenden, »ist weder aus dem Geist der Rache noch aus dem des Pharisäertums geboren«. Es sei vielmehr eine Hilfe für diejenigen, die gefehlt haben, »ihr Unrecht und ihre Schuld einzusehen und zu verarbeiten«. Das Signal zur Versöhnung kann wohl auch nur von den Opfern der SED- und Stasi-Herrschaft ausgehen. Doch die beanspruchen 1990 für sich das Recht auf Vergeltung, mindestens aber Aufklärung, von Versöhnung wollen sie nichts wissen.

Versöhnung ist ohnehin für die Fälle, um die es geht, ein fragwürdiger Begriff, setzt er doch voraus, daß der Täter sich zu seiner Schuld, mindestens seiner Verstrickung, bekennt. Ohne eine innere Umkehr, ohne die Abkehr von dem, was in der Vergangenheit für richtig gehalten wurde, kann Versöhnung kaum ernst genommen werden. Doch dazu sind weder Brandenburgs Ministerpräsident Manfred Stolpe noch der PDS-Promi Gregor Gysi bereit. So, wie sich die Schergen des Nationalsozialismus nach dem Untergang des sogenannten Dritten Reiches auf eine nationalsozialistische Gesetzlichkeit herausredeten, rechtfertigen sich die regimetreuen Paladine mit der sozialistischen Jurisdiktion. Über die Legitimität von Recht und Gesetz in einer Diktatur verlieren weder die NS- noch die SED-Täter je ein Wort. Das Stasiopfer Bärbel Bohley lehnt eine Generalamnestie ab, weil sie für das Erinnern kämpft und gegen eine Verklärung der Verhältnisse unter der Herrschaft der SED – gegen eine DDR-Nostalgie.

Bevor er zum Architekten der Einheit wird, ist Wolfgang Schäuble der Manager der Teilung. Er handelt mit dem Devisenbeschaffer Alexander Schalck-Golodkowski den Honecker-Besuch in der Bundesrepublik aus, pokert um Reisefreiheit, Häftlingsfreikauf und die Drosselung des Asylbewerberstroms über den Ost-Berliner Flughafen Schönefeld. Schäuble bestreitet, daß er zu denen in der Union gehört, die die

Einheit bereits abgeschrieben hatten, das Ziel der Wiedervereinigung nur noch deklamatorisch hochhielten, ansonsten aber nicht daran glaubten, geschweige denn darüber redeten. »Ich muß keine meiner Reden zurücknehmen«, sagt Schäuble.

In der Tat sucht man bei ihm vergeblich nach einer Absage an das nationale Ziel Nummer eins aus der Präambel des Grundgesetzes. Zum 17. Juni 1985 formuliert er: »Der Wille der Deutschen zur Einheit und Freiheit ist vor der Geschichte stärker als die Realitäten einer Nachkriegsordnung, die zu ihrer Aufrechterhaltung Mauer und Stacheldraht benötigen. Aus dieser Gewißheit schöpft unsere Deutschlandpolitik die Kraft zu einem langen Atem.« Wieviel an diesem Bekenntnis ist sonntägliche Fensterrede? In derselben Rede formuliert Schäuble sein pragmatisches Credo: »Wir gehen von den tatsächlichen Gegebenheiten aus und wissen, daß die Teilung Deutschlands auf absehbare Zeit nicht überwunden werden kann.« Nicht Teilung beenden, sondern Teilung erträglich machen, lautete die Devise: »Jeder Zuwachs an Freiheit für unsere Landsleute in der DDR mildert die Wirkung der innerdeutschen Grenze.«

Schäuble hat – wie kaum jemand – nicht an die Möglichkeit der Wiedervereinigung in absehbarer Zeit geglaubt. Er hat andererseits auch keine Hürden dagegen aufgerichtet. In Statusfragen, die der Honecker-DDR so am Herzen lagen, ist er dem Regime nicht entgegengekommen. Und als sich 1989 dann die Chance bietet, greift er beherzt zu, ebenso wie Helmut Kohl.

Kurswechsel in der Ostpolitik

Vier Jahre nach der Vereinigung der beiden Staaten in Deutschland gerät die Ostpolitik der siebziger und achtziger Jahre wieder in den Parteienstreit. Im Präsidentschaftswahlkampf des Frühjahrs 1994 hält Helmut Kohl dem SPD-Kandidaten für die Weizsäcker-Nachfolge, Johannes Rau, vor, die Wiedervereinigung »verraten« zu haben. Einige Monate später hauen Unionspolitiker, vor allem von der CSU, in dieselbe Kerbe. Aufgrund von Stasi- und KGB-Akten sind die geheimen

Kontakte früher führender Sozialdemokraten mit Moskau und Ost-Berlin aufgedeckt worden. Die SPD, so die Polemik von Christdemokraten, habe die Einheit nie gewollt, sie mit der Entspannungspolitik bereits abgeschrieben und die Zweistaatlichkeit Deutschlands zur Staatsräson erhoben.

Während andere polemisieren, hält Wolfgang Schäuble sich zurück. Der langjährige Unterhändler einer Politik, die sich auf die Minderung der Teilungsfolgen verlegt hat, weiß warum. Im kleinen Kreis erzählt er Parteifreunden, diese »Verachtung« des ostpolitischen Motors Egon Bahr von der SPD könne er nicht mitvollziehen. Schäuble geht noch weiter: Er habe »großen Respekt« vor der damaligen ostpolitischen Leistung Bahrs. Schließlich habe die konsequente Fortführung der Ostpolitik mit der Politik der kleinen Schritte durch die Regierung Kohl letztendlich die Einheit erst möglich gemacht. In den achtziger Jahren schreiben die Sozialdemokraten die Einheit Schritt für Schritt ab. Doch das ist für Schäuble kein Grund, den sozialdemokratischen Ansatz der Ostpolitik Ende der sechziger Jahre zu verteufeln.

Rückblende: Anfang der siebziger Jahre inszenierte die Union wahre Feldschlachten gegen die damals »neue« Ostpolitik. Nach dem Abschluß der Ostverträge beschwor der CSU-Abgeordnete Karl-Theodor Freiherr von und zu Guttenberg pathetisch eine »dunkle Stunde für unser Volk«. Die ideologischen Barrieren zwischen Union und SPD schienen unüberbrückbar. Diejenigen, die damals in der Union nicht Sturm gelaufen sind gegen den SPD-Kurs, bilden eine verschwindende Minderheit. Norbert Blüm gehört dazu, ebenso Richard von Weizsäkker. Manche in der Union haben das dem früheren Bundespräsidenten bis heute nicht vergessen. Ostpolitisch bleibt Weizsäcker bis an das Ende seiner Karriere ein Außenseiter in der Union. Als der SPD-Ehrenvorsitzende Willy Brandt mit seinem Wort, »Jetzt wächst zusammen, was zusammengehört«, einen deutschlandpolitischen Kurswechsel vollzieht, stellt sich ihm ausgerechnet der damalige Bundespräsident entgegen. Weizsäcker tritt auf die Bremse und warnt vor einem »Zusammenwuchern« Ost- und Westdeutschlands. Damit manövriert er sich innerhalb der Union noch weiter in die Isolation. Später wird bekannt, wie liebedienerisch Weizsäcker sich im Gespräch mit SED-

Größen geäußert hat. Für Schäuble war das keine Überraschung. Er hält Weizsäcker deutschlandpolitisch für einen anbiederischen Leisetreter. Das hindert ihn nicht daran, den Bundespräsidenten für seine Zwecke zu benutzen. So bei der Weizsäcker-Nachfolge, bei der er den amtierenden Staatschef für seine Idee gewann, Richard Schröder als Kandidaten zu unterstützen.

Zehn Jahre später, im Herbst 1982: Die Koalition aus SPD und FDP ist geplatzt, im allerkleinsten Kreis sitzen sich die neuen Partner gegenüber. Man bespricht die Grundlinien des neuen Regierungsbündnisses von Union und FDP. Schließlich kommt die Deutschlandpolitik zur Sprache. Franz Josef Strauß, der CSU-Vorsitzende, fragt in die Runde: »Wie machen wir denn nun weiter mit der Deutschlandpolitik? Sollen wir jetzt mit der harten Nummer kommen, den Swing abbauen und so weiter?« Es ist die ostpolitische Schlüsselfrage nach Bruch oder Kontinuität. Sofort gehen Hans-Dietrich Genscher und Wolfgang Mischnick von der FDP auf die Barrikaden. Sie wollen den deutschlandpolitischen Kurs aus dem sozialliberalen Bündnis nahezu unverändert in die neue Regierung hinüberretten. Den Neuanfang verhindern, den die Union versprach, als sie noch in der Opposition war. Empört antworten die beiden Liberalen Strauß: »Mit uns nie.« Das entscheidende Wort spricht Helmut Kohl, der Nachfolger Helmut Schmidts: »Daran denkt niemand«, beschwichtigt er den Koalitionspartner. Von Strauß kommt kein Widerspruch.

Am 15. März 1983 versucht der CSU-Vorsitzende noch einmal, eine härtere Linie durchzusetzen – dieses Mal unionsintern bei Kohl und den Unterhändlern der Union für die Koalitionsgespräche mit der FDP. Doch der Kanzler macht Strauß klar, daß es mit ihm einen Kurswechsel nicht geben werde. Kohl spricht von »selbstverständlichen Vorbedingungen« der Liberalen für das neue Regierungsbündnis. Strauß bleibt nur noch das Lamento: In der Opposition habe die Union doch versprochen, mit der »illusionären Entspannungspolitik ohne Leistungen der Gegenseite« aufzuräumen. Der CSU-Vorsitzende argumentiert nicht nur inhaltlich, sondern auch parteitaktisch. Für die Union, warnt er die Anwesenden, werde es sich nicht auszahlen, den Freidemokraten hinterherzulaufen.

Doch Kohl und die Seinen lassen sich von der rhetorisch prinzipienfesten Polterei des Bayern nur wenig beeindrucken. Der Kanzler hat Hans-Dietrich Genscher schon sein Wort gegeben, daß sich an den Grundzügen der sozialliberalen Deutschlandpolitik nichts ändern wird. Im übrigen hatte Kohl sich ja schon einige Monate früher, im Herbst 1982, gegen den von Strauß geforderten harten Kurs entschieden, mit der sozialliberalen Koalition auch gleich die Liberalen zu erledigen und bei der nächsten Bundestagswahl auf die absolute Mehrheit der Union zu setzen. Das macht der CDU-Vorsitzende nicht aus Sympathie zu den Freidemokraten. Er hat ganz andere, machttaktische Gründe. Bis heute ist Kohl kein Freund einer Alleinregierung der Union. Ihm ist es lieber, er kann mit seinem Stil der Checks and balances den einen gegen den anderen Partner in der Regierung ausspielen. Dies verschafft ihm die gewünschte Moderatorenrolle, die er als Führungsinstrument nutzt.

In der Deutschlandpolitik zieht der anpassungsfähige Strauß nun radikal die Konsequenzen und setzt sich an die Spitze der neuen Bewegung. Kurze Zeit später begründet der CSU-Vormann, der deutschlandpolitische Scharfmacher aus den siebziger Jahren, gegenüber handverlesenen Parteifreunden in seiner drastischen Sprache seine ganz persönliche Wende hin zum Entspannungskurs mit der DDR: »Ich wollte nicht das letzte Arschloch sein und zugucken, wie die anderen hinter meinem Rücken Spielchen treiben.« Schon Anfang Mai 1983 kommt Strauß, für die SED jahrelang der kalte Krieger Nummer eins, zum erstenmal konspirativ mit Alexander Schalck-Golodkowski zusammen. Wenig später ist der Milliardenkredit für das SED-Regime perfekt. Vorwürfe aus den eigenen Reihen, er trage dazu bei, die DDR zu stabilisieren, lassen Strauß kalt. Der deutschlandpolitische Kurs war eben schon Ende 1982 bestimmt worden. Und wenn der nun einmal lautet, die Beziehungen zwischen Bonn und Ost-Berlin auszubauen und dabei für die Menschen in der DDR »Erleichterungen« herauszuholen, dann wolle der ehrgeizige Franz Josef Strauß auch der erste sein. Bei seiner eigenen Partei macht er damit freilich wenig Eindruck. In der CSU-Mitgliedschaft kostet ihn sein deutschlandpolitischer Umfaller viel Kredit. Sein Verweis auf die Gegenleistung der DDR für die

Vermittlerdienste beim Milliardenkredit, die immerhin darin bestehen, daß Ost-Berlin mit dem Abbau der Schießanlagen beginnt, hilft ihm in den eigenen Reihen nicht weiter. Weite Teile der Christsozialen empfinden es geradezu als Kulturschock, daß ihr Vormann mit dem Klassenfeind gemeinsame Sache gemacht hat.

In den Jahren nach der Einheit sind es dann vor allem ostdeutsche Politiker aus der Bürgerrechtsbewegung, die unangenehme Fragen stellen. Wie viele Jahre die DDR wohl früher am Ende gewesen wäre, hätte die unionsgeführte Regierung sie nicht immer wieder finanziell aufgepäppelt? Strauß verrät engen Parteifreunden schon 1986, was er von Schalck erfahren hat: »Die sind pleite.« Noch im Herbst 1988 handelt Schäuble als Kanzleramtsminister eine neue Transitpauschale aus. Für die Benutzung der ostdeutschen Transitwege will die Bundesregierung bis zum Jahr 2000 jährlich achthundertsechzig Millionen harte Devisenmark zahlen. Das bedeutet eine Steigerung von vierundsechzig Prozent. Eine satte Finanzspritze für das marode DDR-Regime, das nun ein Jahr später auch politisch pleite geht.

Honeckers Besuch

Am 7. September 1987 kommt der Verwalter des Pleiteunternehmens DDR nach Bonn. Erich Honecker wird wie ein Staatsoberhaupt empfangen, es fehlen nur die Begrüßung mit militärischen Ehren durch den Bundespräsidenten, die bei diesen Anlässen ansonsten üblich ist, Böllerschüsse und Ehrenspalier. Viele im Westen sehen Honecker vor dem Kanzleramt auf dem roten Teppich stehen. Die Zweistaatlichkeit scheint durch diesen symbolischen Akt besiegelt.

Kohl will dieses Gepränge nicht, weil er ahnt, daß die Bürger das nur als Abschied von dem Ziel der deutschen Einheit verstehen können. Es ist Kanzleramtsminister Wolfgang Schäuble, der ihn dazu überredet. Kohl will keine DDR-Flagge vor dem Kanzleramt sehen, überhaupt will er diesen Besuch am liebsten irgendwo in der Provinz veranstalten, dort, wo er schon 1984 geplant war: in Bad Kreuznach und Trier. Damals verhinderten es – gegen Honeckers Willen – die

Russen. Zum Vorwand für die Besuchsabsage nahm die SED eine angebliche deutschlandpolitische Verhärtung bei der Union. Deren damaliger Fraktionsvorsitzender Alfred Dregger hatte lakonisch erklärt, das Wohl und Wehe Deutschlands hänge nicht davon ab, »daß Herr Honecker uns die Ehre seines Besuches erweist«.

»Ich habe den Bundeskanzler überredet, trage für dieses Szenario beim Honecker-Besuch Verantwortung«, bekennt Schäuble. Die Versuche Kohls, Honeckers Besuch weniger symbolhaft ausfallen zu lassen, blockt Schäuble ab. So will der Kanzler verhindern, daß Honecker den Bundespräsidenten in der Villa Hammerschmidt trifft. Das sei auch, beharrt Kohl, für einen Besuchstermin 1984 nicht vorgesehen gewesen. Doch damals, erinnert Schäuble seinen Chef, wäre dies gar nicht anders möglich gewesen: Schließlich sei 1984 die Villa renoviert worden. »Und wir können ja nicht jedesmal, wenn Herr Honecker kommt, die Villa renovieren.« So kam Honecker doch noch in das Bundespräsidialamt.

Schäuble ist »gegen diesen Krampf«, Honecker protokollarisch spüren zu lassen, daß er nur Staatsmann zweiter Klasse ist. Seine Linie: »Wenn wir es machen, dann machen wir es auch richtig und bekennen uns dazu.« Damit setzt er sich schließlich durch. Ausgehandelt hat Schäuble das Protokoll mit Schalck-Golodkowski. Im Sommer 1987 – in Bonn wurde gerade ein Gipfeltreffen veranstaltet – führt Schäuble den DDR-Unterhändler aus seinem Arbeitszimmer auf die »Brücke« – die mit bodentiefen Glasfenstern versehene Verbindung zwischen dem Kanzlertrakt und dem Abteilungsleiterbau im Kanzleramt. Da darf Schalck dann zuschauen, wie unten auf dem Hof so ein Staatsbesuch in Szene gesetzt wird. Natürlich meldet Schalck in Ost-Berlin gleich weiter, was er gesehen hatte. Dabei rückt er auch sich selbst ins rechte Licht, erzählt, daß Schäuble ihm die Ehre erwiesen habe und mit ihm in der Bonner Machtzentrale herumspaziert sei. Schäuble hat diese Geste nicht viel gekostet, aber sein Partner fühlt sich geschmeichelt. Schäuble nutzt die Schwäche Schalcks aus: seine Eitelkeit.

Honecker bekommt in Bonn nicht die Anerkennung der DDR, auf die er es angelegt hat. Auch dafür sorgt Schäuble – und zwar pedantisch. Regierungssprecher Friedhelm Ost erhält genaue Sprachregelungen: Nicht deutsch-deutsche Beziehungen, sondern innerdeutsche, nicht beide deutsche Staaten, sondern zwei Staaten in Deutschland. Das Wort vom »DDR-Bürger« soll Kohls Sprachrohr nicht über die Lippen kommen. Ost-Berlin soll sich in seinem Anspruch auf eine eigene Staatsbürgerschaft nicht auch noch ausgerechnet auf den westdeutschen Regierungssprecher berufen können. Selbst einen Schwimmländerkampf lehnt Schäuble ab. Soll man doch bitte vom Schwimmvergleichskampf sprechen. Nicht nur Vertreter der Linken fühlen sich angesichts solcher detailverbissener staatspolitischer Akkuratesse an Zeiten erinnert, in denen die DDR noch in An- und Abführungszeichen gesetzt oder ganz einfach nur Phänomen genannt wurde.

Der für Honecker ausgerollte rote Teppich vor der Machtzentrale des überlegenen Klassenfeindes kostet einen hohen Preis: Ost-Berlin muß die Live-Übertragung des festlichen Empfangs in der Bad Godesberger Redoute hinnehmen. In seiner Tischrede, die maßgeblich Schäuble konzipiert hat, erspart Kohl seinem Nebenmann aus der DDR nichts, spricht über die Menschenrechte und beschwört das Ziel der deutschen Einheit: »Das Bewußtsein für die Einheit der Nation ist wach wie eh und je, und ungebrochen ist der Wille, sie zu bewahren.« Und weiter: »Wir achten die bestehenden Grenzen, doch die Teilung wollen wir überwinden: auf dem Weg friedlicher Verständigung und in Freiheit. Die deutsche Frage bleibt offen, doch ihre Lösung steht zur Zeit nicht auf der Tagesordnung der Weltgeschichte, und wir werden dazu auch das Einverständnis unserer Nachbarn brauchen.« 1987 wurden diese Sätze als eindeutiges Bekenntnis zur staatlichen Einheit Deutschlands verstanden, als eine bittere Pille, die Honecker als Preis für seinen De-facto-Staatsbesuch zu schlucken hat. Nur kurze Zeit später ist das ganz anders.

Heute gehört es zum guten Ton in der Union zu behaupten, man selbst sei ja immer schon für die Wiedervereinigung gewesen, habe im Gegensatz zur SPD dieses Ziel nie aus den Augen verloren. Doch das ist eine Legende.

Am 18. Februar 1988, ein Jahr nach dem Honecker-Besuch und eineinhalb Jahre vor Öffnung der Mauer, verkündet der damalige CDU-Generalsekretär Heiner Geißler das Ergebnis einer Kommission, die den Wiesbadener Parteitag im Juni desselben Jahres vorbereitet hat. Der Entwurf wurde in der Union, aber auch von ihren Gegnern, als deutschlandpolitischer Kurswechsel verstanden: »Die Überwindung der Teilung Europas und damit Deutschlands setzt eine Überwindung des West-Ost-Konflikts voraus. Die Lösung der deutschen Frage ist daher gegenwärtig nicht zu erreichen.« Unter Führung Geißlers hat die Kommission das Wort Wiedervereinigung bewußt aus der CDU-Programmatik getilgt. Doch damit nicht genug. Aus Furcht, man werde ihr einen europäischen Sonderweg unterstellen, kam die CDU-Kommission dem Ausland weit entgegen. Wenn das Ziel der Einheit einmal erreichbar wäre für die Deutschen, dann, so die Formulierung, »nur mit Einverständnis ihrer Nachbarn in Ost und West«.

Kurz vorher verkündet ausgerechnet die damalige Ministerin für innerdeutsche Beziehungen, Dorothee Wilms, in Paris den vorläufigen Abschied der Bundesregierung von der Wiedervereinigung: »Der Nationalstaat um seiner selbst willen, das ist weder der Auftrag des Grundgesetzes, noch entspricht dies unserem politischen Bewußtsein.« Und weiter: »Wir wissen, daß die Überwindung der Teilung Deutschlands in naher Zukunft nicht zu erwarten ist, weil auch die Teilung Europas noch andauert.«

Für die Union ist das ein Paukenschlag. Die neue Richtung, die hier eingeschlagen wird, steht in direktem Zusammenhang mit der von Heiner Geißler propagierten Linie, für die CDU neue Wähler links von der Mitte zu gewinnen. Diesem parteitaktischen Ziel soll nun auch die Deutschlandpolitik untergeordnet werden. Geißler »möchte ideologischen Sperrmüll loswerden – auf die Gefahr hin, am rechten Rand Stimmen zu verlieren«, frohlockt der *Spiegel*.

Sofort geraten Geißler und Wilms, in erster Linie aber der Generalsekretär, unter schweren Beschuß aus den eigenen Reihen. Vor allem die Deutschlandpolitiker aus der Fraktion, Ottfried Hennig und Eduard Lintner, machen Front gegen die Tabuverletzung durch die Kommission. Helmut Kohl schweigt zuerst und geht dann zu Geißler auf Distanz. Das wird dem CDU-»General« dann doch zuviel. Geißler will nicht Kohls Bauernopfer abgeben, und so läßt er die Bombe platzen: Der Entwurf für den Wiesbadener Parteitag, verkündet er per Zeitungsinterview, sei »in mehrstündigen Gesprächen mit dem Bundeskanzler Seite für Seite durchgearbeitet« worden. Helmut Kohl selbst hat also kurz vor der Einheit dem vorläufigen Abschied von der Wiedervereinigung seinen ausdrücklichen Segen gegeben.

Die beiden engsten persönlichen Mitarbeiter Kohls in der Kommission, so Geißler, hätten mitgearbeitet: Horst Teltschik und Wolfgang Schäuble. Kohls Öffentlichkeitsarbeiter Eduard Ackermann kann nicht umhin, Geißlers korrekte Darstellung zu bestätigen. Wie Kohl war auch Schäuble bereit, das Ziel der Wiedervereinigung aus der CDU-Programmatik zu streichen.

Dies kommt für Eingeweihte nicht einmal besonders überraschend. Anders als die CSU hat Kohl die Wiederherstellung der staatlichen Einheit Deutschlands nie als »unabänderliche sittliche Verpflichtung« begriffen. Er hat auch anders geredet als die Christsozialen – nicht von »Wiedervereinigung«, sondern davon, daß die deutsche Frage offen sei. Freiheit und Westbindung rangieren bei Kohl stets vor staatlicher Einheit. Darin ist Kohl ganz der Enkel Adenauers.

Das macht Kohl im übrigen schon klar, bevor er im März 1983 die Bundestagswahl gewinnt, in der die Deutschen die Wende vom Herbst 1982 bestätigen. Am 27. Februar 1982 erklärt Kohl ungeschminkt: »Alles, was ich tun kann in der mir geschenkten Zeit, ist, einen Beitrag zu leisten, daß Menschen in Deutschland zueinanderkommen. Denn die Voraussetzung für die Einheit der Nation ist, daß Menschen einander kennen, etwas voneinander wissen. Das ist, wenn Sie so wollen, auf einen knappen Nenner gebracht, das Ziel meiner Politik in Deutschland. Es hat gar keinen Sinn, darum herumzureden: Was man als deutsche Einheit im Sinne der Wiederherstellung der früheren Verhältnisse betrachtet – ich rede jetzt nicht von der staatsrechtlichen Situation, sondern von der politischen Entwicklung in der Zukunft –, so glaube ich nicht, daß man in Ost und West für ein Zusammenfügen der Bundesrepublik und beispielsweise der DDR mit dann weit über achtzig Millionen Einwohnern und der ganzen Wirtschaftskraft viel Sympathie findet. Es hat gar keinen Sinn, darum herumzureden. Deswegen müssen wir jetzt auf Lösungen sinnen, die den Menschen dienen.«

Management der Teilung

Parteiinterner und publizistischer Druck durch die *Frankfurter Allgemeine Zeitung* und die WELT zwingt die Unionsspitze zur Rolle rückwärts. Einem entsprechenden Leitantrag zum Parteitag 1988 vorangestellt wird schließlich ein Zitat Konrad Adenauers: »Die Wiedervereinigung Deutschlands in Freiheit war und ist das vordringlichste Ziel unserer Politik.« Dafür brauche Deutschland die Unterstützung seiner Nachbarn. Ohne diese Korrekturen hätten Frankreich und Großbritannien, die 1989/90 die Wiedervereinigung zunächst ablehnten oder sogar verhindern wollten (die britische Presse malte ein »viertes Reich« an die Wand, François Mitterrand wertete mit seinem Staatsbesuch bei Egon Krenz die untergehende DDR noch einmal auf), ihren Widerstand dagegen auch noch auf die CDU-Programmatik abstützen können. Denn Geißler, Schäuble und Co. hatten nichts anderes formuliert als ein Vetorecht der Nachbarn Deutschlands gegen die Einheit.

Schäuble spielt heute die richtungweisende Bedeutung der damaligen programmatischen Beratungen, mit denen die CDU auf SPD-Kurs ging, herunter. In solchen Texten »sucht man doch immer Formulierungen, die möglichst wenig anstoßen«. Ein bemerkenswerter Hinweis, denn in der Tat war Schäuble besorgt, durch allzu bekenntnistreue Wendungen Anstoß bei seinen Verhandlungspartnern aus der DDR zu erregen. Seine eigene Partei kümmert ihn dabei weniger. Heute redet er sich darauf hinaus, seine Formulierungen seien nun mal »gelegentlich ein bißchen locker« – und gibt gleich eine Kostprobe: »Es war mir Wurscht, ob ich die europäische oder die nationalstaatliche Form der Wiedervereinigung kriege. Ich nehme, was ich kriegen kann.« So ein lockerer Spruch erinnert an den nonchalanten Pragmatismus Willy Brandts. Der hatte das Ziel der Vereinigung noch kurz vor der Vereinigung in seinen Memoiren als »Lebenslüge« abgetan. In der zweiten Auflage seiner Lebenserinnerungen hat Brandt dann versucht, den Eindruck zu korrigieren, er habe von der Wiedervereinigung nichts wissen wollen.

Zur historischen Wahrheit gehört jedoch, daß die Union eine operative Deutschlandpolitik, zielgerichtet auf die staatliche Einheit, bis zur Maueröffnung 1989 nicht betreibt. Strauß nicht, Kohl nicht und auch Schäuble nicht. Versprengte, die, gestützt auf die strukturelle Schwäche der Sowjetunion, eine operative Deutschlandpolitik fordern, wie der Finanzfachmann Bernhard Friedmann, werden von den eigenen Leuten nur verspottet.

Unter dem Stichwort »realistische Außenpolitik« reklamieren Konservative in und außerhalb der Union eine konzeptionelle Neuorientierung der Ostpolitik. Heute behaupten die deutschlandpolitischen Status-quo-Politiker von damals, niemand habe an die Wiedervereinigung geglaubt. Auf diese Weise tauchen sie ihre Appeasementpolitik gegenüber Moskau und Ost-Berlin in ein mildes Licht. Am 4. November 1986 meldet Friedmann in der Unionsfraktion zum erstenmal den Anspruch auf eine operative Deutschlandpolitik an. Es geht um die Abrüstung – und Friedmann hat schon vor dieser Fraktionssitzung in einem Thesenpapier auf den unmittelbaren Zusammenhang von Sicherheits- und Deutschlandpolitik hingewiesen. Kohl kontert vor den Parlamentariern von CDU und CSU: Die deutsche Frage sei zwar offen, doch stehe ihre Lösung »derzeit nicht auf der Tagesordnung der Weltgeschichte«. Hinterbänkler Friedmann läßt sich vom mächtigen Regierungschef nicht abkanzeln. Er verfüge »über Erkenntnisse und Anzeichen, daß man sich in Moskau Gedanken über die Möglichkeiten einer Aufhebung der deutschen Teilung macht«. Daraufhin explodiert Kohl. Dessen Biograph, Karl Hugo Pruys, hat aufgeschrieben, wie der Kanzler reagierte: »Kohl brüllt den Hinterbänkler nach Berichten von Sitzungsteilnehmern daraufhin regelrecht an; er solle mit solchen abenteuerlichen Spekulationen nun endlich aufhören, das sei alles ›hirnrissiger Quatsch‹.« Ein Jahr später verdammt Kohl Friedmanns Thesen nochmals: »Blühender Unsinn.«

Andere haben die deutsche Frage in dieser Zeit anders bewertet als der Kanzler und seine Helfer. So berichtet der frühere sowjetische Außenminister Eduard Schewardnadse in seinen Memoiren über ein Gespräch mit seinem deutschen Kollegen Hans-Dietrich Genscher. Auf Genschers Frage, wann er zu dem Schluß gelangt sei, die Einheit Deutschlands werde unausweichlich, antwortet Schewardnadse: 1986.

Schon 1987 erkennt der konservative Philosoph Günter Rohrmoser in Gorbatschows Reformkurs die Chance für die Wiedervereinigung Deutschlands. Darüber plaudert Rohrmoser in einem Interview mit dem linken Publizisten Claus Leggewie. »Der Schlüssel zur deutschen Wiedervereinigung liegt in Moskau – und die Sowjetunion wird diesen Prozeß einleiten, denn es liegt in ihrem eigenen Interesse, den gegenwärtigen Zustand zu beenden.« Doch dann fährt Rohrmoser mit Blick auf die Koalition kritisch fort: »Natürlich nicht, wenn die Bundesrepublik sozusagen in antizipierendem Gehorsam alles anbietet, was sie noch gar nicht verlangt hat, dann hat sie natürlich keinen Anlaß, ihre Lage neu einzuschätzen.«

Doch genau diesen Weg gehen Union und FDP. Kohl und Genscher lehnen, ebenso wie Deutschlandmanager Schäuble, eine operative Deutschlandpolitik ab und propagieren als Richtschnur der Ostpolitik: »Gorbatschow helfen«. So bleibt es dem amerikanischen Präsidenten Ronald Reagan überlassen, die Sowjetunion mit einer forcierten Aufrüstung so an den Rand des Ruins zu treiben, daß sie am Ende zuerst ihren Cordon sanitaire im Westen und dann auch noch die Einheit des Landes preisgeben muß. Doch dazu trägt die Union wenig bei.

Im Frühjahr 1988 wird die innerdeutsche Ministerin Wilms von dem WELT-Kommentator Enno von Loewenstern gefragt, welche Pläne sie denn für die Gestaltung der Einheit in ihrer Schublade habe. Denn schließlich stehe die Wiedervereinigung kurz bevor. Wilms schaut den scharfzüngigen Leitartikler völlig entgeistert an und antwortet verschreckt: »Wir dürfen doch keine neuen Entspannungshindernisse aufbauen.« Damit gibt sie die regierungsamtliche Linie korrekt wieder.

Die Regierung dämpft nicht nur rhetorisch Erwartungen auf die deutsche Einheit, sie agiert auch entsprechend. 1988 handelt Schäuble mit Ost-Berlin die gigantische Erhöhung der Transitpauschale aus. Sie wird auf zehn Jahre festgeschrieben. Deutlicher kann man kaum zeigen, daß man die Einheit – jedenfalls für die nächsten Jahre – abgeschrieben hat. Die Bundesregierung mußte wissen, daß die DDR auf die Pleite zusteuerte. Das hatte nicht nur Strauß bereits 1986 erzählt, sondern Schäubles enger Verhandlungspartner Schalck am 16. Oktober 1987 in einem Vermerk an »den Genossen Günter Mittag« festgehalten. Demnach drohte der DDR 1990 die Zahlungsunfähigkeit. Angesichts dessen hat sich die Regierung für eine Politik entschieden, die die stets klamme DDR nicht nur nicht in Gefahr brachte, sondern sie sogar stabilisierte.

Die Mehrheit der Union, vor allem aber ihre führenden Repräsentanten, hatte sich damit abgefunden, daß auf Jahre hinaus die Einheit nicht zu erreichen sei. Deswegen ist auch die Union vom Zusammenbruch des Kommunismus so überrascht worden. Niemand ist auf die Idee gekommen, vom innerdeutschen Ministerium eine ungeschminkte Analyse über den politischen, gesellschaftlichen und ökonomischen Zustand der DDR anfertigen zu lassen. Auch deswegen glaubt die gesamte politische Klasse in Westdeutschland später der Versicherung der DDR, Ostdeutschland werde etliche Milliarden in den Gesamtstaat einbringen. Das allgemeine Aufbauchaos in den ersten Jahren nach dem 3. Oktober 1990 ist auch eine Folge der ostpolitischen Fehleinschätzung in der zweiten Hälfte der achtziger Jahre.

Die Einstellung der Union ändert sich erst, als infolge von Michail Gorbatschows Öffnungspolitik im gesamten Ostblock die friedlich-freiheitliche »Revolution« einsetzt. Immerhin erkennt die Union dann als erste die Zeichen der Zeit – und drückt sogleich aufs Tempo, um die historische Chance zu nutzen. Allen voran Wolfgang Schäuble. Unmittelbar nach dem Fall der Mauer sagt er zu Parteifreunden ahnungsvoll, er sei nicht sicher, ob nicht schon die nächste Bundestagswahl gesamtdeutsch stattfinde. Kurz darauf überredet Kohls außenpolitischer Abteilungsleiter im Kanzleramt, Horst Teltschik, seinen Chef zu einem Signal an die Menschen jenseits der Mauer und die internationale Staatenwelt in Richtung deutsche Einheit. Der Zehn-Punkte-Plan entsteht, der zwar von »konföderativen Strukturen« zwischen beiden Staaten in Deutschland ausgeht, als Schlußpunkt jedoch bereits die Wiederherstellung der staatlichen Einheit Deutschlands markiert. Zur selben Zeit sprechen führende Sozialdemokraten wie Berlins Regierender Bürgermeister Walter Momper noch davon, die Maueröffnung sei kein Signal der Wiedervereinigung, sondern bloß des Wiedersehens.

In der Tat ist es vor allem Kohl, der in jenen dreihundertneunundzwanzig Tagen zwischen der Maueröffnung am 9. November 1989 und der Wiedervereinigung am 3. Oktober des folgenden Jahres in einer Mischung aus Besonnenheit und Vorwärtsdrang die Wiedervereinigung international durchsetzt. Das hat ihm – zu Recht – den Titel Kanzler der Einheit eingetragen.

Die Widerstände waren nicht nur im Innern Deutschlands enorm, sondern auch im Ausland. Wie beharrlich etwa der französische Präsident und inzwischen verstorbene Kohl-Freund François Mitterrand aktiv gegen die Wiedervereinigung gearbeitet hat, darüber geben die Erinnerungen Jacques Attalis unter dem Titel *Verbatim III* Auskunft. Attali war gegen Ende der achtziger Jahre Sonderberater Mitterrands. Demnach haben sich Mitterrand und der später in Bonn als Kohls Partner für die Wiedervereinigung gefeierte sowjetische Präsident Michail Gorbatschow verschworen, die Einheit Deutschlands zu verhindern. Noch im Dezember 1989, Kohls Zehn-Punkte-Plan war längst veröffentlicht, sagt Gorbatschow ausweislich der Attali-Notizen zu Mitterrand: »Helfen Sie mir, die deutsche Wiedervereinigung zu vermeiden, sonst werde ich durch einen Militär abgelöst.« Mitterrand setzt auf Gorbatschow – und hält ihn doch nur ein halbes Jahr später für zu schwächlich, um Kohls Druck standzuhalten. Mitterrand auf dem Flug zu Gorbatschow im Mai 1990 enttäuscht: »Gorbatschow wird wieder von mir verlangen, daß ich mich der deutschen Wiedervereinigung widersetze. Ich würde es mit Vergnügen tun, wenn ich glaubte, daß er bei der Stange bleibt. Aber warum soll ich mich mit Kohl überwerfen, wenn Gorbatschow mich drei Tage später fallenläßt?«

Matt hat Mitterrand versucht, Attalis Thesen zu relativieren. Das ist auf internationalem Parkett so üblich. Man kann getrost davon ausgehen, daß sich die Dinge so abgespielt haben, wie Attali sie schildert. Jedenfalls hat Kohl sich nie Illusionen über die Haltung Mitterrands gemacht. Die Aufzeichnungen Attalis werfen jedenfalls ein Licht auf die außenpolitische Leistung Kohls. Demnach hat er die Schwäche seines Verhandlungspartners Gorbatschow geschickt ausgenutzt und damit dem Widerstand Mitterrands den Boden entzogen.

SCHÄUBLE UND SCHALCK

Wolfgang Schäuble und Alexander Schalck-Golodkowski haben bis heute ein zwiespältiges Verhältnis zueinander. Jahrelang haben sie in geheimen Verhandlungen versucht, die deutschen Interessen hüben und drüben in Einklang zu bringen, kamen sich dabei, obwohl sie sich keine Illusionen über die eigennützigen Motive des jeweils anderen machten, in Grenzen auch menschlich näher – und reden heute persönlich kein Wort mehr miteinander. Wenn es etwas zu besprechen gibt, schalten sie Schalcks Berliner Anwalt Peter Danckert ein. Schäuble will sich nicht der Gefahr aussetzen, von der Opposition wegen allzu großer Nähe zu dem zwielichtigen früheren DDR-Repräsentanten de Luxe mißverstanden zu werden. Wenn es um seine Verbindung zu Schalck geht, kann sein konspirativer Partner von ehedem heute richtig unwirsch werden. Er ist es auch langsam leid, sich für das schwierige deutschlandpolitische Geschäft und dessen ganz eigene Gesetze auch noch zu entschuldigen. »Ich hab' mit Schalck-Golodkowski keine Leichen im Keller, Null komma gar nichts. Sie kriegen mich nicht – keine Kollaboration.« Manchmal ergreift der Polemiker in Schäuble die Flucht nach vorn. »Schalck war nie bei mir zu Hause, und ich hab' Rechtsanwalt Vogel [den offiziell von der DDR beauftragten Menschenhändler] nicht zum Presseball eingeladen und mich nicht stolz wie ein Pfau mit ihm gezeigt. Das war Hans-Jochen Vogel.«

Schäuble erinnert sich noch genau, wann und wo er Schalck zum erstenmal traf. Es war der 5. Dezember 1984 – und die beiden begegneten sich im Privathaus des DDR-Rechtsanwalts Wolfgang Vogel in Ost-Berlin. Drei Wochen vorher – am 15. November 1984 – war Schäuble Chef des Kanzleramts geworden. Das Treffen der beiden Unterhändler fand am Vorabend des offiziellen Antrittsbesuches von Schäuble bei Staats- und Parteichef Erich Honecker statt. Der erste Eindruck, den der Badener von dem fülligen Ost-Berliner mit dem losen Mundwerk gewinnt, ändert sich bis zum Ende der DDR nicht mehr: Ein Mann, der zwar verläßlich ist, aber auch clever und hart. »Ich hatte das Gefühl, ich bin im Feindesland; und so war es ja auch.«

Heute ist es Schalck, der immer wieder den Kontakt zu seinem

Fluchthelfer von 1989 sucht. Immerhin hat Schalck dem CDU-Mann viel zu verdanken, vielleicht sogar sein Leben. Denn mit seiner Konspiration mit dem westdeutschen Klassenfeind macht er sich, wie er es selbst sieht, am Ende der DDR zu ihrem Verräter. Schäuble ermuntert den verängstigten Schalck, sich der westdeutschen Justiz auszuliefern – und er weist ihm über das Diakonische Werk und dessen langjährigen Chef Neukamm auch gleich einen Weg zur Flucht (»Der Schalck fühlt sich bedroht, bitte übernehmen Sie seinen Schutz«). Neukamm begründet seine Mission damit, daß »ein Mensch um Hilfe gebeten« habe. Als Pfarrer habe er sich einem Gespräch mit Schalck, den er aus der Zeit der Freikäufe von Menschen aus der DDR gut kenne, nicht entziehen können.

Das war Ende 1989, und der vorletzte kommunistische Regierungschef Egon Krenz hatte sich entschieden, den Devisenbeschaffer zum Sündenbock für vierzig Jahre Diktatur zu machen. Um zu retten, was zu retten war, hat sich die untergehende DDR-Regierung entschlossen, Schalck umzubringen. Davon jedenfalls ist er selbst bis heute überzeugt. Rechtsanwalt Vogel hat ihn gewarnt. Ihm sollte ein tödlicher Unfall zustoßen.

Daß Schäuble Schalck die entscheidenden Tips gibt, den Stasischergen zu entkommen, erklärt die Zuneigung, die Schalck auch heute noch für Schäuble hegt – wenngleich sich inzwischen bei Schalck auch ein Gefühl der Enttäuschung über den Verhandlungspartner von einst bemerkbar macht.

Weihnachtsgrüße vom Sündenbock

Die Grüße, die Schalck jedes Jahr zu Weihnachten handschriftlich an Schäuble schickt, sind bitterer geworden. Ende 1994 schrieb er die folgenden Zeilen:

»Sehr geehrter Herr Wolfgang Schäuble,

fast am Ende eines recht stürmischen Jahres möchten wir uns für Ihre Toleranz, für Ihre Geduld, uns in den fünf zurückliegenden Jahren zuzuhören [Schäuble schrieb nie zurück!], uns trotz nicht erwarteter

Erlebnisse in unserem zweiten Leben mit Ihren Gedanken zu neuen Erfahrungen und Erkenntnissen zu verhelfen, sehr herzlich bedanken.«

Und weiter:

»Erfahrung ist nicht das, was einem zustößt, Erfahrung ist das, was man aus dem macht, was einem zustößt. Mit Ihrer Entscheidung, uns auf diesem Weg zu begleiten, haben Sie uns immer wieder neue Kraft vermittelt, an diesen komplizierten Prozeß des Zusammenwachsens zu glauben. Wir stellten und stellen uns immer wieder den Auseinandersetzungen mit Vertrauen auf die Rechtsstaatlichkeit in diesem unserem neuen Staat. Auf Sie trifft so passend ein Spruch von Altbundeskanzler Helmut Schmidt zu: In der Krise beweist sich der Charakter. Möge der Tag nicht mehr so fern sein, an dem wir wieder direkt ohne Anwalt miteinander reden werden. Wir wünschen Ihnen und Ihrer Familie erholsame Advents- und Weihnachtstage und einen guten Rutsch ins neue Jahr 1995.

Sigrid und Alexander Schalck.«

Ein Weihnachtsgruß, der es in sich hat. Schalck schreibt von seinem Vertrauen in den demokratischen Rechtsstaat – blanke Ironie und zugleich ein leiser Vorwurf an die Adresse Schäubles. Den Rechtsstaat – genau den hat Schäuble, inzwischen Innenminister, seinem früheren Verhandlungspartner nämlich verheißen, als Schalck in der DDR in gefährliche Bedrängnis geriet. In der ersten Zeit nach seiner Flucht ist Schalck noch voller Vertrauen in die westdeutsche Justiz und hegt die Hoffnung, in nicht allzu ferner Zeit – und wenn sich die Wogen um seine Person erst einmal geglättet haben – in der deutschen Industrie einen Spitzenjob zu bekommen, was ihm durch die jahrelang gepflegten Beziehungen zu den Spitzenpolitikern des Klassenfeindes möglicherweise leichter als anderen fallen würde. Doch dann erlebt er eine Enttäuschung nach der anderen: Dem Bundesnachrichtendienst erzählt er volle acht Monate lang über sein konspiratives Firmenimperium Kommerzielle Koordinierung (Koko). Damit löst er Ermittlungen aus, die dazu führen, daß etliche Milliarden aus dem Koko-Vermögen sichergestellt werden können. Doch dann läßt ihn der BND nach den Vernehmungen fallen wie eine heiße Kartoffel. Die Italien-Reise, die ihm die Pullacher versprochen haben, weil er so bereitwillig auspackt, hat Schalck nie bekommen.

Dann beginnen die Ermittlungen der Justiz. Doch die Staatsanwälte brauchen fast fünf Jahre, um auf der Basis des DDR-Rechts eine Anklage gegen Schalck zustande zu bringen. Dabei ist unter anderem von Untreue die Rede – weil Schalck fünftausend Videokassetten für Honecker und Mittag mit DDR-Staatsgeld im Westen gekauft haben soll. Schalck, kommentiert Friedrich Karl Fromme in der FAZ bissig, »wird vielleicht eine Geldstrafe bekommen, weil er Honecker geholfen hat, sich beim Betrachten westlicher Filme vom grauen sozialistischen Alltag abzulenken«. Schalck verliert wertvolle Zeit – und jede Perspektive auf ein halbwegs normales Leben im demokratischen Deutschland. Dieser Spitzenrepräsentant des DDR-Systems, der mit sich selbst im Westen noch Großes vorhatte, ist zum gehetzten Verlierer der Einheit geworden.

Die DDR-Regierung hat ihn bei dem Versuch, den Volkszorn von sich abzulenken, zum Sündenbock gestempelt und dafür gesorgt, daß sich der ganze Haß der ostdeutschen Bevölkerung auf den Hausburschen von Wandlitz, den Waffenhändler, Devisenschieber und Antiquitätenräuber, richtet. Die westdeutsche Justiz bringt es bislang nicht fertig, die politisch Verantwortlichen des Systems zu bestrafen, diejenigen, die zum Mord an der Mauer anstifteten, Menschen in den Kerkern zu Tode quälten, ihre Habe raubten oder auf andere Weise ihre Existenz vernichteten. Statt dessen verfolgt sie Schalck mit einer Unerbittlichkeit, die sie beim Chef des damaligen Unternehmens, Erich Honekker, nicht aufzubringen vermochte. Den ließ sie laufen.

Über diese Ungerechtigkeit hat Schäuble schon häufiger mit seinen politischen Freunden gerätselt. Mit den Jahren hat sich bei ihm erheblicher Zorn über das Versagen der Justiz aufgestaut.

Der Brief Schalcks an Schäuble ist für den Fraktionsvorsitzenden jedoch aus anderem Grund wichtig. Schäuble wird verdächtigt, mit Schalck an der Justiz vorbei gekungelt und ihm mehr zugesagt zu haben als »nur« Rechtsstaatlichkeit – nämlich Straffreiheit. Schäuble hat dies immer bestritten. »Ich war hinreichend erfahren, ihm nicht mehr zu versprechen.« Der Brief ist ein wichtiges Indiz dafür, daß er tatsächlich die für einen westdeutschen Politiker zulässige Grenze nicht überschritten hat.

Heiße Drähte hat es zu allen Zeiten des Kalten Krieges und später in der Entspannungspolitik gegeben. Jedem mußte klar sein, daß ostdeutsche und/oder sowjetische Geheimdienstler bei solchen inoffiziellen Gesprächen mit von der Partie waren. Doch dies ist für die oft oberflächliche, populistische Bewertung dieser Kontakte im nachhinein nicht entscheidend.

Ausschlaggebend ist, welche Informationen transportiert wurden. Spitzenpolitiker wie Franz Josef Strauß – sein Kanal war Schalck-Golodkowski – und Egon Bahr haben die Grenze des politisch Korrekten weit überschritten. Sie gaben in den konspirativen Gesprächen Einschätzungen und auch Informationen weiter, die den Interessen der Bundesrepublik Deutschland zuwiderliefen, die andere Seite deswegen aber um so brennender interessierten. Strauß amüsierte die SED-Oberen mit abschätzigen Sprüchen über Helmut Kohl (»wie ein Pudding«). Bundespräsident Richard von Weizsäcker stufte Kohl im Gespräch mit SED-Oberen, wenn man Stasiaufzeichnungen glauben darf, als »am Rande der Unfähigkeit« ein. Bahr qualifizierte in Ost-Berlin Parteifreunde wie Johannes Rau ab und plauderte mit SED-Leuten über amerikanische Sicherheitspolitik. Bahr erzählte SED-Politbüromitgliedern nach deren Aufzeichnungen sogar von einem Admiral, der die NATO-Politik nicht mit seinem Gewissen vereinbaren könne: Elmar Schmähling. Daß er dabei den umstrittenen Flottillenadmiral als Zielobjekt der DDR-Spionage anpries, nahm Bahr in Kauf. Bahr gilt als geschwätzig und eitel und war deswegen als Abschöpfquelle für Ost-Berlin ein lohnendes Objekt.

Wolfgang Schäuble ist weder geschwätzig noch eitel, und er hat sich in jeder Situation im Griff. Deswegen hat er – nach dem zu urteilen, was bis heute zu ermitteln ist – stets nur erzählt, was er erzählen wollte. Auf den Inhalt der Geheimkontakte Bahrs angesprochen, sagt er heute: »Diesen Rubikon habe ich nie überquert.«

Es ist nicht Schäubles Art, sich in internen Gesprächen mit mehr oder weniger intimen Details über andere dicke zu tun. Auch das Reden in Andeutungen, womöglich im Flüsterton, liebt er nicht. Solche

Praktiken, die ohnehin meistens nur dazu dienen, sich wichtig zu machen, erscheinen ihm dubios. Diplomatische Attitüden liegen ihm nicht, ebensowenig wie Small talk. So etwas hält er für Zeitverschwendung. Auch in Vier-Augen-Gesprächen kommt Schäuble ohne Umschweife zur Sache.

Als Schäuble und Schalck noch in Ost-Berlin und nicht im Bonner Kanzleramt miteinander verhandeln, läßt Schäuble einmal im Flur seine Aktentasche stehen. Schalck frotzelt: »Egal. Wir kopieren nichts.« Dieser Versuch wäre auch sinnlos gewesen. Schäuble hat Geheimakten gar nicht dabei, wäre auch nicht auf die Idee gekommen, brisantes Material nach Ost-Berlin mitzunehmen und sich auf diese Weise angreifbar zu machen.

Später einmal sagt Schalck zu Schäuble, bei ihren Gesprächen laufe kein Tonband mit. So viel zur Schau gestellte Treuherzigkeit ist Schäuble suspekt. Er läßt sich von Schalck nicht zu kompromittierenden Plaudereien verleiten. »Ich habe mich immer so verhalten, daß Tonbänder hätten laufen können.« Das war weitsichtig, denn selbstverständlich zeichnet Schalck seine Gespräche mit Schäuble auf. Schalcks Tonband war, wie er dem Bundesnachrichtendienst erzählte, in seiner Armbanduhr eingebaut. 007 läßt grüßen.

Mit der Konspiration, wie Geheimdienstler sie lustvoll pflegen, hat Schäuble seine Probleme. Er fand es einfach albern, sich nach Ost-Berlin zu schleichen, um mit Leuten wie Schalck Geheimgespräche zu führen. Und den bis dahin gepflegten Kurs, DDR-Größen nicht im Kanzleramt zu empfangen, weil sie dies protokollarisch aufgewertet hätte, hält der Pragmatiker für überzogen. Irgendwann geht ihm dann dieses statusbestimmte Getue derart auf die Nerven, daß er Schalck einfach zu sich in sein Büro im Kanzleramt einlädt. Der Kanzleramtsminister in seiner für ihn typischen, lakonischen Art: »Sie können doch auch zu mir kommen. Ich habe mehr zu tun als Sie!«

Schalck ist total überrascht – und äußert zu Schäubles Verwunderung Bedenken: »Bei Ihnen läuft das doch nicht geheim.« Schäuble denkt ganz anders. Er weiß: Der größte Feind des Geheimnisses ist die Geheimniskrämerei. Schalck überwindet schließlich seine Bedenken und fliegt fortan zu den Treffen mit Schäuble mit einer Linienmaschine der British Airways von Berlin-Tegel nach Köln/Bonn. Die einzige konspirative Maßnahme, die der Kanzleramtsminister für nötig hält, hat Schäuble mit dem Berliner Senat vereinbart. Schalck darf in Tegel die normale Abfertigung umgehen. Am Köln/Bonner Flughafen holt Schalck stets derselbe Beamte des Kanzleramts ab. Daß dieser Mann SPD-Mitglied ist, stört Schäuble wenig.

Haben Schäuble und Schalck ihre Gespräche beendet, vertreibt sich der Stasi-Oberst häufig in der Bonner City beim Kaffeetrinken die Zeit. Schäubles Sekretärin Helga Heyden leistet ihm dabei Gesellschaft. Von Kameras erwischt worden ist dieses ungewöhnliche Paar nie.

Einmal fliegt Schalck in derselben Maschine wie der damalige CDU-Schatzmeister Walther Leisler Kiep von Berlin nach Bonn. Doch der, registriert Schalck schmunzelnd, wird von zwei hübschen Damen abgelenkt und hat keine Augen für den wichtigsten DDR-Unterhändler. Das spielt sich an dem Tag ab, als Schäuble und Schalck das Protokoll für den Honecker-Besuch in Bonn paraphieren. Schäubles Empfehlung an die Geheimniskrämer vom Dienst lautet: »Wenn man sich normal benimmt, bleibt alles geheim.«

Amnestie für Schalck

Schalck ist ein »Produkt« der DDR. In der Bundesrepublik Deutschland macht die Unabhängigkeit der Justiz von der Politik den Rechtsstaat aus. So lautet jedenfalls der gehütete Grundsatz. In der Praxis setzt der Parteienstaat der Unabhängigkeit der Justiz Grenzen, wie die Besetzung höchstrichterlicher Stellen nach Parteienproporz zeigt. Doch in der DDR steht die Rechtsprechung als Klassenjustiz im Dienst der SED. So fällt Schalck einem fundamentalen Mißverständnis zum Opfer. Er erwartet, daß es nichts anderes als Amnestie bedeutet, wenn der Bundesinnenminister ihm den Rechtsstaat verspricht. Schalck geht davon aus, daß auch im Westen bei staatspolitisch heiklen und wichtigen Dingen die Politik der Justiz den Weg weise. Schließlich ist dem MfS-Mann nicht entgangen, daß Schäuble persönlich kein Interesse daran hat, Schalck verurteilt zu sehen. Zu Schalcks verhängnisvollem

Urteil trägt der Bundesnachrichtendienst mit seinem Verhalten bei. Er bestärkt Schalck in seinem Eindruck, von der westdeutschen Justiz habe er nichts zu befürchten. Doch Schalck hat Pech. Den damaligen BND-Chef Hans-Georg Wieck kann er nicht mehr auf etwaige Versprechungen festnageln. Der wird kurz nach Ende der Verhöre durch Konrad Porzner ersetzt. Einen Vertrag zwischen Schalck und dem BND, in dem Leistung und Gegenleistung festgelegt worden wären, gibt es nicht. Das Geld schließlich, das die Pullacher ihm für seine Informationen bieten, lehnt Schalck ab. Er baut auf immaterielle Entschädigung in Form von Straffreiheit – und im übrigen glaubt er, in der westdeutschen Industrie seinen Weg machen zu können. Vom Spitzenmanager der kommunistischen DDR an die Spitze eines kapitalistischen Unternehmens – das ist Schalcks Illusion von der Konvergenz der Systeme.

Es entlarvt den BND im Rückblick als Papiertiger, daß er es zunächst ablehnt, sich überhaupt um Schalck zu kümmern. Warum, erscheint angesichts der zu erwartenden Fülle und Qualität von Schalcks Informationen schleierhaft. Als Schäuble davon hört, wendet er sich an den damaligen Koordinator der Geheimdienste im Kanzleramt, seinen baden-württembergischen Parteifreund Lutz Stavenhagen. »Das kann doch nicht wahr sein. Wie könnt ihr denn so etwas ablehnen?« Daraufhin wird der Koordinator aus Bonn in Pullach aktiv. Daß Schalck zum BND kommt, hat Schäuble eingefädelt. Ein Zufall ist das nicht. Schäuble hat von Schalcks Berliner Anwalt Peter Danckert erfahren, daß der Stasioberst bereit ist, bei den westdeutschen Geheimdienstlern auszupacken.

Die Ost-Berliner Justiz findet sich mit Schalcks Übertritt in den Westen nicht einfach ab. Sie beantragt bei der Berliner Staatsanwaltschaft die Auslieferung des Flüchtlings. Damit bringen die Ost-Berliner Richter die Bundesregierung arg in die Bredouille. In Bonn erfährt Justiz-Staatssekretär Klaus Kinkel als erster von dem Auslieferungsersuchen. Denn die West-Berliner Richter fragen in Bonn sicherheitshalber nach, ob gegen die Übergabe Schalcks etwas einzuwenden sei. Aufgeregt sucht Kinkel den Kontakt zu Wolfgang Schäuble. Doch der feiert im großen Fraktionssaal mit den Abgeordneten von CDU und CSU Weihnachten. Mit seiner beschaulichen Stimmung ist es plötzlich vorbei. Kurz informiert, saust Schäuble los in sein Büro im elften Stock des Bundesinnenministeriums. Dort wartet Kinkel schon. Der ist nicht wenig überrascht, als Schäuble ihm sagt, wenn er wolle, solle er Schalck doch ziehen lassen. Gegen das Auslieferungsersuchen der DDR, so der Innenminister, sei ja schließlich nichts einzuwenden. Das sei jedenfalls sein rechtsstaatliches Verständnis. Schließlich habe man ja keine gemeinsamen Leichen mit Schalck im Keller, müsse sich also vor peinlichen Enthüllungen des Stasiobersten aus Rache nicht fürchten.

Sollte also Schäuble tatsächlich bereit gewesen sein, Schalck entgegen seinem persönlichen Versprechen an die ostdeutsche Justiz auszuliefern? Diesen Eindruck muß jedenfalls Kinkel haben. Doch Schäuble spielt über Bande. Kinkel gegenüber erweckt er den Eindruck, daß gegen eine Auslieferung Schalcks nichts einzuwenden sei. Gleichzeitig arrangiert er, daß Schalck vor den rachsüchtigen ostdeutschen Strafverfolgern in Sicherheit gebracht wird – und zwar beim BND in Pullach. Schalck hat wertvolle Zeit gewonnen. Die West-Berliner Justiz muß ihre Entscheidung über die Auslieferung erst einmal verschieben. Als die Pullacher schließlich acht Monate später Schalck aus ihren Fängen lassen, steht die Einheit unmittelbar bevor. Inzwischen hat in Ost-Berlin die letzte kommunistische Regierung der DDR abgedankt. Lothar de Maizière von der CDU, der letzte Regierungschef der DDR, ist nicht daran interessiert, Schalck noch vor ein DDR-Gericht zu stellen.

Doch nach dem Vernehmungsmarathon in Pullach beim Bundesnachrichtendienst steht Schalck plötzlich allein da. In dieser Situation wendet er sich an seinen Fluchthelfer. Drei Briefe schreibt Schalck an Schäuble. Und die bereiten Schäuble Anfang 1992 – er ist inzwischen Fraktionschef – viel Ärger.

Schalck erzählt Anfang 1995 öffentlich, was in den Briefen steht: »Ich habe Wolfgang Schäuble meine ganz persönliche Situation geschildert. Meine Eindrücke, die mich bewegen, seitdem ich in die Bundesrepublik gewechselt bin. Daß ich seinem Rat gefolgt bin, mein Wissen den Behörden zur Verfügung zu stellen und der Rechtsstaatlichkeit zu vertrauen.«

Schalcks Version ist identisch mit der Schäubles. Dies ist nicht verwunderlich. Stets ist Schalck darauf bedacht, alles zu vermeiden, was Schäuble schaden könnte. Deshalb läßt Schalck den Text eines entsprechenden Interviews vom Vorsitzenden der Unionsfraktion autorisieren. Zuvor hat Schalck über seinen Anwalt Danckert bei Schäuble anfragen lassen, ob er dazu bereit sei. »Wenn es denn sein muß«, reagiert der lässig. Schäuble segnet ein Schalck-Interview ab – ein bemerkenswerter Vorgang.

So stimmen Schalcks Angaben aus dem Interview mit den Aussagen Schäubles vor einem Bundestags-Untersuchungsausschuß überein. Die drei Briefe werden niemals gefunden. Unangenehm für Schäuble: Es taucht der handschriftliche Entwurf eines der Briefe auf. Den hat Schalck einem Beamten des Bundesnachrichtendienstes, seinem Betreuer Manfred Burgdorf, bei seinen Vernehmungen übergeben. Dieser wiederum leitet das Schreiben an den damaligen BND-Präsidenten Hans-Georg Wieck weiter und hält in einem Vermerk fest, das Original sei Schäuble am 15. Juni 1990 übergeben worden – und zwar vom Präsidenten des Diakonischen Werkes, Neukamm.

Aus diesem Dokument geht hervor, daß sich der massige Mann aus dem Osten keineswegs damit begnügt, Schäuble seine Seelenlage zu offenbaren. Statt dessen hat er sich vorgenommen, seinem Retter brisante Informationen zu liefern. Schalck will laut Briefentwurf Parteifirmen der SED im Westen auflisten. Das Schreiben soll detaillierte Informationen über die Auflösung und Umwandlung des Firmennetzes der »Kommerziellen Koordinierung« (Koko) enthalten. Dem Entwurf nach lenkt Schalck Schäubles Blick besonders auf eine Neugründung der Ost-Berliner Koko-Nachfolger: die Effect GmbH. Hier sind jene Firmen versammelt, die in Schalcks Reich der Abteilung Parteifirmen zugeordnet sind. Unmittelbar zuvor hat die Unabhängige Parteikommission mit ihrer Arbeit begonnen. Deren Ziel: Das Vermögen der DDR-Parteien sicherzustellen. Laut Briefentwurf schreibt Schalck an Schäuble, seine Vertraute Waltraud Lisowski werde noch im Juni »zur Erfassung« des in der Schweiz angelegten Kapitals nach Lugano reisen. Dort verwaltet Schalcks Statthalter Ottokar Hermann einige Koko-Tarnfirmen. Sollte diese Information bei Schäuble angekommen sein, hätte er darüber die Ermittlungsbehörden informieren müssen.

Vor dem Bundestags-Untersuchungsausschuß muß Schalck bestätigen, daß er keineswegs nur Persönliches zu Papier gebracht hat. Vom BND hat er nach eigenen Angaben Schäuble in seinen Briefen berichtet – und möglicherweise eben auch von SED-Firmen. Jedenfalls schließt Schalck dies nicht aus. Damit gerät Schäuble in Bedrängnis, zumal die Opposition aus SPD und Bündnis 90 die Ungereimtheiten immer aufs neue nutzt, um seine Glaubwürdigkeit in Zweifel zu ziehen.

Da bekommt der in die Enge getriebene Schäuble unerwartet Schützenhilfe. BND-Chef Konrad Porzner, ein SPD-Mann, den Kohl aus Proporzgründen an die Spitze des Nachrichtendienstes berufen hat (weshalb ihn Spötter aus Pullach »Kohls Proporzner« nennen), entlastet den Christdemokraten. Schalcks Aufstellung über die West-Firmen sei dem BND bekannt gewesen, weil der Koko-Chef darüber in seinen Vernehmungen geplaudert habe. Mit anderen Worten: Schäuble könne den Ermittlungsbehörden gar nichts verschwiegen haben, was die nicht schon von Schalck erfahren hatten. Der CDU-Mann war damit aus dem Schneider. Und dennoch bleiben Fragen.

Wußte Schäuble nicht, was Schalck den Pullachern mitteilte, hätte er die Ermittler über den Briefinhalt informieren müssen. Wußte Schäuble indes davon, weil der BND regelmäßig nach Bonn meldete, was ihr Informant erzählte, warum sagte er dann 1992 dem Untersuchungsausschuß, die Schalck-Briefe seien rein persönlicher Natur?

Aufklären lassen sich die Widersprüche jedenfalls nicht. Schäuble will sich nicht mehr genau erinnern. Schalck erzählt nichts, was Schäuble schaden könnte. Und die Briefe sind verschwunden. Inzwischen hat es auch die Opposition aufgegeben, Schäuble deswegen anzugreifen. Schließlich steht fest, daß dem deutschen Staat materieller Schaden nicht entstanden ist.

Für Konrad Porzner freilich soll es sich noch lohnen, daß er Schäuble 1992 aus der Klemme hilft. Ende 1994, Anfang 1995 soll sich dem Fraktionsvorsitzenden die Gelegenheit bieten, sich zu revanchieren. Denn Konrad Porzner kommt erheblich unter Beschuß.

1992 hat der vormalige sowjetische Botschafter in Bonn, Valentin

Falin, beim todkranken SPD-Ehrenvorsitzenden Willy Brandt einen Spionageverdacht gegen den früheren SPD-Bundesgeschäftsführer Karl Wienand gepflanzt. Für den SPD-Vormann eine schlimme Nachricht. Sofort fragt er sich, welchen Einfluß die »andere Seite« auf seine Politik genommen haben könnte. Wienand war schließlich nicht irgendwer, sondern langjähriger Strippenzieher in der sozialdemokratischen Bundestagsfraktion und enger Vertrauter des Fraktionsvorsitzenden Herbert Wehner. Und den hatte Brandt ohnehin im Verdacht, für Moskau spioniert zu haben. Brandt will Klarheit. Und so berichtet er die Sache seinem Nachfolger im Parteivorsitz, Hans-Jochen Vogel, und bittet ihn, den Parteifreund und BND-Präsidenten Konrad Porzner zu fragen, was der darüber wisse. Vogel tut, wie ihm aufgetragen. Weil Ende 1994 ein entsprechender Vermerk Willy Brandts aus den Katakomben des Archivs der Friedrich-Ebert-Stiftung auftaucht, kommt auch ans Licht, daß Porzner mit der Sache befaßt gewesen war. Pikanterweise stellt man dem BND-Chef jetzt eine ähnliche Frage wie damals Schäuble wegen Schalcks Briefen. Wenn der BND-Präsident von Brandts Spionageverdacht gegen Wienand unterrichtet war, warum hat er dann nicht die Ermittlungsbehörden informiert, wie es seine Pflicht gewesen wäre?

Schäuble ruft heimlich Porzner an, fragt ihn, was genau Hans-Jochen Vogel ihn denn gefragt habe. »Er will wissen, ob etwas gegen Wienand vorliegt«, antwortet der BND-Präsident. Damit ist Schäuble klar, daß Vogel dem Parteifreund Porzner zwei Dinge verschwiegen haben muß: Daß der Verdacht gegen Wienand vom SPD-Ehrenvorsitzenden höchstpersönlich stammt und daß es sich konkret um Spionage handelt. Für Schäuble ist Porzner damit entlastet, und der Fraktionschef erzählt seine Meinung jedem, der sie hören will, stärkt Porzner sogar öffentlich noch den Rücken, nachdem die SPD-Führung ihren Parteifreund fallengelassen hat. So trägt er dazu bei, daß Porzner aus der Schußlinie und Vogel, den Schäuble ohnehin nicht mag, ins Zwielicht gerät.

Parteifreunde Schäubles wundern sich jedenfalls seinerzeit, wie der Fraktionsvorsitzende nur dazu komme, sich so vehement für den SPD-Mann Porzner einzusetzen, wo zudem doch bekannt sei, daß

Schäubles baden-württembergischer Parteifreund Bernd Schmidbauer, der Geheimdienstkoordinator im Kanzleramt, den BND-Chef um jeden Preis loswerden wolle. An die Vorgänge im Schalck-Untersuchungsausschuß erinnert sich niemand mehr. Aber der lag ja auch schon beinahe drei Jahre zurück – für das Bonner Zeitgefühl eine Ewigkeit. Im übrigen hegt Schäuble eine Grundsympathie für Porzner, denn mit dem ehemaligen Parlamentarischen Geschäftsführer der SPD ist sein damaliger Kollege von der anderen Seite gut zurechtgekommen. Solche Erfahrungen vergißt Schäuble nicht.

Devisen gegen Maueröffnung

Im August 1991 erzählt das frühere SED-Politbüromitglied Gerhard Schürer eine ebenso spannende wie abenteuerliche Geschichte. 1988 habe ein kleiner Kreis von DDR-Wirtschaftsspezialisten konspirativ den Plan einer Konföderation der beiden Staaten in Deutschland entwickelt. Mit dabei: Alexander Schalck-Golodkowski. Der Koko-Chef habe darüber mit dem damaligen Kanzleramtsminister Schäuble gesprochen. Grund für die Aktivitäten: Die DDR war pleite, was niemand besser wissen mußte als ihr Geldbeschaffer Schalck. Erich Honecker sollte, so Schürer, das Amt des stellvertretenden Präsidenten einer solchen Konföderation bekommen. Honecker als Vize Helmut Kohls – an Phantasie fehlte es den Wirtschaftsführern Ost jedenfalls nicht!

Drei Jahre später setzt der vormalige DDR-Wirtschaftsminister Gerhard Beil, formal Vorgesetzter Schalcks, noch eins drauf. Schon 1986/87, vor dem spektakulären Besuch des SED-Chefs Erich Honekker in Bonn, sei die DDR mit dem Kanzleramt einig gewesen, die Mauer aufzumachen, wenn die Westdeutschen im Gegenzug die Pleite der Ostdeutschen abwenden. »Um zu retten, was zu retten war, hatten wir den Plan geschmiedet, zum Zeitpunkt von Honeckers Bonn-Reise die Grenzen zu öffnen, wenn die Bundesregierung als Gegenleistung dafür die Zweistaatlichkeit anerkennen und die finanziellen Schwierigkeiten der DDR auffangen würde.« Kohl sei einverstanden gewesen, das Ganze sei aber an dem halsstarrigen Honecker gescheitert. Besprochen worden sei der Plan mit Kohls außenpolitischem Vordenker Horst Teltschik und mit Schäuble. Das erzählt Beil jedenfalls 1994 der Publizistin Margarita Mathiopoulos. Diese zieht daraus den Schluß, Kohl, der Kanzler der Einheit, habe in Wahrheit noch 1987 die Vereinigung der beiden Staaten in Deutschland ausgeschlagen. Das ist starker Tobak und paßt gerade recht in die deutschlandpolitische Entlastungsoffensive der Linken: Die anderen sind auch nicht besser als wir.

Doch so kann es nicht gewesen sein. Hätten 1987 Beil und Schalck wirklich mit Kohl, Schäuble und Teltschik ernsthaft über die Maueröffnung verhandelt, so wäre dies im schwatzhaften Bonn wegen der vergleichsweise großen Zahl der Beteiligten wohl kaum geheim geblieben.

Ein weiteres spricht gegen die von früheren SED-Größen bis heute verbreitete Version von der Konföderation und der durch die Regierung Kohl früher verspielten Einheit. Hätte Schalck 1988 mit Schäuble tatsächlich darüber verhandelt, so hätte er sich dem damaligen Kanzleramtsminister praktisch ausgeliefert. Der wichtigste Unterhändler der DDR wäre für den Klassenfeind erpreßbar geworden. Denn über die Konföderation mit Bonn zu verhandeln, das bedeutete aus Ost-Berliner Sicht Landesverrat. Allein Schalcks Verschlagenheit spricht dagegen, daß er schon damals die Seiten wechselte.

Und dennoch ist an der Sache etwas dran. Die Geschichte spielte sich freilich ganz anders ab.

Mit Schalck hat Schäuble nie über eine Konföderation gesprochen. Erst recht nicht mit Beil, mit dem nicht ein einziges Gespräch unter vier Augen stattfindet (und Zeugen wären ja wohl unerwünscht gewesen). Natürlich erzählt Schalck Schäuble vom Geldmangel der DDR. Für Schäuble stellen sich die bejammerten Devisennöte der DDR jedoch nicht als Chance dar, den Abbruch der Berliner Mauer und des Eisernen Vorhangs zu erzwingen. Für ihn sind Schalcks Hinweise nicht mehr als ein Bluff in einem harten Pokerspiel. Schalck tut in den Vier-Augen-Gesprächen nichts, um bei Schäuble den Eindruck zu erwekken, er stünde in Wahrheit schon auf der anderen Seite.

Dennoch: In dieser Zeit wird viel geredet. Die SPD beschließt in einem Papier, ernsthaft ihre Ideologie mit der der SED zu vergleichen.

Führende CDU-Politiker wie Lothar Späth empfinden es als Ehre, von Erich Honecker in Ost-Berlin empfangen zu werden. Dort stehen Christdemokraten regelrecht Schlange. Führende Publizisten, etwa von der Hamburger *Zeit*, wollen ihren Lesern allen Ernstes weismachen, in der DDR stünden die Dinge gar nicht so schlecht, wie man im Westen glaube – ja, Honecker genieße sogar so etwas wie »stille Verehrung«. Manche träumen von der Konvergenz der Systeme, andere finden die Zweistaatlichkeit in Ordnung – weil übersichtlich und bequem. Zwei Jahre vor dem Fall der Mauer schreibt Sebastian Haffner, eine Wiedervereinigung könne »nur noch im Massengrab stattfinden. Aber eine Wiedervereinigung, in der die beiden deutschen Staaten, so wie sie nun einmal sind, zu einem funktionierenden Staat verschmolzen würden, ist nicht vorstellbar, nicht einmal theoretisch.« Von den Intellektuellen bis in die politischen Parteien hinein war die Überzeugung weit verbreitet, den Deutschen solle, wie der konservative Publizist Heimo Schwilk kritisiert, »um der Stabilität, des Gleichgewichts und des Friedens willen das Recht auf Geschichte und nationale Selbstbestimmung bis ans Ende aller Tage vorenthalten bleiben«. Die CDU war gegen solches Denken nicht gefeit. 1988 warf eine Parteikommission die Wiedervereinigung aus dem Programm. Damit folgte die Union nur dem Zeitgeist.

Der CDU-Mann und frühere Kohl-Freund Philipp Jenninger hält sich für einen ostpolitischen Vordenker und Strippenzieher allererster Güte. Und so rät er eines Tages Schäuble, doch einmal den Schweizer Bankier Holger Bahl zu treffen. Mehrmals trägt Jenninger Schäuble an, mit Bahl, dem Chef der Züricher Bank für Kredit und Außenwirtschaft, einer Tochter der Landesbank Rheinland-Pfalz, zu sprechen. Schäuble willigt nach einigem Zögern schließlich ein.

Bahl hat, was Jenninger gewußt haben mag, kurz nach dem Bonner Regierungswechsel im Herbst 1982 gemeinsam mit Jürgen Nitz, einem Berater von Gerhard Beil, das »Züricher Modell« entwickelt. Danach soll in der Schweiz eine Gesellschaft gegründet werden, die nur einem Zweck dienen soll: die DDR verdeckt mit D-Mark zu versorgen. Zur Diskussion steht der gewaltige Betrag von fünf Milliarden Mark. Im Gegenzug würde die DDR das Ausreisealter von seinerzeit fünfundsechzig auf sechzig Jahre senken. Davon würden eine Million Menschen profitieren. Der Deal Westgeld gegen Maueröffnung war hier bereits im Ansatz ausgeheckt worden.

Schäuble trifft den Architekten dieses Modells. Der tritt dem CDU-Spitzenpolitiker gegenüber geheimnisvoll auf, macht seltsame Andeutungen und beruft sich dabei auf Schalck, sagt aber auch, der Devisenbeschaffer dürfe von diesem Gespräch Bahl / Schäuble nichts erfahren. Jedenfalls wird in diesem Gespräch über den Gedanken gesprochen, die DDR finanziell zu sanieren, wenn Ost-Berlin die Mauer öffne. Ein spektakulärer Vorschlag und dennoch eine Idee, die so abstrus nicht ist, liegt sie doch gedanklich in der Kontinuität der bisherigen Ostpolitik der »kleinen Schritte«.

Bahl hat darüber mit den Politbüromitgliedern Horst Sindermann und Hermann Axen geredet. Das Projekt bekommt den beziehungsreichen Codenamen »Länderspiel«. Was Schäuble nicht wußte: Bahl hatte dieses Modell mit dem Vertrauten des SPD-Fraktionsvorsitzenden Herbert Wehner, Karl Wienand, erdacht. Schmidts Kanzleramtsminister Hans-Jürgen Wischnewski dementiert heute, das Züricher Modell sei unterschriftsreif gewesen. Nach dem Machtwechsel in Bonn hält der Züricher Bankier dennoch an seiner Idee fest: Bahl schreibt 1985 an Jenninger: »Ich gehe davon aus, daß über das Länderspiel sowohl Bundeskanzler Kohl wie Generalsekretär Honecker unterrichtet sind.«

Dennoch nimmt Schäuble diesen Vorschlag nie ernst. Ja, er hält die Idee sogar für außerordentlichen Blödsinn. Freilich spricht er bei nächster Gelegenheit mit Schalck darüber. Der reagiert, wie Schäuble es erwartet hat, und kommentiert knapp: »Schwachsinn.« In diesem Gespräch sind sich Schalck und Schäuble in der Einschätzung einig, daß sich die Einheit nicht mehr verhindern läßt, wenn sich die Mauer öffnen würde. Genau darin besteht für Ost-Berlin die diabolische Seite der Entspannungspolitik: Die SED muß gegen harte Währung immer mehr eigene Leute in den Westen reisen und immer mehr Westler hereinlassen. Die wenigsten – dies gilt auch für die Union – glauben allerdings an die in dieser Politik angelegte zersetzende Dynamik für die DDR. Daß dieses Ziel kurz bevorsteht, will 1988 niemand glauben. Schließlich beharren manche im Westen, vor allem SPD-Politiker, selbst nach der Maueröffnung im Herbst 1989 noch auf der Zweistaatlichkeit. Deswegen muß in den Jahren 1986 bis 1988 jeder die Idee einer Schleifung der Mauer oder gar einer Konföderation für eine Utopie halten. Schäuble macht da keine Ausnahme.

Die Konföderation, behauptet Schalck denn auch nach der Einheit, war ein »Trugschluß« von Leuten, »die mit Verstand und innerer Verbundenheit zur SED diese Position eingenommen haben«. Schalcks These: Wer damals Konföderation sagte, wollte nicht mit der Einheit locken, sondern Westgeld locker machen. Dafür liefert Schalck selbst – unfreiwillig und ganz offenkundig in der Absicht, den bewunderten Franz Josef Strauß in noch strahlenderem Licht erscheinen zu lassen – den Beleg. Im März 1994 sagt der Devisenbeschaffer als Zeuge vor dem Untersuchungsausschuß des Bayerischen Landtags über die Ziele und das Ergebnis des mit dem Ministerpräsidenten ausgehandelten Milliardenkredits für die DDR aus. Mit dem Geld, so Schalck, sei nicht nur die DDR stabilisiert worden. Es habe sich gleichzeitig um einen Beitrag gehandelt zur »Konföderation der beiden deutschen Staaten«.

Der Milliardenkredit, den Strauß aushandelte, war die Alternative zum »Züricher Modell«. Der Vertrag wurde am 1. Juli 1983 in München unterschrieben – und kostete den Steuerzahler keinen Pfennig. Das Bahl-Modell wäre dagegen die Westdeutschen teuer zu stehen gekommen.

SED-Hilfe für die Genossen

1994 wird die Vergangenheit wieder lebendig. Es herrscht Wahlkampf. Wie würde der nächste Bundespräsident heißen: Johannes Rau oder Roman Herzog? Wahlkämpfe sind, selbst wenn es um das höchste Staatsamt geht, alles andere als ein edler Sängerwettstreit. Und so tauchen pünktlich neue Akten auf, die belegen, was Wolfgang Schäuble schon immer vermutete: Daß die SED im Bundestagswahlkampf 1987 den damaligen SPD-Kanzlerkandidaten Rau unterstützt hat. Der durfte in einer Pressekonferenz werbewirksam verkünden, daß die DDR das Einfallstor ihres Flughafens Schönefeld für Wirtschaftsflüchtlinge aus Sri Lanka in die Bundesrepublik Deutschland dichtmachen würde. Diese SED-Wahlkampfhilfe hat Egon Bahr für Rau in Ost-Berlin eingefädelt. Damit ist für die Wähler eine doppelte Botschaft verbunden. Die SPD löse das schon damals als drängend empfundene Asylproblem. Vom 1. Januar 1986 bis zum 18. September sind immerhin vierzigtausend Ausländer, die meisten von ihnen Tamilen, via Schönefeld in den Westteil der Stadt eingereist. Botschaft Nummer zwei: Und wenn es darum gehe, mit Ost-Berlin zu konkreten Ergebnissen zu kommen, hätten die Sozialdemokraten quasi als Erfinder der Entspannungspolitik die besseren Karten.

Rau bestreitet bis heute jene Wahlkampfhilfe durch die SED. Kein Wunder, pflegt der SPD-Spitzenmann von sich doch das Bild des staatspolitisch integeren Mannes, der sich auf Kungeleien mit der SED nie einläßt – ganz im Gegensatz zu Sozialdemokraten wie Bahr oder Björn Engholm. Schäuble hat für das Verhalten Raus eine ebenso simple wie schneidende Erklärung parat: »Der macht immer auf toter Mann, wenn es ernst wird.«

An der damaligen Wahlkampfhilfe der SED für den nordrhein-westfälischen Ministerpräsidenten läßt sich nicht deuteln. Verhandelt hat nicht Rau, sondern Schäuble – und zwar nicht nur mit dem Politbüromitglied und Westexperten der SED, Hermann Axen, sondern auch mit seinem deutschlandpolitischen Doppelpartner Alexander Schalck-Golodkowski. In seinen Gesprächen mit Schalck läßt Schäuble wie beiläufig einfließen, die Lösung des Asylproblems durch Ost-Berlin liege besonders Franz Josef Strauß am Herzen. Schäuble ist nicht verborgen geblieben, daß Schalck Strauß verehrt. Schäuble bietet Schalck sogar an, im Gegenzug für eine Schließung des Schlupfloches am Flughafen Schönefeld eine der Geraer Forderungen Honeckers zu akzeptieren, was für die Union bis dahin stets tabu ist. Bonn will, sagt Schäuble zu Schalck, akzeptieren, daß die Elbgrenze zwischen beiden Staaten in Deutschland in der Flußmitte und nicht am Ostufer verläuft. So jedenfalls steht es in einem Schalck-Vermerk.

Schäuble bestreitet das. Er habe keine unkeuschen Angebote gemacht. Doch was ist in der Grauzone von Sondierungen und dem Austesten der politischen Machbarkeit ein »Angebot« und was nur ein

Testballon? Gescheitert ist die Sache jedenfalls auch an dem damaligen niedersächsischen Ministerpräsidenten Ernst Albrecht von der CDU. Dem sagt Schäuble, Bonn werde sich mit Ost-Berlin auf den Grenzverlauf am Ostufer entsprechend den Geraer Forderungen Honeckers einigen. Schäuble zum halsstarrigen Albrecht rechthaberisch: »Sie werden es noch erleben. Es wird so kommen.« Doch der CDU-Parteifreund kontert kühl: »Aber nicht, solange ich Ministerpräsident bin.« Doch am Ende läßt Ost-Berlin das Ergebnis, das Schäuble herausverhandelt hat, Rau verkünden. Nach der Bundestagswahl 1987 entschuldigt sich Schalck persönlich bei Schäuble für das unfaire Doppelspiel der SED.

Im nachhinein nimmt der Badener den Ost-Berliner Potentaten ihr schmutziges Spiel nicht einmal krumm. »Für mich war es vollkommen normal, daß die DDR im Wahlkampf der SPD helfen würde und nicht uns.« Deswegen wäre er auch nie auf die Idee gekommen, Schalck zu bitten, öffentlichkeitswirksam für die Union bei Bundestagswahlen zu agieren. »Das wäre doch«, analysiert Schäuble dialektisch kalt, »die Aufforderung schlechthin gewesen, für uns nichts zu tun.«

ANSCHLUSS, BEITRITT, NEUGRÜNDUNG

Im Grundsatzstreit um den Charakter der Einheit – ob der Beitritt der DDR zur Bundesrepublik Deutschland ein simpler »Anschluß« ist oder Anlaß für die Neugründung eines deutschen Staates – hat Wolfgang Schäuble nie einen Zweifel aufkommen lassen. Für ihn kann die Wiedervereinigung nur als Anschluß ablaufen, auch wenn er dieses von der politischen und intellektuellen Linken gezielt zur Diffamierung verwendete Wort öffentlich nie benutzt und stets neutraler von Beitritt spricht.

Schäuble ist der Motor der Einheit und zugleich ihr Turbolader. Es kann ihm nicht schnell genug gehen. Er setzt seinen Kurs schließlich durch, weil die Bedenkenträger auf der Linken und in den eigenen Reihen, allen voran Bundespräsident Richard von Weizsäcker (»Zusammenwuchern«), in der Minderheit sind und es den Menschen in der DDR mit der Einheit überhaupt nicht schnell genug gehen kann.

Längst ist das Demonstrationsmotto »Wir sind das Volk« abgelöst durch den Wunsch nach staatlicher Einheit: »Wir sind ein Volk.« Folgerichtig ruft Schäuble den Grundgesetzartikel 23 als Königsweg zur Einheit aus. Eine Grundsatzentscheidung, deren Bedeutung angesichts der weitverbreiteten romantischen Vorstellungen über eine neue Staatsgründung – noch fürsorglicher, friedlicher, ökologischer, bürgernäher usw. – nicht hoch genug veranschlagt werden konnte.

Die Gegenwehr ist beachtlich. Ihr Ziel ist es, wie der spätere PDS-Abgeordnete, der Schriftsteller Stefan Heym, es 1989 formuliert, das »Experiment Sozialismus auf deutschem Boden zu bewahren«. Neben Stefan Heym empören sich Günter Wallraff, Max Frisch, Jürgen Habermas, Horst-Eberhard Richter, Antje Vollmer und Günter Grass gegen den Beitritt. In seinem antinationalen Ressentiment mobilisiert Grass die Auschwitz-Schuld der Deutschen, warnt vor jenem »Einheitsstaat, dessen wechselnde Vollstrecker während nur knapp fünfundsiebzig Jahren anderen und uns Leid, Trümmer, Millionen Flüchtlinge, Millionen Tote sowie die Last nicht zu überwältigender Verbrechen ins Geschichtsbuch geschrieben haben«. Wiedervereinigt »wären wir Deutschen wieder zum Fürchten«. Der konservative Publizist Rainer Zitelmann führt die »nationalmasochistische Haltung« vieler Linker auf eines tiefes Gefühl der Niederlage zurück. Er intoniert die Gegenmelodie von rechts: »Der Siegeszug des Kapitalismus und die Renaissance des Nationalen widerlegten alles, was linke Gesellschaftskritiker und postnationale Verfassungspatrioten in den letzten fünfundzwanzig Jahren gepredigt hatten.«

Verfassungen entstehen in einer Stunde Null. Doch die Herstellung der Einheit ist keine solche Stunde Null, ebensowenig wie die Abschaffung der DDR eine Revolution ist. Die Alternative – den Weg über den Grundgesetzartikel 146 – hat der Parlamentarische Rat für den Fall einer Stunde Null ins Grundgesetz geschrieben. Eine Nationalversammlung beschließt in einem neuen Staat eine neue Verfassung, die anschließend vom Volk per Abstimmung angenommen wird. »Hätten wir uns für diesen Weg entschieden, wären wir heute noch bei der Arbeit«, sagt Schäuble.

Im Kabinettsausschuß Deutsche Einheit begründet Schäuble im

Frühjahr 1990 seine Vorstellungen. Nach Artikel 23 vorzugehen bedeute, das bewährte, schließlich auch von den Menschen in der DDR als vorbildlich anerkannte Grundgesetz beizubehalten. Der europäische Einigungsprozeß könne ungehindert fortgesetzt werden, weil die Partner der Deutschen auf den Fortbestand der verläßlichen Grundentscheidungen und Grundstrukturen der Verfassungsordnung bauen können. Dahinter steht die realistische Einschätzung, der Wiedervereinigungsprozeß werde so viel Instabilität mit sich bringen, »daß wir noch Gott froh sein werden, daß wir das Grundgesetz haben«. Schäuble fürchtet, der Weg über eine neue Verfassung hätte Deutschland unregierbar gemacht.

Es ist insbesondere Hans-Dietrich Genscher, der die europäische Karte zieht. Bei der Beitrittslösung nach Artikel 23 stehe die EG-Mitgliedschaft eines vereinigten Deutschland außer Frage, argumentiert der Bundesaußenminister von der FDP. Wählen Bonn und Ost-Berlin hingegen den Weg nach Artikel 146, könne es mit den europäischen Partnern Probleme geben. Genschers Position ist in der FDP nicht unumstritten. Otto Graf Lambsdorff votiert anfangs für den längeren Weg.

Schäuble will es den Westdeutschen nicht zumuten, sich in einer jahrelangen und zehrenden Diskussion über »ihr« Grundgesetz verunsichern zu lassen. Schließlich sind es siebzehn Millionen Einwohner eines Unrechtsstaates, die sich mit sechzig Millionen einer bewährten Demokratie vereinigen. Die Sozialdemokraten und viele Menschen in der nachkommunistischen DDR denken anders. Die DDR könne ihre »Errungenschaften« nur dann gleichberechtigt in den Wiedervereinigungsprozeß einbringen, wenn die Einheit in einer Nationalversammlung vorbereitet werde.

Genau das jedoch will Schäuble nicht. Er gehört zu den wenigen Spitzenpolitikern, die bestreiten, daß es überhaupt »Errungenschaften« der DDR gibt. Für ihn war die schon früh einsetzende Ostalgie und der angebliche Unterschied zwischen sozialer Wärme Ost und Ellbogengesellschaft West nur eine »systembedingte Reminiszenz«. In dieser Einschätzung ist er sich jedenfalls einig mit seinem engsten östlichen Verhandlungspartner Günther Krause. Auch der ist nicht von dem Komplex geplagt, irgend etwas aus der DDR, die der Philosoph Peter Sloterdijk spöttisch »Staatsbürgerverwahrungsanstalt Ost« nennt, in die Einheit »hinüberretten« zu wollen.

Der Übersiedlerzustrom von Ost nach West verleiht nicht nur der Währungsunion Flügel, sondern auch der Verfassungsdiskussion. Man muß, so Schäuble damals, den Menschen die Perspektive einer schnellen Einheit geben, sonst wird die DDR ausbluten. Den Menschen in der DDR nimmt Schäuble die Sorgen vor dem Sprung ins kalte Wasser durch das Versprechen, die Folgen der Einheit würden in Überleitungsbestimmungen gemildert. Das ist die Grundphilosophie des Einigungsvertrages, den Schäuble mit Lothar de Maizière und Günther Krause aushandelt.

Eines jedoch kann Schäuble nicht verhindern. Als die DDR der Bundesrepublik am 3. Oktober 1990 beitritt, ist im Einigungsvertrag der Artikel 23 aufgehoben worden. Der Artikel 146 bleibt jedoch erhalten. Schäuble ist für dessen Streichung gewesen, weiß aber, »daß es dafür keine Mehrheit im Bundestag und im Bundesrat geben wird«. Immerhin setzt er noch durch, daß eine Volksabstimmung über eine neue Verfassung von Bundestag und Bundesrat zugelassen werden muß – und zwar mit Zweidrittelmehrheit.

Der Einigungsvertrag

Am 6. Juli 1990 sitzen sich in Ost-Berlin Günther Krause und Wolfgang Schäuble gegenüber. Es ist die erste Verhandlungsrunde zum Einigungsvertrag zwischen der Bundesrepublik Deutschland und der DDR – ein weiterer historischer Tag in diesem historischen Jahr.

Innenpolitisch ist der Einigungsvertrag neben der Wirtschafts- und Währungsunion die zweite entscheidende Station auf dem Weg zur deutschen Einheit. Persönlich bedeutet der Vertrag für Schäuble einen großen Prestigeerfolg. Wochenlang steht er im Scheinwerferlicht der Kameras, und jedermann ist klar, daß der Bundesinnenminister und niemand anders der Manager der Einheit ist. Zu den inhaltlichen Schwächen gehört nicht nur der gescheiterte Versuch, die Amnestie für

Ostspione in das Vertragswerk hineinzuschreiben. Der damalige Justiz-Staatssekretär Klaus Kinkel setzt durch, daß vom ersten Tag der Einheit an in den neuen Bundesländern westdeutsches Recht gelten soll, obwohl die Verwaltung darauf nicht vorbereitet ist. Damit wird der Osten Deutschlands um die Möglichkeit gebracht, ein neues, unkompliziertes Recht zu schaffen, das auch für Westdeutschland hätte Vorbild sein können. Dafür hat sich Schäubles politischer Doppelpartner Günther Krause als Staatssekretär des DDR-Regierungschefs Lothar de Maizière eingesetzt. Trotz aller Unzulänglichkeiten wurde der Einigungsvertrag, dieser Meilenstein auf dem Weg zur Einheit, zu Schäubles politischem Meisterstück.

Doch warum ist es ausgerechnet Schäuble, der mit Ost-Berlin verhandelt? Schließlich sitzt ihm gegenüber ja auch nicht der DDR-Innenminister Peter-Michael Diestel, sondern mit Krause der Staatssekretär von Regierungschef Lothar de Maizière. Krauses Pendant in Bonn heißt Rudolf Seiters. Der ist damals Helmut Kohls Kanzleramtsminister und Koordinator der gesamten Regierungsarbeit im Jahr der Einheit. Seiters leitet den Kabinettsausschuß Deutsche Einheit. Und dennoch darf nicht dieser enge Zuarbeiter des Kanzlers in Ost-Berlin verhandeln, sondern der Bundesinnenminister. Daran ändert auch die Tatsache nichts, daß der Kanzleramts- und nicht etwa der Innenminister jahrelang die Federführung für die praktische Deutschlandpolitik hatte. Trickreich hat Schäuble sich schon frühzeitig die Verhandlungsführung gesichert.

Als im Frühjahr 1990 klar ist, daß ohne eine Überleitungsgesetzgebung zwischen Bonn und Ost-Berlin die Einheit nicht zu haben sein werde, beauftragt Schäuble sein Haus mit einer internen Prüfung: »Wie war das damals im Saarland?«, will er von seinen Abteilungsleitern wissen.

Als die saarländische Bevölkerung im Oktober 1955 per Plebiszit ein europäisches Statut für das Saarland abgelehnt hatte, schlossen Frankreich und Deutschland ein Jahr später einen Staatsvertrag über die Wiedereingliederung des Saarlandes in den deutschen Staatsverbund. Schäubles Leute haben zu prüfen, wer damals auf deutscher Seite mit den Franzosen verhandelt hat. Die Recherchen förderten sein Wunschergebnis zutage: Niemand anders als der Bundesinnenminister hatte mit seinem französischen Kollegen den neuen Vertrag ausgehandelt. Der listige CDU-Mann hatte nun, was er für die interne Argumentation benötigte: einen Präzedenzfall (und dazu den einzigen in der Geschichte der Bundesrepublik Deutschland), um sich die Zuständigkeit für den so wichtigen Einigungsvertrag zu beschaffen.

Mit dem saarländischen Beispiel als formaler Argumentationshilfe stellt Schäuble es als völlig selbstverständlich dar, daß der Innen- und nicht der Kanzleramtsminister den Einigungsvertrag aushandeln müsse. Kaum vorstellbar, daß Schäuble, wäre er seinerzeit noch Kanzleramtsminister gewesen, sich die deutschlandpolitische Kompetenz vom Innenminister hätte nehmen lassen. Helmut Kohl spielt Schäubles Spiel mit. Dem ebenso leisen wie treuen Seiters teilt der Kanzler knapp mit: »Ich brauche Sie hier im Kanzleramt.« Seiters macht auch heute noch gute Miene zum listigen Spiel. Er habe nicht das Gefühl, von Schäuble ausmanövriert worden zu sein, behauptet der CDU-Mann treuherzig und loyal.

Seine damaligen Mitarbeiter sehen das 1990 realistischer. Aufgeregt versuchen sie bei ausgewählten Journalisten die Botschaft zu plazieren, der eigentliche Manager der Einheit sei Seiters, nicht Schäuble. Daran ändere auch die Zuständigkeit des Südbadeners für den Einigungsvertrag nichts.

Seiters im Schatten

Für Seiters markieren Schäubles listenreiche Finten die zweite persönliche Niederlage. Wenige Monate vorher, im Herbst 1989, mußte sich der brave Emsländer vom trickreichen Außenminister Hans-Dietrich Genscher den Schneid abkaufen lassen. Kaum jemand hat je so ein Gespür für die Gesetze der Mediendemokratie entwickelt wie Genscher, der mit wichtiger Miene inhaltsleere Interviews gibt und damit die Drähte der Nachrichtenagenturen zum Glühen bringt. Deshalb läßt es sich der FDP-Mann nicht nehmen, Hunderten von verzweifelten Flüchtlingen, die in die deutsche Botschaft in Prag geflohen waren, höchstpersönlich die erlösende Botschaft zu verkünden, sie dürften nach Westdeutschland ausreisen. Es wird eine bewegende Veranstaltung, die Bilder von den jubelnden Flüchtlingen im Garten der Botschaft gehen um die Welt. Stets im Vordergrund der Fotos vom Balkon der Residenz ist Hans-Dietrich Genscher zu sehen, der gönnerhaft wie der Erlöser persönlich posiert. Niemand interessiert sich für den freundlichen weißhaarigen Mann im Hintergrund. Seiters steht im Schatten – wieder einmal. Dabei ist er es gewesen, und nicht Hans-Dietrich Genscher, der in mehreren zähen Verhandlungsrunden der DDR die Durchfahrterlaubnis für die Botschaftsflüchtlinge abgetrotzt hat.

Mit einem formalen Argument setzt Genscher den Kanzleramtsminister schachmatt: Er sei nun einmal als Außenminister Hausherr der Botschaft, also werde er auch das Ergebnis der Verhandlungen verkünden. Seiters fügt sich, weil Krach und Profilierung seinem friedliebenden und bescheidenen Naturell widersprechen.

Es scheint Seiters' Schicksal zu sein, im Schatten zu stehen. Nur einmal gerät er, diesmal unfreiwillig, in volles Licht – und da zeigt sich, daß er es nicht erträgt. Für Pannen bei der Terroristenjagd in Bad Kleinen und danach übernimmt Seiters so frühzeitig die politische Verantwortung, daß kaum jemand seinen Rücktritt versteht. Bis heute sprechen Bürger Seiters dort, wo er auftaucht, auf seinen übereilten Abgang an. Inzwischen steht fest, daß der RAF-Terrorist Wolfgang Grams sich selbst erschoß und nicht von den dem Bundesinnenminister unterstehenden GSG-9-Beamten umgebracht wurde. Seiters' Rücktritt war überflüssig.

Seine Beliebtheit in der Unionsfraktion hat darunter jedoch nicht gelitten. Nach der Bundestagswahl im Oktober 1994 wurde der sympathische und fleißige Seiters mit dem besten Ergebnis zum Stellvertreter Schäubles gewählt.

Nachdem er im Frühjahr 1990 Seiters ausgekurvt hat, kann Schäuble Anfang des folgenden Jahres seinen Triumph voll auskosten. Da erscheint sein Buch *Der Vertrag*, das er noch vom Krankenlager der Rehabilitationsklinik Langensteinbach zwei *Spiegel*-Redakteuren diktiert hat. Das Werk trägt den beziehungsreichen Untertitel: *Wie ich über die deutsche Einheit verhandelte.*

Glasperlenspiele um das Grundgesetz

Gleich nach der Einheit stürzt sich die Linke auf das Grundgesetz. Sie will nun mit einer Verfassungskommission erreichen, was ihr bei der Einheit nicht gelungen war, praktisch eine zweite Staatsgründung nach ihren Vorstellungen. Hätte sie sich durchgesetzt, Deutschland wäre nicht mehr wiederzuerkennen gewesen. Für die Union ist die Verfassungskommission hingegen nie mehr als ein Debattierclub von Glasperlenspielern; entsprechend verhält sie sich auch. Angetrieben von Schäuble, blockt sie nahezu alle Wünsche nach Verfassungsänderungen ab, die nicht in unmittelbarem Zusammenhang mit der Einheit stehen. Da in der Verfassungskommission mit Zweidrittelmehrheit abgestimmt werden muß, haben die Gesellschaftsumbauer von der SPD, den Grünen und Teilen der FDP nie eine Chance.

So werden Deutschland sinnlose Staatsziele wie das Recht auf Arbeit und Wohnen erspart, die weder einen einzigen Arbeitsplatz noch eine einzige Wohnung mehr geschaffen und nur den Verdruß über die angeblich unfähigen Politiker, die dies ja augenscheinlich sogar in der Verfassung versprechen, noch gesteigert hätten. Daß in den Verfassungen der neuen Bundesländer solche Staatszielbestimmungen zu finden sind, macht die Sache der Union in Bonn nicht eben einfacher. Der renommierte Bonner Staatsrechtler Josef Isensee erhebt deswegen den Vorwurf, der »Volkskatechismus« in den Verfassungen der neuen Bundesländer gehe auf den Import von Westbeamten zurück und deren Ziel sei der Reimport ihrer Vorstellungen in den Westen. Dieses intellektuelle Recycling nennt Isensee eine West-Ost-Verschiebung linker Gedanken.

Die Sozialdemokraten, die das einklagbare Recht auf den Arbeitsplatz fordern, demonstrieren ihre zusätzliche Friedensliebe mit der Forderung nach einem Verfassungsverbot des Waffenexportes. Das Heer von Arbeitslosen, das die SPD auf diese Weise produziert hätte, wäre vermutlich nach Bonn marschiert und hätte von der Regierung ihr Recht auf den Arbeitsplatz eingeklagt.

Unsinnigen Streit, auch innerhalb der Union, gibt es um die Einführung des Umweltschutzes als Staatsziel ins Grundgesetz. Der Vorsitzende der Verfassungskommission, Grundgesetzkommentator Rupert Scholz, hat sich mit der SPD auf eine Formulierung ohne Gesetzesvorbehalt geeinigt: »Die natürlichen Lebensgrundlagen stehen im Rahmen der verfassungsmäßigen Ordnung unter dem Schutz des Staates.« Nach Schäuble würde das dazu führen, daß nicht die Parlamente, sondern die Gerichte über Inhalte und Grenzen des Umweltschutzes befänden. Er wolle jedoch »Gesetzesrecht, nicht Richterrecht«.

Der damalige Parlamentsgeschäftsführer Jürgen Rüttgers handelt ganz im Sinn des Bundeskanzlers und seines Fraktionsvorsitzenden, als er die Unionsmitglieder der Verfassungskommission, Scholz an der Spitze, rüde zurückpfeift. Sie hätten sich gefälligst so zu verhalten, wie die Unionsfraktion das wolle. Und die habe schließlich mit Mehrheit beim grundgesetzlichen Umweltschutz einen Gesetzesvorbehalt beschlossen. So wenig kann in Bonn das freie Mandat wert sein, mosern die gemaßregelten Parlamentarier der Union.

Die Sozialdemokraten schäumen, als die Union aussteigt und mehrheitlich gegen den zuvor noch gemeinsam ausgehandelten Formulierungsvorschlag stimmt.

Zu den Absonderlichkeiten, die damals allen Ernstes gefordert wurden, gehört ein Grundrecht auf Privatheit, das der datenschutzverliebte FDP-Innenpolitiker Burkhard Hirsch einfordert. Später darf der Freidemokrat dann weiter Karriere machen. Doch die Hoffnung der FDP-Fraktionsspitze, Hirsch werde seine innenpolitischen Quertreibereien zu Lasten der Regierungskoalition einstellen, wenn man ihm den schönen Posten eines Bundestags-Vizepräsidenten gibt, haben sich nicht erfüllt. Manche Parlamentarier lassen sich eben nicht den Schneid abkaufen. Als innenpolitischer Sprecher läßt sich Hirsch erst Anfang 1996 ersetzen, nachdem sich Justizministerin Leutheusser-Schnarrenberger Ende 1995 entschieden hat, nicht länger im Amt zu bleiben.

Gescheitert sind SPD und Grüne mit ihrem Vorstoß, plebiszitäre Elemente wie Volksabstimmungen in die Verfassung einzufügen. Dies hätte jedoch nicht nur eine Schwächung des Parlaments bedeutet (dürfen Abgeordnete einen Volksentscheid in der Gesetzesarbeit überhaupt korrigieren?), sondern auch eine Emotionalisierung der ohnehin oft genug unsachlich ablaufenden Entscheidungsfindung in der Politik.

Der NATO-Doppelbeschluß, der Anfang der achtziger Jahre die Sowjetunion in den Abrüstungsdialog mit dem Westen zwang, wäre mit Sicherheit in einer Volksabstimmung hinweggefegt worden.

Der scharfzüngige Kölner Staatsrechtler Martin Kriele hat die plebiszitäre Idee folgendermaßen ad absurdum geführt: »Volksbegehren sollten nur zulässig sein, wenn sie mit der Bereitschaftserklärung verbunden sind, die entstehenden Lasten zu tragen. Die Bürger erklären dann zum Beispiel im Volksentscheid: Ich bin dafür, alle Atomkraftwerke abzuschalten und die dadurch entstehenden Kosten auf die Strompreise umzulegen. Oder: Ich bin für Nachgiebigkeit gegenüber den berechtigten Forderungen der ÖTV und deshalb für ein Sonderopfer öffentlicher Dienst durch Aufschlag von X Prozent auf die Lohn- und Einkommensteuer. Oder: Ich bin gegen die Schließung unrentabler Betriebe durch die Treuhand und beteilige mich mit soundsoviel an einem Subventionsfonds, der ihre Weiterführung ermöglicht. Oder: Ich bin für großzügige Einwanderungsregelungen und übernehme die Sorge für Wohnung und Unterhalt eines Ausländers.« Auf diese Weise, so Kriele ironisch, »verbände sich die Moral mit Urteilskraft«.

Am Ende ist die Linke von der Zermürbungstaktik der Union, die Schäuble von der Spitze aus gesteuert hat, tief frustriert. Desillusioniert und verärgert ist auch das intellektuelle Umfeld der SPD. Reformunfähigkeit und Unbeweglichkeit attestiert etwa Helmut Simon, der frühere Richter am Bundesverfassungsgericht, der Verfassungskommission. Sie sei vor einer historischen Aufgabe gescheitert und habe die Chance verspielt, nach den Problemen des Einigungsprozesses »so was wie einen identitätsstiftenden Verfassungspatriotismus« zu fördern. Dabei wurde in der Verfassungskommission, wenn vom Bürger konkret die Rede war, stets über Rechte gesprochen, nicht über Pflichten.

Mit der einleuchtenden Begründung, daß es nicht lohne, die Bürger in einer großangelegten Aktion über Petitessen befinden zu lassen, verzichtet die SPD am Ende sogar auf eine Volksabstimmung über die geänderte Verfassung, die sie doch stets so vehement gefordert hat. Dabei wäre Schäuble bereit gewesen, der Opposition in diesem Punkt entgegenzukommen. Doch dies ist weniger Großzügigkeit als vielmehr ein hintersinniger Schachzug des Obertaktierers: Einmal angewendet, ist der Artikel 146 verbraucht – warum ihn dann nicht »verbrennen« in einer Volksabstimmung über Petitessen? Doch genau dieses Spiel haben die Genossen durchschaut. Und so bleibt der Artikel 146 auch in der neuen Verfassung stehen. Er wirkt dort wie ein Fremdkörper: die ständige Drohung, der alten Wirtschaftswunder-Republik doch noch den Garaus zu machen.

EIN ZWEITER LANDRAUB

Zu den kompliziertesten und folgenreichsten Kapiteln der deutschen Einheit gehört die Regelung der Eigentumsfrage. Die Bundesregierung entscheidet sich, grundsätzlich zurückzugeben, was die Kommunisten den Besitzern einst raubten. Schäuble tritt für einen anderen Weg ein, doch er kann sein Ziel, Entschädigung statt Rückgabe (ursprünglich hat Schäuble sogar auf Entschädigung verzichten wollen), gegen Justiz-Staatssekretär Klaus Kinkel nicht durchsetzen. Dabei liegt Schäubles Vorschlag ganz auf der systematischen Linie des Vertragswerkes. So, wie die Unterhändler vereinbaren, das DDR-Unrechtssystem zu behandeln, als ob es sich um einen Rechtsstaat gehandelt hätte, so sollen sie beschließen, die unter dem SED-System geschaffenen Eigentumsverhältnisse nicht zu revidieren. Doch ausgerechnet für die Eigentumsfrage gilt auf einmal die Eigentumsgarantie des Grundgesetzes. Lothar de Maizière hat dies verhindern wollen. Das trägt ihm zornigen Protest ein, und er, der am liebsten eine besenreine DDR übergeben möchte, bekommt das lockere Mundwerk von Otto Graf Lambsdorff zu spüren. Der herrscht ihn im Frühsommer 1990 in interner Sitzung im Bonner Kanzleramt an: »Lesen Sie erst mal unsere Eigentumsordnung.«

Überzeugte Marktwirtschaftler wie der Publizist Henning Krumrey (*Aufschwung Ost, Märchen oder Modell?*) nennen diese Weichenstellung das »fundamentalste Investitionshindernis des gesamten Wiederaufbaus«. Weder Städte und Gemeinden noch die Treuhandanstalt sind in der Lage, Grundstücke an Investoren zu verkaufen, weil sie fürchten müssen, eines Tages werde sich noch ein Alteigentümer melden. Ergebnis: »Aufschwung und Euphorie kamen schnell ins Stocken, denn gerade für die aufstrebenden Kleinunternehmer wurden Investitionen unmöglich.«

Die Freidemokraten haben für ihren Einsatz handfeste parteitaktische Gründe, zählen sie doch zu ihrer Wählerklientel einen hohen Anteil ostelbischer Grundbesitzer. Die haben es der FDP jedoch augenscheinlich nicht gedankt. Nirgendwo im Osten, nicht einmal in Hans-Dietrich Genschers Geburtsstadt Halle, können die Liberalen auf Dauer Fuß fassen.

Die Bundesregierung sieht ihren Fehler jedenfalls schnell ein. So beschließt sie schon 1992 eine Vorfahrtsregelung für Investoren, die das Prinzip Rückgabe vor Entschädigung für die Praxis so gut wie außer Kraft setzt, indem sie Alteigentümern eine Reihe von bürokratischen Hürden auferlegt, die eine Rückgabe praktisch unmöglich machen. Und dennoch: Mehr als fünf Jahre nach der Wiederherstellung der staatlichen Einheit ist erst die Hälfte der Anträge auf Rückgabe erledigt. Das hängt auch mit der restlos überforderten Bürokratie im Osten Deutschlands zusammen – jedenfalls in den ersten Jahren nach der Wiedervereinigung. Die Beamten müssen im Westen akquiriert werden und sind nur mit großen Gehaltserhöhungen, in ihren Kreisen als »Buschzulage« bespöttelt, zur Aufbauhilfe Ost zu bewegen. Wegen der zu erwartenden großen Antragsflut können die Wünsche der allermeisten Bürger erst einmal nur aufgenommen und katalogisiert werden. Bis zur Lösung der Eigentumsfrage werden also zehn Jahre vergehen. Zehn Jahre, in denen nicht so schnell in den Wiederaufbau investiert werden kann, wie dies im Interesse der Menschen nötig wäre.

Schon jetzt ist auszurechnen, wie das Osteigentum dann aufgeteilt sein wird: Ein Drittel dürfen die sogenannten redlichen Erwerber (oft genug Bonzen oder andere Systemgünstlinge) behalten, ein weiteres Drittel fällt an die öffentliche Hand (wie der Ost-Berliner Fernsehturm oder der Grenzübergang Checkpoint Charlie). An die Alteigentümer zurückgegeben wird letzten Endes nur ein Drittel ihres früheren Besitzes. Eine einzige Ausnahme vom grundgesetzlichen Eigentumsrecht wird jedoch im Einigungsvertrag festgeschrieben: Wer als Deutscher von Deutschen unter sowjetischer Besatzungshoheit enteignet wurde, bekommt nichts zurück, muß sich mit einer Ausgleichszahlung abfinden, die nicht annähernd dem Wert entspricht, den Ländereien, Häuser und Fabriken haben.

Enno von Loewenstern prangert in der WELT diesen zweiten »Landraub« an. Die *Frankfurter Allgemeine Zeitung* kreidet der Bundesregierung Hehlerei an. Die Ergebnisse der sogenannten Bodenreform nicht anzutasten, entpuppt sich als Entscheidung mit gravierenden Folgen für die innere Einheit Deutschlands. Mehr als fünf Jahre danach steht die Bundesregierung immer noch im Zwielicht, spaltet das heikle Thema nach wie vor das Land in Ost- und Westdeutsche, fürchten führende Unionspolitiker Milliardenverluste im Fall einer erzwungenen Rückgabe der Besitztümer und eine politische Blamage obendrein. Im Raum steht ein gravierender Vorwurf: Die Regierung habe das Bundesverfassungsgericht belogen, um mit dem Verkauf von Land, das ihr nicht gehöre, die Folgen des Sozialismus zu bezahlen.

»Junkerland in Bauernhand« und »Staatshehlerei«

Schon kurz nach dem Ende des Zweiten Weltkrieges, im September 1945, machen sich die Kommunisten mit dem Schlachtruf »Junkerland in Bauernhand« an die Bodenreform. In der sowjetischen Besatzungszone beginnt die Umverteilung des Eigentums. Es war ein Alleingang. Die Außenminister der vier Besatzungsmächte billigen den Plan einer Bodenreform für ganz Deutschland erst im April 1947. Entschädigungslos enteignet werden alle Betriebe mit mehr als hundert Hektar Fläche. Die offizielle Begründung lautet, man wolle die Strukturen beseitigen, die Hitler erst möglich gemacht hätten. Tatsächlich handelt es sich um den Startschuß zur Vergemeinschaftung des Privateigentums, der Kollektivierung. Auch kleinere Betriebe sind von den Enteignungen nicht ausgenommen, wenn ihre Besitzer in der NSDAP aktiv gewesen sind oder als Kriegsschuldige eingestuft werden.

Elftausend Betriebe werden ihren Besitzern weggenommen. Daß nur die Junker enteignet worden seien, ist ein Märchen: denn viertausend enteignete Betriebe haben weniger als hundert Hektar Fläche. Hundertneunzehntausend Landarbeiter und mehr als einundneunzigtausend Umsiedler bekommen rund acht Hektar zugesprochen. Doch was als Privatisierung im großen Ausmaß beginnt, mündet ab 1952 in eine gigantische Kollektivierung in den Landwirtschaftlichen Produktionsgenossenschaften (LPG). Walter Ulbricht will von seiner Zusage, den Privatiers ihr Land zu lassen, plötzlich nichts mehr wissen. Die angeblichen braunen Junker werden durch die roten, die Chefs der LPGs, ersetzt.

Die Parole »Junkerland in Bauernhand« versteht sich als antifaschistischer Schlachtruf. Dabei ist nur jeder dritte Enteignete adlig. Den Adligen eine Sonderverantwortung am Nationalsozialismus zuzuweisen, ist angesichts der Beteiligung etlicher Adliger am Widerstand gegen Hitler zudem unhistorisch. Was als Antifaschismus daherkommt, erweist sich als kommunistischer Klassenkampf.

Soweit die Geschichte. Doch vierzig Jahre später scheint sie vergessen. Führende Politiker aus West und Ost beten die Parolen der Kommunisten wieder, als gebe es keine Geschichtsbücher. So verspricht der damalige Landwirtschaftsminister Ignaz Kiechle von der CSU im Bundestagswahlkampf 1990, er werde dafür sorgen, daß kein Junker zurückkehre. Das Junkersyndrom verinnerlichen alle ostdeutschen Ministerpräsidenten. Dabei spielt die parteipolitische Couleur keine Rolle.

Die Alteigentümer haben keine Lobby, sie können nur sich selbst vertreten. Dabei sind sie in der Öffentlichkeit den Behauptungen von Politikern ausgeliefert, sie wollten der eigenen Vertreibung vor fünfzig Jahren eine neue folgen lassen. Doch die Eigentümer oder ihre Nachkommen wollen gar nicht jene 3,2 Millionen Hektar zurück, die ihnen damals genommen wurden. Sie zielen nicht auf jene, die später im guten Glauben das Land kauften. Die Alteigentümer begehren nur zurück, was sich die Bundesrepublik Deutschland als Staat einverleibt. Was in öffentlicher Hand ist, soll »unter Beibehaltung der bestehenden Besitzverhältnisse, wie Pachten, zurückgegeben werden«. Die Besitzer von einst pochen auch nicht auf Sonderrechte, sondern verlangen nur Gleichbehandlung: Sie wollen, daß für sie der Grundsatz Rückgabe vor Entschädigung ebenso gilt wie für die nach 1949 Enteigneten.

Was sie kritisieren, bringt Albrecht von Schlieffen, Alteigentümer und Justitiar bei Daimler-Benz in Stuttgart, auf den Punkt. Die Treuhand habe »ungeniert fremdes Eigentum verkauft und den Bund mit dem Hehlerei-Erlös bereichert«. Seine politische Schlußfolgerung geht ans Eingemachte: Im Verbund mit der SPD opfere die Regierung zentrale Grundsätze des Staatswesens schnödem Finanzinteresse, zertrümmere den »Rechtsstaat aus Opportunismus«. Die Vorwürfe sind verständlich. Eingeweihte aus der Führung der Union geben heute zu, daß die Alteigentümer recht haben.

Daß es damals, kurz nach 1945, das Grundgesetz noch nicht gab, ist heute belanglos. Schließlich ist es die souveräne Entscheidung der Bundesregierung, das enteignete Land nicht wieder jenen zurückzugeben, denen es gehört. Das verbietet auch nicht das Bundesverfassungsgericht. Denn die Richter beschließen 1991 unter dem Vorsitz des heutigen Bundespräsidenten Roman Herzog nur, daß die Bundesregierung verfassungskonform handelt, als sie entscheidet, nichts zurückzugeben. Es hat eine solche Rückgabe aber nicht ausgeschlossen. Sie ist nach wie vor möglich.

Schäuble hat die Verwerfungen der Lösung, für die er focht, unterschätzt. Das räumt er heute ein. Damals tat er Einwände ab. Mehr noch: Er wischte sie, wie es bisweilen seine Art ist, zynisch vom Tisch. Schon im März 1990 spricht Schäuble von der »Illusion«, die nach 1945 entstandenen Eigentumsstrukturen rückgängig machen zu können. Und er macht sich, wie er selber in seinem Buch *Der Vertrag* erzählt, »ein wenig lustig« über jene, »die jetzt in Verzweiflung geraten, weil sie möglicherweise etwas nicht mehr bekommen, von dem sie seit zwanzig Jahren im Traum nicht daran gedacht haben, daß sie es jemals wiederbekommen würden«. Wer dieser kruden Logik folgt, hätte den zu Unrecht verurteilten Opfern der SED den Wunsch nach Rehabilitierung absprechen müssen. Denn auch sie haben, dies kann man getrost unterstellen, im Traum nicht an die Wiedervereinigung geglaubt, als sie von der kommunistischen Willkürjustiz abgestraft wurden.

Über Gerechtigkeit und Ungerechtigkeit urteilt Schäuble mit großer Geste: Er macht sich den Grundgedanken des Westfälischen Friedens zu eigen. »Schon am Ende des Dreißigjährigen Krieges wurde 1648 vereinbart, daß man sich nicht mehr um die Vergangenheit, sondern um die Zukunft kümmern wolle.« Schäuble will den Schlußstrich – ob bei der Eigentumsfrage oder beim Umgang mit den Spionen des SED-Regimes. Seine Motive sind ehrenwert, will er doch dem Volk weitere Pein ersparen. Doch solange es Opfer gibt, die auf Gerechtigkeit pochen, Sühne für Unrecht reklamieren oder gar Wiedergutmachung, kann dieser Schlußstrich kaum gezogen werden. Nur wenige der Täter von einst sind bereit, ihre Schuld einzugestehen. Wie sollte es da Versöhnung geben können?

Immerhin: Schäuble stellt sich in der Eigentumsfrage Diskussionen mit den Betroffenen. Dem unbequemen Streit geht er nicht aus dem Weg – und er führt ihn hart, beispielsweise bei einer Diskussion mit Alteigentümern auf Schloß Branitz bei Cottbus. Auch hier greift Schäuble zu einer historischen Analogie: »Als das Haus Bourbon nach fünfundzwanzig Jahren Wirren Französischer Revolution und napoleonischer Kriege wieder an die Macht kam, hat es die Eigentumsordnung nicht wiederhergestellt, die bis 1789 galt.« Klingt gut, ist aber falsch: Den Franzosen wurde zurückgegeben, was die öffentliche Hand sich unter den Nagel gerissen hatte. Besitztümer, die an Privatiers weitergegeben worden waren, durften diese behalten. Etwas anderes wollen auch die in der Sowjetischen Besatzungszone Enteigneten nicht.

Das Unrechtsempfinden der Betroffenen wertet Schäuble als Verlangen nach »Einzelfallgerechtigkeit«, für die nach jenen knapp sechzig Jahren Diktatur, die die Menschen in der früheren DDR zu ertragen hatten, aber nur wenig Raum geblieben sei. Die Einzelfallgerechtigkeit, also das Vertrauen jedes Bürgers, daß er vom Staat gerecht behandelt wird, ist jedoch einer der Stützpfeiler des Gemeinwesens. Sie dem Opportunitätsprinzip zu opfern, erscheint Rechtspolitikern selbst in Schäubles eigener Fraktion mindestens als »fahrlässig«.

Was sind Schäubles Gründe, das DDR-Unrecht durch den Rechtsstaat Bundesrepublik abzusichern?

Schäubles Hauptmotiv hat einen Namen: Lothar de Maizière. Der letzte Regierungschef der DDR weigert sich beharrlich, auch nur einen Millimeter von der »Bodenreform« preiszugeben. Sie ist für den hageren Schnauzbartträger und seine zahlreichen Gesinnungsfreunde in der eigenen und in anderen Fraktionen ein Stück »Errungenschaft« der DDR.

Ein paar Jahre nach der deutschen Einheit haben diese »Errungenschaften« ihren Glanz verloren, wenngleich sie von manchen ostdeutschen Politikern (hier tut sich besonders die brandenburgische Sozialministerin Regine Hildebrandt hervor) auch heute noch verfochten werden. Dabei war die Vollversorgung mit Kindergarten- und Hortplätzen in der früheren DDR die Folge niedriger Löhne, die beide Ehepartner zwang zu arbeiten, sowie Angriffspunkt der Indoktrination sozialistischer Erziehung. Eine Wahlfreiheit zwischen Kindererziehung und Beruf gab es für die meisten in der DDR nicht. Das Recht auf Wohnen, eine weitere sozialistische »Errungenschaft«, hat Wohnungen hervorgebracht, in die ein westdeutscher Sozialmieter freiwillig nicht gezogen wäre. Das Recht auf Arbeit schließlich führte zu einer verdeckten Arbeitslosigkeit in Millionenhöhe, für die die Westdeutschen noch Jahre zahlen müssen. Daß noch im Jahr 1995 Politiker nicht nur der in PDS umbenannten SED mit diesen Errungenschaften Nostalgiegefühle für ein Gemeinwesen schüren, das es so in Wahrheit niemals gegeben hat, gehört zu den betrüblichen Kapiteln der deutschen Einheit.

Lothar de Maizière erklärt die Bodenreform jedenfalls kategorisch für unantastbar. In die Verhandlungen zum Einigungsvertrag geht er in diesem Punkt kompromißunfähig. Eine Abkehr von den Enteignungen werde »keine politische Gruppierung in der DDR jemals unterschreiben. Dafür gibt es keine Mehrheiten«, behauptet er.

Schäuble nutzt die Halsstarrigkeit des Anwalts, der heute mit seiner Berliner Kanzlei an Rechtsstreitigkeiten über die Folgen des Einigungsvertrages nach eigenem Bekunden ordentlich verdient, um die Bonner Koalition insgesamt auf Kurs zu bringen. Im Regierungsbündnis ist die Angelegenheit keineswegs so klar, wie es heute erscheint. Vor allem der damalige FDP-Vorsitzende Otto Graf Lambsdorff lehnt es ab, von dem Prinzip Rückgabe vor Entschädigung für die Zeit von 1945 bis 1949 eine Ausnahme zu machen. Schäubles Hinweis, ohne die Bodenreform werde die DDR den Einigungsvertrag nicht unterzeichnen, gibt schließlich den Ausschlag. Die Eigentumspartei FDP knickt ein.

Ein ernsthafter Versuch, via Einigungsvertrag die Bodenreform zu kippen, ist deshalb nicht unternommen worden. Damals fordern die Menschen auf den Straßen die Einheit. Sie wissen, daß die DDR moralisch, politisch und finanziell bankrott ist. Ob sie sich von einem Nein de Maizières und seiner Gesinnungsgenossen hätten aufhalten lassen, wird nicht getestet. Schuld daran ist auch der immense Zeitdruck, unter dem Schäuble und seine Beamten aus dem Innenministerium mit dem Einigungsvertrag stehen. Die Verhandlungen sind in der Tat ein einziger Parforceritt: Was bleibt anderes übrig, als wichtige Probleme entweder per Federstrich oder durch Ausklammern zu erledigen, wie die Hauptstadt- oder die Abtreibungsfrage. Für die Opfer der Enteignungen ist dies freilich ein schwacher Trost.

Albrecht Graf von Schlieffen, im Alter von zweieinhalb Jahren enteignet (sein Vater war im Krieg gefallen), packt ob dieser pragmatischen Strategie der Zorn. »Die DDR konnte gar keine Bedingungen mehr stellen. Seit wann stellt denn der Schuldner seinem Konkursverwalter noch Bedingungen?«

Rettungsanker Moskau

Wenn bei wichtigen politischen Entscheidungen so unterschiedliche Interessen im Spiel sind, ist in der Regel die Konsequenz klar: So ein Fall landet vor dem Bundesverfassungsgericht in Karlsruhe. Doch die Richter interessieren sich herzlich wenig für die Wünsche der vormaligen DDR-Volkskammer, die für Schäuble ausschlaggebend gewesen sind. Sie wollen von den Regierungsvertretern vor allem wissen, was die Sowjetunion als alliierte Vetomacht verlangt hat. Der damalige Außenamtsstaatssekretär Kastrup und Justizminister Klaus Kinkel geben sich leidlich Mühe, dem Gericht klarzumachen, daß Moskau den Bestand der Bodenreform als Preis der Einheit gefordert hätte. Die Bundesregierung weiß: Ausschließlich mit innenpolitischen Argumenten würden sich die Richter nicht zufriedengeben. Eine Rückgabe des enteigneten Gutes muß als die entscheidende Hürde für die Wiederherstellung der deutschen Einheit dargestellt werden. Der Kreml muß als Alibi herhalten.

Im Gericht selbst steht die Sache Spitz auf Kopf. Da interveniert Helmut Kohl. In die kontroversen Beratungen der Richter hinein gibt der Bundeskanzler am 30. Januar 1991 eine Regierungserklärung ab und behauptet: »Der Fortbestand der Maßnahmen zwischen 1945 und 1949 wurde von der Sowjetunion zu einer Bedingung für die Wiedervereinigung gemacht.« Das ist ein Fingerzeig für die Karlsruher. Die Richter votieren einstimmig zugunsten der Bundesregierung. Deren Entscheidung, die Rückgabe des Bodenreformgutes zu verweigern, sei verfassungskonform. Aus altem wird neues Unrecht.

Dreieinhalb Jahre später platzt die Bombe: Helmut Kohls Verhandlungspartner von einst, Michail Gorbatschow, dementiert die Behauptungen des Kanzlers. Die Bodenreform als Vorbedingung für die Einheit – davon könne keine Rede sein, stellt der vormalige sowjetische Staats- und Parteichef klar. Mehr noch: »Auf meiner Ebene als Präsident der UdSSR ist diese Frage nicht behandelt worden.« Und als reiche dies noch nicht, meldet sich auch der damalige sowjetische Außenminister Eduard Schewardnadse zu Wort und stellt klar, daß selbst auf der Ebene der Außenminister der Bestand der Bodenreform kein Thema gewesen ist.

Gorbatschows Einlassungen (er macht sie zuerst gegenüber dem britischen Historiker Norman Stone) lösen in Bonn hektische Aktivität aus. Im Auswärtigen Amt und im Kanzleramt werden die Akten gewälzt. Nun muß die Bundesregierung nachweisen, daß die Einheit an der Revision der Bodenreform gescheitert wäre. Doch dies gelingt ihr nicht – konnte nicht gelingen.

Kohls Kanzleramtsminister Friedrich Bohl (einzig die FAZ hat es genüßlich registriert) muß zugeben, daß die Sowjetunion im Sommer 1990 nicht mehr ausdrücklich die Unumkehrbarkeit der Enteignungen verlangt habe. Dennoch beharrt Bohl darauf, diese Forderung habe bestanden. Als Beleg vermochte er jedoch nur ein »Gespür« anzuführen. Die angebliche sowjetische Vorbedingung für die deutsche Einheit bleibt bei Bohl am Ende nur noch als Vermutung übrig. Dünner geht's nimmer.

Sofort werden peinliche Fragen gestellt. Hat die Bundesregierung das Bundesverfassungsgericht und das Parlament belogen? Geht es ihr lediglich darum, mit den Erlösen aus dem Verkauf der Bodenreformbesitztümer die Einheit gegenzufinanzieren? Antworten werden nicht gegeben. Die angeblich böswilligen Thesen werden stets dementiert.

Wenn diese Frage den Russen wirklich so wichtig gewesen ist, daß davon die Zustimmung zur deutschen Einheit abhing, wie die Bundesregierung behauptet, hätte dann nicht Gorbatschow selbst darüber mit Kohl verhandelt?

Im deutschen Fernsehen räumt Mister Glasnost vor einem Millionenpublikum die Legende von der russischen Bedingung für die Wiedervereinigung ab. Die Enteignungen seien nicht auf Drängen Moskaus, sondern auf Betreiben der DDR sowie der Bundesrepublik Deutschland als gültig anerkannt worden.

Dasselbe behauptet de Maizières Vorgänger Hans Modrow von der PDS. Deswegen schlägt sich Modrows Nachfolger bis heute mit ihm herum. Jedem, der es hören will, erklärt der CDU-Mann: »Modrow behauptet zwar, er habe die Sowjets gebeten, diese Position zu übernehmen, aber die Sowjetunion hat sich in der Endphase einen Scheißdreck um DDR-Interessen gekümmert.«

Bemerkenswert: Modrow verweist darauf, seine Regierung habe am 1. März 1990 erklärt, die Konfiskationen blieben bestehen. Einen Brief mit dieser Erklärung seiner Regierung habe er Gorbatschow geschickt. Doch der war wohl nicht sonderlich beeindruckt. Eine Antwort hat der letzte kommunistische Regierungschef Deutschlands bis heute nicht erhalten.

Auf die Frage, warum Gorbatschow erklärt, der Bestand der Enteignungen sei keine Vorbedingung für die deutsche Einheit gewesen, hat de Maizière heute keine Antwort. »Das frage ich mich auch.« Damit ist für ihn die Sache erledigt. Doch so einfach läßt sich Gorbatschows Erklärung nicht beiseite schieben. Sie wird nämlich gestützt durch Aussagen seines damaligen außenpolitischen Beraters Tschernjajew. Der erzählt dem Moskauer FAZ-Korrespondenten, von einer Alternative »entweder Absage an die Restitution oder Absage an die deutsche Einheit« zu reden, sei schlicht »absurd« und habe in keiner Weise dem Denken des Kreml entsprochen.

Damit widerspricht Tschernjajew auch dem früheren Bonner Botschafter Moskaus, Julij Kwizinskij. Der hat behauptet, die Unumkehrbarkeit sei ein direkter Auftrag Gorbatschows und vom Politbüro abgesegnet gewesen. Tschernjajew berichtet dagegen, er sei bei jeder Politbürositzung dabeigewesen und habe hernach noch einmal alle Protokolle gelesen. Fündig sei er nicht geworden. Kein Wunder: Es gab einen solchen Politbürobeschluß nicht.

Unterhändler Schäuble drückte sich 1990 um eine rechtliche Bewertung dieser Frage. Für die Sowjets sei der Bestand der Enteignungen, die unter ihrer Besatzung stattfanden, eine »Prestigefrage«.

Die Enteignungen von Deutschen durch Deutsche zwischen 1945 und 1949, von den russischen Besatzern abgesichert, sind völkerrechtswidrig. Sie finden unter grausamen Bedingungen statt. Menschen werden in Lager verschleppt, manche totgeschlagen. Als ehemalige Besatzer wollen sich die Sowjets dagegen absichern, von dem wiedervereinigten Staat dafür zur Rechenschaft gezogen, möglicherweise angeklagt, verurteilt und schadenersatzpflichtig gemacht zu werden.

Doch nicht einmal das hat die Sowjetunion, 1990 auf allen Verhandlungsebenen auf dem Rückzug, geschafft. Im Zwei-plus-vier-Vertrag ist von den Konfiskationen mit keinem Wort die Rede. Dies hat Moskau zwar gewollt, war aber am Verhandlungsgeschick des Bonner Außenamtsstaatssekretärs Dieter Kastrup gescheitert. Der verhandelt die Forderung zäh vom Tisch.

Daß dies so war, hat die Bundesregierung sogar schriftlich. Im Archiv des Auswärtigen Amtes ist ein brisantes Dokument gebunkert: die Gesprächsnotiz über die Verhandlungen zwischen Staatssekretär Kastrup und Kwizinskij vom 13. August 1990 in Moskau. Der AA-Mann holt als überaus gewiefter Verhandler heraus, was überhaupt herauszuholen war. Am Ende sagt Kwizinskij: »Deutsche Beschlüsse interessieren in diesem Zusammenhang nicht.« Im Klartext: Was die Deutschen nach der Einheit mit dem unter sowjetischer Ägide enteigneten Land machten, war Moskau egal. Das bestätigt übrigens Kwizinskijs Nachfolger, Botschafter Terechow, in einem privaten Schreiben an den Industriellen Madaus, einen Alteigentümer.

Doch Kastrup erreicht noch mehr: Die beiden deutschen Außenminister Genscher und de Maizière (der nimmt als Ministerpräsident zugleich das DDR-Außenamt wahr, nachdem die SPD die große Koalition in der freigewählten Volkskammer verlassen hat) schicken einen Brief nach Moskau, in dem sie den Bestand der Bodenreform versichern. Dies ist ein taktisches Zugeständnis für die Reformer in der sowjetischen Regierung, die sich von den Altstalinisten im Moskauer Parlament, der Staatsduma, ständig den Ausverkauf sowjetischer Interessen vorhalten lassen müssen. Kastrup setzt in den Verhandlungen durch, daß Moskau für diese Note nicht einmal eine Empfangsbestätigung schickt.

Ein Winkelzug mit Folgen: Völkerrechtlich ist dieses Schriftstück nicht einmal das Papier wert, auf dem es geschrieben steht. Moskau könnte sich niemals darauf berufen, gäbe Bonn den Alteigentümern zurück, was diese von ihrem ursprünglichen Besitz noch fordern.

Im Bundeskabinett stellt Hans-Dietrich Genscher, der Außenminister, die Sache ganz anders dar. Die Regierung müsse, so der FDP-Mann, die Russen aus ihrer Situation heraus verstehen. Ihren Sieg sähen sie in erster Linie in der Zerschlagung des Faschismus. Die Bodenreform, so Genscher weiter, sei eine Maßnahme gewesen, Strukturen zu zerschlagen, die den Nationalsozialismus erst möglich gemacht hätten. Die Bodenreform revidieren zu wollen, müßten die Russen mithin als Keim für einen neuen Faschismus in Deutschland begreifen.

Genscher trägt mit großem Ernst im Blick seine Thesen vor; wie immer, wenn ihm etwas ganz besonders am Herzen liegt, mit leiser, gepreßter Stimme. Er erreicht, was er will: Niemand widerspricht dem Außenminister – Günther Krause nicht, der doch aus der DDR ganz und gar nichts hinüberretten will, aber auch nicht Kohl und Schäuble. Genschers These wird nie überprüft.

Der frühere Präsident des Oberlandesgerichtes Braunschweig, Rudolf Wassermann, ein profunder Rechtsexperte auf diesem Gebiet, sagt, wie es tatsächlich war: »Die Sowjetunion hat nicht verboten, das Land zurückzugeben.«

Schäuble agiert umsichtiger als Kohl. Eine so apodiktische Erklärung wie die seines Kanzlers hat der Fraktionsvorsitzende nie abgegeben. Heute sagt er, Genscher »und die anderen« hätten ihm immer wieder erzählt: »Die Russen wollten das.« Das stimmt zwar, aber darauf kommt es gar nicht an. Entscheidend ist nicht, was die Russen wollten, sondern ob sie den Ausschluß der Rückgabe als Preis für die Wiedervereinigung forderten. Doch auf diese heikle Frage läßt sich Schäuble nie ein.

Der Architekt der Eigentumsregelung im Einigungsvertrag formuliert vorsichtiger als Kohl. »Ich weiß nicht, ob die Einheit am Widerstand der Alliierten gescheitert wäre, wenn wir diesen Brief [der Bundesregierung an die Staatsduma; der Autor] verweigert hätten.« Der Kanzler hat erklärt, genau dies zu wissen. Das macht den entscheidenden Unterschied.

Zum Erfolg in der Politik gehört bisweilen auch ein taktischer Umgang mit der reinen und ganzen Wahrheit. Gelogen hat man deswegen ja noch nicht; und wenn niemand die richtigen Fragen stellt, haben sich solch heikle Situationen schnell erledigt.

Immer noch spaltet dieses Thema das Land. Ostdeutsche Politiker wehren sich parteiübergreifend gegen die Rückgabe, weil altes nicht durch neues Unrecht ersetzt werden dürfe. Es ist exakt dieselbe Argumentation wie die der Alteigentümer. Die Gegensätze bleiben unversöhnlich. Beim Portemonnaie hört die Einheit eben auf. Schäubles Schlußstrichkalkül konnte jedenfalls nicht aufgehen: Es gibt zu viele Opfer.

BERLIN, BERLIN

Donnerstag, 20. Juni 1991, gegen 21.45 Uhr. Bundestagspräsidentin Rita Süssmuth beendet eine der denkwürdigsten Debatten des Parlaments: die zehnstündige Redeschlacht um den Sitz von Bundesregierung und Bundestag. »Ich darf von hier oben aus der Stadt Berlin ganz herzlich gratulieren.« An diesem Tag hat Bonn verloren, Berlin gewonnen. Fünf Jahre später kann den Bonnern der Abzug der Parlamentarier, Minister und Beamten schon gar nicht mehr schnell genug gehen, weil die Stadt am Rhein sonst nicht an die knapp drei Milliarden Mark Schmerzensgeld für den Statusverlust kommt, vierzig Jahre lang provisorische deutsche Hauptstadt gewesen zu sein. Die Berliner wiederum, anfangs euphorisch, erwarten die Karawane vom Rhein inzwischen mit gemischten Gefühlen, weil ihnen langsam dämmert, was der Ausbau ihres provinziellen Millionendorfes zur weltstädtischen Metropole bedeuten könnte.

Am Abend des 20. Juni 1991 steht ein Herzschlagfinale an. Berlin liegt am Ende vorn, aber mit nur siebzehn Stimmen Vorsprung. Dennoch ist dieses Ergebnis eine Überraschung, war doch die Stimmung unter den Abgeordneten vor diesem Tag der Entscheidung eindeutig pro Bonn, was die Sympathisanten der kleinen Stadt – einer ihrer Fehler – auch offen aussprachen. Die Rheinländer waren schon Tage zuvor in Sektlaune gewesen, bis an diesem Donnerstag der Redner Nummer sieben ans Mikrophon rollt: Wolfgang Schäuble aus Gengenbach. Er dreht die Stimmung im Plenarsaal um, er sorgt für die entscheidenden Stimmen zugunsten der alten Reichshauptstadt. Schäuble, der geistige Vater des Einigungsvertrages, der Polier auf der Baustelle der deutschen Einheit, hat sich zum fulminanten Architekten des Regierungsumzugs gemacht. Das haben ihm die Rheinländer, von dem Berlin-Votum überrascht und vielfach persönlich getroffen bis ins Mark, auf Jahre nicht vergeben. Wer noch heute auf dem Bonner Marktplatz eine Schimpfkanonade auf sich ziehen will, braucht dort nur ein lobendes Wort über den Fraktionsvorsitzenden der Union fallenzulassen.

Als der SPD-Querdenker Peter Glotz mit der intelligentesten Rede an diesem Tag für Bonn spricht, ist es schon zu spät. Norbert Blüm, der sich in der Weberstraße in der kuscheligen Bonner Südstadt ein gemütliches Altbaudomizil zugelegt hat, verpatzt den Einstieg mit einem blutleeren Plädoyer für den amtierenden Regierungssitz. »Nobby«, wie Kohls letzter Minister aus der ersten Stunde von Freund und Feind inzwischen genannt wird, hat nicht seinen besten Tag erwischt. Dabei kann er ein hinreißender Redner sein, ein Kämpfer, der sich selbst am liebsten in der Rolle des Rummelboxers sieht. Doch es ist ausnahmsweise einmal nicht Wahlkampf, und an diesem 20. Juni sind andere, nachdenklichere Töne gefragt. Blüm trifft einfach nicht die Stimmung. Dafür aber Schäuble und Willy Brandt, der SPD-Ehrenvorsitzende und frühere Regierende Bürgermeister von Berlin, der kurz nach ihm spricht. Jetzt ist die Entscheidung gefallen. Daß Glotz eine gute halbe Stunde später die Vorbehalte der Bonner gegen die heraufziehende »Berliner Republik« – von der allerdings bis heute niemand so recht weiß, was sie bedeuten soll – am treffsichersten auf den Punkt bringt, geht so gut wie unter. Das hat auch viel damit zu tun, daß Glotz, der Intellektuelle, ganz und gar nicht in der Lage ist, ein Auditorium in Schwingungen zu versetzen. Er ist ein brillanter Analytiker; als Rhetoriker ist er nur mittelmäßig. Das ist überhaupt die Tragik der Bonn-Fraktion im Parlament: Sie bietet an diesem Tag im Vergleich zu den »Berlinern« die schlechteren Redner auf.

Dabei spricht viel für die Thesen von Glotz. Schließlich: Wer Parlaments- und Regierungssitz in die größte Stadt des Landes verlegt, der organisiert einen Sog in diese Stadt. »Das darf kein Föderalist riskieren.« Glotz zitiert den Philosophen Helmuth Plessner, der schilderte, was nach der Reichsgründung 1871 passierte. »Die Residenzstädte hatten ihre Rolle ausgespielt. Dresden und München, Darmstadt und Weimar konnten ihre modernen Ansätze gegen die Anziehungskraft Berliner Möglichkeiten nicht mehr weiterentwickeln.«

Geschickt wendet Glotz sich an den Bundeskanzler und seine Vision eines europäischen Bundesstaates. Findet doch der deutsche Föderalismus seine supranationale Entsprechung im Europa der Nationen. »Herr Bundeskanzler, machen Sie sich klar: Mit dem Votum für Berlin schwenken Sie ab zum Europa der Vaterländer« – de Gaulles Leitbild, mit dem er die Grande nation abschotten wollte von den europäischen Vereinheitlichern. Und was heißt schon, fährt Glotz fort, versprochen ist versprochen? Wer hat denn noch an die Einheit geglaubt? Glotz: »Ich bin nicht bereit, die Geschichtslegende zu akzeptieren, als hätten die Deutschen, verführt von Politikerreden, jahrzehntelang auf die Rückkehr der Regierung und des Parlaments nach Berlin gewartet.«

Peter Glotz weiß, was er sagt, vor allem mit Blick auf die allermeisten Sozialdemokraten, die die Einheit längst abgeschrieben hatten, an der Spitze Willy Brandt, der noch 1988 von einer »Lebenslüge« sprach und schrieb.

Hätte Blüm als erster Redner die Ansprache von Glotz gehalten, Berlin wäre kaum Sitz von Regierung und Parlament geworden.

Schäubles pathetische Rede

Hätte, wäre – es kommt anders. Nicht ein einziges Mal spricht Schäuble von der Nation, womöglich gar überhöht (wie er es drei Jahre später tut) von der »Schutz- und Schicksalsgemeinschaft« der Deutschen. Er spricht es nicht aus, aber seine Rede, die alles ändert, ist dennoch erfüllt von nationalem Pathos. Da haben die »Bonner« monatelang Debatten inszeniert über die Kosten eines Umzugs an die Spree, über die unzumutbare Trennung von Familien, Kindern, die die Schule wechseln müßten – und da kommt Schäuble und räumt dieses menschlich-allzumenschliche, mitleiderregende Szenario mit zwei Sätzen vom Tisch. »Es geht auch nicht um Arbeitsplätze, Umzugs- oder Reisekosten, um Regionalpolitik oder Strukturpolitik. Das alles ist zwar wichtig, aber in Wahrheit geht es um die Zukunft Deutschlands.«

Schäuble beläßt es bei der Worthülse, überläßt die Interpretation jedem einzelnen Abgeordneten. Den hebt er ganz bewußt aus der Interessenbindung an den eigenen Wahlkreis heraus. »Jeder von uns ist nicht nur Abgeordneter seines Wahlkreises und seines Landes, sondern wir sind Abgeordnete für das gesamte deutsche Volk.« Ein Satz von geradezu wilhelminischer Bauart. Wer, das suggeriert Schäuble sehr geschickt, ganz persönlich die Verantwortung für das Schicksal eines Achtzig-Millionen-Volkes auf den Schultern trägt, der wird doch nicht kleinkariert und -krämerisch aufs eigene Häuschen schielen oder die jahrelange Eingewöhnung in einen ganz passablen Zustand zum Maßstab einer Entscheidung von solcher Tragweite machen. Es ist diese Diktion, die die Bonn-Fraktion zum Zwergenaufstand degradiert, die Umzugsverweigerer zu einer Ansammlung bornierter und naiver Pennäler herabsetzt. Denen redet Schäuble nun ins Gewissen. Nach der Wiederherstellung der Einheit überhaupt noch über den Sitz von Parlament und Regierung ringen zu müssen, »hat mich jedenfalls auch überrascht«. Es ist die Diktion eines Ehrenmannes: Wort halten!

Im Bundesinnenministerium, dem Schäuble zur Zeit der Berlin-Debatte noch vorsteht, hat in einer Lagebesprechung einmal ein Pfiffikus Schäubles in Variationen wiederkehrendes Wort, daß Verträge zu halten seien, ironisiert. »Schließlich haben wir ja auch vierzig Jahre lang den Deutschen die Wiederherstellung Deutschlands in den Grenzen von 1937 versprochen« – und dann dieses Wort selbstverständlich nicht eingelöst, schon weil dazu mehr gehört hätte als der Wille der Deutschen. Will heißen: Wofür es 1949 vielleicht – wenn überhaupt – gute Gründe gegeben haben mag, das kann ohne weiteres 1991 zur Geschichte gehören. Der schlagfertige Schäuble-Widerpart in seinem eigenen Ministerium war Wighard Härdtl, der damalige Pressechef des Ministers und heutige Staatssekretär im Entwicklungshilfeministerium.

Im Plenum jedenfalls ruft Schäuble Erinnerungen wach, beschwört historische Bilder: die Luftbrücke der Amerikaner 1953, den Mauerbau 1961, den Mauerdurchbruch im November 1989, schließlich die Einheit am 3. Oktober ein Jahr später. Im Plenum ist es mucksmäuschenstill. Parteiübergreifend sehen die Abgeordneten die ganze deutsche Nachkriegsgeschichte vor ihren Augen vorbeiziehen. Dann die Pointe, dramaturgisch gekonnt gesetzt: »Ob wir wirklich ohne Berlin heute wiedervereinigt wären?«

Die Sache ist klar, der brausende Beifall beweist es. Etliche Parlamentarier feiern Schäuble mit stehenden Ovationen. Willy Brandt steht auf, geht hin zum CDU-Mann, schüttelt ihm die Hand. Welch eine Geste, welch ein Bündnis: Brandt und Schäuble – wer wollte dem widerstehen? Gemessen daran fällt die Entscheidung sogar noch sehr knapp aus.

Die Bedeutung der Rede Schäubles erschließt sich jedoch nicht aus ihrer Lektüre. Wer sie heute liest, ohne sie damals gehört zu haben, wird kaum ermessen können, warum sie diese Wirkung entfaltete. Das liegt an der Virtuosität des Vortrags. Hier hat jemand nur mit seiner Gabe, vor Publikum zu reden, eine politische Entscheidung herbeigeführt. Wenn Schäuble von Einheit, deutscher Geschichte, der Einigung Europas, kurz, den Bestandteilen der deutschen Staatsräson redet, dann kommt das nicht, wie bei Helmut Kohl in seinen ersten Regierungsjahren, banal daher, sondern bedeutsam, geradezu schicksalsschwer. Einfache, kurze Sätze ohne Schnörkel. Schäuble redet dann langsam, leise, ernst, um seine Schlußfolgerungen, Appelle und Aufforderungen um so lauter ins Publikum zu rufen. Er stellt rhetorische Fragen, die immer etwas Belehrendes haben, deren suggestiver Kraft sich aber kaum ein Zuhörer zu entziehen vermag. Und natürlich der Rollstuhl, der Schutzbedürftigkeit signalisiert, darin Schäuble, der ganz und gar nicht so wirkt, als benötige er Beistand. Soviel Stärke ruft Bewunderung hervor.

Über die Motive des Fraktionsvorsitzenden, sich derart in der Berlin-Frage zu verkämpfen, ist lange gerätselt worden. Dabei hat Schäuble daraus im kleinen Kreis nie ein Hehl gemacht. Berlin, das ist für ihn eine Symbolentscheidung: für die Einheit, für die Integration und den Aufbau des Ostens, letztendlich dafür, daß sich in der verbonzten und verkrusteten, postmaterialistischen Republik überhaupt noch etwas bewegen läßt. Der Kampf gegen die Erstarrung in der Politik ist mit den Jahren zu Schäubles politischem Leitmotiv geworden. Sein Berlin-Engagement war von Beginn an der ganz persönliche Aufstand gegen die Argumente aller Unbeweglichen schlechthin: Das haben wir immer schon so gemacht. Berlin, das ist für Schäuble ein weiterer Versuch nachzuweisen, daß die Konservativen an der Spitze des Fortschritts marschieren. Und Berlin ist für den Christdemokraten eine zutiefst nationale Entscheidung – ein Bekenntnis zur deutschen Geschichte mitsamt ihren dunklen Seiten.

Berlin – ein Notstandsgebiet

Was sich am 20. Juni im Bonner Wasserwerk abspielte, war, genau besehen, eine Gespensterdebatte. Von den Befürchtungen und Hoffnungen ist bis heute so gut wie nichts Wirklichkeit geworden. Das Millionendorf Berlin ist weit davon entfernt, Metropole zu sein. Von einem seinerzeit heraufbeschworenen preußischen Ungeist ist in der Stadt nicht viel zu spüren, sieht man von der Entscheidung einmal ab, dem Wagenlenker auf der Quadriga auf dem Brandenburger Tor das eiserne Kreuz, das alte preußische Hoheitszeichen, in die Hand zu drücken – eine Petitesse.

Verwundert reibt sich angesichts der Wirklichkeit die Augen, wer sich an die wuchtigen Warnungen von ehedem erinnert. Der SPD-Mann Hans Wallow meinte zur Eröffnung des neuen Bonner Plenarsaals, einer künstlerischen Glaskonstruktion des Stararchitekten Günther Behnisch, die doppelt so teuer wurde wie geplant, der neue Bundestag verkörpere das nächste Jahrhundert »gegen diese düstere, blutbefleckte Bude Reichstag«. Eine Anspielung auf den Nationalsozialismus. Doch nach dem Reichstagsbrand hat in dem Berliner Wallot-Bau keine Parlamentsdebatte mehr stattgefunden. Den Reichstag zum nationalsozialistischen Symbol stempeln zu wollen, ist ein Versuch, den auch CDU-Politiker unternahmen, und nichts anderes als Geschichtsklitterung. Die Nazis tagten in der Kroll-Oper, nicht im Reichstag. Dies hielt freilich den Bündnisgrünen Klaus-Dieter Feige nicht davon ab, den Umzug deshalb als »Schwachsinn« abzuklassifizieren, weil »man bei der Entscheidung den wiedererwachenden Nationalismus nicht berücksichtigt« habe. Warnungen, rhetorisch so kraftvoll wie unintelligent. Und dennoch verfehlten sie in dieser Zeit auf das breitere Publikum nicht ihre Wirkung.

Bis heute von Zentralismus keine Spur – das ist auch nicht zu befürchten. Deutschland ist eben nicht Frankreich, Berlin nicht Paris. Der Föderalismus ist immer noch so lebendig, daß mancher ob so viel eigenbrötlerischer Kleinstaaterei schon die Nase rümpft.

Die allenthalben geäußerten Befürchtungen gingen fehl, weil sie von falschen Vorstellungen der in vierzigjähriger Teilung entstandenen Wirklichkeit der Insel Berlin ausgingen. »In Wirklichkeit«, bilanziert der Verleger und Stadthistoriker Wolf Jobst Siedler fünf Jahre nach der Berlin-Entscheidung, »war es ja in allem, was Menschenreservoir, Industriepotential und intellektuelle Kapazität anlangt, ein Notstandsgebiet, in das man sich mit dem Umzug begeben würde«. Das ist die Wahrheit. »Der Regierungssitz war der Rettungsring, den man einer Stadt zuwarf, die viel eher in Gefahr ist, in ihrer eigenen Belanglosigkeit zu versinken.« Welches Trugbild Berlins mögen die im Bonner Wasserwerk ringenden Parlamentarier wohl vor Augen gehabt haben?

Da wurde die Mär von der Berliner Gefahr lustvoll gepflegt, was angesichts der geballten Berliner Harmlosigkeit im Rückblick beinahe lächerlich anmutet.

Gewiß, in den nächsten Jahren wird Berlin infrastrukturell ausgebaut wie keine zweite Stadt in Deutschland. Transrapid und der Hochgeschwindigkeitszug ICE, zwanzig Milliarden Mark für die verkehrsmäßige Anbindung der ehedem isolierten Metropole. Acht Milliarden Mark für fünfundfünfzigtausend Kilometer Glasfaserkabel. Wenn irgendwo in Deutschland am Informations-Highway gebaut wird, dann hier. Das hat Folgen. Schon ist das Daimler-Tochterunternehmen, der Software-Vermarkter Debis, nach Berlin gekommen ebenso wie Sony mit seiner Europa-Zentrale. Das alles sieht gigantisch aus, ist es aber nicht. Mit kühlem Blick rechnet Unternehmensberater Roland Berger vor, daß in Berlins erster industrieller Blütezeit »jede fünfte deutsche Aktiengesellschaft« ihre Hauptverwaltung in der Hauptstadt hatte. Davon ist Berlin geradezu megaweit entfernt, was sich in absehbarer Zeit auch nicht ändern wird. Computertechnologie wird im Raum München geschaffen, Autos rund um Stuttgart, Großbanken residieren in Frankfurt, Medienhauptstädte sind München, Hamburg und Köln.

Provinziell ist fünf Jahre nach der Wiedervereinigung die Zeitungslandschaft in Berlin geblieben. Immer noch hat die deutsche Hauptstadt keine Hauptstadtzeitung. Das frühere SED-Blatt *Berliner Zeitung* ist, obwohl handwerklich gut gemacht, noch weit davon entfernt, die deutsche *Washington Post* zu sein, die ihr früherer Herausgeber Erich Böhme aus ihr machen wollte. Die WELT verpaßte den frühen Umzugstermin mit der Wiedervereinigungseuphorie, weil der Axel Springer Verlag die Chance nicht erkannte und nicht gewillt war, das nötige Geld und Know-how in sein »Flaggschiff« zu investieren. Die anderen Blätter blieben im Kern so, wie sie früher waren, als die Stadt geteilt war: lesenswert vielleicht, weltstädtisch bestimmt nicht. Aber das ist es ja eben: Man kann keine Zeitung am Leser vorbei machen.

Siedler beklagt, daß die bedeutenden Universitäten dieser Welt vielleicht in Padua, Paris, Prag, Oxford oder Harvard stehen. »Wer rühmt sich heute noch, in Berlin studiert zu haben?« Die Universität Berlin stand jahrelang nicht für Leistung und Fortschritt, sondern für die Möglichkeit, in eine verrückte und ausgesprochen linke Szene einzutauchen, kombiniert mit der für männliche Kommilitonen lokkenden Versuchung, der Wehrdienstpflicht zu entgehen.

Elite? »Irgend jemand«, fordert die grüne Parlaments-Vizepräsidentin Antje Vollmer geradezu beschwörend, »muß anscheinend etwas ganz Altmodisches machen, nämlich in dieser Stadt der Quantität wieder Qualität, Werte und Verantwortlichkeit einführen.« Ernüchternd ihre Analyse: »Es gibt ganze Schichten in dieser Stadt – und zwar meist ehemalige Linksintellektuelle –, die sich, während wir noch gegen die schnelle Einheit gekämpft haben, vor allen Dingen damit beschäftigten, wie sie an die Einheitsschnäppchen, an Immobilien, herankommen konnten. Die finde ich, citoyenmäßig betrachtet, verwahrlost.« Wo, fragt die Theologin, ist das Zentrum, das sich um die Frage kümmert: »Was soll diese Stadt leisten? Wo nimmt sie ihre innere Liberalität und Toleranz her, um populistischen Strömungen standzuhalten?«

Berlin schließlich als Katalysator für die innere Einheit Deutschlands? Nachdem die Anfangseuphorie wieder den Blick freigab auf die geteilte Wirklichkeit, haben sich in Berlin Wessis und Ossis zurückgezogen auf ihr angestammtes Territorium. Die West-Berliner trinken ihr Bier im Westen, die Ost-Berliner im Osten. Kurz nach der Einheit war das noch anders. Aber die Verständigungsschwierigkeiten sind nach wie vor enorm, und die Geduld, auf den anderen einzugehen, scheint nicht eben ausgeprägt. Es gibt sie wieder, die Mauer in den Köpfen – besonders in Berlin, weil im Ostteil der Stadt so viele frühere SED-Bonzen leben wie sonst nirgendwo. Aus ihnen speist sich die PDS, die Partei der Spaltung Deutschlands.

In Berlin, so haben die Sympathisanten der Stadt 1991 im Bonner Wasserwerk argumentiert, würden wieder Entscheidungen fallen, die nicht am Willen der Menschen vorbeigingen, weil hier das Leben anders pulsiere als im beschaulichen Bonn. Hier das vom wahren Leben abgeschottete Regierungsghetto am Rhein, dort die lebendige Stadt, Probleme und Sorgen der Menschen inklusive. Doch die Hoffnung auf eine andere Politik ist Illusion, und dies schon deshalb, weil die Parlamentarier in Berlin auf keinen Fall anders leben und agieren werden als in Bonn. Montags abends oder dienstags morgens Anreise aus dem heimischen Wahlkreis, dann fachbezogene Arbeitsgruppensitzungen in den Fraktionen, nachmittags bis in den Abend hinein die Fraktionssitzungen, danach geselliges Beisammensein in der Parlamentarischen Gesellschaft. Mittwochs morgens Ausschüsse, mittags geht's ins Plenum, Regierungsbefragung, wichtige und unwichtige Debatten, oft genug bis in den späten Abend hinein. Donnerstags der gleiche Ablauf. Freitags Debatte bis gegen dreizehn Uhr, dann die ersehnte Abreise nach Hause. Raumschiff Bonn, Raumschiff Berlin, wo sollte der Unterschied sein? (Ganz abgesehen von der abwegigen Unterstellung, in Bonn sei vorwiegend bürgerferner Blödsinn beschlossen worden.)

Berlin, schreibt der Schriftsteller und Journalist Henryk M. Broder (Wohnsitz: Berlin und Jerusalem), »wird eine europäische Metropole werden, auch wenn sich die Berliner noch mit Händen und Füßen dagegen wehren und die rheinischen Schnarchnasen ein zweites Bonn an der Spree haben möchten«. Mag sein, daß Broder recht hat. Wahrscheinlich werden ein bis zwei Generationen dabei ins Land gehen.

Bescheiden an die Spree

Das heikle Umzugsthema hat Schäuble auch nach der Grundsatzentscheidung vom 20. Juni 1991 nicht losgelassen. Im Gegenteil, er hat alle Hände voll zu tun, doch noch einen späteren Sieg der Bonn-Lobbyisten zu verhindern. Die versuchen bis hinein in die Beamtenschaft der Ministerien mit allen Mitteln, den Umzug zu sabotieren. Dabei werden von interessierter Seite die Kosten der Karawane ins Astronomische hochgerechnet. Nicht ungeschickt spekulieren die Bonner auf den Neidkomplex der Bevölkerung. Nach dem Motto: Die Abgeordneten gönnen sich einen Luxusumzug, wir müssen Steuererhöhungen finanzieren.

Von Beginn an gibt Schäuble die Parole aus, bescheiden nach Berlin zu wechseln, um den Umzugsmuffeln keine weitere Munition zu liefern. Nicht bei allen dringt der Fraktionsvorsitzende mit seiner taktisch motivierten Linie durch, anfangs nicht einmal beim Bundeskanzler, der wie er für den Wechsel nach Berlin ist. Doch Helmut Kohl hält nichts von allzu großer Bescheidenheit. »Wenn schon umziehen, dann auch richtig!«

Lange Zeit haben sich die Bonner mit dem Berlin-Votum nicht abgefunden. Ihren Frieden machen sie damit erst allmählich nach der Bundestagswahl im Herbst 1994. Davor haben die Revisionisten den Beschluß zu kippen versucht. Schäuble ist das nicht entgangen. Mißtrauisch verfolgt er jede Äußerung von Abgeordneten, registriert argwöhnisch, wer die nächste Horrorzahl über die Kosten des Umzugs – es geht bis zu siebzig Milliarden Mark – in die Welt setzt. Ein besonderer Dorn im Auge ist dem Fraktionsvorsitzenden die Bonner Ministerialbürokratie. Und so entschließt er sich, einen zweiten Umzugsbeschluß des Parlaments herbeizuführen. Dieses Mal soll das Umzugsdatum verbindlich fixiert werden. So will Schäuble den Umzug unumkehrbar machen, getrieben von der Angst, spätestens der nächste Bundestag, in dem wieder mehr jüngere Abgeordnete mit geringerem Bezug zur deutschen Nachkriegsgeschichte sitzen werden, werde die Entscheidung von 1991 kippen. Angesichts der grassierenden Stimmung gegen die alte Reichshauptstadt ein riskantes Unterfangen. Doch Schäuble bleibt hart: »Ich brauche jetzt eine Entscheidung, denn sonst geht nichts mehr voran. Alles wird dann weiter hinausgeschoben.«

Diese Gefahr ist nicht von der Hand zu weisen. Im Frühjahr 1993 betreiben Parlamentarier parteiübergreifend die Verschiebung des Umzugs. Bayerns Ministerpräsident Edmund Stoiber fordert, bestenfalls 2010 nach Berlin zu gehen. Der stillen Unterstützung des Parteivorsitzenden Theo Waigel weiß Stoiber sich gewiß. Waigel war schon immer dafür, den Umzug so lange hinauszuschieben, bis die Lasten aus vierzig Jahren Sozialismus getilgt wären und für solch einen Luxus wie die Verlagerung des Parlaments- und Regierungssitzes vom Rhein an die Spree wieder Geld in der Staatskasse wäre. In der *Frankfurter Allgemeinen Zeitung* betreibt derweil Fritz Ulrich Fack die national eingefärbte Pro-Berlin-Propaganda. Als Ende Juni die Bremser den ersten Versuch Schäubles zu Fall bringen, in einem zweiten Umzugsbeschluß einen Stichtag festzuschreiben, kommentiert der damalige

Herausgeber der FAZ voller Empörung: »Den Deutschen ist wirklich das nationale Kreuz gebrochen. Sie lassen sich notfalls auch aus Honnef regieren, wenn nur die Kosten nicht zu hoch und die Amtsstuben hübsch geräumig sind.« Auch die Festlegung der Parlamentarier gegen einen Umzug in Provisorien (den auch der Kanzler ablehnt) paßt Fack überhaupt nicht. Es falle schwer, sich ein anderes europäisches Parlament vorzustellen, das nach einem nationalen Jahrhundertereignis wie der Wiedervereinigung »seelenruhig der Hauptstadt fernbleibt, womöglich für zwei Jahrzehnte« – und das auch noch aus Bequemlichkeit. »Ein Gruppenbild mit Biedersinn, vor dem es einem graust.« Es ist genau diese Tonlage, die der Bonn-Fraktion das Polemisieren gegen Berlin erleichtert. Sie stilisieren Berlin zum Zeichen für den Nationalstaat, manche gar in der Variante »bismarckscher Prägung«, jedenfalls zum europäischen Anti-Symbol.

Vor der parlamentarischen Sommerpause 1993 bemüht sich Schäuble in der eigenen Fraktion um einen Konsens in Sachen Umzug. Und er bringt einen ganz neuen Vorschlag ins Spiel: den Umzug mit der Verkleinerung des Parlaments und der Erhöhung der Abgeordnetendiäten zu verkoppeln. Seine Idee: Der teure Umzug sei der Öffentlichkeit und auch den eigenen Leuten besser zu vermitteln, wenn er mit einer Reduzierung der Parlamentarier und damit einer symbolischen Sparaktion der Abgeordneten einhergehe. Immerhin, man spricht in diesen Zeiten immer noch viel von »Politikverdrossenheit«. Es ist zudem – wie sollte es auch anders sein – von Schäuble ein taktischer Schachzug. 1993 sind die Unionisten in ihrer Mehrheit noch gegen die Verkleinerung des Bundestages. Der Grund ist so einfach wie egoistisch: Wer rationalisiert sich schon gerne selbst weg? Der Fraktionsvorsitzende kann das von ihm selbst künstlich errichtete Junktim nach Belieben wieder fallenlassen, wenn im Gegenzug dann wenigstens der Umzugstermin fixiert wird.

Ende Juni 1993 treffen sich die Vorsitzenden der Landesgruppen, von denen einige in der föderal geprägten Union ein kulturelles und politisches Eigenleben führen, in der Bonner Gaststätte »Traube«. Schäuble trägt seine Pläne vor – und muß erkennen, daß es für seine Ideen keine Mehrheit geben wird. Für die nordrhein-westfälischen

Abgeordneten, die größte Landesgruppe, erklärt deren Vorsitzender Willi Rawe, »seine« Parlamentarier sähen gar nicht ein, warum bestehende Beschlüsse überhaupt zu ändern seien. Man müsse nicht dauernd etwas neu beschließen. Gegen soviel geballten Strukturkonservatismus nach dem Motto »Das haben wir schon immer so gemacht« ist jeder Versuch, Politik zu dynamisieren, hilflos. Aus Sachsen kommt Gegenwind für Schäuble. Die selbstbewußten Sachsen können sich noch gut daran erinnern, wie Berlin sie zu DDR-Zeiten an die Wand drückte, weil alle Gelder in die Hauptstadt der zentralistisch verwalteten DDR flossen. Die Bundesländer hatte die SED schon lange abgeschafft. So muß der drängelnde Fraktionsvorsitzende seinen Plan wieder aufgeben, schon vor der Sommerpause die Abgeordneten festzulegen. Wiedervorlage also im Herbst.

Derweil sorgt auch noch ein Querschuß aus der FDP für Wirbel. Ausdrücklich plädiert der Fraktionsvorsitzende der Liberalen, Hermann Otto Solms, ansonsten ein besonnener Mensch, für einen Umzug in Provisorien. Daß sich selbst Berlin-Freund Helmut Kohl gegen einen Umzug in Provisorien ausgesprochen hat, stört den Freidemokraten wenig. Solms sagt öffentlich wenig, aber wenn, dann kann er richtig zulangen. So auch jetzt. Er habe überhaupt nichts dagegen, auch in Kasernen einzuziehen, belehrt er jene, die inständig hoffen, ihre Büroausstattung mit dem Umzug zu verbessern. Bonn habe sich vierzig Jahre lang für Hauptstadtbauten Zeit gelassen. »Warum sollen wir uns nicht fünfzig Jahre Zeit lassen, um Berlin so auszubauen, wie wir es haben wollen?« Die ersten Abgeordneten in Bonn hätten ohne Büros und teilweise auch ohne Licht gute Arbeit geleistet. »So kann das auch in Berlin gehen.« Ihm sei es gleichgültig, ob die künftigen Arbeitsräume neue Heizungen und neue Lampen hätten. »Ich mute mir das zu, und ich mute es auch anderen zu.« Mit diesen warmen Worten und der Aussicht auf ein Zeltdasein entläßt Solms die Parlamentarier in die Sommerpause.

Kurz danach, auf dem Berliner Parteitag der CDU, schwächt Wolfgang Schäuble die harte Forderung, der Bundestag müsse auf jeden Fall Ende 1998 in Berlin sein, deutlich ab. Die Bereitschaft, die Folgen der Teilung des Landes durch Teilen zu überwinden, zeige sich auch in der Bereitschaft, Veränderungen zu ertragen. Deswegen müsse es bei dem beschlossenen Umzug bleiben – »wenn möglich noch 1998«. Und: »Auf den Sankt-Nimmerleins-Tag darf er jedenfalls nicht verschoben werden.«

Helmut Kohl hat sich bis zu diesem Zeitpunkt noch nicht konkret über einen Umzugstermin geäußert. Intern macht er kein Hehl daraus, daß er Schäubles Drängelei nicht nachvollziehen kann. Er hält sie taktisch für unklug: Auf diese Weise zwinge man die Umzugsgegner nur noch mehr in die Schützengräben. Der Parteiführer, der die CDU bis in ihre Verästelungen kennt wie kein zweiter, hat die explosive Stimmung in der rheinischen CDU erkannt. Viele haben mit Austritt gedroht, manche sogar mit Abspaltung. Kohl ist deshalb für mehr Behutsamkeit als sein stürmischer Fraktionsvorsitzender.

Doch auch Schäuble hat in Wahrheit nie im Sinn gehabt, unbedingt schon 1998 mit den Parlamentariern an der Spree zu sein.

Schäuble kämpft – und baut sogar noch die Entscheidung des Internationalen Olympischen Komitees gegen Berlin und für Australien als Austragungsort von Olympia 2000 in sein Argumentationsraster ein: »Der geringe Teil der Stimmen für Berlin hat einen heilsamen Schock ausgelöst. Wir können so nicht weitermachen.« Immerhin hat das IOC-Votum deutlich gemacht, daß die Deutschen international an Ansehen verloren haben. Schäuble nutzt diesen Umstand: »Das muß uns mobilisieren.« Gleichzeitig macht er sich daran, für seine Initiative, ein Umzugsdatum festzuschreiben, im Bundestag eine Mehrheit zu organisieren. Die verzagten Rheinländern ermutigt er: »Ich bemühe mich, Bonn klarzumachen, daß es nicht untergeht.« Schäuble signalisiert, daß mit ihm der kritisierte »Luxusumzug« nicht in Frage komme. Nicht neu bauen, sondern vorhandene Gebäude renovieren, lautet seine Devise. Damit nimmt er jenen, die mit Milliardensummen den Zusammenbruch der Volkswirtschaft für den Umzugsfall an die Wand malen, viel Wind aus den Segeln.

Für die Bundesregierung legt der Fraktionsvorsitzende in gewaltiger Ausdehnung seiner Kompetenzen fest, wie sich für sie der Wechsel nach Berlin abspielen wird: bescheiden. Bestenfalls Kanzleramt und Auswärtiges Amt werden neu gebaut. Die anderen Ministerien ziehen in vorhandene Gebäude. Am Ende verzichtet Außenminister Klaus Kinkel sogar noch auf den AA-Neubau. Der einzige Bauherr der Regierung ist der Kanzler. Soviel Bescheidenheit, kombiniert mit zähem Werben vor und hinter den Kulissen, verfehlt seine Wirkung auf die widerspenstigen Unionsabgeordneten nicht. Sie stimmen dem schnellen Umzug zu.

Schäuble hat sich durchgesetzt. Revisionisten werden nach der Bundestagswahl keine Chance haben. Von dem Junktim zwischen Umzug und Parlamentsverkleinerung ist nicht mehr die Rede. Das nahm – Schäuble hatte dies schnell erkannt – ohnehin niemand so recht ernst.

Immerhin werden Parlament und Regierung rund zehn Jahre nach der Wiedervereinigung in Berlin sein. Schäuble läßt seiner Neigung zum Spott freien Lauf. Eines jedenfalls, sagt er und schmunzelt dabei ganz unschuldig, sei ganz sicher: »Von einem überhasteten Umzug kann da niemand reden.«

Christo

Am 29. Juni 1995 kommt Helmut Kohl nach Berlin. Er will feiern: fünfzig Jahre CDU, Festakt im Schauspielhaus am Gendarmenmarkt. Kein Anlaß für ein Happening, eher schon für einige besinnliche Stunden. Rückschau bis in die Trümmerlandschaft des Nachkriegsdeutschland, wenig Ausblick auf die nächsten fünfzig Jahre. Die Veranstaltung ist alles andere als kreativ, eher muffig und langweilig, wie die Reden, die hier gehalten werden. Man wird diese Feier schnell wieder vergessen.

Einen Kilometer entfernt tobt zur selben Zeit in Berlin der Bär. Der Platz vor dem Reichstag ist überfüllt, und das seit Tagen schon. Die Wiese ist plattgetrampelt, seitdem sich Heerscharen von Touristen und Einheimischen hier die Beine in den Bauch stehen. Innerhalb von zwei Wochen ziehen fünf Millionen Menschen über den Platz, staunend und feiernd. Berlin in Sektlaune. Das Objekt der weltweiten Neugier ist ein lukratives Produkt aus der Kunstwerkstatt der Eheleute Javacheff aus

New York, besser bekannt unter ihren Vornamen: Jeanne-Claude und Christo.

Natürlich nutzen Helmut Kohls Gäste die willkommene Doppelung der Ereignisse und pilgern nach dem Festakt zum silbrig verhüllten Reichstag. Die Sonne scheint, es ist heiß, und das in aluminiumbedampften Stoff eingewickelte Objekt funkelt. Helmut Kohl läßt das kalt. Ihm paßt die ganze Veranstaltung nicht. »Ich habe den verhüllten Reichstag nicht besichtigt, und ich habe auch nicht die Absicht, es zu tun.« Für die ganze Aktion hält Kohl nur Spott bereit. Sie sei eine »der größeren Blödheiten, die die Deutschen sich leisten«. Wäre es nach ihm gegangen, der Reichstag »wäre nie verhüllt worden«. Beinahe beleidigt über die Borniertheit der besuchenden Massen und nachträglich über die Blindheit der Parlamentarier, die diese Aktion erlaubt haben, stuft der Kanzler dieses Schauspiel als platte PR-Aktion der Javacheffs ein. Mit Kunst habe das jedenfalls herzlich wenig zu tun. Ebensowenig mit einem Neuanfang; immerhin wird der enthüllte Reichstag umgebaut für den Umzug der Parlamentarier in die Hauptstadt.

Roman Herzog, der als erster Würdenträger in Berlin amtiert, sieht die Sache anders. Er ist überwältigt von der Verfremdungsaktion der Künstler ebenso wie seine Frau Christiane, die ihn zum »wrapped Reichstag« begleitet hat. Im Ausland kommt die Aktion als Beweis einer neuen deutschen Unverkrampftheit gut an. Christo, schreibt die spanische Zeitung *El Pais,* »hat möglicherweise den Grundstein für ein lockeres Deutschland gelegt, für ein Deutschland, das nicht mehr ständig mit zusammengebissenen Zähnen durch die Welt geht«. Die Kritiker von einst, Ausnahme Helmut Kohl, sind unter dem Eindruck der positiven Kritiken aus dem In- und Ausland und der Schönheit des verpackten Reichstages verstummt.

Ein Jahr zuvor, am 25. Februar 1994 im Deutschen Bundestag: Beinahe verzweifelt versucht Wolfgang Schäuble seine Kollegen davon abzuhalten, den Künstlern ihre Verpackungsaktion zu gestatten, von der sie schon länger als zwanzig Jahre träumen. Niemand hält an diesem denkwürdigen Tag auch nur annähernd eine solche Rede wie der Fraktionsvorsitzende der Union. Wuchtig und beschwörend, bedeutungsschwer und erfüllt von nationalem Pathos, so wortmächtig, als gelte es, nicht einen Verpacker zu stoppen, sondern das drohende Ende das Abendlandes abzuwenden. Viele von Schäubles Parteifreunden sind betroffen ob seiner Wortwahl. Der Sozialdemokrat Eike Ebert, ein Verpackungsgegner wie Schäuble, sieht sich gezwungen, sein Plädoyer gegen Christo mit einer Distanzierung von Schäuble einzuleiten. Nach dem Fraktionsvorsitzenden der Union zu sprechen sei »deshalb nicht leicht, weil man Gefahr läuft, mit dem ganzen konservativen Überbau identifiziert zu werden, den Wolfgang Schäuble hier vorgetragen hat«.

Wieder, wie bei seinem pathetischen Berlin-Plädoyer zweieinhalb Jahre zuvor, beschwört Schäuble die deutsche Geschichte, erinnert an Philipp Scheidemann, der 1918 von einem Balkon des Reichstages die erste deutsche Republik ausrief, an das Ermächtigungsgesetz der Nazis, das den Reichstagsbrand zum Vorwand hatte, an die auf dem Dach des Wallot-Baus gehißte sowjetische Flagge zum Kriegsende, den Reichstag als Symbol für das Festhalten an der deutschen Einheit. Dann steigert Schäuble seine Worte beifallsuchend zur Emphase: »So ist der Reichstag wohl das symbolträchtigste und bedeutungsvollste politische Bauwerk in Deutschland.« Dieses »steinerne Zeugnis deutschen Schicksals in diesem Jahrhundert« könne man doch keinem Künstler ausliefern! »Weil der Reichstag eben nicht irgendein Gebäude ist, sollten wir mit ihm keine Experimente veranstalten.« Mancher reibt sich die Augen. Schäuble, der experimentierfreudige Erneuerer, begibt sich plötzlich in die Aussitzer-Haltung.

Den Reichstag, der vierzig Jahre lang kaum genutzt wurde, weil Bundesregierung wie Parlamentarier die DDR nicht brüskieren wollten, die in jeder Sitzung einen Angriff auf ihre Doktrin von Berlin als einer »selbständigen politischen Einheit« witterte, den äußeren Umgang mit diesem Gebäude macht Schäuble quasi zum Prüfstein für vaterländische Gesinnung. Dabei trägt er dick auf: den Menschen, verunsichert durch die Folgen des zusammengebrochenen Kommunismus, dürfe die Politik nicht zuviel zumuten. »In dieser Situation müssen wir den inneren Zusammenhalt unserer freiheitlichen staatlichen Gemeinschaft stärken. Wir müssen uns der Grundlage unserer Gemeinschaft, unseres Fundaments gemeinsamer Werte, auch unserer nationalen Identität neu vergewissern.« Die Nation als Ersatz für den identitätstiftenden Antikommunismus, dieses Thema hat Schäuble in den Jahren nach der Einheit bis zur Bundestagswahl 1994 zu bedeutenden Anlässen variiert: in der Umzugsdebatte, auf dem Berliner CDU-Parteitag 1993, in der Christo-Debatte Anfang 1994, in seinem Buch im Frühherbst 1994.

Es sind immer dieselben konservativ besetzten Vokabeln, die Schäuble in Szene setzt: Gemeinschaft (statt Gesellschaft), Institutionen, »in denen die grundlegenden Normen ihren Ausdruck finden« (während die Linke Institutionen als Vehikel zur Bedürfniserfüllung der Solidargemeinschaft wahrnimmt), »historische Erfahrungen eines Volkes« (die Linke lehnt die Idee der Blutsgemeinschaft als völkisch ab), schließlich das altruistische Motiv, »das Beste für unsere Gemeinschaft« zu tun.

Man könnte vergessen, daß es nur um einen zweiwöchigen Akt von Kunst am Bau geht, die abzulehnen es gute Gründe gibt. Doch Schäuble wendet sich nicht nur gegen ein künstlerisches Projekt, er macht sich mit einer solchen Rede zum Gralshüter nationaler und konservativer Gesinnung. Das nationale Timbre, zu dem Schäuble in der Lage ist, die nationale Überhöhung banaler Entscheidungen erschreckt so manchen seiner eigenen Parteifreunde. Weil Schäuble als die Verkörperung eines Pragmatikers schlechthin gilt, wird ihm, wenn er sich dann einmal grundsätzlich äußert, besondere Aufmerksamkeit zuteil. Dies erst recht, wenn er sich dabei auch noch auf die Gratwanderung begibt, das tabubelastete Verhältnis der Deutschen zur Nation zu bestimmen.

Es ist wie bei der Rede zum Hauptstadtbeschluß: Entscheidend für die Wirkung sind nicht nur Wortwahl und Aufbau, sondern auch die Art des Vortrages. Bei Themen, die ihm wichtig sind, vermag Schäuble mit einem Ernst und einer Schärfe, geradezu mit Wehnerscher Unerbittlichkeit zu reden, zu der niemand sonst im Parlament in der Lage ist. Die karge Gestik, die Schäuble seit der Querschnittlähmung geblieben ist und die mit einer ausdrucksstarken Mimik korrespondiert, steigert die Wirkung seiner Worte noch.

Aber zweieinhalb Jahre nach der Berlin-Debatte im Bundestag hat sich die Stimmung unter den Abgeordneten gewandelt. 1994 gelingt es ihm mit einer ähnlichen Ansprache nicht mehr, das Blatt zu wenden. Der Bundestag entscheidet sich »in einem Anfall von Gelassenheit«, wie der *Spiegel* spottet, für den Wunsch der Javacheffs. Peter Conradi, der Sprecher der SPD-Fraktion in der Baukommission des Ältestenrates, tritt nach: Schäuble habe mit seiner damaligen Rede »viel zur Mehrheit für das Projekt« beigetragen.

Zur Jubiläumsveranstaltung zum fünfzigsten Geburtstag der CDU hat Schäuble seine Eltern mit nach Berlin gebracht. Sie haben wenig Zeit. Doch die nutzen sie, um sich Christos Werk anzuschauen. Zunächst läßt sich Schäuble an dem silbernen Ding vorbeichauffieren, dann, an einer Stelle, die nicht so stark mit Touristen übersät ist, steigt er aus dem Auto. Ganz persönlich, findet er, könne er dem verhüllten Reichstag schon etwas abgewinnen. »Das hat seinen ästhetischen Reiz.« Und dennoch: Es gehe ja nicht um die Würde des Anblicks, sondern »um den Umgang mit einer Stätte demokratischer Tradition und Autorität«. Und unter der Hülle sei nun einmal »nicht die Hauptpost«. Schäuble ist Gegner der Verpackung des Reichstages geblieben, nicht aus ästhetischen, sondern aus politischen Gründen. Auch, daß Jeanne-Claude und Christo mit dieser Art von Kunst ihren Lebensunterhalt bestreiten, stört den CDU / CSU-Vormann nicht, anders als Kohl.

Immerhin: Kohl ist gar nicht erst hingegangen und hat damit auf eine Geste verzichtet, die bei aller Ablehnung des Projekts auch Ausdruck von Souveränität gewesen wäre.

DER EUROPÄER

GESPRÄCH ZWISCHEN HANS-PETER SCHWARZ UND WOLFGANG SCHÄUBLE

Schwarz: Europa zeichnet sich seit dem Altertum durch eine gewisse Grenzenlosigkeit aus. Wo liegen für Sie die Grenzen Europas? Welche Landkarte hat Wolfgang Schäuble vor Augen – Europa vom Atlantik bis zum Ural, eine erweiterte Europäische Union, Kerneuropa?

Schäuble: Mein Bild von Europa reicht vom Atlantik bis zum Ural, so wie ich das in der Geographie gelernt habe. Ich sage, jedes europäische Land, das die Voraussetzung erfüllt und beitreten will, soll Mitglied werden können. Aber wer nicht nur zu Europa gehört, für den muß eine eigene Form der Assoziierung gefunden werden. Dafür gibt es zwei Fälle, nämlich die Türkei und Rußland. Beide Länder gehören zwar auch, aber nicht nur zu Europa. Es geht jedenfalls nicht ohne die klare Bestimmung von Grenzen. Sonst kämen zum Beispiel wir in Verlegenheit, sollte Israel einmal der Europäischen Union beitreten wollen.

Schwarz: Im fünften vorchristlichen Jahrhundert, nach den Perserkriegen und vor der Hellenisierung in Asien durch die Alexanderzüge, spricht der griechische Arzt Hippokrates von Europa und meint damit jene Völker, die westlich des Hellespont siedeln. Im Osten liegt für ihn Asien. Interessant ist die Feststellung des Hippokrates über die Psychologie und die Regierungssysteme. In Europa: viele kleine, lebendige, prosperierende Staaten, in denen innere Freiheit, auch schon bürgerliche Partizipation herrscht. In Asien: Despotie und zugleich träge, apathische Mentalitäten. Wo verläuft für Sie heute die kulturelle Grenze Europas – wie weit reicht sie im Osten, wie weit auf dem Balkan?

Schäuble: Der Balkan gehört zu Europa. Wir können nicht die Grenze irgendwo in der Mitte von Bosnien und Herzegowina ziehen. Petersburg gehört auch zu Europa, aber Wladiwostok nicht. In der Tat gibt es kulturelle Grenzen, auch wenn sie naturgemäß fließend sind. Istanbul ist so ein Fall. Aber die Türkei insgesamt ist eben nicht nur europäisch. Eine Kategorie taugt jedenfalls nicht zur Abgrenzung: Wir können Europa hinreichend nicht definieren als katholisch oder evangelisch. Der muslimische Einfluß auf dem Balkan ist so sehr ein Teil der europäischen Entwicklung wie der maurische Teil der spanischen Geschichte.

Schwarz: Der erste große muslimische Vorstoß nach Europa fand in den Jahren 730, 731 und 732 statt. Damals wurden die Muslime bei Tours und Poitiers von Karl Martell aus Frankreich zurückgeschlagen. Chronisten berichten, die »Europenses« hätten sich nach den Kämpfen wieder in ihre jeweiligen Länder zerstreut. Findet Europa immer nur zusammen, wenn es von außen bedroht wird, und löst sich wieder auf in seine Stämme, wenn die Bedrohung zu Ende ist? Die Analogie zu der Zeit nach dem Kalten Krieg ist naheliegend. Sehen Sie Bedrohungen für unsere Sicherheit auch nach dieser Zeit, die dazu zwingen, daß die Europäer zusammenbleiben?

Schäuble: Wir müssen schon deshalb zusammenbleiben, damit wir uns nicht durch innereuropäische Konflikte wie auf dem Balkan spalten lassen. Dieser Krieg spricht eindeutig gegen ein Auseinanderlaufen der Europäer. Aber aus dem Krieg in Europa lassen sich auch nationale Konsequenzen ziehen. Heute wird ja wieder leichthin nach der Bedeutung der Bundeswehr gefragt, von Populisten wird der Jäger 90 gegen Kindergartenplätze aufgerechnet – so, als hätte es eine Bedrohung von außen nie gegeben und als werde auch nie wieder eine entstehen. Das grenzt an Leichtsinn. Die Potentiale für Bedrohungen sind leider vorhanden. Potentiell konfliktträchtig ist nicht nur das Wohlstandsgefälle, sondern auch die unterschiedliche demographische Entwicklung zwischen entwickelten und unterentwickelten Ländern. Außerdem mogeln wir uns an dem Tatbestand vorbei, daß die Europäer immer weniger und immer älter werden, die Dritte Welt sich hingegen vermehrt und verjüngt. Das auszubalancieren ist eine der ganz großen Aufgaben für eine sichere Zukunft. Dafür habe ich auch noch kein Rezept parat. Wir müssen aber jetzt anfangen, darüber nachzudenken und Lösungen zu finden.

Schwarz: Kehren wir nochmals zum Thema Rußland und Europa zurück. Der Politikwissenschaftler Richard Löwenthal hat über die damalige Sowjetunion gesagt, dieses Land habe keine judäische, christliche, römische Tradition, keine Aufklärung und erstrecke sich über einen großen Teil des asiatischen Kontinents. Die Sowjetunion gehöre allenfalls halb zu Europa. Gilt das auch noch für das heutige Rußland?

Schäuble: Rußland gehört auch, aber nicht nur zu Europa. Deswegen kann Rußland auch nicht Mitglied der Europäischen Union werden. Allerdings hat Löwenthal in einem unrecht. Judäisch und römisch ist Rußland zwar nicht gewesen, aber christlich schon. Die orthodoxe Kirche war und ist ein erheblicher gesellschaftlicher Faktor. Es gibt in Rußland wahrscheinlich mehr Frömmigkeit als in manchen mit relativ vielen christlichen Kirchensteuerzahlern gesegneten westeuropäischen Ländern.

Schwarz: Gibt es in bezug auf das Thema Rußland und Europa nicht eine deklamatorische Politik. Einerseits: Rußland muß irgendwie freundschaftlich in Europa integriert werden, andererseits eine Hidden agenda, den Hintergedanken, man muß Rußland auf Distanz halten? Läßt sich ein so widersprüchliches Konzept auf Dauer durchhalten?

Schäuble: In der Außenpolitik ist mir der Ruf nach diesen sogenannten ganz klaren Konzepten suspekt. Sie engen die politischen Optionen der Zukunft ein. Alles wirkt festgelegt, nichts kommt in Bewegung. Das entspricht nicht meinem Politikverständnis. Außerdem: Wir beide könnten uns möglicherweise ja noch auf ein schlüssiges Konzept verständigen. Das Problem ist nur, ob sich die anderen Spielpartner daran halten. Ich bin vorsichtiger. Ich setze alles daran, die Beziehungen zu Rußland so kooperativ wie möglich zu halten. Die Ost-Erweiterung Europas und der NATO, auf die Sie mit Ihrer Frage anspielen, ist nicht gegen Rußland gerichtet. Im Gegenteil entspricht sie russischem Eigeninteresse – und das aus mehreren Gründen. Die NATO ist nicht nur ein freundlicher Nachbar, sondern ein stabiler zugleich. Einen besseren kann man nicht finden. Sie ist nicht offensiv und sie bedroht niemanden, ebensowenig wie die Europäische Union. Die Ost-Erweiterung Europas fördert die Öffnung Rußlands nach Westen. Ich halte zwar den

Vorschlag von Oskar Lafontaine, Rußland schon heute in die NATO aufzunehmen, für falsch. Aber ich antworte darauf mit Franz Josef Strauß: Man soll niemals nie sagen. Zuerst jedoch muß sich die Demokratie in Rußland stabil entwickeln. Daß es klappt, können wir hoffen und auch fördern; sicher sein können wir nicht. Deswegen müssen wir darauf vorbereitet bleiben, daß die Entwicklung in Rußland unfreundlicher verlaufen kann, als wir uns das wünschen.

Schwarz: Ich kann gut verstehen, wenn der estnische Staatspräsident Meri und andere Osteuropäer sagen, sie möchten möglichst schon im nächsten Monat in die NATO aufgenommen werden. Doch für Rußland ist das eine Provokation. Reizen wir Rußland eben nicht doch zu sehr mit der ständigen Diskussion einer NATO-Erweiterung?

Schäuble: Bei der Ost-Erweiterung habe ich nicht von den baltischen Staaten gesprochen. Die Erweiterung Europas oder gar der NATO um diese Staaten steht heute nicht an. Ich weiß um die Hoffnungen des Baltikums, doch wir müssen diesen Ländern gegenüber ehrlich sagen, daß dies für uns im Moment nicht auf der Tagesordnung steht. Was ansteht, ist die Erweiterung um Polen, die Tschechische und die Slowakische Republik, Ungarn und möglicherweise Slowenien, obwohl ich hier einen Vorbehalt mache. Wenn wir Slowenien aufnehmen, was sagen wir dann Kroatien? Und was Rußland anbelangt: Deutschland hat rund achtzig Milliarden Mark für die wirtschaftliche Absicherung Rußlands nach dem Verfall der Sowjetunion gezahlt. Das ist doch ein eindrucksvolles Signal, daß wir Rußland nicht isolieren wollen.

Zuviel spricht dagegen, das Baltikum heute schon in die Europäische Union und die NATO zu integrieren. Ich nenne nur das Problem der großen russischen Minderheiten in diesen Ländern.

Die Ost-Erweiterung ist für uns von elementarem Interesse: Wie sollte sich Deutschland auf Dauer außenpolitisch stabilisieren, wenn unmittelbar in unserer Nachbarschaft Instabilität herrscht? Der Stadtrand von Berlin liegt schließlich nur sechzig Kilometer von der polnischen Grenze entfernt. Ich wäre [Schäuble lacht] durchaus bereit, nochmals über die Hauptstadtfrage nachzudenken, wenn Berlin wirklich in eine Grenzlage zu einem mit Deutschland nicht befreundeten

Polen geraten sollte. Paris und unsere anderen westlichen Nachbarn fragen heute: Bleibt Deutschland stabil? Wir sagen: Ja. Das heißt aber auch, daß wir diejenigen, die zur Überwindung von Jalta beigetragen haben, nicht alleine lassen dürfen. Die Deutschen hätten sich nach dem Zweiten Weltkrieg ohne die Integration in den Westen nicht so entwikkeln können, wie dies geschehen ist. Diese Chance können wir den Polen, den Tschechen, Slowaken und Ungarn doch nicht verweigern! Das ist keine Bedrohung Rußlands. Wir tun nichts, was den Russen schadet, sondern wir nehmen auf ihre Sorgen Rücksicht.

Schwarz: Wir haben zu Beginn von Ihrer mentalen Landkarte Europas gesprochen. Im Jahr 2005 sind drei Szenarien für die Grundstrukturen des europäischen Staatensystems denkbar:

1. Eine um Ost-Mitteleuropa erweiterte und weiter ausstrahlende Europäische Union – Rußland und die Ukraine außerhalb, aber durch Wirtschaftshilfe und kluge Diplomatie einigermaßen mit der Marginalisierung versöhnt.

2. Eine erneute Zweiteilung Europas, doch dieses Mal unter Einbeziehung wichtiger Länder Ost-Mitteleuropas und Süd-Osteuropas in die westliche Gemeinschaft, die einem wiederum von Rußland dominierten, zunehmend expansiven Block gegenübersteht. Stichwort: neuer Kalter Krieg.

3. Dreiteilung Europas. Die EU ist zwar weiterhin nach Osten und Südosten offen, aber die Erweiterung um die Staaten der Reformdemokratie ist mißlungen. Diese liegen in prekärer Lage und mit unentschiedener Zukunft zwischen einem neorussischen Imperium und der stagnierenden Europäischen Union.

Sie haben gesagt, daß Sie das erste Szenario anstreben. Aber was läßt sich tun, um das zweite und das dritte zu vermeiden?

Schäuble: Das dritte können wir am ehesten vermeiden, indem wir schnell handeln. Wir dürfen mit der Ost-Erweiterung nicht zu lange warten. Das zweite Szenario können wir letztlich nicht ausschließen. Deswegen müssen wir versuchen, das russische Interesse an der Demokratisierung stark zu halten. Im übrigen tun wir auch aus psychologischen Gründen gut daran, Rußland ernst zu nehmen und Moskau zu sagen, daß das Land neben Amerika eine große Weltmacht ist –

auch weiterhin. Von einer Marginalisierung Rußlands zu reden, wäre sicher kontraproduktiv. Deswegen überschreitet es aber auch die europäischen Fähigkeiten, allein Partner Rußlands sein zu können. Ohne die atlantischen Bindungen Europas können wir diese Aufgabe nicht erfüllen. Gerade weil wir Deutschen die besondere weltpolitische Verantwortung Rußlands respektieren, können wir dazu beitragen, den Dialog Moskaus mit Washington positiv zu beeinflussen. Und wir haben hier viel zu bieten.

Schwarz: Noch einmal zur Ost-Erweiterung. Arbeiten wir gegenüber den beitrittswilligen Ländern nicht mit ungedeckten Wechseln? Wird sich, wenn es wirklich hart auf hart geht, in der Europäischen Union nicht das eine oder andere Land, etwa aus dem Süden, gegen eine Mitgliedschaft der Osteuropäer aussprechen, weil dies eine immense Umschichtung bei den Agrar- und regionalpolitischen Fördermitteln zur Folge hätte? Beim Geld hört bekanntlich die Freundschaft auf.

Schäuble: Das können wir natürlich nicht ausschließen. 1994 hat der Streit um das spanische Fischfangkontingent zeitweise schon bedenkliche Dimensionen angenommen.

Schwarz: Bundesfinanzminister Theo Waigel beziffert die Kosten der Ost-Erweiterung für die Europäische Union auf zusätzliche siebzig Milliarden Mark im Jahr. Mit anderen Worten: Auf den deutschen Haushalt käme eine zusätzliche Belastung in der Größenordnung von einundzwanzig Milliarden Mark zu. Damit würde der deutsche Nettobeitrag zu den EU-Finanzen weiter ansteigen, obschon doch Waigel anstrebt, ihn ab 1999 prozentual zurückzuführen. Schon sprechen hohe Bonner Beamte davon, daß der politische Konsens in Europa aus dem deutschen Haushalt finanziert wird. Im Moment wird die finanzielle Dimension der Ost-Erweiterung in der öffentlichen Diskussion verdrängt. Aber es kann noch nicht so sein, daß die Beitrittsverhandlungen beginnen und erst danach diese unangenehme Wahrheit auf den Tisch kommt.

Schäuble: Was die Gefahr anbelangt, daß einzelne Mitglieder die Ost-Erweiterung blockieren könnten: Deswegen hat die Unionsfraktion ja vorgeschlagen, das Vetoprinzip möglichst überall abzuschaffen und es durch das Prinzip der doppelten Mehrheit zu ersetzen. Das bedeutet, daß nicht mehr wie bisher im EU-Rat einfach jedes Mitgliedsland eine Stimme hat, sondern daß zusätzlich die Bevölkerungsgrößen ausschlaggebend sein können.

Die Kosten, die Sie für die Ost-Erweiterung nennen, sind sicherlich auf den ersten Blick einleuchtend; aber eben nur auf den ersten Blick. Genau besehen, sind solche Zahlenspiele nicht besonders aussagekräftig. Die europäische Agrarpolitik muß ohnehin reformiert werden. Ohne eine Reform der gemeinsamen europäischen Agrarpolitik ist eine Integration Polens in den Binnenmarkt völlig unvorstellbar. Das ist natürlich eine Frage der Übergangszeiten, ohne die wird es nicht gehen.

Doch selbst dann wird die Ost-Erweiterung nicht zum Nulltarif zu haben sein. Nur frage ich dagegen: Was würde uns denn eine dramatische Destabilisierung Polens kosten? Denken Sie doch nur an das drohende Flüchtlingsproblem und dessen Folgekosten. Wenn man die Alternativen gegeneinanderstellt, dann ist die Ost-Erweiterung immer noch die preiswerteste Variante. Deswegen ist nicht einmal der deutsche Altruismus gefragt – dies nur, weil Sie die Nettozahlerposition Deutschlands angesprochen haben. Die einfache Wahrheit ist: Es kostet Geld, aber es dafür auszugeben, liegt im ureigensten deutschen Interesse.

Schwarz: Zur Bewältigung der Integration Ostdeutschlands wurde ein Solidaritätszuschlag eingeführt. Muß zur Bewältigung der Integration Osteuropas nicht wiederum ein solcher Zuschlag zur Einkommensteuer beschlossen werden?

Schäuble: Ich halte diese Betrachtung für statisch. Sie vergessen den außerordentlichen Wachstumsimpuls, den ein Beitritt etwa Polens in unserer Volkswirtschaft auslösen würde. Außerdem haben die meisten offenbar vergessen, daß die gewaltigen Transferzahlungen, die die Deutschen für den Aufbau der ostdeutschen Wirtschaft geleistet haben, zum überwiegenden Teil durch zusätzliche Aufträge der westdeutschen Wirtschaft zugute gekommen sind. Ich sage voraus, daß die Belastungen durch eine Ost-Erweiterung der Europäischen Union finanziell tragbar sein werden.

Schwarz: Die ostmitteleuropäischen Reformdemokratien haben sich befreit, indem sie sich auch auf ihre nationale Identität und Stärke besonnen haben. Es handelt sich um Länder, die gerade nach dieser Erfahrung an ihrer nationalen Identität festhalten wollen. Bedeutet die Erweiterung Europas um diese Länder nicht eine Stärkung derjenigen Gruppe von Staaten, die sich gegen eine bundesstaatliche Vereinigung wendet und den Kontinent lediglich als Europa der Vaterländer in de Gaulles Sinne definiert?

Schäuble: Die Debatte um Staatenbund oder Bundesstaat halte ich intellektuell für langweilig oder – pardon: für akademisch. Die Europäische Union ist heute schon nicht nur ein klassischer Staatenbund. Aber sie wird natürlich auch kein Bundesstaat werden, wie die Bundesrepublik Deutschland einer ist. Das Bundesverfassungsgericht spricht von Staatenverbund.

Nun zum angeblichen Spannungsfeld von Ost-Erweiterung und Nationalstaat. Wenn es um integrierte militärische Strukturen geht – bei der Erweiterung der NATO –, so hätte Polen sicher kein Problem damit. Das gilt auch für den angestrebten Wirtschaftsraum mit einheitlicher Währung. Allerdings, hier wird Polen noch eine lange Übergangsfrist gegeben werden müssen. Mit anderen Worten: Aus der nationalstaatlichen Grundorientierung Polens erwächst für die europäische Integration kein Problem.

Schwarz: Und die Mobilität der Arbeitskräfte ist mehr unser deutsches Problem als das der Polen.

Schäuble: Ja, aber wir kommen ja auch mit den Portugiesen zu Rande, die im Rahmen der europäischen Freizügigkeit bei uns arbeiten. Für mich ist es positiv, daß durch eine Erweiterung Europas auf die deutsche Wirtschaft ein heilsamer Druck ausgeübt wird. Wir brauchen doch einen stärkeren innovatorischen Druck. Wenn wir nur noch unseren Besitzstand verteidigen, was wir im Moment tun, dann kann meine Generation damit vielleicht noch über die Runden kommen. Aber schon für die Generation unserer Kinder wird es gefährlich. Wir sind auf einer abschüssigen Ebene. Einen solchen Wohlstandsvorsprung vor Polen und Tschechien, wie wir ihn jetzt haben, können wir uns sowieso nicht auf Dauer leisten. Dann hätten wir eben den Abriß der

Mauer nicht zulassen dürfen. Wir hätten ganz im Gegenteil Erich Honecker wieder in sein Amt einsetzen und ihm folgenden Auftrag mitgeben müssen: Erich, bau die Mauer wieder auf!

Bei uns fehlt es an der Flexibilität, für eine Übergangszeit zu akzeptieren, daß andere Länder dieselbe Arbeit geringer entlohnen. Anders ist es nicht machbar, daß sie sich unserem Wohlstandsniveau annähern.

Und was die nationale Identität anbelangt: Die Europäische Union wird auf die Bindekraft der nationalen Identitäten angewiesen bleiben. Als Polen, Deutsche, Franzosen und Italiener sind wir Europäer, oder wir werden es nicht sein!

Schwarz: Eines begreife ich nicht: Die Union regiert seit nunmehr dreizehn Jahren in Bonn. Mit der SPD ist sie sich einig über die zentrale Bedeutung der deutsch-französischen Beziehungen. Wieso hat die Union noch nie einen Versuch unternommen, auf Gymnasien neben dem Englischen Französisch als zweite Pflichtsprache einzuführen? Wenn die europäische Großgesellschaft nicht über einige Millionen Menschen verfügt, die sich untereinander verständigen können, wird die europäische Vereinigung schon daran scheitern.

Schäuble: Das ist allerdings wahr. Leider sind unsere Möglichkeiten, hier etwas zu bewegen, äußerst begrenzt. Bildungspolitik fällt unter die Kulturhoheit der Länder, sie ist nicht unsere Sache in Bonn. Bei Bildungsgipfeln haben die Länder den Kanzler auflaufen lassen, anders kann man es nicht sagen. Als ich Abitur machte, wäre das ohne zwei Fremdsprachen völlig undenkbar gewesen. In einer Zeit, in der die Mobilität der jungen Generation so groß ist, ist es doch absurd, daß wir es nicht schaffen, die Kinder zwei Fremdsprachen lernen zu lassen. Überhaupt ist die mangelnde Leistungsfähigkeit unserer Schulen eines der großen Probleme unserer Industriegesellschaft. Ich denke, ich kann es beurteilen, denn ich habe mittlerweile drei Kinder dreizehn Jahre lang in der Schule gehabt, meine Vierte ist in der Mittelstufe. Das macht zusammengerechnet fünfundsechzig Jahre Elternerfahrung mit Schule.

Eines steht fest: Hier muß es eine Wende geben. Ich bin sicher, daß der Föderalismus bei diesem Thema noch in eine große Krise gerät. Ich rate heute schon Industriellen, ihr Geld in die privaten Schulen und Hochschulen zu stecken und damit deren Träger zu unterstützen. Konkurrenz belebt das Geschäft. Die öffentlichen Schulen müssen einfach mehr Konkurrenz bekommen, sonst bewegt sich zu wenig.

Vor zwanzig Jahren bin ich für verrückt erklärt worden. Damals habe ich gefordert: Macht die Oberrheinebene zweisprachig! Macht auf unserer Seite alle Hinweisschilder zweisprachig! In zwanzig Jahren würde dies das Bewußtsein der Menschen erheblich verändern. Die Schweiz kommt mit drei Sprachen zu Rande. Da werden wir es doch wohl mit zweien schaffen.

Schwarz: Kommen wir zum deutsch-französischen Verhältnis. Das deutsch-französische Tandem hat Europa ganz unzweifelhaft vorangebracht. Ich rede von den Duos Schmidt – Giscard und Kohl – Mitterrand. Mit Ihrer Idee eines Kerneuropa haben Sie sich doch im Grunde eine deutsch-französische Handlungseinheit vorgestellt. Ist das mit den neuen Herren in Paris noch zu machen?

Schäuble: Ich denke doch. Die fundamentalen französischen Interessen haben sich ja nicht verändert. Ohne die deutsch-französische Zusammenarbeit geht in Europa gar nichts. Da muß man noch nicht von einer Konföderation sprechen, wie das in manchen intellektuellen Zirkeln inzwischen modisch geworden ist.

Nehmen wir das Beispiel Währungsunion. Ich mag diese künstlichen Debatten und Spekulationen schon nicht mehr hören. Die Wahrheit ist doch ganz einfach: 1999 wird es die Währungsunion geben, wenn Frankreich dabei ist. Eine Währungsunion ohne Frankreich ist doch unvorstellbar. Das liegt im französischen, aber auch im deutschen Interesse.

Ein zweites Beispiel sind die französischen Atomtests. Ich verrate hier kein Geheimnis, wenn ich sage, daß mir das ganz und gar nicht gefallen hat. Aber wir haben es fertig gebracht, die deutschen Reaktionen darauf so moderat wie möglich zu halten. Dann hat uns Frankreich das Angebot unterbreitet, den Nuklearschutzschirm auf uns auszudehnen. Ich bin entschieden dafür, dies nicht abzulehnen oder den Franzosen wegen ihrer zweifellos auch taktischen Motive einen Korb zu geben und sie damit aus der Verantwortung zu entlassen.

Jacques Chirac hat der Versuchung widerstanden, beim französischen Referendum über den Maastricht-Vertrag dagegen zu stimmen. Er hat sich im Gegenteil für den Vertrag ausgesprochen.

Chirac ist auch davon überzeugt, daß er die gewünschte französische Rolle in der internationalen Politik nicht alleine erreichen kann, sondern nur durch enge Zusammenarbeit mit seinen europäischen Partnern.

Deswegen wird es mit diesem Mann funktionieren. Das Entscheidende ist doch: Es geht mit jedem Präsidenten in Frankreich. Das ist ganz einfach eine Frage der Interessen.

Schwarz: Dennoch haben Chirac und seine Administration ein anderes Europabild: Europa à la carte. Sie drängen nicht in die Richtung, die Sie für richtig halten. Eine Verstärkung der bundesstaatlichen Elemente lehnen sie ab.

Schäuble: Warum sind denn die Briten gegen die Währungsunion? Sie haben nichts gegen die Ost-Erweiterung, selbst über eine gemeinsame Außen- und Sicherheitspolitik lassen sie mit sich reden. Aber sie wissen, daß Europa nach der Währungsunion nicht mehr ein Europa à l'anglaise ist. Wenn die Währungsunion kommt, dann werden wir auch eine Verbesserung der Entscheidungsstrukturen in Europa erreichen.

In Deutschland haben sich im vergangenen Jahr einige aufgeregt, weil Chirac von der Möglichkeit des Schengener Vertrages Gebrauch gemacht hat, wieder Grenzkontrollen einzuführen. Ich finde, die Franzosen haben die Gefährdung ihrer inneren Sicherheit mit einem hohen Maß an Gelassenheit und Reife getragen. Was wäre denn in Deutschland los gewesen, wären wir hier von einer derartigen Serie von Terroranschlägen überzogen worden wie Frankreich? Bei einer vergleichbaren Bedrohung würden wir genauso handeln. Das ist auch gar kein Verstoß gegen den Geist des Schengener Vertrages.

Im übrigen bietet sich bei dem Blick über die deutschen Grenzen nach Frankreich für uns die Chance, ein anderes Sicherheitsverständnis zu entwickeln, als es sich in den vergangenen Jahren herausgebildet hat. Unrühmliches Beispiel sind diese Chaostage in Hannover oder anderswo, wo die Polizei, von der Politik gedrängt, vor einer Horde von Randalierern zurückweichen mußte. Wenn eine weitere europäische

Vereinheitlichung einleuchtend begründet werden kann, wird Frankreich sie nicht ablehnen.

Schwarz: Bleiben wir bei der europäischen Verteidigungspolitik. Wer soll denn eine reale Verteidigungskooperation bezahlen? Wenn wir uns Schritt für Schritt unabhängiger machen von dem amerikanischen Schutz, dann wird das sehr viel Geld kosten. Das wird – je nach Land unterschiedlich – zwischen ein bis zwei Prozent der Höhe des Bruttosozialprodukts ausmachen. Wäre es nicht sinnvoller, besser gleich bei der NATO zu bleiben, anstatt auf eine diffuse europäische Karte zu setzen und auf die Franzosen Druck auszuüben, daß sie sich hier vorbehaltloser einbringen? Statt dessen redet man stets nur wattig von »europäischer Verteidigungsidentität«.

Schäuble: Ich bin dafür, alles zu unterlassen, was die NATO schwächt. Aber ich bin auch davon überzeugt, daß das amerikanische Engagement in Europa zurückgehen wird.

Ich rechne damit, daß wir mittelfristig wieder einen höheren Verteidigungsetat haben werden. Mit 47,5 Milliarden werden wir in Zukunft nicht mehr hinkommen, ob die Welt nun unfriedlicher wird oder nicht. Die Spielräume für Investitionen sind einfach zu gering geworden, und wir werden in den integrierten Verteidigungsstrukturen immer mehr Verantwortung übernehmen müssen. Im Bewußtsein der Deutschen hat sich schon viel geändert. Die Bevölkerung begreift, daß wir nichts im nationalen Alleingang unternehmen, sondern immer nur gemeinsam mit unseren Partnern. Vor gar nicht allzu langer Zeit hieß es noch, die Deutschen würden erst in zehn Jahren so weit sein, den internationalen Einsatz der Bundeswehr zu befürworten. Wir haben alle gesehen, daß die Deutschen wesentlich reifer sind. Dafür hat vor allem die Situation im ehemaligen Jugoslawien gesorgt, weniger der Bundeswehreinsatz in Somalia. Die Deutschen werden sich, was internationale Bundeswehreinsätze anbelangt, sicher auch in den nächsten Jahren zurückhalten, aber im Prinzip kann es gar nicht anders gehen, als daß wir dieselbe Verantwortung tragen wie unsere Partner. Zur NATO gibt es für Deutschland keine Alternative; aber Europa wird nicht daran vorbeikommen, seine Interessen stärker zu definieren.

Schwarz: Ich befürchte, die Erwartungen an die Maastricht-Folgekonferenz sind viel zu hoch gesteckt. Einen Durchbruch wird es dort kaum geben.

Schäuble: Diese Sorge teile ich voll und ganz. Ich erwarte von der Regierungskonferenz nicht sehr viel. Natürlich werden wir bohren und drängen, aber das wird ein sehr schwerfälliger Prozeß. Ein gewisser Zwang zu einer weiteren Vertiefung der Gemeinschaft geht von den anstehenden Beitrittsverhandlungen mit den osteuropäischen Ländern aus. Von Maastricht wird das Signal dafür gesendet werden müssen. Die Ost-Erweiterung ist ohne eine Reform der EU undenkbar – sonst wird sie unregierbar. In der inneren Sicherheit wächst der Druck, eine verbesserte Arbeit im Rahmen des Schengener Vertrages zu erreichen.

Der Begriff Kerneuropa mag manchen gefallen und anderen nicht, doch ich finde die Alternative, von variabler Geometrie zu reden, zu abstrakt. Um am Ende dasselbe Ziel zu erreichen, brauchen wir unterschiedliche Geschwindigkeiten. Wenn bei den Entscheidungsprozessen nichts geschieht, aber gleichzeitig die Erweiterung der Gemeinschaft stattfindet, dann werden wir nicht einmal den Status quo der Integration halten können.

Wichtiger jedoch als Maastricht II ist die Frage, ob die Währungsunion zustande kommt. Die ist ja nicht Gegenstand dieser Folgekonferenz, wobei es für mich noch kein Scheitern der Währungsunion bedeuten würde, wenn Frankreich 1997 noch nicht so weit wäre. Davon würde die Welt nicht untergehen.

Schwarz: Betrachten wir die Währungsunion doch einmal von der politisch-strategischen Seite her: Im Herbst 1997 oder im Winter wird der Bundestag die Konvergenzkriterien bewerten. Dann muß auch die CDU/CSU-Fraktion unter Ihrem Vorsitz prüfen, welche EU-Partner den Stabilitätskriterien tatsächlich entsprechen. Was passiert aber, wenn Frankreich zu diesem Zeitpunkt aus objektiven Gründen nicht teilnehmen darf? Und Belgien? Und Italien? Führt nicht das Konzept der Währungsunion zu einem tiefen Riß in Europa?

Schäuble: Wir können keine Währungsunion nur zwischen Deutschland und Luxemburg machen. Das wäre absurd. Es gibt nur dann 1999 eine Währungsunion, wenn Deutschland, Frankreich und einige andere Länder dabei sein werden. Ich denke, die Niederländer werden dabei sein, auch Österreich. Italien wird in der ersten Stufe nicht teilnehmen können. Das weiß jedoch niemand so gut wie die Italiener selbst. Es ist ja auch kein Zufall, daß die italienische Reaktion auf das Kerneuropa-Papier der Unionsfraktion vergleichsweise am freundlichsten in Europa ausgefallen ist. Der italienische Ministerpräsident hat mir selbst gesagt, es wird mit Italien nicht vorangehen, wenn andere europäische Länder nicht Druck ausüben.

Schwarz: Diesen Druck auszuüben, war ja das Hauptargument dafür, ein konkretes Datum für die Währungsunion festzulegen.

Schäuble: Sie beschreiben den Regierungsstil unseres Bundeskanzlers. Sein Herrschaftsinstrument ist sein Kalender. Damit geht er grandios um. Jedes wichtige Gespräch führt er praktisch mit dem Kalender im Kopf. Stets führt er seinem Partner vor Augen, was passieren würde, wenn bestimmte Termine nicht eingehalten werden. So entfesselt ein Datum politische Dynamik.

Natürlich ist Helmut Kohl flexibel genug, notfalls zu sagen, ob das Ereignis wirklich dann oder zwei Jahre später eintritt, ist nicht so tragisch. Eines steht jedenfalls fest: An uns wird die Währungsunion nicht scheitern. Manche warten im Ausland nur darauf, daß wir Deutsche dieses Signal geben. Es kann sein, und ich halte das nicht für ganz unwahrscheinlich, daß die Währungsunion nicht 1999 starten kann. Aber an uns wird das bestimmt nicht liegen.

Ich will die Währungsunion nicht nur aus politischen, sondern aus ökonomischen Gründen verwirklichen. Ich glaube auch, daß die meisten Vertreter der deutschen Wirtschaft die Vorzüge begriffen haben. Voraussetzung ist für mich, daß die Stabilitätskriterien in unserem Sinne streng interpretiert werden. Der Maastricht-Vertrag läßt Interpretationsspielraum, das ist nicht ohne Risiko. Die aufgekommene Diskussion über eine weitere Absicherung der Stabilitätsgemeinschaft Europa ist ja kein Zufall.

Schwarz: Dem Parteipolitiker Schäuble muß doch mit Blick auf das Wahljahr 1998 angst und bange werden. Es wird eine zunehmende Panik in der Wählerschaft geben, die eine Furcht um die Stabilität der DM-Nachfolgewährung hat. Und schließlich ist die Skepsis, ob Währungen zu vereinheitlichen sind, ohne zuvor die Wirtschaftspolitik gemeinsamen Standards zu unterwerfen, schwer von der Hand zu weisen. Theo Waigel hat unlängst selbst den Wunsch geäußert, man müßte die Partner an der Euro-Währung schon jetzt zu einer Vereinbarung veranlassen, den Stabilitätskriterien auch nach Eintritt in die Währungsunion zu entsprechen. Die CDU hat dieselbe Forderung beschlossen. Ein Vorbote der Diskussion, die noch auf Sie zukommt, ist die schon jetzt zu beobachtende Verunsicherung der Anleger: Aus Furcht um die Stabilität der Euro-Währung gibt es eine Flucht in kurzfristige Anleihen und eine Flucht in die Schweiz. Viele Millionen von Rentnern und Pensionären, von Rentenanwärtern und von Selbständigen und von solchen Selbständigen, die Lebensversicherungen angespart haben, fürchten doch nicht ohne Grund, statt ihrer in sicherer D-Mark getätigten Ersparnisse ein ungewisses Eurogeld von viel geringerer Kaufkraft zurückzubekommen. Lassen sich solche Befürchtungen, die überhaupt nichts mit dem Problem DM als deutsches Statussymbol zu tun haben, so einfach hinwegdiskutieren?

Schäuble: Es ist schon richtig, unter diesen Vorzeichen wird die Bundestagswahl ein sehr schwieriges innenpolitisches Manöver. Wir müssen am rechten Rand mit Wählerentwicklungen rechnen, die nur schwer zu beherrschen sind. Wenn ich daran denke, wieviel Wirbel die Anti-Maastricht-Polemik vom »Esperanto-Geld« verursacht hat, ist mir beim Gedanken an 1998 natürlich nicht wohl zumute.

Schwarz: Was heißt denn eigentlich »rechter Rand«? Ist es wirklich richtig, die sicher wohlbegründeten Sorgen, die Millionen von Wählern um ihre Ersparnisse haben, so ganz leichthin mit der Bemerkung »rechter Rand« vom Tisch zu wischen? Auch ein Oskar Lafontaine wird sich das Thema übrigens kaum entgehen lassen.

Schäuble: Lafontaine ist als Verlierer schon erprobt. Auch die SPD hat ihm nicht vergessen, warum er 1990 die Bundestagswahl verloren hat. Er wollte die deutsche Einheit nicht. Wenn er nun gegen die europäische Einheit polemisiert, wird es ihm ähnlich ergehen. Wir haben gute Chancen, trotz des Risikos Währungsunion die Wahl 1998 zu gewinnen, weil die Deutschen von der Notwendigkeit europäischer Einigung zu überzeugen sind und weil eine starke, klare politische

Führung die Menschen auch für scheinbar unpopuläre, aber richtige und notwendige Entscheidungen gewinnen kann.

Und was Ihr Argument von der Entkopplung der Finanz- und Wirtschaftspolitik durch die Einführung der Währungsunion angeht: Durch die Währungsunion entsteht ein erheblicher Harmonisierungsdruck in der Steuerpolitik. Das steht für mich fest. Luxemburg wird seine Steueroase mit Sicherheit nicht mehr aufrechterhalten können. Harmonisierungszwang gibt es auch in der Tarifpolitik – wegen der Freizügigkeit der Arbeitnehmer.

Im übrigen sind viele der Vorbehalte des Auslands gegen die Währungsunion taktischer Natur. Ich nehme den Briten nicht ab, daß sie wirklich so gegen die Währungsunion eingestellt sind, wie sie sagen. Die Briten wollen nicht, daß sie zustande kommt, weil sie nicht wollen, daß sie nicht dabei sind, wenn sie zustande kommt. Das heißt aber, wenn wir die Währungsunion zustande bringen, werden die Briten alles tun, um dabei zu sein. London wird kaum zuschauen, daß Frankreich und Deutschland die starken Partner in einer Währungsunion sind und sie selbst außen vor bleiben. Das ist für mich nicht vorstellbar. Daß Italien im ersten Schritt nicht dabei sein wird, finde ich schmerzlich. Rom wird, da bin ich sicher, seine Stabilitätspolitik anziehen. Notfalls wird Italien eben einen Währungsschnitt machen. Ich halte es da mit dem Toyota-Motto: Nichts ist unmöglich. Belgien ist zwar hoch verschuldet, hat aber gewaltige Privatisierungsreserven, die es dem Land ermöglichen, relativ schnell zu einer besseren Haushaltssituation zu kommen. Daß Spanien die größten Schwierigkeiten haben wird teilzunehmen, ist vor allem auch für Frankreich ein Problem, weil Spanien Frankreich näher liegt.

Schwarz: Bleibt der demokratische Verfassungsstaat Deutschland steuerbar, wenn immer mehr Bereiche der staatlichen Autonomie nach Brüssel abgegeben werden? Welche Zentralbereiche sollten die nationalstaatliche Domäne bleiben?

Schäuble: Auf überschaubare Zeit wird das staatliche Gewaltmonopol nicht von einem europäischen Zentralstaat ausgeübt werden, sondern von den Nationalstaaten.

Was unsere Autonomie anbelangt: Wir dürfen uns keine Illusionen machen. Es gibt schon heute nur wenige Bereiche, in denen wir ganz und gar unabhängig von unseren europäischen Nachbarn agieren können. Außenpolitisch sind wir integriert, ebenso in der Verteidigungspolitik. Andererseits hat Volker Rühe einmal zu Recht gesagt, es wird keinen Einsatz deutscher Soldaten ohne die Zustimmung des deutschen Verteidigungsministers geben. Das wird auch so bleiben.

Nach meiner festen Überzeugung wird sich der Staat, bedingt durch die europäische Entwicklung, immer stärker aus den Bereichen Wirtschaft und Soziales zurückziehen. Das begrüße ich außerordentlich: Wir haben zuviel Staat in diesen Bereichen, deswegen zu hohe Bürokratiekosten und überhaupt zu hohe Abgaben der Bürger.

Die Devisenmärkte haben sich längst von nationalstaatlichen Kategorien verabschiedet. Sie sind dabei aber auch im Grunde außer Kontrolle geraten. Nach meiner festen Überzeugung bietet die europäische Vereinheitlichung die Chance, die Mißbräuche im Finanzbereich stärker zu kontrollieren.

Dort, wo das Machtmonopol des Staates unmittelbar zu spüren ist, in der inneren und äußeren Sicherheit, wird es nationalstaatlich geregelt bleiben. Das heißt nicht, siehe oben, daß es auch dafür nicht schon heute Grenzen gäbe.

Auch die Sozialpolitik wird nach dem Subsidiaritätsprinzip – in den Grenzen, die auch für die anderen Politikbereiche gelten – nationalstaatlich organisiert bleiben.

Aus Wettbewerbsgründen wird es eine regionale Infrastrukturpolitik immer geben – unabhängig davon, daß auch Europa eine Politik zum Ausgleich regionaler Ungleichgewichte betreibt. Diese Eigenständigkeit ist schon nötig, um Wanderungsbewegungen in Europa in größerem Stil entgegenzuwirken.

Schwarz: In diesem Zusammenhang muß ja nun doch auch gefragt werden, wie die Rückkoppelung der Entscheidungen in der Europäischen Union zur Wählerschaft der einzelnen Mitgliedstaaten erfolgen soll. Heute haben wir ein Europa der Brüsseler Bürokratie und der im Europäischen Rat integrierten sowie kooperierenden Regierungen. Wie wir sehen, wird eine wirklich ins Gewicht fallende Stärkung des Europäischen Parlaments von den meisten Partnern nicht gewünscht.

Verlagert sich also künftig die parlamentarische Kontrolle der europäischen Zusammenarbeit auf die nationalen Parlamente zurück? Ist diese Entwicklung nicht völlig gegenläufig zur bundesstaatlichen Zielsetzung?

Schäuble: Ich bin für eine Stärkung des Europaparlaments und glaube nicht, daß die parlamentarische Legitimation und Kontrolle europäischer Entscheidungen auf Dauer ohne die nationalen Parlamente zu leisten ist. Wie soll das mit fünfzehn oder demnächst zwanzig nationalen Parlamenten funktionieren?

Deshalb heißt für mich Vertiefung der EU: klare Entscheidungsstrukturen, höhere Effizienz der Entscheidungsprozesse und Stärkung des Europaparlaments in allen europäischen Entscheidungsprozessen.

Schwarz: Wenn man Ihre Äußerungen und Ihre Politik über die Jahre hinweg betrachtet, scheinen doch verschiedene Phasen aufeinanderzufolgen. Vor 1989 war auch von Ihrer Seite wenig von nationalstaatlicher Zukunft Deutschlands zu hören. Einheit der Nation, ja, aber ansonsten Zweistaatlichkeit und innerdeutsche Entspannungspartnerschaft. Dann ist Wolfgang Schäuble in seine historische Rolle als einer der Architekten der deutschen Einheit hineingewachsen. Dementsprechend hat er für wenige Jahre viel stärker als andere in der CDU betont, die Nationalstaaten würden im neuen Europa weiterhin eine ausschlaggebende Rolle spielen – also auch der deutsche Nationalstaat. Seit Veröffentlichung des Schäuble-Lamers-Papiers kurz vor den Bundestagswahlen 1994 erlebt die deutsche Öffentlichkeit nun den »Europäer« Schäuble, der dann und wann dazu neigt, im Insistieren auf die weitere Zentralbedeutung des Nationalstaates von »altem Denken« zu sprechen, vor allem dann, wenn andere dies tun und nicht er selbst. Wenn Sie sich selbstkritisch prüfen: Gibt es in Ihrer Einstellung zum föderalistischen Europa und zum deutschen Nationalstaat in Ihrer politischen Biographie nicht doch merkliche Zäsuren?

Schäuble: Nein. Seit der Wiedervereinigung und der Rückgewinnung voller Souveränität mußte zwangsläufig intensiver über unsere nationale Verantwortung nachgedacht werden und auch über nationale Solidarität, was die Überwindung der Folgen der Teilung anbetrifft. Die Haushaltsdebatte war dafür nur beispielhaft. Nationale Gemeinschaft ist für mich auch identitätstiftend – nicht nur und nicht ausschließlich, aber auch. Und Gemeinschaft müssen wir stärken in einer Zeit überzogener Individualisierung, die uns zukunftsunfähig machen könnte.

Aber Nation und Europa sind für mich nie Gegensätze, sondern immer zwei Seiten derselben Medaille gewesen. Kein Land in Europa kann heute und in vorhersehbarer Zukunft die klassischen Aufgaben von Souveränität – Bewahrung von Frieden, Freiheit und Sicherheit nach innen und außen – alleine erfüllen. Und umgekehrt bleibt Europa auf die Bindung der Menschen über ihre Nationen an Europa angewiesen. Wir sind eben nicht nur Europäer, sondern als Polen, Franzosen oder Deutsche auch Europäer. Und schließlich verdanken wir Deutschen unsere Einheit dem europäischen Einheitswillen, und wenn wir unsere Lage mitten in Europa richtig begreifen, dann ist die Einheit Europas die beste Vorkehrung für eine gute Zukunft auch der Deutschen.

Schwarz: In der deutschen Öffentlichkeit findet seit Jahren eine Diskussion darüber statt, wie sich das atlantische Deutschland in der Welt der Mächte definieren sollte. Für Deutschland den Begriff Großmacht zu verwenden verbietet sich; er ist angesichts der europäischen Verflechtung altertümlich und hinsichtlich der deutschen Geschichte mißverständlich. Ich habe für das neue Deutschland nach der Wiedervereinigung den Begriff »Zentralmacht Europas« in die Diskussion geworfen. Damit verbindet sich die geographische Lage, das ökonomische und politische Gewicht dieses Landes, das allein kraft seiner Lage, Größe und Dynamik die Entwicklung im europäischen Staatensystem entscheidend bestimmt, welche Akzente es auch immer setzen mag. Halten Sie diesen Begriff für angemessen?

Schäuble: Er gefällt mir nicht. Er ist mir zu nationalstaatlich ausgerichtet, zeugt von altem Denken. Er löst mißverständliche Assoziationen aus. Immerhin ist die Bezeichnung Deutschlands als Europas Zentralmacht für mich nicht so fragwürdig, wie von Deutschland als Mittelmacht im Zusammenhang mit einem »Mitteleuropa« zu sprechen. Diejenigen, die das tun, zielen auf eine Lockerung der Westbindung Deutschlands. Das kann ich nicht akzeptieren. Der Westen muß erweitert werden nach Osten. Es darf eine Zwischenzone, ein Zwischeneuropa, nicht geben.

Wenn Sie mich nach einem Begriff fragen: Deutschland ist der europäischen Integration verpflichtet.

Vielleicht kann man sagen, wenn das nicht anmaßend wirkt: Deutschland ist der Motor Europas.

Hans-Peter Schwarz ist Ordinarius für Politische Wissenschaft und Zeitgeschichte an der Universität Bonn. Der Adenauer-Biograph hat mit seiner Streitschrift von der *Zentralmacht Europas* prononciert Stellung bezogen gegen die Verfechter einer bundesstaatlichen europäischen Integration, die er vor allem in der Bundesregierung und der Unionsfraktion am Werk sieht.

Die dreistündige Diskussion zwischen dem Politiker und dem Professor fand an einem Abend im September 1995 in Schäubles Bonner Büro statt.

DER FAMILIENVATER

Nach dem Attentat hat Ingeborg Schäuble gehofft, ihr Mann werde jetzt endlich vernünftig. Sie hoffte, er würde sich viel Zeit für die Genesung nehmen; wenn es sein muß, jahrelang. Und ganz im Innern, da hoffte sie, er werde diesen im doppelten Sinne mörderischen Beruf endlich an den Nagel hängen. Doch ihr Mann tat, was er immer tut: Er ging seinen eigenen Weg.

Politik als Therapie. Erst wieder Innenminister, dann Fraktionschef der Union: eine Sechzehn-Stunden-Arbeit auf Rezept. Darüber können die beiden noch heute in heftigen Streit geraten. War es richtig, noch im Krankenbett mit dem Aktenlesen zu beginnen, gar ein Buch herunterzudiktieren, nur ein paar Wochen »danach« wieder am Bonner Schreibtisch zu sitzen? Körperlich nur das Nötigste zu tun, um die Folgen der so weit wie möglich ignorierten Behinderung zu lindern, besser: in Einklang zu bringen mit den unausweichlichen Zwängen eines Spitzenpolitiker-Alltags im Regierungsviertel? Sie schimpft fürsorglich: »Es war Wahnsinn, nach acht Wochen wieder anzufangen.« Er widerspricht: »Der Chefarzt hat mich darin bestärkt, so schnell wie möglich wieder mit dem Arbeiten anzufangen. Was glaubst du, was ich sonst für Depressionen gehabt hätte?« Fast schon brutal offen fügt er hinzu: »Die Psyche ist wichtiger als die Physis.«

Sie hätte es anders gemacht, ganz anders. Wäre bereit gewesen, ihren Mann von verschiedenen Ärzten untersuchen und behandeln zu lassen, wenn nötig, dafür rund um die Welt zu reisen. Jede Chance nutzen, nichts unversucht lassen, sich nicht abfinden mit dem Schicksal. »Ich wäre mit dir gereist bis ans Ende der Welt.«

Für ihn kommt das nicht in Frage. Wieder ist die Politik schuld. Wer zu lange aus dem Geschäft ist, der ist abgeschrieben. Ein Comeback nach Monaten, womöglich nach Jahren? Unmöglich, dann wäre der Job weg, die Gefolgsleute von ehedem hätten sich längst umorientiert. Also zurück an den Schreibtisch, und zwar so schnell wie möglich.

Heute hat sie keine Hoffnung mehr, daß ihr Mann irgendwann einmal wieder ohne Rollstuhl auskommt, aufstehen und laufen kann, so wie früher. Mit dieser Wahrheit hat sie sich viel schwerer getan als er. »Nach dem Attentat hatte ich mir fünf Jahre Hoffnung gegeben. Die sind nun vorbei.«

Die Wahrheit hat sie lange verdrängt. An einem Freitag schießt dieser Irre auf ihren Mann, in der Nacht findet in der Freiburger Universitätsklinik die erste Operation statt. Am Sonntag dann der zweite Eingriff. Die Ärzte stellen Splitter im Rückenmark fest, irreparabel, nichts zu machen. Der Operateur telefoniert danach mit Wolfgang Schäubles Bruder Frieder, Ingeborg Schäuble steht daneben. Ihm sagt der Mediziner so, daß sie es mithört – ihr dabei in die Augen zu sehen, das bringt er nicht über sich –, Schäuble werde wohl nicht mehr laufen können. Wie sie heute damit fertig wird, mit einem Rollstuhlfahrer verheiratet zu sein? »Manchmal besser, manchmal eben schlechter«, manchmal macht sie die Lage ihres Mannes auch depressiv.

Trennung? Daran hat sie nie gedacht. Gerade jetzt sieht sie ihre Rolle an seiner Seite. Vom Klinikpersonal läßt sich die zupackende Frau noch während seiner Rehabilitation in Langensteinbach instruieren, wie sie ihn behandeln soll. Alles graue Theorie. Die Wirklichkeit ist schwieriger. Er hat Schmerzen am Rücken, ist hochempfindlich. Nach seiner Rückkehr trainieren sie ihre richtigen Handgriffe gemeinsam, sie lernt, ihn zu versorgen, er, mit der ganz und gar ungewohnten Abhängigkeit fertig zu werden.

Ingeborg Schäuble, geborene Hensle, hat sich nie einen Politiker zum Mann gewünscht. »Ich wollte nie einen Politiker heiraten, im Leben nicht.« Mehr als fünfundzwanzig Jahre sind die beiden verheiratet, und stets hat seine Frau gehofft, er würde wieder aussteigen. Vertraute erzählen, die beiden hätten vor Jahren, zu Beginn seiner Karriere, eine Art Vereinbarung getroffen. Sie würde die Kinder erziehen, wenn es denn sein müßte, auch alleine. Würde sich damit abfinden, ihre beruflichen Ambitionen für diese Zeit abschreiben zu müssen. Danach sollte er zurückkommen nach Gengenbach, als Anwalt arbeiten. Zwanzig Jahre lang würde sie ihren Tribut an dieses Politikerleben zahlen, dann sollte Schluß sein. »Ich wollte immer ein gemütlicheres Leben haben. Die Kinder wollte ich nicht allein aufziehen. Ich wollte, daß wir mehr private gemeinsame Zeit haben.«

Am 19. November 1972 zieht Wolfgang Schäuble mit 53,2 Prozent der Erststimmen im Wahlkreis Offenburg zum erstenmal in den Bundestag ein. Die Zwanzig-Jahres-Frist seiner Frau ist längst abgelaufen.

Dabei begann seine Karriere so, wie sie sich das vorgestellt hatte. Zweites juristisches Staatsexamen, Assistent an der Uni Freiburg, Promotion über das Thema »Berufsrechtliche Stellung von Wirtschaftsprüfern in Wirtschaftsprüfungsgesellschaften«. Eintritt in die Steuerverwaltung des Landes Baden-Württemberg, Regierungsrat beim Finanzamt Freiburg I. Das wäre Ingeborg, die er in der Mensa der Uni kennengelernt und im Mai 1969 geheiratet hat, am liebsten gewesen: Finanzbeamtenkarriere daheim im Badischen, Politik als Hobby, wenn es denn sein muß. Als sie heiraten, ist sie schon eine gemachte Frau: diplomierte Volkswirtin, Anstellung bei einer Marktforschungsfirma. Die Arbeit macht ihr Spaß.

Im August 1971 wird das erste Kind der Schäubles geboren: Tochter Christine. Ingeborg Schäuble würde gern halbtags arbeiten, aber die Firma lehnt ab. »Damals war das eben noch nichts mit Halbtagsstellen«, sagt sie heute, immer noch ein wenig bekümmert. Dennoch geht sie in dieser Zeit davon aus, daß es sich nur um eine Unterbrechung der Berufstätigkeit handelt. Ingeborg Schäuble hört weiter Vorlesungen, um den Anschluß nicht zu verpassen.

Wolfgang Schäuble ist inzwischen Bezirksvorsitzender der Jungen Union Südbaden und Mitglied im Bezirksvorstand der Gesamtpartei. Nichts ernsthaft Bedrohliches also. Doch der Nebenberufspolitiker ist stark eingespannt, so mancher Einsatz im Dienst der CDU ist am Wochenende fällig. Ingeborg Schäuble gefällt das nicht, schließlich ist die Zeit, die den beiden mit ihrer kleinen Tochter bleibt, ohnehin knapp bemessen.

Dann fällt die Entscheidung, die ihre Lebensplanung mit einem

Schlag erledigt: Im Spätsommer 1972, es ist ein Sonntagnachmittag, klingelt bei den Schäubles das Telefon. Ob er bereit sei, als Bundestagskandidat zur Verfügung zu stehen, wird Wolfgang Schäuble gefragt. Der CDU-Mann hat nur eine Stunde Bedenkzeit. Er sagt zu. Sie beruhigt sich damit, daß er ohnehin keine Chance habe: jung, unbekannt, unerfahren. Einige Wochen später sitzt er im Deutschen Bundestag.

»Ich hatte meiner Frau versprochen, nie ein politisches Mandat anzunehmen. Sonst hätte sie mich nicht geheiratet«, erzählte er den Biographen Filmer und Schwan. Am Jahresende 1972, drei Jahre nach der Heirat, pendelt er zum erstenmal als Mandatsträger nach Bonn. Ingeborg bleibt mit Tochter Christine allein zu Hause. Die Karriere einer alleinerziehenden Mutter beginnt.

Nur kurz überlegen die beiden, ob sie samt Tochter nach Bonn ziehen soll, damit die junge Familie zusammenwohnen kann. »Ich hätte das sofort gemacht«, erzählt sie. Doch selbst das scheitert. Ihr Mann hält es für nicht vereinbar mit seinem Bild eines Abgeordneten. »Wer für einen Wahlkreis in den Bundestag einzieht, der muß dort wohnen«, hat er zu ihr gesagt. Er tröstet sie mit den Freitagnachmittagen, an denen er aus Bonn zurückkomme – und den gemeinsamen Wochenenden. Doch an den Wochenenden ist der engagierte CDU-Mann häufig unterwegs, um für sich und die Partei Stimmung zu machen. Die Ehefrau, gerade mal dreißig Jahre alt, ist mit ihrer Tochter häufig allein. Sie leidet darunter.

1974, am 15. Oktober, gebärt sie einen Sohn, Hans-Jörg, genannt Hansi. Mitten im Referendardienst, mit dem sich die Ökonomin die Lehramtsbefähigung erarbeitet. Eigentlich ist ihr die Dreifachbelastung – Haushalt, Kindererziehung, Ausbildung – zu viel. Sie scheut vor dem Staatsexamen zurück. Doch ihr Mann ermuntert sie durchzuhalten. Er weiß, welche Motivation bei ihr zieht: »Was man anfängt, das bringt man auch zu Ende.« 1975 schafft sie das zweite Staatsexamen. Ein knappes Jahr später, am 1. März 1976, kommt Juliane, ihre zweite Tochter, zur Welt. Die Vorstellung einer Rückkehr ins Berufsleben ist nun endgültig vorbei. »Da habe ich das Handtuch geworfen.«

Ingeborg Schäuble macht sich nichts vor. Natürlich findet sie es schade, nicht mehr berufstätig sein zu können. »Ich muß mich nicht unbedingt im Beruf verwirklichen«, schiebt sie hinterher. Es klingt ein wenig trotzig.

Im Herbst 1976 wird er zum zweitenmal in den Bundestag gewählt. Jetzt holt er mehr als neunundfünfzig Prozent der Stimmen im Wahlkreis. Für jemanden, der so ehrgeizig ist wie Wolfgang Schäuble, der als junger Kerl im Untersuchungsausschuß zur Bestechungsaffäre Steiner – Wienand frech und fachkompetent eine erste Kostprobe seines politischen Talents abgeliefert hat, ist das ein Ansporn. Er schmeckt nach dem Beginn einer großen Karriere in Bonn. Politischer Privatier in Gengenbach – nichts liegt ihm jetzt ferner.

Bisher hat nur sie zurückstecken müssen. Er hat den sicheren Beamtenposten einer unsicheren politischen Karriere geopfert, er hat die junge Familie für die meiste Zeit der Woche allein gelassen. Wie kann eine solche Ehe länger als fünfundzwanzig Jahre halten? Sohn Hansi hat auf dem Weg zum Tennisplatz gerade noch einmal im Wohnzimmer vorbeigeschaut, die Frage gehört und kommt seiner Mutter spontan zuvor: »Die Kinder halten den Laden zusammen.«

»Wir sind beide treue und zuverlässige Menschen«, sagt sie. »Wir würden beide nicht leichtfertig eine andere Beziehung eingehen. Das könnten wir nicht.«

Die Schäubles leben nach geradezu calvinistischem Ethos, obwohl sie katholisch, allerdings keine regelmäßigen Kirchgänger sind. »Ich bin ein Pflichtmensch«, charakterisiert Ingeborg Schäuble sich selbst. Was hedonistische Geister als Sekundärtugend verachten, ist ihr wichtig. Treue gehört dazu. »Ich bin so erzogen.«

Ihre Mutter entstammt einer Weinbauernfamilie, der Vater aus kleinen Verhältnissen. Ingeborg wird streng erzogen, muß daheim mit anpacken. »Ich war schon sehr früh eingebunden in die Familie.« Drei Geschwister müssen den Haushalt managen. Solche Erfahrungen prägen. Pflichterfüllung als ein sehr hoher Wert, das ist auch eine Generationenfrage. Die Selbstverwirklicher der achtundsechziger Generation sind noch nicht auf den Plan getreten. Die kommen wenige Jahre später. Für Ingeborg Schäuble ist es kein unüberwindliches Problem, sich unterzuordnen.

Vier Kinder – Anna wird am 25. August 1981 geboren – hat sie quasi im Alleingang zu selbstbewußten Menschen großgezogen. »Das hat mich sehr gefordert.« Vier Kinder: Daheim in Gengenbach ist das beinahe eine halbe Kindergartengruppe. Immer zuständig sein, in allen Lebenslagen entscheiden, und das meistens allein: Von der körperlichen und seelischen Belastung her versieht Ingeborg Schäuble einen Spitzenjob. Telefonische Rücksprache mit ihrem Mann findet nur bei wichtigen Entscheidungen statt. Sie ist die Managerin der Familie.

Kein Wunder, daß Ingeborg Schäuble mit Bonn nichts Gutes verbindet. Im Sommer 1995, dreiundzwanzig Jahre nachdem er in den Bundestag einzog, war sie zum erstenmal für eine ganze Woche in Bonn. »Das ist eine andere Welt.« Repräsentationspflichten, dieses manchmal so eitle Getue, das ist ihre Sache nicht. Sie ist bescheiden, offen, ehrlich und liebenswert undiplomatisch. Schäuble hat sie nie eingespannt, sie hätte sich aber von seiner Gegenwelt auch nicht vereinnahmen lassen.

1976 erwerben die Schäubles in Gengenbach, einem Schwarzwaldstädtchen fünf Kilometer südöstlich von Offenburg, ein attraktives Hanggrundstück. Die täglichen Entscheidungen auf der Baustelle trifft Ingeborg Schäuble; ihr Mann ist zu selten daheim.

Das Heim in Gengenbach ist der Gegenentwurf zur miefigen Bonner Bürokratentristesse. Offene Bauweise, viel Fensterfläche, reichlich Holz innen und außen. Behagliche Sitzecken auf verschiedenen Ebenen. Nach dem Attentat wird das Haus behindertenfreundlich umgebaut, ein Treppenaufzug hilft Wolfgang Schäuble, die Etagen zu überbrücken. Draußen ein zugewachsener, nicht einsehbarer Garten, neben der Holzterrasse ein kleiner Teich. Dort sitzen die beiden Eheleute, wenn das Wetter und sein Beruf es zulassen.

Ein kleiner Tisch, stapelweise Bücher, die Pfeifentasche. E. Annie Proulx' Neuseeland-Roman *Schiffsmeldungen* liegt neben Norbert Blüms zweitem epischem Buch *Sommerfrische*, in dem der Arbeitsminister seine Urlaubserlebnisse schildert, dazwischen ein Krockow über Preußen. Schäuble liest alles, er frißt die Bücher mit atemberaubender Geschwindigkeit in sich hinein. »Ich bin einer der wenigen in Bonn, die noch lesen«, hat er einmal gesagt.

Wenn er nach Gengenbach kommt, ist es eine Heimkehr. Abschalten, Abstand gewinnen. »Damit umzugehen, muß man als Frau erst lernen«, erzählt Ingeborg Schäuble. Oft genug läßt sie ihn längere Zeit allein, damit er den Ortswechsel verarbeiten und sich auf die andere Umgebung einstellen kann. »Zu Hause herrschen andere Spielregeln«, sagt seine Frau. »Unsere« – sie korrigiert sogleich: »Meine.«

Immer haben sie an den Wochenenden »nette Sachen« gemacht, sind gemeinsam essen gegangen oder in klassische Konzerte. Früher auch einmal in ein Jazzkonzert. Doch das ist vorbei. »Mit dem Rollstuhl ist das Leben häuslicher geworden.«

Ingeborg Schäuble hat immer gehofft, daß ihr Mann mit der Berufspolitik aufhört. Deswegen hat sie ihn gedrängt, sich beruflich ein zweites Standbein zu verschaffen. Ihr geht es darum, daß er unabhängiger wird von diesem windigen Politikgeschäft, das selbst und gerade Führungsfiguren von heute auf morgen abstürzen läßt. 1978 beantragt er auf ihr Drängen hin die Zulassung als Rechtsanwalt beim Landgericht Offenburg. Anfangs klappt es mit der Anwaltspraxis, in der er arbeitet, ganz gut. In sitzungsfreien Perioden, immerhin mehr als jede zweite Woche, ist Schäuble zu Hause, kann in seinem zweiten Beruf arbeiten. Doch im Juni 1981 wird er Parlamentarischer Geschäftsführer der Unionsfraktion. Die nächste Stufe auf der Karriereleiter: aufrücken in die Fraktionsführung. Das bedeutet mehr Verantwortung, aber auch längere Präsenz in Bonn. Für seine anwaltliche Tätigkeit hat er immer weniger Zeit. 1984, als er ins Kanzleramt wechselt, gibt er sie auf.

Der Versuch Ingeborg Schäubles, ihn unabhängig von der Politik zu machen, ist gescheitert. Dabei ist es ihr um mehr gegangen als um das zweite Standbein. »Letztendlich wollte ich, daß er aus der Politik rausgeht.« Sie hat nie aufgehört, ihm diesen Schritt nahezulegen, ihn darum zu bitten. »Wenn du doch wenigstens zum Frühstück da wärst«, hat sie oft geklagt.

Auch als er 1984 Kanzleramtsminister, 1989 Bundesinnenminister wird, legt sie ihm nahe, den Ausstieg vorzubereiten. »Du mußt überlegen, was du anderes machen kannst.« Als Minister verläßt er schon sonntags morgens um neun Uhr das Haus, kommt erst freitags nachts wieder heim. Die Ehe, die Familie schrumpfen auf die Zeit weniger

Stunden an einem verkürzten Wochenende zusammen. Das reicht kaum zum Ausspannen oder für gemeinsame Aktivitäten: eine Halbwochenend-Ehe.

Als er im November 1991, wegen des Attentats ein Jahr später als geplant, Vorsitzender der Unionsfraktion wird, hofft sie, daß er nun mehr Zeit für sie und die Familie hat. Schnell muß sie erkennen, daß sie sich getäuscht hat. »Diese Annahme war naiv von mir.« Wolfgang Schäuble ist nicht Fraktionsvorsitzender unter Helmut Kohl, er ist es neben dem Kanzler – mit den entsprechenden Folgen für das Privatleben der Schäubles. Regelmäßig telefoniert er auch am Sonntag mit Kohl. Auch das schmälert den Freizeitwert des Wochenendes.

Wolfgang Schäuble behauptet gegenüber Filmer und Schwan: »Eigentlich wollte ich nicht Politiker werden. Es war nicht meine Lebensplanung. Eine Landtagskandidatur hatte ich bereits im Frühjahr 1972 abgelehnt. Ich suchte meine berufliche Zukunft eindeutig in der Juristerei.«

Ingeborg Schäuble beurteilt seine Ambitionen ganz anders: »Mein Mann wollte halt Politik machen. Er wollte im Grunde nichts anderes.«

Natürlich verfolgt sie die Diskussionen um ihn ganz genau. Die ständigen Unterstellungen, er wolle Kohl stürzen, haben sie mindestens ebenso geärgert wie ihren Mann. Er weiß, solche Geschichten gehören zum Geschäft. Man kann ihnen nicht ausweichen, sondern muß lernen, damit umzugehen. Sie, die dem Bonner Betrieb demonstrativ fernbleibt, hat eine andere, persönlichere Sichtweise. Für sie ist es schlicht ehrabschneidend, ihrem Mann solche Absichten zu unterstellen. Kohl stürzen? »Das ist absoluter Quatsch. Das würde er nie machen.«

Sie ist froh, daß ihr Mann so beliebt ist. »Die Leute sind sehr freundlich zu ihm, er ist hier schon sehr populär.« Im Jahr des Attentats, 1990, wählen sie ihn in seinem Wahlkreis mit 64,32 Prozent der Erststimmen in den Bundestag – eine demonstrative Geste der Anteilnahme und Solidarität. Überhaupt ist es nur seine Beliebtheit, die ihr sein Politikerleben noch erträglich erscheinen läßt. Ingeborg Schäuble ist fürsorglich – und sehr empfindlich, was den Umgang mit ihrem Mann angeht. Manchmal hat sie überlegt, wie es wohl wäre, wenn die

Presse über Schäuble schriebe wie über Kohl in seiner Anfangszeit, den sie über Jahre hinweg als pfälzischen Provinzdeppen lächerlich machte. »Solche Häme würde ich nicht aushalten.«

Gegen den Gedanken, daß ihr Mann eines Tages Bundeskanzler werden könnte, was ja nur konsequent wäre, weil es eine glanzvolle politische Karriere krönen würde, sträubt sich alles in ihr. »Daran glaube ich einfach nicht.« Und dann sprudeln die Sätze nur so aus ihr heraus:

»Er will es auch nicht.

Es wäre eine wahnsinnige Belastung.

Ich kann mir keine Kampagne im Rollstuhl vorstellen.

Er würde da auch nicht glücklich werden.

Die sollen jemand anders finden.

Der Kohl soll dafür sorgen.«

Doch Ingeborg Schäuble weiß auch, wenn es dabei bleibt, daß die CDU keinen anderen hat, und wenn dann eines Tages Helmut Kohl zu ihm sagt, Wolfgang, jetzt mußt du ran, dann wird er sich nicht verweigern. »Das ist es ja eben.«

Möglicherweise geht es wieder wie 1972 im Spätsommer. Da hat sie sich mit seiner augenscheinlichen Chancenlosigkeit, den Sprung in den Bundestag zu schaffen, getröstet.

Vielleicht wird er ihr als Kanzlerkandidat sagen: Es geht nicht anders, aber ich habe sowieso keine Chance. Vielleicht wiederholt sich Geschichte ja doch.

Die Schäubles sind eine Familie von Spielern. Als die Kinder noch kleiner waren, haben sie an den Wochenenden stundenlang zusammengesessen und Monopoly oder Skat gespielt. Jedem seiner vier Kinder hat Schäuble das Skatdreschen beigebracht, selbst dem Nesthäkchen Anna. Mit seinem Sohn Hans-Jörg spielt er öfter Schach: Vater gewinnt, »so ist das meistens«.

Über Politik wird wenig gesprochen. Gengenbach ist eine andere Welt, und Schäubles Familie hat nichts zu tun mit der Unionsfraktion.

Die Schäubles sind eine ganz normale Familie. Mit seiner Behinderung gehen die Kinder völlig unbefangen um. Sie machen kein Aufhebens darum, haben ein Gespür dafür, wann sich der Vater helfen läßt. Das kommt selten vor.

Die Eheleute Schäuble leben nach unterschiedlichen Vorstellungen.

Er: geordnet, organisiert, logisch, diszipliniert, bescheiden, häuslich.

Sie: Laisser-faire, spielerisch, weltoffen, neugierig, harmoniebedürftig.

Sie belastet es, wenn er im Bundestag oder auf CDU-Parteitagen zu sehr auf den Gegner drischt. »Das mußt du nicht tun.« Er sieht es anders und verhält sich auch so.

Sie ist längst nicht so beherrscht wie er. Früher hat sie auch schon mal auf dem Tisch getanzt. »Das habe ich mir inzwischen abgewöhnt.«

Die Unterschiede der beiden führen zu Reibereien, die durch die Kinder ausgeglichen werden.

Die Kinder: Christine, 1971 geboren, ist Juristin. Die älteste Tochter ist zugleich das politisch engagierteste Kind. Ihren Lebensgefährten und späteren Ehemann lernte sie bei der Jungen Union kennen. Sie war stets Papas Kind, verteidigte ihn auch zu Hause gegen die Kritik der Mutter, stellte sich hinter das Leben des Vaters, unter dem die Mutter litt. Sie war immer die größte Verehrerin ihres Vaters. Das hatte Folgen. Brachte sie einen Freund mit nach Hause, mußte sie sich von ihrem eifersüchtigen Vater stets denselben Kommentar anhören: »Der taugt nichts, der Kerl.«

Sie war kaum vier Jahre alt, da nahm der junge Bundestagsabgeordnete sie schon mit zum Feuerwehrfest im Wahlkreis. Im Winter 1992 fuhr sie mit ihrem Vater nach Bonn. Sie begleitete ihn zu den dramatischen Asylverhandlungen in der baden-württembergischen Landesvertretung. Grund: Weil seine Krankenschwester ausgefallen war, mußte sie dem Rollstuhlfahrer zur Hand gehen. Sie wartete stundenlang draußen, doch bei den Gesprächen in den Verhandlungspausen und an den langen Abenden erlebte sie die dramatischen Stunden mit. »Da habe ich viel über Politik gelernt.« Die selbstbewußte, charmante und urteilssichere Juristin schlägt ihrem Vater nach. »Die wird ihren Weg machen«, sagt die Mutter voraus.

Hans-Jörg, Schäubles einziger Sohn, ist von mehr träumerischem Naturell. In der Schule war er nicht gerade ein Überflieger. Er ist einfühlsam und sensibel, weniger ambitioniert als seine ältere Schwester. Er will gemütlicher leben, nicht so hart arbeiten wie sein Vater. Dem Leben gewinnt er noch andere Seiten ab als den Beruf.

Hans-Jörg kann andere Menschen für sich einnehmen. Vor einigen Jahren hatte die Junge Union in Gengenbach große Not, fehlte ihr doch ein Vorsitzender. Von einigen Jugendlichen, die den Job nicht haben wollten, ließ Hans-Jörg sich dazu überreden. In seiner Amtszeit fiel er weniger durch politische Theorieseminare auf, sondern als Kommunikator. Seine Wegbegleiter munkeln, er habe stets die hübschesten Mädchen dazu gebracht, der Jungen Union beizutreten. Und mit den Mädchen kamen auch die Männer. Auf diese rationelle Weise sei die Mitgliederzahl der Jungen Union binnen kürzester Zeit rapide gewachsen, wird glaubhaft versichert.

Juliane, Schäubles zweite Tochter, wird zwei Jahre nach Hans-Jörg geboren. Sie ist sportlich wie die anderen Kinder, spielt Tennis und Volleyball. Im Vergleich zu ihrer älteren Schwester ist sie in sich gekehrter, aber ebenso analytisch begabt. Wie die anderen Kinder brachte sie ein Jahr in den Vereinigten Staaten zu.

Ingeborg Schäuble definiert ihr Erziehungsziel mit der Zufriedenheit ihrer Kinder. Niemand wird zu etwas gezwungen, aber die Mutter zeigt ihren Kindern Möglichkeiten auf. So haben alle ein Musikinstrument spielen gelernt. Christine Klavier und Querflöte, Hans-Jörg Bratsche, Juliane Klavier und Anna Geige. Inzwischen haben es alle wieder aufgegeben.

Anna, 1981 geboren, ist die Kesseste von allen.

Im Sommer 1994 feierten die Schäubles im Kreis der Familie silberne Hochzeit. Wolfgang Schäuble organisierte die Angelegenheit, wie es seine Art ist. Abendessen dort, wo sie auch die Hochzeit gefeiert hatten: im Restaurant »Adler« im Glottertal. Der Perfektionist hat selbst die Speisenfolge nicht dem Zufall überlassen. Es gibt das gleiche Essen wie vor fünfundzwanzig Jahren: Spargel und Rehbraten. Und natürlich hat der Ehemann auch eine Rede vorbereitet. Als er damit beginnen will, hebt er feierlich sein Champagnerglas und holt Luft. Anna, die zwölfjährige, hat schon mal verstohlen genippt und fühlt sich plötzlich ganz stark. Ihr Vater, muß sie gedacht haben, will wohl einen Trinkspruch ausbringen – und sie kommt ihm prompt mit der burschikosen südbadischen Variante zuvor. Und so tönt es über den feierlich gedeckten Tisch mit unschuldiger, aber lauter Kinderstimme: »Hau weg den Scheiß!«

Oma fragt von der Seite irritiert: »Was hat das Kind gesagt?« Sie erhält keine Antwort. Nach einer Schrecksekunde bricht die Runde in schallendes Gelächter aus.

Die Jubiläumsrede zu seiner silbernen Hochzeit hat Schäuble jedenfalls nicht mehr gehalten.

Es gibt Erfahrungen mit der Politik, die hat Anna nicht vergessen. Dazu gehört ein Kinderfest aus Anlaß der Zweitausend-Jahr-Feier der Stadt Bonn. Eingeladen hatte Bundestagspräsidentin Rita Süssmuth. Doch es sind nicht nur Kinder zu Gast, sondern auch Kamerateams. Das macht die Gastgeberin augenscheinlich nervös. Jedenfalls hat Anna behalten, mit welchen Worten die Präsidentin die Kinder beiseite schob: »Die wollen ja mich filmen und nicht euch.«

Einmal war die kleine Anna ehrlich besorgt. Da hatte sich der Bundeskanzler höchstpersönlich in Gengenbach zu Besuch angesagt. Die Aussicht, den deutschen Regierungschef im heimischen Wohnzimmer ganz persönlich begrüßen zu können, versetzte das Mädchen in helle Aufregung. Sogleich schlüpfte sie in die Rolle der fürsorglichen Gastgeberin – sehr besorgt, ob für den wichtigen und wuchtigen Mann aus dem Kanzleramt auch eine ausreichend breite Sitzgelegenheit zur Verfügung stünde.

»Haben wir überhaupt einen Stuhl für den Bundeskanzler?«

ZEITTAFEL

18. 9. 1942	Wolfgang Schäuble wird als Sohn des Steuerberaters Karl Schäuble und seiner Frau Gertrud in Freiburg im Breisgau geboren.
1948–1952	Besuch der Volksschule in Hornberg.
1957–1961	Lokalreporter beim *Schwarzwälder Boten* (Autorenkürzel: sch).
1961	Abitur am Gymnasium in Hausach. Er beginnt sein Studium der Rechts- und Wirtschaftswissenschaften in Freiburg und Hamburg. Schäuble tritt der Jungen Union Südbaden bei. Kurz zuvor wird die Berliner Mauer gebaut.
1963	Vorsitzender des Rings Christlich Demokratischer Studenten (RCDS) in Hamburg. Adenauer tritt als Kanzler ab.
1964	RCDS-Vorsitzender in Freiburg.
1965	Eintritt in die CDU.
1966	Erstes juristisches Staatsexamen (Note: voll befriedigend), anschließend Assistent an der Universität Freiburg und Beauftragter des Rektors für politische Bildung.
1968–1970	Gerichtsreferendar, Assessorexamen.

1969 Im Mai heiratet Schäuble Ingeborg Hensle. Im Dezember wird er Bezirksvorsitzender der JU-Südbaden. In Bonn regiert die erste sozialliberale Koalition unter Kanzler Willy Brandt. In Rheinland-Pfalz wird Helmut Kohl zum Ministerpräsidenten gewählt.

1971 Kohl verliert auf dem Bundesparteitag in Saarbrücken im Kampf um den CDU-Vorsitz gegen Rainer Barzel. Schäuble steht auf der Seite Kohls, der als Reformer gilt.

1971–1972 Promotion zum Dr. jur. über das Thema: »Berufsrechtliche Stellung von Wirtschaftsprüfern in Wirtschaftsprüfungsgesellschaften«. Eintritt in die Steuerverwaltung Baden-Württembergs.
Tochter Christine wird geboren.
1972 scheidet Schäuble als Regierungsrat beim Finanzamt Freiburg I aus.

1972 Willy Brandt gewinnt die Bundestagswahl (»Willy wählen«). Schäuble wird mit 53,2 Prozent der Erststimmen im Wahlkreis Offenburg in den Deutschen Bundestag gewählt. Er wird Obmann im Sportausschuß, »sportpolitischer Sprecher« der Union – und ist Berichterstatter der CDU über das Hochschulrahmengesetz.

1973 Im Juni wird Kohl auf dem Bonner Parteitag zum Bundesvorsitzenden der CDU gewählt. Schäuble wird Berichterstatter der Unionsfraktion im Steiner-Wienand-Untersuchungsausschuß. Der soll klären, ob der SPD-Fraktionsgeschäftsführer Karl Wienand den CDU-Abgeordneten Julius Steiner mit fünfzigtausend Mark bestochen hat, damit der beim Mißtrauensvotum gegen Brandt dem CDU-Kandidaten Barzel seine Stimme versagt. 1974 stellt Schäuble die Ergebnisse der Untersuchungen aus Unionssicht dem Bundestag dar. Sein erster großer öffentlicher Auftritt. Brandt stürzt über die Guillaume-Affäre. Sein Nachfolger wird Helmut Schmidt. Schäubles Sohn Hans-Jörg wird geboren.

1976 Bei der Bundestagswahl wird Helmut Schmidt als Kanzler bestätigt. Helmut Kohl wechselt von Mainz nach Bonn und wird Oppositionsführer. Um den Bonner Neuling Kohl bildet sich die Hilfstruppe »Gruppe 76«, die von Philipp Jenninger geführt wird. Schäuble, der seinen Offenburger Wahlkreis mit 59,1 Prozent der Erststimmen wieder direkt holt, gehört dazu. Fraktionschef Kohl macht Schäuble zum Mitglied im einflußreichen Finanzausschuß. Schäuble wird Vorsitzender des Bundesfachausschusses Sport der CDU. Juliane, die zweite Tochter, kommt zur Welt.

1978 Berichterstatter des Verteidigungsausschusses in der Spionageaffäre Lutze. Schäuble erwirbt beim Landgericht Offenburg die Zulassung als Rechtsanwalt.

1980 Helmut Kohl verzichtet auf seine zweite Kanzlerkandidatur. Franz Josef Strauß verliert die Wahl gegen Helmut Schmidt. Schäuble zieht mit 55,8 Prozent der Erststimmen wieder in den Bundestag ein.

1981 Im Juni macht der Fraktionsvorsitzende Kohl Schäuble zu einem der Parlamentarischen Geschäftsführer. Schäuble erzielt ein blendendes Ergebnis: hundertneunundzwanzig Abgeordnete stimmen für ihn, vierzehn gegen ihn, und vierzehn enthalten sich. Schäuble ist jetzt Mitglied der engsten Fraktionsführung. Anna, die dritte Tochter, wird geboren.

1982 Am 1. Oktober wird Helmut Kohl vom Bundestag mit einem konstruktiven Mißtrauensvotum gegen Helmut Schmidt mit 256 von 495 Stimmen zum Bundeskanzler gewählt.
Am 4. Oktober wählt die Fraktion Schäuble zum Ersten Parlamentarischen Geschäftsführer der Unionsfraktion. Nur noch neun Parlamentarier stimmen gegen ihn. Fraktionschef wird Alfred Dregger, doch der politische Doppelpartner Kohls in der Fraktion heißt Schäuble. Er nimmt an den Koalitionsverhandlungen zwischen Union und FDP teil.

1983 Bei den Bundestagswahlen im März wird die Regierung bestätigt, Helmut Kohl zum Kanzler gewählt.
Schäuble holt seinen Wahlkreis mit 62,4 Prozent der Erststimmen.

1984 Parteispendenaffäre. Schäuble arbeitet den Plan einer Amnestie für Steuersünder aus. Dagegen erhebt sich gewaltiger Protest; die FDP fällt um, die Koalition muß den Plan aufgeben. Schäubles erste große Niederlage.
Im November beruft Kohl ihn zum Chef des Bundeskanzleramtes und Bundesminister für besondere Aufgaben. Schäuble ordnet das von Waldemar Schreckenberger und Philipp Jenninger verwaltete Chaos und baut das Kanzleramt zur Machtzentrale der Regierung aus. Er wird Helmut Kohls engster Berater und leitet zugleich die operative Deutschlandpolitik.

1985–1986 Helmut Kohl nimmt Schäuble regelmäßig zu den Sitzungen des CDU-Präsidiums mit. Im Dezember trifft er zum erstenmal Alexander Schalck-Golodkowski, mit dem er in den nächsten Jahren über alle wichtigen Fragen der innerdeutschen Beziehungen verhandelt.

1986 Im sowjetischen Tschernobyl explodiert ein Kernkraftwerk.

1987 Im Januar gewinnt Helmut Kohl zum zweitenmal eine Bundestagswahl. Der Kanzler und die Union erzielen 44,3 Prozent.
Im September wird DDR-Staats- und Parteichef Erich Honecker in Bonn empfangen. Schäuble hat den Besuch vorbereitet.

1989 Im April bildet Helmut Kohl das Bundeskabinett um: Verteidigungsminister wird Gerhard Stoltenberg, das Finanzressort übernimmt der CSU-Vorsitzende Theo Waigel. Schäuble wird Innenminister, sein Nachfolger als Kanzleramtsminister Rudolf Seiters. Mit der Übernahme eines klassischen Ressorts tritt Schäuble aus dem Schatten Kohls.
Schäuble zeichnet verantwortlich für das neue Ausländerrecht und die Datenschutzgesetze im Sicherheitsbereich.
Heiner Geißler, Lothar Späth und andere bereiten einen Putsch gegen Kohl vor. Schäuble stellt sich demonstrativ auf Kohls Seite, redet ihm zu, den illoyalen CDU-Generalsekretär Geißler zu stürzen. Nachdem er seine Truppen gesammelt hat, wagt Kohl diesen Schritt. Im September wählt ihn der Parteitag in Bremen wiederum zum Bundesvorsitzenden; Späth fliegt aus dem CDU-Präsidium. Neuer Generalsekretär wird Volker Rühe.
Am 9. November öffnet Ost-Berlin die Mauer.

1990 Schäuble zieht die Verhandlungen über den Einigungsvertrag zwischen der Bundesrepublik Deutschland und der DDR an sich. Er wird zum Architekten der Einheit. Sein Verhandlungspartner ist der Staatssekretär des

DDR-Ministerpräsidenten Lothar de Maizière, Günther Krause. Der Einigungsvertrag entsteht in Rekordzeit: Am 6. Juli findet in Ost-Berlin die erste Verhandlungsrunde statt, am 31. August wird das Paragraphenwerk in Bonn und Ost-Berlin unterzeichnet.
Im September wählt die CDU Schäuble mit 890 von 965 Stimmen in den Parteivorstand.
Am 3. Oktober tritt die DDR der Bundesrepublik Deutschland bei.
Am 12. Oktober schießt der geistesgestörte Dieter Kaufmann bei einer Wahlveranstaltung in Oppenau auf Schäuble. Der Sicherheitsbeamte Dieter Michalski wirft sich in den dritten Schuß und rettet ihm damit vermutlich das Leben. Schäuble ist seitdem vom dritten Brustwirbel an abwärts gelähmt.
Am 2. Dezember gewinnt die Union erneut die Bundestagswahl. Kohl wird zum drittenmal zum Regierungschef gewählt..
Schäuble erhält in seinem Wahlkreis 64,32 Prozent der Erststimmen.

1991 Schäubles erstes Buch erscheint: *Der Vertrag. Wie ich über die deutsche Einheit verhandelte.*
Am 21. Juni trägt Schäuble in der Hauptstadtdebatte des Bundestages mit einer eindrucksvollen Rede maßgeblich dazu bei, daß sich eine knappe Mehrheit für Berlin als Regierungssitz entscheidet.
Nachdem durch Schäubles schnelle Fortschritte bei der Rehabilitation klar geworden ist, daß er das Amt des Fraktionsvorsitzenden der Union auch im Rollstuhl ausüben kann, findet am 25. November die vereinbarte Ablösung von Alfred Dregger durch Schäuble statt.
Die SPD wählt als Nachfolger von Hans-Jochen Vogel den früheren Hamburger Bürgermeister Hans-Ulrich Klose zum Fraktionsvorsitzenden.

1992 Zu Schäubles fünfzigstem Geburtstag im September ernennt Kohl ihn öffentlich zu seinem potentiellen Nachfolger.
Im Dezember feiert Schäuble einen innenpolitischen Triumph: Union, SPD und FDP einigen sich auf ein neues Asylrecht. In den folgenden zwei Jahren geht die Zahl der Asylbewerber von vierhunderttausend auf hunderttausend zurück. Die Partei der Republikaner spielt politisch keine Rolle mehr.

1993 Auf dem Berliner Parteitag hält Schäuble eine mit nationalen Tönen durchsetzte Rede, die den Pragmatiker als Vordenker ausweist.

1994 SPD-Mitglieder wählen den rheinland-pfälzischen Ministerpräsidenten Rudolf Scharping zum Kanzlerkandidaten.
Rummel um Schäubles zweites Buch: *Und der Zukunft zugewandt.*
Am 23. Mai wird der Präsident des Bundesverfassungsgerichtes, Roman Herzog, als Nachfolger Richard von Weizsäckers zum siebten Bundespräsidenten gewählt.
Am 16. Oktober gewinnen Kohl und die Union zum viertenmal die Bundestagswahl.
Schäuble gewinnt seinen Wahlkreis mit 58,3 Prozent der Erststimmen.
Der Fraktionsvorsitzende setzt in der Union die Wahl der Grünen-Bundestagsabgeordneten Antje Vollmer zur Bundestags-Vizepräsidentin durch. Damit und mit seinem Engagement für eine ökologische Steuerreform beflügelt er die Diskussion über schwarz-grüne Bündnisse.
Helmut Kohl signalisiert ihm, daß er bei der Bundestagswahl im Herbst 1998 nicht mehr als Kanzlerkandidat der Union zur Verfügung stehen will. Dann solle Schäuble für die Union ins Rennen gehen.

1995 Die FDP wird immer schwächer. Bei den Landtagswahlen im größten Bundesland Nordrhein-Westfalen fällt sie unter die Fünf-Prozent-Sperrklausel. Die Liberalen ersetzen Klaus Kinkel durch Wolfgang Gerhardt. Helmut Kohl und Wolfgang Schäuble propagieren, um die Mitglieder der Union zu beruhigen, als mögliches Ziel der Bundestagswahl 1998 die absolute Mehrheit von CDU und CSU.
Ende November löst Oskar Lafontaine den glücklosen Rudolf Scharping als Parteivorsitzenden ab.

1996 Das Klima in der Bonner Koalition kühlt sich weiter ab. Kohl und Schäuble propagieren Neuwahlen für den Fall, daß die FDP panikartig die Koalition verläßt.
Das Gerede von Neuwahlen oder einer drohenden großen Koalition verstummt schlagartig, als es der FDP am 24. März gelingt, bei den Wahlen in Rheinland-Pfalz, Baden-Württemberg und Schleswig-Holstein ihre Position zu behaupten bzw. wieder in den Landtag einzuziehen.

LITERATURVERZEICHNIS

Ackermann, Eduard: Mit feinem Gehör. Vierzig Jahre in der Bonner Politik. Bergisch Gladbach 1995.

Adam, Konrad: Die Ohnmacht der Macht. Wie man den Staat ausbeutet, betrügt und verspielt. Berlin 1994.

Barbier, Hans D.: Anschwellende Zumutung. In: FAZ, 25. 4. 1994.

Berlin – Bonn. Die Debatte. Köln 1991.

Bickerich, Wolfram: Der Enkel. Analyse der Ära Kohl. Düsseldorf 1995.

Broder, Henryk M.: Das Spree-Monster. In: *Die Woche,* 15. 6. 1995.

Dettling, Warnfried: Das Erbe Kohls. Frankfurt am Main 1994.

Diekmann, Kai/Ulrich Reitz/Wolfgang Stock: Rita Süssmuth im Gespräch. Bergisch Gladbach 1994.

Ditfurth, Jutta: Der Macht wegen die Position aufgegeben. In: FOCUS, 25/1995.

Enzensberger, Hans Magnus: Aussichten auf den Bürgerkrieg. Frankfurt am Main 1993.

Fest, Joachim: Die schwierige Freiheit. Berlin 1993.

Filmer, Werner/Heribert Schwan: Helmut Kohl. Düsseldorf 1990.

Filmer, Werner/Heribert Schwan: Wolfgang Schäuble. München 1992.

Gauland, Alexander: Helmut Kohl. Ein Prinzip. Berlin 1994.

Geißler, Heiner: Gefährlicher Sieg. Die Bundestagswahl 1994 und ihre Folgen. Köln 1995.

Greiffenhagen, Martin: Das Dilemma des Konservatismus in Deutschland. München 1977.

Gross, Johannes: Begründung der Berliner Republik. Stuttgart 1995.

Hacker, Jens: Deutsche Irrtümer. Schönfärber und Helfershelfer der SED-Diktatur im Westen. Berlin, Frankfurt am Main 1992.

Klose, Hans-Ulrich: Mut zur Wirklichkeit. In: *Der Spiegel*, 25/1995.
Krumrey, Henning: Aufschwung Ost. Märchen oder Modell. Frankfurt am Main 1992.
Kühnhardt, Ludger: Schwarzgrüne Zeiten? In: DIE WELT, 16. 2. 1995.
Leggewie, Claus: Der Geist steht rechts. Berlin 1987.
Maser, Werner: Helmut Kohl. Berlin, Frankfurt am Main 1990.
Mathiopoulos, Margarita: Rendezvous mit der DDR. Politische Mythen und ihre Aufklärung. Düsseldorf, Wien 1994.
Miegel, Meinhard / Stefanie Wahl: Das Ende des Individualismus. Die Kultur des Westens zerstört sich selbst. München 1993.
Pruys, Karl Hugo: Helmut Kohl. Die Biographie. Berlin 1995.
Peter Radtke und Wolfgang Schäuble im Gespräch. In: *Süddeutsche Zeitung*, Magazin Nr. 8, 21. 2. 1992.
Reker, Stefan: Roman Herzog. Berlin 1995.
Rohrmoser, Günter: Der Ernstfall. Die Krise unserer liberalen Politik. Frankfurt am Main, Berlin 1994.
Schäuble, Wolfgang: Der Vertrag. Wie ich über die deutsche Einheit verhandelte. Stuttgart 1991.
Schäuble, Wolfgang: Reden über Deutschland. Band 3. München 1992.
Schäuble, Wolfgang: Und der Zukunft zugewandt. Berlin 1994.
Schäuble, Wolfgang: Nationale Identität und die innere Einheit Deutschlands. Vortrag vor dem Eichholzer Forum der Konrad-Adenauer-Stiftung am 25. 11. 1994.
Schmitt, Karl Heinz: Im Dienste des Hohen Hauses 1949–1991. Der Platzmeister erzählt. Stuttgart 1995.
Schwarz, Hans-Peter: Die Zentralmacht Europas. Deutschlands Rückkehr auf die Weltbühne. Berlin 1994.
Schwilk, Heimo / Ulrich Schacht (Hg.): Die selbstbewußte Nation. Frankfurt am Main, Berlin 1994.
Siedler, Wolf Jobst: Erkenne die Lage! Rechne mit Deinen Beständen! In: Bilder und Zeiten, Beilage zur FAZ, Nr. 94, 22. 4. 1995.
Spaemann, Robert: Verantwortung für die Ungeborenen. Korrigierte Tonbandabschrift eines frei gehaltenen Vortrags. Bonn 1988.
Sternberger, Dolf: Ich wünschte, ein Bürger zu sein. Frankfurt am Main 1967.

Teltschik, Horst: 329 Tage. Innenansichten der Einigung. Berlin 1991.
Vollmer, Antje: Stunde der Citoyens. In: *Die Woche*, 15. 6. 1995.
Wassermann, Rudolf: Ein epochaler Umbruch. Probleme der Wiedervereinigung. Asendorf 1991.
Wehler, Hans-Ulrich: Gurus und Irrlichter. Die neuen Träume der Intellektuellen. In: FAZ, 6. 5. 1994.
Zimmermann, Friedrich: Kabinettstücke. Politik mit Strauß und Kohl 1976–1991. München, Berlin 1991.
Zitelmann, Rainer: Wohin treibt unsere Republik? Frankfurt am Main, Berlin 1994.

REGISTER